Zu diesem Buch

Karen Blixen-Finecke, als Erzählerin unter dem Namen Karen Blixen, Tania Blixen und Isak Dinesen bekannt, wurde am 17. April 1885 auf dem alten Familienbesitz Rungstedlund in Nordseeland/Dänemark als Tochter des Seeoffiziers Baron A. W. Dinesen geboren. Sie studierte in Kopenhagen, später in Paris und Rom zunächst Malerei. Nach der Heirat mit dem schwedischen Baron Bror Blixen siedelte sie 1914 nach Kenia/Britisch-Ostafrika über, wo das Ehepaar eine Kaffeefarm übernahm. Nach kurzer Zeit schon leitete Baronin Blixen die Farm allein. 1931 gab sie schweren Herzens auf wegen des Weltmarktsturzes der Kaffeepreise. Obschon Tania Blixen bereits vorher gelegentlich Erzählungen veröffentlicht hatte, entwickelte sich ihr literarisches Talent erst in Afrika, wo sie – wie sie selbst äußerte – «zu schreiben begann, um sich während der Regenzeit zu unterhalten». So entstanden phantastische Prosastücke, die an die deutsche Romantik stark anklingen und die unheimlich versponnene Atmosphäre E. T. A. Hoffmanns neu erstehen lassen, an Poe, Hauff und Andersen erinnern, wenn sie auch einen eigenwilligen, modernen Ton anschlagen, da das tiefenpsychologische Wissen der Verfasserin ihr eine Fülle neuer Möglichkeiten bot. Dadurch prägte sie eine völlig originale Stilform. Tania Blixen starb am 7. September 1962.

In der Reihe der rororo-Taschenbücher liegen ferner vor: «Schicksalsanekdoten» (Nr. 5421) und «Gespensterpferde» (Nr. 5711).

Tania Blixen

Sieben phantastische Geschichten

Rowohlt

Das Werk erschien 1934 unter dem Titel
«Seven Gothic Tales» in englischer Sprache
(Pseudonym für die Verfasserin: Isak Dinesen)

und 1935 unter dem Titel
«Svy fantastiske Fortoellinger» in dänischer Sprache.
Beide sind von der Autorin
selbst geschriebene Originalausgaben.
Die Geschichten wurden ins Deutsche übertragen von
Thyra Dohrenburg, Martin Lang und W. E. Süskind
(siehe auch Inhaltsverzeichnis)
Umschlagentwurf Sabine Wilharm

47.–58. Tausend April 1987

Veröffentlicht im Rowohlt Taschenbuch Verlag GmbH,
Reinbek bei Hamburg, Oktober 1982

Gesamtherstellung Clausen & Bosse, Leck
Printed in Germany
980-ISBN 3 499 15006 9

Inhalt

Frei lebt, wer sterben kann

Die Sintflut von Norderney

Im ersten Viertel des letzten Jahrhunderts wurden Sommerfrischen an der See die große Mode, die Nordsee nicht ausgenommen, auch wenn sie bisher als Mordsee und böser Feind der Menschheit in der Leute Mund war. Wie der romantische Geist der Zeit für Ruinen, für Spukgeschichten und für Wahnsinnige schwärmte, und wie denn eine Sturmnacht auf der Heide oder der tiefe Konflikt der Leidenschaften dem Kenner mehr Genuß versprach als geselliges Behagen oder philosophische Erbauung, so zog es jetzt auch die verfeinertsten Seelen zu der urewigen Wildheit der Küstenlandschaften und der offenen See hin. Die vornehme Welt verzichtete auf ihre schattigen Parkwege, man wandelte lieber den baumlosen Strand entlang und sah dem unbändigen Spiel der Brandung zu. Der erwählte Lieblingsplatz zum Picknicken befand sich in der Nähe eines gestrandeten Schiffs, dessen Wrack bei Ebbe als schwarzes und salziges, verkrustetes Gerippe auftauchte, und manch gefälliger Künstler stellte an diesem Platz seine Staffelei auf.

So entstand das Seebad Norderney in der Reihe der Ostfriesischen Inseln. Zwanzig Jahre währte seine Blütezeit. Schmucke Kaleschen und Kutschen fuhren die sandigen Dünenwege entlang, hielten an den kleinen, sauberen Gasthöfen und Landhäuschen und luden ihre Fracht ab, Koffer und Schachteln sowie Damen auf kleinen Füßen, denen Schleier und Bänder in der frischen Brise wehten. Der Herzog von Augustenburg mit Gemahlin, seine geistreiche Schwester und der Prinz von Noer beehrten das Bad mit ihrem Besuch. Schleswig-holsteinischer Landadel, der seit der neuen politischen Bewegung das Kribbeln in den Beinen hatte, pilgerte einträchtig mit den so gewichtigen wie goldschweren Vertretern der alten Hamburger und Lübecker Kaufmannshäuser zum Herzen der Natur. Selbst die Norderneyer Bauern und Fischer lernten das grimmige, treulose Untier, den im Schlafe liegenden Blanken Hans, als eine Art *maître de plaisir* zu betrachten.

Es gab eine Promenade, einen Klub, und es gab einen Pavillon, das Stelldichein an den langen, in milden Farben und Tönen spielenden Sommerabenden. Damen mit heiratsfähigen Töchtern – Hof- und Stadtfeste waren jahrelang ohne Erfolg über sie hinweggerauscht – sahen nun manch verheißungsvolle Verbindung an dem sonnigen Strande heranreifen. Junge Stutzer, hoch zu Roß, ließen sich die lange Sandbahn hinauf und hinab schöne Augen machen. Alte Herren verzogen sich in den Klub zu ihren politischen und dynastischen Gesprächen und einem Glas Rum, bei dem sie sitzenblieben, indes ihre jungen Frauen, ein Kaschmirtuch überm Arm, zu einer der einsamen, von dem langen Sommertag wie ein Backofen nachglühenden Dünenmulden wanderten, eins zu werden mit der Natur, mit dem Strandhafer und den kleinen, windzerzausten Stiefmütterchen, und in den Mond am blassen Sommerhimmel zu starren. In dieser leibhaften Umarmung der Luft lag eine fast verächtliche, herzerregende und verjüngende Kraft. Heinrich Heine, der das Bad aufsuchte, hielt den durchdringenden Fischgeruch, der den Inselbewohnerinnen anhaftete, allein schon für genug, um ihre Tugend zu schützen. Doch gab es auch andere Nasen und andere Herzen, für die der herbe, salzige Geruch berauschend war, wie Geruch vom Pulverdampf eines Schlachtfelds. Sogar ein kleines Kasino war am Platz, da konnte man, wieder in anderer Weise, die Koketterie mit gefährlichen Mächten fortsetzen. Zeitweise gab es große Bälle, und an schönen Sommerabenden spielte das Orchester auf der Terrasse.
»Sie glauben gar nicht«, sagte die Prinzessin von Augustenburg zu Herrn Gottingen, »wie es einen hier ausputzt. Ich bin ganz durchgeblasen vom Seewind, Haube, Kleider, einfach alles, er geht einem durch Mark und Bein, bis Herz und Geist reingescheuert, gesonnt und gesalzen sind.«
»Wohlbemerkt, mit attischem Salz«, sagte Herr Gottingen, und sie anschauend setzte er bei sich hinzu: ›Weiß Gott, wie ein eingepökelter Dorsch.‹
Im Spätsommer des Jahres 1835 überfiel ein furchtbares Unglück das Seebad Norderney. Nach drei Tagen Südweststurm sprang der Wind nach Norden um, was vielleicht in hundert Jahren einmal vorkommt. Die sturmgepeitschten riesigen Wassermassen wurden herumgedreht und in die Enge getrieben, den friesischen Inseln zu. An zwei Stellen brachen die Deiche, und die Flut drang ein. Rinder und Schafe ertranken zu Hunderten. Bauernkaten und Scheunen stürzten wie Kartenhäuser zusammen, und bis weit nach Wilsum und Wreden gingen viele Menschenleben verloren.

Es begann an einem Abend mit einer ganz ungewohnten Stille am Himmel, schweflig-düster die Luft, fremdartig leuchtend und zum Ersticken. Himmel und Wasser waren nicht mehr zu unterscheiden. In dem Lichtgewühle ging die Sonne unter, brandrot wie die rote Scheibe auf der Promenade. Die Wellen schienen aus einer gallertartigen Masse wie von der Flut zurückgelassene Quallen. Es war ein aufregender Abend, in Norderney ging vieles vor sich. Wen in dieser Nacht sein eigenes Herzklopfen nicht wachhielt, der wurde durch ein Brüllen aus dem Schlaf aufgeschreckt, das ihm neu war und rasch näherkam. War's möglich, sang denn ihre See auch solch ein Lied?

Am andern Morgen kannte man die Welt nicht mehr. Es war ein Lärm, bei dem einem Hören und Sehen verging. Unfaßlich, wie die See sich gebärdete. Ehe man sich's versah, riß es einem die Kleider vom Leibe. Der salzige Gischt wirbelte himmelhoch, breite und turmhohe Wellen rollten hinterher, eine mächtiger als die andere. Die Luft war kalt und schneidend.

Es hieß, vier Meilen nördlich vom Bad sei ein Schiff aufgelaufen, doch niemand getraute sich hinaus. Der General von Brackel, ein Veteran von 1806, und der alte Professor Schmiegelow, Leibarzt des Fürstlich Coburgischen Hauses, der die Cholera in Neapel miterlebt hatte, gingen stumm zusammen ein Stück weit zu einer kleinen Anhöhe, sich das Treiben anzusehen. Die eigentliche Flut sollte freilich erst Donnerstag kommen. Bis dahin hatte sich der Sturm gelegt.

Auf Norderney war es schon ziemlich menschenleer geworden. Die Badezeit war um, und von den hohen Gästen waren viele bereits vor dem Sturme weggefahren. Nun beeilten sich die meisten Zurückgebliebenen zur Abreise. Die jungen Frauen drückten ihre Gesichter an die Wagenfenster, um auch nichts vom Aufruhr draußen zu versäumen. Es war wie ein Abschiednehmen von dem einzig wirklichen Ort und dem einzig wirklichen Augenblick ihres Daseins. Doch als die große Kutsche des Barons Goldstein aus Hamburg geradewegs vom Deichweg heruntergeblasen wurde, ging dem Letzten ein Licht auf: Nun war's höchste Zeit zu schnellem Handeln. Jedermann machte, daß er fortkam.

In diesen Stunden, den letzten des Sturms und den ersten der darauffolgenden Nacht, geschah es, daß der Deich riß. Einem starken Druck von seewärts waren die Deiche gewachsen, dafür war gesorgt, aber von ostwärts unterhöhlt, konnten sie nicht halten. Eine halbe Meile breit gaben sie nach, hier fand die See offenen Zugang.

Das klägliche Brüllen ihres Viehs weckte die Bauern. Mit einem Satz aus dem Bett hinaus in die Finsternis – schon standen sie in kaltem, schlammigem Wasser. Es war Salzwasser, das gleiche Wasser, das westwärts draußen hundert Faden tief wogte und den Klippen von Dover die weißen Füße wusch. Die Nordsee war zu Besuch gekommen. Das Wasser stieg rasch. Innerhalb einer Stunde schaukelte alles, was nicht niet- und nagelfest in den niedrigen Katen war, auf dem Wasser herum und schlug an die Wände. Bei Tagesgrauen sahen die Leute vom Dach aus die Veränderung: wie Baum und Strauch hervorwuchsen aus etwas Grauem, das sich bewegte, und wie ein dicker, gelber Schaum weit und breit die reifen Felder überspülte – ihre Ernte, von der sie noch die Tage vor dem Sturm gesprochen hatten.

Ähnliche Fluten hatte es schon gegeben. Ein paar Alte konnten noch davon erzählen, wie sie von den schreckensblassen Müttern eilig aus den Betten gerissen und auf Flöße gebracht worden waren. Sie hatten die Häuser einfallen und die Haustiere um sich schlagen sehen, bis alles unterging im dunklen Wasser. Und wie nachher so mancher Vater fehlte, so manches Anwesen elend zugrunde gerichtet war. Von Zeit zu Zeit spielte ihnen die See so übel mit. Daß aber die Flut diesmal mitten im Sommer kam, das war wie ein grauenhafter Streich. Und weil sie seit Menschengedenken etwas Besonderes war, bekam sie auch einen eigenen Namen: die Leute sprachen nachher von der »Kardinalsflut«; das kam daher, weil sie in all ihrer Not und in ihrem Schrecken von einer schon halb sagenhaften Person Unterstützung und Hilfe erhielten, deren Nähe sie wie die eines Schutzengels empfanden. Nach Jahr und Tag, wenn sie seiner gedachten, der in dieser verzweifelten Nacht bei ihnen gewesen war, glaubten die Bauern noch einen Lichtschein, groß und hell, auf dem schwarzen Wasser zu sehen.

Der Kardinal Hamilkar von Sehestedt hatte die Sommermonate in einem kleinen Fischerhaus abseits vom Bad verbracht. Dort wollte er nach langjährigen Vorarbeiten sein Buch über den Heiligen Geist niederschreiben. Mit Joachim von Flora, der im Jahr 1202 zur Welt gekommen war, stimmte der Kardinal in dem Punkt überein: Insofern das Buch Gottvaters im Alten Testament und Gottsohnes im Neuen Testament gegeben war, bliebe das Buch der dritten Person der Dreifaltigkeit noch zu schreiben. Das hatte er zu seiner Lebensaufgabe gemacht. Er war in Ostfriesland aufgewachsen und hatte sich in einem langen Leben auf Reisen und in geistiger Arbeit seine Liebe für die Küstenlandschaft und die See bewahrt. In seinen Mußestunden fuhr er nach dem Beispiel des heiligen Petrus mit den Fischern in ihren Booten weit hinaus und sah ihrer Arbeit zu. In seinem Häuschen hatte er eine

Art Diener oder Schreibhilfe bei sich, einen Mann mit Namen Kasparson: Das war ein früherer Schauspieler und Abenteurer, auf seine Art ein heller Bursche, sprachenkundig und ein guter Kopf, vielseitig begabt; überdies war er dem Kardinal ergeben – doch immerhin ein sonderbarer Sancho Pansa des edlen Kirchenfürsten.

Der Name Hamilkar von Sehestedt war damals in ganz Europa berühmt. Vor drei Jahren, schon mit siebzig, war er Kardinal geworden: mit seinen biederen Vorfahren verglichen ein seltsamer Sproß auf dem Sehestedtschen Holz. Alteingesessener Landadel waren die Sehestedt, seit Jahrhunderten nur in Kriegen erprobt und mit ihrer Scholle verwachsen; und nun hatten sie diesen Hamilkar hervorgebracht. Das einzig Auffallende an ihnen war: sie waren trotz mancher Versuchungen dem ehemals alten Glauben ihres Landes treu geblieben. Was sie einmal in ihrem Kopfe hatten, das saß unverrückbar fest. Von neun Geschwistern des Kardinals hatte nicht eines geistige Begabung gezeigt. So war denn still gemehrt und ungeschmälert das geistige Erbgut der Familie auf das eine Kind gekommen. Vielleicht daß eine zugeheiratete Fremde von ihrem Geist einen Tropfen in das Blut fallen ließ, ehe sie selbst eine ganze Sehestedt geworden war, oder ein Gedanke aus einem Buch hatte den Knaben gepackt, ehe man ihn lehrte, daß Bücher und Gedanken nicht viel zu sagen hätten; und alles dies hatte sich in ihm vereinigt.

Die ausnehmend guten Anlagen des jungen Hamilkar blieben zwar unbemerkt bei den Seinen, doch sie fielen seinem Lehrer auf, der Erzieher des dänischen Kronprinzen gewesen war. Er brachte den Knaben nach Rom und Paris. Hier blitzte das neue Kirchenlicht in voller Klarheit auf, man konnte es nicht unter den Scheffel stellen. Der junge Priester wurde dem Papst vorgestellt, und gerüchtweise verlautet, dem Heiligen Vater habe ein Traumbild gezeigt, wie dieser Jüngling von der Vorsehung auserwählt sei, die großen protestantischen Länder in den Schoß der römischen Kirche zurückzuführen. Jedoch hatte die Kirche den Jüngling ernsthaft geprüft, mißtrauisch gegenüber seinen vielerlei Ideen und der ihm innewohnenden Macht und visionären Gabe und seinem auffallendsten Zug: einem ungeheuren Mitgefühl, das sich nicht nur dem Sünder und Armen zuwandte, sondern auch den Hohen und Heiligen der Welt. Solche Strenge tat ihm nicht weh, Gehorsam war seine Natur. Mit seiner hohen Vorstellungskraft verband sich tiefe Liebe zum Gesetz und zur Ordnung. Die beiden Seiten seiner Natur vereinigten sich wohl zu Einem: Ihm schien alles möglich und gleichermaßen im Einklang mit der Schönheit und Harmonie der Welt.

Der Papst sagte später von ihm: »Wenn ich nach dem Untergang unserer gegenwärtigen Welt einen Menschen mit dem Aufbau einer neuen Welt zu beauftragen hätte, der einzige, dem ich dieses Werk anvertrauen möchte, wäre mein junger Hamilkar.« Woraufhin er sich allerdings zwei- oder dreimal bekreuzigte.
Aus Hamilkar war nach der Schulung durch die Kirche ein Weltmann im guten alten Sinne des Wortes, doch in neuem, größerem Maßstab geworden. Er bewegte sich mit der gleichen Leichtigkeit und dem gleichen Wohlgefallen zwischen gekrönten Häuptern und unter den Ärmsten der Armen. Er war zu den Missionsklöstern nach Mexiko geschickt worden, dort hatte er großen Einfluß auf Indianer und Mischlinge gewonnen. Eines an ihm empfand jedermann sogleich, wo er auch hinkam: daß er wundertätig sei. Während seines Aufenthalts in Norderney machten sich die Einheimischen, die doch recht verschlossen und schwerblütig waren, die seltsamsten Gedanken über ihn. Nach der Flut hieß es vielfach, man habe ihn auf den Wellen wandeln sehen. Damit müßte es allerdings seine gute Weile gehabt haben, denn zu Beginn des Ereignisses war es fast um ihn geschehen gewesen. Als die Flut kam und die Fischer aus dem Dorf zu seiner Hilfe herbeieilten, fanden sie sein Häuschen schon halbwegs in Trümmern, bei dem Einsturz hatte es Kasparson getroffen, er war tot. Der Kardinal kam mit einer ernstlichen Verletzung davon, er trug von Anfang bis zum Ende seines Rettungswerks einen blutgetränkten großen Verband um den Kopf.
Trotzdem war der alte Mann den ganzen Tag mit unvermindertem Mut bei den Heimgesuchten tätig. Er überließ ihnen auch, was er an Geld bei sich hatte. Es war der erste Beitrag zu dem Hilfswerk, das dann später in ganz Europa für die Notleidenden einsetzte. Noch viel mehr vermochte aber sein persönliches Auftreten unter ihnen. Er konnte gut mit dem Steuerruder umgehen, sie glaubten, mit ihm verunglücke kein Boot. Auf sein Geheiß fuhren sie bis zu den eingefallenen Häusern hin, und die Frauen sprangen vom Dach in das Boot, ihre Kleinen im Arm. Von Zeit zu Zeit sprach er zu ihnen mit klarer, fester Stimme Stellen aus dem Buch Hiob. Ein- oder zweimal, als das Boot an heftig herschießende Balken stieß und nahe daran war, zu kentern, erhob er sich und streckte seine Hände aus, und als ob er dies bewirke, kam das Boot wieder ins Gleichgewicht. Bei einem Bauernhaus war ein angeketteter Hund auf dem Dach seiner Hütte, über die die Wellen hinwegwuschen. Er zerrte heulend an seiner Kette und war fast irrsinnig vor Angst. Als ihn jemand zu fassen suchte, biß er nach ihm. Da drehte der alte Kardinal das Boot

bei, er redete dem Hund gut zu und löste ihn von der Kette. Der Hund sprang ins Boot, winselnd drückte er sich an die Knie des alten Mannes und ging nicht mehr von seiner Seite.

Viele Bauernfamilien waren in Sicherheit gebracht worden, und noch hatte kein Mensch an das Bad gedacht. Das war seltsam, da das reiche, lustige Leben dort draußen auch die Bevölkerung in vielen Stücken anging. Doch in der Stunde der Gefahr waren die Bindungen des Blutes und des Lebens stärker als der neue Anziehungspunkt. Im Bad gab es leichte Boote für Vergnügungsfahrten, aber die wenigsten konnten damit umgehen. Größere Boote wurden erst zu Mittag hinausgeschickt, auf der Promenade, die fadentief unter Wasser stand, schwammen sie heran.

Der Ort, wo die Boote mit den Geretteten anlegten, lag bei einer Windmühle, die sich an einer flachen Böschung auf einem runden Bollwerk von großen Steinen erhob. Auf der anderen Seite war die Straße einigermaßen gangbar. Nicht weit davon hatte man Wagen und Pferde untergebracht. Die Mühle war ein gutes Wahrzeichen, mit den langen Flügeln, die sich hart und streng wie ein großes, stürzendes schwarzes Kreuz an dem gelbbraunen Himmel abzeichneten. Ein Häuflein Menschen stand hier in Erwartung der Boote. Als sie zum erstenmal mit Badegästen zurückkamen, gab es kein Willkommen und kein Wiedersehen unter Tränen: denn die Insassen, prächtig gekleidet bei aller Todesnot, schwere Schatullen auf den Knien, waren Fremde. Das letzte Boot brachte die Nachricht, draußen in Norderney seien noch ein paar Menschen, vier oder fünf, für die kein Platz mehr im Boot gewesen war.

Die erschöpften Bootsleute sahen einander an. Sie kannten die Flut und hohe See draußen, und ihr Gedanke war: Wir wollen nicht mehr! Kardinal Hamilkar stand bei einem Häuflein Frauen und Kinder, mit dem Rücken gegen die Männer, doch als ob er in ihren hartgewordenen Gesichtern und Herzen hätte lesen können, wurde er plötzlich stille. Er drehte sich um und sah auf die Neuangekommenen. Auch er schien zu zaudern. Unter dem weißen Verband blickten seine Augen sie mit eigenartigem Ausdruck an, als wüßte er um ein Geheimnis. Den ganzen Tag lang hatte er nichts zu sich genommen, jetzt bat er um etwas zu trinken, man brachte ihm einen Krug Branntwein. Sich wieder dem Wasser zuwendend, sagte er ruhig: »Eh bien. Allons, allons.« Diese Worte waren den Bauern fremd, es waren Ausdrücke aus der Kutschersprache der Nobelgäste, so redete man mit Pferden im Ausland. Als er sich zum Boot begab und die Badegäste ihm Platz machten, gab es auf einmal unter den Damen ein wildes Händeklatschen. Sie dachten nichts

Böses. Sie kannten nur Theaterhelden, und wie im Theater klatschten sie Beifall. Der alte Mann, dem ihr Beifall galt, blieb einen Augenblick stehen. Er neigte ein wenig seinen Kopf, in der Art eines Bühnenhelden fein und spöttisch lächelnd. Seine Glieder waren so steif, daß man ihn stützen und ins Boot heben mußte.

Erst spät am Donnerstagnachmittag fuhr das Boot zurück. Den ganzen Tag schon lag eine tote Düsternis über dem weiten Land. So weit das Auge reichte, war, was vordem hügelige Flur gewesen, nun nichts mehr als eine riesige graue Fläche voll unheimlichem Leben. Und nirgends mehr ein fester Punkt, so schien es. Den Männern drehte sich das Herz im Leibe um, wenn sie, über ihren Kornfeldern und Wiesen hinrudernd, was vorher ihrem Dasein Halt und Grund gegeben hatte, nun in voller Auflösung sahen – sie kehrten sich von dem unerträglichen Anblick ab. Die Wolken hingen tief über dem Wasser. Das kleine Boot bewegte sich schwer, als ob es, eingezwängt in die Gewichtsmassen von unten und einem augenscheinlich von oben kommenden Druck, nur auf schmaler waagrechter Linie vorankomme. Die vier letzten aus den Ruinen von Norderney Geretteten saßen leichenblaß im Heck.

Die eine war das Fräulein Nat-og-Dag, eine sehr vermögliche alte Dame und die Letzte des berühmten Geschlechts mit den zwei Farben Schwarz und Weiß im Wappen und dem Namen, der »Nacht und Tag« bedeutet. Sie war fast sechzig, und ihr Verstand war seit einigen Jahren nicht mehr in Ordnung, da sie, eine Dame von untadeligstem Lebenswandel, sich für eine der argen Sünderinnen ihrer Zeit hielt. In ihrer Begleitung war ein sechzehnjähriges Mädchen, die Comtesse Calypso von Platen-Hallermund, eine Nichte des Dichters. Bei aller Selbstbeherrschung, die sie in der Gefahr bewiesen, zeigten die Gesichter der beiden Damen einen Ausdruck von Wildheit, wie man es inmitten einer friedlichen Zeit und Gesellschaft nur bei dem Adel noch sieht, dessen Tage gezählt sind. Den Rudernden kam es so vor, als hätten sie zwei Tigerinnen im Boot, eine alte und eine junge, die junge ganz wild, die alte desto gefährlicher, je zahmer sie tat. Sie waren beide nicht im geringsten erschrocken. In der Jugendzeit erscheint uns der Gedanke an den Tod oder an Fehlschläge als ein Unding; schon der Schatten der Lächerlichkeit ist uns unerträglich. Aber wir glauben auch felsenfest an unseren guten Stern und daß sich nichts gegen uns richten könne. Mit den Jahren kommen wir zu der Ansicht, daß uns nichts glückt und das Mißgeschick in der Natur der Dinge liegt, doch dann fragen wir nicht mehr viel danach, was mit uns geschieht. So kommt alles ins reine. Bei Fräulein Malin Nat-og-Dag, der völlig gleichgültig war, was ihr zusto-

ßen könnte, gesellte sich zu diesem Vorteil des Alters, weil ihr Geist in Unordnung geraten war, noch das Vorrecht der Jugend, der einfache und anmaßliche Glaube, der als selbstverständlich annimmt, es könne gar nichts schiefgehen. Vielleicht sogar glaubte sie nicht einmal, daß sie sterben könne. Das sechzehnjährige Mädchen an ihrer Seite, dessen dunkle Flechten sich gelöst hatten, daß die Haare flatterten, nahm alles um sich herum mit Ekstase auf: die Gesichter ihrer Gefährten, die Bewegungen des Bootes, die schreckhafte, garstig-braune Färbung des Wassers unter sich; und sie hielt sich selbst für eine Meeresgöttin.
Der dritte der Geretteten war ein junger Däne, Jonathan Maersk, den sein Arzt nach einem schweren Anfall von Melancholie zur Erholung auf die Insel geschickt hatte. Die vierte war Fräulein Malins Zofe, die, vor Entsetzen unfähig, auch nur ihr Gesicht von den Knien ihrer Herrin zu erheben, im Kiel des Bootes lag.
Diese vier hatte man noch zu guter Letzt dem sichern Tod entrissen, aber sie waren ihm noch nicht ganz entronnen. Denn als ihr Boot auf dem Weg zum Land in kurzer Entfernung an einem zerstörten Bauerngehöft vorbeikam, von dem nur noch Dächer und die oberen Teile der Mauern aus dem Wasser herausragten, sahen sie Menschen im Dachstock eines dieser Gebäude ihnen Zeichen machen. Die bäuerlichen Bootsmänner verwunderten sich, sie wußten bestimmt, daß im Laufe des Tages ein Boot dorthin geschickt worden war. Unter den befehlenden Blicken der jungen Calypso, die Kinder unter den Hilflosen bemerkt hatte, änderten sie ihre Richtung und erreichten mit Mühe das Haus. Als sie näherkamen, fiel ein kleiner Kornspeicher, von dem nur das Dach noch zu sehen war, in sich zusammen, er gab nach und verschwand lautlos vor ihren Augen. Bei diesem Anblick erhob sich Jonathan Maersk in dem Boot. Einen Atemzug lang versuchte er den sich auflösenden Trümmerstücken mit seinen Augen zu folgen. Dann setzte er sich wieder, sehr blaß geworden. Das Boot schurrte an der Mauer des Bauernhauses entlang, und es fand sich schließlich ein heraussstehender Pfahl, wo man es festmachen und zu den Leuten auf dem Heuboden kommen konnte. Sie fanden zwei Weiber, eine Alte und eine Junge, einen Burschen von sechzehn und zwei kleinere Kinder, und erfuhren, das Rettungsboot sei wirklich vor drei Stunden dagewesen. Doch sie wollten ihm nur ihre Kuh und das Kalb und dies und das von ihrem armseligen Hausrat mitgeben. Sie selbst hielten entschlossen an ihrem Platz aus, während das Wasser ringsum stieg. Für die alte Frau wäre noch ein Platz bei dem Vieh gewesen, doch mochte sie Tochter und Enkelkinder um keinen Preis verlassen.

Das Boot konnte unmöglich noch weitere fünf Personen tragen, es mußte schnell entschieden werden, wer von den Mitfahrenden seinen Platz mit der Bauernfamilie tauschen wollte. Die im Heuboden dann Zurückbleibenden mußten dort bis zur Rückkehr des Bootes ausharren. Weil es aber schon anfing, dunkel zu werden, und es nicht anging, vor der Morgendämmerung ein Boot heranzubringen, so hieß das sechs oder sieben Stunden warten. Die Frage war, ob das Haus so lange halten werde.

Der Kardinal in seinem dunklen, wehenden Mantel erhob sich und erklärte, er werde dableiben. Bei seinen Worten packte die Leute im Boot helle Verzweiflung. Sie fürchteten sich, ohne ihn zurückzufahren. Die Männer ließen ihre Ruder los, faßten ihn an und beschworen ihn, bei ihnen zu bleiben. Doch er wollte nichts davon hören und erklärte ihnen, er stehe hier genauso in Gottes Hand wie sonstwo, nur vielleicht unter einer andern Weisung, und er sei wohl darum noch einmal hinausgesandt worden auf diese letzte Fahrt. Sie sahen, daß sie nichts bei ihm erreichten, und ergaben sich in ihr Schicksal. Fräulein Malin erklärte auf der Stelle, sie wolle ihm Gesellschaft leisten auf dem Heuboden, und das junge Mädchen wollte ihre alte Freundin nicht verlassen. Der junge Jonathan Maersk erwachte wie aus einem Traum und sagte, auch er werde dableiben. Im letzten Augenblick rief Fräulein Malins Jungfer, sie wolle ihre Herrschaft nicht verlassen. Die Männer waren schon dabei, ihr vom Boden des Bootes aufzuhelfen, da warf ihre Herrin einen prüfenden Blick auf sie, wie wenn man beim Kartenspiel den vierten Mann abschätzt. »Herzchen«, sagte sie, »dich braucht niemand hier, außerdem bist du wahrscheinlich guter Hoffnung und mußt dich an die Zukunft halten, mein armes Mädchen. Gute Nacht, Mariechen.«

Es war nicht leicht für die Frauen, aus dem Boot auf den Heuboden zu gelangen. Aber Malin war zäh und ein dünnes Figürchen, die Männer hoben sie auf und setzten sie in der Türöffnung ab, wie man eine Vogelscheuche im Feld aufpflanzt. Das kleine, leichte Mädchen folgte ihr geschmeidig wie eine Katze. Als nun der schwarze Hund den Kardinal das Boot verlassen sah, heulte er laut auf und sprang plötzlich vom Bootsrand nach, das Mädchen zog ihn herein. Es war jetzt höchste Zeit für die Bauernfamilie, in das Boot zu kommen, doch sie wollten noch nicht fort, laut weinend küßten sie ihren Rettern die Hände, sie mit Segenswünschen überschüttend. Die alte Frau bestand darauf, ihnen noch eine kleine Stallaterne mit einer Anzahl aufgesparter Talglichter zu lassen, auch einen Krug Wasser und ein Fäßchen Branntwein samt einem Laib Brot, von dem harten, schwarzen Brot, wie es die Bauern in Ostfriesland backen.

Die Männer in dem Boot stießen sich ab, und im Nu war ein Streifen braunen Wassers zwischen Haus und Boot.

Von der Tür des Heubodens schauten die Verlassenen auf das schwerbeladene, langsam über die schwankende Wasserfläche sich entfernende Boot. Bei dem Hause regten sich die Zweige hoher Pappeln auf den Wasserfluten und wurden von ihnen heftig geschwenkt. Der dunkle Himmel hatte den ganzen Tag wie ein bleiernes Lid über der Welt gelegen, mit einem Male färbte er sich tief unten im Westen, als wenn sich das Lid ein wenig gehoben hätte, mit einem flammenden Rot, das sich auf dem Wasser widerspiegelte. Alle Gesichter im Boot waren auf den Heuboden gerichtet, und als sie fast außer Sicht waren, streckten sie zu einem Abschiedsgruß ihre Arme aus. Der Kardinal, der unter der Tür zum Heuboden stand, erhob seine Arme feierlich zu einem Segen. Malin winkte mit einem kleinen Taschentuch. Bald war das Boot ihren Blicken entschwunden und wurde eins mit See und Luft.

Im selben Augenblick kehrten die vier ihre Gesichter einander zu, auf einen Ruck, wie vier Marionetten an einer Schnur.

›Wie kann man mit ihm tanzen?‹ fragt ein junges Ding sich auf dem Ball, wenn »Er« ihr vorgestellt wird, und sie fragt sich vielleicht weiter: ›Wie mag er sein als Verehrer, als Freier, der Auserkorene meines Herzens?‹

Wie kann man mit diesen Leuten sterben? so fragten sich die in dem Heuschober Ausgesetzten, und jeder forschte im Gesicht des andern. Fräulein Malin, geneigt, alles von der heitern Seite zu nehmen, war zufrieden mit ihren Partnern.

Der Kardinal gab dem Gedanken Ausdruck. Eine Weile stand der alte Mann in tiefem Nachdenken, als ob er Zeit brauche, sich von neuem an die Standfestigkeit eines Hauses zu gewöhnen, nachdem er einen Tag in Booten auf der schwankenden See zugebracht hatte, ebenso an die verhältnismäßige Sicherheit jetzt nach langen Stunden unausgesetzter Gefahr – denn im Augenblick schien ihnen nichts zustoßen zu können – und nicht zuletzt, nach seinem Hilfswerk bei den verzweifelten Bauern und Fischern sich wieder an die Gesellschaft von seinesgleichen zu gewöhnen. Er schaute lächelnd auf seine Gefährten.

»Meine Schwestern und lieber Bruder«, begann er, »ich darf mir Glück wünschen, unter so wackeren Menschen zu sein. Ich freue mich, mit Ihnen diese Stunden verleben zu können, was sie auch nach Gottes Ratschluß bringen mögen. Madame«, wandte er sich an Malin, »ich bin nicht überrascht von Ihrer Großherzigkeit, denn ich kenne Ihre Familie. Es war bei Warberg, da dem König das Pferd unterm Leib weggeschossen wurde, daß ein Nat-og-Dag von seinem Pferd sprang und es dem König überließ mit den Worten: ›Dem König mein Pferd, mein Leben dem Feind und Gott meine Seele.‹ Und es war in der Seeschlacht von Koege, daß ein Svinhoved, wenn ich nicht irre, Ihr Urahn, anstatt den Rest der dänischen Flotte durch sein brennendes Schiff zu gefährden, sich zum Vorgehen bis zum letzten Atemzug entschloß, bis das Feuer die Pulverkammer erreichte und er mit der Besatzung in die Luft flog. Für uns hier möchte ich sagen«, fuhr er fort und sah sich in dem Dachraum um: »Selig sind, die reinen Blutes sind, denn sie werden« – über den Text nachsinnend, hielt er inne – »den Tod schauen«, schloß er. »Wahrlich, ich sage euch, sie werden das Antlitz des Todes schauen. Um dieser Stunde hier, um unseretwillen, sind Jahrhunderte hindurch unsere Väter in Waffenspiel und Mannentreue erzogen worden, unsere Mütter aber in der Rechtschaffenheit.«

Den Frauen hätte er zu ihrer Herzensstählung nichts Besseres sagen können, denn sie waren leidenschaftlich stolz auf das Lob ihres Herkommens. Nur der junge Jonathan Maersk, der Bürgerliche unter ihnen, machte eine Bewegung, als wollte er sich zur Wehr setzen. Aber er sagte nichts.

Sie zogen die Tür des Dachraumes zu, doch da sie lose hing, schlug sie immer wieder auf. Der Kardinal fragte die Frauen, ob sie nicht etwas hätten, um sie festzumachen. Das Mädchen griff nach einem Haarband, doch es war fortgeweht. Fräulin Malin hob sehr anmutig ihren Unterrock und holte ein langes, mit Rosenknöspchen verziertes Strumpfband hervor. »Der Höhepunkt in der Laufbahn eines Strumpfbandes, Euer Eminenz«, sagte sie, »ist in der Regel, daß es gelöst, nicht daß es gebunden wird. Aus diesem Grunde liegt das Schwesterband zu diesem, welches jetzt durch Ihre ehrwürdigen Hände geheiligt wird, in der Gruft des Königlichen Mausoleums zu Stuttgart.«

»Madame«, sagte der Kardinal, »Sie reden leichtfertig. Bitte sagen und denken Sie nicht dergleichen. Nichts ist, das heiligt, und nichts ist, das geheiligt wird, es sei denn durch das Spiel des Herrn, das allein göttlich ist. Sie sprechen wie jemand, der die halbe Tonleiter – sagen wir do, re, mi – für heilig ausgäbe, fa, so, la, si aber für profan. Kein Ton jedoch, Madame, ist heilig in sich selbst, und nur die Musik, die damit gemacht wird, sie allein ist göttlich. Wenn Ihr Strumpfband durch meine schwache, alte Hand geheiligt wäre, so würde es meine Hand durch Ihr seidenes Band. Der Löwe lauert an der Furt auf die Antilope, und die Antilope ist geheiligt durch den Löwen, wie es der Löwe durch die

Antilope ist, denn das Spiel des Herrn ist göttlich. Nicht der Läufer oder der Springer oder der mächtige Turm sind in sich selbst geheiligt, aber das Schachspiel ist ein edles Spiel: darin ist der Springer geheiligt durch den Läufer, wie der Läufer durch die Königin. Auch würde es nichts nützen, wenn der Läufer den höheren Grad der Königin beanspruchen würde oder der Turm den des Springers. So sind wir geheiligt, wenn die Hand des Herrn uns bewegt, wo er uns hin haben will. Hier mag er ein feines Spiel mit uns spielen, und in diesem Spiel werde ich geheiligt durch Sie, wie Sie durch einen von uns.«

Als die Bodentür geschlossen war, wurde es finster, aber die kleine Laterne auf dem Boden warf einen milden Schein. Der Heubarn erschien den Verlassenen wie ein Stück Heimat. Es war, als hätten sie hier schon lange gelebt. Die Bauern hatten noch nicht lang ihr Heu eingebracht, und der Dachstock war halbvoll. Es roch süß, und man saß da weich und sauber. Der Kardinal, der sehr müde war, sank bald nieder, sein langer Mantel breitete sich auf dem Boden um ihn her. Malin betrachtete ihn von jenseits der Laterne aus. Neben ihr saß mit gekreuzten Beinen das Mädchen wie ein kleines östliches Götterbild. Der junge Mann, der sich nun auch zu den andern setzte, fand Platz auf einer am Boden liegenden Leiter, so daß er ein wenig höher saß. Der Hund hielt sich dicht bei dem Kardinal, er saß aufrecht, die Ohren hintenübergelegt, und von Zeit zu Zeit war's, als schlucke er in tiefer Erregung seine Angst und Verlassenheit hinunter. In dieser Stellung verhielt die Gesellschaft fast die ganze Nacht. Wenigstens der Kardinal und Fräulein Malin verharrten so, wir hören noch davon, bis zur Morgendämmerung. Ihre Schatten lagerten sich im Kreis um die Laterne und reichten bis unter die Dachsparren. Im Lauf der Nacht sah es öfters so aus, als wären einzig die langen Schatten wirklich am Leben, als hielten sie Geist und Gespräch der Versammelten rege, ohne das Wissen der Erschöpften.

»Madame«, wandte sich der Kardinal an Fräulein Malin, »mir ist von Ihnen erzählt worden, daß sich jedermann in Ihrem Salon wohlfühle und auch jeder voll Eifer bestrebt sei, sich von der besten Seite zu zeigen. Das möchten auch wir heute nacht so halten, ich bitte Sie, hier die Hausfrauenpflichten zu übernehmen und in diesem Heubarn Ihre Künste zu üben.« Malin ging sofort darauf ein und übernahm die Leitung. Sie spielte die Hausfrau vollendet gut in dieser Nacht, bewirtete ihre Gäste mit dem seltenen Luxus der Verlassenheit, Finsternis und Gefahr, sie hatte überdies den Tod selbst zur Verfügung wie andere einen Salonhelden oder einen italienischen Tenor, einen Gast, den ihr keine andere Gastgeberin streitig machen konnte. Mancher bringt es fertig, sich auf einem Thronsessel gehen zu lassen; im Gegensatz dazu saß Malin im Heu wie auf einem der Tabouretts, die nur Herzoginnen gebühren. Sie hieß Jonathan Brot schneiden und es herumreichen, die harten schwarzen Rinden hatten den Geruch von Kornfeldern für diese Gesellschaft, die seit dem Morgen noch keinen Bissen über die Lippen gebracht hatte. Den Branntwein in dem Fäßchen tranken Malin und der Kardinal im Lauf der Nacht aus, sie waren alt und erschöpft. Das junge Volk rührte ihn nicht an.

Fräulein Malin hatte sogleich mehr zu tun, um es ihrer Gesellschaft recht zu machen, als sie erwartet hatte, denn kaum hatte der Kardinal gesprochen, als er umsank und die Besinnung verlor. Ihm den Verband um das Haupt abzunehmen, trauten sich die Frauen nicht, sie bespritzten ihn mit Wasser aus dem Krug. Wieder zu sich gekommen, starrte er sie wild an und griff sich an den Kopf. Aber wieder bei vollem Bewußtsein, bat er zart um Nachsicht wegen der Störung, die er verursacht hatte, es sei ein anstrengender Tag gewesen, sagte er noch. Trotzdem erschien er verändert, nachdem er sich erholt hatte, nachgiebiger als vorher. Als ob er einen Teil seiner Führung und Verantwortung Malin überlassen wollte, blieb er dicht an ihrer Seite.

Es mag hier der Ort sein, Malins Geschichte kurz zu erzählen:

Man weiß ja, sie war ein bißchen spinnig. Aber bei näherer Bekanntschaft veränderte sich ihr Bild von Fall zu Fall, so, als sei es bewußte Verstellung oder eine reine Laune von ihr, denn sie hatte ihre Launen, diese Frau. Soviel ist sicher, von jeher verrückt war sie nicht. Sie war sogar recht gescheit gewesen, hatte Philosophie studiert und viel Spott übriggehabt für Menschliches. Jetzt aber wollte sie ihren Verstand nicht mehr beisammen haben, auch wenn sie die Möglichkeit dazu gehabt und zudem erfaßt hätte, was sie damit ausschlug; aus dem einfachen Grund wollte sie es nicht, weil das Leben so viel lustiger ist für jemand, der ein bißchen spinnig ist.

Fräulein Malin war eine reiche Frau. Sie war es nicht immer gewesen, war als Waise bei reichen Verwandten aufgewachsen. Nur ihren stolzen alten Namen, den hatte sie immer gehabt, und ihre stolze lange Nase dazu.

Ihre Erzieherin war eine Herrnhuterin, und die Herrnhuter halten streng auf weibliche Tugend. Nun, zu ihrer Zeit gab es für die Weiblichkeit einen Punkt der Punkte, an dem man unverrücklich festhielt, und das Leben war darum für weibliche Wesen leichter, als es später gewesen ist. Mochten sie Angehörige vergiften oder falschspielen mit offener Stirn – man blieb eine *honnête femme* trotzdem, solange man nur auf dem ureigensten Gebiet keine Ketzerei duldete. Damen ihrer Zeit mochten höchstselbst den Preis festsetzen für Herz und Sinn und, falls es eine gelüstete, mit dem Teufel zu paktieren, für ihre Seele. Aber ihr Schatz war ihr Leib, für den ein Richtpreis bestand, und der war so gut wie heilig. Preisnachlaß galt als unlauterer Wettbewerb unter *honnêtes femmes* und war eine Todsünde. Wirklich, je höher ein junges Weib den Preis für sich selbst treiben konnte, um so höher stand sie auf dem Sockel der Heiligkeit. Besser, es hieß von einer, sie habe viele ins Unglück gebracht, als daß es hieß, sie habe viele glücklich gemacht. Für Malin nun waren ihr Hang und ihre Erziehung gleicherweise ein Ansporn, diese Lehre auf eigene Faust zum Siege zu führen. Aus der Verteidigung ging sie zum Angriff über. Keck und zur Übertreibung neigend, sah sie auch keinen Grund zum Maßhalten und übertrieb ihren Preis ins Maßlose. Ja noch mehr, die hohe Vorstellung von dem Wert ihrer Leiblichkeit artete in Größenwahn aus, wie vordem bei der norwegischen Königin Sigrid der Hochmütigen, als sie die kleinen Zaunkönige der Gauschaften, die um sie freiten, zu sich entbot, dann Feuer ans Haus legte und die ganze Sippschaft verbrannte. Ich will euch Zaunkönige lehren, so mir nichts dir nichts um mich zu freien! Mag sein, Königin Malin hätte in aller Seelenruhe ein Gleiches getan. Das Wort aus der Heiligen Schrift, das die Herrnhuterin ihr vorgelesen hatte, bewahrte sie in ihrem Herzen: Daß, wer ein Weib ansieht, ihrer zu begehren, der hat schon in seinem Herzen die Ehe gebrochen mit ihr – und sie hatte sich zum weiblichen Gegenstück solch evangelischer Gewissenhaftigkeit ausgebildet. Eines Mannes Verlangen nach ihr nahm sie wahrscheinlich nicht anders auf als Königin Sigrid auch, sie war tödlich beleidigt und nahm die Kränkung so ernst, als habe man ihr Gewalt antun wollen. Weiblichen *esprit de corps* zeigte sie nicht sonderlich viel und schien nicht zu bedenken, daß es dann, grundsätzlich genommen, für die jungen Frauen ein hartes Los geworden wäre, lag doch das Feld ihrer Tätigkeit zwischen den beiden Ideen, und Hüben und Drüben zusammengebracht, wäre es mit all ihrem Tun rasch aus gewesen, wie bei einer auseinandergezogenen Ziehharmonika, deren beide Enden ein Spieler gegeneinanderlegt. So wurde aus ihr eine pathetisch angehauchte Figur, wie es allen in der Welt ergeht, die Worte der Schrift allzu buchstäblich nehmen. Aber es war ihr gleichgültig, was für eine Figur sie machte. In ihrer Jugend jedenfalls hatte dieser Ausbund einer Jungfrau durchaus keine schlechte Figur in der Gesellschaft gemacht, denn sie war hochbegabt und glänzend. Wenn auch nicht schön, verstand sie doch die größere Kunst, schön zu erscheinen, während neben ihr viel schönere Frauen unbeachtet blieben. Huldigungen, die ihr zuteil wurden, empfand sie als etwas Selbstverständliches, sie war ja eine Nat-og-Dag und für Schmeicheleien nicht unempfänglich, soweit sie ihren Verstand und Mut oder ihr besonderes Talent für Musik und Tanz angingen. Ja, sie suchte ihre Freundschaften mehr unter Männern. Frauen hielt sie für ein bißchen dumm. Aber was für den Stier das rote Tuch ist oder der heidnische Halbmond für einen Kreuzfahrer war, dasselbe war für sie der leiseste Ausdruck von Begierde, sie lauerte ja bloß darauf, den Ärmsten schonungslos zu vernichten.

Gänzlich gefeit gegen menschliches Los war Fräulein Malin nun doch nicht. Auch sie hatte ihre Romanze. Als ein schon älteres Mädchen mit siebenundzwanzig entschloß sie sich, zu heiraten. Sie kam sich dabei vor, wie eine große Hündin, umringt von kläffenden Schoßhündchen. Sie hätte noch immer gern die kleinen Zaunkönige verbrannt, die um sie freiten, doch traf sie ihre Wahl. Wie es die Königin Sigrid tat, als sie sich auf den frommen Helden Olaf Trygvason stürzte. Wie übel es mit den zwei stolzen Herzen ausging, erzählt die Sage. Malin für ihren Teil suchte sich den Prinzen Ernst Theodor von Anhalt aus. Dieser junge Mann war der Abgott seiner Zeit. Er war ein Prinz von Geblüt und steinreich, seine Mutter eine russische Großfürstin, und er war schön wie ein Engel, ein *bel-esprit* und ein wilder Soldat. Er hatte sogar ein adliges Herz und keinen Zug von Leichtfertigkeit an sich. Wenn die schönsten Frauenzimmer sich vor Liebe nach ihm verzehrten, grämte er sich. Bei alledem hatte er Augen im Kopf. Und er machte sie auf. Eines Tages sah er Fräulein Malin und sah für einige Zeit sonst nichts mehr.

Dem jungen Mann war im Leben alles zugefallen, die Frauen am leichtesten. Schönheit, Begabung, Anmut, Tugend, alles war sein, am kleinen Finger zog er die Frauen nach. Das Bestechende bei Malin war der Einsatz. Daß dieses dünne, langnasige, bettelstolze Geschöpf, auch noch zwei Jahre älter als er, nicht nur seinen fürstlichen Namen und vollen Anteil an seiner glänzenden Zukunft forderte, sondern auch seine kniefällige Anbetung, seine lebenslängliche Treue, und für nichts weniger zu haben war: Das machte dem jungen Prinzen Eindruck.

Es gibt Leute, die nichts lieber tun als Rätsel lösen. Gib ihnen Gelegenheit, etwas Vernünftiges zu hören und tiefe Lebensweisheiten aufzunehmen; nichts von alledem, sie zerbrechen sich den Kopf über einem Rätsel, bloß weil sie nicht dahinterkommen können. Daß dabei meistenteils nicht viel Gescheites herauskommt, macht für diese Rätselwütigen keinen Unterschied. So einer war auch Prinz Ernst. Seit seiner Kindheit konnte er einen geschlagenen Tag über Rätseln und Denkaufgaben sitzen, eine Spielerei, die bei einem Prinzen als Beweis hoher Intelligenz angesehen wurde. Als er nun die harte Nuß Malin zu knacken bekam, waren die Schönheiten weniger schwierigen Grades für ihn nicht mehr vorhanden. Ob es dem Prinzen nun lieber gewesen wäre, sich seinen ersten Korb zu holen, oder ob ihm davor bange war – jedenfalls ließen ihn Ungewißheit und Unruhe erst am Abend vor dem Marsch ins Feld zu einem Entschluß kommen. Er erklärte sich Fräulein Malin – und vierzehn Tage darauf fiel er bei Jena: Seine Hand umschloß eine zierliche goldene Kapsel mit einer Locke blonden Haares darin. Nicht wenige blonde Mädchen hatten Trost in dem Gedanken an dieses Medaillon gefunden. Aber keine Seele wußte, daß unter dem Reichtum seidener Haare, die ihn gefesselt hatten, diese Locke vom Haupt eines alternden Mädchens für ihn der Walkürenfittich gewesen war, der ihn in die Lüfte trug.

Als Katholikin wäre wohl Malin nach der Schlacht bei Jena ins Kloster gegangen, wenn nicht zum Heil ihrer Seele, so um ihrer Selbstachtung willen, denn es gibt bestimmt keine glänzendere Partie für ein Mädchen, als daß sie Gottesbraut wird. Als gute Protestantin jedoch und der Herrnhuter Lehre zugetan, nahm sie ihr Kreuz auf sich, und sie trug es tapfer. Daß ihr Unglück der übrigen Welt unbekannt war, paßte zu ihrer Meinung von den Leuten, sie wußten ja doch alle nichts Rechtes. Und sie gab jeden Heiratsgedanken auf.

Mit fünfzig Jahren kam sie unerwartet in den Besitz eines großen Vermögens. Es war ein Mißverständnis, wenn nun einige meinten, das viele Geld sei ihr zu Kopfe gestiegen, so daß Wirklichkeit und Wahn bei ihr durcheinandergingen. Dem war nicht so. Selbst die Schätze des Großfürsten hätten sie nicht aus dem Häuschen gebracht. Was sie veränderte, war, was alle Frauen mit fünfzig verändert: der Übergang vom aktiven Leben – je nachdem mit einer Ehreninvalidenpension – zu dem mehr passiven Dasein des Zuschauers. Eine Last fiel von ihr ab, sie flatterte auf die nächste höhere Stange und gackerte ein wenig. Ihr Reichtum half ihr nur insoweit, als er ihr den nötigen Windstoß unter die Flügel gab, so daß sie ein wenig höher fliegen und lauter gackern konnte; auch verstummte da oben die Kritik ihrer Umgebung. Bestimmt war in ihrem befreiten Lachen ein wenig Verrücktheit.

Wie schon gesagt, war ihr Sparren eine höchst sonderbare fixe Idee von zügelloser Vergangenheit: Sie hielt sich für die große Kurtisane ihrer Zeit, wenn nicht gar für die Hure Babylon aus der Offenbarung

Johannis. Sie betrachtete ihr Vermögen, ihr Haus, ihren Schmuck als der Sünde Sold in der langen Laufbahn ihrer Sündenfälle. Daher gab sie auch mit vollen Händen ihr Geld aus, denn sie meinte, leichtsinnig erworbenes Geld müsse auch leichtsinnig ausgegeben werden. Sie konnte nicht den Mund aufmachen, ohne auf die Tage ihrer Ausschweifungen zurückzukommen. Sogar der ohne Kuß von ihr verabschiedete reine Liebhaber Prinz Ernst Theodor spielte in ihrem Wachsfigurenkabinett die Rolle eines Opfers ihrer wüsten Sirenenkünste.

Kein junges Weib, selbst eine Nonne nicht, hätte sich ohne Furcht und Zittern in Fräulein Malins Sündenwahn versetzen können. Doch das so auf seine Rettung bedacht gewesene Alterchen konnte in die abgründigste Tiefe der Verworfenheit mit der Grazie eines beschopften Wasserhuhns untertauchen. Von Haus aus treu im Glauben, hielt sie an dem Standpunkt ihrer Jugend fest, soweit es jenes Wort vom Ehebruch im Evangelium betraf. Sie hatte die Heilige Schrift für sich: Gott weiß wie viele junge Leute hatten die Ehe gebrochen mit ihr. Unbekümmert drehte sie das Wort für ihren Hausgebrauch um, wie sonst eine Frau einen abgeschossenen Rock wendet. *Sie* war das leibhafte Gegenbild der großen reuigen Sünderin, deren Sünden weiß wie Wolle gemacht waren, sah sie doch ihres Herzens Lust darin, dem weißen Unschuldslamm, das sie gewesen war, die Wolle recht schwarzbunt zu färben. Eifersucht, Falschheit, Verführung, Beraubung, Kindesmord und Grausamkeit samt allen Perversitäten aus der Welt der Leidenschaften, selbst die *maladies galantes,* über die sie sich erstaunlich kenntnisreich äußerte, waren für sie kleine Leckerbissen, die sie Stück für Stück aus der Bonbonniere ihres inneren Menschen herausnahm und genießerisch auf der Zunge zergehen ließ. In all ihren Phantasien spielte sie selbst die Heldin, und mit der Begeisterung eines Bübchens, das auf dem Schaukelpferd die großen Rennen der Welt mitreitet, rannte sie mit den sieben Todsünden um die Wette. Keine Gefahr konnte ihr bange machen, keine Gewissensbisse ihren Frieden stören. Wenn sie von jemand mit Verachtung sprach, dann von der Maria Magdalena der Legende, die mit ihrer holden Sündenlast nichts Besseres anzufangen wußte, als in die Wüste zu gehen und einem Totenschädel Gesellschaft zu leisten. Sie trug ihr Sündenpack mit Athletengeschicklichkeit und spielte noch Fangball damit.

Auch ihr Gesichtsausdruck änderte sich unter dem großen Umschwung ihres Inneren, ihre Nachsicht gegen menschliche Schwäche lieh ihr frische Farben und süßen Glanz der Augen, wenn andere Frauen schon Rouge und Belladonna nötig haben. Sie war jetzt eine hübschere Frau als je zuvor. Einer Zauberin hatte sie immer gleichgesehen, aber jetzt in ihrer zweiten Jugend wirkte sie eher wie eine schlimme Fee aus den Kindermärchen als wie eine Meduse oder der Engel mit dem flammenden Schwert, der Prinz Ernst das Paradies verwehrt hatte. Sie war noch immer schlank und leicht wie eine Elfe, noch immer hätte sie als Tänzerin auf einem großem Ball geglänzt. In solch holdem Wahn ihrer zweiten Jugend glühend, saß sie nun auf dem Heuboden einer Bauernscheune, in lebhafter Unterhaltung mit dem Kardinal Hamilkar.

»Als ich in meiner Knabenzeit einmal in Koblenz bei dem emigrierten Herzog von Chartres zu Hofe war«, sagte nachdenklich der Kardinal nach einer kleinen Pause, »da wurde ich auch mit dem großen Maler Abildgaard bekannt und kam gern des Vormittags in sein Atelier. Er war ein sehr gesuchter Maler schöner Damen, auch die Hofdamen wollten sich gern von ihm verewigt sehen, und oft genug hörte ich, wie er zu ihnen sagte: ›Waschen Sie Ihr Gesicht, meine Damen. Nehmen Sie Puder, Rouge und Lidschatten fort. Denn wenn Sie Ihre Gesichter selbst bemalen, kann ich sie nicht malen. Oft in meinem Leben habe ich über seine Worte nachgedacht, und ich sagte mir: Spricht nicht auch der Herr in einem fort das gleiche zu den schwachen eitlen Menschenkindern? Wascht eure Gesichter. Denn wollt ihr selbst das Malen besorgen, da ihr Demut, Entsagung und Keuschheit und Barmherzigkeit zolldick auftragt; wie soll ich noch etwas tun? Heute nacht«, fuhr der alte Mann, mit einem Lächeln, fort, da ein Zittern durch das Haus lief wie von einem tiefen Rollen der See, »will nun wirklich der Herr an unserer Statt uns waschen mit seinen eigenen Händen, und er nimmt viel Wasser dazu. Doch wir wollen Trost in dem Gedanken suchen, es gibt keine höhere Ehre noch Glückseligkeit für uns denn die: unser Bildnis von der Hand des Herrn gemalt zu bekommen. Einzig danach hat uns immer verlangt, als nach dem ewigen Leben, von dem wir reden.« Malin, die des Sprechenden Gesicht in seinem blutgetränkten Verband betrachtete, wollte etwas sagen, aber sie unterdrückte ihre Bemerkung, ungewiß, welch entstellendes Mal sich unter der Binde verbergen mochte. Der Kardinal verstand sie sofort und sprach es mit einem Lächeln aus: »Ja, Madame«, sagte er, »Gott hat es gefallen, mein Gesicht noch feuriger zu waschen. Doch ist uns nicht die reinwaschende Macht des Blutes gelehrt worden? Ich weiß es, gnädige Frau, sie ist stärker, als wir dachten. Vielleicht auch tat es meinem Gesicht not. Gott allein weiß, was für Rouge und Puder ich im Laufe meiner siebzig Jahre aufgelegt habe. Wahrhaftig, Madame, ich fühle, ich darf ihm in dem Verband eher für mein Bildnis sitzen als jemals zuvor.«

Als habe sie es an Takt fehlen lassen, errötete Malin, sie ging um einen Schritt zurück in ihrem Gespräch, wie man eine Uhr zurückstellt. »Ich bin froh«, sagte sie, »mein Leben lang ist kein Rouge und kein Puder auf mein Gesicht gekommen, und Ihr Abildgaard hätte mich jederzeit malen können. Doch das andere Bild betreffend, das ewige, das vermutlich in den Sälen des Himmels aufgehängt werden soll, wenn ich tot und nicht mehr da bin — da, darf ich es sagen, Eminenz, sind meine Ansichten ein wenig verschieden von den Ihrigen.«

»In Sachen der Kunstbetrachtung«, erwiderte der Kardinal, »gehen die Ansichten leicht auseinander; ich erfuhr das häufig im Atelier. Den Meister selbst hab ich einmal einem großen französischen Maler einen Dachshaarpinsel voll mit Kadmium ins Gesicht schlagen sehen, weil sie nicht eins werden konnten über das Gesetz der Perspektive. Teilen Sie mir Ihre Ansicht mit, Madame, ich möchte von Ihnen lernen.«

»Also gut«, sagte Malin, »wie in aller Welt kommen Sie auf den Gedanken, daß Gott die Wahrheit von uns wolle? Ein wunderlicher, ein ganz eigener Gedanke von Ihnen, Eminenz. Warum, er kennt sie ja schon und mag sie gar ein wenig öde gefunden haben. Wahrheit ist für Gevatter Schneider und Schuhmacher, Eminenz. Ich habe im Gegenteil immer daran festgehalten, daß der Herr eine Neigung für Maskeraden habe. Sagt nicht auch ihr geistlichen Herren, selbst unsere Prüfungen seien eigentlich verkappte Segnungen? Und das sind sie. Ich hab auch gefunden: Es ist so. Es ist so, um Mitternacht, zur Stunde, wenn die Masken fallen. Aber trotzdem kann niemand abstreiten, welch unvergleichliche Kennerhand sie hergerichtet habe. Der Herr selbst – erlauben Eminenz – scheint mir, als er im Fleische unter uns wandelte, sich recht ausgiebig maskiert zu haben. Fürwahr, wär' ich Gastgeberin auf der Hochzeit zu Kana gewesen, vielleicht hätte ich dieses Kunststück ein wenig übel genommen – vielleicht, sage ich, Eminenz. Hatte ich da den hochgepriesenen Jüngling, des Zimmermanns Sohn, eingeladen und ihn mit meinem besten Bernkastler Doktor traktiert, und er hatte in dem Augenblick, weil es ihm so gefiel, pures Wasser in einen viel feineren Wein verwandelt! Dabei wußte die Dame ja nicht, was noch alles kommen konnte, da er ja der allmächtige Gott war.

Ich muß schon sagen, Eminenz«, fuhr sie fort, »von allen Herrschern, von denen ich je gehört habe, kam nach meinem Dafürhalten der Kalif Harun al Raschid von Bagdad dem wahren Geist Gottes am nächsten, er hatte eine Vorliebe für Verkleidung, wie Sie wissen. Ach, hätte ich zu seiner Zeit gelebt! Ich hätte das Spiel nach seinem Geschmack mit ihm gespielt, hätte ich die fünfhundert Bettler suchen sollen, eh' ich auf den

Herrn aller Gläubigen im Bettelmannskleid gestoßen wäre. Und wann immer in meinem Leben ich einer Gottheit gleichkam, war das letzte, was ich von meinen Anbetern verlangte, Wahrheit. ›Macht Verse‹, habe ich ihnen gesagt, ›laßt eure Einbildungskraft spielen, nur verschont mich mit der Wahrheit. Eure Wahrheit kommt noch früh genug ans Licht‹ – erlauben Sie gütigst, Eminenz –, ›und damit hört das Spiel auf‹.«

»Und nun, Eminenz«, fragte die alte Dame weiter, »was halten Sie vom weiblichen Anstand? Er ist bestimmt eine göttliche Eigenschaft; und ist doch nichts anderes als bewußter Trug? In Gegenwart dieses jungen Mannes und des Mädchens hier geben Sie und ich, die wir das Leben vom besten Schauplatz aus betrachtet haben – Sie vom Beichtstuhl und ich vom Alkoven aus –, uns Mühe, die Wahrheit zu übersehen. Um nur von den Beinen zu sprechen: Da kann ich Ihnen sagen, die Frauen samt und sonders werden nach der Schönheit der Beine beurteilt. Die mit hübschen Beinen, und die auch wissen, daß verhüllte Wahrheit süßer ist als alle Illusionen, sind die wahrhaft tapferen Frauen, die Ihnen ins Gesicht sehen mit dem echten Mut des guten Gewissens. Doch wenn sie Hosen trügen, wo bliebe ihre Tapferkeit? Die jungen Männer von heute tragen enge Hosen, ohne zwei Diener geht es nicht, sie anzuziehen, sie brauchen einen Kammerdiener für jedes Bein –«

»Und der hat noch schwer zu schuften«, sagte der Kardinal gedankenvoll.

»Als zweibeiniger Verkünder der Wahrheit umherzuwandeln«, beendete Malin ihre Rede, »mag menschlicher sein, aber ein göttlicher Auftrag ist es nicht. Der männliche Teil mag die nüchternen Tatsachen des Lebens für sich haben, während die Frauenbeine unter den Röcken nur Ideen sind. Aber die Leute, die auf Ideen einhergehen, das sind die wahren Heldenmütigen. Denn es ist das Wissen um verborgene Macht, das Mut gibt. Doch ich bitte um Vergebung, Eminenz, daß ich so lange spreche.«

»Madame«, sagte der Kardinal, »Sie sollen sich nicht entschuldigen. Ihre Rede ist Gewinn für mich. Aber es will mir nicht einleuchten, daß Sie und ich nicht einer Meinung seien. Unsere Welt ist dem Kinderspiel mit Schiebebrot gleich; immer ist etwas darunter – Wahrheit, Täuschung – Wahrheit, Täuschung! Wenn der Kalif sich als einer seiner armen Untertanen maskierte, so würde alle seine verborgene Pracht den Spaß nicht davor bewahrt haben, gar armselig zu sein, wäre nicht darunter sein brüderliches Herz für die Armen gewesen. Ebenso wenn sich unser Herr für einige dreißig Jahre als des Menschen Sohn maskier-

te, hätte es nicht den rechten guten Sinn gehabt ohne sein menschliches Herz und auch, liebe gnädige Frau, ohne sein Wohlgefallen an Liebhabern guter Weine. Kluge Frauen, Madame, wählen als Maske ein Kostüm, das sinnreich ein im Alltagsleben verborgen bleibendes Stück Herz oder Geist merken läßt. Und wenn sie die garstigen, langnasigen venezianischen Masken anlegen, heißt das: es steckt nicht nur eine klassische Nase darunter, sondern noch viel mehr Dinge, um die eine Frau anbetungswürdig ist außer ihrer Schönheit an sich. Der Schiedsrichter auf dem Maskenball spricht also: ›An deiner Maske werde ich dich erkennen.‹ Doch Sie werden mir zustimmen, Madame«, fuhr er fort, »daß der Tag des Gerichts nicht, wie langweilige Prediger uns glauben machen wollen, dann gekommen sein wird, wenn die Schleier von unseren armseligen kleinen Täuschungsversuchen fallen, um die unser Herr ja bereits weiß, sondern es wird im Gegenteil die Stunde sein, da der allmächtige Gott selbst die Maske wird fallen lassen. Was für ein Augenblick! Millionen Jahre des Wartens werden nicht zuviel gewesen sein, Madame. Ein Lachen wird erklingen und widerhallen im Himmel, rein und schuldlos wie das Lachen eines Kindes, lauter wie das Lachen einer Braut, triumphierend wie das Lachen eines treuen Kämpen, der seinem Herrn das feindliche Banner zu Füßen legt, oder wie das Lachen dieses selben Kämpen, wenn er von Kerker und Ketten los und von der Schande der Verleumdung gereinigt dasteht!
Aber, Madame, hat uns nicht der Herr einen Tag des Gerichts im kleinen bestellt? Die mitternächtliche Stunde ist nahe. Mag es die Stunde sein, da die Masken fallen. Ist es nicht Ihre und nicht meine Maske, die fällt, mag es die Maske von Schicksal und Leben sein. Bald schon werden wir dem Tod ins Gesicht sehen ohne Masken. In der Zwischenzeit haben wir nur noch eines zu bedenken: was es denn wirklich um das Leben ist! Kommen Sie, Madame, und Sie, mein junger Bruder und meine Schwester, weil wir doch nicht schlafen mögen, hier jedoch bequem genug sitzen, so lassen Sie mich wissen, wer Sie sind, und erzählen Sie mir Ihre Geschichte ohne Scheu.«
Der alte Mann wandte sich an Jonathan Maersk: »Sie fuhren von Ihrem Platz im Boot auf, so daß es bedenklich kippte, als der Kornspeicher vor uns zusammenfiel. Daher nehme ich an, auch in Ihrem Leben sei ein stolzes Bauwerk einmal eingefallen und in Trümmer gegangen vor Ihren Augen. Sagen Sie uns, was es war.
Ebenso bemerkte ich einige Zeit nachher«, fuhr er fort, »als ich von der Reinheit unseres Blutes sprach, daß Sie bei meinen Worten zurückfuhren wie bei dem Anblick des Kornspeichers. Sie teilen vielleicht die

revolutionären Gedanken Ihrer Generation? Dann sollen Sie nicht denken, solche Lehren seien mir fremd. Wirklich, ich bin näher mit ihnen in Berührung gekommen, als Sie wissen können. Doch wie sollten in dieser Stunde für uns politische Meinungen irgendeinen Unterschied ausmachen, der die Herzen trennte? Kommen Sie, ich will zu Ihnen mit Ihren eigenen Worten sprechen: Nun aber bleiben Freiheit, Gleichheit, Brüderlichkeit, diese drei, aber die Brüderlichkeit ist die größte unter ihnen.
Oder«, sagte der Kardinal weiter, »es mag Sie, mein lieber Sohn, das Leid unehelicher Geburt bedrücken. Wer als ein Bastard hätte ein besseres Recht, die Frage hinauszuschreien: ›Wer bin ich?‹ Haben Sie Vertrauen zu uns. Erzählen Sie uns heute noch Ihre Lebensgeschichte.«
In der Haltung des jungen Mannes war die ganze Zeit ein Zug von Verlassenheit gewesen, das Kennzeichen echter Melancholie. Jetzt so angesprochen, blickte er auf und dem Kardinal ins Gesicht. Die hohe Würde im Wesen des alten Mannes hatte die anderen von der ersten Minute an bewegt. Jetzt war der Junge wie verzaubert von dem fremdartigen Glanz in seinen Augen. Sie ließen eine Weile ihre Blicke ineinander ruhen. In die blassen Wangen des jungen Mannes kehrte die Farbe wieder. Er tat einen tiefen Atemzug.
»Ja«, sprach er wie unter einer Eingebung, »ich will euch meine Geschichte erzählen. Vielleicht werde ich alles besser verstehen, wenn ich endlich darüber sprechen kann.«
»Waschen Sie Ihr Gesicht, mein Lieber«, redete Fräulein Malin ihm zu, »und in unseren Herzen wird Ihr Bildnis unsterblich fortleben.«
»Meine Erzählung will ich ›Die Geschichte des Timon von Assens‹ heißen«, sagte der junge Mann und begann.

»Wenn Sie in Kopenhagen gelebt hätten, wüßten Sie von mir, denn es wurde dort seinerzeit viel über mich gesprochen. Ich hatte sogar einen Namen abbekommen: ich hieß der Timon von Assens. Ich bin auch wirklich von Assens, das ist richtig. Assens ist eine kleine Hafenstadt auf der Insel Fünen, wissen Sie. Dort bin ich als ehrlicher Leute Kind geboren. Meine Eltern waren der Kapitän Clemens Maersk und seine Frau Magdalena; ein hübsches Haus mit Garten in der Stadt gehört ihnen.
Ich weiß nicht, wird man es sonderbar finden oder nicht, aber in all der Zeit, da ich in Assens lebte, ist mir nie der Gedanke gekommen, irgend etwas könne oder sollte mir Schmerz bereiten. Ich dachte wahrhaftig nie

und nimmer, daß sich die Welt mit mir beschäftigen könnte. Es schien im Gegenteil an mir zu liegen, mich um die Welt zu bekümmern. Mein Vater fuhr zur See, und sommers war ich viel auf Fahrt mit ihm. Ich kam nach Portugal und nach Griechenland. Waren wir auf See, so mußten wir das Schiff und die Fracht versehen, es gab für uns auf der Welt nichts Wichtigeres.

Meine Mutter war eine schöne Frau. In ihrem Aussehen und ebenso in ihrem Auftreten hatte sie nicht ihresgleichen; auch in der besten Gesellschaft nicht, in der ich später eine Zeitlang aufgenommen war. Mit den anderen Schifferfrauen pflegte sie allerdings keinen Verkehr – sie ging auch nie in anderer Leute Häuser. Ihr Vater war Gehilfe des großen schwedischen Botanikers Linné gewesen, ihre Welt waren Blumen und was dazu gehört, und die Bienen, ihr Leben und Treiben im Stock. Was mit den Menschen zu tun hatte, war ihr weniger wichtig. Ebenso ging es mir damals bei der Mutter, Pflanzen, Blumen und Insekten waren mir die einzig wichtigen Dinge, und ich glaubte, nur um ihretwillen seien auch die Menschen da. In dem Garten von Assens lebten meine Mutter und ich wie im Himmel. Es war die reine, unschuldige Freude.«

Malin war bei jeder Art von Erzählung eine aufmerksame Zuhörerin, so auch hier, aber sie konnte nicht anders, mit einem kleinen Seufzer unterbrach sie Jonathan Maersk. »Ach«, sagte sie, »wie im Himmel, ich weiß, was das ist. Mais moi je n'aime pas les plaisirs innocents.«

Jonathan fuhr in seiner Erzählung fort: »Ich hatte einen Freund in Assens oder ich hielt ihn dafür, ein kluger Bursche, namens Rasmus Petersen, ein paar Jahre älter als ich und einen Kopf größer. Er sollte Pfarrer werden, aber es gab Geschichten und kam anders; damals studierte er noch in Kopenhagen und war in den besten Familien Hauslehrer. Er fand großes Gefallen an mir; ich, obgleich ich an ihm hinaufsah, fühlte mich nie so recht wohl in seiner Gesellschaft. Er hatte so etwas Rasiermesserscharfes, man schnitt sich bei ihm zu leicht in den Finger; ich merkte es immer erst, wenn es zu spät war. Ungefähr sechzehn war ich, da redete er meinem Vater zu, er solle mich mit ihm nach Kopenhagen lassen, wo ich bei gelehrten Leuten seiner Bekanntschaft etwas lernen könne, denn er hielt mich für ein Talent.«

»Und waren Sie wirklich ein Talent?« fragte Malin überrascht.

»Durchaus nicht, Madame«, erwiderte Jonathan.

»Als ich noch neu in Kopenhagen war«, fuhrt er fort, »kam ich mir gottverlassen vor. Nur Menschen, und sonst nichts – was hatte ich bei ihnen verloren? Und sie kümmerten sich auch nicht um mich. Nach ein paar Worten ließen sie mich stehen. Doch nach einiger Zeit hatte ich etwas für mich gefunden, die großen Treibhäuser und Versuchsanlagen, die zum Schloß und zum Besitz des Hofadels gehören. Am berühmtesten waren die des dänischen Oberhofmeisters Baron Joachim von Gersdorff, der, selbst ein großer Botaniker, Reisen in ganz Europa, Indien, Afrika und Amerika gemacht und überall seltene Pflanzen gesammelt hatte.

Haben Sie von ihm schon gehört oder kennen Sie ihn? Er stammte aus einer russischen Familie und hatte ein Riesenvermögen, wie man es sonst in Dänemark nicht kennt. Er war ein Dichter und Musiker, Diplomat, und hatte Glück bei Frauen noch als alter Mann. Doch all dies hätte ihn nicht hervorgehoben. Es war etwas anderes: Baron Gersdorff war tonangebend. Oder sollte man sagen, daß es, wenigstens in Kopenhagen, zum guten Ton gehörte, sich nach ihm zu richten. Was er anfing, machte ihm gleich alle Welt nach. Aber es ist keine weitere Beschreibung nötig. Ich denke, Sie wissen Bescheid.

Ich sah ihn nach zwei oder drei Besuchen eines Nachmittags selbst in seinen Treibhäusern, zu denen mir Rasmus Zugang verschafft hatte. Rasmus machte mich mit ihm bekannt, er begrüßte mich sehr freundlich und sagte, er wolle mir gern das ganze Anwesen zeigen, was er denn auch sehr geduldig und wohlwollend tat. Von jetzt ab traf ich ihn fast täglich dort. Er übertrug mir die Katalogisierung seiner Kakteensammlung. Wir waren viele Stunden im Warmhaus zusammen. Ich mochte ihn gut leiden, denn er hatte so viel von der Welt gesehen und konnte mir von ihren Pflanzen und Insekten erzählen. Zuweilen merkte ich, daß meine Gegenwart ihn stark bewegte. Eines Nachmittags, ich las ihm eben eine Abhandlung über die Mundröhre des Epiphyllum vor, sah ich ihn mit geschlossenen Augen dasitzen. Er nahm meine Hand und hielt sie fest, und als ich zu Ende gelesen hatte, sah er auf und sagte: ›Was soll ich dir als Finderlohn geben, Jonathan?‹ Ich lachte und antwortete ihm, nicht daß ich wüßte, irgend was Besonderes bis jetzt gefunden zu haben. ›Du lieber Gott‹, erwiderte er, ›einen Finderlohn für den Sommer 1814!‹ Bald nach diesen Tagen begann er von meiner Stimme zu sprechen. Er sagte mir, ich hätte eine Glockenstimme und er würde mir gern von Monsieur Dupuy Gesangsunterricht geben lassen.«

»Und hatten Sie eine Glockenstimme?« fragte Fräulein Malin etwas ungläubig, denn die Stimme des Erzählers klang matt und heiser.

»Doch, Madame«, sagte er, »damals hatte ich eine recht angenehme Stimme. Ich hatte bei meiner Mutter singen gelernt.«

»Oh«, rief Malin, »nichts in der Welt geht über eine schöne Knabenstimme. Als ich in Rom war, gab es im Chor Jesu einen Knaben namens Mario, der hatte eine Stimme wie ein Engel. Der Heilige Vater in eigener Person wollte von mir haben, daß ich hinginge und ihn singen hörte, ich wußte wohl, warum. Er hoffte, ich würde in Rom übertreten, und dachte wohl, dieser goldene Engelsgesang werde meinen Widerstand vollends brechen. Von meinem Kirchenstuhl aus sah ich, wie dem Papst die Tränen herunterliefen, als der kleine Mario wie ein Schwan seine Flügel seine Stimme erhob in Carissimis unvergänglichem Rezitativ: ›Weiche hinter mich, Satan!‹ Der gute Pius der Achte! Zwei Tage nachher wurde er mit drei spanischen Pillen elend vergiftet. Ich halte es nicht mit den Päpstlichen, aber er war ein Papst, wie er im Buch steht, und er starb wie ein Mann. Also hatten Sie Ihre Stunden und wurden ein Künstler, Herr Jonathan?«

»Ja, Madame«, sagte Jonathan mit einem Lächeln, »meine Stunden hatte ich. Und weil Musik mir immer viel bedeutete, war ich fleißig und machte gute Fortschritte. Zu Beginn des dritten Winters, als es schien, daß der Baron sich gar nicht mehr von mir trennen wollte, nahm er mich zu ihm befreundeten Familien mit und ließ mich dort singen. Nun muß ich sagen: In meiner ersten Zeit in Kopenhagen bin ich oft abends im Winter vor solchen großen Häusern gestanden, um die Blumen und Kronleuchter in den Sälen zu sehen und die jungen Frauen, wenn sie ihrem Wagen entstiegen. Nun standen mir diese Häuser selbst offen, und die Damen, ob alt oder jung, waren so freundlich zu mir, als wäre ich für sie ein Kind oder jüngerer Bruder gewesen. Ich sang am Hofe vor König Friedrich und der Königin Marie, die Königin lächelte mir huldvoll zu. Und ich dachte in meinem Glück: Da sagen die törichten Menschen den hohen Herrschaften in der Stadt nach, sie liebten nichts als Reichtum und Ehren. Und sie lieben doch die Musik genauso wie ich – ja mehr – alle diese großen Damen und Herren, und vergessen darüber alles andere – es ist doch etwas Herrliches um die Liebe zum Schönen!«

»Und haben Sie sich verliebt?« fragte Malin.

»Ich war eigentlich in alle verliebt«, erwiderte Jonathan, »darum: Sie hatten Tränen in den Augen, wenn ich sang; sie begleiteten mich auf der Harfe oder sangen im Duett mit mir. Aber eine hatte ich wohl lieb, die Gräfin Atalanta Danneskjold, sie war die jüngste der Geschwister Danneskjold, die neun Schwäne von Samsø hieß man sie. Atalantas Mutter ließ uns in einer Scharade als Orpheus und Eurydike zusammen auftreten. Dieser ganze Winter war wie ein Traum – oder träumt es Ihnen nicht hin und wieder, Sie könnten singen, Note für Note auf und ab wie die Engel auf der Jakobsleiter? Mir träumt das jetzt manchmal noch.

Doch gegen das Frühjahr kam ein großes Unglück, so meinte ich, über mich; ich wußte noch nicht, was Unglück ist. Ich wurde krank. Als es mir besser ging, sagte mir der Hofarzt, der mich behandelt hatte, ich hätte meine Stimme verloren, und es sei keine Hoffnung, daß ich sie wiederbekäme. Während ich noch zu Bett lag, war ich sehr unglücklich darüber, nicht allein über den Verlust der Stimme an sich, auch daß ich nun meine Freunde enttäuschen und verlieren würde und ein trauriges Leben vor mir hätte. Rasmus Petersen besuchte mich und fand mich in Tränen. Ich schüttete ihm mein Herz aus, sein Mitgefühl hätte mir wohlgetan. Er stand vom Stuhle auf und tat, sein Lachen zu verbergen, wie wenn er zum Fenster hinaussähe. Ich fand es herzlos von ihm und sagte kein Wort mehr. ›Aber Jonathan‹, fing er an, ›soll ich nicht lachen? Ich habe meine Wette gewonnen. Ich habe gewettet, du seist wirklich die Einfalt selbst, niemand wollte es mir glauben. Sie denken, du habest es hinter den Ohren. Ob du deine Stimme verloren hast oder nicht, wird nicht das geringste für dich ausmachen.‹ Ich verstand ihn nicht. Nur daß ich blaß wurde, glaube ich, wenn auch seine Worte mir tröstlich klangen.

›Schau‹, sagte er, ›der Baron Gersdorff ist dein Vater. Ich hatte schon lang eine Vermutung, noch ehe ich dich zu seinen Treibhäusern brachte. Ich sah ein Bild von ihm als Kind, auf dem hatte er den gleichen Engelskopf wie du. Als er es dann erfuhr, war er so erfreut, wie ich ihn überhaupt noch nie gesehen habe. Er sagte: „Ich habe nie ein Kind gehabt. Es kommt mir wunderlich vor, nun ich eins haben soll. Doch ich glaub's, der Junge ist wirklich ein leiblicher Sohn von mir, und ich will es ihm lohnen. Sollte sich aber herausstellen, daß er mir nachschlägt – wahrhaftiger Gott, so will ich ihm meinen ehrlichen Namen geben und ihn zu meinem Erben machen. Und wenn nicht ein Baron Gersdorff, soll er mir ein Malteserritter werden mit dem Namen de Résurrection."

›Siehst du‹, sagte Rasmus, ›warum die netten Kopenhagener Herrschaften allesamt dich verwöhnt haben, Jonathan? In dieser ganzen Zeit haben sie dich beobachtet, um herauszubekommen, ob du Baron Gersdorff nachschlägst, in welchem Fall du der reichste Mann und die beste Partie in ganz Nordeuropa sein würdest, du, Jonathan.‹ Und dann gab er mir noch weiter Bericht über ein Gespräch mit dem Baron, das sich um mich gedreht hatte:

„Sie, mein lieber Rasmus, wissen, ich bin ein Dichter", habe der Baron gesagt. „Gut, dann will ich Ihnen sagen, was für eine Art Dichter ich bin. Ich habe nicht eine Zeile geschrieben, ohne mich einzufühlen in den oder jenen mir bekannten Dichter. Ich habe in Horazens und Lamartines Manier Gedichte gemacht. Um einen Liebesbrief zu schreiben, muß ich mir vorstellen, ich sei Lovelace, der Korsar, oder Eugen Onegin. Frauen hab ich schöngetan und sie angeschmachtet und verführt reihum nach dem Muster der Helden Chateaubriands und Lord Byrons. Es gibt nichts, was ich jemals unbedacht getan hätte, ohne genau zu wissen, was ich tat. Aber dieser Junge, der Jonathan – den hab ich wirklich gemacht, ohne es zu bedenken. Der ist von mir, nicht aus Firdusi oder meinethalben aus Oehlenschlaeger entlehnt, sondern ein echtes, ureigenes Werk von Joachim Gersdorff. Eine merkwürdige Sache ist das, eine höchst merkwürdige Sache für Joachim Gersdorff, dessen gewahr zu werden. Ein Phänomen von großer Bedeutung für Joachim Gersdorff. Er soll mir mal vormachen, wie ein Joachim Gersdorff in Wirklichkeit aussieht, und keine Belohnung wird mir zu hoch sein. Geld und Gut, Juwelen, Frauen, Weine, er soll alles haben und ein großer Mann werden im Lande Dänemark."

Das hörte ich alles in meinem Bette.

Ich weiß nicht, ob es Sie wundern wird, Eminenz, oder Sie, Fräulein Nat-og-Dag: aber ich schämte mich tief – so tief, daß ich nie in meinem Leben etwas von ähnlicher Stärke gefühlt habe.

Gott hat die Welt gemacht, Eminenz, er sah an, was er gemacht hatte, und er sah, daß es gut war. Ja – wenn aber die Welt auf ihn zurückgesehen hätte, ob er gut war oder nicht? Mir fiel der Engel Luzifer ein, ob nicht dies sein Vergehen war vor Gott: Er hat ihn angesehen und hat Gott zu verstehen gegeben, jetzt stehe er vor seinem Kritiker. War er gut? Ich – ich war so schuldlos wie Gott. Nun war aus mir ein wirklicher Joachim Gersdorff gemacht worden. Ich war sein eigen Fleisch und Blut, dieser tonangebende Mann, der die Augen der Welt auf sich zog, war mein Vater. Gott war rasch fertig mit Luzifer, er warf ihn in die Hölle. Gott war im Recht; er durfte es nicht hingehen lassen. Ich konnte es auch nicht, aber ich mußte.

Um festzustellen, ob Rasmus recht behalten würde, unternahm ich etwas, es war ein kleines Heldenstück, glaube ich, und sollte mir selber beweisen, daß die gute Erziehung des Kapitäns und seiner Frau an mir nicht verloren war. Ich besuchte eine große Gesellschaft bei der Gräfin Danneskjold und sang wieder. Ich sang meine alten Lieder, ich hörte meine eigene Stimme oder was von ihr übriggeblieben war. Die Sie mir jetzt zuhören, Sie begreifen leicht, wie armselig das war. Ich hatte auch

sonst mein Bestes gegeben, wenn ich vor ihnen sang, und mir war zumute, als hätte ich jetzt das Allerbeste aus mir herausgeholt. Ich sang also, und auf keinem Gesicht um mich her zeigte sich Bedauern oder Enttäuschung. Es waren die gleichen freundlichen Menschen, und sie hatten ein Wort des Lobs für mich wie immer. Da wurde es mir klar, niemals hatte ich ihnen etwas gegeben, niemals ihnen auch nur das Allermindeste bedeutet. Die Welt um mich herum beobachtete mich, sie meinte mir etwas zu bedeuten. Alle Augen waren auf mich gerichtet, ich war ein echter Joachim Gersdorff, ein tonangebender junger Mann. Um Mitternacht ging ich und verließ das Haus; an diese Stunde, Eminenz, hat der zusammenfallende Kornspeicher mich gemahnt.
Noch in derselben Nacht schrieb ich an den Baron einen Abschiedsbrief. Beim Überlesen des Briefes fand ich, sage und schreibe, neunmal das Wort ›tonangebend‹, so groß war mein Abscheu vor dem Mann und all dem Getue um ihn herum. Den Brief ließ ich durch Rasmus hinbringen. Im letzten Augenblick fiel mir ein: Ich hatte nichts davon erwähnt, daß mir der Baron sein Vermögen vermachen wollte. Ich war nicht gewillt, irgend etwas anzunehmen, das bat ich meinen Freund noch mündlich auszurichten.
Ich konnte den Anblick der Straßen nicht ertragen. Also ging ich fort aus meiner hübschen kleinen Wohnung nahe bei dem Gersdorffschen Palais und fuhr in einem Boot nach der kleinen, befestigten Insel Trekroner hinüber. Dort fand ich ein Zimmer bei dem Quartiermeister, wo ich nichts sah als die See. Rasmus begleitete mich und trug meinen Koffer. Noch bis zuletzt wollte er mich aufhalten. Wir mußten am Tor des Palais Gersdorff vorbei, da packte mich solch ein plötzlicher Ekel vor der Stelle, ich spuckte aus, wie mein Vater – ach, wie der Kapitän Clemens Maersk von Assens – in meiner Knabenzeit mir das Spucken beigebracht hatte.
Die ersten Tage in Trekroner gingen damit herum, daß ich versuchte, die Welt wiederzufinden, die einst meine Welt gewesen war – an mich dachte ich dabei nicht, ich brauchte nichts weniger als mich. Ich dachte an den Garten von Assens, aber der war in Zeit und Ewigkeit für mich verschlossen. Wer einmal vom Baum der Erkenntnis gegessen und sich selbst erkannt hat, für den schließen sich die Gärten zu. Es wird ein Mann des guten Tons aus ihm, wie es auch mit Adam und Eva ging, als ihnen ihre Erscheinung einmal wichtig geworden war. Doch einige Tage später kam Rasmus herüber, er sollte mich sprechen. Er hatte eine kleine Jolle genommen, er, der so wasserscheu war.
›Ach, mein Lieber‹, sagte er, seine Hände reibend, ›du bist unter einem

Glücksstern geboren. Ich gab deinen Brief dem Baron, er las ihn und war ganz entzückt und begeistert. Er stand auf, ging auf und ab und rief: „Mein Gott, diese Misanthropie, diese Melancholie! Wie ich sie kenne! Das ist ganz mein Fall. In den ersten acht Tagen, als ich der Geliebte der Kaiserin Katharina geworden war, fühlte ich genauso wie er. Ich wollte in ein Kloster gehen. Er ist auf und nieder ein junger Gersdorff, nur etwas mehr in Schwarz, eine Radierung nach dem farbigen Original. Weiß Gott, der Junge hat es in sich – ein feines, tiefes Schwarz! Mit seiner hohen Stimme hätte ich es ihm nicht zugetraut. Das ist die russische Winternacht, mit Wölfen auf der Steppe." Er las deinen Brief ein zweites Mal und sagte: „Er will kein Mann sein, der den Ton angibt? Aber so sind wir Gersdorffs alle! Mein Vater am Hof der jungen Zarin war so. Warum soll mein Sohn anders sein? Er wird bestimmt unser Erbe sein, der Sitte Spiegel und der Bildung Muster."
Und Rasmus fuhr fort: ›Das sag ich dir, Jonathan, deine Melancholie ist heute tonangebend, und wie! Die eleganten Kopenhagener tragen Schwarz und sind Weltverächter, und die jungen Damen reden vom Sterben.‹
Seit dieser Zeit nannten sie mich Timon von Assens.
›Hast du ihm gesagt‹, fragte ich Erasmus, ›ich werde unter keinen Umständen Geld von ihm annehmen?‹ Rasmus antwortete: ›Ja, ich tat es, er war darüber so vergnügt, daß ich dachte, ihn trifft der Schlag, und du bist auf der Stelle sein Erbe. „Gut, gut, mein Sohn Timon. Laß mich sehen, wie du damit umgehst. Wirf es zum Fenster hinaus! Zeige der Welt so recht gersdorffisch deine Verachtung des Geldes! Wirf es den Hetären nach! Ein melancholischer Mann, der tonangebend ist, kann nichts Besseres anfangen. Sie werden dir auf Schritt und Tritt nachlaufen und zu deinem tiefen Schwarz einen reizenden Gegensatz bilden. Man muß den Jungen gern haben!" sagte er weiter. „Ich habe da eine Sammlung von Smaragden, eine Rarität, einzig in ihrer Art. Die soll er fürs erste haben. – Da sind sie." Damit übergab mir Rasmus mit aller Achtsamkeit ein Kästchen Juwelen.
Er wußte noch mehr zu sagen: ›Als der Baron hörte, wie du vor seiner Tür ausgespuckt hast, ist er sehr ernst geworden. Das, erzählte der Baron, habe auch er so gemacht, vor seines Vaters Tür, vor der Tür des Gersdorffschen Palais in Petersburg! Er ließ sogleich seinen Notar kommen und setzte ein Schriftstück auf, in dem du als sein Sohn anerkannt und als Haupterbe eingesetzt bist. Ferner hat er für dich um den Titel eines Malteserritters und um den Namen de Résurrection nachgesucht.‹

Von alledem war ich so niedergeschlagen, daß ich mit wahrem Verlangen und Heimweh ans Sterben dachte. Ich kehrte mit Rasmus in die Stadt zurück, um meine Schulden zu bezahlen, damit Schneider und Hutmacher nach meinem Tod nichts über mich zu reden hatten, und dann ging ich zur Langebrücke hinaus, blickte in die Tiefe und sah Boote auf dem Wasser liegen, auch Boote von Assens waren darunter. Ich wartete noch, bis nicht mehr so viel Volk da war. Es war einer von den blauen Aprilabenden in Kopenhagen. Eine oft von mir gesungene Barcarole von Salvadore ging mir durch den Sinn. Es wurde mir ganz leicht dabei, und auch leicht bei dem Gedanken, daß bald alles überstanden sei. Ich stand noch da, als ein Wagen heranrollte und in Schritt fiel, eine Dame in schwarzen Spitzen trat auf mich zu, sie sah um und redete mich mit leiser Stimme noch ganz außer Atem an: ›Sie sind Jonathan Maersk?‹ fragte sie. Ich bejahte, sie trat dicht zu mir heran und sagte: ›Oh, Jonathan Maersk, ich kenne Sie. Ich bin Ihnen überallhin gefolgt. Ich sehe, was Sie vorhaben. Lassen Sie mich mit Ihnen sterben. Schon lange habe ich es im Sinn, aber ich fürchte mich, allein in den Tod zu gehen. Nehmen Sie mich mit. Ich bin ein so arger Sünder wie Judas war‹, klagte sie, ›wie er habe ich meinen Herrn verraten. Komm mit mir in den Tod!‹ In der Frühlingsabenddämmerung nahm sie mich bei der Hand und hielt sie fest. Ich mußte sie richtig abschütteln und lief weg.
Ich dachte: So wird es in Kopenhagen wahrscheinlich immer wieder vier oder fünf Frauen geben, die mit dem Selbstmord spielen; vielleicht sind es auch mehr. Wenn ich für sie der Modenarr geworden bin, wie soll ich sie loswerden, um in Frieden zu sterben? Muß ich nun in modischer Gesellschaft sterben und die Langebro als Todesbrücke in Mode bringen! Müssen denn solche Frauen, die den Baßschlüssel nicht vom Violinschlüssel unterscheiden können, mit dabei sein, wenn ich abfahre, und ist mein letzter Seufzer –«
»Le dernier cri!« unterbrach Malin mit einem vergnügten kleinen Hexengelächter.
»Ich ging nach Trekroner zurück«, nahm Jonathan seine Erzählung wieder auf, »und blieb auf meinem Zimmer. Ich konnte nichts essen und nichts trinken.
Da überraschte mich der Besuch von Kapitän Clemens Maersk aus Assens. Er war eben von Trankebar zurück und suchte mich auf.
›Schöne Geschichte‹, fing er an, ›die man von dir hört, mein Jonathan. Malteserritter sollst du werden? Ich kenne Malta sehr gut. Bei der Einfahrt hast du das Schloß San Angelo rechter Hand liegen, und dann heißt es achtgeben vor einem Felsen im Hafen.‹

›Vater‹, fragte ich, in Gedanken an unsere gemeinsamen Segelfahrten, ›ist Baron Gersdorff mein Vater? Kennst du den Baron Gersdorff?‹

›Weibersachen‹, erwiderte er, ›laß sie ruh'n. Da stehst du, Jonathan, und bist ein seetüchtiges Schiff, einerlei, wer dich gebaut hat.‹

Ich erzählte ihm das Vorgefallene.

›Kleiner Jonathan‹, brummte er, ›du bist Weibern in die Hände geraten.‹ ›Oh, ich kenne wirklich nicht viele‹, sagte ich. Und er: ›Das bedeutet nichts, hat man erst die Kopenhagener Mannsbilder gesehen, lauter Wachsnasen, weibisches Volk, bei dem immer etwas los sein muß. Aber die Schiffe – ich kann dir sagen, wären nicht die Weiber und säßen im Hafen und warteten auf Seide und Tee und Cochenille und Pfeffer und all das Zeug, ohne das es nicht geht, wenn etwas los sein soll – die Schiffe würden ruhig segeln, und das Meer wäre ihnen lang gut genug, sie brauchten kein Land zu sehen. Deine Mutter,‹ fuhr er nach einer kleinen Weile fort, ›war von allen Weibern meiner Bekanntschaft die einzige Frau, für die es auch ging – ohne daß etwas los war.‹ – Da sagte ich: ›Vater, aber sie hatte kein Glück damit, und jetzt Gott befohlen.‹

Ich erzählte ihm nun, wie Baron Gersdorff mir sein Vermögen hatte vermachen wollen. Mein Vater war schwerhörig geworden. Erst nach einiger Zeit ließ er sich vernehmen: ›Sprachst du von Geld? Brauchst du Geld, Jonathan? Es käme mir doch merkwürdig vor, denn ich weiß dir eine Menge Geld. Vor acht Jahren‹, berichtete er, ›hatten wir vor einer kleiner Insel bei Haiti eine Flaute. Ich ging an Land, mir den Ort anzusehen und einige seltene Pflanzen für deine Mutter auszubuddeln: da stieß ich auf die vergrabenen Schätze des Kapitäns l'Olonais, der zu den Flibustiern gehörte. Ich buddelte alles aus und der Übung wegen auch alles schön wieder ein, viel ordentlicher, als der Kapitän es gemacht hatte. Ich weiß den Ort noch genau. Willst du, so geh' ich hin und hole es dir das nächstemal, und wenn der Baron sein Geld durchaus an dich los sein will, dann magst du ihm ein Geschenk damit machen. Es ist mehr, als er beisammen hat.‹

›Vater‹, rief ich, ›du weißt nicht, was du sagst. Du hast nicht in Kopenhagen gelebt. So etwas fehlte gerade noch! Es würde mich erst recht und für alle Zeit als Mann des Tages ins Gerede bringen. Ich wäre dann wirklich der Timon von Assens. Wenn du willst, bring mir einen Papagei von Haiti mit, aber bloß kein Geld.‹

›Ich glaube, du bist unglücklich, Jonathan.‹

›Ich bin unglücklich, Vater‹, sagte ich. ›Ich habe sie lieb gehabt, die Stadt mitsamt dem Menschenvolk. Ich habe sie mit Entzücken ge-

Aber bloß kein Geld …

... hatte er gewollt, erzählte Jonathan. O ja, es sind phantastische Geschichten.

Bloß Geld hatte er gewollt. Das wären alltägliche Geschichten.

Bloß Geld hatte er gehabt. Das wäre der Stoff für kritische Geschichten.

Bloß kein Geld hatte er gehabt. Das gäbe traurige Geschichten ab.

schlürft. Aber es ist ein Tropfen Gift dabei, den ich nicht ertragen kann. Wenn ich jetzt daran denke, so wird mir sterbenselend zumute. Weißt du nichts, was mir hilft?‹

›Aber ja, gewiß, ich weiß etwas, das hilft gegen alles: Salzwasser.‹

›Salzwasser?‹ fragte ich.

›Ja, so oder so: Schweiß, Tränen oder salziges Meerwasser.‹

Ich sagte: ›Mit Schweiß und Tränen habe ich's versucht. Mit dem salzigen Meerwasser wollte ich's versuchen, aber eine Frau in schwarzen Spitzen hinderte mich daran.‹

›Dummes Zeug, Jonathan!‹

Nach einem Weilchen sprach er weiter: ›Du kannst mitkommen, ich habe eine Fahrt nach Petersburg.‹

›Nein‹, sagte ich, ›nicht nach Petersburg.‹

›Auch gut‹, meinte er, ›aber ich muß hin. Schau, daß du dich erholst, während ich fort bin, du siehst recht elend aus. Wenn ich zurückkehre, nehm' ich dich auf hohe See mit.‹

›In Kopenhagen kann ich nicht bleiben.‹

›Dann geh' an irgendeinen Ort, den die Ärzte dir empfehlen, ich hole dich von Hamburg aus ab.‹

Und so, Eminenz und Fräulein Nat-og-Dag«, schloß der junge Maersk, »schickte mich mein Vater oder nicht mein Vater, der Schiffer Maersk, nach Norderney, auf daß ich mit Salzwasser kuriert würde.«

»Fein, fein«, sagte Malin, noch ganz versunken in die Geschichte. Sie rieb ihre schmalen Hände aneinander und schien so vergnügt wie ein Kind mit seinem neuen Spielzeug. »Das ist aber eine Geschichte, Monsieur Timon! Und der Ort, wo wir hier sitzen! Und wir selber! Über meine Person bin ich mir ins klare gekommen: Ich bin Mademoiselle Diogenes, und die kleine Laterne, die uns die dicke alte Bauernfrau gelassen hat, ist meine berühmte Lampe, bei deren Schein ich einen Menschen gesucht und gefunden habe. Der Mensch sind Sie, Timon. Ich hätte ganz Europa mit Laternen und Lampen absuchen können und doch nirgend anderswo genau das gefunden, was ich haben wollte.«

»Und wofür wollen Sie mich haben, Madame?« fragte Jonathan.

»Oh, nicht für mich«, sagte Fräulein Malin. »Mir ist heute nacht nicht nach Liebe zumute. Heute nacht will ich Sie für Calypso haben. Hier, sehen Sie das junge Mädchen?« sagte sie mit einem Blick voll Stolz auf das feine junge Geschöpf an ihrer Seite. »Sie ist nicht meine Tochter, jedoch beim Heiligen Geist, ich mache sie dazu, wie mein alter Freund Gersdorff Sie einmal gemacht hat. Ich habe sie in Herz und Sinn getragen und unter ihrer Last geseufzt. Jetzt, da die Zeit erfüllt ist, soll ich mein Kind bekommen, und hier haben wir den Stall und die Krippe. Ist sie erst zur Welt gebracht, so brauche ich eine Kinderfrau, und dann eine Erzieherin, einen Lehrer, einen Maestro für sie, und das alles zusammen sollen Sie sein.«

»Muß ich?« fragte Jonathan. »Und was soll ich sie lehren?«

»Sie sollen sie lehren, wie man sich ansehen läßt«, sagte Malin. »Ihnen sind die Blicke der Menschen ein Ärgernis. Wenn aber das Unglück ist, daß kein Mensch Sie sehen will noch sehen kann, obgleich Sie von Ihrem Dasein fest überzeugt sind, was dann? Mein lieber Menschenfeind von Assens, das sind schlimmere Leiden als Ihre. Sie haben wohl die Geschichte von des Kaisers neuen Kleidern von dem vielversprechenden jungen Schriftsteller Andersen gelesen? Hier haben wir es umgekehrt: Mein Kaiser geht in all seinem Glanz, Zepter und Reichsapfel in der Hand, einher, und kein Mensch in der ganzen Stadt traut sich ihn anzusehen, weil sie fürchten, dann für dienstuntauglich oder für unsagbar dumm gehalten zu werden. Da ist mein kleiner Kaiser! Den Umzug hat ein schlechter Kerl arrangiert, von dem Sie gleich hören werden. Und Sie, Herr Timon, sind das unschuldige Kind, das ruft: ›Aber da *ist* ja ein Kaiser!‹

Der Wahlspruch der Nat-og-Dag«, fuhr Malin fort, »lautet so: Süß und Sauer. Aus Pietät gegen meine Vorfahren habe ich mir die mancherlei gemischten Schüsseln des Lebens, das Gänseklein des Herrn Svedenborg, den Salat der platonischen Liebe, sogar das Sauerkraut des göttlichen Marquis zu Gemüt geführt. Ich habe den Geschmack einer echten Nat-og-Dag entwickelt. Ich bin auch zum Genuß gekommen. Doch die Bitternis des Lebens ist schlechte Kost, und gar für ein junges Herz. Auf den ostfriesischen Weiden wird eine Art Hammel gezogen, die, mit Bittergras gefüttert, ein ausgezeichnetes, in der kulinarischen Welt als *pré-salé* bekanntes Fleisch liefern. Auf solchen Salzweiden und mit Sole und bitteren Kräutern ist das junge Mädchen gefüttert worden. Ihr armes Herz hat keine andere Nahrung bekommen. Dem Geiste nach ist mein gesalzenes, armes Mutterlämmchen wirklich solch ein *agneau pré-salé*.«

Das Mädchen, das die ganze Zeit eng an ihre alte Freundin angeschmiegt saß, richtete sich auf, da Malin anfing, ihre Geschichte zu erzählen. Sie saß nun ganz gerade, ihre bernsteinfarbigen Augen, unter feinen, langgezogenen Brauen, die wie Linien auf Schmetterlingsflügeln oder selbst wie zwei tief ausgebreitete Flügel aussahen, stolz den Hörern abgewandt, waren starr in die Luft gerichtet. Ungeachtet ihrer sanften Augenbrauen war sie ein sprungbereites, gefährliches Tier. Doch was, wenn nicht das Leben überhaupt, sollte sie anspringen?

»Haben Sie je vom Grafen August Platen-Hallermund gehört?« fragte Malin. Beim Klang dieses Namens schauderte das junge Mädchen und wurde blaß. Ein unheilverkündender Schatten trat in ihre hellen Augen. »Still!« sagte Malin, »wir werden ihn nicht mehr nennen. Weil er kein Mensch ist, sondern ein Engel, werden wir ihn den Graf Seraphin heißen. Dieser Graf Seraphin also war der Oheim meiner Calypso. Nach dem Tod ihrer Eltern kam sie in sein Haus und wuchs dort auf. Jetzt, meine lieben Freunde, werde ich Ihnen an Calypsos Geschichte zeigen, was eine finstere Nacht ist, und wie man die unsrige durch eine noch schwärzere erhellen kann.

Graf Seraphin«, begann Fräulein Malin, »gab sich viel mit himmlischen Dingen ab, und wie aus seinen Schriften hervorgeht, war er fest davon überzeugt, es dürfe kein Weib in den Himmel eingehen. Er hatte eine Abneigung und ein Mißtrauen gegen alles Weibliche; es gruselte ihn davor.

Seine Vorstellung vom Paradies war demgemäß ein langer Festzug junger, schöner Knaben in weißen Kleidern, zu zweien gehend und dabei Lieder singend, die er selbst geschrieben, in so herrlichem Sopran, wie Sie es seinerzeit auch konnten, Herr Jonathan, oder aber seine Weisheitslehren diskutierend oder in seine arithmetischen Werke vertieft. Sein Besitztum Engelshorn in Mecklenburg hatte er nach Möglichkeit in solch einen Himmel verwandelt, und da mitten drin hatte er dieses junge Mädchengeschöpf, von dem er bezweifelte, ob es als Engel gelten könne.

Solange sie im Kindesalter war, machte ihm ihre Gesellschaft noch Vergnügen, denn er hatte ein Auge für Schönheit und Grazie. Er zog ihr spitzenbesetzte samtene Pagenkleider an und ließ sie ihr Haar in solchen hyazinthenen Locken tragen, wie sie der junge Ganymed am Hofe des Jupiter hatte. Es war sein sehnlichster Wunsch, sich vor der Welt als ein Beschwörer und Herr der weißen Zauberkunst zu zeigen, dem es gelinge, solch einen Tropfen Teufelsblut, ein Mädchen, in einen Knaben zu verwandeln, eines jener Geschöpfe, die Engeln nahekommen. Er lernte Griechisch und Latein mit dem Kinde, brachte ihr auch die Schönheit der höheren Mathematik versuchsweise bei; als er ihr aber in einer Vorlesung darzutun trachtete, welch unendliche Schönheit der Gestalt des Kreises innewohne, stellte sie die Frage: ›Wenn es wirklich so etwas Feines wäre, welche Farbe hatte es dann – war's vielleicht Blau?‹ ›Ach nein‹, sagte er, ›es hat

überhaupt keine Farbe.‹ Von Stund' an ließ ihn die Angst nicht mehr los, es würde doch kein Knabe aus ihr.
Er mußte sie, mit schrecklichen Zweifeln und über solche Zeichen seines Irrtums mehr und mehr tugendsam entrüstet, immerfort ansehen. Als er nun einsah, daß es keinen Zweifel mehr gab und daß sein Mißerfolg eine Gewißheit war, wandte er schaudernd seine Augen von ihr ab und strich sie aus seinem Leben. Ihre Mädchenschönheit sprach ihr das Todesurteil. Seit der Zeit – vor zwei, drei Jahren – war sie für ihn nicht mehr vorhanden. Ihnen, Herr Timon, steht es frei, sie zu beneiden.
Der Graf Seraphin hatte eine Vorliebe für das Mittelalter. Sein Schloß Engelshorn, ein Riesenkasten, stammte aus dieser Zeit, und keine Mühe war ihm zuviel, es wieder herzustellen und einzurichten wie zur Zeit der Kreuzzüge: mit den hohen, wie der Graf zum Himmel strebenden, von Dohlen umflatterten Türmen und den tiefen Gewölben, die es nach Grab und Gruft zu verlangen schien. Nischen von Klaftertiefe und alte, bunte, zimmetbraune und ochsenblutrote Fenstergläser gaben dem Licht Einlaß in eine Flucht von Räumen, wo auf vergilbten Wandteppichen eine Einhornjagd dargestellt war und die Weisen aus dem Morgenlande samt Gefolge Gold, Weihrauch und Myrrhen nach Bethlehem brachten. Hier ließ sich der Graf auf der viola di gamba oder der viola d'amore vorspielen, spielte auch wohl selbst und übte sich im Bogenschießen. Er las nie ein gedrucktes Buch, von Dichterbüchern seiner Zeit besaß er in Scharlachrot und Lasurblau mit der Hand gefertigte Abschriften.
Er fühlte sich gern als Abt eines hochvornehmen Klosters, in dem nur glänzend begabte und feingesittete junge Mönche Zutritt fanden. Zu Tische ließen sich der Graf und seine Runde junger Freunde auf altertümlich geschnitzte eichene Kirchenstühle nieder, und jeder trug ein purpurrotes seidenes Käppchen auf dem Haupt. Sein Haus war ein Nordlandkloster, ein zweiter Berg Athos, wo Henne und Kuh und sogar die Bienen, ihrer Königin wegen, verbotene Tiere sind.
In solch dunklem Schloß wanderte das in Ungnade gefallene Mädchen umher. Sie war die Holdeste von allen und hätte den Hof der Liebeskönigin geziert, die unser Täubchen gewiß zur Taubenhüterin bestellt hätte. Hier aber war sie ganz einfach nicht vorhanden, denn um sie kümmerte sich keine Seele. Wo, Eminenz, entsteht Musik – auf dem Instrument oder in dem lauschenden Ohr? Frauenschönheit wird erst in Mannes Auge erschaffen. Sie, Timon, führten Luzifer an: Er lästerte Gott, als er ihn mit seinem vergleichenden Blick ansah. Das beweist: Sie

geben einem männlichen Gott die Ehre. Eine Göttin würde ihre Anbeter zuallererst fragen: Wie sehe ich aus?
Der Kaiser im Märchen, wie Sie sich erinnern werden, kam sich wunderschön vor in seinem Aufputz. Unsere Calypso hielt sich für keines Blickes würdig. Ihres Herzens Meinung war das freilich nicht, und so ging ewig ein aufreibender Kampf zwischen Instinkt und Vernunft bei ihr hin und her, wie es bei Herkules oder sonst einem tragischen Helden gewesen war. Manchmal stand sie und sah die mächtigen Rüstungen in den Gängen von Engelshorn an, die wie richtige Männer dreinschauten. Sie wären, fühlte sie, sämtlich auf ihrer Seite gewesen – aber leider waren sie hohl. In ihrer Einsamkeit neben der illustren Hausgesellschaft wurde sie menschenscheu und wild. Doch sie wurde auch stolz und hätte wohl noch in einer finstern Nacht das Schloß in Brand gesteckt.
Aber wie Sie, Timon, Ihr Dasein schließlich nicht länger ertragen konnten und meinten, Sie müßten an der Langebro ins Wasser gehen, so konnte sie ihr Nichtdasein nicht länger ertragen. Ihre Aufgabe, Timon, war leichter. Sie wollten nur verschwinden, während sie sich erst erschaffen sollte. Sie hatte nun so lange Zeit in dem Hexensabbat der Wahrheitsverfälscher ausgehalten und war so gründlich gepeinigt und mit dem Holzstoß bedroht worden, daß sie schier an Gottes Gnade verzweifelte. Abu Mirrah hatte einen unsichtbar machenden Ring; als er aber die Prinzessin Ebadu heiraten wollte und den Ring nicht vom Finger bekam, schnitt er sich kurzerhand den Finger ab. Ebenso entschloß sich Calypso, ihr langes Haar abzuschneiden und ihre Brüste abzuhacken, um sich ihrer Umgebung anzupassen – als dunkle Tat in einer Sommernacht.«
An diesem Punkt von Malins Erzählung drehte das junge Mädchen seine wilden Augen, die bis dahin starr geradeaus geblickt hatten, der Redenden zu und begann mit neuer Aufmerksamkeit zuzuhören, als ob sie selbst die Geschichte zum erstenmal vernähme. Fräulein Malins Einbildungskraft war wohl reich und mächtig genug. Ob die Geschichte nun ausgeschmückt war oder nicht, jedenfalls war sie für die eigentliche Heldin ein Sinnbild und Gleichnis geworden, das sie in Wahrheit erlebt hatte, und sie bestätigte es mit ihrem tiefen, klaren Blick auf die alte Frau. »Um Mitternacht also«, fuhr Malin fort, »stand das Mädchen auf, um den schweren Gang anzutreten. Sie nahm in eine Hand den Leuchter, in die andere ein scharfes Hackmesser, Judith vergleichbar, die ausging, den Holofernes zu töten. Doch verglichen mit dem Gezelt von Dothaim war in Schloß Engels-

horn eine rabenschwarze Finsternis. Die Engel müssen sich umgedreht und geweint haben.
Sie wanderte durchs ganze Haus bis zu einem Zimmer, wo, wie sie wußte, ein hoher Wandspiegel hing. Es war ein nie benutzter Raum, hier würde sie niemand stören. Das arme Kind ließ seine Kleider bis zum Gürtel herunter, und daß ihr nicht graue vor dem Entschluß, wies sie jeden andern Gedanken von sich und schaute sich im Spiegel fest in die Augen. Sie hatte sich noch nie in einem Spiegel entblößt gesehen, jetzt senkte sie den Blick bis zu der Weiße ihrer Brust in dem trüben Spiegelglas und prüfte die Schneide ihrer Hacke an ihrem kleinen Finger.
Auf einmal sah sie hinter sich im Spiegel eine hohe Gestalt. Sie schien sich zu regen, da drehte sie sich um. Es war niemand da, es hing nur an der Wand ein großes, altes, mit der Zeit stark nachgedunkeltes Gemälde, dessen lichtere Teile aber bei dem Schein von Calypsos Kerze hervortraten. Es stellte eine Szene aus dem Leben von Nymphen, Faunen und Satyrn vor, die auf blumigem Grund und im Gehölz mit Zentauren spielten. Ein alter Graf hatte es vor manchem Jahr aus Italien mitgebracht, doch wurde es dann beiseite getan, weil es schon vor der Zeit des jetzigen Grafen für ein sehr unschickliches Bild galt. Gut gemalt war es nicht, aber figurenreich, mit drei nackten Nymphen im Vordergrund, silberhell wie weiße Rosen, mit Zweigen in den Händen.
Calypso ging mit hochgehaltener Kerze vor dem großen Bilde auf und ab und schaute es ernsthaft an. Daß es ein anstößiges Bild war, davon wußte sie nichts; es stieg ihr auch kein Zweifel auf, ob es die hier dargestellten Geschöpfe wirklich und wahrhaftig gebe. Sie mußte immer wieder die Satyrn und Zentauren ansehen. In ihrem einsamen Dasein hatte sich in ihr eine leidenschaftliche Zärtlichkeit für Tiere herausgebildet. Dem Mädchen schienen sie holder als menschliche Wesen, und mit Vergnügen stellte sie fest, es gab auf dem Bilde allerlei Volk, das ein gut Teil vom Tiere besaß. Was sie überraschte und berauschte, war, daß diese starken und anziehenden Wesen augenscheinlich ihre Aufmerksamkeit auf junge Mädchen ihres Alters, ihrer Gestalt und ihres Aussehens richteten, ihnen folgten, sie anbeteten und umarmten; daß alles ihnen zu Ehren geschah und von ihrem Liebreiz ausging.
Lange schaute sie die Gestalten auf dem Bilde an. Schließlich kehrte sie zu ihrem Spiegel zurück und betrachtete sich darin. Sie war mit dem Kunstsinn ihres Oheims begabt und wußte von selbst, was für Dinge

miteinander übereinstimmten. Jetzt überkam sie ein bisher ungekanntes Gefühl von großer Übereinstimmung und Einhelligkeit.

Sie wußte nun, daß sie Freunde in der Welt hatte. Wer so aussah wie sie, durfte frei hineingehen in das sanfte goldene Licht, den blauen Himmel und die grauen Wolken, und in die tiefen braunen Schatten des blumigen Grundes und des Olivenhains. Das Herz schwoll ihr vor Dankbarkeit und Stolz, denn hier wurde sie von allen angesehen und ihre Zugehörigkeit anerkannt. Der Gott Dionysos selber, der zugegen war, schaute lachend ihr gerade in die Augen.

Sie sah sich im Zimmer um und fand in Schaukästen liegen, hängen und stehen, was sie nie zuvor auf Engelshorn gesehen hatte: Frauenkleider, Fächer, Schmuckstücke und kleine Schuhe. All das hatte ihrer Urgroßmutter gehört. Denn sonderbarerweise, muß man sagen, hatte der Graf eine Großmutter. An ihr, die ihm die Rute gegeben hatte, als er ein Kind war, hing er zärtlich. Einzig ihr im Mittelpunkt seiner Abtei gelegenes Zimmer hatte er unberührt gelassen. Ein schwacher Duft von Rosenöl war noch zu verspüren.

Das Mädchen brachte die Nacht in dem Raume zu. Sie zog nacheinander alle die Staatskleider, Perlketten und Diamantengehänge an und aus. Sie sah von dem Spiegel zu dem Bild hinüber um den Beifall der Zentauren – in welchem Aufzug gefiel sie ihnen am besten? Schließlich verließ sie den Raum, um in das Zimmer des Schloßherrn zu gehen. Ehe sie die Tür hinter sich zumachte, gab sie noch ihren lieben Nymphen einen Kuß, so hoch sie mit dem Munde reichen konnte.

Sachte ging sie hinauf und geradewegs auf das große Bett ihres Oheims zu. Da lag er – zwischen den gelbseidenen Vorhängen, hatte die Augen zu, steckte die Nase in die Luft und war so weiß in seinem weißen feinen Nachthemd. Das Mädchen hatte ein langes, gelbes Brokatkleid anbehalten, sie stand an seinem Bett wie Psyche vor dem schlummernden Eros. Psyche hatte sich gegrault, ein Ungeheuer zu erblicken, und den Liebesgott gefunden. Calypso, die ihren Oheim für einen Prediger der Wahrheit, für eine Autorität im Geschmack, für Apollo in Person gehalten hatte, was fand sie? Eine armselige Puppe voll Sägmehl mit einem lächerlichen Kopf darauf. Sie errötete tief. Vor diesem Machwerk war ihr angst gewesen – ihr, der Nymphenschwester und Spielgefährtin von Zentauren. Sie war hundertmal stärker als er.

Wäre er jetzt aufgewacht und hätte sie, noch mit dem Hackmesser in der Hand, vor seinem Bette stehen sehen, er wäre wohl vor Angst gestorben. Doch er schlief weiter – weiß der Himmel, was ihm da träumte –, und sie schnitt ihm nicht den Kopf ab. Statt dessen steckte sie ihm einen

Sinnspruch aus ihrem französischen Buche zu, der auf einen König gemünzt war, der sich geradeso für einen Vielgeliebten hielt:

Ci-gît Louis, ce pauvre roi.
L'on dit qu'il fut bon – mais à quoi?

Und sie hatte nicht den leisesten Groll auf ihn; sie war ja nicht eine befreite Sklavin, sondern eine Siegerin mit mächtigem Gefolge, und konnte es sich leisten, zu vergessen.

Sie verließ den Raum so leise, wie sie gekommen war, das Licht blies sie aus, denn in der Sommernacht fand sie den Weg auch so. Das ganze Haus lag um und um in tiefem Schweigen; nur als sie an einer Tür vorbeikam, hörte sie zwei Knaben über die göttliche Liebe streiten. Soweit es sie selbst anging, hätten sie allesamt tot sein dürfen. Als sie das schwere altertümliche Schloß an der Haupttür hob, hob sich auch die Last von ihrem Herzen.

Es regnete, da sie ins Freie trat, als wollte die Nacht selbst sie anrühren.

Sie wanderte über das Moor, in ihrem Ernst der Ceres gleichend, mit dem von Jupiter entliehenen Blitzstrahl in der Hand, deren Augenzwinkern den Duft von Erdbeeren und Honig weckt. Calypso zu Ehren zuckte es rings von Wetterleuchten. Sie ließ ihren Rock im Heidekraut schleifen. Warum sollte sie nicht? Wäre ihr ein junger Strauchdieb in den Weg gekommen, sie hätte ihn auf der Stelle zu ihrem Mann gemacht oder ihm auch vielleicht den Kopf gespalten – weiß der Himmel, welches Los beneidenswerter für ihn gewesen wäre.

Am frühen Morgen kam sie zu mir in mein Haus. Sie war tropfnaß, wie ein Baum im Garten. Sie wußte von mir, denn ich bin ihre Taufpatin und ahnte mein Wissen von Nymphen und Zentauren. Sie traf mich, als ich gerade nach Bad Norderney reisen wollte, mein Wagen stand vor dem Haus. So führte das Schicksal uns zusammen. Wir kamen ans Meer, um schließlich, wie Sie, Herr Timon, durch Salzwasser kuriert zu werden.«

»Und als Meerstern zu leuchten«, warf der Kardinal so liebenswürdig ein, wie er die ganze Zeit der Erzählung der alten Frau zugehört hatte, »als Meerstern in der Nacht unseres Heubodens.«

»Madame«, sagte Jonathan, »Sie mögen es sonderbar finden, aber daß zarten Frauen ein Leid geschehen könnte, wie ich es seit Ihrer Erzählung weiß, hätte ich vorher nicht geglaubt. Frauen kamen mir vor wie kostbare Blumen, die man mit Liebe pflegen muß.«

»Und was denken Sie jetzt?« fragte ihn Malin.

Der junge Mann besann sich kurz und sagte: »Ich denke, wie erbaulich es ist, daß wir Frauen gegenüber immer unrecht haben.«

»Sie sind ein ehrlicher junger Mann«, sagte Malin. »Ihnen tut die Seite weh, wo Ihnen Adams Rippe fehlt.«

»Wär' ich auf Schloß Engelshorn gewesen«, fuhr er in tiefer Bewegung fort, »es hätte mir nichts ausgemacht, für das Fräulein mein Leben hinzugeben.«

»Kommt, Jonathan und Calypso«, sagte Malin, »es wäre eine Sünde vor Gott, wollte man euch beide unvermählt sterben lassen. Von Engelshorn und Assens her hat es euch hier zusammengeweht, weil ihr füreinander bestimmt seid. Du gehörst ihr und sie dir, und der Kardinal und ich vertreten Eltern Statt und geben euch den Segen.« Die beiden sahen sich starr an, und Malin fuhr im besten Zuge fort: »Sollte jemand sagen, Sie seien ihr nicht ebenbürtig, Timon, werde ich ihm antworten, Sie gehörten jetzt zum Orden der Ritter vom Heuboden von Norderney, dessen Mitglieder nicht außer ihrem Stande heiraten dürfen.« Das rasch entflammte junge Mädchen erhob sich auf die Knie. »Hast du nicht bemerkt, Calypso«, wandte sich Malin freundlich ihr zu, »wie er dir hierher gefolgt ist, und wie keine Macht der Welt ihn hätte abhalten können, in dem Boot mitzufahren, als er dich bei mir sah? Auch viele Wasser können die Liebe nicht auslöschen, noch die Fluten sie ertränken.«

»Ist das wahr?« fragte das Mädchen, wobei sie den jungen Mann so durchdringend ansah, als ob von seiner Antwort Leben oder Tod für sie abhinge.

»Ja, das ist wahr«, sagte Jonathan. Es war nicht im geringsten wahr. Er hatte in jenen Augenblicken die Anwesenheit des Mädchens gar nicht aufgefaßt. Aber die Einbildungskraft der alten Frau war so übermächtig, daß sie jeden unsicher gemacht hätte. Bei seinen Worten überzog des Mädchens Gesicht eine perlenhaft schimmernde Blässe. Ihre Augen wurden größer und dunkler. Sie strahlten ihn wie zwei Sterne, feuchter als Tränen, an, und Jonathan, der ihr verändertes Gesicht sah, sank in dem Heu vor ihr in die Knie.

»Ei, Jonathan«, sagte Malin, »wollen Sie denn auf den Knien dem Baron dafür danken, daß er sich mit Ihnen soviel Mühe gegeben hat?«

»Ja, Madame«, sagte der junge Mann.

»Und du, Calypso«, fragte sie das Mädchen, »möchtest du haben, daß er nun allezeit so zu dir aufschaut?«

»Ja«, sagte das Mädchen.

Fräulein Malin sah sie triumphierend an. »Alsdann, Eminenz«, wandte sie sich an den Kardinal, »wenn es Ihnen gefällt, möchten Sie die zwei jungen Leute trauen, die dies so sehr begehren.«
Die Augen des Kardinals ruhten ernst auf den beiden, deren Gesichter jetzt wie von einem Feuer glühten. »Ja«, sagte er. »Helft mir auf.« Der erwählte Bräutigam stützte ihn beim Aufstehen.
»Ein Kardinal«, erklärte Malin, »wird euch trauen und eine Nat-og-Dag eure Brautjungfer sein, das kommt nicht wieder vor. Eure Vermählung muß etwas ganz und gar anderes sein als die lauwarmen Familienfeiern sonst hierzulande. Sie müssen Calypso ansehen, Timon, ihr zuhören, sie fühlen und kennen mit der Seelenkraft, die Sie zu dem Sprung ins Wasser von der Langebro aufbringen wollten. Ein Kuß wird euch Zwillinge bescheren, und in der Morgendämmerung werdet ihr eure goldene Hochzeit feiern.«
»Eminenz«, wandte sie sich an den Kardinal, »unter so ungewöhnlichen Umständen müssen Sie wohl eine neue Trauformel aufsetzen.«
»Das habe ich bedacht«, erwiderte der Kardinal.
Um in ihrer Mitte einen freien Raum zu bekommen, hob Fräulein Malin die kleine Lampe hoch, und Calypso räumte das Brot und das Fäßchen weg. Bei dieser Umgruppierung erhob sich der Hund und lief unruhig von einem zum andern. Schließlich legte er sich dicht zu der jungen Braut hin.
»Kniet nieder, meine Kinder«, sagte der alte Priester. Er stand vor ihnen, seine hohe, mächtige Gestalt überragte sie in dem weiten halbdunklen Raum. In diesem Augenblick, als der Wind sich ein wenig erhoben hatte, hörten sie das Saugen des Wassers um sich her und unter sich. »Um euren Bund zu weihen«, begann der Kardinal, »kann ich heute nacht unmöglich die Pracht des Doms oder die Gegenwart einer Gemeinde herbeischaffen. Euch zu unterrichten und vorzubereiten, fehlt es mir an Zeit. Also müßt ihr meine Erklärung einzig auf Grund meines Amtes annehmen. Euch beiden«, fuhr er nach einer Pause fort, »ist der Glaube an den Zusammenhang und die Gerechtigkeit des Lebens erschüttert worden, habt nun Vertrauen zu mir; ich will euch helfen. Habt ihr einen Ring?«
Die jungen Leute hatten keinen Ring und waren sehr bestürzt darüber; doch Malin zog einen schönen Diamantring ab und überreichte ihn dem alten Mann.
»Jonathan«, sagte er, »streif diesen Ring an des Mädchens Finger.« Der junge Mann tat so, und der Kardinal legte jedem von den Knienden eine Hand aufs Haupt. »Jonathan«, sprach der Kardinal wieder, »glaubst du nun, daß ihr vermählt seid?«

»Ja«, antwortete Jonathan.
»Und du, Calypso?«
Auch das Mädchen sprach ein leises Ja.
»Bestätigt mir«, fuhr der Kardinal fort, »daß ihr euch lieben und ehren und den Bund der Ehe unverbrüchlich miteinander halten wollet bis ans Ende eures Lebens und noch in Tod und Ewigkeit?«
»Ja«, sprachen sie beide.
»Hiermit«, beschloß der Kardinal, »ist die Trauung vollzogen!«
Aufrecht, die Lampe in der Hand, stand Fräulein Malin wie eine Sibylle daneben.
Die Stunden der Ruhe in dem Heubarn hatten den Kardinal nicht gekräftigt, es war mit seiner Kraft wahrscheinlich ganz zu Ende. Seine Bewegungen waren jetzt weniger fest als zu der Zeit, da er das Boot verließ. Bei dem Gerausche des Wassers schien auch seine Gestalt sonderbar zu schwanken.
»Was den Stand der Ehe betrifft«, sagte er, »und die Liebe, so glaube ich, keins von euch weiß darum Bescheid.« Die beiden schüttelten den Kopf. »Ich kann nicht«, fuhr er fort, »die Heilige Schrift und die Kirchenväter für meine Worte zeugen lassen. Ich kann auch nicht die vielen Stellen und Beispiele anführen, um euch zu lehren und zu erleuchten – ich bin zu müde. Ihr müßt, wie schon einmal, meine Erklärung kraft meines Amtes hinnehmen, als von einem alten Mann gesprochen, der ein langes und seltsames Leben hindurch die göttlichen Dinge studiert hat. Diese Dinge, sage ich euch, sind göttlich. Glaubst du das und wirst du dich danach richten, Jonathan?«
»Ja«, sprach Jonathan.
»Und du, Calypso?« fragte er die Braut.
»Ja«, sagte auch sie.
»Mehr braucht es nicht«, schloß der Kardinal.
Da es nicht schien, als wolle er mehr sagen, erhoben sich die Vermählten nach einem Augenblick. Aber sie waren zu stark bewegt, um beiseite zu treten. Während sie so dastanden, blickten sie einander zum erstenmal, seitdem sie als Hochzeitsleute zusammengegeben waren, richtig an, und dieser eine Blick nahm ihnen beiden ihre Befangenheit. Sie kehrten zu ihren Plätzen im Heu zurück.
Über ihre Köpfe hinweg sprach der Kardinal zu Fräulein Malin, wobei er augenscheinlich vergaß, daß er nicht mehr im Dome stand, denn er fuhr so feierlich wie vorhin bei der Trauung zu reden fort: »Was Sie und mich angeht«, sagte er, »die wir doch nur Zuschauer sind und von Angelegenheiten der Liebe und Ehe mehr verstehen, so wollen wir

betrachten, welchermaßen sie, über und vor allen Dingen, uns Zeugnis geben von dem ungeheuerlichen Mut des Schöpfers dieser Welt. Wohl jedes menschliche Wesen hat einmal mit dem Gedanken gespielt: Ja, wenn ich die Welt hätte schaffen dürfen! Als ich noch ein junger Mann war, hat der Papst in schmeichelhafter Weise diesen Gedanken in mir genährt. Ich überlegte, daß ich, falls mir Allmacht und freie Hand gegeben worden wären, eine schöne Welt aufgebaut hätte. Ich hätte mich auf die Bäume und Flüsse besonnen, auf die verschiedenen Tonarten in der Musik, auf Freundschaft und Unschuld; aber, auf Ehre und Gewissen, ich hätte es nicht gewagt, das Wesen der Liebe und der Ehe so wie es ist zu ordnen und festzusetzen, und dadurch hätte meine Welt gar viel verloren. Eine überwältigende Lehre für alle Künstler: Sich nicht grauen vor dem Unsinnigen; nicht zurückschrecken vor dem Phantastischen! Im Zweifelsfalle die unerhörteste, die gefährlichste Lösung wählen! Tapfer sein, tapfer sein! O Madame, wir haben noch viel zu lernen.«

Hierauf verfiel er in tiefes Nachdenken.

Als sie wieder im Heu saßen, war es fast wie vorhin, nur daß die Jungvermählten jetzt enger zusammengerückt waren und sich bei den Händen hielten. Manchmal schauten sie sich Gesicht in Gesicht. Die Laterne stand auf dem Boden vor ihnen. Weil nun die Hochzeit glücklich vorbei war, konnten sich Malin und der Kardinal nach ihren Mühen ein halbes Stündchen Stille gönnen. Ab und zu nahmen sie einen Schluck aus dem Schnapskrug.

Malin saß aufrecht da, aber sie sah jetzt aus wie der Tod. Sie war tief bewegt, sie war glücklich, als ob sie ihr eigenes Kind weggegeben hätte. Kalte Schauer liefen ihr über den Rücken. Als sie schließlich die Unterhaltung wieder aufnahm, klang ihre Stimme matt, aber sie lächelte. Anscheinend hatte sie über Hochzeit und Paradies nachgedacht.

»Eminenz«, fragte sie, »glauben Sie an den Sündenfall?«

Der Kardinal dachte kurz über ihre Frage nach. Dann, sich vorbeugend, die Ellbogen auf die Knie gestützt, schob er ein wenig die Binde von seinen Augenbrauen zurück.

»Das ist eine Frage«, sagte er mit leicht veränderter, rauherer Stimme, »über die ich viel nachgedacht habe. Es freut mich, daß ich heute nacht Gelegenheit haben soll, darüber zu sprechen.« Als habe er mit der Binde an seiner Stirn auch zehn Jahre seines Lebens zurückgeschoben, schwang im Ton seiner Worte eine dunkle Kraft mit.

»Ich bin überzeugt«, erklärte er, »daß es einen Fall gegeben hat, aber ich glaube nicht, daß es ein menschlicher Sündenfall war. Ich glaube, es war ein Fall der Gottheit. Wir dienen jetzt einer geringeren Dynastie des Himmels.«

Malin hatte sich auf einen geistreichen Einfall gefaßt gemacht, aber bei diesen Worten war sie doch betroffen und hielt sich schnell mit ihren kleinen Händen die Ohren zu. »Das sind schreckliche Worte für die Ohren einer Legitimistin«, rief sie.

»Was mögen sie dann erst«, fragte der Kardinal ernst, »für die Lippen eines Legitimisten bedeuten? Ich habe sie siebzig Jahre bei mir behalten. Aber Sie fragten mich, gnädige Frau, und wenn die Wahrheit heraus soll, so ist dies der richtige Ort und die rechte Nacht dafür. Zu irgendeiner Zeit hat es im Himmel eine furchtbare Umwälzung gegeben, ähnlich wie auf Erden die Französische Revolution mit ihren Folgen. Die Welt heute ist wie Frankreich in der Hand eines Louis-Philippe.

Es gibt noch Traditionen«, fuhr er fort, »von *le Grand Monarque* und *le Grand Siècle* her. Aber kein menschliches Wesen, das ein Gefühl für Größe hat, kann annehmen, daß der Gott, der die Sterne, das Meer, die Wüste, den Dichter Homer und die Giraffe schuf, derselbe Gott ist, der jetzt den König von Belgien, die Schwäbische Dichterschule und die heutige Moral erschafft und erhält. Wir beide können schließlich darüber sprechen. Wie der König von Frankreich ein Bürgerkönig ist, dienen wir einem Bürgergott, einem Louis-Philippe im Himmel.«

Bleich, den Mund ein wenig offen, blickte Malin ihn starr an.

»Madame«, sagte er, »wir als die geborenen königlichen Granden und erblichen Amtswalter der Krone, die wir den Kodex des *Grand Monarque* im Blute haben, wir haben eine Pflicht gegen den legitimen König, ganz gleich, wie wir von ihm denken. Wir müssen seinen Ruhm aufrechterhalten. Denn das Volk darf nicht an der Größe seines Königs zweifeln oder irgendeine Schwäche an ihm entdecken, und daß es nimmer an diesem Glauben mangle, dafür trifft die Verantwortung uns, Sie und mich, Madame. Der Barbier des Königs konnte nicht schweigen, er mußte das Geheimnis von den königlichen Eselsohren ausplaudern, und die Binsen im Teich flüsterten es weiter: aber wir – sind wir Barbiere? Nein, Madame, wir sind keine Barbiere.«

»Haben wir uns nicht gut gehalten?« fragte Malin stolz.

»Ja, wir haben uns gut gehalten«, sagte der Kardinal. »Wenn Sie sich umsehen, gnädige Frau, allenthalben haben Gläubige für die Ehre des Königs gewirkt, und ihr Tun legt stilles Zeugnis ab. Ich könnte Ihnen eine gute Zahl Beispiele aus der Geschichte anführen, an die zu denken ist. Ich beschränke mich auf wenige. Gott schuf die Muschel, es ist ein

hübscher Gegenstand, doch nicht mehr, daß nicht auch ein Louis-Philippe darauf gekommen wäre, wenn er mit einem Handzirkel spielte. Aus der Muschel erfanden wir alle möglichen Formen des Rokoko, ein reizender Scherz im echten Geist des *Grand Monarque.* Nach den letzten Ergebnissen geschichtlicher Forschung waren der Papst Alexander und seine Kinder ein Häuflein netter Menschen, die sich mit Gartenbaukunst und Innendekoration beschäftigten und viel Familiensinn hatten, et *voilà tout* – augenscheinlich Leute vom Schlage Louis-Philippes. Doch aus diesem unbedeutenden Stoff haben wir die Gestalten der Borgias gemacht. Gehen Sie nur den Tatsachen nach bei den Berühmtheiten der Geschichte, Sie werden immer das gleiche finden. Oder, wenn es Ihnen nicht mißfällt, Madame«, fuhr der alte Mann fort, »der Tod: Was ist und bedeutet er heutzutage in der Hand eines Louis-Philippe? Eine Verneinung, ein Stück Verfall, nicht einmal ein geschmackvolles! Aber sehen Sie, was wir in Treue gegen unseren verewigten Herrn daraus gemacht haben: den Escorial in Madrid, gnädige Frau, den Trauermarsch Ludwig van Beethovens. Wie hätten wir das je machen können, arme Menschenkinder, die wir sind, und überdies selbst in diese kümmerliche Sache verflochten – hätten wir nicht in unseren Herzen die unauslöschliche Liebe für unseren heimgegangenen Herrn, den großen Abenteurer, dem unsere Familie zuerst den Fahneneid geschworen hat.
Und damit«, fuhr er ernsthaft fort, »geht es zu Ende. Ich höre die Hähne krähen. König Louis-Philippe kann sich nicht halten. Für seine Sache wäre auch Rolands Blut umsonst vergossen. Er hat alle Anlagen zu einem guten Bürger, und keines von den Lastern eines *Grand Seigneur.* Er beansprucht keinen Rang außer dem, der erste Bürger seines Reichs zu sein, und kein Vorrecht, das sich nicht mit seiner Loyalität gegen den bürgerlichen Moralkodex decken ließe. Wenn es einmal dahin kommt, sind die Tage des Königtums gezählt. Ich will etwas voraussagen, Madame: dieser gute König der Franzosen wird sich keine dreizehn Jahre mehr halten. Und der liebe Gott, den Louis-Philippe und seine Bürger heutigentags verehren, hat alle guten Eigenschaften eines rechtschaffenen menschlichen Wesens. Er beansprucht keine göttlichen Vorrechte außer solchen, die man seinen guten Eigenschaften zugute hält. Der menschliche Gott muß das Schicksal des Bürgerkönigs teilen. Ich bin selbst im Glauben an einen menschlichen Gott erzogen worden. Es war bis zum äußersten unerträglich für mich. Aber es war eine Offenbarung, eine Seligkeit für mein Herz, gnädige Frau, als ich in den Nächten von Mexiko die große Vergangenheit eines

Gottes sich erheben sah, der keine Bohne um unsere Vorschriften gab. Darum sterben wir für eine verlorene Sache.«

»Um unseren Lohn im Paradies zu empfangen«, sagte Malin.

»O nein, Madame«, versetzte der alte Mann, »wir werden nicht ins Paradies kommen, Sie nicht und ich nicht. Sehen Sie doch das Volk, das der gute Louis-Philippe heute dekoriert und zu Pairs erhebt und in die hohen Ämter einsetzt, es sind alles Bürger, Bürger, kein einziger Name des alten Adels erscheint auf der Liste. Wie sollte es uns auch möglich sein, dem Herrn dieser Tage zu gefallen? Wir ärgern ihn sogar ein wenig, sein Verhalten uns gegenüber beweist es ja. Der alte Adel, unsere Gepflogenheiten, selbst unsere Namen bringen die Tradition des Großherrn zurück, das muß ein wenig störend für Louis-Philippe sein.«

»Also gibt es keine Hoffnung auf den Himmel für uns, keine?« fragte Malin stolz.

»Ich frage mich, ob Sie überhaupt noch im Himmel sein wollen«, sagte der alte Kardinal, »falls man Ihnen zuerst mal einen Blick hinein vergönnte. Es muß ein Treffpunkt der Bürgerlichkeit sein. Nach meinem Dafürhalten, Madame, gab es niemals einen großen Künstler und ebensowenig einen König oder einen Gott, der nicht etwas von einem Scharlatan an sich hatte. Die Eigenschaften der Scharlatanerie sind bei Hof nicht wegzudenken, sowenig wie beim Theater oder im Paradies. Blitz und Donner, der Neumond, eine Nachtigall, ein junges Mädchen – all dies riecht nach Scharlatanerie, nach einem göttlichen Schwank; das ist wie die Spiegelgalerie in Versailles. Aber König Louis-Philippe hat keine Spur von einem Scharlatan an sich, er ist durchaus zuverlässig. Das Paradies wird heutigentags wahrscheinlich genauso sein. Sie und ich, Madame, sind nicht zu verständiger Genügsamkeit erzogen. Wir werden besser in die Hölle passen, darauf sind wir gedrillt. Es ist ein erhebendes Gefühl, eine Sache, die man gelernt hat, gut zu machen. Es muß für Sie doch ein erhebendes Gefühl sein, Menuett zu tanzen, dessen bin ich sicher. Nehmen wir ein Beispiel. Nehmen wir an, ich hätte von Kind auf etwas gelernt, sagen wir Seiltanzen: Also sagen wir, man hat es mir beigebracht, unter Schlägen habe ich es lernen müssen. Ob ich herunterfalle und mir die Knochen breche, auf das Seil muß ich doch wieder hinauf. Meine Mutter hat über mich Tränen vergossen, aber sie hat mir auch wieder Mut gemacht, sie mußte sich das Brot vom Munde absparen, um das Lehrgeld für mich aufzubringen. Und ich wurde ein guter Seiltänzer, sagen wir der beste Seiltänzer der Welt. Es ist eine feine Sache, Seiltänzer zu sein. Und ich wäre reichlich belohnt, wenn bei einer großen Gelegenheit, bei einem Fürstenbesuch, mein

König zu seinem hohen ausländischen Gast sprechen würde: ›Sie müssen das wirklich sehen, mein königlicher Freund und Bruder, das ist meine schönste Schau, mein Diener Hamilkar, der Seiltänzer! Aber was wäre, Madame, wenn er sagte: ›Das Seiltanzen hat wenig Sinn. Es ist eine ordinäre Aufführung. Ich setze ihm ein Ende.‹ Wie würde damit der König sich gegen mich aufführen?
Sind Sie in Spanien gewesen, Madame?« fragte er die alte Dame.
»O ja«, sagte Malin, »ein schönes Land, Eminenz. Man brachte mir Ständchen unter meinen Fenstern, und mein Bild wurde von Goya gemalt.«
»Haben Sie dort einen Stierkampf gesehen?« fragte der Kardinal.
»Ja, es ist eine malerische Sache, aber nicht mein Geschmack.«
»Es ist eine malerische Sache«, sagte der Kardinal, »und was meinen Sie, Madame, daß der Stier meint? Der gewöhnliche Stier mag wohl denken: Gott sei mir gnädig, was für schreckliche Zustände, solch ein Mißgeschick, solch ein Pech, aber ich muß aushalten. Und er würde tief dankbar und zu Tränen gerührt sein, gäbe der König mitten im Kampf aus lauter Mitleid den Befehl zum Aufhören. Aber der reingezüchtete Kampfstier springt herein und spricht: ›Schau, das ist ein Stierkampf.‹ Er wird sein Blut verspritzen und wird kämpfen und sterben, sonst gäbe es doch überhaupt keinen Stierkampf mehr. Er wird auf Jahre hinaus berühmt sein als der schwarze Bulle, der einen so schönen Kampf geliefert und den Matador getötet hat. Aber wollte mitten im Kampf, wenn das Blut des Stieres schon geflossen ist, sich der König erheben, um das Zeichen zum Abbrechen zu geben, was würde der echte Kampfstier von ihm denken? Er würde vielleicht um Audienz nachsuchen oder gleich zum Zeremonienmeister hingehen und ihn anbrüllen: ›Das hättet ihr früher bedenken sollen! Madame, der König soll sein Schauspiel haben. Dafür hat er mich bestimmt und auferzogen, und ich bin bereit, für den Großherrn zu kämpfen und zu sterben, wenn er mich sehen will. Aber ich lasse mich hängen«, sagte er nach einer Weile nachdrücklich, »falls mir etwas dran liegt, vor Louis-Philippe zu spielen.«
»Ach, warten Sie«, warf Malin ein, »ich habe an etwas anderes gedacht. Ob Sie nicht im Irrtum sind mit dem, was Sie über den Sinn für Humor bei Louis-Philippe dachten? Er hat vielleicht einen ganz anderen Geschmack als Sie und ich und stellt nur gern die Welt auf den Kopf, wie die russische Kaiserin sich einen Spaß daraus machte, ihre alten Staatsräte, denen dabei die Tränen über die Backen rannen, in einem Ballett vor sich tanzen zu sehen, während ihre Balletttänzer im Rat sitzen mußten.

Das, Eminenz, mag Louis-Philippes Meinung von einem Spaß sein. Ich werde Ihnen eine kleine Geschichte erzählen, die gut herpaßt, da wir vom Seiltanzen sprachen, und Sie werden mich verstehen.

Als ich vor zwanzig Jahren in Wien war«, begann sie, »machte ein hübscher Junge mit großen blauen Augen viel Aufsehen durch sein Seiltanzen mit verbundenen Augen. Er tanzte mit wunderbarer Anmut und Geschicklichkeit, und das wirklich bei verbundenen Augen, sie wurden ihm von jemand aus dem Publikum verbunden, sein Auftreten war die große Nummer, und er sollte auch vor Kaiser und Kaiserin, Erzherzögen und Herzoginnen und dem Hofe tanzen. Der große Augenarzt, Professor Helmholtz, war unter den Anwesenden. Der Kaiser hatte ihn kommen lassen, da jedermann über das Rätsel der Hellsichtigkeit sprach. Doch am Schluß der Vorstellung stand er auf und rief erregt: ›Majestät und Kaiserliche Hoheiten, es ist alles Humbug und Schwindel.‹

›Es kann kein Humbug sein‹, sagte der Hofarzt, ›ich habe ihm selbst auf das sorgfältigste die Augen verbunden.‹

›Es ist alles Humbug und Schwindel‹, beharrte der große Gelehrte unwillig. ›Das Kind ist blind geboren.‹«

Malin legte eine kleine Pause ein. »Was wäre«, fragte sie dann, »wenn Ihr Louis-Philippe zu unserem noblen Auftreten in der Hölle sagen würde: ›Ist alles Humbug. Die Leute sind schon in der Hölle geboren.‹«

Sie lachte leise.

»Madame«, sagte der Kardinal nach einer Weile, »Sie haben mächtig viel Einbildungskraft und einen herrlichen Mut.«

»Oh, ich bin eine Nat-og-Dag«, meinte Malin bescheiden.

»Aber sind Sie nicht«, der Kardinal zögerte, »ein wenig –«

»Verrückt?« fragte die alte Dame. »Ich dachte, das wüßten Sie, Eminenz.«

»Nein«, sagte er, »das wollte ich nicht sagen. Aber etwas hart gegen den König von Frankreich. Ich bin vielleicht in der Lage, ihn besser zu verstehen. Ein Bürger ist er, aber mit dem Pöbel hat er nichts gemein.

Ich will Ihnen auch eine Geschichte erzählen«, fuhr der Alte fort, »da ich sehe, ich habe mein Teil zu der nächtlichen Unterhaltung noch nicht beigetragen. Ich erzähle sie aber, zum Beweis, daß – wenn Sie gütigst erlauben, Madame – es Dinge gibt, die schlimmer sind als Verdammnis, und ich werde sie«, er überlegte einen Augenblick, »den ›Wein des Vierfürsten‹ nennen.«

»Als damals am ersten Mittwoch nach Ostern«, begann der Kardinal, »der Apostel Simon, genannt Petrus, die Straßen Jerusalems hinabwandelte, so tief versunken in dem Gedanken an die Auferstehung des Herrn, daß er nicht wußte, ob er auf dem Pflaster ging oder durch die Luft schwebte, da bemerkte er, an einem Tempel vorbeikommend, einen Mann: der stand an einem Pfeiler und erwartete ihn. Indes sich ihre Blicke trafen, trat der Fremde näher und wandte sich ihm zu. ›Warst du nicht auch mit dem Jesus aus Galiläa?‹ fragte er. ›Wohl, wohl‹, antwortete Petrus eilig.

›Dann möchte ich gern einmal mit dir sprechen‹, sagte der Mann. ›Ich weiß nicht, was ich tun soll. Willst du mit mir in die Schenke dort kommen und eins mit mir trinken?«

Petrus, der sich noch nicht völlig von seinen Gedanken lösen konnte und deshalb keine Ausrede fand, nahm an, und bald saßen die beiden zusammen in der Schenke.

Der Fremde schien hier gut bekannt. Er erhielt sofort einen Tisch für sich hinten im Raum und außer Hörweite der übrigen Gäste, die häufig gingen und kamen. Er bestellte auch den besten Wein für sich und den Apostel. Petrus betrachtete sich jetzt den Mann genauer und stellte fest, daß er eine eindrucksvolle Gestalt hatte. Er war ein dunkler, kräftig gebauter, stolzer junger Mann, jedoch schlecht gekleidet, er trug einen mehrfach geflickten Ziegenfellmantel, dazu eine schöne karmesinrote Schärpe aus Seide. Um den Hals hing ihm eine goldene Kette, und an seinen Händen hatte er viele schwere Goldringe, darunter einen mit einem großen Smaragd. Es kam Petrus jetzt so vor, als ob er den Mann schon einmal gesehen hätte, und zwar in einem schrecklichen Aufruhr und Durcheinander, jedoch konnte er sich nicht entsinnen, wo.

›Wenn du wirklich einer der Jünger des Nazareners bist‹, sagte er, ›möchte ich zwei Fragen an dich richten. Ich will dir auch nachher den Grund sagen, warum ich frage.‹

›Ich werde mich freuen, wenn ich dir irgendwie helfen kann‹, sagte Petrus, noch immer in Gedanken.

›Gut‹, sagte der Mann, ›also erstens: Ist es wahr, was die Leute sagen von diesem Meister, dem du gedient hast, daß er vom Tode wieder auferstanden ist?‹

›Ja, das ist wahr‹, erwiderte Petrus, er fühlte selbst, wie ihm das Herz bei dieser Versicherung weiter wurde.

›Na ja, ich hörte verschiedene Gerüchte darüber‹, sagte der Mann, ›aber ich wußte nicht, ob sie wahr sind. Und ist es wirklich wahr, hat er dir das selbst gesagt, eh' er gekreuzigt wurde, daß er auferstehen werde?‹

›Ja‹, sagte der Apostel, ›so hat er uns gesagt, wir wußten, daß es geschehen würde.‹
›Glaubst du dann‹, fragte der Fremde, ›daß jedes Wort, das er sprach, sich erfüllen wird?‹
›Kein Ding auf dieser Welt ist sicherer als das‹, antwortete Petrus.
Der Mann blieb eine Weile still.
›Ich werde dir nun sagen, warum ich dich das gefragt habe‹, sagte er plötzlich, ›und zwar deshalb, weil einer meiner Freunde mit ihm am Freitag an der Schädelstätte gekreuzigt wurde. Du hast ihn auch dort gesehen. Ihm hat dein Meister versprochen, daß er mit ihm noch am selben Tage im Paradies sein werde. Glaubst du das, daß er am Freitag ins Paradies gekommen ist?‹
›Ja, er ist sicher ins Paradies gekommen, und er ist jetzt noch dort‹, sagte Petrus.
Der Mann war wieder still. ›Nun, dann bin ich froh‹, sagte er, ›er war mein Freund.‹
Jetzt brachte ein Bursche den bestellten Wein. Der Mann schenkte davon in ihre Becher, betrachtete den seinen und stellte ihn wieder hin. ›Und nun zu der anderen Sache, von der ich mit dir sprechen wollte. In den letzten Tagen habe ich viele Weine versucht, aber sie schmeckten mir alle nicht. Ich weiß nicht, was mit dem Wein von Jerusalem ist. Er hat keine Würze und keinen Gehalt mehr, vielleicht hängt das mit dem Erdbeben zusammen, das wir am Freitag hatten, es hat alles seinen Wohlgeschmack verloren.‹
›Ich finde aber den Wein nicht schlecht‹, sagte Petrus, um den Fremdling ein wenig zu ermuntern, denn er sah unsäglich traurig aus.
›Nicht?‹ sagte der Mann hoffnungsvoll und nahm einen kleinen Schluck. ›Doch, der ist auch schlecht‹, sagte er und stellte seinen Becher wieder hin. ›Da du ihn gut findest, verstehst du vielleicht nicht viel von Wein? Ich aber – und ein guter Wein ist mein größtes Vergnügen. Und nun weiß ich wirklich nicht, was ich machen soll. Jetzt von meinem Freund Phares‹, nahm er die Unterhaltung wieder auf. ›Ich will dir alles darüber erzählen, wie es zu seiner Gefangennahme und Hinrichtung kam. Er lebte als Straßenräuber zwischen Jericho und Jerusalem. Auf dieser Straße kam eine Weinfuhre des römischen Kaisers vorbei, die er dem Vierfürsten Herodes als Geschenk sandte, darunter war auch ein Faß roten Capriweines, ein unbezahlbarer Wein. Eines Abends sprach ich mit Phares hier an dem Ort, wo wir jetzt sind. ›Ich würde mein Herzblut dafür geben, wenn ich diesen roten Wein des Vierfürsten trinken dürfte‹, sagte ich. Darauf erwiderte er: ›Um meiner Liebe

willen, die ich für dich hege, und um dir zu zeigen, daß ich kein schlechterer Mensch bin als du, werde ich den Aufseher der Fuhre töten und das Faß mit dem roten Wein unter der und der Zeder im Gebirge vergraben, und du und ich, wir beide trinken den Wein des Vierfürsten.‹ Er hat das auch wirklich so ausgeführt, aber als er nach Jerusalem kam, um mich aufzusuchen, wurde er von einem der Fuhrleute, der entwischen konnte, wiedererkannt, und er kam ins Gefängnis und wurde zum Kreuzestod verurteilt.

Dies wurde mir erzählt, und die ganze Nacht lief ich in Jerusalem herum und dachte darüber nach, wie ich ihm zur Flucht verhelfen könnte. Am Morgen, als ich an den Stufen eines Tempels vorbeikam, sah ich dort einen alten Bettler, den ich schon oft dort gesehen hatte; er hatte ein krankes Bein, das dick verbunden war; er war auch verrückt. In seiner Verrücktheit schrie er immer laut und stieß Prophezeiungen aus, wobei er sein Los beklagte und dem Vierfürsten und seiner Frau fluchte. Weil er verrückt war, lachten die Leute nur über ihn. Aber an diesem Morgen kam ein Hauptmann mit seiner Schar vorbei: der hörte, was der Bettler über des Vierfürsten Weib sagte, nahm es krumm und verwarnte ihn: falls er das nochmals höre, lasse er ihn ins Jerusalemer Gefängnis werfen und ihm fünfundzwanzig Stockhiebe am Abend und am Morgen verabreichen, damit er ehrerbietiger über hohe Leute spreche.

Ich hörte zu und dachte: Das ist eine Gelegenheit für mich. So ließ ich mir im Laufe des Tages den Bart abnehmen und das Haar schneiden, färbte mein Gesicht mit Nußöl und kleidete mich in Lumpen. Dann umwickelte ich mir mein rechtes Bein, aber in meinen Binden versteckte ich eine gute Feile und ein langes Seil. Am Abend, als ich zu der Tempeltreppe kam, war der alte Bettler nicht da. Er hatte es mit der Angst bekommen und war ausgeblieben. So nahm ich denn seinen Platz ein. Als die Wache vorbeikam, schrie ich so laut ich konnte mit der Simme des Bettlers. Die übelsten Flüche, die mir gerade einfielen, schleuderte ich auch gegen den Kaiser von Rom, und wie ich mir gedacht hatte, nahm mich die Wache fest und brachte mich ins Gefängnis. Niemand hatte mich in meinen Lumpen erkannt. Im Gefängnis erhielt ich sofort fünfundzwanzig Stockhiebe, und ich merkte mir das Gesicht meines Peinigers für die Zukunft. Für einen Silberling bestach ich den Schlüsselhüter, daß er mich für diese Nacht in die Zelle einschließe, wo Phares war. Diese Zelle in dem Gefängnis, das, wie du ja weißt, auf einem Felsen gebaut ist, lag sehr hoch.

Phares fiel nieder und küßte mir die Füße, und er gab mir Wasser aus seinem Krug. Dann fingen wir an, die Eisenstäbe des Fensters durchzufeilen. Es war ziemlich hoch oben, wir mußten einander abwechselnd auf die Schultern steigen. Aber früh am Morgen hatten wir es geschafft und banden das Seil an dem durchbrochenen Gitter fest. Phares ließ sich zuerst bis zum Ende des Seiles hinunter, dann ließ er sich fallen, weil es nicht ganz reichte. Nach ihm stieg ich hinaus, aber ich war schlapp geworden und brauchte zu lang. So kam denn gerade ein Trupp Soldaten mit einem Gefangenen vorüber. Sie hatten Fackeln, und einer von ihnen sah mich an dem Seil an der Mauer hängen. Phares wäre noch entkommen, aber er wollte mich nicht im Stich lassen; so wurden wir beide ergriffen, und da sahen sie, wer ich war. So ist das alles geschehen‹, sprach der Fremdling, ›aber du sagst mir also, Phares ist jetzt im Paradies.‹

Petrus hatte nur mit halbem Ohr zugehört. ›All das‹, meinte er, ›ist sehr mutig von dir gewesen, und es war eine gute Tat. Du hast dein Leben für deinen Freund eingesetzt.‹ Hier seufzte er tief. ›Oh, ich habe lange genug in den Wäldern gelebt, mich erschreckt keine Eule mehr‹, sagte der Fremde, ›hat dir je einer erzählt, ich gehöre zu der Sorte von Menschen, die in der Gefahr davonlaufen?‹

›Nein‹, erwiderte Petrus, ›aber du hast mir doch erzählt, daß du auch gefangengenommen wurdest. Da du jetzt aber hier sitzest, mußt du doch irgendwie losgekommen sein?‹

›Ja, ich bin freigelassen worden‹, erklärte der Mann mit einem seltsam eindringlichen Blick auf Petrus. ›Ich hatte die Absicht, Phares' Tod zu rächen. Da er jedoch im Paradies ist, sehe ich nicht ein, warum ich mich grämen soll. Nun weiß ich nicht, was tun. Soll ich das Faß Wein des Vierfürsten ausgraben und austrinken?‹

›Das wird sehr traurig sein ohne deinen Freund‹, sagte Petrus, und seine Augen füllten sich mit Tränen, soweit er nach der vielen Trübsal der letzten Wochen noch Tränen hatte. Er dachte daran, daß er dem Mann eigentlich hätte Vorwürfe machen sollen wegen des Diebstahls an dem Vierfürsten-Wein, aber zu viele Erinnerungen schwollen in diesem Augenblick in seinem Herzen hoch.

›Nein, daran habe ich gar nicht gedacht‹, versetzte der Fremde, ›aber was dann, wenn der Wein auch seinen Wohlgeschmack verloren hat und mir dann keine Freude mehr bereitet? Was soll ich dann tun?‹

Petrus hing einen Augenblick seinen eigenen Gedanken nach. ›Lieber Freund‹, sagte er dann, ›es gibt doch noch genug andere Dinge in deinem Leben, die dir Freude machen, als der Wein des Vierfürsten.‹

›Ja, schon‹, entgegnete der Fremde, ›aber wie, wenn auch hier das gleiche geschieht? Ich habe zwei schöne Frauen zu Hause, die auf mich warten. Und gerade vor dem letzten Mißgeschick habe ich eine Jungfrau von zwölf Jahren erworben. Ich habe sie seitdem nicht gesehen. Ich könnte es mit ihnen probieren, wenn ich Lust hätte. Aber das Erdbeben mag auch ihnen zugesetzt haben, so daß sie weder Würze noch Gehalt haben, und was soll ich dann tun?‹

Jetzt wünschte sich Petrus im stillen weit weg von diesem Mann mit seinen Klagen. ›Warum‹, fragte er, ›kommst du damit zu mir?‹

›Du bringst mich darauf‹, sprach der Fremde, ›ich will es dir sagen. Ich habe gehört, daß dein Meister in der Nacht, ehe er starb, seinen Jüngern ein Mahl gab und dabei ein besonderer Wein herumgereicht wurde, der sehr selten war und einen köstlichen Wohlgeschmack hatte. Hast du jetzt noch etwas von diesem Wein? Würdest du ihn mir verkaufen? Ich zahle dir jeden Preis.‹

Petrus sah den Fremdling groß an. ›Mein Gott, mein Gott‹, rief er und war derartig erregt, daß er seinen Becher umstieß und der Wein auf den Boden lief.

›Du weißt nicht, was du sagst. Von dem Wein, den wir Donnerstagnacht tranken, könnte der Kaiser von Rom nicht einen Tropfen bezahlen.‹ Sein Herz litt solche Pein, daß er auf seinem Platz hin und her schwankte. Da, in all seinem Gram, fielen ihm die Worte des Herrn ein, daß er ein Menschenfischer sein sollte, und er bedachte, daß es seine Pflicht sei, diesem Mann, der in großer Not schien, zu helfen. Er wandte sich ihm wieder zu, aber als er ihn so betrachtete, spürte er, daß von allen Menschen auf der Welt dieser junge Mann der einzige war, dem er nicht helfen konnte. Um sich selbst zu stärken, sprach er in den Worten des Herrn.

›Mein Sohn‹, sagte er mild und ernst, ›hebe dein Kreuz auf und folge ihm nach.‹ Im selben Augenblick, als der Apostel anfing, wollte auch der Fremde sprechen. Er hielt inne und sah Petrus finster an. ›Kreuz‹, rief er, ›wo ist mein Kreuz? Wer hebt mein Kreuz auf?‹ ›Niemand als du selbst kann es aufheben‹, erwiderte Petrus, ›das wird dir helfen es zu tragen. Habe Geduld und Ausdauer. Ich werde mehr über all das erzählen.‹

›Was kannst du mir mehr darüber sagen‹, warf der Fremde ein, ›es scheint, daß du nicht viel darüber weißt. Mir helfen? Wer ist es, der diese Art Kreuz tragen helfen will, die die Zimmerleute in Jerusalem heutzutage machen? Ich nicht, des kannst du versichert sein! Dieser krummbeinige Kyrenäer wäre keinesfalls in die Lage gekommen, seine Kräfte an mich auszugeben. Du sprichst von Ausdauer und Geduld‹, fuhr er nach einer Weile fort, noch immer stark erregt, ›ich habe noch

einen Mann gesehen, der es mit mir hätte aufnehmen können. Schau her‹, sagte er, schlug seinen Mantel zurück und zeigte Petrus seine Brust und seine Schultern, die einige schrecklich tiefe weiße Narben aufwiesen. ›Mein Kreuz! Das Kreuz des Phares stand auf der rechten Seite, das Kreuz des Mannes Achaz, der nie viel wert war, auf der linken. Ich hätte mein Kreuz besser getragen als irgendeiner von ihnen. Glaubst du nicht, daß ich länger als sechs Stunden ausgehalten hätte? Ich mache mir nicht viel daraus, das kann ich dir sagen. Wo ich auch immer war, ich war stets ein Führer der Leute, und sie sahen zu mir auf. Glaube nur nicht, daß ich nicht gewohnt war, anderen zu befehlen, zu tun wie ich wollte, nur weil ich jetzt nicht weiß, was ich tun soll.‹
Bei dem verächtlichen Ton seiner Worte hätte Petrus beinahe die Geduld verloren, aber er hatte sich damals, als er das Ohr des Malchus abhieb, geschworen, seine Raschheit zu zügeln, und so sagte er nichts. Nach einer Weile blickte ihn der Mann an, wie besonnen durch das Stillschweigen. ›Und du‹, sagte er, ›der du ein Jünger des Propheten bist, was, denkst du nun, wird mit dir geschehen?‹ Das mit Sorgenfalten bedeckte Gesicht des Petrus hellte sich bei diesen Worten auf und wurde sanft. Seine ganze Miene strahlte Hoffnung aus. ›Ich hoffe und baue darauf, daß mein Glaube, wenn er die Feuerprobe bestehen muß, Lob und Ehre finden wird. Ich hoffe auch, es möge mir gewährt werden, für meinen Herrn zu leiden und zu sterben. Manchmal sogar, in den letzten Nächten‹, fuhr er leise fort, ›habe ich das Gefühl, daß mich am Ende meines Weges ein Kreuz erwartet.‹ Nach diesen Worten wagte er nicht, dem anderen in die Augen zu sehen. Schnell fügte er hinzu: ›Und wenn du auch von mir denkst, ich prahle und sei dessen nicht wert.‹
›Nein‹, sagte der Fremdling, ›ich halte es sehr gut für möglich, daß alles mit dir so geschieht, wie du sagst.‹
Dieses Vertrauen auf seine eigenen Hoffnungen traf Petrus, da er einen solchen freundlichen Zug bei dem Fremden nicht erwartet hatte. Sein Herz füllte sich mit Dankbarkeit. Er errötete wie eine junge Braut. Zum erstenmal spürte er eine echte Teilnahme für seinen Begleiter, und es schien ihm, als ob er etwas für ihn tun müsse, um seine guten Worte wettzumachen. ›Es ist mir so arg‹, sagte er sanft, ›daß ich dir nicht helfen konnte in dem, was deine Seele bedrückt. Aber sieh, ich habe so viel mit mir selbst zu tun nach all dem vielen, was sich in den letzten Tagen ereignet hat.‹
›Oh‹, meinte der Fremde, ›ich habe kaum etwas anderes erwartet.‹
›Im Verlauf unserer Unterhaltung‹, fuhr Petrus fort, ›sagtest du mehrmals, du wüßtest nicht, was du tun solltest. Sage mir, in welchen

Dingen du so im Zweifel bist. Auch in der Sache mit dem Weine will ich versuchen, dir einen Rat zu geben.‹

Der Fremde sah ihn an. ›Ich habe nicht von irgend etwas Besonderem gesprochen, ich weiß überhaupt nicht, was ich tun soll. Ich weiß nicht, ob es solchen Wein gibt, der mein Herz wieder froh macht. Aber ich nehme an‹, fuhr er nach kurzer Pause fort, ›daß es besser ist, wenn ich den Wein des Vierfürsten ausgrabe und mit dem Mädchen schlafe, von dem ich dir erzählt habe. Einen Versuch ist es wert.‹

Mit diesen Worten erhob er sich vom Tisch und hing sich den Mantel um.

›Geh noch nicht‹, sagte Petrus, ›mir scheint, wir haben noch viele Dinge miteinander zu besprechen.‹

›Ich muß auf jeden Fall gehen, es ist eine Ölfuhre auf dem Weg von Hebron, die ich treffen muß.‹

›Handelst du denn mit Öl?‹ fragte Petrus. ›Gewissermaßen‹, meinte der Mann.

›Aber sage mir, ehe du gehst‹, bat Petrus, ›wie du heißt. Denn wir können doch wieder einmal miteinander sprechen, wenn ich weiß, wo ich dich finden kann.‹ Der Fremde stand bereits unter der Tür. Er drehte sich um und sah Petrus mit Stolz und leichter Geringschätzung an. Er hatte eine wunderbare Gestalt. ›Wußtest du meinen Namen nicht?‹ fragte er ihn. ›Er wurde doch in der ganzen Stadt herumgeschrien.

Keiner von den Bürgern Jerusalems, der ihn nicht mit aller Kraft herausgeschrien hätte. Barabbas, schrien sie. Barabbas! Barabbas! Gib uns Barabbas los! Mein Name ist Barabbas. Ich bin ein großer Häuptling gewesen und, wie du selbst sagtest, ein rechter Mann. Mein Name wird nicht vergessen werden.‹

Mit diesen Worten schritt er hinaus.«

Als der Kardinal seine Erzählung beendigt hatte, stand Jonathan auf und wechselte das Talglicht in der Laterne; es war ganz heruntergebrannt und flackerte in den letzten Zuckungen wild auf und ab.

Er war gerade damit fertig, da wurde das junge Mädchen an seiner Seite blaß wie der Tod, ihre Augen schlossen sich, und sie fiel gleichsam in sich zusammen. Fräulein Malin wendete sich ihr voll Sorge zu, ob sie müde sei. Sie verneinte lebhaft, und dies mit gutem Grund. Sie hatte in dieser Nacht gelebt, wie sie nie zuvor gelebt hatte. Sie hatte dem Tod ins Antlitz gesehen und hatte sich mutig in Gefahr begeben, um ihrer Schicksalsgefährten willen. Sie war der Mittelpunkt eines glänzenden Kreises gewesen, und sie hatte sogar einen Mann bekommen. Sie wollte

nicht einen Augenblick dieser inhaltschweren Stunden missen. Aber während der nächsten Viertelstunde fiel sie immer wieder in Schlaf, trotz aller Anstrengungen, sich wachzuhalten; der Kopf sank ihr bald nach vorne, bald nach hinten. Schließlich gab sie nach; sie legte sich, um ein Weilchen zu ruhen. Ihr Gatte machte ihr ein Lager im Heu zurecht und deckte sie mit seinem Mantel zu. Seine Hand immer noch festhaltend, sank sie nieder; auf dem dunklen Grund sah sie aus wie eine liebliche Mamorgestalt des Todesengels. Der Hund, der in der letzten Stunde bei ihr geblieben war, folgte ihr sogleich und legte sich zusammengekauert dicht bei ihr nieder, mit dem Kopf auf ihren Knien.
Ihr junger Gatte saß eine Weile neben ihr und betrachtete die Schlummernde. Aber dann konnte auch er sich nicht länger wachhalten, er legte sich in kleinem Abstand von ihr nieder, aber nahe genug, um noch ihre Hand zu halten. Er konnte nicht sogleich Ruhe finden, einmal schaute er Calypso an, das andere Mal auf die aufrechten Gestalten von Fräulein Malin und dem Kardinal. Als er schließlich entschlummerte, machte er im Schlafe plötzlich eine Bewegung, wobei er sich ihr zudrehte, so daß sein Kopf beinahe den des Mädchens berührte und ihre Haare zusammenflossen. Gleich darauf war er in so tiefen Schlaf versunken wie seine Frau neben ihm.
Die beiden alten Leute saßen schweigend vor dem schwach anbrennenden Licht der neuen Kerze. Malin, die jetzt dreinsah, als wolle sie in alle Ewigkeit nicht schlafen gehen, betrachtete die beiden Schlummernden mit dem Wohlwollen eines Schöpfers; sie war mit sich zufrieden. Der Kardinal schaute sie einen Augenblick an, wich aber dann ihrem Blick aus. Nach einer Weile fing er an, den Verband um seinen Kopf zu lösen, und bei dieser Tätigkeit blieben seine Augen unbeweglich auf dem Gesicht der alten Dame ruhen. »Besser, ich entledige mich dessen«, sagte er, »nun der Morgen bald da ist.«
»Doch wird es Sie nicht schmerzen?« fragte Malin mit Besorgnis.
»Nein«, sagte er, mit seiner Beschäftigung fortfahrend, und setzte nach einem Besinnen hinzu: »Es ist auch nicht Blut von mir. Sie, Fräulein Malin Nat-og-Dag, haben doch ein gutes Auge für echtes edles Blut, Sie sollten doch das blaue Blut von Kardinal Hamilkar erkennen.«
Fräulein Malin rührte sich nicht, aber auf ihrem weißen Gesicht erschien ein anderer Ausdruck. »Das Blut von Kardinal Hamilkar?« fragte sie mit einer weniger festen Stimme. »Ja«, erwiderte er, »das Blut von diesem edlen alten Mann. Auf meinem Haupt. Und auch auf meinen Händen. Denn ehe das Boot heute morgen zu unserer Rettung kam, habe ich ihn mit einem heruntergefallenen Balken erschlagen.«

Zwei oder drei Minuten lang herrschte tiefes Schweigen auf dem Heuboden. Nur der Hund rührte sich, er bohrte seinen Kopf, im Schlaf aufwinselnd, tiefer in das Kleid des jungen Mädchens. Der mit Binden umwickelte Mann und die alte Frau wichen sich aus, wenn ihre Blick sich trafen. Er tat langsam die langen, rotgefärbten Leinenstreifen ab und legte sie hin; ein breites, rotes, gedunsenes Gesicht und dunkles Haar kamen zum Vorschein.
»Gott nehme die Seele des edlen Mannes in seine Obhut«, sagte Malin schließlich. »Aber wer sind Sie?«
Bei ihren Worten änderten sich des Mannes Mienen. »Das fragen Sie mich?« erwiderte er. »Denken Sie denn an mich und nicht an ihn?«
»O wir brauchen nicht an ihn zu denken, weder Sie noch ich. – Wer sind Sie?«
»Ich heiße Kasparson. Ich bin der Kammerdiener des Kardinals.«
»Sie müssen mir mehr erzählen«, sagte Malin mit Festigkeit. »Ich möchte gern wissen, mit wem ich die Nacht verbracht habe.«
»Ich werde Ihnen noch viel mehr erzählen, wenn es Ihnen gefällt«, erwiderte Kasparson. »Denn ich bin weit in der Welt herumgekommen und hänge selber gern dem Vergangenen nach.
Ich bin ein Schauspieler, Madame, so wie Sie eine Nat-og-Dag sind. Wie wir anfangen, müssen wir bleiben, und fallen immer auf das eine zurück, wenn anderes uns mißlingt. Als ich noch ein Kind war, tanzte ich in einem Ballett, und mit dreizehn kam ich nach Berlin, weil ich ganz besonders viel Anmut und Leichtigkeit in meinen Sprüngen zeigte. Mein Stiefvater, der berühmte Tenor Eunicke, brachte mich mit reichen älteren Herrn vom Adel in Verbindung, er glaubte, daß ich eine Goldgrube für ihn werden könne. Fünf Jahre lang durfte ich mich wie eine schöne Frau fühlen, deren Launen Befehl sind, wurde mit Leckerbissen gefüttert, bekam seidene Kleider und einen goldenen Turban aufgesetzt. Herr Eunicke war ein Tenor und vergaß, mit dem Vergehen der Zeit zu rechnen. Das Alter hatte uns unversehens beim Schopf, und mein kurzer Traum als Männerliebling war ausgeträumt. Hierauf ging ich nach Spanien und wurde Barbier in Sevilla sieben Jahre lang, ich war es gern, für Seife und Gesichtswasser und überhaupt für alles Nette und Saubere hatte ich schon immer eine Schwäche. Aus diesem Grunde wunderte es mich oft, daß der Kardinal seine von roter und schwarzer Tinte bekleckten Finger kaum beachtete. Madame, es wurde ein guter Barbier aus mir.
Aber auch noch anderes: Ich war Herausgeber revolutionärer Zeitungen in Paris, Sklavenhändler in Algier und der Liebhaber einer verwit-

weten Prinzessin in Pisa. Durch sie kam ich dazu, daß ich die ägyptische Expedition des Professors Rosellini und des berühmten französischen Orientalisten Champollion mitmachte. Ich war in Ägypten, Madame. Ich stand in dem dreieckigen Schatten der großen Pyramide, und von ihrer Spitze haben die Jahrtausende auf mich herabgesehen.«
Von seinem Weltfahrertum in den Schatten gestellt, zog sich Fräulein Malin flugs in die weiten Gefilde ihrer Einbildungskraft zurück. »Ach«, sagte sie, »in Ägypten im Schatten des großen Dreiecks der hohen Pyramide war's, daß, während der Esel graste, der heilige Joseph zur Mutter Gottes sagte: ›Du mein trautes, holdes Gemahl, mach doch geschwind die Augen zu und stelle dich, als sei ich der Heilige Geist.‹«
Kasparson fuhr fort mit seinem Bericht. »Ich habe auch in Kopenhagen gelebt«, sagte er, »aber zuletzt ist es mir dort herzlich schlecht ergangen. Ich wurde Hausknecht in den Herbergen eines dicken, alten Mannes namens Bolle Bandeat – das heißt, mit Ihrer Erlaubnis, der Verfluchte oder Verdammte –, dort konnte man für einen Groschen auf dem Fußboden und für einen halben Groschen, über einem Seil unter den Armen, stehend schlafen. Als ich es schließlich mit der Polizei zu tun bekam und fliehen mußte, änderte ich meinen Namen in Kasparson um in Erinnerung an den stolzen und unglücklichen Kaspar Hauser.
Aber falls Sie von meiner Familie Näheres erfahren wollen, so kann ich von mir sagen: Ich bin ein Bastard vom reinsten Bastardblut, das es gibt. Meine Mutter war ein echtes Kind des Volkes, eines ehrlichen Handwerkers Tochter, die schöne Schauspielerin Johanna Händel-Schütz, die alle klassischen Ideale verkörperte. Trotzdem hatte sie ein melancholisches Gemüt. Von meinen sechzehn Geschwistern haben fünf Selbstmord begangen. Aber wenn ich Ihnen sage, wer mein Vater war, werden Sie erstaunt sein. Als Johanna mit sechzehn Jahren in Paris als Schauspielschülerin lernte, fand ein hoher Herr Gefallen an ihr. Ich bin der Sohn des Herzogs von Orléans – der sich bald darauf auf andere Art mit dem Volk einließ –, der als Bürger angeredet sein wollte, für den Tod des Königs von Frankreich stimmte und seinen Namen in Egalité umänderte. Der Bastard von Egalité! Kann man ein ärgerer Bastard sein, Madame?«
»Nein!« sagte die alte Frau mit harten, weißen Lippen, unfähig, dem blassen Mann ihr gegenüber ein gutes Wort zu geben.
»Der arme König Louis-Philippe«, fuhr Kasparson fort, »um den es mir leid tut und von dem diese Nacht so lieblos gesprochen zu haben ich bedaure – ist mein jüngerer Bruder.«
Auch einem großen Unglück gegenüber fand Malin die Sprache wieder.

Nach einigem Stillschweigen sagte sie: »Wir haben nicht mehr viel Zeit, zu reden, darum sagen Sie mir zuerst: Warum haben Sie den Kardinal getötet? Und zum zweiten: Warum haben Sie dieses ganze Spiel in meinem Beisein aufgeführt und mich in der letzten Nacht vielleicht, die mir gehört, so zum besten gehalten? Hier drohte Ihnen keine Gefahr. Dachten Sie, es mangle mir an Geist oder an Mitgefühl für die dunkle Seite des Menschenherzens, um Sie recht zu verstehen?«

»Ach«, sagte Kasparson, »warum habe ich Ihnen nichts gesagt? In dem Augenblick, da ich den Kardinal tötete, vermählte sich meine Seele mit dem Schicksal, mit der Ewigkeit, mit der Seele Gottes. Umhüllen wir das Geheimnis der Brautkammer nicht mit Schweigen? Und warum ich meinen Herrn tötete? Die Hoffnung war gering, daß wir beide gerettet würden, und er hätte sein Leben für das meine geopfert. Hätte ich denn als Diener, für den der Herr das Leben ließ, weiterleben können, oder hätte ich, ein armer Abenteurer, einfach ertrinken und untergehen sollen?

Sie wissen: Ich bin Schauspieler. Soll nicht ein Schauspieler eine Rolle haben? Wenn uns vom Schauspielleiter die guten Rollen immerzu vorenthalten werden, sollen wir da nicht ein Recht auf Überspielen der Bevorzugten haben? Über unseren Versuch entscheidet Erfolg oder Ausgepfiffenwerden. Ich habe meine Rolle gut gespielt. Der Kardinal hätte mir applaudiert, er verstand sich auf die Kunst. Sir Walter Scott fand viel Gefallen an Willibald Alexis' Roman ›Walladmor‹, den dieser unter Scotts Namen erscheinen ließ; er nannte ihn das entzückendste Mysterium des Jahrhunderts. Der Kardinal würde sich in mir erkannt haben.« Eine Stelle aus Oehlenschlägers Trauerspiel »Axel und Valborg« zitierend, sprach er langsam die Verse:

Mein edler Herr, Sankt Olaf kommt höchstselbst,
Er zieht mich an, er kleidet sich in mich,
Sein Geist bin ich, die Larve seines Hauchs;
Die flüchtige Hülle des Unsterblichen ...

»Eines hätte er vielleicht an mir auszusetzen gehabt«, fuhr er nach einer Weile fort, »ob ich nicht doch zuviel des Guten tat? Ich blieb am Ende auf dem Heuboden hier, um das Leben der einfältigen Bauersleute zu retten, die lieber ihr Vieh in Sicherheit hatten bringen wollen als sich selbst. Es ist zweifelhaft, ob der Kardinal mit seinem gesunden Menschenverstand das auch getan hätte. Doch mag es sein. Ohne ein Gran Scharlatanerie kommt die große Kunst nicht aus, und der Kardinal war selbst nicht frei davon.

Auf jeden Fall«, schloß er mit erhobener Stimme und sich aufrichtend, »wird Gott am Tage des Jüngsten Gerichts nicht zu mir sagen können: ›Kasparson, du schlechter Schauspieler! Was, nicht einmal mit dem Tod im Herzen hast du mir den sterbenden Gallier spielen können?‹«

Wieder verharrte Malin eine gute Zeitlang, ohne das tiefe Schweigen in dem dunklen Raum zu brechen.

»Und warum«, sagte sie endlich, »verlangten Sie so sehr nach dieser Rolle?«

»Ich will es Ihnen anvertrauen«, erwiderte Kasparson mit gedämpfter Stimme. »Nicht am Gesicht soll man den Menschen erkennen, sondern an seiner Maske — das sagte ich schon zu Anfang dieser Nacht.

Ich bin ein Bastard. Auf mir ruht der Fluch des Bastards, davon können Sie nichts wissen. Das Blut des Egalité ist ein hoffärtiges und sehr eitles Blut – schwere Zugabe für jemand, in dessen Adern es fließt. Es will glänzen, Madame; es läßt nichts neben sich gelten; es schafft maßloses Leiden bei der geringsten Beschämung.

Jedoch diese Bauern und Fischer sind das Volk meiner Mutter. Können Sie sich vorstellen, was in mir vorging, wenn ich ihr hartes Leben und ihre bleichen Kinder sah? Bei dem Gedanken an ihre trockenen Brotrinden und die abgewetzten Tischmesser, an ihre geflickten Kleider und geduldigen Gesichter kehrte sich mir das Herz um. Ihnen allein gehörte meine Liebe. Wenn sie mich zu ihrem Herrn gemacht hätten, ich hätte ihnen gedient mein Leben lang. Wenn sie vor mir niedergefallen wären und mich angebetet hätten, ich wäre für sie in den Tod gegangen. Aber das wollten sie nicht von mir. Das blieb dem Kardinal vorbehalten. Nur heute nacht kamen sie herbei. Sie haben in meinem Gesicht das Antlitz Gottes erblickt. Nachher werden sie sagen, daß über dem Boot, in dem ich mit ihnen ausfuhr, ein weißes Licht schwebte. Ja, genau so, Madame.

Wissen Sie, warum ich zu Gott aufblicke, warum ich an ihm festhalte? Warum ich nichts tun kann ohne ihn? Weil er das einzige Wesen ist, für das ich kein Mitleid zu fühlen brauche, Mitleid nicht fühlen kann und nicht fühlen muß. Für all die andern Wesen und Geschöpfe, die es gibt, fühle ich ein verzehrendes, unendliches Mitleid; ihre Sorgen sind Kreuz und Leiden für mich. Es tat mir leid um den Kardinal, sehr leid um den alten Mann, der groß und gut sein mußte, und der, wie die kleine Spinne in ihrem Netze hängend, sein Buch über den Heiligen Geist schrieb. Aber wenn es Mitleid gibt im Verhältnis zwischen Gott und mir, so ist das Mitleid Gottes Sache. Es wird ihm leid sein um mich.

Weshalb Mitleid auch Sache unserer Könige gewesen wäre, Madame!

Doch, weiß Gott, meinen Bruder, den König von Frankreich, bemitleide ich. Ich habe ein bißchen Herzweh um den kleinen Mann.
Nur an Gott werde ich mich halten, er will kein Erbarmen von mir. So laßt mich wenigstens an Gott festhalten, ihr schwachmütigen Menschenkinder.«
»Aber wenn es so steht«, sagte Malin unversehens, »kann es Ihnen doch nicht viel bedeuten, ob wir gerettet werden oder nicht. Nehmen Sie mir's nicht übel, Kasparson, aber es wird doch an Ihrem Schicksal nicht viel ändern, ob das Haus bis zur Rückkehr des Bootes hält oder nicht.«
Kasparson hatte für ihre Worte ein leises, zustimmendes Lachen. Er stand jetzt offensichtlich unter der Wirkung des Wacholdergeists aus dem Fäßchen der Bauersleute, und Malin hielt wohl ziemlich Schritt mit ihm. »Sie haben recht, Fräulein Nat-og-Dag«, erwiderte er, »Ihr schlagender Witz hat den Nagel auf den Kopf getroffen. Ganz besonders, was meinen Mut betrifft. Aber haben Sie noch ein wenig Geduld, so will ich Ihnen die Sache erklären.
Nicht viele Menschen, sagte ich, könnten sich von dem Glauben freihalten, es würde ihnen wohl anstehen, Schöpfer der Welt zu sein. Aber, gehen Sie einen Schritt weiter, Madame: Nicht viele Menschen können sich von dem Glauben freihalten, die Welt, mit der sie zu tun haben, sei nun wirklich das Werk ihrer Einbildungskraft. Sind wir dann mit unserem Werk zufrieden und stolz darauf? Ja, zuzeiten. An Frühlingsabenden, in Gesellschaft von Kindern und von schönen und klugen Frauen war ich zufrieden mit meiner Schöpfung und stolz auf sie. Zu anderen Zeiten, wenn ich mit elendem Pack zusammen war, hatte ich ein sehr schlechtes Gewissen als Schöpfer eines so billigen, geschmacklosen, dummen Krams. Ich hätte ja den Versuch machen können, sie wegzuscheuchen, wie ein Mönch in seiner Zelle die erniedrigenden Bilder vertreibt, die seinen Seelenfrieden stören und ihm den Stolz rauben, Knecht des Herrn zu sein. Nun, Madame, ich bin froh um diese Nacht, die meine Schöpfung ist. Und ich bin wirklich stolz darauf, daß auch Sie meine Schöpfung sind, seien Sie dessen versichert. Aber was tun mit der einen Figur im Bilde, mit dem Manne Kasparson? Ist er gelungen? Kann man ihn so lassen? Muß man ihn nicht als störenden Fleck in dem Bilde ansprechen? Ein Mönch kann äußerstenfalls sich geißeln, um die Schimäre zu vertreiben, die ihn beleidigt. Die fünf von den sechzehn Kindern meiner Mutter, die sich selbst das Leben nahmen, mögen auch so gefühlt haben, denn meine Mutter hatte, wie gesagt, ein tiefes Verständnis für klassische Kunst, für die Vollkommenheit des Weltganzen. Sie würde gesagt haben: Ein ganz gutes Werk an

sich. Es hat nur einen Fehler: Diese Figur da, sie muß unter allen Umständen weg.«

»Schön«, sagte Malin nach kurzem Bedenken, »hat es Ihnen gefallen, den Kardinal zu spielen, als Sie die Rolle schließlich übernahmen? Hatten Sie Freude daran?«

»So wahr Gott lebt, das hatte ich, Madame«, erwiderte Kasparson, »einen guten Tag und eine gute Nacht. Denn nun habe ich lange genug gelebt, um das eine zu lernen: dem Teufel die Zähne zu zeigen, wenn er mich angrinst. Wie, wenn nun dies, dem Teufel die Zähne zu zeigen, wenn er uns angrinst, der einzige, höchste und wirkliche Spaß wäre, den es überhaupt gibt? Und wenn alles andere, was die Leute Spaß nennen, nur ein Schatten davon wäre? Dann ist es eine Kunst, die zu lernen sich verlohnt.«

»Ich auch, ich auch!« rief Malin, nicht laut, aber mit einer hellen, klingenden Stimme, wie Lerchenjubel, der sich erhebt. Und als wolle sie mit aufsteigen, richtete sie sich gerade, in der mühelosen und edlen Art einer Dame, die eine angenehme Unterhaltung beendet und das Zeichen zum Aufbruch gibt. »Ich – habe ihm auch die Zähne gezeigt. Es ist eine Kunst, die zu lernen sich verlohnt.«

Der Schauspieler hatte sich, auf die ritterlichste Art, mit ihr erhoben, er stand neben ihr. Sie sah ihn mit strahlenden Augen an.

»Kasparson, du großer Schauspieler«, sagte sie, »du Bastard des Egalité, küsse mich!«

»Nicht doch, Madame«, wehrte Kasparson, »ich bin krank, mein Mund ist giftig.«

Malin lachte und sagte: »Heute nacht frage ich den Teufel danach.« Sie sah in der Tat aus, als ob Gift ihr nichts mehr anhaben könne. Ihr Totenkopf sah aus wie das Warnschild auf einer Giftflasche, wenig einladend zum Küssen, aber sie wollte ihren Kuß haben und sagte langsam und mit der ihr eigenen Anmut, den Mann vor ihr nicht aus den Augen lassend: »Fils de St. Louis, montez au ciel!«

Der Schauspieler nahm sie in seine Arme, er hielt sie sogar fest umarmt und küßte sie. So ging die stolze alte Maid wenigstens nicht ungeküßt ins Grab.

Mit einer Geste voll Hoheit und Anmut nahm sie den Saum ihres Rockes auf und legte ihn ihm in die Hand. Die Seide, die sie über den Boden nachgeschleppt hatte, triefte von Nässe. Er begriff, daß sie darum aufgestanden war. Ihre Augen schauten zusammen auf den Boden des Heubarn. Etwas Dunkles, lang und breit wie eine Schlange, lag auf den Dielen, und etwas weiter unten, wo sich der Boden leicht

senkte, wurde es zu einem dunklen Tümpel, der fast die Füße des schlafenden Mädchens berührte. Das Wasser war bis zur Höhe des Heubodens gestiegen. Und wirklich, als sie vorwärtsschritten, spürten sie die schweren Planken sachte schaukeln und auf dem Wasser schwimmen. Plötzlich sprang der Hund mit einem Ruck auf. Kopf und Ohren zurückgelegt, die Nase in der Luft, ließ er ein tiefes Klagen hören.
»Pst, Passup«, sagte Malin, die den Namen von den Fischern gehört hatte.
Sie nahm eine Hand des Schauspielers in ihre Hand. »Warten Sie einen Augenblick«, sagte sie leise, um nicht die Schläfer zu wecken. »Ich möchte Ihnen etwas sagen: Ich war auch einmal ein junges Mädchen. Ich ging in den Wald, sah die Vögel fliegen und dachte: Wie schrecklich, daß man Vögel in Käfige sperrt. Ich dachte: Wenn ich doch so leben und der Welt dienen könnte, daß nach mir kein Vogel mehr im Käfig wäre, daß sie alle frei herumflögen –«
Sie hielt inne und blickte zur Wand. Zwischen den Brettern war ein frischer, tiefblauer Streifen sichtbar, gegen den die kleine Lampe wie ein roter Fleck wirkte. Der Morgen dämmerte. Langsam zog die alte Frau ihre Finger aus der Hand des Mannes und legte einen auf die Lippen.
»A ce moment de sa narration«, sagte sie, »Schéhérazade vit paraître le matin et, discrète, se tut.«

Der alte, wandernde Ritter

Mein Vater hatte einen Freund, den alten Baron von Brackel, der in seiner Jugend weit in der Welt herumgekommen war und viele Orte und Männer kennengelernt hatte. Sonst ähnelte er Odysseus, dem Weitgereisten, gar nicht, jedenfalls nicht in der List; seine eigenen Angelegenheiten hatte er nur sehr mäßig geregelt. Wahrscheinlich geschah es aus dieser Erkenntnis heraus, daß er jetzt darauf verzichtete, die praktischen Fragen des Lebens mit der jungen Generation zu erörtern, die darauf versessen war, in der Welt vorwärtszukommen. Wenn es sich aber um Theologie, Oper, Moral oder andere brotlose Künste handelte, so machte es Spaß, mit ihm zu reden.

Er war in seiner Jugend besonders, ja, ungewöhnlich schön gewesen: Ich glaube, daß er für seine eigene Zeit sozusagen das Ideal verkörperte, das man einen schönen Jüngling nannte. In seinem Gesicht war von dieser vergangenen Schönheit nichts mehr übrig, wohl aber konnte man deren Geschichte noch immer in einer Art von munterer, frei zur Schau getragener Würde ablesen, die seine Haltung der ganzen Welt gegenüber bestimmte. Denn ein solches Wesen wird wohl im Lauf der Jahre von der äußeren Schönheit geprägt und überlebt diese, so daß es in einer Art und Weise, wie sie Uneingeweihten unerklärlich ist, bei den eingefallenen alten Menschen zu finden ist, die mit Freude und Stolz in die langen Spiegel des vorigen Jahrhunderts geschaut haben. Ja, man müßte eigentlich auf diesem Wege durch einen *danse macabre* die Skelette herausgreifen können, auf die man einstmals auf den Bällen ihrer eigenen Zeit mit Bewunderung, Entzücken und Neid zeigte.

Eines Abends kamen er und ich auf ein sehr altes, viele hundert Jahre in der Literatur behandeltes Problem zu sprechen: den klassischen Konflikt zwischen Verlangen und Pflicht, vor dem Herkules ebenfalls stand, und das der alte Herr in vollem Ernst aufgriff. Soll man sich eine Neigung versagen, um das zu tun, was uns als das Rechte vor Augen steht?

Im Laufe des Gesprächs erzählte er mir dann folgende Geschichte: »In einer regnerischen Nacht des Winters 1874 wurde ich auf einer Pariser Straße von einem jungen, betrunkenen Mädchen angesprochen. Ich war damals, wie Sie sich ausrechnen können, ein ganz junger Mann. In jener Stunde war ich über alle Maßen erschüttert und verzweifelt und saß barhäuptig auf einer Bank mitten im Regen, weil ich von einer Dame gekommen war, die ich, wie man damals sagte, verehrte, und die gerade versucht hatte, mich zu vergiften.

Diese ganze Episode hat allerdings nichts mit dem zu tun, was ich Ihnen erzählen will, aber das war an und für sich eine merkwürdige Geschichte. Viele Jahre lang hatte ich gar nicht mehr daran gedacht, aber als ich kürzlich in Paris war, traf es sich, daß ich diese selbe Dame in ihrer Loge in der Oper sah, zusammen mit zwei hübschen kleinen Mädchen in hellrosa Kleidern, deren Urgroßmutter sie, wie man mir erzählte, war. Sie selbst war nun nicht mehr schön, aber ich habe in der Zeit, als ich mit ihr verkehrte, nie ein so ruhiges und zufriedenes Gesicht an ihr gesehen. Hinterher bereute ich es, daß ich nicht hinaufgegangen war und ihr meine Aufwartung gemacht hatte, denn wenn auch weder sie noch ich eine sonderliche Freude an unserer Liebesgeschichte gehabt hatten, so glaube ich, es hätte ihr ein Vergnügen gemacht, an die junge, strahlende Schönheit erinnert zu werden, die so viele Männer unglücklich gemacht hatte, ebenso wie es mir ein Vergnügen gemacht hätte, wenn auch nur flüchtig, an den jungen Mann erinnert zu werden, der einmal, vor langer Zeit so unglücklich gewesen war.

Sollte es einem großen Künstler nicht gelungen sein, ihre seltene Schönheit auf der Leinwand oder im Marmor festzuhalten, dann lebt sie ja jetzt nur in einigen wenigen alten Köpfen und Herzen wie dem meinen. Diese Schönheit war damals etwas ganz Einzigartiges. Die Dame war sehr blond, wohl die blondeste Frau, die ich gesehen habe, aber sie war kein Glanzbild in Weiß und Rosenrot. Sie war blaß, ganz ohne Farbe wie ein altes Pastell oder wie das Bild einer jungen Dame in einem stumpfen Spiegel. Und in dieser kühlen und zerbrechlichen Form war eine unbegreifliche Vitalität enthalten und eine so erlesene Vornehmheit, die die Damen heutzutage nicht mehr haben oder nach der sie nicht mehr streben.

Ich hatte sie im Herbst kennengelernt und mich in sie verliebt, als wir beide auf einem Landschloß Jagdgäste waren, zugleich mit einer Menge anderer lustiger, junger Menschen, die jetzt, wenn sie noch leben, taub und gichtbrüchig sind. Ich glaube, ich werde sie bis zu meiner letzten Stunde vor mir sehen, wie sie damals auf einem großen Fuchs saß, den sie ritt, in der klaren Luft, in der man nur eben den Frost ein wenig spürte, wenn wir nachmittags Seite an Seite zusammen heimritten, über die alte, steinerne Brücke, die zum Schloß hinaufführte. Ich liebte sie, wie man sich vorstellen könnte, daß ein Page seine Herrin geliebt hat, ebenso demütig wie kühn, denn sie war so sehr von Anbetern umringt, und ihre Schönheit hatte einen Zug von Ferne und Verachtung, die einem jungen Mann, der arm und fremd in ihrem Kreise war, sehr wohl das Herz zusammenpressen konnte. Jede einzige Stunde, in der wir zusammen ausritten, oder tanzten, oder Komödie spielten und lebende Bilder darstellten, war denn auch bis zum Rand angefüllt mit Angst und Hoffnung und Berückung – ja, Sie werden das kennen: ein ganzes großes Orchester im Herzen. Als sie mich glücklich machte, wie man sagt, da glaubte ich steif und fest, dies sei das große, ewige Glück. Ich erinnere mich gut an einen Morgen, als ich draußen auf der Terrasse eine Zigarette rauchte und die weite Aussicht betrachtete, niedrige waldblaue Höhenzüge, einer hinter dem anderen, und dem Herrgott meine Saldoquittung über alle Freuden des Lebens gab. Wie es mir nun auch gehen mochte, ich hatte das Glück empfangen, das mir zukam, und stellte keine weiteren Ansprüche.

Wo es sich um ganz junge Menschen handelt, hat die Liebe nur wenig mit dem Herzen zu schaffen. Wir trinken in dem Alter aus Durst oder um einen Rausch zu bekommen, und das Wesen des Weins an sich beschäftigt uns nicht sonderlich. Ein verliebter junger Mann ist in erster Linie von den Kräften hingerissen und berückt, die sich in ihm selber regen. Zu dieser Anschauung kann man auch zurückkehren, wenn man lange genug lebt, aber dann ist sie nicht so kleidsam. Ich kannte in Paris einen sehr reichen alten Russen, der die bezauberndsten jungen Tänzerinnen aushielt, und der einmal gefragt wurde, ob er denn auch irgendwelche Illusionen nötig habe bezüglich ihrer Gefühle. Nein, sagte er, nachdem er nachgedacht hatte, wenn mein Koch das Glück hat, mir eine gute Omelette zu bereiten, dann denke ich nicht darüber nach, ob er mich auch liebt. – Ein junger Mann könnte wohl so nicht sprechen, wohl aber könnte er gesagt haben, es sei ihm einerlei, ob der, welcher seinen Wein anbaue und ihm verkaufe, dieselbe Religion habe wie er selber – und dann meinen, er habe den Nagel auf den Kopf getroffen. Aber wir lernen mit dem Alter Demut, es kommt die Zeit, da beschäftigt das Wesen des Weines unsere Gedanken, und nicht unser eigenes Wesen, wir heben unser Glas mit Andacht und begreifen, daß es für uns von größter Wichtigkeit ist, ob der, welcher unseren Wein baut und uns verkauft, nun auch dieselbe Religion hat wie wir.

Was mich betrifft, in der Angelegenheit, von der ich Ihnen erzählen wollte, so erhielt die Eigenliebe meiner Jugend bald die Lehre, dessen sie bedurfte. Denn im Laufe der Wintermonate, als sie sowohl wie ich in Paris wohnten, wo ihr Haus der Mittelpunkt eines Kreises von Schöngeistern war und sie selbst eine bewunderte Dilettantin in Kunst und Musik, begann ich Verdacht zu schöpfen, daß sie sich meiner oder ihrer eigenen Verliebtheit in mich bediene – wenn man sich so ausdrükken darf –, um ihren Mann eifersüchtig zu machen. Dies ist gewiß kein einzigartiges Vorkommnis, im Laufe der Zeiten hat es sicher eine Menge junger Leute gegeben, denen diese Wahrheit allmählich in der gleichen Weise dämmerte, aber ihre gesamten Erfahrungen nützen dem jungen Menschen, der ihr im Augenblick von Angesicht zu Angesicht gegenübersteht, nicht sonderlich viel. Ich begann darüber nachzugrübeln, wie das Verhältnis zwischen den beiden eigentlich beschaffen war und welche geheimen Kräfte in ihr oder in ihm es unternommen hatten, in dieser Weise Fangball mit mir zu spielen. Ich glaube, ich kann ohne Eigenlob von mir sagen, daß ich Angst bekam. Gleichzeitig war sie eifersüchtig auf mich, und zwar über alle Maßen; wenn es ihr so paßte, konnte sie mich schnöde behandeln, so als sei ich ein Junge. Ich wußte, ich konnte ohne sie nicht leben, ich hatte auch so ein Gefühl, daß sie ihrerseits nicht ohne mich leben konnte oder wollte, was sie aber mit mir wollte, daraus konnte ich nicht klug werden. Ihre Berührung schmerzte, so wie es weh tut, an einem Wintertag Eisen zu berühren, man weiß nicht, ob es eisig ist oder ob man sich verbrannt hat.
Ehe ich sie kennenlernte, wußte ich ihren Mädchennamen und die Geschichte ihrer Familie, die seit einigen hundert Jahren mit Frankreichs Geschichte verwoben war. Ich hatte auch gelesen, daß in der Familie Werwölfe gewesen waren – solche Wesen, wissen Sie, die tagsüber Mann oder Frau sind, aber des Nachts Wölfe. Nun dachte ich bisweilen, es wäre besser für mich, sie offenbarte sich mir so in ihrer wahren Gestalt, falle auf alle viere nieder und blecke die Zähne nach mir, dann hätte ich doch immerhin gewußt, wie ich mit ihr daran war. Und gleichzeitig hatten wir bis in die letzten Tage unserer Liebesbeziehung lange Stunden von einer eigentümlichen Verzauberung, für die ich ihr immer dankbar sein werde. Während meines ersten Jahres in Paris, als ich dort nur wenige Menschen kannte, hatte ich mich damit beschäftigt, die alten Palais und ihre Geschichte zu studieren, und nachdem wir uns kennengelernt hatten, war sie immerhin so freundlich gewesen, dies Interesse mit mir zu teilen, so daß wir nun oft gemeinsam in der Welt des alten, schönen Paris untertauchten und in Gemeinschaft die Tage Abaelards

oder Molières aufs neue erlebten. Bei diesem unserem Spiel war sie so ernst und so reizend zu mir wie ein kleines Mädchen. Aber zu anderen Zeiten behandelte sie mich so hart, daß ich meinte, es sei nicht länger auszuhalten, ich müsse vielmehr zusehen, daß ich mich davor in Sicherheit brächte und, wenn es nötig wäre, ihr und dem Ganzen entfliehe. Ich glaube, sie hatte immer sogleich eine Ahnung von diesen verzweifelten Fluchtplänen, und das veranlaßte sie zuweilen, bezaubernder zu mir zu sein als je zuvor, und zuweilen auch nachts wach zu liegen, um neue Foltermethoden zu ersinnen. Kurzum: es war das alte Spiel zwischen Katze und Maus, das wohl das älteste Spiel der Welt ist. Da aber die Katze Leidenschaft im Spiel einsetzt, während die Maus ganz bürgerlich darauf versessen ist, mit dem Leben davonzukommen, so ist es die Maus, die zuerst ermüdet. Gegen Schluß unserer Beziehung sah es fast so aus, als wünsche sie, daß es herauskomme, so rücksichtslos trat sie auf, und dabei mußte man damals in Liebesaffären Vorsicht walten lassen. Ich bin sogar eines Abends, als sie auf einen Ball wollte, zu dem ich nicht geladen war, als Friseur verkleidet in ihr Haus gekommen – in jener Zeit trugen die Damen ja kunstvolle Frisuren, und die Arbeit eines Coiffeurs brauchte Zeit und durfte nicht unterbrochen werden. Und die ganze Zeit verfolgte mich der Gedanke an ihren Mann, genauso – mußte ich selber denken – wie der große Schatten auf dem hinteren Vorhang den Krummsprüngen eines Polichinell folgt, wo auf der Bühne er auch hinläuft. –

Ich war all dieser Dinge allmählich so müde – nicht eben ihrer, aber so tödlich erschöpft von Zweifeln und Herzeleid –, daß ich im Begriff war, mich zu einem Entschluß aufzuraffen und eine entscheidende Szene mit ihr herbeizuführen, um eine Erklärung zu erhalten, und wenn ich sie dadurch verlieren würde. Aber in eben demselben Augenblick – und das trug sich also an jenem Abend zu, von dem ich Ihnen erzählen wollte – lieferte sie mir selber sowohl die Szene als auch die Erklärung, und zwar in einem so wütenden Sturm der Leidenschaft, wie ich ihn nie früher oder später erlebt habe. Und wollen Sie mir glauben: Die Waffen, die ich bereitgehabt hatte, die ergriff sie und richtete sie gegen mich, indem sie mir in ihrer fürchterlichen Empörung ins Gesicht schleuderte, daß nicht sie es sei, die ich liebte, sondern ihr Mann. Und hören Sie nun weiter – als sie das hinausgeschrien hatte, drinnen in dem blaßblauen Boudoir, das mir so wohlbekannt war, eine jener mit Seide gepolsterten, duftenden Schachteln, in die die Damen meiner Zeit bisweilen ihre Schönheit und Eleganz einpackten wie Schmuck in einen Schmuckkasten – ach, ich entsinne mich seiner so gut, mit den weichen Kissen überall, den Blumengemälden an den Wänden, einen Busch weißen Flieders in der Ecke, und das Licht der Lampe durch einen großen, roten Schirm gedämpft –, als sie mich hier sozusagen auf Leben und Tod anklagte, da fand ich selber kein Wort der Erwiderung, denn ich wußte in meinem Herzen, sie hatte recht.

Sie würden ihn dem Namen nach kennen, wenn ich diesen nennen würde, denn es wird noch heute von ihm geredet, obwohl es nun so lange her ist, seit er starb. Sie werden ihn auch in allen Memoiren aus aus jener Zeit finden, denn dieser Name war der Abgott unserer Generation. In seinem späteren Leben widerfuhr seinem Träger vieles und großes Unglück, aber damals – ich glaube, er war damals dreiunddreißig Jahre alt – stand er im vollen Glanz seiner mächtigen, seiner merkwürdigen Zauberkraft. Ich weiß noch, wie ich einmal zwei alte Herren über seine Mutter sprechen hörte, die eine berühmte Schönheit aus der Zeit Louis Philippes gewesen war. Der eine sagte zu dem anderen, daß sie all ihre berühmten Diamanten ebenso leicht und anmutig getragen habe, wie andere junge Mädchen Kränze von wilden Blumen trugen. ›Ja‹, sagte darauf der andere, nachdem er ein wenig nachgesonnen hatte, ›und dann riß sie sie zuletzt entzwei und streute sie um sich wie wilde Blumen, à la Ophelia.‹ Ich vermute daher, die außergewöhnliche Kraft und Leichtigkeit, die er besaß, war eine Eigentümlichkeit der Familie, ebenso wie die Schwäche, die ihn zuletzt kaputtmachte. Selbst in seiner Launenhaftigkeit und in dem eigentümlichen Getue, dessen wir uns damals befleißigten und das wir *fin de siècle* nannten, hatte er etwas von *›le grand siècle‹* an sich, eine edle Erhabenheit, die zum alten Frankreich gehört.

Es ist mir seither viele Male geschehen, wenn ich vor einem Stück Architektur aus dem siebzehnten Jahrhundert stand, einem der riesigen Schlösser, die uns als menschliche Wohnungen so ganz und gar ungeeignet vorkommen, daß mich dann der Gedanke überraschte, wie gut diese zu ihm – und wahrscheinlich auch zu seiner Mutter – gepaßt hätten. Er hatte, ohne den Triumphen, um die wir ihn beneideten, auch nur den geringsten Gedanken zu widmen, der Welt gegenüber eine solch ruhige Gelassenheit, als wisse er, daß er, wenn es sein müsse, unbegrenzte Reserven aus ihr ziehen könne. Es hat mir etlichen Stoff zum Nachdenken gegeben, daß man mir erzählt hat, wie er gegen Ende seiner tragischen Lebensbahn den Freunden, die ihn im Namen Gottes anflehten, sein Schicksal zu tragen, mit Ajax' Worten aus Sophokles antwortete:

›Du reizest mich; wozu rufst du die Götter an?
Du weißt, ich stehe länger nicht in ihrem Schutz.‹

Ich sehe ein, ich hätte nicht anfangen dürfen, von ihm zu sprechen, selbst jetzt nicht, nach so vielen Jahren. Unsere Jugendideale sind unsere Meilensteine gewesen, und auch dort, wo sie gestürzt sind, ist das Gelände aufgemessen, und sie sind der Mittelpunkt. An sich hat er nichts mit meiner Erzählung zu tun.

Wie ich Ihnen sagte, in dem Augenblick, als sie es mir vorwarf, erkannte ich, es war die Wahrheit: was ich für die schöne junge Frau empfand, deren Liebhaber ich war, das wog nicht auf, was ich für den jungen Mann fühlte. Wenn er unter den Gästen auf dem Schloß gewesen wäre, wo ich sie das erste Mal traf, glaube ich, es wäre mir nicht im Traum eingefallen, mich in seine Gattin zu verlieben.

Aber aus ihrer Liebe zu ihm und ihrer fürchterlichen Eifersucht war weiß Gott nicht schlau zu werden. Daß sie ihn liebte, das hatte ich wohl erkannt, als sie das erste Mal mit mir über ihn sprach – ja, ich hatte es vielleicht schon vorher gewußt. Und sie war eifersüchtig, sie trauerte und grämte sich, sie weinte – wenn es darauf ankam, war sie, wie ich Ihnen erzählte, bereit zu töten, wenn nichts anderes ihr mehr nützte. Aber dieser ganze verhängnisvolle Kampf zwischen den beiden, der für sie wahrscheinlich die einzige Wirklichkeit im Leben war, in diesem ging es nicht darum, zu erobern oder zu behalten, es war ein Wettstreit. Sie war eifersüchtig auf ihn, als sei er eine andere junge Schönheit und Löwin in Paris, eine Rivalin, oder als sei sie selbst ein junger Don Juan gewesen, dem die Lorbeeren ihres Mannes den Schlaf raubten. Ich glaube, sie hatte ein Gefühl, als ob sie und er, immer und überall, allein in einer Welt zusammen waren, die sie mißachtete. Wenn sie eine so verwegene Reiterin war oder wenn sie sich mit einem Schwarm von Bewunderern umgab, dann hatte sie in Wirklichkeit den Blick auf ihn geheftet, so wie man sich vorstellen kann, daß ein Wagenlenker bei einer Wettfahrt den Kutscher und das Dreigespann beobachtet, das am dichtesten hinter ihm ist. Wir anderen existierten für sie nur insofern, als sie fühlte, wir mußten entweder ihr selber oder ihm zufallen. Sie nahm ihre Liebhaber, wie sie ihre Hindernisse nahm: Diese waren ihre Trophäen im Wettlauf mit dem Manne, den sie liebte.

Ich weiß ja nicht, wie dies alles eigentlich zwischen den beiden angefangen hatte. Später habe ich versucht, es mir dahin zu erklären, daß es eine Rache von ihrer Seite gewesen sein mag für ein Unrecht, das er einmal an ihr begangen hatte. Wie es auch später gekommen sein mochte, so glaube ich, es war diese wilde und fruchtlose Leidenschaft, die alle Farbe aus ihr herausbrannte.

Nun traf es sich so, wie Sie vielleicht wissen werden, daß alles dies gerade stattfand, als die Bewegung, die man die Emanzipation der Frau nennt, aufkam und sich rasch ausbreitete. In jenen Tagen geschah vieles. Ich glaube nicht, daß die Bewegung damals sonderlich tief in die menschliche Gesellschaft einschnitt, aber bei den jungen Frauen der oberen Klassen fand sie einen reichen Nährboden. Und da kamen sie dann, alle die geistreichsten und kühnsten unter ihnen, aus ihrem tausendjährigen Halbdunkel hervor, gegen das neue Licht blinzelnd und ganz wild vor Tatendrang und Lust, ihre Flügel zu erproben. Es gab zwar auch solche unter ihnen, die die Rüstung der Jungfrau von Orléans anlegten – war diese selber doch auch ein schlagfertiges, junges, emanzipiertes Frauenzimmer –, sich ihre Glorie ums Haupt woben und hochflogen wie weißglühende Engel. Aber die Mehrzahl der Frauen wird doch immer, wenn es nach ihrem eigenen Kopfe geht, schnurstracks zum Hexensabbat abbrausen. Ich persönlich achte sie dieserhalb, ja, ich glaube nicht, daß ich jemals ernstlich mein Herz an eine Dame hätte verlieren können, die nie in ihrem Leben auf einem Besenstiel gesessen hat.

Es hat mir immer so scheinen wollen, als sei der Frau ein großes Unrecht geschehen, weil sie niemals je in der Welt allein gewesen ist, Adam hatte doch immerhin eine Zeit gehabt, ob sie lang oder kurz war, wo er auf einer frischen und friedlichen Erde wandeln und sich, in seine eigenen Gedanken vertieft, die Tiere ansehen konnte. Wir haben sicher alle, von Geburt an, eine Erinnerung an diese Periode. Aber die arme Eva kam geradeswegs in eine Welt hinein, in der ihr Mann sich bereits niedergelassen hatte, mit allen seinen Ansprüchen an sie. Dies ist denn auch eine der Klagen, die die Frau seit langem gegen ihren Schöpfer vorzubringen hat: Sie fühlt, sie hat einen Anspruch an ihn, ein Recht, für eine Weile das Paradies für sich allein zu haben.

Das Bedauerliche daran ist nur, daß man, wenn man einer entschwundenen Zeit nachjagt, diese naturnotwendig am Schwanze zu packen bekommt. So erhielten diese jungen Frauen alles, was sie begehrten, umgekehrt, wie in einem Hohlspiegel.

Die alten Damen, die Wächterinnen des Altars und des Herdes, klagten laut und vernehmlich darüber, daß die neumodischen Ideen den jungen den Kopf verdrehten. Es gab daher auch sicher viel mehr junge Damen, abgesehen von meiner Geliebten, die hoch oben in den Lüften davongaloppierten, das Gesicht rückwärts gewandt, nach dem Beispiel des wilden Jägers. Und es lag auch – in der Luft, wenn ich es so nennen darf – eine Theorie, die dort oben um sich griff, und die darauf hinauslief, daß Eifersucht unter Liebenden eine veraltete und unwürdige Leidenschaft sei, und die Forderung des Liebhabers, die Geliebte zu besitzen, eine ungeheuerliche Anmaßung. Ja, die jungen Schönheiten waren dermaßen vom Teufel besessen, daß sie sich tödlich gekränkt fühlten bei dem Gedanken daran, daß irgendein anderer außer diesem sie besitzen könnte. Schon Dr. Faust, das wissen Sie sicher, hat erklärt, daß die Frau auf dem Wege zum Satan uns anderen allezeit hundert Schritte voraus ist. Aber der Wettstreit zwischen Mann und Weib, mit der eigenartigen Eifersucht, die er mit sich bringt, der war nach dem neuen Katechismus von edler Art und wurde in Hexenkreisen für rechtmäßig erklärt. Solchermaßen konnte man denn, in meiner Jugend, nachts, auf der Heide und unter dem Galgen – nicht nur Macbeths bärtige alte Hexen, bei denen man ja auf allerhand gefaßt ist, sondern die schönen jungen Frauen unserer eigenen guten Gesellschaft antreffen, im Begriff, zu gaukeln und Zaubergetränke zu mischen, wild vor Eifersucht auf – sagen wir mal – den gewichsten Schnurrbart ihres Liebhabers. Sie bauten die ganze Theologie damit auf, daß sie nach orthodoxer Hexenweise die Bücher Mose von rückwärts lasen. Wären sie sich selber überlassen geblieben, sie hätten sicher auch Methode hineinbringen können. Es waren die armen, zahmen Emanzipationspropheten männlichen Geschlechts – die Hexenmeister, die auf dem Sabbat immer eine trübselige Figur machen –, die dem Evangelium die Kraft nahmen, indem sie es zu sich auf die Erde herabzogen und den Gesetzen jämmerlicher männlicher Logik unterwarfen. Übrigens glaube ich gern daß in heutiger Zeit, nachdem auch die Männer sich von ihrem Mannestum emanzipiert haben, ein gewisses Gleichgewicht im Verhältnis hergestellt ist. Heutzutage sind es vielleicht ebensooft die jungen Männer, die nachts auf die Heide hinauslaufen und im Zickzack, am Erdboden, dem Schatten der Hexe folgen, die himmelhoch droben unter dem Monde fliegt – er ist auf der Suche nach Kräutern und Diebsfingern, aus denen er Gift für seine Geliebte brauen wird, der er ihre schmale Mitte und Brüste neidet.

Die Rolle, die man mir meinerseits in dem Verhältnis zu meiner emanzipierten jungen Hexe zugewiesen hatte, war nicht gerade schmeichelhaft. Und trotzdem glaube ich noch heute, daß sie mich liebte – ja, wie man sagt: bis zum Wahnsinn – mit der gleichen Leidenschaft liebte, wie sie ein kleines Mädchen für ihre Lieblingspuppe empfindet. Und insofern war ich also die Hauptperson in der Tragödie. Wenn sie selber die Rolle des Othello übernahm, war ich es und nicht ihr Mann, der die Desdemona spielte, und ich glaube gern, daß sie bei dem Gedanken an den traurigen Zwang, in den sie geraten war, seufzte und klagte: ›Es ist jammervoll, o Jago!‹ – ja, daß es sie von ganzem Herzen danach verlangte, mir einen Kuß zu geben und noch einen, ehe sie mir den Garaus machte. Der Unterschied zwischen den beiden Tragödien war nur der, daß bei uns weder Gerechtigkeit noch Rache mit im Spiele waren. Sie mußte mich vernichten, so wie ein General, wenn er eine Festung nicht mehr halten kann, eher Feuer an die Pulverkammer legen und die Festung in die Luft fliegen lassen muß, als zuzusehen, wie sie in Feindes Hand fällt.

Es war gegen Ende unseres Beisammenseins, daß sie mir das Gift reichte. Dies war, vermute ich, gegen ihr ursprüngliches Programm. Sie hatte wohl nicht die Absicht gehabt, offen zu sprechen, ehe ich es in mir hätte, aber sie konnte all das, was sie mir zu sagen hatte, nicht so lange bei sich behalten. Nun war es, können Sie sich denken, etwas absonderlich, zu diesem Zeitpunkt unserer erregten Auseinandersetzung Kaffee zu trinken. Ihr glühender Eifer, mich zum Trinken zu bringen, und die plötzliche Totenstille, als ich die Tasse zum Munde führte, verrieten sie. Ich rührte die Tasse kaum an, und trotzdem kann ich mich noch heutigentags an den faden, verhängnisvollen Geschmack des Opiums erinnern – und, weiß Gott, hätte ich es auch ganz ausgetrunken, so hätte es mich nicht mehr lähmen und meine Eingeweide verrenken können, als die Gewißheit, daß sie mich hatte töten wollen. Ich ließ die Tasse fallen, stand da und stierte sie an, und sie machte eine große, wilde Bewegung, als wollte sie sich, gleichsam als letzten Versuch, auf mich werfen. So standen wir wohl eine halbe Minute, beide klar darüber, daß alles für uns verloren war. Dann taumelte sie hin und her und weinte mit den Händen vor dem Mund, wie eine alte Frau, und ich, ich konnte keinen Laut mehr hervorbringen, ich rannte spornstreichs aus dem Haus, sobald ich wieder Kraft genug hatte, mich zu bewegen. Als ich auf die Straße hinausgelangte, kamen mir die frische Luft, der Regen, das Pflaster entgegen wie alte Freunde, lange vernachlässigt, aber in der Stunde der Not zur Stelle und treu.

Und da saß ich dann auf einer Bank, um mich herum das ganze stolze Bauwerk meines Lebens und meines Glücks in Trümmern, todkrank vor Grauen und Erniedrigung, als jenes junge Mädchen, von dem ich Ihnen vorhin erzählte, zu mir trat und mich ansprach.

Ich glaube, ich muß einige Zeit dort gesessen haben, und sie hat dagestanden und mich betrachtet, ehe sie sich aufraffte und zu mir trat. Sie hat vielleicht gespürt, daß zwischen uns eine gewisse Gemeinschaft be-

stand, weil ich ebenso trunken war wie sie selber – da anständige Menschen doch nicht so ohne Hut in strömendem Regen auf einer Bank sitzen, und dann, weil wir beide so jung waren. Ich hörte nicht, was sie zu mir sagte, weder das erste noch das zweite Mal. Ich war nicht in der Stimmung, mich mit einem kleinen Straßenmädchen einzulassen. Es war wohl reinster Selbsterhaltungstrieb, wenn ich schließlich aufblickte und zuhörte. Ich mußte meinen eigenen Gedanken entfliehen und griff nach jeder Hilfe, die sich mir bot. Aber gleichzeitig hatte das Mädchen auch etwas ganz besonders Anmutiges und Ausdrucksvolles an sich, was meine Aufmerksamkeit gefangen nahm. Sie stand dort im Regen, weiß und rot geschminkt, mit Augen, die wie zwei Sterne strahlten, und so aufrecht wie eine Kerze, obwohl sie nicht ganz sicher auf den Beinen war. Als ich schweigend sitzen blieb und sie anstarrte, lachte sie über mich, ein ganz leises, klares Lachen. Sie war sehr jung. Sie hatte mit der einen Hand ihr Kleid hochgenommen – damals gingen die Damen auf der Straße mit Schleppe – auf dem Kopf hatte sie einen kleinen, schwarzen Hut mit Straußenfedern, der ihre Stirn und Augen beschattete, aber der Bogen des Kinns und der junge, runde Hals leuchteten weiß und rein unter den Straßenlaternen. So kann ich sie heute noch vor mir sehen, obwohl ich auch ein anderes Bild von ihr vor mir habe.
Was mich überraschte, war, daß das Mädchen so seltsam erregt war, von der Situation gepackt oder berauscht. Dies war keines von den üblichen, berufsmäßigen Angeboten. Sie sah aus wie ein Mensch, der auf ein großes Abenteuer ausgezogen ist oder der ein großes Geheimnis mit sich herumträgt. Ich glaube, ich mußte plötzlich lächeln, während ich sie ansah, mit so einem bitteren, wilden Lächeln, das nur auf den Gesichtern junger Leute erscheint, und das flößte ihr Mut ein. Sie kam ganz bis zu mir hin. Ich wollte ihr Geld geben und suchte in meinen Taschen danach, aber ich hatte nichts bei mir. Ich erhob mich von der Bank und wandte mich zum Gehen, und sie ging neben mir her. Ihre Nähe tat mir gut, denn ich hatte keine Lust, allein zu sein. So kam es, daß ich sie mit zu mir nach Hause nahm. –
Ich fragte sie, wie sie heiße. Sie erzählte mir, sie heiße Nathalie.
Ich war damals bei der Botschaft angestellt und wohnte auf der Place François I., wir hatten also nicht weit zu gehen. Ich hatte mich darauf eingestellt, spät heimzukommen, ich kam damals zu jeder beliebigen Tages- und Nachtzeit nach Hause, und mein Diener pflegte das Feuer für mich in Gang zu halten und ein kaltes Abendbrot zu richten. Als wir ins Zimmer traten, war es warm und hell, und der gedeckte Tisch stand vor dem Kamin. Auch eine Flasche Champagner war auf Eis ge-

legt, ich hatte oftmals eine Flasche Champagner nötig, wenn ich von meinen Schäferstündchen nach Hause kam.

Das junge Mädchen sah sich erfreut und zufrieden im Zimmer um. Hier im Schein der Lampe konnte ich sehen, wie sie aussah. Sie hatte dunkelbraunes, lockiges Haar und blaue Augen und ein rundliches Gesicht mit einer breiten, niedrigen weißen Stirn. Sie war eine blutjunge Schönheit, unbefangen und anmutsvoll. Ich glaube, mein Erstaunen, sie so gefunden zu haben, war ebenso groß, wie wenn ich einen großen Strauß frischer Rosen in einem Rinnstein gefunden hätte, aber auch nicht größer. Wäre ich im Gleichgewicht gewesen, würde ich sie wahrscheinlich ausgefragt haben, um eine Erklärung für das Geheimnis zu erhalten, das sie darzustellen schien, aber jetzt kam es mir gar nicht in den Sinn.

Die Sache war wohl die, daß wir beide in einer ganz eigentümlichen Gemütsverfassung waren, die sich im späteren Leben für keinen von uns wiederholt haben kann. Ebensowenig wie ich wußte, was sich in ihr regte, wußte sie, was mir widerfahren war, aber so aufgebracht und gespannt, wie wir beide waren, begegneten wir uns in einer eigenartig tiefen, sozusagen unpersönlichen Sympathie, wie in einer anderen Welt als der, in der man für gewöhnlich lebt. Ich meinerseits war wie gelähmt und zugleich überwach und sah sie ausschließlich unter meinem eigenen Gesichtswinkel, ohne darüber nachzudenken, woher sie gekommen sei oder wohin sie wieder entschwinden werde, wie ein Geschenk an mich von einem Schicksal, das dennoch Barmherzigkeit zu zeigen wußte, in diesem äußersten Augenblick, da ich es nicht ertragen konnte, allein zu sein. Sie kam mir vor wie ein kleiner, wilder Nachtelf, der zu meiner Errettung mitten aus der großen Stadt um uns – Paris, das uns ja zu jeder beliebigen Zeit die himmlischsten Überraschungen bereiten kann – herausgesprungen war. Was sie von mir dachte – davon ahne ich nichts. Damals dachte ich nicht darüber nach – wenn ich jetzt zurückblicke, glaube ich, daß auch ich für sie eine Art von Symbol gewesen sein muß und kaum eine persönliche Existenz gehabt habe.

Ich empfand es als ein großes Glück, wie eine Woge von Wärme ging es durch mich hindurch, daß sie so jung und anmutig war. Ich mußte deswegen von neuem lächeln, nach dem Grauen der letzten Stunden. Ich nahm ihr den Hut ab, hob ihr Gesicht hoch und küßte sie. Dabei merkte ich, wie naß sie war. Sie mußte stundenlang im Regen durch die Straßen gegangen sein, die Kleider hingen an ihr wie die Federn an einem nassen Huhn. Ich trat an den Tisch und zog die Flasche auf, schenkte ein Glas ein und reichte es ihr. Sie stand vor dem Feuer und nahm es in Empfang, die nassen Locken hingen ihr in die Stirn. Mit ihren geschminkten roten

Wangen und den blanken Augen ähnelte sie einem Kind, das soeben aus dem Schlaf erwacht ist, oder einer großen Puppe. Sie trank, den Blick auf mich gerichtet, das Glas langsam zur Hälfte aus, und als habe dies Glas Champagner sie bis an den Punkt gebracht, wo sie unmöglich noch weiterhin stumm bleiben konnte, hub sie an zu singen, wie wenn sie in ein Lachen ausbreche, es war die erste Zeile eines Liedes, eines Walzers, den man damals in allen Cafés chantants hörte. Sie hielt jäh wieder inne, leerte ihr Glas und reichte es mir zurück. *A votre santé*, sagte sie.
Ihre Stimme war so klar und rein wie Vogelgesang in einem Wald, und damals griff mir nichts auf der Welt so sehr ans Herz wie Musik. Bei dieser Liedstrophe nahm mein Glaube daran zu, daß mir etwas Übernatürliches gesandt worden war, ein kleines Wunder. Ich füllte ihr Glas von neuem, legte meine Hand um ihren runden Hals und strich ihr das Haar aus dem Gesicht. »Wie in aller Welt hast du es angestellt, daß du so naß geworden bist, Nathalie?« fragte ich sie, als wäre ich ihre Großmutter. »Wir müssen das nasse Zeug ausziehen und dich wärmen.« Während ich sprach, hörte ich selber, wie meine Stimme sich veränderte, ich mußte lachen. Sie heftete ihre Sternenaugen starr auf mich, einen Augenblick zitterte ihr Gesicht. Dann begann sie den Mantel aufzuknöpfen und ließ ihn hinunterfallen. Unter diesem schwarzen Spitzenmantel, der schlecht zur Jahreszeit paßte und unten rostbraun ausgeblichen war, trug sie ein schwarzseidenes Kleid, das über der Brust, der Mitte und den Hüften straff saß und weiter unten drapiert, hochgerafft und plissiert war, mit Garnierungen und Schleppe versehen, so wie es bei den Damen von damals, in der frühesten Zeit der Tournure, Sitte war. Alle diese seidenen Falten glitzerten im Scheine vom Kamin. Ich begann sie ganz langsam auszukleiden, als sei sie wirklich eine Puppe, und sie stand kerzengerade da und ließ mich tun.
Ihr klares Gesicht war so ernst wie das eines Kindes. Ein paarmal wechselte sie unter meinen Händen die Farbe, als ich aber das stramme Kleidmieder aufknöpfte und ihre kühlen Schultern und die Brust streifte, verklärte sich ihr Gesicht zu einem großen, sanften Lächeln, und sie hob ihrerseits die Hand und berührte meine Finger.«
Hier machte der alte Herr eine lange Pause.
»Damit Sie ganz verstehen, was ich Ihnen hier erzähle«, sagte er, »muß ich Ihnen wohl erklären, daß es damals ein ganz anderes Erlebnis war als heutzutage, eine Frau auszukleiden. Denn was sind es genaugenommen für Kleider, die Ihre jungen Damen anhaben? – Sie bestehen aus möglichst Wenigem, ein paar senkrechte Linien, die in der Quere durchgeschnitten werden, ehe sie auch nur die Möglichkeit gehabt ha-

ben, etwas auszusprechen. Sie haben keinerlei Sinn irgendwelcher Art, oder wenn sie überhaupt einen Zweck haben, dann muß es der sein: zu enthüllen.

Aber in meiner Jugend war der Körper der Frau ein tiefes Geheimnis, das zu hüten ihre Kleider mit großer Treue und Erfindungsgabe ihr Bestes taten. Wir liefen damals im Regen auf den Straßen herum, um einen Schimmer von der Fessel einer Dame zu erhaschen – während Ihnen heute das ganze Bein, bis hinauf zum Knie, eine so vertraute Angelegenheit ist wie der Fuß unserer Gläser hier. In jenen Tagen lag in der Kleidung der Frauen ein Sinn, sie versah ein Amt. Mit einem würdigen Ernst, den zu durchschauen keineswegs einem jeden gegeben war, ließ sie sich's angelegen sein, den Körper, den sie verbarg, in eine Form umzuschaffen, so verschieden wie möglich von seinem wahren Wesen. Er wurde für uns zu einem Rätsel gemacht, einem sinnvollen Rätsel, das zu lösen man begnadet sein mußte. Die langen, strammen Schnürleibchen damals und das Paraphernal an Stangen, seidener Wäsche und Spitzen, all diese Stoffmassen, darin die Frauen meiner Zeit überall begraben waren, wo sie nicht zusammengeschnürt waren, so fest, wie sie es nur aushalten konnten – alles dies strebte demselben Ziel entgegen: zu verstecken.

Diesem mächtigen Gebraus von Drapierungen, Rockschleppen, Raffungen, Rüschen und Plissees, das bei jeder Bewegung ihrer Trägerin nach allen Regeln der Kunst stieg, sank, wippte und wogte, entstieg die Taille, so gerade und schmal wie ein Blütenkelch, und hob die Brust hoch empor, gerundet wie eine Rose, aber ganz bis zur Schulter hinauf in Fischbeinstangen gefangengehalten. Versetzen Sie sich nun einmal in das Dasein menschlicher Wesen von damals, wie es ausgesehen haben muß, wenn sie in diesen engen Hülsen lebten und atmeten und in diesen Klaftertiefen von Stoff, die sie herumschleppten, wo sie gingen, standen und saßen, und denen es niemals einfiel, daß es anders sein könnte. Eine Frau war zu meiner Zeit ein Kunstwerk, das hervorzubringen viele Jahrhunderte gedauert hat, und wir erörterten ihre Figur in derselben Weise wie ihren Salon, mit all dem Respekt, den man einem genialen und unermüdlichen Künstler schuldig ist.

Und immer war es doch Eva selber, die unter diesem allen atmete und bewegt wurde, und die, wenn sie wollte, keusch die Verkleidung fallen ließ und vor uns hintrat, jedesmal ein Mysterium, das sich enthüllte, eine ewige Offenbarung, die Mitte vom Mieder zart eingedrückt, so als trage sie einen Kranz von Rosen.

Ihr jungen Menschen heutzutage lacht ja ein wenig über die Ideale unserer Zeit, ebenso wie über ihre Moden, und Sie werden nun gewiß einwenden wollen, daß es, unserer ganzen Geschicklichkeit zum Trotz, auf die Dauer mit dem Mysterium nicht weit her hat sein können. Mit Verlaub – es wird Ihnen vielleicht heutzutage nicht ganz leicht, den Sinn des Wortes zu erfassen. Nichts ist ein wahres Mysterium, bis es nicht ein Symbol wird. Und ob es das Heilige Abendmahl ist, so muß doch wohl der Wein gezapft und das Brot auf gewöhnliche Weise gebacken werden.

Die Frauen meiner Zeit waren etwas anderes und mehr als eine Sammlung von Personen weiblichen Geschlechts. Sie symbolisierten, sie repräsentierten das Weib an sich. Ich habe mir erzählen lassen, daß dies Wort, in der altmodischen Bedeutung, aus Ihrer Sprache verschwunden ist. Wo wir in unserer Jugend von dem Weibe sprachen – und uns ein wenig in unserem eigenen Zynismus gefielen –, da sprechen Sie nun von den Frauen. Ja, was ist noch weiter über diese Sache zu sagen? Darin liegt der ganze Unterschied.

Erinnern Sie sich, daß Sie über die Scholastiker des Mittelalters gelesen haben, die das Problem diskutierten: Was wurde zuerst geschaffen, der Begriff Hund oder die einzelnen Hunde? Ihre Generation, die im Kindergarten Statistik lernt, hat wahrscheinlich die Antwort sofort bei der Hand, und es soll Ihnen zugegeben werden, daß Ihre Welt wirklich so aussieht, als sei sie versuchsweise erschaffen worden. Es ist so, daß Nozdrefs Koch Suppe zubereitete und Pfeffer, Salz und Kräuter hineintat, was er nun gerade zur Hand hatte – ›irgendein Geschmack wird doch wohl dabei herauskommen‹. – Aber für uns waren selbst die Theorien des alten Herrn Darwin neu und höchst problematisch. Wir haben unser Weltbild geschaffen aus Mustern wie Symphonien, Hofzeremoniells und Logarithmen, und wir waren dazu erzogen, streng zwischen ehelichen und illegitimen Kindern zu unterscheiden, denn wir glaubten daran, daß das wahrhaft Gediegene mit Umsicht geschaffen werden müsse. Der Begriff Weib, ›das ewig Weibliche‹, dem wohl nicht einmal Sie alle Mystik absprechen werden, war unserer Theologie zufolge das, was im Anfang geschaffen worden war, und unsere Frauen sahen ihre Mission darin, würdig und in Übereinstimmung mit der Absicht des Schöpfers diesen Begriff zu repräsentieren – ebenso wie ich vermute, daß die Aufgabe der einzelnen Hunde sein muß, nach besten Kräften den Begriff Hund zu repräsentieren.

Man konnte damals der Entwicklung der Idee ohne weiteres folgen, wenn ein kleines Mädchen, das sich seines Weibtums noch nicht bewußt war, allmählich heranwuchs und langsam in die Mysterien und Disziplinen ihres Geschlechts eingeweiht und schließlich, zweifellos laut uralten Riten, ordiniert wurde. Nach und nach wurde der Schwerpunkt ihres Wesens von der Individualität auf das Symbol überführt, und ihre Haltung der Welt gegenüber dadurch von Stolz und Demut geprägt, welch beides die Vertreter der großen Mächte kennzeichnet. Weder der Übermut der jungen, schönen Mädchen noch die herablassende Majestät der alten Damen beruhte auf persönlicher Eitelkeit, beides hatte überhaupt mit dem persönlichen Element nicht mehr zu tun als eines Ambassadeurs Pomp und Pracht, wenn er seine Akkreditive überreicht. Ihre Reize selbst gehörten ihnen sozusagen nicht persönlich, sie waren Regalien, sie waren heilige Gefäße, die sie hüteten und putzten. Uns beurteilten sie nach unserer Rechtgläubigkeit dem Begriff Weib gegenüber, und so nachsichtig sie, jede einzelne, gegen uns sein konnten, so duldeten sie in dieser Eigenschaft nicht die geringste Ketzerei. Und mag es auch noch so richtig sein, daß Don Juans Opfer, jedes für sich, mit fliegenden Haaren und entblößtem Busen, vom gegenüberliegenden Ufer des Styx, wenn er übergesetzt werden soll, ihm ihre Verwünschung zuschreien – ein Schöffengericht von den Frauen meiner Zeit, das das Urteil über ihn hätte fällen sollen, hätte diesen Verführer, der bis zuletzt mit Lust die Koketten von fünf Dutzend Jahren auf seine Liste gesetzt hat, um seines Glaubens, um seiner unverbrüchlichen Treue gegen die Weiblichkeit und den Begriff Weib willen freigesprochen. Und Christus selber konnten sie nur in die rechte Harmonie mit ihrem großen Dogma bringen dadurch, daß sie mit viel List und Tücke, in Kunst und Poesie und frommer Kinderweisheit, ihn stets und immer in dem ganz zarten Alter beließen, in den Armen der Heiligen Jungfrau.

Die Menge außerhalb der Tempelmauern ist nicht interessant. Die wahrhaft interessante Gestalt ist der Priester drinnen. Der gaffende Haufe, der am Tore darauf wartet, daß das Blut von St. Pantaleone ins Sieden komme, den habe ich aus nächster Nähe oft und oft gesehen. Aber es ist mir nur selten vergönnt gewesen, Zugang zum Heiligtum dahinter zu erhalten, während das Wunder vorbereitet wird, und die amtierenden Priester, alte wie junge, zu sehen, bis hinunter zu den Chorknaben, die sich als die Hauptpersonen der Zeremonie fühlen und ebenso schreckerfüllt wie frech sind – wie sie dort drinnen in der Kühle und dem Halbdunkel einhergehen, in tiefem Ernst, in ihrem eigenen Rhythmus als Wächter eines Geheimnisses, das sie ganz genau kennen.

Was war denn Lord Byrons Zynismus oder der Baudelaires – dessen Gedichte wir damals gerade lasen, mit dem ›frisson nouveau‹, der dazu gehörte –, gegen den dieser Priesterinnen, dieser alten und jungen, ehrfurchtgebietenden Auguren, die bis an ihren Tod die heiligen Rituale ausführten in einem Mysterium, das sie in- und auswendig kannten und an das sie nicht glaubten? Ja, die das ganze Zeremoniell bis ins Kleinste aufrechterhielten, auch im Allerheiligsten, dort, wo kein profanes Auge eindringen konnte! Unsere Dichter haben ja davon gesungen, wie die jungen Schönen am Strande, hinter dem Vorhang des Badekarrens, flüsterten und lachten, während sie errötend ›Lilien ins Wasser stellten‹. Es gibt eine Erzählung von einem jungen Mädchen, das bei einer Meuterei das Schiff rettet, indem sie sich auf das Pulverfaß setzt mit einer brennenden Lunte in der Hand und droht, es anzustecken, und die genau weiß, das Faß ist leer. Dies ist für mich ein hinreißendes Bild von der Frau meiner Zeit. Sie war es, die die schöne Ordnung und das Gleichgewicht der Zeit aufrechterhielt, indem sie auf dem Mysterium des Lebens sitzen blieb, wohl wissend, daß es kein Mysterium gab. Ich habe euch junge Menschen darüber reden hören, daß die Frauen zu meiner Zeit keinen Sinn für Humor hatten. Wenn ich an mein junges Mädchen auf dem Faß gedacht habe, mit seinen streng niedergeschlagenen Augen, habe ich mich selber gefragt, ob nicht unser eigener Humor ein wenig fade wirkt im Vergleich zu dem des schwachen Geschlechts. Wenn wir damals in ganz anderem Maße eine tiefe Dankbarkeit unseren Frauen gegenüber empfanden, allein schon weil es sie gab, als ihr es euern eigenen gegenüber tut, so hatten wir vielleicht Grund dazu gehabt.

Sie werden es einem alten Mann nicht übel vermerken«, sagte er, »daß er zu lange bei diesen Bildern aus einer entschwundenen Zeit verweilt hat. Für Sie muß es dasselbe sein, als wenn Sie in einem Museum aufgehalten würden vor einem Glasschrank mit alten Kostümen, die einst in Mode waren, und Sie dürfen gern darüber lachen, wenn Sie wollen.«

Der alte Herr nahm hier seine Erzählung wieder auf.

»Als ich nun dies junge Mädchen entkleidete, und die Kleiderschichten, unter denen sie verborgen war, eine nach der anderen, im Schein meiner Lampe fielen, die selber in seidenen Stoff eingehüllt war – alles, mein junger Freund, war zu jenen Zeiten so drapiert, und selbst meine Lehnsessel waren mit langen seidenen Fransen besetzt und über diesen mit runden Sammetbommeln und konnte ohne diese unmöglich elegant wirken –, bis sie ganz nackt dastand, da hatte ich vor mir das größte Meisterwerk der Natur, das zu schauen jemals meinen Augen vergönnt gewesen ist, eine Schönheitsoffenbarung, die einem den Atem rauben konnte. Ich weiß wohl, daß die kleinen Unvollkommenheiten des weiblichen Körpers etwas außerordentlich Berückendes an sich haben können, und ich selber habe eine x-beinige Venus verehrt. Aber diese junge Mädchengestalt war herzergreifend kraft ihrer vollkommenen Makellosigkeit. Sie war so jung, daß man, mitten in seiner Bewunderung, dennoch künftige, höhere Vollkommenheit ahnte – und mehr war nicht darüber zu sagen.

Ihr ganzer Körper glänzte im Lampenlicht fein und rund und glatt wie Marmor. Von der Ferse bis zum Scheitel lief eine einzige gerade Linie, wie durch die himmelanstrebende Säule eines jungen Baumes. Dieselbe starke, sanftmütige Eigenwilligkeit drückte sich in der hohen Beuge des Fußes aus, als sie den Schuh abstreifte, ebenso in der Rundung des Kinns, in dem glänzend klaren Blick der Augen, und in den straffen, kräftigen Linien der Schultern und Handgelenke.

In der milden Wärme des Feuers auf ihrer Haut, nach den kalten, verklebten Kleidern, seufzte sie leise vor Wohlbehagen, und sie drehte sich ein wenig wie eine Katze. Sie lachte leise wie ein Kind, das am ersten Ferientag aus der Schulstube läuft. Sie hielt sich kerzengerade, ihre roten Wangen sahen noch mehr als vorher aus wie die einer Puppe über dem leuchtenden, nackten Körper.

Ich glaube, meine ganze Seele lag für eine Weile in meinen Augen. Viel zu frisch noch war die Erinnerung an die greifbare Wirklichkeit, die sich mir in schrecklicher Gestalt gezeigt hatte, ich rannte dem Märchen in die Arme, wie ein entsetztes Kind, das Trost in seinem Bilderbuch sucht. Ich ertrug es nicht recht, in die Zukunft, und gar nicht, zurückzublikken, der Augenblick schlug über mir zusammen wie eine Woge. Ich trank ein Glas Wein, um mit ihr auf dieselbe Höhe zu kommen, und ich wandte nicht die Augen von ihr, während ich trank.

Ich war damals so jung, daß ich trotz allem, ebensowenig wie andere junge Menschen, von dem Glauben an meinen Glücksstern lassen konnte. Es gab eine Macht in der Welt, die, was immer auch kommen mochte, mich doch liebte und mir vor allen anderen half. Kein Wunder war für mich ganz unglaublich, solange ich es war, dem es geschah. Erst wenn dieser Glaube schwindet und wir anfangen, uns die Möglichkeit vor Augen zu führen, daß wir im Leben nicht anders gestellt sind als die anderen, ist unsere Jugend vorbei. Diese große Gnade von der Hand der Götter erregte nicht mein Mißtrauen, ich glaube, mein Herz schwoll nur über von süßer Dankbarkeit. Denn letzten Endes war es nicht anders zu erwarten, als daß die freundliche Macht im Universum mir wieder zulächeln und mich retten würde, indem sie mir aus der Nacht und dem Winter um mich her dies junge, nackte, trunkene Mädchen sandte, ein Wunder an Liebreiz.

Wir saßen am Tisch, Nathalie und ich, in meinem warmen und stillen Zimmer, hoch oben über der großen Stadt, aus der die feuchte Nacht durch meine dicken, seidenen Vorhänge ausgesperrt war, wie zwei Eulen in einem hohlen Baum tief drinnen im Wald, und keiner auf der ganzen Welt wußte, daß wir hier waren. Sie stützte den einen Arm auf den Tisch und den Kopf in die Hand. Ich glaube, sie war sehr hungrig. Unter dem Einfluß des Weines und des Essens – wir aßen etwas Kaviar, wie ich mich erinnere, und kaltes Geflügel – begann sie, mich anzustrahlen, zu lachen und zu reden und auf das zu lauschen, was ich sagte.

Ich kann mich nicht auf alles besinnen, was wir gesprochen haben. Ich glaube, wir waren ganz offen zueinander, und ich erzählte ihr, was ich keinem anderen auf der Welt hätte erzählen können, wie ich nahe daran gewesen sei, vergiftet zu werden, kurz ehe ich sie traf. Ich muß wohl auch mein eigenes Land und meine Heimat erwähnt haben, denn ich weiß, daß mich später, viel später, der Gedanke daran nicht losgelassen hat, sie könnte mir dorthin schreiben oder selber kommen. Ich entsinne mich auch einer Geschichte, die sie mir erzählte, von einem uralten Affen, der Kunststücke machen konnte, und der einem alten armenischen Leierkastenmann gehört hatte. Sein Herr war gestorben, und er wollte gern seine Kunststücke machen und wartete immer auf sein Stichwort, aber da war keiner, der es kannte. Sie begann ihre Erzählung mit einem betrübten Gesichtchen, aber allmählich wurde sie selber davon mitgerissen und ahmte den Affen nach mit einer so bezaubernd reizvollen, genial drolligen Mimik, daß man nie etwas Ähnliches gesehen hatte.

Aber ich erinnere mich noch fast jeder ihrer Bewegungen. Bisweilen kam mir der Gedanke, das Verständnis für gewisse Musikstücke für Violine und Klavier sei mir gekommen durch den Gegensatz oder die Harmonie zwischen ihrer langen, schmalen Hand und ihrem kurzen, runden Kinn, wenn sie ihr Glas an den Mund setzte.

In keiner anderen Liebesbeziehung – wenn dies nun eine solche zu nennen war – habe ich mich ähnlich frei und sicher gefühlt wie mit ihr. Während meines ganzen letzten Liebesabenteuers war ich von Zweifeln getrieben und gequält gewesen, was meine Geliebte wohl eigentlich für mich fühlte, und welche Rolle ich wohl in den Augen der Welt spielte. Aber ein solcher Zweifel oder solche Furcht konnte doch nicht zwischen uns hier aufkommen. Ich glaube, dies eigentümliche Gefühl von selbstverständlicher Sicherheit und Freiheit ist es, von dem glückliche Eheleute sprechen, wenn sie den Ausdruck gebrauchen, zwei seien eines. Ich persönlich möchte glauben, das ist viel schwieriger in einer Ehe zu erreichen, in der die Welt sozusagen zum Zeugen mit hereingerufen wird, als wenn man sich so begegnet, wie wir beiden damals, ohne Voraussetzungen und ohne Vorsätze. Aber dergleichen ist wohl immer Geschmacksache.

Ein besonderer Umstand spielte für uns beide mit hinein, obgleich wir nicht darüber nachdachten. Die Welt draußen war hart, ja unerträglich hart. Das Leben hatte mir ein grauenhaftes Antlitz gezeigt und mußte ihr ein schlimmeres gezeigt haben. Aber diese Stube und diese Nacht, sie waren unser und waren uns treu. Wenn es uns auch nicht klar wurde, so saßen wir doch am Abendtisch der Girondisten.

Der Wein half uns. Ich hatte nicht viel getrunken, aber mir waren schon vorher andere Dinge zu Kopf gestiegen. Champagner ist ein guter Freund in einer kalten Nacht. Ich erinnere mich, wie ein alter dänischer Bischof mir seinerzeit auseinandersetzte, daß es viele Wege zur Erkenntnis der Wahrheit gebe, und der Burgunder sei einer davon. Das trifft sicher zu für einen alten Herrn in dem tiefen Lehnsessel zwischen seinen Bücherregalen. Aber junge Menschen, die einen Blick vom Teufel erhalten haben, die bedürfen einer kräftigeren Handreichung. Über unserem leise perlenden Glas kamen wir zur Erkenntnis unser selbst, so wie ein Künstler uns gesehen haben würde, als eine der Ausgeburten von Gottes Phantasie.

Ich hatte auf meinem Sofa eine Gitarre liegen, denn ich war dabei, eine Serenade einzuüben, die ich in einem lebenden Bild einer jungen, romantischen Schönheit bringen sollte – im wirklichen Leben war es eine junge Dame von der amerikanischen Botschaft, die nicht das geringste Echo hätte zurückwerfen können, von welcher Himmelsrichtung sie auch angerufen worden wäre. Als wir mit dem Souper etwas weiter gekommen waren, streckte Nathalie die Hand danach aus. Beim ersten Ton zuckte sie leicht zusammen, ich hatte in den letzten Tagen keine Zeit gefunden, das Instrument zu stimmen. Sie setzte sich in meinem niedrigen, breiten Sessel zurecht, das eine Knie über dem anderen, und stimmte sorgfältig Saite auf Saite. Dann sang sie mir zwei kleine Lieder vor. In meinem stillen Zimmer klang ihre Stimme, noch etwas heiser von der Straße und dem Regen, so glockenrein, ein wenig betäubt vor Glück, wie die einer Biene in einer Blüte. Sie sang zuerst ein Lied aus den Variétés, eine lustige Melodie mit einem einschmeichelnden Rhythmus. Dann überlegte sie einen Augenblick und stimmte nun ein klagendes Liedchen an in einer Sprache, die ich nicht verstand. Sie war so merkwürdig, so eigentümlich musikalisch. Ihre Stimme war ein neuer Ausdruck für das, was ihr Antlitz und ihre Gestalt mir offenbar gemacht hatten. Der leichte, metallische Klang und ihre edle, süße Unbefangenheit und Kraft entsprachen ihren Augen, ihrem Mund und den Händen. Nur war er reicher und voller als ihr Körper, so als habe er in irgendeiner Weise einen Vorsprung vor diesem gehabt und sei früher zur Reife gelangt. Ihre Stimme wußte mehr als sie selber, so wie es Violine und Bogen eines Wunderkindes tun, wenn es spielt.

All mein Gleichmut, den ich so einigermaßen bewahrt hatte, während ich sie betrachtete, ließ mich in dem Augenblick in Stich, als sie sang. Die Worte des Liedes, die ich nicht verstand, schienen mir viel offener und herzbewegender, als ich je in meinem Leben etwas gehört hatte. Ich saß auf dem zweiten niedrigen Sessel, ihr gerade gegenüber. Ich erinnere mich der Stille, als der letzte Ton verhallt war, und wie ich den Tisch wegschob und vor ihr auf meine Knie sank. Sie warf mir einen so leuchtend klaren, ernsten, wilden Blick zu, wie ich mir vorstelle, daß die Augen eines Falken ihn haben müssen, wenn man ihm die Kappe abnimmt. Ich fiel auch auf mein zweites Knie und schlang meine Arme um ihre Beine. Ich weiß nicht, was in meinem Gesicht gelegen hat an hingerissener, glühender Überredung, aber ihr eigenes Antlitz verwandelte sich und leuchtete in einer Art heroischer Sanftmut dem meinen entgegen. Es hatte überhaupt von Anfang an etwas Heroisches über ihr gelegen. Das war es wohl, weswegen sie mit einem jungen Stümper wie mir Nachsicht hatte. – Denn *du ridicule jusqu'au sublime* kann doch wohl nur ein Schritt sein.

Mein junger Freund, sie war genauso unschuldig, wie sie aussah. Sie war das erste unberührte Mädchen, das mein wurde. Es gibt eine Theorie, die besagt, daß ein ganz junger Mann nicht der Geliebte eines unschuldigen Mädchens sein, sondern zusehen soll, eine erfahrenere Geliebte zu finden. Das ist nicht richtig. Das andere ist die Absicht und der Wille der Natur.

Es mußte zwei Stunden später in der Nacht gewesen sein, als ich erwachte mit dem Gefühl, daß irgend etwas nicht in Ordnung sei, daß mir eine Gefahr drohe. Wir sagen, wenn wir von einem plötzlichen Kälteschauer ergriffen werden, es gehe jemand über unser Grab: Die Zukunft bringt sich in Erinnerung. Und ebenso wie *l'on meurt en plein bonheur de ses malheurs passés*, so lassen wir das Glück fahren, das wir besitzen, um kommenden Unglücks willen. Dies hier mit mir war nicht die alte *omne animal*-Geschichte. Es war ein plötzliches, tiefes Mißtrauen gegen das Geschick, so als habe ich mich selber fragen hören: ›Ich weiß, daß ich für dies bezahlen muß, aber was werde ich bezahlen müssen?‹ Vielleicht verstand ich es selber nicht, vielleicht glaubte ich nur, ich sei traurig darüber, daß sie nun wohl bald aufstehen und von mir gehen und die Nacht vorbei sein werde.

Einmal hatte sie sich schon halb aufgerichtet, wie um mich zu verlassen, und ich hatte sie zurückgezogen. Jetzt sagte sie: ›Ich muß nach Hause‹, und stand auf. Die Lampe brannte noch, und die Glut glomm schwach im Kamin. Mir kam es ganz selbstverständlich vor, daß sie jetzt von denselben geheimnisvollen Mächten hinweggetragen würde, die sie hergebracht hatten, ebenso wie Aschenbrödel in ihrer Kutsche, die aus einem Kürbis gemacht war, oder eine der bezaubernden Prinzessinen aus Tausendundeiner Nacht, die ihren magischen Teppich bei sich hatten. Ich saß und wartete darauf, daß sie zu mir treten und mir erklären werde, wann und wie sie wieder zu mir kommen und mich mit vieler Seligkeit begnaden würde, und wie ich mich selber zu verhalten hätte. Dennoch war ich stumm geworden.

Sie kleidete sich langsam an und kam in ihrer schäbigen schwarzen Verkleidung wieder. Sie setzte sich ihren Hut auf und stand genauso da, wie ich sie zuerst im Regen auf dem Boulevard gesehen habe. Dann kam sie auf mich zu, während ich auf der Lehne meines Sessels saß, und sagte: ›Und dann bekomme ich zwanzig Francs‹ – und da ich nicht antwortete, wiederholte sie es und sagte: ›Marie hat es gesagt – sie sagte, ich bekäme zwanzig Francs.‹

Ich sagte nichts. Ich saß da und sah sie an. Ihre hellen Augen begegneten den meinen.

Eine große Klarheit zog in mich ein, als ob alle Illusionen und alle Künste, mit denen wir die Welt zu verwandeln suchen – alle Farben, alle Töne, Träume, Hoffnungen –, vor mir beiseite gezogen würden und ich die Wirklichkeit zu sehen bekäme, wie sie ist – öde wie eine Brandstätte. Dies war das Ende des Traumes, hier bedurfte es keiner überflüssigen Worte.

Dies war der erste Augenblick, seit ich sie vor einigen Stunden getroffen hatte, da ich sie als einen Menschen sah, einen Menschen wie ich selber, der sein eigenes Leben hatte genau wie ich, und nicht nur als ein Geschenk des Himmels an mich. Und bei diesem Anblick glaubte ich, daß ich mich selber ganz vergaß, alle Gedanken an mein eigenes Ich wurden aus meinem Herzen getilgt.

Wir beiden hatten gespielt, ein seltenes Spiel. Ein Spaß ohnegleichen war mir gereicht worden, und ich hatte ihn angenommen. So war es wohl auch an mir, darauf zu achten, daß das Ende des Spieles dem Beginn gleich sei und in seinem Geiste durchgeführt. Ihr eigenes Ansinnen an mich war durchaus im rechten Stil. Für den Palast, den der Djin im Märchen für vierhundert weiße und vierhundert schwarze Sklaven baut, alle mit Körben voller Juwelen auf dem Kopfe, fordert er eine alte Kupferlampe – und die Hexe im Wald, die drei Städte versetzt und für den Sohn des Holzfällers ein Reiterheer aus dem Erdboden stampft, erbittet für sich selbst nur das Herz eines Hasen. Das Mädchen bat mich um ihren Lohn mit der gleichen Stimme und dem gleichen Antlitz wie der Djin und die Waldhexe, und wenn ich ihr nun die zwanzig Francs gäbe und sie gehen ließe, dann wäre sie wohl noch immer in Sicherheit und frei, innerhalb ihres eigenen, freien schönen Wesens Zauberkreis. Ich aber war derjenige, der aus der Rolle fiel und versagte, da ich jetzt sitzen blieb ohne ein Wort, mit dem Gewicht der ganzen wirklichen Welt auf mir, obwohl ich sehr wohl wußte, daß ich entweder antworten mußte, oder aber im Laufe der nächsten paar Sekunden dies Gewicht auf sie wälzen würde.

Lange hinterher kam es mir in den Sinn, daß es vielleicht einen Ausweg gegeben und daß ich irgend etwas hätte ersinnen können, wodurch sie frei geblieben und es mir doch verstattet worden wäre, sie zu behalten. Ich dachte daran, daß ich ihr nur die zwanzig Francs hätte zu geben und zu sagen brauchen: ›Wenn du noch weitere zwanzig haben willst, dann komme morgen abend wieder.‹ Wäre sie weniger reizend und unschuldig gewesen, hätte ich es vielleicht tun können. Aber dies junge Mädchen hatte in den zwei Stunden, die wir zusammengewesen waren, alles, was ich an Ritterlichkeit in mir hatte, herausgefordert. Und Ritterlichkeit bedeutet doch, nach meiner Ansicht, dies: daß wir den Stolz unseres Gefährten oder unseres Gegners – je nachdem, wie es sich trifft – genauso lieben oder mehr als unseren eigenen, so daß wir ihn hüten, als sei er der unsere. Wäre ich reinen Herzens gewesen, so wie sie es war, dann hätte es mir wohl einfallen können, so zu ihr zu sprechen. Aber ich hatte mit dieser fürchterlichen wirklichen Welt Umgang gepflogen, ich war davon befleckt, ich hatte deren Bazillen in meinem eigenen Blut, so daß ich sie verstand. Und wie die Dinge nun lagen, fiel mir diese Antwort auf ihre Forderung nicht ein, ebensowenig wie es mir jemals eingefallen ist, meine Antworten in der Kirche zu ändern, wenn der Pfarrer sagt: ›O Herr, handele nicht mit uns nach unseren Sünden‹, dann etwas anderes zu antworten als: ›Und vergilt uns nicht nach unserer Missetat‹. Es gab nichts auf der Welt, was ich in diesem Augenblick mehr fürchtete, was weniger nach dem Wunsch meines eigenen Herzens gewesen wäre, als ihr zwanzig Fancs zu geben, aber mit dem Wunsch meines eigenen Herzens, mit dem war ich hier sicher fertig. Und das war es ja, worüber wir zu Anfang sprachen, Sie und ich. So gab ich denn, als sei es das einzig Natürliche und Selbstverständliche, die zwanzig Francs, die sie haben wollte, und ließ sie gehen.

Bevor sie ging, tat sie etwas, was ich nie vergesse. Sie stand dicht neben mir, mit meinem Geldstück in ihrer linken Hand. Sie küßte mich weder noch reichte sie mir die Hand zum Abschied, aber mit drei Fingern ihrer rechten Hand faßte sie mich unters Kinn, hob mein Gesicht ein wenig auf und warf mir einen so großen, trostvollen und ermunternden Blick zu, wie ihn eine Schwester ihrem Bruder zum Lebewohl hätte zuwerfen können. Dann ging sie.

Ja, sehen Sie, hier ist meine Geschichte eigentlich zu Ende. Es geschieht nichts weiter darin, es geschah nichts weiter. Aber ich, der ich sie zum erstenmal erzähle, ich kann schlecht hier schließen, falls Sie Geduld haben, mir noch etwas zuzuhören. Ich möchte gern, ausnahmsweise, erzählen, wie es mir später selbst erging.

Denn über sie kann ich Ihnen keine Erklärung geben. In den folgenden Tagen – nicht in den allerersten, sondern später – versuchte ich mir so etwas wie eine Theorie darüber zu bilden, was ihr wohl geschehen sein mochte.

Alles dies trug sich ja nur kurze Zeit nach dem Sturz des zweiten Kaiserreichs zu – dieses merkwürdigen, verlogenen tausendjährigen Reiches. Die Luft war angefüllt mit Katastrophen, einer Explosion nach der anderen. Die Kaiserin selber, die man mir gezeigt hatte, als ich Kind war, und die mir vorgekommen war wie eine Göttin, die auf Wolken ruht und von dort aus lächelnd die ganze Welt lenkt, war nächtlicherweile mit ihrem amerikanischen Zahnarzt in einer Droschke aus den Tuilerien geflohen, ganz in Tränen aufgelöst und verzweifelt darüber, daß sie kein Taschentuch hatte, womit sie sie trocknen könnte. Ihr Hof war unter den Dächern von Brüssel und London mit knapper Not untergebracht worden, und die Preußen hatten die Salons der Landschlösser als Stall für ihre Pferde benutzt. Dann war die Pariser Kommune gekommen und danach die Massaker der Versailles-Armee in Paris. In jenen Monaten war eine ganze Welt zusammengestürzt.

Damals war in Rußland auch die Zeit des Nihilismus, und die großen Revolutionäre hatten alles verloren und mußten außer Landes flüchten. Ich dachte an sie wegen des Liedes, das Nathalie mir in einer Sprache vorgesungen hatte, die ich nicht verstand.

Was ihr dann später geschehen sein mochte, muß ein Unglück von seltener, explosiver Heftigkeit gewesen sein. Sie mußte auf den Grund gesunken sein wie ein Stein, denn sonst mußte sie etwas von der furchtbaren Resignation gewußt haben, die das Leben uns lehrt, wenn es sich Zeit läßt, langsam mit uns zu arbeiten und uns Tropfen um Tropfen zu prägen.

Sie mußte auch, dachte ich mir, an andere gebunden gewesen und mit ihnen herabgezogen worden sein oder mit einem anderen. Wäre sie allein gewesen, dann hätte es gar nicht geschehen können. Es mußte jemand bei ihr gewesen sein, der sie nicht hatte loslassen, und der ihr nicht hatte helfen können – vielleicht ein alter Mensch, ganz wie gelähmt von dem, was ihnen zugestoßen war, oder vielleicht ein Kind, ein kleiner Bruder oder eine Schwester. Wäre sie sich selber überlassen gewesen, dann hätte sie sich obenhalten können, oder sie wäre auch gerettet worden, bevor sie Zeit gehabt hätte, zu sinken, dicht an der Oberfläche von jemandem gerettet, der wirklich ihre Schönheit und ihren Liebreiz zu würdigen wußte, und der kaum an sein eigenes, beispielloses Glück hätte glauben können. Oder, auf dem Weg in die Tiefe, von jemandem, der zwar ihre Herrlichkeit nicht recht hätte beurteilen können, den sie aber trotzdem berauscht hätte. Oder, nahe am Grunde, von Leuten, die mit ihr spekuliert und gesehen hätten, daß hier ihre große Chance liege. Aber sie mußte von dieser schönen, harmonischen Welt, in der sie ihre Sicherheit und Strahlungskraft gelernt hatte und gelernt, sich zu bewegen, zu singen und zu lachen, und die sie über alle Maßen geliebt haben muß, geradeswegs in eine Welt hinabgestürzt sein, wo nicht mit Liebreiz gerechnet wird, wo aber die Tatsachen des Daseins einem ins Gesicht stieren, hinab in Lumpen, Hoffnungslosigkeit und Hunger. Und dort auf der letzten Stufe der Leiter, dort war ›Marie‹ gewesen, wer sie nun auch sein mochte, – irgendeine Frau, doch so etwas wie eine Freundin, die von ihrer eigenen beschränkten, düsteren Welterfahrung aus ihr Rat erteilt hatte, ihr ihren trübseligen Prunk geliehen und Alkohol in sie hineingegossen hatte, um ihr Mut zu machen.

An alle diese Dinge habe ich lange Zeit gedacht, aber ich konnte ja nichts wissen.

Wenn ich aber von mir selber reden soll, so hatte ich, kaum daß sie gegangen war – so unnütz zucken und zappeln wir in der Hand des Schicksals, wenn es ernstlich an den Fäden zieht –, keinen anderen Gedanken auf dieser Welt, als sie wiederzubekommen. Ich glaube, in den nächsten zehn Minuten machte ich genau die gleiche Reihe von Qualen durch, bis zu dem schrecklichen Erstickungsgefühl, wie einer, der lebendig begraben worden ist. Aber ich hatte nichts an. Als ich mich angezogen hatte und auf die Straße hinuntergekommen war, da war sie leer.

Ich lief viele Stunden in den Straßen umher. Gegen Morgen in der Dämmerung kam ich zu der Bank zurück, wo ich gesessen hatte, als sie mich zuerst ansprach, und an dem Haus meiner ehemaligen Geliebten vorbei. Welch ein erstaunliches Phänomen, dachte ich, bin ich nicht ein junger Mann, der zweimal in derselben Nacht durch dieselben Straßen läuft, bis zum Wahnsinn getrieben wegen des Verlusts von zwei verschiedenen Frauen. Mir fielen die Worte Mercutios an Romeo ein, und ich mußte, als hätte man mir eine wirklich lustige Karikatur von mir selber und allen jungen Männer gezeigt, bei dem Gedanken lachen. Als die Morgenröte heraufkam, kehrte ich in mein Haus zurück, und dort stand noch immer die Lampe und leuchtete, und der gedeckte Tisch.

In diesem Zustand lebte ich lange Zeit. In den ersten Tagen war es nicht so schlimm, ich behielt noch meinen Mut und ging zu der Stelle zurück, wo ich sie zuerst gesehen hatte, und zur selben Zeit. Ich dachte, sie werde dorthin zurückkehren. Ich verband viel Glauben und viel Hoffnung mit diesem Gedanken, der nur langsam seine Kraft einbüßte.

Ich versuchte viele verschiedene Dinge, um das Leben zu ertragen. Eines Abends ging ich auch in die Oper, weil ich von anderen gehört hatte, daß sie hingingen, und daß man es also tun konnte, und es würde mir vielleicht helfen. Es traf sich, daß man den ›Orpheus‹ gab. Erinnern Sie sich an die Musik, dort wo er die Bewohner im Hades anfleht: ›Furien! – Nein! – Larven! – Nein! – Furchtbare Schatten! – Nein! –‹ und die Stelle, wo er für ganz kurze Zeit Eurydike zurückerhält? – Da saß ich – in den Pausen in voller Beleuchtung – ein angenehmer junger Herr der guten Gesellschaft, mit gestärkter Hemdbrust und weißen Handschuhen, von munteren Leuten umgeben, die sich unterhielten und lachten, und von denen mir einige freundlich zunickten, selber gleichzeitig, von Kopf bis Fuß, überschattet, eingehüllt in die großen schwarzen Fittiche der Erinnyen.

Ich bildete mir in dieser Zeit auch eine andere Theorie. Ich fing an, mich mit der Göttin Nemesis zu befassen. Ich dachte mir dann, wenn mich nicht im Laufe der Nacht einen Augenblick der Zweifel und die Furcht befallen hätten, so würde ich morgens die Kraft und das Recht gehabt haben, Nathaliens und mein eigenes Schicksal von uns abzuwenden. Ich las auch ein Buch über diese Göttin. Der Verfasser, ein sehr kluger Mann, ein Jude, erklärt darin, wie überall im Leben Fäden zu ihrer Wohnstatt führen, auf dieselbe Weise, sagte er, wie die Räuber, die in früherer Zeit in den großen dänischen Wäldern hausten, Fäden über den Weg gespannt hatten, die mit einer kleinen Glocke in ihrer Räuberhöhle verbunden waren. Eine Kutsche kam auf der Landstraße daher und berührte die Fäden, ohne es zu wissen, die Glocke klingelte, und die Räuber stürzten herbei, um sie auszuplündern und die Leute zu erschlagen. Ich hatte in der Nacht einen Faden berührt, der zu der Göttin hineinführte, und irgendwo hatte eine Glocke geklingelt. Denn Nathalie hatte keine Angst gehabt, aber ich hatte Angst gehabt. Zu wissen, das ist etwas Furchtbares. Ich hatte gewußt, daß man in dieser Welt die Waren, die man erhält, etwas über ihren Wert bezahlen muß; ich hatte Unterricht in dieser Rechenkunst genommen. In Nathaliens Armen, mit ihrem frischen Atem an meiner Schulter, hatte ich, mit Zweifel im Herzen gefragt: ›Was muß ich hierfür bezahlen?‹ – Da hatte die Göttin selber gesprochen und geantwortet: ›Zwanzig Francs.‹ – Und mit ihr kann man nicht feilschen.

Man denkt an so viele Dinge, wenn man jung ist.

All dies ist lange her. Die Erinnyen sind, ohne daß ich ihnen zu nahetreten möchte, wie Flöhe, von denen ich auch als Kind ziemlich viel geplagt war – sie halten sich vorzugsweise an das junge Blut. Ich habe immerhin die Ehre gehabt, auch später von ihnen Besuch zu erhalten, es ist nicht einmal so viele Jahre her. Ich hatte an einen meiner Nachbarn ein Grundstück verkauft, und als ich dann kam und es wiedersah, hatte er den Wald umgehauen. Wo war nun alles hin, die schattige Tiefe, die grünen Pfade und das Vogelleben? Und während ich dort auf dem freien Felde stand, hörte ich wieder Flügel in den Lüften schwirren – leise, leise nur –, und es lag nicht ausschließlich bittere Reue darin, es lag darin auch eine seltsame Kraft, es lag Hoffnung in dem Flügelrauschen: war es doch die Musik aus meiner Jugend.«

»Und haben Sie sie später niemals wiedergesehen?« fragte ich.

»Nein«, sagte er. Er saß ein Weilchen schweigend da, dann fügte er hinzu: »Aber ich habe mir einmal selber so etwas wie eine Phantasie von ihr erlaubt, eine Mythe – wenn Sie so wollen.

Es war in Paris, fünfzehn Jahre später, 1889. Ich blieb dort einige Tage auf dem Weg nach Rom, um mir die große Ausstellung und den Eiffelturm anzusehen, den man damals gerade erbaut hatte. Eines Nachmittags besuchte ich einen Freund von mir, er war Künstler. Er war als junger Mensch ein bißchen wüst gewesen, hatte sich dann aber ganz gewandelt und studierte nun allen Ernstes nach Leonardos Beispiel Anatomie. Ich saß bis gegen Abend bei ihm, und nachdem wir über seine Bilder und die Kunst im allgemeinen gesprochen hatten, sagte er, nun wolle er mir das Allerschönste zeigen, was er in seinem Atelier habe. Es war ein Totenschädel, den er gerade zeichnete. Er ließ es sich angelegen sein, mir dessen außergewöhnliche Schönheit zu deuten.

›Es ist‹, sagte er, ›in Wirklichkeit der Schädel eines jungen Weibes. Aber die Hirnschale des jungen Antinous muß so ausgesehen haben, wenn man sie erwischen würde.‹
Ich hielt den Schädel in meinen Händen, und während ich die breite, niedrige Stirn betrachtete, die edle Linie des Kinns und die tiefen Augenhöhlen mit ihrem reinen Schnitt, kam er mir mit einem Male so bekannt vor. Der blanke, weiße Knochen leuchtete unter der Lampe so klar und ehrlich, so rein. Und in guter Hut. Eine Minute vielleicht war ich wieder in meiner Stube auf der Place François I. vor dem Feuer, mit den schweren Vorhängen vor den Fenstern, in einer regnerischen Nacht vor fünfzehn Jahren.«
»Haben Sie Ihren Freund nicht ausgefragt?« sagte ich.
»Nein«, sagte der alte Herr. »Was hätte das für einen Zweck gehabt? Er wußte nichts.«

Der Affe

I

In einigen protestantischen Ländern Nordeuropas gibt es Institutionen, die noch die Bezeichnung Kloster führen und von einer Priorin oder Dekanin geleitet werden, obwohl sie nicht religiöser Natur sind. Dagegen bieten sie adligen, unverheirateten Damen und Witwen Unterkunft, die hier den Nachsommer und Winter ihres Lebens stilvoll, behaglich und eintönig verbringen, in Übereinstimmung mit den Traditionen des Hauses. Viele von diesen Institutionen sind reich, besitzen ausgedehnte Ländereien, und im Laufe der Jahrhunderte sind ihnen große Legate vermacht worden. Es ist so, als hause der stolze und treue Geist vergangener feudaler Zeiten noch ständig in den stattlichen Gebäuden und lenke das Leben der kleinen Gemeinwesen.

Die jungfräuliche Priorin im Kloster Seven, unter deren Führung das Kloster in den Jahren von 1818 bis 1845 blühte, besaß einen kleinen, grauen Affen, den ihr Vetter, der Admiral von Schreckenstein, ihr bei seiner Heimkehr von Sansibar mitgebracht hatte, und den sie über alle Maßen liebte. Wenn sie am Spieltisch saß, einem Platz, wo sie zur Zeit die glücklichsten Stunden ihres Lebens verbrachte, pflegte der Affe auf der Rückenlehne ihres Sessels zu sitzen und mit glitzernden Augen der Wanderung der Spielkarten zu folgen, je nachdem wie die Karten ausgegeben und Trümpfe eingeholt wurden. Man konnte ihn bisweilen auch in den frühen Morgenstunden auf der Höhe der Sprossenleiter in der Bibliothek finden, wo er sich damit unterhielt, hundertjährige Folianten herauszuholen und die vergilbten Seiten, die von Strategie, fürstlichen Eheverträgen und Hexenprozessen handelten, um sich her über den schwarz- und weißgetäfelten Marmorestrich zu verstreuen.

In anderen Kreisen würde man kaum Geduld mit den Launen des Affen gehabt haben, aber das Kloster Seven beherbergte zugleich mit seinen ehrwürdigen Bewohnerinnen auch eine ganze Menagerie von Lieblingstieren und kannte gut die Rangfolge in der einen wie in der anderen

Welt. Hier gab es Papageien und Kakadus, kleine Schoßhunde, wunderhübsche Katzen aus allen Ecken und Enden der Welt, eine weiße Angoraziege, wie Esmeralda sie hatte, und einen purpuräugigen jungen Damhirsch. Hier gab es sogar eine Schildkröte, die angeblich hundert Jahre alt war. Die alten Damen übten daher mit dem Günstling der Priorin eine Nachsicht, etwa so wie sie in alter Zeit die Kavaliere an Höfen, die von Weiberröcken regiert wurden, eingedenk ihrer eigenen Hinfälligkeit, der kapriziösen Mätresse der Königlichen Hoheit erwiesen haben mochten.

Von Zeit zu Zeit, namentlich im Herbst, wenn die Nüsse in den Feldhecken und in den großen Wäldern reiften, die das Kloster umgaben, konnte es geschehen, daß der Affe der Priorin den Ruf des freien Lebens vernahm und vierzehn Tage, vielleicht sogar einen ganzen Monat lang aus dem Kloster verschwand, um dann aus eigenem Antrieb wieder anzukommen, wenn die Nachtfröste sich einstellten. In dieser Zeit konnten die Kinder aus den Dörfern, die zum Kloster gehörten, das Glück haben, ihn quer über den Weg laufen oder in einem Baume sitzen zu sehen, von wo aus er ihnen mit den Augen folgte, wenn sie sich aber um den Baum scharten und begannen, ihn mit Roßkastanien zu bombardieren, die sie in der Tasche hatten, dann rollte er die Augen, fletschte die Zähne und flitzte schließlich an einem Ast entlang und verschwand in den Wipfeln des Waldes.

Es war die allgemeine Ansicht oder ein immer wiederholter Scherz unter den Damen des Klosters, daß die Priorin in diesen Zeiten auffallend einsilbig war, an einer eigentümlichen Rastlosigkeit litt und sich ungern mit der praktischen Verwaltung der Klostergeschäfte abgab, die sie sonst mit großer Energie und Tüchtigkeit erledigte. Die Damen nannten unter sich den Affen den Geheimrat der Priorin und freuten sich, wenn er bei seiner Rückkehr in ihren Salons auftauchte, noch ein wenig verfroren von seinem Leben im Walde.

An einem schönen Oktobertag, während der Affe gerade wieder unterwegs war, erhielt das Kloster unerwarteten Besuch von dem Neffen und Patenkind der Priorin, der in der Königlichen Leibgarde Leutnant war.

Die Priorin stand bei ihrer ganzen Familie in hohem Ansehen und hatte im Laufe der Zeit zahlreiche kleine Kinder aus eigenem, stolzem Geblüt über die Taufe gehalten, aber von allen war dieser Neffe ihr erklärter Liebling. Er war ein reizender junger Mann von zweiundzwanzig Jahren mit dunklem Haar und blauen Augen. Obgleich er nun ein jüngerer Sohn war, war er doch fürs Leben gut versorgt. Seine Mutter, die aus

Rußland stammte und seiner Zeit eine reiche Erbin gewesen war, liebte ihn am meisten von allen ihren Kindern. Er hatte eine großartige Karriere gemacht und hatte überall in jener Welt, die etwas zu bedeuten hat, Freunde.

Bei seiner Ankunft im Kloster machte er aber gar nicht den Eindruck eines jungen Mannes unter einem glücklichen Stern. Er kam, wie gesagt, in fliegender Eile und unangemeldet, und die Klosterdamen, mit denen er einige Worte wechselte, während er darauf wartete, bei seiner Tante vorgelassen zu werden, und bei denen er sehr gut angeschrieben war, stellten fest, daß er sehr blaß war, müde aussah und in heftiger Gemütsbewegung zu sein schien.

Es war ihnen auch nicht ganz unbekannt, daß er einigen Grund dazu hatte. Wenn auch das Kloster Seven eine kleine Welt für sich bildete und gleichsam in einer Atmosphäre von Frieden und Unveränderlichkeit schwebte oder ruhte, fanden Neuigkeiten aus der großen Welt vor seinen Mauern mit erstaunlicher Schnelligkeit ihren Weg hinein, denn jede von den Damen hatte draußen ihre privaten, aufmerksamen und eifrigen Korrespondenten. Diese klösterlich abgesonderten Frauen wußten daher genausogut wie die Leute im Mittelpunkt der Geschehnisse, daß sich im letzten Monat finstere Wolken von seltsamer und verhängnisvoller Art über eben jenem Regiment und jenem Kreise zusammengeballt hatten, dem der junge Mann angehörte. Eine pietistische Clique in der Hauptstadt, vom Hofkaplan in eigener Person angeführt, der bei hochstehenden Persönlichkeiten ein geneigtes Ohr fand, hatte unter dem Vorwand moralischer Entrüstung einen Schrei der Anklage ausgestoßen gegen diese Blüte der Jugend des Landes, und niemand konnte voraussagen oder auch nur im geringsten ahnen, was daraus entstehen konnte.

Die Damen im Kloster hatten untereinander die Ereignisse nicht weiter erörtert, aber der Bibliothekar des Klosters, ein gelehrter Theologe, war mehr als einmal zu einem Gespräch unter vier Augen beiseite genommen und dazu ermuntert worden, seine Auffassung von dem Problem zu entwickeln. Durch ihn hatten sie mit großem Schrecken gelernt, dies mit dem alten Griechenland in Verbindung zu setzen, dessen romantisch heilige Gestade ihre Herzen bislang mit Eindrücken von hoher Schönheit und klassischer Harmonie bewegt hatten. Sie entsannen sich ihrer Jugend, als alles Griechische in Mode war und Kleider und Schmuck à la grecque das Allerbegehrenswerteste, und fragten sich mit Verwunderung selber: Konnte dieser Ausdruck denn auch dazu angewandt werden, das zu bezeichnen, was so wenig mit ihren Jungmädchenträumen von Romantik, Ritterlichkeit und gutem Ton übereinstimmte? Sie hatten soviel Freude an diesen Kleidern gehabt, sie hatten mit königlichen Hoheiten in ihnen Walzer getanzt. Nun wurde ihnen unbehaglich zumute, wenn sie daran dachten.

Es gab nicht viel in der Welt, was sie so tief hätte erschüttern können. Es war nicht allein die furchtbare Frechheit, mit der Kanzellöwen und Federfuchser sich hier einen Angriff auf Leute der Waffe herausnahmen, was die alten Damen einer kriegerischen Rasse empörte. Was sie beunruhigte und erschreckte, waren auch nicht die Skandale und der Kummer, die eine unvermeidliche Folge dieser Sache waren. Es lag noch viel tiefer. Denn für sie alle war es ein unerschütterlicher Glaubenssatz gewesen, daß das, was sie selbst in ihrem Kreis und jede nach ihren Gaben darstellte, nämlich der Liebreiz und der Zauber der Frau, ganz selbstverständlich des Lebens höchste Inspiration und den Preis des Kampfes ausmachte. In ihrem eigenen, privaten Fall konnte es zwar geschehen sein, daß die Welt Fallen gestellt hatte, um ihnen diesen Preis wegzuschnappen, billiger, als es in ihrer Absicht stand, oder sie waren auf eine merkwürdige Fehleinschätzung dieses Preises seitens der Welt gestoßen. Aber, das Dogma selbst stand immer noch fest wie ein Fels. Daß dies nun anrüchig geworden war, bedeutete für sie dasselbe, was es für einen Geizhals bedeuten würde, wenn man ankäme und ihm erzählte, das Geld sei nicht mehr der feste Wertmesser, oder für einen Mystiker, wenn er hörte, Christus sei im Heiligen Abendmahl nicht zugegen. Wäre es allgemein bekanntgewesen, daß dieser Punkt jemals in Zweifel gezogen werden könnte, so hätten vielleicht alle diese Menschenschicksale, die jetzt ihrem Abschluß so nahe waren, sich ganz anders gestaltet.

Für einzelne von den stolzen alten Jungfern, die die strategischen Instinkte ihrer Familie besonders stark entwickelt hatten, waren diese neuen Vorstellungen ein entsetzlich harter Schlag. Es war, als wenn ein tapferer und pflichtgetreuer alter General, der einen langen Feldzug hindurch aus Loyalität gegen höheren Befehl sich streng an die Defensive gehalten hatte, plötzlich den Bescheid erhielte, daß eine Offensive die richtige und anerkannte Taktik gewesen wäre.

Mitten in allen diesen Sorgen wollte jedoch jede einzelne von den alten Damen gern mehr von dieser seltsamen Ketzerei hören, so als seien, wenn es darauf ankam, die zärtlichen und gefährlichen Leidenschaften des menschlichen Herzens, wie gut sie auch selber hier im Kloster behütet waren, rechtens ihre Domäne. Es war, als würden die großen, getrockneten Blumensträuße vor den Säulenspiegeln zitternd die Führung

beanspruchen, wann immer eine Frage über Blumenzüchtung zur Diskussion gestellt würde.
Sie hießen daher den blassen jungen Mann unsicher willkommen, als sei er eines von den Kindesopfern des Herodes oder ein junger Priester in der schwarzen Magie, für den es immerhin eine Hoffnung auf Umkehr gebe, und als er die breite Treppe hinanstieg, die in die Wohnung der Priorin führte, vermieden sie es, einander anzusehen.
Die Priorin empfing ihren Neffen in ihrem großen wunderhübschen Wohnzimmer. Drei hohe Fenster mit schweren Vorhängen, die mit Blumenranken in Kreuzstichstickerei gerändert waren, sahen auf die herbstlichen Rasenflächen und Alleen des Gartens hinaus. Von den mit Damast bespannten Wänden blickten ihre verstorbenen Eltern nieder, der Vater mit kriegerischem Ernst, die Mutter in jugendlicher Lebensfülle, beide gepudert und in voller Hofgala geschnürt. Die beiden an der Wand waren seit seiner frühesten Kindheit die Freunde des jungen Mannes gewesen, aber heute fiel es ihm plötzlich auf, daß sie einen merkwürdig verwirrten, ja gequälten Ausdruck im Gesicht hatten. Eine Sekunde kam es ihm sogar so vor, als sei ein fremder, beunruhigender Geruch in der Stube, gemischt mit dem Duft von Königspulver, das heute stärker als gewöhnlich hier drinnen verbrannt worden war. Er konnte den Affen nicht hier erblicken, und doch mußte er da sein und sein Wesen stärker als gewöhnlich dem roten Salon mitteilen. – Ob dies, dachte er, eine weitere Folge dessen sein konnte, daß sein Leben in allerletzter Zeit eine so katastrophale Richtung eingeschlagen hatte?
Aber selbst mitten in dieser sonst so wohnlichen und harmonischen Atmosphäre, die er hier einatmete, wünschte er weder noch wagte er es überhaupt, Zeit zu verlieren. Als er seiner Tante die Hand geküßt, sich nach ihrem Befinden erkundigt hatte, nach dem Affen gefragt und Grüße von seinen eigenen Angehörigen in der Hauptstadt ausgerichtet hatte, begann er unverzüglich, auf die Angelegenheit zu sprechen zu kommen, die ihn ins Kloster geführt hatte.
»Tante Cathinka«, sagte er, »ich habe Sie aufgesucht, weil Sie mir immer soviel Güte erwiesen haben, ich möchte gern –« hier mußte er eine Schluckbewegung machen, um sein aufrührerisches Herz zu bezähmen, denn er wußte sehr gut selber, wie ungern es das gestatten wollte – »heiraten, und ich hoffe, Sie werden mir Ihren Rat und Beistand nicht versagen.«

2

Der junge Mann war sich klar bewußt, daß er unter gewöhnlichen Umständen der alten Dame nie hätte eine willkommenere Botschaft bringen können. So, dachte er, wußte das Leben seinen Geschmack an der Parodie zu befriedigen selbst Leuten wie dieser Tante gegenüber, die er in seinem stillen Sinn Kuan-Yien genannt hatte nach der chinesischen Göttin der Barmherzigkeit und wohlwollenden List. Ja, in diesem Augenblick, dachte er, litt sie mehr als er selber unter der Ironie des Schicksals, und sie tat ihm aufrichtig leid. Auf dem Wege zum Kloster, während er durch die Wälder und kleinen Dörfer gefahren war, vorbei an weiten Stoppelfeldern, auf denen große Gänseherden weideten, von barfüßigen jungen Mädchen und Kindern gehütet, hatte er sich sein Gespräch mit der Tante vorzustellen versucht. Er kannte die Schwäche der alten Dame für kleine lateinische Zitate und hatte darüber nachgegrübelt, was er wohl aus ihrem Munde zu hören bekäme. Entweder ein: *Et tu, Brute,* oder ein ausgesprochenes: *Discite justitiam et non temnere divos,* dachte er. Vielleicht würde sie auch sagen: *Ad sanitatem gradus est novisse mortem* – und das wäre ein besseres Zeichen.

Nach einer Sekunde Zögern sah er seiner Tante offen in die Augen. Ihr hochlehniger Sessel stand im Halbdämmer, das durch die Spitzengardinen hervorgerufen wurde, während er selbst die Nachmittagssonne gerade im Gesicht hatte. Auf dem Schatten begegneten ihre funkelnden Augen den seinen, so daß er wegsehen mußte, und dies stumme Spiel wiederholte sich zweimal.

»Mon cher enfant«, sagte sie endlich mit einer Stimme, die zwar sanft war, aber durchaus fest klang, obwohl ein eigentümliches, leises Zittern darin lag, »es war lange mein Herzenswunsch, daß du zu diesem Entschluß kämest. Sofern eine alte Frau, die ganz außerhalb der Welt lebt, dir irgendwelche Hilfe angedeihen lassen kann, mein lieber Boris, so kannst du getrost darauf zählen.«

Boris blickte mit lächelndem Auge in dem blassen Gesicht auf. Nach einer furchtbar aufregenden Woche und einer Reihe herzzerreißender Auftritte, die die Liebe und Eifersucht seiner Mutter ihm bereitet hatte, kam er sich nun vor wie ein Mensch, der in einer überschwemmten Stadt von einem Boot aufgenommen wird. Sobald er ein Wort hervorbringen konnte, sagte er: »Die ganze Entscheidung liegt in Ihrer Hand, Tante Cathinka«, und baute darauf, daß die Süße der Macht alles herbeirufen möge, was in dem Herzen der alten Dame an Edelmut vorhanden war.

Sie hielt ihre freundlichen Augen auf ihn gerichtet. Diese nahmen ihn in Besitz, als habe sie ihn an ihre Brust genommen, oder noch dichter an sich, als habe sie ihn in Wirklichkeit in ihrem Herzen eingeschlossen. Sie führte ihr kleines Taschentuch an den Mund, eine Gebärde, die ihr eigentümlich war, wenn sie erregt war. Sie würde ihm helfen, das begriff er, aber da war etwas, was sie vorher noch sagen mußte.

»Was ist es«, begann sie mit sibyllinischer Langsamkeit und Gewichtigkeit, »was teuer erkauft, danach kostenlos feilgeboten und dann meistens verschmäht wird? Das ist die Erfahrung, die Erfahrung der Alten. Wenn Adams und Evas Kinder es verstanden hätten, die Erfahrung ihrer Eltern auszunutzen, so hätte die Welt sich vor sechstausend Jahren vernünftig aufgeführt. Ich möchte dir meine Lebenserfahrung in einer kleinen Pille eingeben, die obendrein sogar noch mit Poesie gezuckert ist, damit sie leichter hinuntergleitet:

»Von allen Lebenswegen führt nur einer uns
Ins Glück, und dessen Name ist die Pflicht.«

Boris saß eine Weile stumm da. »Tante Cathinka«, sagte er schließlich. »Weshalb sollte es nur einen Weg geben? Ich weiß wohl, daß alle rechtschaffenen Menschen dies meinen, und es ist mir selber erklärt worden, als ich in den Konfirmandenunterricht ging, aber unsere Familie hat doch den Wahlspruch: Finde deinen Weg oder brich aus. Und wo gibt es das, daß in einem Kochbuch weniger als drei oder vier Rezepte für ein Hühnerragout stehen? – ja, in der Regel noch mehr. Und als Columbus auszog, um Amerika zu entdecken«, fuhr er fort, weil diese Gedanken ihn in der letzten Zeit beschäftigt hatten, und die Priorin eine gute Freundin war, die ihn vielleicht anhören würde, »war es sein Ziel, den Weg nach Indien von Westen her zu suchen, und das wurde als eine heroische Tat angesehen.« »Nein«, sagte die Priorin mit Nachsicht, »Dr. Sass, der im siebzehnten Jahrhundert hier Klosterpfarrer war, hielt daran fest, daß im Paradies und bis zum Sündenfall die ganze Erde flach gewesen sei, sie sei schlechthin der hintere Vorhang der Bühne des allmächtigen Gottes gewesen, und der Teufel sei es gewesen, der die dritte Dimension erfunden habe. Daher sind Wörter wie gerade, recht, eben und flach gute Wörter für Edelleute, aber der Apfel war kugelrund, und der Sündenfall war der Versuch unserer ersten Eltern, den Herrn und seine Ermahnungen zu umgehen. Ich für meine Person ziehe unbedingt die Malerei der Skulptur vor.« Boris widersprach ihr nicht. Sein eigener Geschmack wich hier von dem ihren ab, aber vielleicht hatte sie recht. Bis jetzt hatte er sich zu seinem Talent beglückwünscht, das Leben von allen Seiten genießen zu können, aber in der letzten Zeit war er dazu

gelangt, diesen Segen als problematisch zu empfinden. Denn daher kam das, dachte er, was sein unentrinnbares Geschick zu sein schien: alles zu erhalten, was er sich wünschte, gerade wenn er es sich nicht mehr wünschte. Er wußte aus Erfahrung, wie ein wildes Verlangen nach einer Orgie, nach Musik, nach dem offenen Meer oder der Vertrautheit eines Freundes, noch ehe es Zeit gewesen wäre, das Verlangen zu befriedigen, zu existieren aufgehört hätte – ebenso wie es mit den Sternen der Fall ist, deren Licht erst viele tausend Jahre, nachdem sie selbst erloschen sind, die Erde erreichen – so daß jetzt nichts weiter in der Welt Kraft hatte, seine hungernde Seele zu sättigen, als ein Stierkampf oder das Leben eines Bauern, wenn er im Frühlingsregen seinen Acker umpflügt.
Die Priorin maß ihn vom Scheitel bis zur Sohle und sagte:

»Die Pflicht weist ständig und stets nach vorn,
Die Schönheit speist sich aus ihrem Born.
Folgst du mit Eifer dem Wege der Pflicht,
Der Schönheit Bogen dir nimmer zerbricht.«

Der junge Mann dachte über das Gedicht nach.
Von dem alten Diener der Priorin wurde eine Karaffe mit Wein und etwas Obst gebracht, und da Boris sah, daß sie den Wunsch hatte, er möge schweigen, trank er stumm zwei Glas, die ihm gut taten, schälte sich langsam die berühmten, seidig glatten Birnen des Klosters Seven und zupfte die blauen Weinbeeren eine nach der anderen von den Stengeln. Ohne seine Tante anzusehen, konnte er alle ihre Gedanken verfolgen. Die Forderung der Situation nach unverzüglichem Handeln, die sehr wohl andere Menschen in ihrem Alter hätte ängstigen können, schreckte sie nicht im geringsten. Sie zählte unter ihren Vorfahren Feldherren, die mit großer Tüchtigkeit ihren Schlachtplan entworfen, die aber auch die Fähigkeit gehabt hatten, wenn der Augenblick es erforderlich machte, sich der reinen Inspiration hinzugeben.
Er wußte, in ihren Gedanken begann das rote Wohnzimmer sich jetzt mit jungen Jungfrauen von hoher Herkunft zu füllen, dunkle und helle, schmale und junonische, tüchtige Hausfrauen, tüchtige Reiterinnen, perfekt in der Hofetikette, Töchter von Schulkameradinnen und Freundinnen aus ihrer eigenen Jugend – eine ganze Parade des jungen Frauengeschlechts, das ihrem klaren Blick weder Vorzüge noch Fehler vorenthalten konnte. Im Geiste leckte sie sich den Mund genau wie ein alter Weinkenner, der langsam durch seinen Keller geht, und im Geiste begleitete Boris sie, genau wie der Kellermeister, der den Leuchter trägt und hochhält.

Da ging die Tür auf, und der alte Diener der Priorin kam wieder herein, diesmal mit einem silbernen Tablett und einem Brief darauf, den er seiner Herrin hinhielt. Sie nahm ihn mit einer Hand, die leicht zitterte, so als könne sie im Augenblick schlecht noch weitere Katastrophen ertragen, las ihn durch, las ihn noch einmal und errötete schwach. »Es ist gut, Johan«, sagte sie und ließ den Brief in ihrem seidenen Schoße liegen. Sie saß eine Weile in tiefe Gedanken versunken da, dann wandte sie sich dem Neffen zu, und ihre dunklen Augen waren klar wie Glas. »Du mußt durch meine neue Kiefernpflanzung gefahren sein«, sagte sie lebhaft, wie jemand, der von seinem Steckenpferd spricht. »Wie findest du sie?« Wald anzupflanzen und zu pflegen, war tatsächlich eines ihrer Hauptinteressen. Sie unterhielten sich einige Zeit sehr vergnüglich über Bäume. Nichts, sagte sie, sei so gut für die Gesundheit wie Waldluft. Sie selber konnte nie mit Wohlbehagen eine Nacht in der Stadt zubringen, oder wo sie vom offenen Feld umgeben war, aber sich abends zur Ruhe zu legen in dem Bewußtsein, daß man meilenweit um sich herum Bäume hatte, deren Wurzeln tief in der Erde steckten, und deren Kronen sanft in der Dunkelheit schwankten, das hielt sie so ungefähr für das Beste im Leben.

Der Wald hatte ja auch Boris immer gut getan, wenn er sich als Kind im Kloster aufhielt. Sogar jetzt konnte sie es ihm gleich ansehen, wenn er lange in der Stadt gewesen war, und sie wünschte, sie könnte ihn ein wenig öfter hier draußen haben.

»Und wer, Boris«, sagte sie mit einem plötzlichen Gedankensprung und einer majestätischen, freundlichen Entschlossenheit, »wer, da wir nun schon davon sprechen, könnte in Wirklichkeit besser zu dir passen als deine und meine liebe Freundin, die kleine Athene Hopballehus?«

Kein Name hätte Boris in dieser Verbindung unerwarteter kommen können. Er war viel zu überrascht, um sogleich antworten zu können. Schon die Worte hatten einen merkwürdigen Klang in seinen Ohren. Er hatte nie gehört, daß jemand Athene klein nannte, sie war in Wirklichkeit einen halben Zoll größer als er. Aber das Sonderbarste war, daß die Priorin sie als eine liebe Freundin bezeichnete, und da mußte sie ernstlich ihre Meinung geändert haben. Denn eins war sicher, seit des Nachbarn Tochter erwachsen war, hatten seine Tante und seine Mutter, die sonst nur selten in irgendeinem Punkt übereinstimmten, mit vereinten Kräften ihn und Athene voneinander fernzuhalten gesucht.

Bei diesem unerklärlichen Umschwung seitens der alten Dame mußte er an die Wirkung denken, die dieser auf seine eigene Zukunft haben könnte, und ihm wurde im selben Augenblick klar, daß der Vorschlag

ihm keineswegs mißfiel. Er hatte immer Geschmack am Grotesken gehabt, und es wäre eine Extravaganz reinsten Wassers, Athene als Gattin in die Hauptstadt zu entführen. Als er daher dem Blick seiner Tante begegnete, hatte sein Gesicht den Ausdruck eines Kindes. »Ich verlasse mich in jeder Beziehung auf Ihr Urteil, Tante Cathinka«, sagte er.
Die Priorin sprach jetzt sehr langsam, ohne ihn anzusehen, so als sollten keinerlei Eindrücke von den Gedankengängen anderer sich mit ihren eigenen mischen. »Wir wollen keine Zeit verlieren, Boris«, sagte sie, »das ist nicht meine Art, wenn ich erst einen Entschluß gefaßt habe.« – Und das heißt also: das ist nie vorgekommen, dachte Boris. »Geh nach oben und zieh deine Uniform an, dann schreibe ich unterdessen einen Brief an den alten Grafen. Ich werde ihm erzählen, daß du mich zu deiner Vertrauten gemacht hast in dieser Herzenssache, von der das Glück deines Lebens abhänge, und in der deine liebe Mutter dir Anteilnahme nicht habe erweisen können. Und in einer halben Stunde mußt du dann hinüberfahren.«
»Aber, Tante Cathinka«, sagte Boris, als er aufstand, um zu gehen, »glauben Sie denn auch, daß Athene mich haben will?« Er war immer schnell bereit, mit anderen Menschen Mitleid zu empfinden. Als er einen Blick in den Garten hinaustat und sah, wie zwei von den alten Damen in Gummischuhen aus einer der Alleen herauskamen, wo sie ihren Nachmittagsspaziergang gemacht hatten, tat ihm Athene von Herzen leid, weil sie auf der Welt war. »Athene«, sagte die Priorin, »hat nie in ihrem Leben einen Heiratsantrag bekommen. Es ist zu bezweifeln, ob sie im Laufe der letzten Jahre einen anderen Mann gesehen hat, als Pastor Rosenquist, der ihren Papa besucht und mit ihm Schach spielt. Sie hat gehört, wie meine Damen die glänzenden Partien besprachen, die du hättest machen können, wenn du gewollt hättest. Wenn Athene dich nicht nehmen will, mein Boris«, fügte sie mit einem schelmischen Lächeln hinzu, »dann möchte ich.« Bei dem Gedanken an die glückliche Regelung, die ihm hier in Aussicht gestellt wurde, küßte Boris seiner Tante dankbar die Hand, erhielt aber im nämlichen Augenblick einen so furchtbaren Eindruck von Kraft und List, daß es ihm so war, als habe nicht ein Mensch ihn berührt, sondern eine Naturkraft, Frauen, dachte er, wenn sie alt genug sind, um die schwere Aufgabe abzuschließen, die es ist, Weib zu sein, und ihren Kräften freien Lauf lassen können, müssen doch wohl die stärksten Geschöpfe der Welt sein.
Er blickte seiner Tante in das feine Gesicht.
»Nein«, dachte er, »das geht niemals gut.«

3

Boris fuhr in der Britzska der Priorin aus dem Kloster Seven hinaus mit ihrem Brief an seinem Herzen, wie das leibhaftige Ideal eines jungen Romanhelden. Das Gerücht von seinem Begehr war auf rätselhaftem Wege durch das ganze Kloster gelaufen, als sei es der Duft einer neuen Art von Weihrauch, und war den alten Damen unmittelbar zu Herzen gegangen. Zwei von ihnen saßen im Sonnenschein auf der langen Terrasse, um ihn wegfahren zu sehen, und eine besonders gute Freundin von ihm, eine beleibte alte Jungfer, die durch die nun schon ein halbes Jahrhundert währende Ausschließung von allen Lichtquellen des Lebens verblaßt war, stand am Wagenschlag und reichte ihm drei langstielige weiße Astern aus ihrem kleinen Wintergarten. In dieser Weise war vor dreißig Jahren der junge Mann von dannen gefahren, den sie liebte, und er war bei Jena gefallen. Sie trug ständig gleichsam einen Schleier milder Melancholie, und ihre Gesellschaftsdame sagte von ihr: »Fräulein Anastasia hat ein schweres Kreuz. Die Lust am Essen ist ein schweres Kreuz.« Aber das Andenken an diesen letzten Abschied war es, durch das ihre Augen in dem bleichen, fetten Gesicht so klar erhalten waren wie hellblaue Emaille. Jetzt hatte sie das Gefühl, als sei dies eine Begegnung mit einem wiedererstandenen Schicksal, und sie reichte ihm seine Blumen, als gehörten sie mit dazu, zum zweiten Male geheimnisvoll verlebendigt, ja, als könnten es ihre ungeborenen Töchter sein, die jetzt erwachsen und heiratsfähig waren, und die ihn in ihrer Eigenschaft als Brautjungfern auf seine Reise begleiten sollten.

Boris hatte seinen Diener im Kloster zurückgelassen, denn er wußte, daß dieser mit einem der Kammermädchen dort verlobt war, und er meinte, er müsse jetzt Sympathie für alle Liebesgeschichten zeigen. Außerdem hatte er ein grenzenloses Verlangen danach, allein zu sein. Einsamkeit war für ihn immer ein tiefer Genuß, und der ward ihm nur selten zuteil. Es kam ihm so vor, als habe er in der letzten Zeit niemals Gelegenheit gehabt, allein zu sein. Hatten sich andere Menschen auch nicht mit ihrer ganzen Kraft und vierundzwanzig Stunden hindurch mit ihm abgegeben, so war es ihnen immerhin geglückt, ihm den Weg ihrer eigenen Gedanken aufzudrängen, bis er das Gefühl hatte, die Gehirngänge, die sich mit seinem jetzigen Problem beschäftigten, seien verbraucht. Sogar auf dem Wege zum Kloster hatte er sich dem nicht entziehen können, anderer Leute Gedanken zu denken.

Jetzt, sagte er bei sich selber, konnte er doch eine Stunde lang denken, was er wollte.

Der Weg vom Kloster Seven nach Hopballehus steigt im Lauf einer Meile um fünfhundert Fuß an und windet sich durch hohen Kiefernwald. Ab und zu öffnete sich dieser und gewährte einen prachtvollen, weiten Ausblick über das niedriger liegende Land. Jetzt in der Nachmittagssonne waren die Kiefernstämme feuerrot, und die ferne Landschaft wirkte, wo sie ausgebreitet vor ihm lag, kühl in lauter blauen und blaßgelben Farben. In diesem Augenblick kam es Boris durchaus glaubhaft vor, was der alte Klostergärtner ihm, als er ein Knabe war, erzählt hatte, daß er einmal, ungefähr um diese Zeit des Jahres und Tages, ein Rudel Einhörner aus dem Wald habe austreten und auf dem sonnenheißen Hang äsen sehen. Die weißen und betupften Stuten, deren Fell von der Sonne zart rosenrot gefärbt wurde, trippelten zierlich umher und drehten das Haupt, um nach ihren Füllen zu schauen, während der große, dunkle Hengst wieherte, fauchte und auf den Boden stampfte. Die Luft roch hier nach Kiefernnadeln und Pilzen und war so frisch, daß er gähnen mußte. Und dennoch, dachte er, glich diese Frische nicht der im Frühling, in ihren Mut und ihre Kraft mischte sich der Tod. Es war das Finale der Symphonie.

Ihm fiel ein, wie er an einem Maiabend vor einem halben Jahr vom Frühling ans Herz genommen worden war, so wie ihn jetzt der wehmütige Herbst ans Herz nahm. Er und ein junger Freund von ihm hatten sich das Vergnügen gemacht und einen Streifzug von drei Wochen überall durch das Land unternommen, in Gegenden wo niemand sie kannte, und von denen keiner wußte, daß sie dort waren. Sie waren im Zigeunerwagen gefahren, hatten ein kleines Marionettentheater mitgenommen, und in den Dörfern, durch die sie kamen, führten sie dann Komödien und Tragödien auf, die sie selber aus dem Stegreif schufen. Die Luft war voll süßen Wohlgeruchs gewesen, die Nachtigallen hatten wie wahnwitzig in den blühenden wilden Kirschbäumen gesungen. Der Vollmond stand hoch am Frühjahrshimmel, nicht viel heller als der Himmel selber.

Eines Abends waren sie müde an ein Bauernhaus gekommen, das von weiten Koppeln umgeben war, und man hatte ihnen ein breites Bett in der großen Stube angewiesen, wo eine Bornholmer Uhr stand und ein großer, blinder alter Spiegel. Als die Uhr gerade zwölf schlug, ging die Tür auf, und auf der Schwelle standen drei junge Mädchen im bloßen Hemd, jedes mit einer brennenden Kerze in der Hand. Die Nacht war so mondklar, daß die kleinen Flammen nur wie Tropfen von dem großen Licht draußen aussahen. Sie hatten offensichtlich keine Ahnung, daß zwei umherziehende junge Männer hier in der großen Stube Nachtquartier erhalten hatten, und die Gäste lugten durch die Vorhänge des Himmelbettes in tiefem Schweigen nach ihnen aus. Ohne einander anzusehen, und ohne ein Wort von sich zu geben, ließen sie, eine nach der anderen, das leichte Hemd zu Boden fallen, traten ganz nackt vor den Spiegel und starrten hinein, die Kerze hoch über dem Kopf erhoben, in Betrachtung des Bildes versunken, das sie sahen. Dann bliesen sie die Kerzen aus und gingen in dem gleichen feierlichen Schweigen rücklings zur Tür, das lange, aufgelöste Haar hing ihnen am Rücken herunter, sie zogen sich das Hemd wieder an und verschwanden. Die Nachtigallen sangen ohne Unterlaß draußen in einem Faulbaum dicht vor dem Fenster. Den jungen Leuten fiel es ein, daß es die Walpurgisnacht war, und sie wußten nun, daß das, was sie gesehen hatten, eine geheimnisvolle Zeremonie sein müsse, die den jungen Mädchen das Bild ihres zukünftigen Mannes zeigen sollte.

Es war lange her, seit Boris zuletzt diesen Weg hier hinaufgefahren war. Als Junge war er mit der Priorin in ihrem Landauer oftmals auf Visite zu den Nachbarn gefahren. Er erkannte die Windungen des Weges wieder, aber sie schienen weniger geworden zu sein, und er versank in Nachdenken über die Veränderlichkeit des Lebens.

Der eigentliche Unterschied zwischen Gott und den Menschen, dachte er, ist der, daß Gott Beständigkeit nicht ertragen kann. Kaum hatte er eine Jahreszeit oder eine besondere Stunde des Tages geschaffen, da wandelte ihn auch schon die Lust zu etwas Neuem an, und er machte das andere zunichte. Kaum war man ein junger Mann und durchaus damit zufrieden, da schleuderte die Weltenordnung einen auch schon in die Ehe hinein, in den Tod oder das Alter. Und der Mensch klammert sich an den Augenblick. Sein ganzes Leben lang kämpft er darum, den Augenblick festzuhalten, und steht das ganze Leben hindurch vor einer force majeure. Die Kunst, sie ist ja nichts weiter als ein Versuch, vor allem den einzelnen Augenblick einzufangen und zu bannen, seine Stimmung und seine Bedeutung, die augenblickliche Verzauberung durch eine einzelne Frau oder eine einzelne Blüte, und diese unvergänglich zu machen. Es ist ganz irrig, dachte er, wenn wir uns das Paradies als einen unwandelbaren Zustand der Seligkeit vorstellen. Es wird sich ohne Zweifel als genau das Gegenteil erweisen, ein unaufhörliches Auf und Nieder, einen Malstrom der Wechselhaftigkeit in Gottes eigenem Geiste. Aber zu jener Zeit sollte man ja mit Gott eins geworden sein und vermutlich den gleichen Geschmack bekommen haben. Er dachte mit tiefer Wehmut an alle die jungen Männer, die im Laufe der Zeiten an Schönheit und Kraft vollkommen gewesen waren, junge Pharaonen mit scharfgeschnittenen Zügen auf der Jagd am Nil entlang auf ihren zweirädrigen Wagen, junge, anmutige chinesische Weise, in Seide gekleidet, in den lebendigen Schatten der Trauerweiden in ihre Bücher vertieft – und sie alle waren gegen ihren Willen in Stützen der Gesellschaft umgewandelt worden, Schwiegerväter, Autoritäten in allem, was die Freuden der Tafel und moralische Probleme anbetraf. Es war betrüblich, an dies alles zu denken.

Eine Biegung des Weges und ein langer Aushau durch den Wald gaben ihm den Blick auf Hopballehus, eine Viertelmeile entfernt, frei.

Es war vor zweihundert Jahren dem Architekten gelungen, ein Bauwerk von so riesigen Ausmaßen zu errichten, daß es ganz mit der Natur verschmolz und sehr wohl ein kleiner Block in dem grauen Felsengrund sein konnte, auf dem es stand. Für denjenigen, der jetzt auf die Terrasse träte und hier herüberschaute, dachte Boris, würden ich und die Britzska mit den Schecken ganz winzig kleine Figuren sein, kaum für das bloße Auge zu erkennen.

Beim Anblick des Schlosses beschäftigten sich seine Gedanken mit diesem. Es hatte immer auf eine eigentümliche Weise seine Phantasie angezogen. Sogar jetzt noch, nachdem er viele Jahre lang nicht hier gewesen war, konnte es geschehen, daß er nachts im Traum sich darin aufhielt und es dann mit großer Freude wiedersah. Es war an sich schon ein phantastischer Ort, wie es dort auf einer breiten, flachen Anhöhe lag, umstrahlt von endlosen Alleen mit Standbildern und Springbrunnen, im Stile des späten Barock und heute in barockem Verfall, nicht weit davon entfernt, eine völlige Ruine zu werden. Es wirkte wie eine Art Olymp, noch olympischer im Schatten seines Untergangs. Etwas Olympisches lag auch an dem Dasein, welches der alte Graf und seine Tochter dort drinnen führten. Sie lebten, das wußte man, aber wie sie durch die vierundzwanzig Stunden des Tages kamen, war der Welt unbekannt. Der alte Graf, der einstmals ein glänzender Diplomat, Gelehrter und Dichter gewesen, war jetzt seit einer ganzen Reihe von Jahren durch einen großen Prozeß verschlungen, den er in Polen führte und als Erbteil von seinem Vater und Großvater übernommen hatte. Wenn er den gewinnen könnte, würde er ihm die unermeßlichen Reichtümer und Güter wieder zurückgeben, die der Familie einmal gehört hatten, aber man wußte, daß er ihn nie gewinnen konnte, und daß er ihn nur mit immer größerer Schnelligkeit geradeswegs in den Untergang trieb. Er lebte in diesen gigantischen Sorgen wie in einer Wolkendecke, die alle seine Bewegungen verhüllte. Boris hatte sich bisweilen gefragt, wie das Leben dort oben wohl aussehe, das seine Tochter führen mochte. Geld, wenn sie überhaupt jemals welches gesehen hatte, nahm sicher nicht den geringsten Platz in ihrem Dasein ein, ebensowenig wie das, was man die Gesellschaft nennt, in der Boris beheimatet war, oder das, was man die Güter oder Freuden des Lebens nennt. Er hätte zu gern gewußt, ob sie jemals von der Liebe überhaupt hatte reden hören. Gott mag wissen, dachte er, ob sie sich überhaupt jemals im Spiegel betrachtet hat.

Das leichte Gefährt fuhr durch eine dicke Schicht von raschelnden braunen, dürren Blättern auf der Terrasse. An manchen Stellen lagen diese so hochgehäuft, daß sie die steinerne Balustrade halbwegs verdeckten und dem Hirsch der Diana bis an die Knie reichten. Aber die großen Bäume waren kahl, nur hier und da zitterte noch ein vereinzeltes goldenes Blatt an der Spitze der schwarzen Zweige. Der Kurve des Weges folgend, bog Boris unmittelbar zur Hauptterrasse ein, fuhr vor dem riesigen Hause vor, das majestätisch wie die Sphinx im Sonnenuntergange lag. Es war, als hätten die schweren Steinmassen den Schein von der untergehenden Sonne getrunken, sie erröteten und glühten wie von einem inneren Feuer. Das ganze Bauwerk wurde zur Wohnung einer geheimnisvollen Verklärung, darin die hohen Fenster glänzten wie eine Reihe von Abendsternen.

Boris stieg vor der riesigen steinernen Treppe aus dem Wagen und tastete, während er auf diese zuging, nach seinem Brief. Man hörte nicht ein Geräusch aus dem Innern des Hauses. Es war, als trete man in eine Kirche. »Und«, so dachte er, »wenn ich wieder in meinen Wagen steige, wie wird es dann um mich stehen?«

4

In diesem Augenblick wurden die schweren Flügeltüren oberhalb der Treppe aufgestoßen, und der alte Graf erschien auf der Schwelle, Samson gleich, als dieser in seinem Zorn den Tempel der Philister niederriß. Er war immer eine imponierende Erscheinung gewesen, mit kurzen Beinen zu dem Rumpf eines Riesen, und das mächtige Haupt von einer struppigen grauen Mähne umgeben wie die eines großen alten Skalden oder eines Löwen. Aber heute lag eine ganz eigentümliche Inspiration über ihm. Er wankte ein wenig, als sei er einer übermäßigen Gemütsbewegung anheimgefallen. Dann stand er einen Augenblick stumm da und musterte seinen Gast, wie ein alter Gorilla auf dem Sprung vor seiner Höhle. Dann kam er mit dem ganzen Übermaß seiner Persönlichkeit die Treppe hinunter auf den jungen Mann zu, so imposant, als sei er der

Herrgott selber, der ausnahmsweise einmal auf der Jakobsleiter nach unten gestiegen war.

›Gott im Himmel‹, dachte Boris, als er ihm auf der Treppe entgegenging, ›der alte Mann dort weiß alles, und nun wird er mich töten.‹ Er erhaschte einen Schimmer von des alten Grafen Antlitz, voll wilden Triumphs, die hellen Augen funkelten ihm entgegen. Im nächsten Augenblick fühlte er die starken Arme um sich, und des anderen Körper lag zitternd an dem seinen.

»Boris!« rief er, »Boris, mein Kind!« Denn er hatte den jungen Mann von Kindheit an gekannt und war, wie Boris wußte, seinerzeit ein Verehrer seiner schönen Mutter gewesen. »Willkommen! Und heute doppelt willkommen. Hast du es gehört?« »Was gehört?« fragte Boris. »Ich habe meinen Prozeß gewonnen«, sagte der alte Graf.

Boris starrte ihn fragend an. »Ich habe meinen Prozeß in Polen gewonnen«, wiederholte er, »Lariki, Lipnika, Parnov Garbova, dies alles ist jetzt mein, wie es vorher das Eigentum der alten Leute gewesen war.«

»Ich gratuliere Ihnen«, sagte Boris langsam, alle seine Gedanken waren in schwerer Unordnung, »von ganzem Herzen. Das ist wahrlich eine unerwartete Kunde.« Der alte Graf dankte ihm viele Male und zeigte ihm den Brief, den er soeben von seinem Anwalt erhalten und den er noch in der Hand hatte. Zu Anfang sprach er langsam und suchte nach den Worten wie ein Mann, der mit der Zeit des vielen Redens ungewohnt geworden war, aber allmählich gewann er den einschmeichelnden Klang seiner Stimme und seine Beredsamkeit wieder zurück, die ihn in alter Zeit so unwiderstehlich gemacht hatten.

»Weißt du, Boris«, sagte er, »eine wirklich große Leidenschaft, eine in Wahrheit alles verzehrende Leidenschaft, die kann keiner für ein einzelnes Wesen fühlen – vielleicht überhaupt nicht für irgendein Geschöpf, das selber imstande ist, uns wiederzulieben. Der Offizier aber, der sein Heer liebt, der Gutsbesitzer, der seine Güter liebt, die können mitreden über Leidenschaft. Allmächtiger Gott, habe ich nicht ganz Hopballehus mit all seinen Ländereien und den Wäldern in all dieser Zeit, da ich glaubte, ich hätte es dem Untergang zugeführt, Nacht für Nacht auf meiner Brust liegen gehabt? Aber dies«, sagte er und holte tief Luft, »dies ist die Seligkeit.« Boris verstand, es war nicht der Gedanke an den neuen Reichtum, der das Herz des Alten anschwellen ließ. Es war der Triumph des Rechts über das Unrecht, er sah die gerechte Weltordnung in seiner eigenen Person aufrechterhalten. Er begann nunmehr, die Urteilsbegründung eingehend auseinanderzusetzen, ständig mit der Hand

auf der Schulter des jungen Mannes, und Boris fühlte, wie unendlich willkommen er in seiner Eigenschaft als Zuhörer war.
»Komm herein, Boris, komm jetzt herein«, sagte er, »wir wollen miteinander ein Glas leeren, du und ich, von dem Wein, den ich auf die Seite gelegt habe für den Tag, der nun endlich erschienen ist. Unser guter Pastor ist da. Ich habe ihn holen lassen, als ich den Brief erhielt, damit ich jemanden hätte, mit dem ich reden könnte, ich wußte ja nicht, daß du kommen würdest.«
In der ungeheuren Halle, die reich in schwarzem Marmor ornamentiert war, hatte man mit Hilfe von ein paar Stühlen und einem Tisch mit Büchern und Papieren eine kleine Ecke wohnlich gemacht. Hier hing ein riesiges Gemälde, vom Alter nachgedunkelt, ein Reiterbildnis von einem der früheren Herren des Hauses, der unbeweglich auf einem sich bäumenden Pferde mit einem sehr kleinen Kopfe saß und mit einem zusammengerollten Pergament über ein Schlachtfeld zeigte, das unter dem Bauch des Pferdes zu erkennen war. Pastor Rosenquist, ein fülliger Mann mit roten Wangen, der seit vielen Jahren der Seelsorger der Familie gewesen war, und den Boris gut kannte, saß am Tische, offensichtlich in tiefe Gedanken versunken. Die Ereignisse des Tages hatten seine Theorien durcheinandergebracht, und dies war für ihn ein größeres Unglück, als wenn das Pfarrhaus niedergebrannt wäre. Er hatte sich während seines ganzen Lebens an Armut und Mißhelligkeiten gewöhnt und im Laufe der Zeit gelernt, von einer Art geistlicher Buchhaltung zu leben, nach welcher alle irdischen Prüfungen zu Spargeldern wurden, die in einer anderen Welt Zinsen brachten. Sein eigenes, privates Konto konnte in ganz kleinen Zahlen aufgestellt werden, das wußte er, aber er hatte sich als Aktionär von des alten Grafen Sorgen gefühlt und in ihm einen von Gottes Auserwählten gesehen, dessen Schätze in dem neuen Jerusalem unaufhörlich anwuchsen, wie Saphir, Chrysopras und Amethyst, die sich aus eigener Kraft vermehren. Nun war er tief erschüttert und wußte nicht, was er glauben sollte, und das war für ihn ein unerträglicher Zustand. Er hatte Trost im Buche Hiobs gesucht, aber auch hier wollten die Zahlen nicht stimmen, und Behemoth und Leviathan kamen im letzten Augenblick auf ein seltsames Gewinn- und Verlustkonto, von dem er nichts verstand. Diese ganze Sache war ihm in gleicher Weise verdächtig wie ein Geschenk, das infolge des Predigers das Herz verdirbt, und er konnte sich nicht von dem Gefühl freimachen, daß der alte Herr, der ihm so teuer war, auf Abwege geraten und im Begriffe war, sein Kapital anzugreifen.
»Nun wünschte ich«, sagte der alte Graf, als er die dunkelgoldene Fla-

sche geholt und geöffnet hatte, »daß mein seliger Vater und mein Großvater hier wären und diesen Wein mit uns zusammen trinken könnten. Ich habe gemerkt, wenn ich nachts wach lag, daß sie getreulich in ihren Sarkophagen hier unter uns mit mir wachten. Ich bin glücklich, wenn ich mir vergegenwärtige«, fuhr er fort, indem er stehend sein Glas erhob, »daß es Abundes Sohn sein sollte« – Abunde war der Name, unter dem er in alter Zeit Boris' Mutter besungen hatte – »der ihn hier heute abend mit mir trinkt.« In der Fülle seiner Freude streichelte er liebevoll Boris' Wange. Sein ganzes Angesicht strahlte eine Milde aus, die jahrelang daraus verbannt gewesen war, und der junge Mann, der viel von den wirklich guten Dingen in dieser Welt verstand, wenn er sie antraf, beneidete den alten Herrn um die Reinheit seines Herzens. »Und nun leeren wir ein Glas mit unserem guten Pastor«, sagte der Graf und wandte sich diesem zu. »Lieber Freund, Sie haben Tränen in diesem Haus vergossen, diese stehen wieder auf, in Wein verwandelt.«
Bei des alten Grafen Wesen wurde es dem Pastor Rosenquist noch unheimlicher und unglücklicher zumute. Nur ein flüchtiges und leichtsinniges Gemüt, dachte er, konnte sich so eilig in einer neuen Atmosphäre zurechtfinden und die alte ganz und gar vergessen. Er selber war in einem festgelegten System von Examen und Beförderungen erzogen worden und heimisch, und er war außerstande, eine Rasse zu verstehen, die ihr Dasein und ihren Erfolg so unzuverlässigen Dingen verdankte wie Kriegsglück und Hofgunst, die auf das Unvorhergesehene eingestellt und an das Unerwartete gewöhnt war, und für die das Gefühl der Sicherheit, ja das Gefühl der Erlösung ganz zuunterst auf der Liste der Notwendigkeiten des Lebens standen. Aber da kamen ihm die Worte der Heiligen Schrift wieder in den Sinn: »So oft die Drommete klinget, spricht das Pferd: Hui«, und er dachte, wenn es darauf ankam, so war sein alter Freund vielleicht noch auf der richtigen Seite. »Ja«, sagte er freundlich, »Wasser ist wahrlich einmal in Wein verwandelt worden, und das ist ein herrlicher Trunk. Aber Sie wissen, was unsere Bauern sagen: Im Wein gezeugte Kinder enden böse. Auf dieselbe Weise, müssen wir immer fürchten, ergeht es auch den Hoffnungen und Freuden, die im Wein gezeugt sind. Jedoch«, fügte er hinzu, »spiele ich hier selbstverständlich nicht auf die Kinder an, die auf der Hochzeit zu Kana gezeugt wurden, von denen ich jüngst sprach.«
»Auf Lariki«, sagte der Graf, »hängt im Torweg unter der Decke ein dickes Jagdhorn an einer eisernen Kette. Mein seliger Ururgroßvater war ein wahrer Herkules. Wenn er abends durch den Torweg ritt, dann pflegte er um das Horn zu greifen, und während er sich selbst und das

Pferd vom Erdboden in die Höhe hob, blies er hinein. Ich habe immer gewußt, daß ich das gleiche tun könnte, aber ich habe nie daran geglaubt, daß ich eines Tages wieder durch das Tor hineinreiten würde. Athene könnte es auch tun«, fügte er nachdenklich hinzu.
Wieder füllte er das Glas. »Wie kommt es, daß du heute hier bist?« fragte er Boris und betrachtete ihn und seine weiße Galauniform mit milden, glänzenden Augen, so als sei sein Besuch eine Tat, zu welcher einzigartiger Mut und Tüchtigkeit gehöre. »Was führt dich nach Hopballehus?«
Boris fühlte, wie sich die Unbefangenheit des alten Mannes in seinem eigenen Herzen widerspiegelte, wie ein blauer Himmel im Meer. Er sah seinem Freund in die Augen. »Ich kam heute her«, sagte er, »um Athenes Hand zu erbitten.«
Der alte Mann warf ihm einen langen, leuchtenden Blick zu. »Um Athenes Hand zu erbitten«, rief er aus, »bist du gekommen?« Er stand einen Augenblick schweigend da, tief bewegt. »Gottes Wege sind in Wahrheit wunderbar«, sagte er. Pastor Rosenquist stand von seinem Stuhl auf und setzte sich wieder, um Ordnung in seine Rechnung zu bringen.
Als der alte Graf von neuem das Wort ergriff, war er ein ganz anderer Mann. Der Rausch hatte sich verflüchtigt. Er hatte seine Heeresstärken in guter Ordnung zusammengezogen. Dieser Gleichmut der Seele war es, der in alter Zeit seinen Ruf begründet hatte, da er als Attaché an der Botschaft in Paris bei der Premiere seiner eigenen Tragödie »Die Undine« in der Pause ein Duell auf Pistolen ausgetragen hatte.
»Boris, mein Kind«, sagte er, »du bist heute hierhergekommen, um mich in einen neuen Menschen zu verwandeln. Ich habe gelebt, den Blick auf die Vergangenheit gerichtet oder um dieser einzigen Stunde des Sieges willen. Erst in dieser Sekunde habe ich der Zukunft einen Gedanken gewidmet. Ich sehe, ich werde von meinem Piedestal heruntersteigen müssen, denn vor mir liegt ein Weg, den ich zu gehen habe. Deine Worte eröffnen mir einen weiten Ausblick. Was soll ich nun eigentlich werden? Der Patriarch auf Hopballehus, der tugendhaften Dorfjungfrauen den Kranz der Ehre reicht? Großpapa, der Obstbäume pflanzt? Ave Hopballehus. Naturi te salutant! Die, welche geboren werden, grüßen dich!«
Hier fiel Boris der Brief der Priorin ein, und er erzählte von seinem Besuch im Kloster auf dem Wege hierher. Der Graf erkundigte sich überaus höflich nach der alten Dame, und da ihm jede Art von Dokumenten eine Herzenswonne war, setzte er sich die Brille auf und versank in das Lesen des Briefes.

Boris saß da und trank seinen Wein, ihm war ungemein wohl zumute. In den letzten acht Tagen war er soweit gekommen, es als zweifelhaft anzusehen, ob das Leben überhaupt irgendeine Annehmlichkeit zu bieten habe, aber der Empfang, der ihm hier bei dem alten Grafen zuteil geworden war, und die ganze Situation im Schloß taten seinem Herzen wohl, und er hatte immer dazu geneigt, von dem einen Extrem ins andere zu verfallen.

Als der Graf den Brief zu Ende gelesen hatte, legte er ihn auf den Tisch, hielt die Hände darüber gefaltet und saß lange stumm da.

»Ich gebe dir«, sagte er zuletzt langsam und mit großer Feierlichkeit, »meinen Segen. Und diesen gebe ich dir zunächst als Sohn deiner Mutter – und deines Vaters – und danach als einer, der, wie ich jetzt begreife, so lange und treulich geliebt hat, trotz allem. Und schließlich fühle ich, daß du, Boris, heute abend von einem stärkeren Willen hergeführt worden bist als deinem eigenen.«

›Ja bestimmt‹, dachte Boris.

»Ich übergebe dir mit Athene den Schlüssel zu meinem ganzen Dasein. Athene«, wiederholte der alte Graf, als sei es ihm eine Wonne, den Namen der Tochter auszusprechen, »ist selber wie ein Waldhorn in dem tiefen Wald«, und als sei er ohne eigenes Wissen von einer absonderlichen und wehmütigen Jugenderinnerung besessen, fügte er fast flüsternd hinzu: »Dieu, que le son du cor est triste au fond du bois.«

5

Während ihrer Unterhaltung war draußen ein Wind aufgekommen. Der Tag war still gewesen, das windige Wetter war mit der Abenddämmerung gekommen wie ein Nachttier. Es fegte an den langen Mauern entlang, brauste um die Hausecken und wirbelte die welken Blätter in die Luft. Mittendrin hörten sie Athene, die Pastor Rosenquists Wagen ausgespannt und das Pferd in den Stall geführt hatte, über die Terrasse gehen und die Treppe heraufkommen. Der alte Graf, dessen Blick auf dem Gesicht des jungen Mannes geruht hatte, machte eine plötzliche Bewegung. »Sage heute abend nichts«, sagte er, »du wirst es verstehen. Athene und ich haben so viele Abende hier zusammen mit unserem guten Freund, dem Pastor, verlebt. So mag denn dieser Abend der letzte in der Reihe sein. Ich möchte selbst mit ihr reden. Und du, mein lieber Sohn, kannst morgen vormittag wieder nach Hopballehus kommen und dir ihre Antwort holen.« Boris fand diese Regelung ausgezeichnet.

Währen der Graf sprach, kam seine Tochter herein, noch in ihrem großen Kutschermantel.
Athene war ein kräftiges junges Weib von achtzehn Jahren, sechs Fuß hoch und entsprechend breit, mit einem Paar Schultern, die eine Tonne Weizen heben und tragen konnten. Um die Vierzig würde sie riesig sein, aber noch war sie zu jung, um fett zu werden, und so kerzengerade wie ein Lärche. Ihre edle Stirn unter dem roten Haar war weiß wie Milch, aber der Rest ihres Gesichts war ebenso wie die breiten Handgelenke von Sommersprossen bedeckt. Nichtsdestoweniger hatte sie eine so reine und klare Haut, daß sie, als sie eintrat, die Halle geradezu erhellte, mit einem Licht wie in einer Stube, wenn draußen Schnee liegt. Ihre klaren Augen hatten einen dunkleren Ring um die Iris – ein Paar Augen wie die eines Adlers oder einer jungen Löwin –, sonst aber war der Ausdruck des riesigen jungen Geschöpfes friedfertig. Ihr rundes Gesicht war von jener Aufmerksamkeit und dem Vorbehalt geprägt, von denen sonst Schwerhörige gekennzeichnet sind.
Wenn Boris früher mit ihr zusammen gewesen war, dann war ihm bisweilen die alte Ballade von des Riesen Tochter eingefallen, die einen Mann im Walde fand. Erstaunt und froh trägt sie ihn als Spielzeug nach Hause, aber der Riese sagt, sie solle ihn laufen lassen, sonst mache sie ihn nur entzwei.
Der Riese seinerseits, der alte Graf, behandelte sie mit einer altmodischen Ritterlichkeit, die Boris an eine edle Münze erinnerte, die man aus der Erde ausgegraben hat; sie ist außer Kurs, hat aber nach wie vor ihren Goldwert. Es hieß, der Graf sei in seiner Jugend einer der Liebhaber der Prinzessin Pauline Borghese gewesen, sie war die schönste Frau ihrer Zeit. Er hatte hier der Venus Anadyomene von Angesicht zu Angesicht gegenübergestanden, und in der Erinnerung an diese Offenbarung brachte er dem Ebenbild der Göttin seine Huldigung dar, selbst dort, wo es etwas plump in Stein oder Holz geschnitzt war. Ohne für schön gelten zu können, war Athene daran gewöhnt, den Weihrauch einzuatmen, der weiblichem Reiz geopfert wird.
Sie blinzelte ein wenig gegen das Licht und gegen den Fremden. In seiner weißen Uniform mit dem hochstehenden, goldgestickten Kragen und den pomadisierten Locken, die gegen das Licht wie ein Strahlenkranz erschienen, wirkte Boris denn auch in dem großen, dunklen Raume wie ein fremder, blendender Meteor. Aber in ihrer eigenen großen Kraftentfaltung ruhend, fragte sie – nach ihrer Gewohnheit auf einem Beine stehend, wie ein Riesenstorch – nach seiner Tante und den Damen im Kloster. Athene kannte nur sehr wenige Menschen, und für diese al-

ten Damen, die ihr manche Ratschläge gegeben und sie gern hatten, obwohl sie sie etwas vor den Kopf gestoßen hatte, weil sie so unromantisch stämmig an Wuchs geworden war, hegte sie, dachte Boris, die gleiche Bewunderung, wie ein Bauernkind auf dem Lande für die pailletten-blinkenden Seiltänzer empfindet. Wenn wir heiraten, dachte er, während er dastand und mit ihr sprach mit einer Stimme, die sanft war wie ein Lied, und während des alten Grafen liebevoller Blick von ihr zu ihm wanderte, werden meine Künste schon noch Eindruck auf sie machen, soll denn aber mein eheliches Leben ein ewig währendes Jahrmarktsfest sein? Und wenn ich eines Tages von meinem Seil herunterfalle, wird sie sich dann wohl die Mühe machen und mich auflesen oder mir ganz einfach den Rücken kehren und weggehen?

Sie bat ihn, die Priorin zu grüßen und ihr zu erzählen, sie habe vor ein paar Tagen in einer Abendstunde ihren Affen auf dem Sockel der Venusstatue sitzen sehen, dort, wo der kleine Cupido, der jetzt entzweigegangen war, früher seinen Platz gehabt hatte, und in Verbindung damit fragte sie, ob er es nicht merkwürdig finde, daß der polnische Anwalt ihres Vaters einen Affen von derselben Art habe, auch von Sansibar.

Der alte Graf begann, von den wendischen Götterbildnissen zu sprechen, aus deren Land seine Sippe ursprünglich gekommen war. »Die Göttin der Liebe«, sagte er, »war von Angesicht und auf der Vorderseite eine schöne Frau, wenn man sie aber umdrehte, dann war sie auf der Rückseite ein grinsender Affe.« Wie konnten diese nordischen Barbarenvölker gewußt haben, wie Affen aussahen? War es wohl denkbar, daß vor tausend Jahren Affen in den düsteren Nadelwäldern der Wenden gelebt hatten?

»Nein, das ist nicht denkbar«, sagte Pastor Rosenquist, »dazu ist es hier nie warm genug gewesen. Aber es sieht so aus, als seien dieselben Symbole aller heidnischen Götzenverehrung gemeinsam gewesen. Es lohnt sich, dieser Sache auf den Grund zu gehen, es ist sehr wohl möglich, daß dies von der allgemeinmenschlichen Vorstellung von der Erbsünde herrührt.«

»Aber wie«, fragte Athene, »konnte man der Liebesgöttin ansehen, was vorn und was hinten war?«

Kurz darauf bat Boris um seinen Wagen und empfahl sich. Der alte Graf war betrübt, ihn in dieser Weise fortzuschicken, und voller Reue wegen seiner Härte gegen einen jungen Freier. Er bat Boris, das schlechte Wetter hier auf Hopballehus zu entschuldigen, schüttelte ihm mit Tränen in den Augen die Hand und wies Athene an, ihn bis zum Wagen zu begleiten. Pastor Rosenquist dagegen konnte sich nur freuen, daß die Gesellschaft von einem befreit worden war, der in solchem Maße aussah wie ein Engel, ohne es zu sein.

Athene geleitete Boris auf die Terrasse hinaus. Im Schein seiner Wagenlaternen warf ihr langer Mantel seltsame Schatten auf den Rasen wie von einem Paar großer Flügel. Über dem breiten Rasenplatz, der eisengrau im Mondlicht lag, kam der Mond hinter den jagenden Wolken hervor und versteckte sich dahinter.

Boris war in diesem Augenblick tatsächlich traurig, daß er Hopballehus verlassen mußte. Diese chaotische Schloßwelt hatte ihn an die Welt seiner Kindheit und deren Vorstellungen erinnert, er zog sie ganz entschieden dem Leben nach der Uhr vor, das ihn im Kloster erwartete. Einen Augenblick stand er stumm neben Athene. Die Wolkendecke über ihnen wurde weggefegt, und ein paar große Sternbilder funkelten klar auf. Der große Bär verkündete seine Lehre: Bewahre dein Wesen in einem Gewimmel. »Weißt du noch die Bärenjagd, Athene?« fragte er. Die beiden Kinder hatten nicht mit auf die Jagd gedurft, aber sie hatten sich an einem glühendheißen Julitag zusammen hinausgeschlichen und waren den Jägern des Grafen auf ihren weiten Jagdwegen hoch oben in den Bergen nachgegangen. Zwei schwarz- und weißgefleckte Hunde hatten das Leben lassen müssen, er konnte noch das Geheul und Gekläff des Kampfes hören und vor sich sehen, wie das mächtige, braunzottelige wilde Tier sich zwischen Gestrüpp und Farnen blitzschnell bewegte, er hatte sogar einen Schimmer von dessen wütendem, weitaufgerissenem Schlunde mit dem roten Lecker erhaschen können.

»Ja, ich denke manchmal daran«, sagte Athene, und ihre Augen folgten den seinen auf der Bärenjagd im Himmelsraum, »es war diese Bärin, die die Bauern die Kaiserin Katharina nannten. Die hatte fünf Menschen getötet.«

»Bist du noch immer Republikanerin, Athene?« fragte er. »Damals wolltest du allen Tyrannen in Europa den Kopf abhauen.«

Im Lichtschein sah er die Farbe in ihrem Gesicht sich vertiefen.

»Ja«, sagte sie. »Ja, ich bin Republikanerin. Ich habe die Geschichte der Französischen Revolution gelesen. Die Könige und Priester waren faul und unsittlich und grausam gegen das Volk, aber die, die sich ›der Berg‹ nannten und die rote, phrygische Mütze trugen, das waren mutige Männer. Danton war ein echter Patriot, den hätte ich gern gekannt, und der Abt Sieyès ebenfalls.« Das Thema erhitzte sie trotz der kalten Abendluft. »Ich würde gern den Platz in Paris sehen, wo die Guillotine stand.«

»Und die phrygische Mütze auf den Kopf setzen?« fragte Boris. Athene antwortete mit einem kurzen Nicken. Sie stand da und überlegte, dann hub sie plötzlich an, wie wenn sie ihn unter allen Umständen überzeugen wollte, einige Verszeilen zu zitieren, selber von dem Pathos der Worte mehr und mehr hingerissen:

»O Corse à cheveux plats, que la France était belle
au grand soleil de Messidor.
C'était une cavale indomptable et rebelle,
sans freins d'acier, ni rênes d'or.
Une jument sauvage, à la croupe rustique,
fumant encore du sang des rois.
Mais fière, et d'un pied libre heurtant le sol antique,
Libre, pour la première fois!«

Boris fuhr von Hopballehus fort mit dem Sturm gerade im Gesicht. Der Mond im Raum über ihm hinter den dünnen, dahinwirbelnden Wolken schien zu rasen. Die Luft war eiskalt. Jetzt kommt der Nachtfrost, dachte er. Seine Laternen jagten die Bäume und ihre Schatten und sprengten sie in einem Wirrwarr nach allen Seiten auseinander. Ein großer dürrer Ast wehte plötzlich von hoch da oben herab und zerbrach mit einem Krachen vor den sich bäumenden Pferden. Allein auf der Fahrt durch die Dunkelheit sah er in Gedanken den Grafen und seine Tochter und den Pfarrer in der Halle von Hopballehus sitzen und mußte darüber lachen. Während der Wagen weiterrollte, glänzten die Lichter im Tal unter ihm auf. Sie tauchten zwischen den Bäumen auf, als ob sie mit ihm spielten, sahen ihm in die Augen und versteckten sich wieder. Eine Gruppe von Lichtern kam zum Vorschein wie ein irdisches Spiegelbild des Siebengestirns. Es waren die Lichter vom Kloster.

Und mit einemmal wollte es ihm so scheinen, als sei irgendwo etwas im Anzuge, etwas Verkehrtes, etwas Grundfalsches. Rätselhafte Mächte gingen heute nacht draußen um. Dies Gefühl ergriff ihn so plötzlich und so übermächtig, daß ihm war, als sei ihm eine eiskalte Hand über den Scheitel gefahren. Die Haare sträubten sich ihm auf dem Kopfe. Ein paar Minuten lang war er wirklich ernstlich von Schrecken geschüttelt. In dieser sonderbar aufgeregten Nacht, wo die toten Dinge um ihn her lebten, kam er sich selber, kamen ihm sein Wagen und seine braunen Schecken unheimlich klein vor und großen Gefahren ausgesetzt.

Als er in die lange Allee einbog, die zum Kloster hinführte, blinkten seine Wagenlaternen plötzlich in einem Augenpaar auf. Ein winzigklei-

ner Schatten lief quer über den Weg und verschwand in den noch schwärzeren Schatten von dem Wäldchen der Priorin.
Bei seiner Ankunft im Hause hörte er, die Priorin sei zur Ruhe gegangen. Um morgen voll bei Kräften zu sein, dachte er.
Für ihn war in dem privaten Speisezimmer seiner Tante, das sie erst kürzlich hatte instand setzen lassen, der Abendbrottisch gedeckt. Das Zimmer war bisher weiß gewesen, mit hundertjährigen Stuckornamenten verziert, jetzt war es mit einer schönen Tapete sehr schmuckvoll bekleidet, auf deren bräunlichem Hintergrund farbenprächtige orientalische Szenen abgebildet waren. Ein junges Mädchen tanzte unter einer Palme und schlug dazu das Tamburin, während langbärtige Greise in roten und blauen Turbanen zusahen. Ein Sultan hielt unter seinem goldenen Thronhimmel Gericht ab, und eine Jagdgesellschaft zu Pferde kam an einer Ruine vorbei, dahinter gingen ihre Negerknaben, die die Hundemeute an der Leine führten. Die Priorin hatte gleichzeitig die altmodischen Leuchter abgeschafft und statt dessen Lampen eingeführt, aus himmelblauem Prozellan, mit blaßrosa Rosen bemalt. In der warmen und behaglichen Stube saß er allein bei Tisch. Genauso, dachte er, wie Don Juan im letzten Akt in der Oper. Bis der Komtur kommt, fügte er in Gedanken hinzu, und meinte sich selbst. Er warf einen verstohlenen Blick zum Fenster hin. Der Sturm pfiff unaufhörlich gegen die Scheiben, aber die schweren Vorhänge waren vorgezogen, und die unruhvolle Nacht war ausgesperrt.

6

Die Tante und der Neffe nahmen ihren Morgenkaffee gemeinsam in behaglicher Harmonie ein, während sie hier und da einen Blick auf ihre eigenen, in der silbernen Kaffeemaschine der Priorin komisch verzerrten Züge warfen. In deren blankem, rundem Spiegel stand auch eine kleine Sonne und strahlte. Denn auf die stürmische Nacht war ein stiller Tag mit hohem Himmel gefolgt. Der Sturm war anderswo hingezogen und hatte die Gärten um das Kloster in luftiger Nacktheit zurückgelassen.
Boris hatte der alten Dame über die Ereignisse auf Hopballehus berichtet, und sie hatte mit großer Freude und tiefer Rührung seinem Bericht gelauscht über das, was ihrem lieben alten Freund und Nachbarn widerfahren war. Sie konnte ihre Phantasie kaum so weit zügeln, nicht ab und zu einen kleinen, flatternden Flug über die glänzende Zukunft zu unter-

nehmen, die Boris erwartete, aber das geschah in einer so feinen Weise, daß sowohl der alte Graf als auch Athene deswegen ruhig hätten zugegen sein können.

»Ich möchte doch mal wissen«, sagte sie, »ob es Athene nicht gut täte, wenn sie sich jetzt ein wenig umsähe und die Welt kennenlernte. Als ich in ihrem Alter war, da nahm Papa mich mit nach Rom und Paris, und ich begegnete vielen berühmten Persönlichkeiten. Es muß für einen Mann von Talent eine entzückende Erfahrung sein, dies hochbegabte Kind zu den Stätten der klassischen Bildung zu begleiten und sie ins Leben hinauszuführen.

»Ja«, sagte Boris und schenkte sich eine neue Tasse Kaffee ein. »Sie sagte gestern, sie habe das Verlangen, Paris kennenzulernen.«

»Natürlich«, sagte die Priorin, »das liebe Kind hat nie einen Pariser Hut auf dem Kopfe gehabt. Lariki«, fuhr sie fort und ließ ihren Gedanken freien Lauf, »hat die vortrefflichste Bärenjagd und übrigens auch Sauen. Ich kann mir lebhaft vorstellen, wie deine Göttin sich ausnimmt mit dem Speer in der Hand. Auf Lipnika ist der Keller voll von Tokayer, einem Geschenk an einen der verstorbenen Herren von der Kaiserin Maria Theresia; Athene wird ihn wohl mit der bekannten Großzügigkeit ihrer Familie ausschenken. Auf Parnov Garbova gibt es die weltberühmte Springbrunnenallee, die von dem großen dänischen Astronomen Ole Römer angelegt worden ist, demselben, der les grandes eaux bei Versailles gemacht hat.«

Während sie in dieser Weise mit lichten Zukunftsmöglichkeiten Federball spielten, hatte der alte Johan ihnen zwei Briefe gebracht, die beide gleichzeitig angekommen waren, obwohl der eine, der an die Priorin gerichtet war, mit der Post geschickt, und der andere, an Boris, durch einen reitenden Boten aus Hopballehus abgegeben worden war.

Als Boris ein paar Zeilen seines Briefes gelesen hatte, blickte er auf und fand die alte Dame mit einem kleinen, harten und feinen Lächeln um die Lippen in das Lesen ihres eigenen Briefes vertieft. Sie wird schwerlich noch sehr lange so erfreut lächeln, dachte er.

Der Brief des alten Grafen lautete folgendermaßen:

»Ich schreibe an Dich, lieber Boris, da Athene sich weigert, es zu tun. Ich greife in tiefer Reue und Betrübnis zu meiner Feder, ich fühle in Wahrheit den Drang, mein Haupt mit Asche zu bedecken, wie der Psalmist sagte.

Ich muß Dir mitteilen, daß meine Tochter Deinen Heiratsantrag abgelehnt hat, von dem ich gestern abend meinte, es sei die Krönung der Wohltaten, die die Vorsehung meinem Haus hat zuteil werden lassen.

Sie hegt keinen besonderen Unwillen gegen die Verbindung, aber sie erklärt, sie wolle nie heiraten, und es sei ihr ganz unmöglich, diese Frage auch nur in Erwägung zu ziehen.

In gewissem Sinne ist es nur gerecht, daß ich es bin, der diesen Brief an Dich schreibt. Denn ich bin schuld an diesem unserem Unglück, die Verantwortung liegt bei mir.

Ich, der ich dies junge Leben in meiner Hand gehabt habe, ich habe die Kraft ihrer Jugend zu meinem Fackelträger gemacht auf dem Wege hinab in die Gruft. Während ich selbst Stufe um Stufe nach unten gestiegen bin, habe ich mich auf ihre Schulter gestützt, und sie hat mich nie im Stich gelassen. Nun will und kann sie nicht den Blick erheben.

Die Bauern in meiner Provinz haben ein Sprichwort: daß kein ehelich geborenes Kind unmittelbar in die Sonne schauen kann, das können nur Bastarde. Ach, in wie hohem Maße ist dann meine arme Athene mein legitimes Kind, eine ehelich geborene Nachkommin meines Geschlechts und seines Geschicks. Sie kann so wenig in die Sonne schauen, daß ihr das volle Tageslicht ein Grauen ist, während keine Dunkelheit sie schreckt. Ich habe aus meiner Taube einen Nachtvogel gemacht.

Sie ist mir Sohn wie auch Tochter gewesen, und in Gedanken habe ich sie die alten Rüstungen hier auf Hopballehus tragen sehen. Zu spät ist es mir nun aufgegangen, daß sie sie angelegt hat, nicht als der junge Drachentöter St. Georg, sondern als Asrael, der Todesengel. Sie hat sich darin eingeschlossen und wird, solange sie lebt, ihre Rüstung nie wieder ablegen.

Ich habe mich niemals gegen die Vergangenheit versündigt, aber ich sehe jetzt, daß ich mich gegen die Zukunft versündigt habe. Sie hat das Recht, mich zurückzuweisen. Auf Athenes Jungferngrab werde ich Blumen niederlegen für die ungeborenen Generationen, in deren Zügen ich für einen Augenblick meinte, die Deinen, mein liebes Kind, wiederzuerkennen. Indem ich Dich um Deine Vergebung bitte, tue ich dies angesichts all der Tatkraft, des Talents und der Schönheit, die hier dem Untergang geweiht worden, und angesichts der Lorbeeren und Myrten, die hier verwelkt sind. Die Asche, die ich auf meinen Scheitel streue, sie ist deren Asche.«

Boris reichte der Priorin den Brief hinüber, ohne ein Wort zu sagen, aber während sie ihn las, beobachtete er sie, das Kinn in seine Hand gestützt. Sie erblaßte so heftig, daß er meinte, sie werde gleich ohnmächtig oder falle tot um, und zugleich sprangen glühend rote Streifen hervor, so als habe jemand ihr mit einer Peitsche ins Gesicht geschlagen. König Salomon sperrte bekanntlich seinerzeit die aufrührerischen Dämonen des Judenlandes in Flaschen ein, versiegelte sie und versenkte sie auf den Meeresgrund. Welche ohnmächtige Wut, welcher Wirbel von eingeschlossenem, wildem Hasse dort unten in der Tiefe! Ein gutes Bild, dachte Boris, von den stummen Kämpfen, die in der engen und hölzernen Brust alter Damen ausgefochten wurden, die mit dem salomonischen Siegel der guten Erziehung verschlossen ist.

Die Sehkraft ließ sie im Stich, vermutlich wurde die rote, damastene Stube schwarz vor ihren Augen, jedenfalls legte sie den Brief aus der Hand, ehe sie so weit gekommen war, ihn ganz durchzulesen.

»So so!« fauchte sie mit heiserer, kaum hörbarer Stimme, »das also schreibt der Poet an dich.« Sie schnappte nach Luft, hob die rechte Hand und schlug mit einem bebenden Finger in die Luft hinaus. »Sie will dich also nicht heiraten«, rief sie aus.

»Sie will gar nicht heiraten, Tante«, sagte Boris, um sie zu beruhigen.

»So, das will sie nicht? Gar nicht?« zischte die alte Dame. »Eine Diana, was? Und du könntest dann ein richtig niedlicher kleiner Aktäon werden, mein armes Kind! Und alles, was du ihr geboten hast: Position, Einfluß, eine glänzende Zukunft – das zählt also bei ihr nichts. Was will sie dann eigentlich?« Sie blickte wieder aufmerksam in den Brief, aber in ihrer empörten Stimmung hielt sie ihn verkehrt herum, so daß die Buchstaben auf dem Kopfe standen. »Sie will in Schweigen, bis in alle Ewigkeit, wie eine Marmorstatue auf einem Sargdeckel liegen. So eine fanatische Jungfräulichkeit. En plein dixneuvième siècle! Vraiment, tu n'as pas de chance! Das hier ist wahrlich kein horror vacui.«

»Der Lehrsatz vom horror vacui«, warf Boris wirklich erschrocken ein, um ihre Gedanken abzulenken, »hat nicht mehr als zweiunddreißig Fuß aufwärts Geltung.«

»Nicht mehr als was?« fragte die Priorin.

»Zweiunddreißig Fuß«, sagte er.

Die Priorin zuckte die Achseln. Sie richtete ihre schillernden Augen auf ihn, holte den Brief, den sie mit der Post erhalten hatte, halb aus ihrer seidenen Tasche hervor und steckte ihn wieder hinein.

»Sie will nichts haben«, sagte sie langsam, »und du willst nichts geben. Mir will es in aller Bescheidenheit so scheinen, als paßtet ihr beiden gut zusammen. Ich meinerseits kann ja ruhig meinen Segen dazu geben und habe alsdann nichts weiter dazu zu sagen. Das war schon bei meinen Vorfahren Gesetz: Wo nichts ist, le seigneur a perdu son droit.

Du, Boris, kehrst also denselben Weg, den du gestern gekommen bist, an den Hof zurück und zu der guten Königinwitwe und ihrem Konfessionamus. Denn«, fügte sie noch langsamer hinzu,

»Wo sie hereingeschlüpft, da müssen sie hinaus.
Das erste steht uns frei, beim zweiten sind wir Knechte.«

Diese Worte schienen auf sie selbst einen stärkeren Eindruck zu machen als auf ihren Neffen, der sie schon früher gehört hatte. Sie versank in tiefes Stillschweigen.

Boris war es höchst unheimlich zumute, und er wünschte, das Gespräch könnte zu einem Ende kommen. Er erkannte sehr wohl, daß sie nicht übel Lust hatte, ihn zu quälen. Solange sie selber glücklich war, hatte sie glückliche Menschen um sich sehen wollen. Jetzt, da sie litt, mußte sie sich mit dem gleichen Stoff umgeben, der sie selber erfüllte, damit der leere Raum, von dem sie gesprochen hatte, sie nicht sprengte. Aber gerade Boris gegenüber hatte sie viel zu starke Bundesgenossen in den Umständen selbst. Es war richtig, er hatte es sich nicht gleich klargemacht, was Athenes Ablehnung für ihn bedeutete. Wenn die alte Dame fortfuhr, so erbarmungslos auf ihn einzuhämmern, dann hätte er das ganze Elend der letzten vierzehn Tage wieder über sich. Plötzlich erhob sich die Priorin und eilte ans Fenster, als habe sie die Absicht, sich hinauszustürzen.

Inmitten seiner eigenen Sorgen konnte Boris es nicht lassen, an die beiden anderen Personen in diesem Dreigestirn zu denken. Vielleicht wanderte Athene nun in den Kiefernwäldern von Hopballehus umher mit einer ebenso wilden Entschlossenheit in ihrer Seele, wie der der Priorin hier im Salon. In Gedanken sah er sich selber in seiner weißen Uniform als einen Hampelmann, an dessen Schnüren die unerbittliche alte Dame und die unerbittliche junge Dame abwechselnd zogen. Wie konnte es nur sein, daß sie alles so tödlich ernst nahmen? Was waren in ihnen für Kräfte, die es bewirkten, daß diese leidenschaftlichen Menschen lieber sterben würden als sich ergeben? Aller Wahrscheinlichkeit nach waren seine eigenen Gefühle dieser Ehe gegenüber so ausgeprägt wie nur möglich, und dennoch ballte er weder die Hände noch verschlug es ihm die Sprache.

Die Priorin machte am Fenster kehrt und kam auf ihn zu. Sie war völlig verwandelt und hatte keinerlei Marterwerkzeuge mehr bei sich, es mochte eher so aussehen, als halte sie einen Lorbeerzweig oder eine Rosengirlande in der Hand, um damit seine Stirn zu umkränzen. Sie ging so leicht, daß es wirklich so aussah, als habe sie eine schwere Bürde aus dem Fenster geworfen und komme nun einen Zoll über dem Fußboden auf ihn zugeschwebt.

»Lieber Boris«, sagte sie, »Athene hat ein Herz im Leibe. Sie ist es dem

Gespielen ihrer Kindheit schuldig, ihn zu sehen und ihm Gelegenheit zu geben, daß er in seiner Sache gehört werde, und ihn einer mündlichen Antwort zu würdigen. An dies alles möchte ich sie erinnern und meinen Brief mit ihrem eigenen Boten zurückschicken. Eine Hopballehus kennt die Stimme der Pflicht. Sie kommt.«

»Wohin kommt sie?« fragte Boris.

»Hierher«, sagte die Priorin.

»Wann?« fragte Boris und sah sich um.

»Heute abend. Sie ißt mit uns zu Abend«, sagte seine Tante. Sie lächelte, ein kleines, süßes Lächeln, fast wie ein Galgenstrick, und dennoch war es, als würde ihr Mund immer kleiner, so daß er zuletzt einer überaus feinen kleinen Rosenknospe glich.

»Athene«, sagte sie, »darf morgen das Kloster Seven nicht verlassen, ohne . . .« sie stockte, schaute nach rechts und links und begegnete darauf seinem Blick, »uns zu gehören«, hauchte sie mit einem Lächeln. Boris starrte sie an. Ihr Antlitz war frisch wie das eines jungen Mädchens.

»Mein Kind, mein liebes Kind«, rief sie in einem jähen Ausbruch tiefer und sanfter Zärtlichkeit aus, »nichts, nicht das geringste darf deinem Glück im Wege stehen.«

7

Dies große Verführungssouper, das in dem Leben der drei Teilnehmer eine Zeitenwende bedeuten sollte, wurde im Speisezimmer der Priorin angerichtet, und Gruppen orientalischer Staatsmänner und Tänzerinnen folgten ihnen von den Wänden mit den Augen. Der Tisch war wunderhübsch mit Kamelien aus den Treibhäusern des Klosters geschmückt, und auf dem schneeweißen Damast zwischen dem klaren Kristall warfen die alten grünen Römer kleine, feine, grünliche Schatten, die an die aromatische Luft in einem sommerlichen Kiefernwald erinnerten. Die Priorin war in einem grauen Taftkleid mit alten feinen Spitzen und trug dazu eine weiße Spitzenhaube mit Behängen und Broschen und Ohrringe mit großen Diamanten. Diese alten Damen, dachte Boris, die sich mit soviel Anstrengung und soviel Geschmack hübsch machen, ja, vielleicht hübscher, als sie jemals in der Jugend gewesen sind, und die doch niemals die Hoffnung haben können, irgendeines Mannes Begehren zu wecken, sind an heroischer Seelenkraft dem edlen Freidenker gleich, der fortfährt, seine guten Taten zu vollbringen, auch nachdem

er den Glauben an jegliche himmlische Belohnung im Paradies aufgegeben hat.
Das Essen war ausgezeichnet, und es wurde einer von des Klosters berühmten Karpfen aufgetragen, nach dem klösterlichen Rezept zubereitet, das streng geheimgehalten wurde. Der alte Johan schenkte großzügig die Gläser voll, und ehe sie noch zum Marzipan und den kandierten Früchten gekommen, waren alle drei Teilnehmer dieser stilvollen und stillen Festmahlzeit, die sich aus einer alten und einer jungen Jungfer und einem verschmähten Liebhaber zusammensetzte, mehr als leicht berauscht.
Athene hatte einen kleinen Rausch im üblichen Sinne des Wortes. Sie hatte in ihrem Leben nur selten Wein getrunken und nie zuvor Champagner zu kosten bekommen, und nach der Menge, die die gastliche Hausfrau in sie hineinschüttete, hätte sie eigentlich nicht mehr auf den Beinen stehen können. Aber sie hatte eine lange Reihe von Ahnen hinter sich, die Mann für Mann unter sämtlichen schweren Eichentischen mit Kugelbeinen in der Provinz gelegen hatten, und diese eilten nun der jungen Tochter der Sippe zu Hilfe. Immerhin stieg ihr der Wein zu Kopf und schenkte ihr eine Rose für jede Wange und strahlende, blanke Augen und entfesselte neue Kräfte in ihr. Sie quoll ein wenig über in ihrem Gefühl von Unüberwindlichkeit ebenso wie ein junger Bataillonschef, der mit hohem Mut, ohne einen Gedanken an Niederlage, in die Feuerlinie vorrückt.
Boris, der mehr vertragen konnte als die meisten und bis jetzt immer noch am nüchternsten war, war von einer anderen Macht als der des Weines berauscht. Der tiefste Zug in der Natur des jungen Mannes war seine Liebe zur Bühne und zu allem, was dazu gehört. Seine Mutter hatte als junges Mädchen die gleiche heftige Passion gehabt und mit ihren Eltern in Rußland um die Erlaubnis, zur Bühne gehen zu dürfen, einen großen Kampf geführt und verloren. Ihr Sohn schenkte sich einen solchen Kampf. Er war nicht dogmatisch genug, um zu glauben, daß das Theater auf die Kulissen und das Rampenlicht eines kleinen Raumes beschränkt sei, er führte den Schauplatz in seinem eigenen Herzen überall mit sich. Als Knabe hatte er in Liebhabervorstellungen viele Frauenrollen ausgeführt, und der berühmte alte Theaterdirektor Pacchasina war in Tränen ausgebrochen, als er ihn als Antigone sah, so sehr erinnerte der junge Mann ihn an den unsterblichen Mars. Für Boris war das Theater das wirkliche Leben. Wo er nicht Komödie spielen konnte, stand er dem Dasein unsicher gegenüber und war sich oftmals nicht darüber schlüssig, wie er es angreifen sollte. Aber in einer Rolle fand er sein wah-

res Ich, und wo er eine Situation wie einen Auftritt auf der Bühne betrachten konnte, fühlte er sich auf der Stelle darin heimisch. Er ging einer Tragödie nicht aus dem Weg und nahm mit größtem Vergnügen an einer Pastorale teil, wenn es gefordert wurde.

In diesem Gesichtspunkt lag etwas, was seine Mutter trotz ihrer eigenen künstlerischen Sympathien oftmals zur Verzweiflung getrieben hatte. Denn sie hatte ihn im Verdacht, daß er im Grunde gar keine besondere Vorliebe für die Rolle eines vielversprechenden und beliebten jungen Offiziers habe, die ihm mit soviel Glück zugefallen war. Er war, fürchtete sie, bereit, sie zu jeder beliebigen Zeit abzugeben, falls ihm eine angeboten würde, die ihm mehr Gelegenheit gäbe, sein Talent zu entfalten. Und es wäre ihm einerlei, ob es die Rolle eines von der guten Gesellschaft verstoßenen Parias wäre, die eines Märtyrers oder vielleicht sogar die tragische Rolle eines zum Tode verurteilten Jünglings auf dem Schafott. Sie hatte ihm häufig im Gegensatz zu dem alten Cordelier zugerufen: »Ach, mein Kind, du fürchtest viel zu wenig die Unbeliebtheit, die Verbannung und den Tod.« Jedoch konnte nicht einmal sie es sich versagen, ihn in seinen Lieblingsrollen zu bewundern, ja nicht einmal, hier und da im Ensemble mitzumachen, und kam es zu einem Zusammenspiel zwischen den beiden, dann war es eine Vorstellung im großen Stil, und ihr Repertoire umfaßte ein weites Feld.

Heute abend würde Pacchasina sich an ihm ergötzt haben. Er hatte nie so gut gespielt. Aus Dankbarkeit gegen seine Patentante hatte er beschlossen, sein allerbestes zu tun. Er hatte seine Maske mit größter Sorgfalt vor dem Spiegel angelegt und die Uniform mit dem schwarzen Frack vertauscht, von dem er meinte, der stimme besser mit dem Charakter der Rolle überein. Schließlich zog er die Rolle des unglücklich Liebenden immer jener des glücklichen vor. Der Wein half ihm dabei, und das gleiche tat der Anblick der Mitspieler, den alten Johan einbegriffen, über dessen verschlossenen Mienen ein diskreter Schein froher Teilnahme schwebte. Aber ganz zutiefst war auch sein eigenes Herz von der Situation mitgerissen, von der Spannung des Stücks und seinem eigenen Talent. Er stand auf den Brettern, der Vorhang war hochgegangen, jeder Augenblick war bedeutsam, und er bedurfte keines Souffleurs.

Als er Athene dort zu seiner Rechten sitzen sah, war er mit seiner Ersten Liebhaberin an diesem Abend zufrieden. Jetzt, da sie zusammen auf der Bühne standen, las er in ihrem Herzen wie in einem offenen Buch.

Er erkannte völlig den tiefen Eindruck, den seine Werbung auf das Mädchen gemacht hatte. Sie hatte sich keineswegs dadurch geschmeichelt gefühlt, in der ersten Sekunde hatte sie sich vermutlich bis in ihr Innerstes empört gefühlt. Die Tatsache an sich, daß überhaupt irgendein Lebewesen in dieser Weise in ihr stolz abgeschlossenes Dasein einbrechen konnte, hatte sie erschüttert und als ein frecher Übergriff verletzt. Er stimmte darin völlig mit ihr überein. Er hatte selber sein ganzes Leben unter Menschen verbracht, die niemals allein waren, und er schätzte infolgedessen die Einsamkeit hoch. Ab und zu geschah es des Nachts, wenn er schlief, daß er träumte, nicht von bekannten Menschen und Dingen, sondern von ganz phantastischen Gegenden und Gestalten, von seinem eigenen Gedanken erschaffen, und an diese Träume dachte er immer wieder mit Freuden zurück. Was das junge Mädchen im Augenblick verwirrte, war der Umstand, daß der Feind ihr so ausgesucht freundlich und demutsvoll entgegentrat, und daß der Beleidiger Trost heischte. Als Boris sich über ihre Gefühle klargeworden war, unterstrich er die sanfte Wehmut seiner Haltung.

Für Athene war es wahrscheinlich etwas so Neues, Furcht zu empfinden, daß dies eine eigentümliche Anziehung auf sie ausübte. Es war zweifelhaft, dachte er, ob überhaupt etwas anderes als die Gefahr, die sie hier unbestimmt witterte, sie heute abend hätte ins Kloster bringen können. Und wovor fürchtet sie sich? dachte er. Durch meine Tante und mich selber glücklich gemacht zu werden? Also lautet das Gebet der tragischen Jungfrau: Einen Erfolg bei Hofe zu haben, eine glückliche und beneidete Braut und die Mutter vielversprechender Nachkommen zu werden, vor diesem Geschick, o gütiger Gott, bewahre mich! In seiner Eigenschaft als großer, tragischer Schauspieler konnte er nur Beifall spenden.

Er fühlte, daß Athenes Ahnung von einer unbekannten Gefahr durch das Verhalten der Priorin ihr gegenüber zunahm. Die alte Dame war bisher als ihre Freundin aufgetreten, aber als eine gestrenge Freundin. Fast alles, was Athene gesagt und getan hatte, war hier im Kloster bisher verkehrt gewesen. Sie hatte immer sehr wohl gemerkt, daß die alte Dame in aller Freundschaft den Wunsch hegte, sie in einen Käfig zu sperren. Aber heute abend ruhten die alten Augen mit dem liebevollsten Behagen auf ihr, alles, was sie sagte, wurde mit Lächeln hingenommen, so sanftmütig wie Liebkosungen. Der Käfig war ganz aus dem Wege geräumt worden. Dieses Weihrauchopfer, das für sie ganz persönlich verbrannt wurde, war für Athene etwas ebenso Neues wie der Champagner, und jetzt, da dessen wohlriechende Nebel ihr von rechts wie von links entgegenschlugen, hätte sie wohl Schwierigkeiten haben können, hier in dem gemütlichen Eßzimmer der Priorin zu atmen, wenn sie nicht so si-

cher gewesen wäre, daß die Tür in ihrem Rücken, sobald sie es nur wünschte, sich für ihren Heimweg zu den großen Wäldern von Hopballehus auftun würde.
Boris, der über diese Tür besser Bescheid wußte als sie, hob seine Augenwimpern, die so sanft waren wie Mimosenlaub, zu ihrem glühenden Antlitz auf. Hatte ihr Vater sie nicht einen Nachtvogel genannt, einen von denen, deren Augen durch das Licht geblendet werden? Jetzt ging er jedoch selber Fuß für Fuß rückwärts vor ihr her, eine Art Kandelaber tragend, der ihr ins Gesicht funkelte. Sie blinzelte ein wenig gegen das Licht, aber sie kam.
Die Priorin schließlich war berauscht von einem geheimen Vergnügen, das den Gästen an ihrer festlichen Tafel ein dunkles Rätsel bleiben mußte, das aber in der Finsternis schillerte. Ab und zu tupfte sie mit ihrem fein parfümierten Spitzentaschentuch leicht die Augen oder den Mund.

8

»Meine Urgroßmutter«, sagte die Priorin im Laufe der Unterhaltung, »war in ihrer zweiten Ehe die Frau eines Botschafters in Paris und lebte dort zwanzig Jahre lang. Das war während der Régence. In ihren Memoiren erzählte sie, wie Weihnachten 1721 die heilige Familie nach Paris kam und dort einen ganzen Tag blieb. Der ganze Stall von Bethlehem war, mit der Krippe und dem Topf, in dem Joseph gerade ein Gericht Bierkäse für die heilige Jungfrau wärmte, auf rätselhafte Weise in den Garten eines kleinen Klosters versetzt worden, das dem Heiligen Geist geweiht war. Sogar der Ochse und der Esel waren mitgebracht worden und das Stroh auf dem Erdboden. Als nun die Nonnen dies Wunder bei Hofe in Versailles meldeten, wurde ihnen Stillschweigen auferlegt. Man fürchtete, das Volk könne darin ein Zeichen von des Himmels Zorn sehen über den liederlichen Lebenswandel der Herrschenden. Aber der Regent selber erschien in voller Gala, mit allen seinen Juwelen angetan, zusammen mit seiner Tochter, der Herzogin von Berri, dem Kardinal Dubois und einigen wenigen auserwählten Damen und Herren des Hofstaats, um der Mutter Gottes und ihrem Ehemann seine Huldigung darzubringen. Meine Urgroßmutter stand beim Hofe in so hohem Ansehen, daß sie als einzige Ausländerin die Aufforderung erhielt, mit dabei zu sein. Sie hat bis an das Ende ihrer Tage die pelzverbrämte Brokatrobe mit langer Schleppe aufgehoben, die sie bei dieser Gelegenheit trug.

Der Regent war höchst gerührt und aufgeregt gewesen bei der Nachricht. Beim Anblick der Heiligen Jungfrau kam er in eine seltsame Ekstase, er taumelte und stieß kleine Schreie aus. Ihr wißt ja sicher, daß die Lieblichkeit der Gottesmutter ohnegleichen war, aber dennoch von einer solchen Art, daß sie keinerlei irdische Begierde erwecken konnte. Etwas Derartiges hatte der Herzog von Orléans nie zuvor erlebt, und er wurde ganz irre an sich selber. Er wurde abwechselnd blaß und rot, und zuletzt lud er sie zum Souper bei der Herzogin von Berri ein, wo er ihr eine so erlesene Tafel und so köstliche Weine verhieß, wie es sie noch nie gegeben hatte. Er werde auch den Grafen de Noircy dazu bewegen, daß er komme, und die Madame de Parabère.
Die Herzogin von Berri war damals in anderen Umständen, und böse Zungen wollten wissen, daß sie es von ihrem Vater war, dem Regenten selber. Sie warf sich der Jungfrau Maria zu Füßen. ›Oh, liebste Heilige Jungfrau‹, sagte sie, ›vergib mir. So hättest du dich niemals betragen, das weiß ich wohl, aber du solltest wissen, was für ein tötender, was für ein verdammt langweiliger Hof das hier in Versailles ist.‹ Entzückt von der Schönheit des reizenden Jesuskindes, wischte sie sich die Augen und bat um die Erlaubnis, ihm die Wange zu streicheln. ›Wie Erdbeeren mit Sahne!‹ rief sie, ›ganz wie Erdbeeren à la Zelma Kuntz!‹ Der Kardinal Dubois begrüßte den Heiligen Joseph mit ausgesuchter Höflichkeit. Er dachte, dieser Heilige plage den Allmächtigen sicherlich nicht häufig mit Bittgesuchen, wenn er es aber tue, so werde er erhört, da der liebe Gott ihm immerhin viel verdanke. – Der Regent fiel meiner Urgroßmutter um den Hals und jammerte mit Tränen in den Augen: ›Sie will nicht kommen, sie kommt nicht! Oh, Madame, Sie, die Sie eine so züchtige Frau sind, sagen Sie mir nur, was in aller Welt soll ich tun?‹ – Alles dies steht in den Memoiren meiner Urgroßmutter.«
Sie sprachen nunmehr von Reisen, und die Priorin unterhielt sie mit mannigfachen Erinnerungen aus ihrer Jugendzeit. Sie war glänzender Laune. Das alte Gesicht errötete ganz frisch unter der Spitzenhaube. Hier und da bediente sie sich einer kleinen, ihr eigentümlichen Gebärde, sie juckte sich kokett mit dem elegant zugespitzten Nagel ihres kleinen Fingers.
»Du kannst dich wirklich freuen, Kindchen«, sagte sie zu Athene. »Vor dir liegt das ganze Dasein wie eine Braut, und jeder Zipfel, den du anhebst, bringt neue Verwunderung und neues Entzücken. Ach wir, die wir unsere Goldene Hochzeit mit dem Leben gefeiert haben, wir wissen wahrlich unsere Neugierde zu zügeln.«
»Ich möchte gern reisen«, sagte Athene, »nach Indien, wo der König

von Ava jetzt mit dem englischen General Amhurst im Kriege liegt. Pastor Rosenquist hat mir erzählt, er habe in seinem Heer Tiger, die darauf dressiert sind, gegen den Feind zu kämpfen.« In ihrer heftigen Gemütsbewegung kippte sie ihr Glas um, es ging entzwei, und der Wein floß über das Tischtuch.

»Ich«, sagte Boris, der ungern von Pastor Rosenquist sprechen wollte, in dem er einen Widersacher witterte – hüte dich, sagte irgend etwas in ihm, vor den Leuten, die nie in ihrem Leben an einer Orgie teilgenommen oder eine Entbindung durchgemacht haben, das sind gefährliche Leute – »möchte gern auf einer einsamen Insel leben, weit weg von anderen Menschen. Es gibt nichts, wonach man ein solches Verlangen haben kann wie nach dem Meer. Die Liebe des Menschen zum Meer ist selbstlos. Wir können es nicht bändigen, sein Wasser können wir nicht trinken, in seiner Umarmung sterben wir. Und trotzdem, sind wir vom Meere weg, dann haben wir das Gefühl, als verdorre etwas von unserer eigenen Seele in uns, als verschwinde es wie ein angespülter Medusenstern auf dem trockenen Sand.«

»Mit dem Schiff fahren«, rief die Priorin aus, »aufs Meer hinaus segeln! Nein, nie im Leben, um keinen Preis.« Ein entsetzlicher Unwille trieb ihr das Blut zu Kopfe, sie wurde ganz rot, und ihre Augen schillerten. Boris empfing wie schon oft einen starken Eindruck von dem ewig weiblichen Abscheu gegen alles Nautische.

Er selbst hatte als Junge viel vom Meere geträumt, ja, er war einmal von Hause weggelaufen, um zur See zu fahren, war zurückgeholt worden und hatte sich lange Zeit hindurch gegrämt. ›Aber es gibt doch nichts in der Welt‹, dachte er, ›bei dem eine Frau in einem so tödlichen Haß und solcher Feindschaft aufflammt wie bei der bloßen Erwähnung des Wortes See.‹

Angefangen mit dem Geruch des Salzwassers bis zur Berührung mit den salzigen und geteerten Trossen fürchten und hassen die Frauen das Meer mit seinem ganzen Wesen und allen seinen Taten, und vielleicht hätte die Kirche das weibliche Geschlecht bändigen können, wenn es ihm eine maritime, aschgraue und eiskalte wogende Hölle ausgemalt hätte. Vor dem Feuer fürchten sie sich nämlich nicht, das betrachten sie als Bundesgenossen, dem sie lange und treulich gedient haben. Aber vom Meere reden zu hören, das ist für sie, als hörten sie vom Teufel selber reden. Wenn dermaleinst das Weiberregiment die Erde für den Mann unbewohnbar macht, dann muß er auf dem Meere Zuflucht suchen, denn die Frauen würden lieber sterben, als ihm dorthin zu folgen.

Ein Pudding mit eingemachten Pflaumen wurde gereicht, und mit zierlicher Naschhaftigkeit suchte sich die Priorin ein paar Gewürznelken heraus und führte sie zum Munde.

»Sie riechen ebenso wunderbar, wie sie schmecken«, sagte sie, »und es ist ganz unglaublich, wie köstlich der Wohlgeruch ist, den ein Gebüsch von Gewürznelken in der Mittagssonne ausströmen kann oder wenn die abendliche Brise die aromatischen Luftströme über die Felder haucht. Versucht ein paar davon, sie sind Weihrauch für den Magen.«

»Woher bekommt man sie, gnädigste Tante?« fragte Athene.

»Von Sansibar«, sagte die Priorin. Eine sanfte Melancholie senkte sich auf sie, während sie in tiefen Gedanken dasaß und an ihren Gewürznelken zupfte.

Unterdessen betrachtete Boris Athene und ließ sich von einer phantastischen Vorstellung gefangennehmen. Sie mußte, dachte er, ein entzückendes, ein außerordentlich schönes Knochengerüst haben. Sie würde in der Erde liegen wie eine unvergleichliche Klöppelspitze, ein Kunstwerk aus Elfenbein, und vielleicht nach tausend Jahren ausgegraben werden und alten Archäologen den Kopf verdrehen. Jeder Knöchel war an seinem Platz, ebenso wie in den fein geschwungenen Linien einer Violine. Weniger frivol als der traditionelle alte Wüstling, der in Gedanken die Damen auskleidet, mit denen er soupiert, befreite Boris das Mädchen zugleich mit den Kleidern von der frischen und kräftigen Haut und dem Fleisch und stellte sich vor, daß er ganz glücklich mit ihr werden, ja sich in sie verlieben könnte, wenn es ihm verstattet wäre, sie als schönes Skelett allein zu bekommen. In der Phantasie sah er sie in diesem Zustand als Reiterin Furore machen oder würdig ihre Hofschleppe raffen und durch die Galerien und Säle des Königlichen Schlosses tragen mit dem berühmten Diamantendiadem der Familie, das sich jetzt in Polen befand, um ihre blank polierte Hirnschale. Viele menschliche Beziehungen, dachte er, wären unendlich viel leichter, könnte man sie in den bloßen Knochen pflegen.

»Der König von Ava«, sagte die Priorin und erwachte aus ihren sanften Träumereien, »hatte in seiner Hauptstadt, Yandabu – ich weiß es von Menschen, die dort waren – eine große Menagerie. Er hatte wie alle anderen in jenem Lande nur indische Elefanten, aber der Sultan von Sansibar schenkte ihm einen afrikanischen Elefanten, der in jeder Beziehung an Größe, Kraft und Erhabenheit der Seele die dickbäuchigen zahmen indischen Haustiere bei weitem übertrifft. Ja, es sind wunderbare Tiere. Sie beherrschen das Hochland von Ostafrika, und die Elfenbeinaufkäufer, die ihre gewaltigen Hauer auf den Märkten in Sansibar verkaufen, wissen viele schreckliche Geschichten von ihrer Kraft und Wildheit.

Der afrikanische Elefant des Sultans erschreckte die indischen Elefanten in Yandabu und deren Aufseher zu Tode, so wie Afrika immer Asien in Schrecken versetzt, und schließlich bestimmten sie den König dazu, ihn in Fesseln zu legen und in einen großen Käfig aus Stein und eisernen Stangen zu führen, der in der Menagerie für ihn errichtet wurde. Aber von Stund an war in mondhellen Nächten die ganze Stadt Yandabu von einem Gewimmel von Schattenelefanten aus Afrika erfüllt, die in der Stadt umherstreiften und mit ihren breiten Schattenohren in den Straßen fächelten. Die Eingeborenen in Yandabu glaubten, diese Spukelefanten kämen auf dem Grunde des Ozeans angewandert und stiegen an der Landungsbrücke der Schiffe an Land. Kein Mensch in der Stadt getraute sich nun noch hinaus, wenn die Dunkelheit hereingebrochen war. Aber seht ihr, sie konnten den Käfig des gefangenen Elefanten trotzdem nicht niederreißen.

»Wenn die wilden Tiere im Käfig eingesperrt sind«, sagte die Priorin, »dann werden ihre Herzen in ihnen auf dem Schatten der eisernen Stangen über einem kleinen Feuer geröstet. Oh, wie über einem leisen Feuer werden die Herzen in gefangenen wilden Tieren geröstet«, rief sie mit fürchterlicher Energie aus.

»Immerhin«, sagte sie kurz darauf mit einem anderen Gesichtsausdruck und leicht kicherndem Tonfall, »der Elefant erhielt seinen Lohn, wie er ihn verdient hatte. Die afrikanischen Elefanten sind fürchterliche Tyrannen in ihrem eigenen Land. Kein anderes Tier hat vor ihnen Frieden.«

»Was wurde denn aber aus dem Elefanten des Sultans?« fragte Athene.

»Der starb, der starb«, sagte die alte Frau und leckte sich ein wenig die Lippen.

»Im Käfig?« fragte Athene.

»Ja, im Käfig«, sagte die Priorin.

Athene legte ihre gefalteten Hände auf den Tisch, genau wie der alte Graf, als er den Brief der Priorin gelesen hatte. Sie blickte sich im Zimmer um. Die strahlende Röte wich langsam aus ihren Wangen zurück. Die Abendtafel war beendet, und sie hatten ihre Portweingläser fast geleert.

»Nun glaube ich«, sagte sie, »daß ich mit Erlaubnis meiner gnädigen Tante ins Bett gehen möchte. Ich bin müde.«

»Was sagst du?« sagte die Priorin. »Du darfst uns doch wirklich nicht jetzt schon deiner wertvollen Gegenwart berauben, meine kleine Muskatblüte. Ich alte Frau hatte eben daran gedacht, mich jetzt zurückzuziehen, fand aber, ihr beiden Kindergespielen könntet euch hier noch ein halbes Stündchen miteinander unterhalten. Das hast du Boris ja auch versprochen, dem lieben Jungen.«

»Ja, aber das muß bis morgen warten«, sagte Athene, »denn ich glaube, ich habe ein wenig zuviel von dem guten Wein getrunken. Sehen Sie nur selber, meine Hand zittert, wenn ich sie auf den Tisch lege.«

Die Priorin starrte das junge Mädchen an. Sie begriff wahrscheinlich, dachte Boris, daß sie nicht hätte von Käfigen sprechen dürfen, daß sie hier den einzigen Fehler des Abends begangen hatte.

Athene sah Boris an, und er fühlte, er habe doch den einen bescheidenen Sieg errungen, daß sie betrübt war, sich von ihm zu trennen, ebenso wie ihr Vater betrübt gewesen war, als er ihn von Hopballehus fortschickte. Im großen und ganzen sah sie wohl ein, daß sie sich hier etwas plötzlich aus der Schlacht zurückzog, und es war ihr zutiefst gegen die Natur, aber unter den gegebenen Umständen hielt sie es doch für die beste Taktik. Sie sah ihm zum Abschied in die Augen, und Boris nahm diesen Blick in Empfang wie einen Orden vor der Front. Es war kein hoher Orden, aber in diesem Feldzug konnte man keinen höheren erwarten. Das junge Mädchen sagte der Priorin sehr lieb gute Nacht, machte einen Knicks vor ihr und war weg.

Die Priorin wandte sich in fürchterlicher Erregung an ihren Neffen. »Du darfst sie nicht von dir gehen lassen«, sagte sie, »eile ihr nach. Halte sie fest, verliere keine Zeit.«

»Wir müssen sie lieber in Frieden lassen«, sagte Boris, »sie hat ja die Wahrheit gesagt. Sie will mich nicht haben.«

Bei einer solchen offenkundigen Meuterei seitens der beiden jungen Menschen, deren Glück zu machen sie beschlossen hatte, blieb der Priorin die Sprache weg, jedenfalls der Glaube an den Nutzen der Sprache. Sie und Boris blieben noch fünf Minuten im Zimmer beisammen, und wenn Boris später auf alles zurückschaute, kam es ihm so vor, als sei ihr Gedankenaustausch sozusagen ausschließlich pantomimisch vor sich gegangen.

Die Priorin stand, ohne sich vom Fleck zu rühren, und sah ihren Neffen an, und er wußte nicht, ob sie ihn in der nächsten Sekunde erwürgen oder küssen würde. Sie tat nichts von beidem. Sie lachte ihm mitten ins Gesicht. Dann kramte sie in ihrer Kleidtasche, holte den Brief heraus, den sie am Morgen erhalten hatte, und reichte ihm diesen.

Dieser Brief war der letzte, tödliche Hieb mitten auf den Kopf des jungen Mannes. Er war von der Freundin der Priorin geschrieben, die erste Hofdame bei der Königinwitwe war. Mit tiefem Bedauern teilte sie hiermit seiner Tante die letzten Neuigkeiten aus der Hauptstadt mit. Sein Name sei an die Öffentlichkeit gezogen worden, er sei sogar von dem Hofprediger als einer der Verderber der Jugend in der großen Sache, die im Augenblick sie alle beschäftigte, besonders angeprangert worden. Es war klar, er stand am Rand eines Abgrunds und mußte hineinstürzen und verschwinden, es sei denn, er könnte diese Ehe durchsetzen.

Er stand einen Augenblick ganz still, das Gesicht vor Schmerz verzogen. Sein ganzes Wesen lehnte sich dagegen auf, in dieser Weise aus der Rolle des Sterns des Abends und der elegischen Liebhaberstimmung in die fürchterliche Wirklichkeit zurückgerissen zu werden, die ihm bis zum Ekel zuwider war. Als er den Blick hob, um seiner Tante den Brief zurückzugeben, bemerkte er, daß sie ganz dicht bei ihm stand. Sie hob ihre rechte Hand, den Ellbogen fest in die Seite gepreßt, und zeigte auf die Tür.

»Tante Cathinka«, sagte Boris, »Sie wissen es vielleicht nicht, aber der Willenskraft eines Mannes sind Grenzen gesetzt.«

Die alte Dame starrte ihn unverwandt an. Sie streckte ihre kleine, dürre, schmächtige Hand aus und berührte ihn. Ihr Gesicht verzog sich zu einer kleinen, schiefen Grimasse. Dann drehte sie sich auf dem Absatz um und holte vom anderen Ende des Zimmers eine Karaffe und ein kleines Glas. Sehr vorsichtig füllte sie das Glas, reichte es ihm und nickte zwei-, dreimal. Aus reinster Verzweiflung trank er es aus.

Der Inhalt des Glases war eine Flüssigkeit von der Farbe uralten, dunklen Bernsteins. Sie hatte einen scharfen und bitteren Geschmack. Scharf und bitter war auch der Blick in den alten, dunkelfarbigen Frauenaugen, die dem seinen über den Rand des Glases begegneten. Während er trank, stand sie da und lächelte. Dann sprach sie. Boris entsann sich seltsamerweise späterhin dieser Worte, die er nicht verstand. »Hilf ihm nun, guter Faru«, sagte sie.

Eine Sekunde oder zwei, nachdem er gegangen war, schloß sie ganz leise die Tür hinter ihm.

9

Siehe da, dachte Boris, jetzt ist wohl die Stunde gekommen, zu weinen und das Herz der stolzen Schönheit mit Tränen zum Schmelzen zu bringen. Ihm fiel die Legende von der unheimlichen Pilgerbande ein, den alten Henkern, die einst im zwölften Jahrhundert durch Europa gewandert sein sollten, von Wallfahrtsort zu Wallfahrtsort. Sie hatten die Merkmale ihres Handwerks bei sich, Daumenschrauben, Geißeln, Rad und Zangen, und diese Leute, hieß es, die konnten weinen, wann sie wollten. »Ja«, sagte der junge Mann zu sich selber, »aber ich habe nicht genügend Menschen gehenkt, gerädert und gevierteilt, um es zu können. Einige wenige habe ich zwar aufs Rad geflochten, das haben wir ja alle getan, aber ich bin bei alledem nur ein junger Henker, ein Henkerlehrling, und die Gabe, zu weinen, wann ich will, die habe ich mir nicht angeeignet.«

Er ging durch den langen, breiten Korridor, der zu Athenes Zimmer führte. Hier hatte er linker Hand eine Reihe von Porträts verblichener Klosterdamen und auf der rechten eine Reihe hoher Fenster. Der Fußboden war in schwarze und weiße Vierecke eingeteilt, und der ganze Raum blickte ihn in der nächtlichen Dämmerung so ernst an. Er hörte seine eigenen Schritte, verhängnisvoll für andere und für ihn selber. Er sah aus einem der Fenster hinaus, als er vorüberging. Der Mond stand hoch am Himmel, klar und kalt, aber die Bäume und Rasenflächen des Parks lagen in einem silbrigen Dunst. Dort draußen lag der ganze edle blaue Weltenraum, voller mannigfaltiger Dinge, in dem der Erdball zwischen Tausenden von Sternen angeschwommen kam, einige nahe und andere weit fort. ›O Welt‹, dachte er, ›o reiche Welt.‹ In seinem heißen Hirn tauchten ein paar längst vergessene Verszeilen auf:

»Athena, Herrin, auf des Loxias Gebot
Komm ich, empfange gnädig du den Sündigen;
Kein schnöder Flüchtling komm ich, noch unlautrer Hand;
Nein, abgestumpft schon, ich ein Aufgeriebener
Durch irren Gang zu fremden Menschenwohnungen,
Da festes Land und Meereswogen ich durchlief.«

Er war bis zur Tür gelangt. Er drehte den Türgriff um und trat ein. Von allen Eindrücken dieser Nacht, die Boris späterhin in der Erinnerung bewahrt hatte, war der Übergang in Farben und Licht vom Flur zu Athenes Zimmer das, was sich ihm am tiefsten eingeprägt hatte.

Das vornehmste Gästezimmer der Priorin war ein geräumiges Eckzimmer mit Fenster nach zwei Seiten. Vor diesen waren jetzt die Vorhänge vorgezogen. Das ganze Zimmer war mit rosa Seide ausgeschlagen, und ganz im Innern glühte der hellrote Vorhang des Himmelbetts. Zwei Lampen mit blaß-rosa Glocken waren von der Kammerjungfer der Priorin angezündet worden. Auf dem Fußboden lag ein weinfarbener Teppich mit einem Muster aus kleinen Rosenknospen, die in der Nähe

der Lampen gleichsam das Licht aufsogen, aber weiter entfernt aussahen wie ein purpurfarbenes Heidemoor, von dem man sich am liebsten fernhalten sollte. Das ganze Zimmer war erfüllt von einem Duft von Weihrauch und Blumen. Ein großer Strauß zierte den Tisch am Bett.
Boris hatte sofort klar vor sich gesehen, was der Situation und seinen eigenen Gefühlen am meisten glich. Er war während eines Aufenthaltes in Madrid eine Zeitlang dem Stierkampf ergeben gewesen. Ihm war der Augenblick vertraut, da der Stier aus seinem finsteren Verlies unter der Tribüne plötzlich in den blendenden Sonnenschein der Arena hinausrast, viele hundert Augenpaare auf sich gerichtet. Ähnlich so war er nun selber aus dem ruhigen Mondlicht des kühlen, schwarz und weißen Korridors in die mannigfaltig rotglühende Atmosphäre hinausgeschleudert. Das Blut stieg ihm zu Kopf und preßte ihm die Brust zusammen. Betäubt fragte er sich, ob dies wohl eine Wirkung von der Priorin Liebestrank sei? Auch wußte er nicht, ob Athene nun das Pferd sein werde, das zerfetzt aus der Arena geschleift wird, überwunden und willenlos, oder vielleicht der Matador, der ihn selbst für alle Zeiten zu Boden streckte. Aber eins von diesen beiden würde sie sein müssen. Er konnte hier niemandem anderes begegnen.
Athena stand mitten im Zimmer, sie hatte ihr Kleid ausgezogen und war im Hemd und weißen Rüschenhosen und sah in diesem Anzug aus wie ein kräftiger Matrosenjunge, der eben das Deck spülen will. Als er eintrat, wandte sie sich um und starrte ihn an.
Bis zu diesem Augenblick hatte Boris gefürchtet, er werde alles zerstören, weil er sich des Lachens nicht würde erwehren können. Seine Lachlust hatte ihm früher in zärtlichen oder schwierigen Situationen die Kraft genommen. Aber hier war keine Gefahr mehr dafür. Er war im selben Augenblick, als er über die Schwelle trat, ebenso ernst wie das Mädchen selbst. Ehe er sich dessen noch bewußt war, hatte er sie um das Handgelenk gepackt und sie an sich gezogen. Ihrer beider Atem begegnete sich und mischte sich. Beide entblößten die Zähne zu etwas ähnlichem wie einem Lächeln, das sowohl ein Flehen war als auch eine Herausforderung.
»Athene«, sagte er, »ich habe dich mein ganzes Leben lang geliebt, du weißt doch selber sehr gut, wenn du mich von dir weist, dann verdorre ich und verschwinde, ja, o Gott, ich verschwinde, Athene. Neige dich doch nieder zu mir und wirf mich in die Tiefe zurück. Hab Erbarmen mit mir.«
Einen Augenblick starrte das helläugige Mädchen ihn verwirrt an, dann schoß sie zu ihrer vollen Höhe empor, wie eine Schlange, wenn sie sich

zum Stoß anschickt. Daß sie nicht nach Hilfe zu schreien versuchte, bewies ihm, daß sie ihre Situation hier im Haus ohne Freund erfaßt hatte, klarer, als er es ihr zugetraut hätte, oder auch, daß ihre breite junge Brust ein gut Teil reinster Kampfeslust barg. Im nächsten Augenblick schlug sie zu, wie ein Schmied mit seinem Hammer. Ihre blitzschnelle, harte, starke Faust traf ihn am Mund und schlug ihm zwei Zähne aus. Der Schmerz und der Geruch und Geschmack von Blut, das seinen Mund füllte, bewirkte, daß er vor Wut außer sich geriet. Er ließ sie los, um besser zupacken zu können, und eine Sekunde später hielten sie sich in einer Umarmung auf Leben und Tod umschlungen.

Im selben Augenblick fühlte Boris, wie sein Herz in der Brust emporflog, gleich einem Vogel, der sich nach oben in einen Baum schwingt und hier ein Lied anstimmt. Etwas Glücklicheres hätte ihm gar nicht widerfahren können. Er hatte nicht gewußt, wie dieser Konflikt zwischen ihnen zu lösen wäre, aber sie hatte es gewußt. Und wie um ein Schiff, das auf die offene See hinausfährt, die Küsten versinken und verschwinden, so versanken nun alle Qualen seines Lebens um seine befreite Seele. Sein bisheriges Dasein hatte ihm nur sehr wenig Gelegenheit zu reinem Zorn gegeben, jetzt gab er sich ohne Vorbehalt dem Rausch der Raserei hin. Das Herz lachte ihm im Leibe, wie das Herz in den alten Teutonen lachte, für die die Wonne des Zorns an sich die höchste Wollust war, und die von ihrem Paradies nichts Besseres forderten, als jeden Tag einmal getötet zu werden.

Er hätte niemals mit einem jungen Mann, und wenn es die Einherier aus Walhall gewesen wären, so kämpfen können, wie er mit diesem jungen Weibe hier kämpfte. Alle Großwildjäger wissen, daß die Jagd auf Wildschweine und Büffel, wie gefährlich diese Tiere auch sein können, nicht das gleiche sein kann wie die Jagd auf die großen Karnivoren, die einen, falls sie Glück haben, fressen, wenn der Kampf zu Ende ist. Boris hatte einmal bei einem Besuch bei seinen russischen Verwandten zugesehen, wie sein Pferd von einem Rudel Wölfe aufgefressen wurde. Selbst einer von den wilden Elefanten der Priorin würde hiernach nicht die gleichen Gefühle in ihm erweckt haben. Die wütende Liebe alter Zeiten, die ihre Wurzel nicht in Sympathie oder Verwandtschaft hat, sondern in Gegensatz und Widerstand, erfüllte ihn ganz und gar.

Falls der Schatten der jungen Frauen, die sich an ihn geklammert hatten und aus deren weichen Armen sich der flüchtige Liebhaber gerissen hatte, sich jetzt in dem rosenfarbenen Gästezimmer der Priorin befunden hätten, dann müßte für sie die Eitelkeit ihres Geschlechts befriedigt sein, wenn sie sähen, wie er mit tödlichem Ernst dies junge Mädchen begehrte, das es sich jetzt weniger angelegen sein ließ, sich ihm zu entwinden, als ihn zu töten. Sie taumelten ein paarmal vor und zurück, und eine von den Lampen kippte um, fiel zu Boden und erlosch. Dann stabilisierte sich der Kampf. Ohne sich von der Stelle zu bewegen, umschlungen und aneinander gepreßt, schwankten sie einen Augenblick, bis sie einen Halt mit den Füßen gewannen, das Gleichgewicht des einen derartig abhängig von dem anderen und mit ihm verschmolzen, daß keines von ihnen so recht wußte, wo sein eigener Körper aufhörte und der des Gegners begann. Sie atmeten schwer. Ihr Atemhauch auf seinem Gesicht war frisch und aromatisch wie der Duft eines Apfels. Sein eigener Mund lief dauernd voller Blut.

Das junge Mädchen hatte keine weibliche Neigung zum Beißen und Kratzen. Sie verließ sich wie eine junge Bärin auf ihre Stärke, und an Gewicht war sie ihm etwas über. Sie widerstand so steif wie ein Baumstamm seinem Versuch, sie in die Knie zu zwingen. Mit einer plötzlichen Bewegung faßte sie mit den Händen um seine Kehle. Er preßte ihr die Ellenbogen in die Seiten und hielt sie ganz dicht an sich. Sie stand da wie ein Krieger, der, das Heft seines erhobenen Schwertes pressend, schwört, daß er siegen oder sterben wolle. Er hatte nicht gewußt, wie stark ihre Hände und Handgelenke waren. Nach Luft ringend, den Mund voll Blut, sah er das ganze Zimmer von der einen Seite zur anderen schaukeln. Rote und schwarze Flecken schwammen vor ihm her. Da griff er nach dem Sieg eines letzten Augenblicks. Mit der Hand um ihr Genick drückte er ihren Kopf nach vorn und preßte seinen Mund auf den ihren. Ihre Zähne scheuerten gegen seine Zähne.

Auf der Stelle spürte er durch seinen ganzen Leib, der von den Knien bis zu den Lippen an dem ihren klebte, die entsetzliche Wirkung, die sein Kuß auf das Mädchen hatte. Sie konnte ihr Lebtag nicht geküßt worden sein, ja, sie konnte nicht einmal von Küssen gehört oder gelesen haben. Dieser Kuß, der mit Gewalt genommen wurde und ihr gänzlich unerwartet kam, erfüllte ihr ganzes Wesen mit einem Abscheu bis zum Sterben. Das Blut wich aus ihren Wangen, so als habe er einen Degen quer durch sie hindurchgejagt. Sie erstarrte in seinen Armen wie eine Blindschleiche, die man berührt. So schien alle Kraft und Gelenkigkeit, gegen die er gekämpft hatte, zurückzuweichen wie eine Woge vor einer Badenden. Er sah, wie ihr Blick sich trübte, und ihr Gesicht, ganz dicht an dem seinen, farblos wurde wie das Gesicht eines Leichnams. Sie fiel so plötzlich, daß er mit hinuntermußte, wie eine Ertrinkende, die an einem schweren Stein befestigt ist. Sein Gesicht schlug auf das ihre auf.

Er erhob sich auf die Knie und dachte, sie sei tot. Als er sah, daß es nicht der Fall war, besann er sich einen Augenblick. Dann hob er sie mühsam hoch und legte sie aufs Bett. Jetzt glich sie in der Tat der ruhenden Statue eines jungen, gepanzerten Ritters, der im Kampf gefallen ist, auf einem steinernen Sarkophag. Ihr Gesicht hatte den Ausdruck tödlichen Widerwillens bewahrt. Er stand eine Weile da und betrachtete sie, selber fast ebenso regungslos. Er wußte nicht, daß sein eigenes Gesicht den gleichen Ausdruck hatte wie das ihre.

Wäre jetzt der Gedanke an den Hofkaplan in ihm aufgestiegen, ja, wäre der Hofkaplan in Fleisch und Blut aus der Fensternische hervorgetreten, so würde ihm das nichts ausgemacht haben. Der Geist hatte ihn fast ebenso gründlich verlassen, wie er sie verlassen hatte. Die Wirkungen des Weines waren verflogen. Ebenfalls die Wirkung von dem Liebestrank der Priorin, der vielleicht nur für eine einmalige Kraftanstrengung berechnet war. Er wischte sich seinen blutenden Mund und verließ das Gemach.

Glücklich in seinem eigenen Zimmer und im Bett, mußte er über die Frage nachdenken, inwieweit das Mädchen nunmehr, wenn sie erwachte, über ihre verlorene Unschuld jammern würde. Er lachte im Dunkeln ein wenig, und es wollte ihm so scheinen, als ob ein dünnes, gellendes Gelächter, einem siedenden Dampfstrahl aus einem Kessel verwandt, wie ein Echo seines eigenen Lachens irgendwo in dem großen Haus in der Dunkelheit auftönte.

10

Früh am nächsten Tage ließ die Priorin Boris holen. Er wurde unruhig, als er sie sah, denn sie schien ganz stark eingeschrumpft zu sein. Sie füllte weder ihre Kleider noch ihren Lehnsessel aus, und er hätte gar zu gern gewußt, welcher Art die nächtlichen Stunden waren, die in ihrem einsamen Bett über sie hinweggegangen waren und ihr so alle Kräfte herausgepreßt hatten. ›Wenn dies alles‹, dachte er, ›noch lange weitergeht, dann wird nichts mehr von ihr übrig sein. Immerhin, ich selber sehe wohl noch schlimmer aus.‹ Aber sie schien glänzender Stimmung zu sein und froh, ihn bei sich zu sehen, beinahe so als habe sie gefürchtet, er wäre weggelaufen.

Sie forderte ihn auf, sich zu setzen. »Ich habe auch Athene holen lassen«, sagte sie.

Boris war froh, daß sie keine Fragen an ihn richtete. Sein Mund war geschwollen und tat ihm weh, wenn er sprach. Während er wartete, dachte er an den Vicomte de Valmont, der de passion, les mines du lendemain liebte. Ob das Ungewöhnliche der Umstände diesem Morgen wohl eine besondere Anziehungskraft verliehen hätte in den Augen des trockenen und kalten alten Eroberers von vor hundert Jahren? Oder ob er nicht eher die Achseln gezuckt hätte über den romantischen Wert der Situation als dem reinsten Unsinn? Athenes Kommen machte seinen Betrachtungen ein Ende.

Sie trug denselben großen, dunkelgrauen Mantel, in dem er sie auf Hopballehus gesehen hatte, und sah aus, als sei sie im Begriff, fortzufahren. Ja, sie machte in solchem Maße den Eindruck, dem Kloster den Rücken gekehrt zu haben und schon fort zu sein, daß er sich seltsam und schmerzlich ausgeschlossen fühlte dadurch. Sie schien auf dem besten Wege zu dem äußersten Skelettzustande zu sein, in dem er sie sich in der vergangenen Nacht vorgestellt hatte. Sie trug jetzt wahrhaftig einen Totenkopf auf ihren starken Schultern, ihre Augen lagen, an sich erloschen, in schwarzen Höhlen. Sie hatte von ihrer Gewohnheit, auf einem Bein zu stehen, abgelassen, so als habe sie jetzt, um sich gerade und im Gleichgewicht halten zu können, beide nötig. Der Priorin Aug in Auge gegenüber, deren Züge andauernd so lebendig waren, konnte sie sehr wohl an einen jungen Märtyrer vor der Schranke gemahnen, geradewegs vom unterirdischen Gefängnis und der Folterbank kommend.

Eine Sekunde dachte Boris daran, ob es für sie nicht besser wäre, er sagte ihr die Wahrheit und erklärte ihr, daß er ihr keinen Schaden zugefügt habe, und daß es aller Wahrscheinlichkeit nach niemals dazu kommen würde, kurzum, daß sie als Siegerin aus ihrer Kraftprobe hervorgegangen sei. ›Aber nein‹, sagte er bei sich, ›das wäre es nicht.‹ Demjenigen, der sich darauf einstellt, ein zentnerschweres Gewicht zu heben, und statt dessen einen angemalten Karton hingehalten bekommt, dem wird der Arm ausgekugelt. In seiner tiefen Bewunderung für ihr schönes Gerippe war er fürwahr der letzte, ihr dergleichen zu wünschen. Für sie war es das Beste, die volle Last auf sich zu nehmen. Dies wilde jungfräuliche Geschöpf, das nicht glücklich gemacht werden wollte, mag es nun seine Lust befriedigen. Wie ein Künstler, der seine Statue im Schmelztiegel hat und sieht, daß das Erz ihm ausgegangen ist, und der nunmehr zu allem greift, was er an edlem Metall besitzt, von seinem Tisch, aus seiner Geldtruhe, aus dem Schmuckkasten seiner Frauen, und alles in den Tiegel wirft – so hatte er sein ganzes Wesen, Leib und Seele, in die verhängnisvollen Tiefen ihrer Natur geworfen. Nun mochte sie selber zusehen, was sie daraus machen konnte.

Die Priorin sah die beiden jungen Menschen an, blickte vom einen zum anderen und wandte sich alsdann an das Mädchen.

»Ich bin«, sagte sie mit harter, schleppender Stimme, »von Boris darüber unterrichtet worden, was heute nacht hier vor sich gegangen ist. Ich entschuldige ihn nicht, es ist eine abscheuliche Tat, ein unschuldiges Mädchen zu verführen. Aber ich weiß, daß er gereizt worden ist, und ebenso, daß eine aufrichtige Reue seine Verfehlung verringert. Aber du, Athene, bei deiner Herkunft und mit deiner Erziehung, was hast du getan? Du mußt doch deine eigene Natur gekannt haben, du hättest niemals herkommen dürfen.«

»Nein, gnädige Tante«, sagte Athene und sah der alten Dame starr in die Augen, »das hat nichts damit zu tun. Ich kam, weil Sie mir sagten, es sei meine Pflicht. Jetzt gehe ich wieder fort, und wenn Sie lieber nicht an mich denken mögen, so brauchen Sie es ja nur zu lassen.«

»O nein, keineswegs«, sagte die Priorin, »so kannst du nicht von hier fortgehen. Ich bin entsetzt darüber, was heute hier unter dem Dach des Klosters Seven geschehen ist. Du kennst mich schlecht, wenn du meinst, ich werde nicht dafür sorgen, daß es wiedergutgemacht wird. Sollte ich mich etwa so treulos in meiner Freundschaft für deinen Vater zeigen, der ein Edelmann ist? Ehe das geschehene Unrecht nicht gesühnt ist, kommst du nicht von hier fort.«

Athene sah zuerst aus, als wollte sie dies so behandeln, wie es das verdiente, und gar nicht antworten. Dann fragte sie: »Wie soll es gesühnt werden?«

»Wir haben Veranlassung, dankbar zu sein«, sagte die Priorin, »daß Boris, wie schuldig er auch sein mag, doch Pflichtgefühl hat. Er will dich heiraten, sogar jetzt noch.« Mit diesen Worten warf sie ihrem Neffen einen kleinen, harten und schillernden Blick zu, der auf ihn wirkte, als habe sie ihn angerührt.

»Ich will ihn nicht heiraten«, sagte Athene.

Die Priorin bekam jetzt einen feuerroten Kopf. »Was soll das heißen?« fragte sie mit schriller Stimme. »Du weist einen ehrenvollen Antrag zurück, mit dem dein Vater einverstanden ist, und empfängst den verschmähten Liebhaber im Dunkel der Nacht?«

»Ich finde, es macht keinen Unterschied«, sagte Athene, »ob etwas am Tage oder nachts geschieht.«

»Und wenn du nun ein Kind bekommst?« schrie die Priorin.

»Was sagen Sie?« rief Athene aus.

Die Priorin unterdrückte mit wunderbarer Geisteskraft ihre lodernde Wut. »Du dauerst mich ebenso tief, wie ich dich tadele«, sagte sie, »aber wenn du nun ein Kind bekommst, unglückseliges Mädchen?«

Athenes Welt stürzte offensichtlich rechts und links um sie zusammen wie eine Stellung unter schwerem Feuer, immerhin hielt sie sie noch tapfer. »Ein Kind«, sagte sie, »dem zwei Vorderzähne fehlen werden? Was wollen Sie mir einreden? Ich bin nicht in der Kapelle auf Hopballehus gewesen, und unser guter Pastor hat weder über mich noch ihn auch nur ein Wort gepredigt. Nein, gute Tante, nun immer langsam!«

Die alte Dame betrachtete sie mit einem forschenden Blick. »Athene«, sagte sie endlich, und zum erstenmal während dieser Unterredung brachte sie dem Mädchen eine Spur von Mitleid entgegen. »Nichts möchte ich weniger gern, als dich dessen berauben, was du von deiner Unschuld noch übrig haben magst. Aber aller Wahrscheinlichkeit nach bekommst du ein Kind.«

»Dann«, sagte Athene, indem sie von der Erde, die bebte und zusammenbrach, einen Vorstoß in das himmlische Reich unternahm, »kann mein Vater es Astronomie lehren.«

Boris stützte den Ellenbogen auf den Tisch und das Gesicht in die Hand. Und wenn es ihn das Leben gekostet hätte, so hätte er ein Lachen nicht zurückhalten können. Halbtot und erstarrt, war das Mädchen noch nicht aus dem Felde geschlagen. Einiges von ihrer Blässe und versteinerten Haltung mochte auf den Wein vom vergangenen Abend und die nachherigen Anstrengungen zurückzuführen sein, und Gott mag wissen, ob die Priorin und er selber wohl jemals mit ihr zu Rande kommen würden. Sie hatte die magnetische, die Malstrom-Eigenschaft, derzufolge alles, was in ihren Bewußtseinskreis geriet, in ihr eigenes Dasein eingesogen und eins mit ihr wurde. Das ist eine Eigenschaft, dachte er, die aller Wahrscheinlichkeit nach für die Märtyrer charakteristisch gewesen ist, und die seinerzeit sehr wohl den Großinquisitor, ja Kaiser Nero selber zum Wahnsinn getrieben haben mochten. Die Folterbank, den Scheiterhaufen und die Löwen in der Arena nahmen sie in Besitz und teilten diesen dadurch eine große harmonische Schönheit mit. Aber den Kaiser ließen sie draußen. Wie sehr er sich auch anstrengte, um ihrer Herr zu werden, sie hatten überhaupt kein Verhältnis zu ihm. Ja, er hörte ihnen gegenüber ganz einfach auf zu existieren. Sie waren wie die Höhlen des Löwen, wo alle Spuren hinein-, aber keine hinausführt, oder wie der Fluß, der Blut und Schmutz in seinem eigenen Wesen ertränkt und weiterströmt. Jetzt, als die alte Frau und der junge Mann gerade meinten, sie sei hoffnungslos umzingelt, da stand dies Mädchen da, bereit, aus dem Kloster Seven fortzureiten, gleichwie Samson, als er um Mitternacht aufstand und die Türen im Stadttor und beide Pfosten packte und sie mit den Riegeln hochhob und auf seine Schultern legte und sie auf die Höhe des Berges trug, der dicht vor Hebron liegt. Wenn sie nun aber seiner wirklich ansichtig würde, dachte er, ob die Tochter des Riesen ihn dann auf dem Rücken ihrer Hand nach Hopballehus tragen und dort dazu anstellen wird, ihre Einhörner zu striegeln und zu tränken? Wieder kamen ihm ein paar Zeilen aus Aischylos in den Sinn, und der Wein gestern abend und die ganze gespannte Situation mochten wohl daran schuld sein, daß er in dieser Weise die Klassiker und die Heilige Schrift und die Volkssagen seiner Heimat durcheinandermischte, denn dergleichen ließ er sich sonst nicht zuschulden kommen:

»O Pallas, o du meines Hauses Retterin,
Und mein, der darbt des Vaterlandes, du ja du
Hast heimgeführt mich, und in Hellas saget man:
›Argeier wieder ist der Mann, und Vatergut
Bewohnt er, durch Athenes und des Loxias
Verfügung, und des dritten allobwaltenden
Erretters.‹«

»Und was dann mit der Ehre deines Hauses?« fragte die Priorin mit vernichtender Ruhe. »Glaubst du, Athene, irgendeine Tochter derer von Hopballehus habe jemals vor dir einen Bastard zur Welt gebracht?«

Bei diesen Worten wurde Athene blutrot über das ganze Gesicht, es flammte dunkler als ihr flammendes Haar. Sie tat einen Schritt auf die alte Dame zu. »Wird mein Kind einer sein?« rief sie leise aus, jedoch mit einem tiefen Unterton vom Gebrüll der Löwin, vom Scheitel bis zur Sohle die gekränkte Tochter einer mächtigen Rasse. »Wäre mein Kind ein Bastard?«

»Du weißt aber auch gar nichts, Athene«, sagte die alte Dame. »Wenn Boris dich nicht heiratet, was sollte dein Kind dann anderes sein als ein Bastard?« Wie mutig die Priorin auch war, so erkannte sie ohne Zweifel, daß das Mädchen, wenn es wollte, sie mit den bloßen Fäusten zerschmettern könnte. Sie warf Boris, der sich ganz still verhielt und sich nicht dazu berufen fühlte, sich in die Diskussion der Frauen über sein Kind einzumischen, einen scharfen Blick von der Seite zu.

Athene rührte sich nicht vom Fleck. Sie stand ein paar Sekunden völlig regungslos da. »Nun«, sagte sie endlich, »fahre ich nach Hause nach

Hopballehus und spreche mit meinem Vater. Ich werde ihn über alle diese Dinge um Rat fragen.«

»Nein«, sagte die Priorin von neuem, »das würde nicht recht sein. Wenn du deinem Vater erzählst, was du getan hast, brichst du ihm das Herz. Das kann ich unmöglich zugeben. Und wenn du jetzt von hier fortgehst, wer kann dann wissen, ob Boris immer noch gewillt ist, dich zu heiraten, wenn ihr euch wiederseht? Nein, Athene, du mußt Boris heiraten, und du darfst deinem Vater niemals etwas von dem sagen, was geschehen ist. Diese beiden Dinge mußt du mir versprechen. Dann kannst du gehen.«

»Gut«, sagte Athene, »ich werde Papa nie etwas sagen. – Und was Boris anbetrifft, so verspreche ich Ihnen, daß ich ihn heirate. Aber, meine gnädige Tante, wenn wir verheiratet sind, dann werde ich ihn töten, sobald ich überhaupt nur kann. Ich war heute nacht nicht weit davon entfernt, das kann er Ihnen erzählen, wenn er will. Diese drei Dinge verspreche ich Ihnen. Und nun möchte ich gehen.«

Nach Athenes Worten entstand eine sehr lange Pause. Ohne weiterhin zu sprechen, hatten die drei Menschen im Zimmer an ihren eigenen Gedanken genug, um sich damit zu beschäftigen.

In diese Stille hinein hörte man ein hartes und scharfes Geräusch. Es wurde an die Fensterscheiben geklopft. Boris erinnerte sich jetzt, daß er schon vorher während der Unterredung dies Geräusch gehört hatte, ohne dessen zu achten. Jetzt wurde dreiviermal hintereinander geklopft. Erst jetzt wurde es ihm so richtig klar, als er sah, was für einen furchtbaren Eindruck dies Geräusch auf seine Tante machte. Sie hatte es ebenso wie er in der Hitze des Gefechts überhört. Jetzt zog es ihre Aufmerksamkeit auf sich, und in derselben Sekunde ward sie von einem tödlichen Grauen gepackt. Sie schaute verstohlen zum Fenster und wurde leichenfahl. Sie bekam Zuckungen an Armen und Beinen. Ihre Augen liefen an den Wänden und Türen auf und nieder wie eine Ratte, die sieht, daß sie eingesperrt ist, und nach einem Schlupfloch sucht. Boris wandte sich zum Fenster, um herauszubekommen, was sie eigentlich so entsetzte, er hatte nicht geglaubt, daß es irgend etwas auf der Welt gebe, was dazu imstande wäre. Auf dem ausgehauenen Fenstersims draußen saß der Affe und kauerte sich zusammen, das Gesicht an der Scheibe.

Boris stand auf, um ihn einzulassen. »Nein, nein«, kreischte die alte Dame in krampfhaftem Entsetzen. Es klopfte wieder, der Affe hatte offenbar etwas in der Hand, mit dem er gegen die Scheibe schlug. Die Priorin erhob sich von dem Sessel, sie wankte, als sie aufstand, schien aber, sobald sie auf den Beinen war, durchaus gesund, zur Flucht bereit.

Aber im nächsten Augenblick fiel das Fensterglas klirrend zu Boden, und der Affe hüpfte herein.
In derselben Sekunde, ohne sich umzuschauen, so als handele es sich darum, den Flammen eines sich heranwälzenden Feuers zu entfliehen, hatte die Priorin mit beiden Händen ihre Röcke vor sich zusammengerafft und rannte los und warf sich gegen die Tür. Da diese verschlossen war, nahm sie sich keine Zeit, sie zu öffnen. Mit der überraschendsten, erstaunlichsten Leichtigkeit und Schnelligkeit klomm sie am Türpfosten hoch und saß nun zusammengekauert auf dem geschnitzten Karnies, von wo aus sie, vor entsetzlicher Wut bebend, nach denen unten im Zimmer die Zähne fletschte. Aber der Affe war hinter ihr her. Genauso schnell wie sie kletterte er am Türrahmen in die Höhe und streckte schon die Hand aus, um sie zu packen, als sie sich behende auf der entgegengesetzten Seite nach unten gleiten ließ. Fortgesetzt das Kleid mit beiden Händen hocherhoben und tief vornüber geneigt, so als wolle sie sich auf alle vier niederwerfen, flüchtete sie wild, gleichsam wie geblendet vor Furcht, an der Wand entlang. Aber ständig flitzte der Affe hinter ihr her, und er war schneller als sie. Er sprang an ihr hoch, griff in ihr Spitzenhäubchen und riß es ihr vom Kopf. Das Gesicht, das sie den beiden jungen Menschen zukehrte, war schon verwandelt, eingeschrumpft und runzelig und von einer seltsam dunkelbraunen Färbung. Es entstand ein kurzer, wilder Kampf. Boris war auf dem Sprunge, sich dazwischenzuwerfen, um seine Tante zu retten, aber schon in der nächsten Sekunde, mitten in dem roten Wohnzimmer, vor den Augen des alten, gepuderten Generals und seiner Frau Gemahlin, am hellichten Tag und vor ihren Augen, trat eine Häutung ein, eine große Metamorphose.
Die alte Dame, mit der sie soeben gesprochen hatten, wurde zuckend und schnaufend zu Boden geworfen, zerschmettert und verwandelt. Wo sie gelegen hatte, saß jetzt ein Affe und kauerte sich winselnd zusammen, gründlich überwunden und bezwungen, während er nach einem Winkel suchte, in dem er sich verkriechen konnte. Und wo der Affe umhergehüpft war, dort erhob sich, ein wenig atemlos von ihren Anstrengungen und mit stark geröteten Wangen, die wirkliche Priorin des Kloster Seven.
Der Affe kroch so weit wie möglich von den Fenstern fort: Dort im Schatten fuhr er noch lange Zeit mit seinen Zuckungen und seinem Winseln fort. Dann schüttelte er alle Widerwärtigkeit ab, setzte in einem leichten und anmutigen Sprung auf einen Piedestal, der die Marmorbüste des Philosophen Immanuel Kant trug, und beobachtete von hier aus mit glitzernden Augen die drei Menschen im Zimmer.

Die Priorin holte ihr kleines Taschentuch hervor und hielt es sich gegen die Augen. Zuerst konnte sie keine Worte finden, aber ihre Haltung war von der gleichen würdevollen und freundlichen Ruhe geprägt, deren sich die beiden jungen Leute von ihrer Kindheit her an ihr erinnerten.
Die beiden waren dem Lauf der Ereignisse gefolgt, viel zu gelähmt vor Staunen, um ein Wort zu sagen, sich zu rühren oder sich auch nur anzusehen. Jetzt, da der grausige Tornado, der alles beherrscht hatte, vorübergezogen war und der gewohnte Friede sich wieder auf das Zimmer hinabsenkte, wachten sie auf und sahen, daß sie dicht beieinander standen. Sie drehten sich um und standen sich nunmehr von Angesicht zu Angesicht gegenüber.
Athenes helle Strahlenaugen mit den dunklen Ringen ergriffen diesmal nicht unmittelbar Besitz von Boris. Sie war sich seiner bewußt als eines selbständigen Geschöpfes außerhalb ihrer selbst, sie erkannte ihn als einen Menschen, und dies bewegte ihn auf die seltsamste Weise, so als erkenne er sich selber auch zum erstenmal in seinem Leben als Menschen. Sogar die Erinnerung an ihren Kampf in der Nacht stand in ihrem habichtsblanken Blick zu lesen, und sie sah klar, sie wußte auch, wer ihn gesandt hatte, und hatte keine sonderlich hohe Meinung von seinem Mut. Aber sie sprach in diesem einen Blick einen unverbrüchlichen Befehl aus, sozusagen ein Gesetz. Zwischen ihr und ihm, die bei den Geschehnissen der letzten Minuten gemeinsam zugegen gewesen waren, auf der einen Seite, und der ganzen übrigen Welt, die nicht dabeigewesen war, auf der anderen Seite war von jetzt ab eine unübersteigbare Grenze gezogen.
Die Priorin nahm das Tuch von den Augen und ließ sich mit einem weichen Schwung, der gleichsam alles beiseite fegte, in ihrem großen Lehnsessel nieder.
»Discite justitiam, et non temnere divos«, sagte sie.

Die Straßen um Pisa

Das Riechfläschchen

Graf Augustus von Schimmelmann, ein junger dänischer Edelmann von schwermütiger Veranlagung, dessen stattliche Erscheinung nur ein wenig zur Fülle neigte, schrieb einen Brief auf einem als Tischplatte dienenden Mühlstein in einer Osteria nahe Pisa, an einem schönen Maiabend des Jahres 1823. Er konnte den Schluß nicht finden, so erging er sich noch etwas die Hauptstraße hinunter, während im Gasthof sein Abendbrot zubereitet wurde. Die Sonne war im Untergehen. Ihre goldenen Strahlen fielen zwischen den hohen schlanken Pappeln längs der Straße ein. Die Luft war mild und rein und mit dem Wohlgeruch von Gras und Bäumen erfüllt; zahllose Schwalben durchkreuzten sie hoch und niedrig, wie um noch die letzte halbe Stunde Tageslicht nach Herzenslust zu genießen.

Graf Augustus dachte an seinen Brief: Der war an einen Freund in Deutschland gerichtet – einen Studiengenossen seiner sorglosen Burschenzeit in Ingolstadt und den einzigen Menschen, dem er sein Herz ausschütten konnte. Aber, dachte er, war ich denn auch wahrhaftig in meinem Brief an ihn? Ich würde gern ein Jahr meines Lebens darum geben, wenn ich heute abend mit ihm reden und, während wir reden, sein Gesicht vor mir sehen könnte. Wie schwer ist es doch, die Wahrheit zu kennen. Ich habe meinen Zweifel, ob überhaupt jemand, der allein ist, ganz wahrhaftig sein kann? Wahrheit ist, wie die Zeit, eine Vorstellung, die aus menschlicher Beziehung hervorgeht und nach ihr sich richtet. Aber ein namenloser und pfadloser Berg in Afrika, wie steht's mit seiner Wahrheit? Die Wahrheit über die Straße hier ist die, daß sie nach Pisa führt, und die Wahrheit über Pisa steht in Büchern, die Leute geschrieben haben und Leute lesen. Was ist die Wahrheit über einen Mann auf einer einsamen Insel? Auch ich bin solch ein Mann auf einer einsamen Insel. Als ich noch Student war, lachten meine Freunde viel über mich, weil ich die Gewohnheit hatte, in jeden Spiegel zu sehen, und eigens meine vier Wände mit Spiegeln behängte. Sie legten mir das als persönliche Eitelkeit aus. Aber es war in Wirklichkeit nicht so. Ich wollte an meinem Spiegelbilde sehen, wer ich sei. Ein Spiegel sagt jedem die Wahrheit über sich selbst. – Es grauste ihn bei der Erinnerung daran, wie er als Kind in das Lachkabinett des Panoptikums in Kopenhagen mitgenommen wurde, wo man sich von oben und unten, von rechts und links im Bilde sehen konnte in Hunderten von Spiegelgläsern, welche Gesicht und Gestalt in allen möglichen Verzerrungen und Verdrehungen wiedergaben – bald verkürzt, bald in die Länge gezogen, bald übermäßig breit oder schmal und dabei doch eine gewisse Ähnlichkeit bewahrend –, und es drängte sich ihm der Gedanke auf, wieviel Lebenswahrheit darin lag. So spiegelt sich das eigene Ich, unser Sein und Wesen, in allen den Köpfen von Menschen, die einem begegnen und mit denen man zusammenlebt, wider: Als Ebenbild und Zerrbild von uns selbst lebt es noch eine Zeitlang fort und will als Wahrheit über uns gelten. Auch ein schmeichelhaftes Bild ist nur Karikatur und Lüge. Ein freundlicher und sympathisch fühlender Sinn, wie der Karls, dachte er, ist wie ein wahrer Spiegel der Seele, und eben darum war mir seine Freundschaft so viel wert. Die Liebe müßte das noch mehr sein. Es müßte die lebenslängliche Kameradschaft, die Weggenossenschaft eines anderen Geistes sein, der unser eigenes Glück und Unglück widerspiegelt zum Beweise, daß all das kein Traum ist. Den Sinn der Ehe suchte ich für mich in der Gegenwart eines Du in meinem Leben, mit dem ich morgen vom heute gewesenen Tage sprechen könnte.

Er seufzte, und seine Gedanken kehrten zu seinem Brief zurück. In dem Brief hatte er versucht, seinem Freunde gründlich zu erklären, was ihn von zu Hause fortgetrieben hatte. Sein Hauskreuz war eine sehr, sehr eifersüchtige Frau. Es ist ja nicht so, dachte er, daß sie auf andere Frauen eifersüchtig ist. Ja, das ist sie sogar am allerwenigsten; erstens, weil sie weiß, daß sie es mit fast allen aufnehmen kann, da ja doch keine zweite ihr gleichkommt, und zweitens, weil sie fühlt, wie wenig die anderen Frauen mich kümmern. Auch Karl wird sich erinnern, daß die kleinen Liebeleien, die ich in Ingolstadt hatte, für mich weniger bedeuteten als die Oper, wenn in einem Gastspiel Alceste oder Don Giovanni gegeben wurde – ja noch weniger als mein Studien. Jedoch sie ist eifersüchtig auf meine Freunde, auf meine Hunde, auf die Wälder von Lindenburg, auf meine Jagdgewehre und Bücher. Auf die wunderlichsten Dinge ist sie eifersüchtig.

Er erinnerte sich eines Vorfalls, der sich ungefähr ein halbes Jahr nach ihrer Hochzeit zutrug. Er war in das Zimmer seiner Frau gegangen, ihr ein Paar Ohrringe zu verehren, die ein Freund für ihn in Paris aus dem Nachlaß des Herzogs von Berri erworben hatte. Für Juwelen hatte er schon immer eine Schwäche gehabt, und er verstand sich gut auf ihren Wert und Schliff. Es mochte ihn sogar gelegentlich verdrießen, daß es einem Mann nicht freistand, selbst Geschmeide zu tragen, und nach seiner Heirat war es seine Freude gewesen, die Schönheit seiner jungen Frau damit zu steigern – was ihr so gut stand. Dieses Paar Ohrringe war wirklich schön, und es bedeutete ihm viel: er hatte sie ihr mit eigener Hand eingehängt und hielt ihr nun den Spiegel, damit sie sich betrachten könne. Sie beobachtete ihn, und als sie bemerkte, daß seine Augen auf den Diamanten und nicht auf ihrem Gesicht ruhten, nahm sie sie schnell wieder ab und reichte sie ihm zurück. »Es tut mir leid«, sprach sie, und ihre trockenen Augen sahen trauervoller aus, als hätten Tränen darin geblinkt, »aber ich habe nicht deinen Geschmack für hübsche Dinge.« Von diesem Tage an trug sie kein Geschmeide mehr, sondern kleidete sich wie eine Nonne so streng, und doch war sie dabei so elegant und anmutig, daß sie zum Tagesgespräch wurde und ihr Beispiel Schule machte.

Kann ich das Karl verständlich machen, dachte Augustus, daß sie allen Ernstes auf ihre eigenen Juwelen eifersüchtig ist? Sicherlich kann niemand eine solche Torheit verstehen. Nicht einmal ich verstehe es, und ich weiß und denke oft, daß ich sie nicht weniger unglücklich mache als sie mich. Ich hatte gehofft, in meiner Frau jemand zu finden, zu dem ich ganz wahrhaftig sein, mit dem ich jede Gefühlsregung teilen könnte. Aber mit Malvira ist das ganz und gar unmöglich. Sie hat mich dazu vermocht, sie zwanzigmal am Tage anzulügen und mich sogar im Blick und in der Stimme zu verstellen. Nein, es ist gewiß, das konnte so nicht weitergehen, und ich hatte recht getan, sie zu verlassen; denn blieb ich, hätte sich doch nichts geändert.

Aber was wird jetzt aus mir? Ich weiß nicht, was ich mit mir und meinem Leben anfangen soll. Kann ich darauf bauen, daß sich alles noch zum Guten wendet?

Er nahm einen kleinen Gegenstand aus seiner Westentasche und betrachtete ihn. Es war ein Riechfläschchen, in Herzform, wie es die Damen in früherer Zeit gern benutzten. Darauf war eine Landschaft gemalt mit hohen Bäumen und einer breiten Brücke über einen Fluß. Im Hintergrund, auf einem Hügel oder Felsen, war ein rosafarbenes Schloß mit einem Turm, und auf dem Spruchband unten stand geschrieben: »Amitié sincère«. Es lächerte ihn bei dem Gedanken, daß dieses zierliche Fläschchen Schicksal gespielt und den Anstoß gegeben hatte zu seiner Reise nach Italien. Es stammte von einer unverheirateten Tante seines Vaters, die seinerzeit eine Schönheit gewesen und von ihm sehr verehrt worden war. Als junges Mädchen reiste sie in Italien und weilte als Gast in dem rosafarbenen Schlößchen: Jeder romantische Traum, jedes Abenteuer war in ihrer Erinnerung mit diesem Ort verknüpft. Sie hatte Vertrauen zu ihrer kleinen Riechflasche als einem Talisman gegen jedes Zahn- und Herzweh. Als kleiner Junge hatte er diese Einbildung mit ihr geteilt und sich selber Märchen von den schönen Dingen, die es in dem Hause gab, und von dem glücklichen Leben dort vorerzählt. Jetzt, da sie schon viele Jahre tot war, wußte niemand mehr den Ort. Vielleicht, so dachte er, werde ich eines Tages über die Brücke unter diese Bäume kommen und dann den Felsen und das Schloß vor mir sehen.

Wie geheimnisvoll und schwer ist es doch zu leben, fuhr er in seinem Sinnen fort, und was hat das alles zu bedeuten? Warum erscheint mir mein Leben so wichtig, unendlich viel wichtiger als alles andere, was je war? Vielleicht werden in hundert Jahren die Menschen über mich und meine Traurigkeit am heutigen Abend eine Geschichte lesen und werden sie bestenfalls unterhaltsam finden, vielleicht nicht einmal das.

Der Unfall

In diesem Augenblick wurde er in seinem Nachsinnen unterbrochen, und zwar durch ein furchtbares Getöse hinter sich. Sich umwendend, hatte er nur den waagrechten Schein der sinkenden Sonne vor Augen, so daß er wie geblendet stand und die Welt auf einmal in lauter Silber, Gold und Flammen sah. In einer Wolke von Staub kam eine große Kutsche mit erschreckender Geschwindigkeit gerade auf ihn zu, die Pferde in wildem Galopp, den Wagen von einem Straßenrand zum anderen hinüberschlenkernd. Während er darauf hinsah, schien es ihm, als ob zwei menschliche Gestalten abgeworfen und zu Boden gewirbelt wurden. Es waren, wie sich zeigte, der Kutscher und der Leibdiener, die es von ihren Sitzen auf die Straße geschleudert hatte. Einen Augenblick dachte Augustus daran, sich den Pferden in den Weg zu werfen, sie aufzuhalten, aber eh noch der Wagen ihn erreichte, gab etwas nach: es löste sich erst das eine, dann das andere Pferd vom Wagen und jagte an Augustus vorbei. Der Wagen wurde auf eine Seite der Straße geschleudert und kam zum Stillstand, eines der Hinterräder war ab. Schnell lief Augustus hinzu.

Auf dem Sitz des zertrümmerten, im Staub liegenden Wagen lag ein kahlköpfiger alter Mann mit vornehmem Gesicht und einer großen Nase. Er starrte gerade auf Augustus, war aber so totenbleich und lag so regungslos, daß Augustus zweifelte, ob er nicht wirklich tot sei. »Darf ich Ihnen behilflich sein, mein Herr?« sagte Augustus. »Sie haben einen schrecklichen Unfall gehabt, aber hoffentlich haben Sie sich nicht ernstlich verletzt.« Der alte Mann blickte ihn immer noch mit verwirrten Augen an. Eine stämmige junge Frau, die gegenübergesessen, war auf ihre Hände und Knie zwischen Kissen und Schachteln gestürzt. Sie begann sich mit lautem Wehgeschrei aus dem Durcheinander zu befreien. Der alte Mann blickte sie an. »Setz mir den Hut auf«, sagte er. Die Zofe, Augustus erkannte sie nun als solche, fand nach einigem Herumwühlen einen breiten Hut mit Straußenfedern und setzte ihn dem alten Kahlkopf umständlich auf. Innen war eine Fülle von Silberlocken befestigt, und im Nu verwandelte sich der alte Mann in eine vornehme alte Dame, deren Aussehen Achtung gebot. Scheinbar gab ihr der Hut ihr Gleichgewicht wieder. Sie hatte sogar noch den Schatten eines feinen und dankbaren Lächelns für Augustus übrig.

Der Kutscher kam jetzt angerannt, von oben bis unten mit Staub bedeckt, während der Leibdiener immer noch besinnungslos mitten auf der Straße lag. Auch die Leute der Osteria waren mit hocherhobenen Armen und lauten Ausrufen des Bedauerns herausgelaufen. Jemand brachte das eine Pferd zurück, und weiter weg konnte man sehen, wie zwei Bauern des andern habhaft zu werden suchten. Inzwischen war auch die alte Dame aus den Trümmern der Kutsche aufgehoben und im besten Zimmer des Gasthauses untergebracht, dessen Prunkstück ein riesiges Bett mit roten Vorhängen bildete. Sie war noch immer leichenblaß und atmete schwer. Ihr rechter Arm schien über dem Handgelenk gebrochen zu sein, aber was sie noch für Verletzungen erlitten hatte, ließ sich vorerst nicht sagen. Die Jungfer, mit großen runden schwarzen Knopfaugen, wandte sich an Augustus mit der Frage, ob er ein Arzt wäre.

»Nein«, rief die alte Dame aus ihrem Bett mit sehr matter und von Schmerzen beengter Stimme. »Nein, er ist weder Arzt noch ein Geistlicher, von denen ich auch keinen sehen mag. Er ist ein Edelmann, der einzige Mensch, den ich jetzt brauchen kann. Geht alle hinaus, laßt mich mit ihm allein.«

Als sie allein waren, veränderte sich ihr Gesicht, sie schloß die Augen, bat ihn, näher heranzukommen und ihr seinen Namen zu nennen. »Graf«, sagte sie nach kurzem Schweigen, »glauben Sie an Gott?«

Diese unvermittelte Frage setzte Augustus in Verwirrung. Als er jedoch ihre blassen alten Augen auf sich gerichtet sah, erwiderte er: »Genau die gleiche Frage habe ich mir vorhin selber vorgelegt, als die Pferde mit Ihnen durchgingen. Ich weiß keine Antwort darauf.«
»Es gibt einen Gott«, sagte sie, »und auch sehr junge Leute werden eines Tages daraufkommen. Mit mir geht es zu Ende«, fuhr sie fort, »aber ich kann nicht gehen und will auch nicht, eh' ich nicht meine Enkelin noch einmal gesehen habe. Als Edelmann und Menschenfreund, der Sie sind, wollen Sie versuchen, sie zu finden und sie dann zu mir bringen?« Sie hielt inne, und eine Flut von Empfindungen wechselten auf ihrem Gesicht. »Sagen Sie ihr«, schloß sie, »daß ich meine rechte Hand nicht aufheben kann und daß ich sie doch segnen möchte.«
Augustus fragte sie nach einem Augenblick der Verwunderung, wo die junge Dame zu finden wäre. »Sie ist in Pisa«, erwiderte die Großmutter, »und ihr Name ist Donna Rosina di Gampocorta. Wenn Sie vor neun Monaten hier im Lande gewesen wären, würden Sie ihren Namen kennen, denn zu jener Zeit wurde von nichts anderem gesprochen.« Ihr versagte die Stimme, er mußte sich dicht zu ihrem Kopfkissen hinunterbeugen, jeden Augenblick gewärtig, daß es mit ihr vorbei sei. Dann schien sie alle Kräfte zusammenzunehmen. Ihre Stimme klang manchmal sehr hoch und klar, aber er war ungewiß, ob sie ihn sah oder überhaupt wußte, wo sie sich befand. Ihre Wangen röteten sich ein wenig, ihre schweren, florgleichen Augenlider zitterten leicht. Eine seltsame und tiefe Rührung schien ihr ganzes Wesen zu durchschauern.
»Ich will Ihnen alles der Reihe nach erzählen«, sagte sie, »dann wird Ihnen auch verständlich sein, was Sie für mich tun sollen.«

Die Geschichte der alten Dame

»Ich bin eine alte Frau«, begann sie, »und ich kenne die Welt. Ich klammere mich nicht an sie, denn ich weiß genug von ihr, um zu erfassen, daß alles, woran wir uns festklammern, uns entweder unterkriegen oder im Stich lassen wird. Ich klammere mich nicht einmal an Gott, aus demselben Grund. Tun Sie nicht, als ob ich zu bedauern wäre, weil ich sterben muß, denn ich spüre, daß es wirklich mehr comme il faut ist, am Leben zu sein als gestorben.
Ich habe Geliebte gehabt, einen Mann und Dutzende von Freunden und Bewunderern. Ich selbst habe in meinem Leben nur drei Menschen geliebt, und von diesen blieb mir einzig nur das Mädchen Rosina. Ihre

Mutter war nicht mein eigenes Kind – ich war ihre Stiefmutter. Aber wir waren einander inniger zugetan, als irgend Mutter und Tochter es je gewesen sind. Es war alles so bestimmt, denn noch von meiner Mädchenzeit her hatte ich die größte Angst vor dem Kinderkriegen, und als ein Witwer um meine Hand anhielt, dessen Frau bei der Geburt ihres ersten Kindes gestorben war, machte ich zur Bedingung, ihm nie Kinder schenken zu müssen, und meiner Schönheit und meinem Vermögen zuliebe willigte er ein. Unsere Anna war ein reizendes Mädchen: Ich habe mit diesen meinen Augen gesehen, wie das Standbild des heiligen Joseph im Dom sich nach ihr umgeblickt hat; so sehr gemahnte sie ihn an die Jungfrau und wie hold sie aussah, als sie ein vertrautes Paar waren. Ihre Füße glichen Schwanenschnäbeln, und der Schuhmacher machte uns die Schuhe über den gleichen Leisten. Ich zog sie auf in dem Gedanken, daß Frauenschönheit das krönende Meisterwerk Gottes sei und nicht verschenkt werden soll. Aber in ihrem siebzehnten Jahr verliebte sie sich in einen, dazu noch in einen Soldaten, es war ja die Zeit der Feldzüge der Franzosen und ihres schrecklichen Kaisers. Sie heiratete ihn und ging mit ihm. Ein Jahr später starb sie unter denselben Martern wie ihre Mutter.

Obgleich es nie in meinem Wunsch lag, für irgendein männliches Wesen zu sorgen, war es doch meine Hoffnung gewesen, es möchte ein Knabe sein. Aber es war ein Mädchen, und sie wurde in meine Obhut gegeben, denn ihr Vater wollte sie aus seinen Augen haben. Und wirklich: Nur ein paar Monate später starb er vor Kummer seiner Frau nach und ließ das Kind als Erbin seiner Reichtümer zurück, Kriegsbeute das meiste.

Jetzt, da meine Enkelin größer wurde, werden Sie verstehen, daß mein einziges Denken die Sorge um ihre Zukunft war. Sagte ich, daß die Schönheit ihrer Mutter des Allmächtigen größtes Werk war? Nein, es schien ein Probestück zu sein, Rosina selbst aber das Meisterstück seiner Geschicklichkeit. Ihre Haut war so zart, daß man sich in Pisa erzählte: Wenn sie roten Wein trank, konnte man den Wein ihre Kehle hinabrinnen sehen. Ich wollte nicht, daß sie heiratete; und so war es mir lieb, daß ich sie lange Zeit hart und verächtlich Männern gegenüber sah, besonders gegen die jungen glänzenden Verehrer, die sie umschwärmten. Aber ich wurde älter und wollte nicht sterben, ohne sie versorgt zu wissen. Am Morgen ihres siebzehnten Geburtstages nahm ich in die Kirche Santa Maria della Spina einen großen Schatz mit, der schon seit vielen hundert Jahren in der Familie meiner Mutter aufbewahrt wurde, einen Keuschheitsgürtel, den einer ihrer Vorfahren in Spanien hatte machen lassen, als er zum Kampf gegen die Ungläubigen auszog. Und da seine Frau eine Nichte des heiligen Ferdinand von Kastilien war, war der Gürtel mit Rubinkreuzen besetzt. Diesen Gürtel opferte ich, damit die Heiligen mir bei meinem Vorhaben helfen sollten.

Am selben Abend gab ich einen großen Ball, der Prinz Potenziani war zugegen, sah Rosina und hielt auch gleich um ihre Hand an. Ich frage Sie jetzt, Graf, war dies nicht ein Wink des Himmels? Denn der Prinz war eine glänzende Partie. Er ist heute der reichste Mann in der Provinz, man weiß, es liegt in der Familie, daß sie es nicht lassen können, Geld auf diese oder jene Weise zu erwerben. Obgleich nicht mehr der Jüngste, ist er doch ein reizender Mensch, ein Mäzen, ein Mann von vornehmem Geschmack, mit vielen Gaben, dazu ein guter Freund von mir. Und so sehr er unserem Geschlecht in Bewunderung zugetan war, ich wußte doch, daß ihm von Natur versagt sei, Liebhaber oder Gatte zu sein. Es war eine Eitelkeit oder Schwäche von ihm, daß er es nicht wahrhaben wollte; in der Regel hatte er auch die teuersten Kurtisanen um sich, und da er gefürchtet war, kam das Geheimnis nicht ans Licht. Mir jedoch war es bekannt, denn vor vielen Jahren war er einer meiner ergebensten Freunde gewesen und ich hatte ihn gern. Ich war so glücklich und dankbar, daß mein eigenes Gesicht mich im Spiegel anlächelte wie ein Geist des Segens.

Das Kind Rosina selbst war erfreut über des Prinzen Antrag, und eine Zeitlang mochte sie ihn wegen seiner geistreichen und bezaubernden Art gut leiden, auch wohl der reichen Geschenke wegen, die er ihr zu Füßen legte. Die Verlobung ward bekanntgegeben, als in einer Nacht, ich war schon zur Ruhe gegangen, Rosina in ihrem hellroten Atlaskleid in mein Zimmer kam. Sie stand im Schein der Kerzen so schön und herrisch da wie der junge heilige Michael vor seinen himmlischen Scharen und verkündete mir, als wäre es eine reizende Neuigkeit, sie liebe ihren Vetter Mario, und niemals werde sie einen anderen Mann nehmen. Schon fühlte ich ein Nachgeben im Herzen, doch ich beherrschte mein Gesicht und gab ihr nur zu bedenken, daß der Prinz ein ausgezeichneter Schütze sei, der nie sein Ziel verfehlte, und, was sie auch von ihrem Vetter dächte, sie besser daran tue, ihn zu meiden, falls sie ihn wirklich gernhabe. Sie antwortete mir, ihre Liebe zu ihm gehe über den Tod hinaus.

Ich mochte Mario nicht ungern, denn ich hatte immer eine wunderliche Schwäche für die Familie meines Mannes, obgleich sie alle einen Spleen hatten: Bei diesem Jungen war es eine Leidenschaft für Sternkunde. Doch als Ehemann konnte er neben dem Prinzen nicht bestehen, überdies brauchte ich nur Rosina und ihn beisammen zu sehen, um zu erkennen, daß jede Nachgiebigkeit von meiner Seite sie binnen neun Monaten in ihrer Mutter Grab bringen würde. Die Artigkeiten des Prinzen hatten Rosina den Kopf verdreht. Sie bildete sich ein, falls sie es sich wünschte, so würde sie den Mond bekommen, um wieviel mehr ihren jungen Vetter. Als ich sie in ihrem Sinn beharren sah, nahm ich sie mir vor und sagte ihr kurz und bündig, wie es im Leben zugehe. Aber Gott mag wissen, was über die Generation von Frauen gekommen ist, die nach der Französischen Revolution geboren wurden, und nach den Geschichten dieser Frau von Staël – Vermögen, Stellung und ein nachsichtiger Gatte genügen ihnen nicht, sie wollen lieben, wie unsereins das Abendmahl nimmt.«

Hier unterbrach die alte Dame ihre Erzählung. »Sind Sie verheiratet?« fragte sie.

»Ja, ich bin verheiratet«, bestätigte der junge Mann.

»Dann«, fuhr sie, vom Ton seiner Erwiderung wie befriedigt, fort, »brauche ich Ihnen nicht den Unsinn dieser Ideen zu enthüllen. Rosina war so widersetzlich, ich konnte sie nicht zur Vernunft bringen. Wenn sie mir am Schluß erklärt hätte, sie wolle neun Kinder haben, ich wäre nicht erstaunt gewesen.

Jetzt in meinem Alter kann ich es schlecht ertragen, wenn man mich zum Zorn reizt. Ich wurde wütend auf sie, ein Räuber, der sie auf sein Pferd geworfen hätte, um sie in die wilden Berge zu entführen, hätte mich nicht in größere Wut versetzen können. Ich sagte dem Prinzen, daß wir mit der Hochzeit eilen müßten, währenddem ich Rosina im Hause in Gewahrsam hielt. Ich durchlebte in diesen Monaten einen Zustand tödlicher Sorge, so daß ich kaum schlief und jede Nacht für mich eine Reise um die Erde war.

Nun hatte Rosina eine Freundin, Agnese della Gherardesci, die sie nächst mir am meisten liebte. Eines Tages, bei der gemeinsamen Handarbeit, stachen sie sich in die Finger, mischten ihr Blut und gelobten sich ewige Freundschaft. Dieses Mädchen war vollkommen ungebunden aufgewachsen, ein wirkliches Kind ihrer Zeit. Sie hatte sich in den Kopf gesetzt, auszusehen wie Lord Byron, von dem so viel die Rede ist, sie kleidete sich wie ein Mann und schrieb Gedichte. Rosina aufzuheitern, ließ ich Agnes kommen, damit sie die letzte Woche vor der Hochzeit bei ihr sei. Doch mit den Mädchen ist der Teufel los, sobald sie glauben, daß eine Liebe auf dem Spiel stehe, und ich muß annehmen, daß sie es irgendwie fertigbrachte, an Mario Briefe zu bestellen.

Am Morgen vor der Hochzeit, der Prinz und ich dachten, daß alles in Ordnung sei, hatte Agnes sich eine Lohnkutsche beschafft, Rosina war aus dem Haus geschlichen in den Wagen, und sie machten sich auf den Weg nach Pisa. Eine treue Zofe hatte es mir hinterbracht; ich stieg in meinen eigenen Wagen und fuhr ihnen nach. Am Mittag überholte ich den elenden kleinen Karren auf der Straße, Agnes in einem Kutschermantel auf dem Bock, die Pferde am Zusammenbrechen; die meinen aber waren frischer als je.

Als Rosina mich in rascher Fahrt herankommen sah, stieg sie aus, ich auch. Es wurde kein Wort gesprochen, ich nahm sie in meinen Wagen, beachtete ihre Freundin nicht im geringsten und ließ meinen Kutscher umkehren. An der Straße stand zwischen Bäumen eine kleine Kapelle. Als wir dort vorbeikamen, bat Rosina um Erlaubnis, zu halten und eine Weile einzutreten. Ich sagte mir, sie wird eine Art Gelübde ablegen, stieg aus und ging mit ihr in das kleine Gotteshaus. Doch in dem dunklen Raum, wo es nach kaltem Weihrauch roch, fühlte ich verzweiflungsvoll, daß ein Mädchenherz eine dunkle Kirche ist, ein rätselhafter Ort, und daß es zu nichts führt, wenn eine alte Frau versucht, Zugang zu ihm zu finden. Rosina schritt geradewegs zum Altar und fiel auf die Knie. Sie schaute in das Antlitz der Jungfrau, dann ging sie wieder hinaus, als wäre ich eine alte Bauersfrau, die still für sich in der Kapelle betete. Mir war schmerzlich zumute, um mein Leben hätte ich kein Gebet sprechen können. Gleichsam, als wäre ich belehrt worden, die Jungfrau und alle Heiligen seien taub für mich. Als ich ins Freie trat und sie neben dem Wagen stand und nach Pisa schaute, sprach ich zu ihr: ›Ich weiß, falls du es nicht weißt, was für ein Wahnsinn es ist, den Gedanken an einen Mann zwischen dich und mich treten zu lassen. Nun, ich kann ein Gelübde tun, so gut wie du. Bei der Hoffnung, daß wir eines Tages zusammen im Paradiese sein werden, schwöre ich: Solange ich meine rechte Hand aufheben kann, gebe ich meinen Segen zu keiner Heirat, außer mit dem Prinzen.‹ Rosina sah mich an, sie machte einen Knicks wie ein Kind und sprach kein Wort. Am nächsten Tage wurde die Hochzeit sehr prächtig gefeiert.

Vier Wochen nach der Hochzeit reichte Rosina bei dem Papst eine Bittschrift ein um Aufhebung ihrer Ehe, mit der Begründung, daß sie nicht vollzogen sei.

Es gab einen bösen Skandal. Der Prinz hatte mächtige Freunde, während sie alleinstand, das muß man bedenken, und ganz jung und unerfahren war; aber sie hielt aus mit wunderbarer Kraft, daß man am Ende von nichts anderem sprach und sie jedermann auf ihrer Seite hatte. Den Prinzen konnte niemand leiden, vornehmlich wegen seiner leidigen Schwäche für das Geld; und Liebesromanzen, nun, das weiß man, rühren die niedrigeren Klassen. Sie machten gar noch eine Art Heilige aus ihr, und als man ihr schließlich dazu verhalf, nach Rom zu kommen, wurde sie von der Bevölkerung in den Straßen umringt, und man klatschte ihr Beifall, als wäre sie eine Primadonna von der Oper. Der Prinz betrug sich wie ein Narr, er benutzte seinen Einfluß, um Mario aus Pisa zu jagen, was unter diesen Umständen wahrscheinlich die größte Dummheit war, die er hätte machen können, und er verhöhnte die Kirche und brachte die Leute gegen sich auf.

Rosina warf sich dem Heiligen Vater zu Füßen mit ihren Zeugnissen in der Hand von sämtlichen Ärzten und Hebammen Roms. Der Prinz fiel wie tot um, als er es erfuhr, erst nach Tagen fand er seine Sprache wieder. Er mußte die Fenster schließen, um nicht auf den Straßen das Lied von der Jungfrau von Pisa singen zu hören, und hätte sich in die Finger beißen mögen bei der Vorstellung des Glückes der jungen Leute – und darin hatte er recht –, denn sobald sie vom Papst den Brief mit der Nichtigerklärung hatten, wurden sie ein Paar.

In all dieser Zeit, während ich ihren Namen in der Luft summen hörte, hatte ich mich geweigert, sie zu sehen, und versuchte, nicht an sie zu denken. Aber was soll die Gedanken einer alten Frau abziehen von Dingen, an die sie siebzig Jahre lang gedacht hat?

Vor zwei Monaten wurde mir berichtet, daß meine Enkelin ein Kind erwarte. Ich war darauf gefaßt, und doch war es für mich wie ein letzter Schlag. Es hat mich schier umgebracht. Ich dachte an ihre Mutter und an mein Gelübde. Ich glaubte nicht länger an die Heiligen. Tag und Nacht trat mir Rosinas Bild vor Augen, wie sie in der Kapelle ausgesehen hatte, und mein Herz war so voll Bitterkeit, wie es für eine Frau meines Alters kaum zu ertragen ist. Schließlich gab ich es auf, an das Paradies zu denken, denn eine kleine Ewigkeit drüben schien mir wertlos, verglichen mit einer Woche in ihrem Haus in Italien. Lange Zeit war ich zu elend, um zu reisen; doch gestern machte ich mich auf den Weg nach Pisa.

Jetzt, lieber Freund, haben Sie alles von mir gehört, und ich überlasse es Ihnen, Betrachtungen über die Wege der Vorsehung anzustellen.«

Hierauf versank sie in ein langes Schweigen. Als Augustus, dadurch beängstigt, in ihr Gesicht sah, bemerkte er, daß es eingefallen war. Sie schien zusammengeschrumpft, doch unter ihren wächsernen Augenlidern waren ihre klaren Augen noch immer auf sein Gesicht gerichtet.

»Ich bin bereit, von dieser Welt Abschied zu nehmen«, sprach sie. »Die Welt muß mich jetzt so gründlich kennen wie ich sie. Wir haben einander nichts mehr zu sagen. Es erscheint mir selbst merkwürdig, daß

ich noch immer so viel Zuneigung und so viel Teilnahme zeige für diese alte Carlotta de Gampocorta, die bald gänzlich verschwunden sein wird, daß ich sie nicht aus der Welt gehen lassen mag, ohne ihr die Chance zu geben, daß ihre Schuldner sich bei ihr einstellen und sie ihnen vergeben kann. Doch was tun? In meinem Alter behält man seine Gewohnheiten bei. Wollen Sie sie an meiner Stelle suchen gehen?«
Ihr linker Arm bewegte sich auf der Decke, wie zu dem Versuch, Augustus' Hand zu erreichen. Augustus berührte die kalten Finger. »Ich stehe zu Ihren Diensten, Madame«, erwiderte er. Sie seufzte tief auf und schloß die Augen. Er beeilte sich, den Arzt herbeizuholen, nach dem man ins Dorf geschickt hatte.
Er beauftragte seine Diener, alles für eine frühe Abreise am Morgen zu richten. Da er seinen Brief vorher noch forthaben wollte, machte er sich an den Schluß. Als er seine Betrachtungen über das Leben durchlas, dachte er, daß ihre Traurigkeit seinen guten Karl aufregen könnte, so nahm er denn seine Feder wieder auf, zwei Zeilen aus Goethes Faust beizufügen, eine Lieblingsstelle seines Freundes, mit welcher er so manches Mal in Ingolstadt eines von ihren Läuterungsgesprächen beschlossen hatte:

Ein guter Mensch, in seinem dunklen Drange,
Ist sich des rechten Weges wohl bewußt.

Und schon wieder lächelnd, siegelte er den Brief.

Die Sorgen der jungen Dame

Bei dem nächsten Gasthof, zu dem er kam – dem letzten vor Pisa; es gab da mehr Häuser, Wagen und Menschen, so daß sich bereits in der Luft die Nähe einer großen Stadt ankündigte –, fuhr ein Phaeton vor, dem ein schlanker junger Mann entstieg und ein alter Haushofmeister, der aussah wie Pantalone. Es begann zu dunkeln. An dem tiefblauen Himmel blitzten ein paar Sterne auf. In der Luft war ein leichtes Wehen. Augustus hatte das Gefühl, wirklich auf der Landstraße zu sein, worin so viel wahres Reiseglück liegt. Im Laufe des Tages war er an so manchen, die unterwegs waren, vorbeigekommen – Reitern auf Pferden und Eseln, Wagen, Ochsen- und Maultierkarren –, daß er mehr und mehr den Eindruck von *einer* Richtung des Daseins gewann; es wäre doch sonderbar, wenn es für ihn keine gäbe! Der Lampenschein, das Lärmen und der Geruch von Holzrauch, Fett und Käse im

Haus behagten ihm wohl. Die Luft Italiens schien bergab und flußüber gekommen zu sein, um sacht sein Gesicht zu streicheln.

Die Osteria war vordem das Pförtnerhaus eines großen Landsitzes gewesen; sie hatte eine geräumige schöne Stube mit Fresken an den Wänden. Als er eintrat, fand er den Herbergswirt mit seinen zwei Gehilfen damit beschäftigt, die Tische an die offenen Fenster zu stellen, wobei sie heftig hin und her redeten. Mitten im Satze riß der alte Mann sich los, seinen Gast zu begrüßen mit der Versicherung, daß alles zu seiner Zufriedenheit geschehen solle. Doch weil ganz unerwartet so viel hohe Herrschaften auf einmal in dem Haus vorsprachen, welches so eifrig um seinen guten Ruf bemüht war, war es fast zuviel des Guten für den Alten. Da sollte in einer halben Stunde Prinz Potenziani ankommen, mit ihm sein junger Freund, der Prinz Giovanni Gastone. Leute, die eine Mahlzeit beurteilen konnten, Wachteln hatten sie bestellt, doch der Koch hatte sich beim Braten versehen. Augustus fragte, ob der junge Mann, den er gerade hatte ankommen sehen, der Prinz Giovanni sei. O nein, antwortete der Alte, das war zweifellos ein anderer reicher und anspruchsvoller Gast. Doch war es möglich, daß der gnädige Herr niemals von Prinz Nino gehört hatte? So einen jungen Mann wie ihn würde man außerhalb der Toskana kein zweites Mal finden. Als Kind war er um seiner Schönheit willen Modell gestanden für den Jesusknaben auf einem Gemälde im Dom. Wo er hinkam, flogen ihm die Herzen zu, denn er war ein Patriot, ein echter Sohn Toskanas. Obgleich seine ehrgeizige Mutter ihn an die Höfe nach Wien und Petersburg sandte, kam er zurück, nicht willens, eine andere Sprache als die der großen Dichter zu sprechen. Seine Palazzi wurden im alten toskanischen Stil geführt; er hielt ein Orchester, um einzig italienische Musik spielen zu lassen; seine Pferde liefen in den klassischen Wagenrennen; und wenn seine Weinlese beendet war, mußte man bei den Herbstfeiern – wo alte Reigen vorgeführt wurden, die Dorfschönen nacktfüßig die Trauben traten und Lied und Spruch wie voreinst aus dem Stegreif sich ablösten – an die Wiederkehr des goldenen Zeitalters denken.

Der wackere Alte hatte, mit einem großen Tuch überm Arm, seine kleinen schwarzen Augen auf jede Bewegung der Kellner gerichtet, noch Munterkeit des Geistes genug, seinen fremden Gast auf das gefälligste zu unterhalten. Habe nicht Prinz Nino, als ein deutscher Sänger sich herausnahm, in Cimarosas Oper Ballerina Amante aufzutreten, ihn von der Bühne gejagt und die ganze Rolle vor einem entzückten Publikum selbst gesungen? Was das schöne Geschlecht anbetreffe – bei diesem Punkte seiner Mitteilsamkeit zog sich das breite

Gesicht des Wirtes vor lauter Sammlung wie zu einem Stecknadelkopf zusammen –, der gnädige Herr werde selbst wissen, wenn sie sich einem Mann an den Hals werfen, was einem übrigbleibe? Und auch dabei habe er sich als echter Sohn seines Landes ausgewiesen. Denn er hätte eine Erzherzogin haben können, und die Schwester der Zarin selbst sei in ihn verschossen gewesen, als er am Hofe von Petersburg war, doch er habe den ausgezeichneten Redi aus seinem »Bacchus in Toskana« zitiert: nur die Weinfässer der Toskana sollten seiner Zärtlichkeit nachseufzen. Ferner werde gesagt, daß seine Unbesiegbarkeit nicht allewege so bedauert werde, wie man hätte denken sollen; denn eine Frau, die Prinz Nino zu eigen gehabt, werde keinen anderen Liebhaber mehr erhören, und mehr als eine gefallsüchtige Dame habe, nachdem er ihr den Laufpaß gegeben, fortan ihren Erinnerungen gelebt und sich ganz ihrem Mann gewidmet. Es sei sehr schade, daß die Art, in der er den Reichtum seines Hauses, sogar das Vermögen seiner Mutter verschwendet hatte, ihn ganz der Gnade des alten Prinzen Potenziani ausgeliefert habe, der Geld ausleihe. Allerdings heiße es von ihm, er sei zu guter Letzt in sich gegangen. Bekanntlich solle er gesagt haben, ein Wunder sei ihm geschehen, und nun glaube er an Wunder. Da seien Leute, die meinten, die heilige Königin Mathilda aus seinem eigenen Hause sei ihm im Traum erschienen und habe sein Herz von der Welt abgekehrt. Bei dieser Stelle des Berichts passierte einem der mit Tischdecken beschäftigten Kellner ein so arges Mißgeschick, daß der Alte mit einem wahren Heuschreckensprung des Geistes die Unterhaltung abbrach. Nach kurzer Zeit kam er lächelnd, doch schweigsam zurück mit dem von Augustus bestellten Wein und verließ den Gast mit einer tiefen Verbeugung.

Zwei alte Priester saßen über ihrem Wein in der Nähe des Kamins bei den glimmenden Kohlen, die in ihren fettigen schwarzen Röcken sich spiegelten, und der junge Mann, der den Phaeton kutschiert hatte, trank gedankenvoll seinen Kaffee aus einem Glas, das ihm sein alter Diener brachte. Er saß auf einem niedrigen Sitz unter einem Wandbild von Abraham, den die Engel besuchen. Seine anmutige Gestalt, sein klares nachdenkliches Gesicht erinnerte Augustus, der immer ein Auge für das Schöne hatte, an seinen Freund Karl, als er noch ein Knabe war, und er mußte ihn immer wieder darum ansehen. Als der alte Haushofmeister zurückkehrte und über einen Streit berichtete, den es zwischen dem Stallknecht des jungen Herrn und dem Schimmelmannschen um die besten Boxen im Stall gegeben hatte, benutzte Augustus die Gelegenheit, einige Fragen an sein Gegenüber über den Weg nach Pisa zu richten, und bat ihn, ein Glas Wein mit ihm zu trinken. Der junge Mann dankte höflich und erklärte, daß er niemals Wein trinke, doch da er sah, daß Augustus ein Ausländer war und ihm die Gegend fremd, setzte er sich zu ihm, die gewünschte Auskunft zu geben. Während er sprach, lag seine linke Hand auf dem Tisch. Augustus, dessen Blick auf dieser Hand ruhte, kam in den Sinn, wie deutlich es sich bei den Menschen dieses Landes erwies, daß sie in Marmorpalästen gelebt und über Philosophie geschrieben hatten, währenddem seine eigenen Vorfahren sich in den weiten Wäldern Steinwaffen gefertigt und sich in das Fell der Bären gekleidet hatten, deren warmes Blut sie tranken. Um eine solche Hand und ein Handgelenk wie dieses zu bilden, braucht es sicherlich tausend Jahre und mehr, sagte er sich. Bei dem Volk in Dänemark gab es nur plumpe Fußknöchel und Handgelenke, und je höher es hinaufginge, um so plumper waren sie.

Der junge Mann errötete vor Vergnügen, als er hörte, daß Augustus aus Dänemark kam, und sagte zu ihm, er sei der erste Mensch aus dem Lande des Prinzen Hamlet, dem er begegne. Das Trauerspiel von Shakespeare war ihm offenbar recht gut bekannt, er sprach, als könne Augustus gar nicht anders denn geradewegs vom Hofe des Königs Claudius kommen. Nur seine italienische Höflichkeit hielt ihn davon ab, die tragischen Ereignisse zu berühren, als wäre Ophelia die kürzlich verlorene Cousine seines Gegenübers gewesen. Er zitierte mit großem Charme den Monolog und sagte, es habe ihn oft in Gedanken nach Helsingör verlockt zum grausen Gipfel jenes Felsen, der in die See nickt über seinen Fuß. Augustus mochte ihm nicht sagen, daß Helsingör ganz flach liegt, so fragte er ihn statt dessen, ob er sich nicht selbst mit der Dichtkunst abgebe.

»O nein«, sagte der junge Mann, seine weichen braunen Locken schüttelnd, »ich habe sie seit einem Jahre aufgegeben.«

»Das war nicht recht, glaube ich«, erwiderte Augustus mit einem Lächeln. »Sicherlich ist Dichtung eine von den Kostbarkeiten des Lebens und hilft uns das graue Einerlei der Welt ertragen.«

Der junge Mann schien zu fühlen, daß er hier einen Bruder oder Freund des unglücklichen Prinzen von Dänemark getroffen habe, und er eröffnete dem Fremden sein Herz.

»Mir ist etwas zugestoßen«, sagte er nach kurzem Schweigen, »das war nicht in Poesie zu bringen. Komödien und Tragödien habe ich geschrieben, aber in beide paßte es nicht.« Nach einer Weile setzte er hinzu: »Ich gehe nun nach Pisa, um Astronomie zu studieren.«

Er hatte eine ernsthafte und freundliche Art, und Augustus, der sich in

Ingolstadt manche Stunde mit der Sternkunde vertrieben hatte, fühlte sich sehr zu ihm hingezogen. Eine Zeitlang sprachen sie davon, und er erzählte dem jungen Mann, wie der große dänische Astronom Tycho Brahe in Augsburg den Bau eines neunzehn Fuß hohen Quadranten und eines Himmelsglobus von fünf Fuß im Durchmesser bestellt hatte.

»Ich möchte Astronomie studieren«, erklärte der junge Mann, »weil ich den Gedanken an die Zeit nicht länger ertragen kann. Er ist mir wie ein Gefängnis, und wenn ich nur davon loskommen könnte, ich glaube, dann wäre ich froh.«

»Das habe ich auch schon gedacht«, gab Augustus versonnen zur Antwort, »und ich habe weiter überlegt: Wenn man uns in irgendeinem Augenblick unseres Lebens, selbst wenn wir ihn für den glücklichsten halten, sagen würde, dabei werde es nun für immer und ewig bleiben, kämen wir zu der Einsicht, daß wir damit nicht zur ewigen Seligkeit, sondern zu ewigem Leid gelangt wären.« Er erinnerte sich mit Trauer, daß ihm diese Überlegung selbst in seiner Hochzeitsnacht in einem bestimmten Augenblick gekommen war. Der junge Mann schien seinem Gedankengang mit Zustimmung zu folgen.

»Mir ist das Unglück geschehen, Signore«, erwiderte er nach einer Weile, sein junges Gesicht schien bleicher und seine Augen dunkler, »daß mir immerzu die Erinnerung an eine bestimmte Stunde meines Lebens im Sinne bleibt. Bis zu jener Stunde dachte ich mit Vergnügen an die Vergangenheit und Zukunft, desgleichen an die Gegenwart. Die Zeit war für mich wie eine Straße durch eine lustige Landschaft, auf der ich auf und ab wandern konnte, wie es mir gefiel. Aber nun können sich meine Gedanken nicht mehr von dieser einen Stunde losreißen; jede Sekunde von ihr steht größer vor mir und wiegt schwerer als Jahr um Jahr von dem Rest des Lebens, der mir bleibt. Ich muß mich dahin flüchten, wo es keine Zeit gibt. Ich weiß«, fuhr er fort, »daß manche Menschen den Gedanken der Unendlichkeit des Sittlichen, wie er uns in der Religion gegeben ist, als die rechte Zuflucht betrachten, doch ich habe es schon versucht, und es hat keinen Wert für mich – im Gegenteil, der Gedanke an die Allmacht Gottes, an menschliche Willensfreiheit, an Himmel und Hölle ruft mir nur die Gedanken zurück, denen ich entrinnen möchte. Ich möchte mich der Unendlichkeit des Raumes zuwenden. Soviel ich davon gehört habe, scheint es mir, daß die Straßen der Planeten und Sterne, ihre Ellipsen und Zirkel innerhalb des unendlichen Raumes die Macht haben, dem Geist neue Wege zu weisen. Glauben Sie das nicht auch, Signore?«

Augustus dachte an die Zeit, es war nicht lange her, da er selbst sich in

den Sternenräumen zu Hause gefühlt hatte. »Ich glaube«, sagte er traurig, »daß das Leben seine Gesetze der Schwerkraft im Geistigen sowohl wie im Natürlichen hat. Landbesitz, Frauen –«, er sah zum Fenster hinaus. An dem blauen Himmel des Frühlingsabends funkelte Venus wie ein Diamant.
Der junge Mann wandte sich ihm zu. »Meinen Sie wirklich«, sagte er, »daß ich ein Mann bin? Ich bin keiner, und seien Sie mir nicht böse darum, ich bin auch froh, daß ich es nicht bin. Ich weiß natürlich, große Taten sind von Männern vollbracht worden, aber darum bin ich doch der Meinung, es ginge hier auf Erden friedsamer zu, wenn die Männer nicht gar oft in Stücke brächen, was uns lieb ist.«
Augustus verwirrte es, daß er eine junge Dame für einen Mann genommen hatte, doch eine Entschuldigung war nicht angebracht, es war nicht sein Versehen. Das nächste für ihn war, sich ihr bekannt zu machen, und die Frage, ob er ihr in irgendeiner Weise behilflich sein könne auf ihrer Reise. Das Mädchen hatte keineswegs seine Weise ihm gegenüber geändert und schien gleichgültig gegenüber einem Wechsel in seinem Benehmen, nachdem sie ihm diese Eröffnung gemacht. Sie saß in der gleichen Haltung, die schlanken Knie unter dem Mantel übereinandergelegt und die Hände um die Knie gefaltet. Augustus überlegte, daß er noch kaum jemals zu einer Frau gesprochen habe, deren Interesse in der Unterhaltung nicht hauptsächlich darauf gerichtet war, welchen Eindruck sie auf ihn machte, und er überlegte weiter, daß dies es sein müßte, was ihm im allgemeinen den Umgang mit Frauen unbequem und langweilig machte. Die Art und Weise, in der diese junge Frau ein freundliches und vertrauendes Interesse ihm gegenüber zeigte, ohne zu bedenken, was er von ihr hielte, diese Art war ihm neu und köstlich, als wäre ihm unversehens ein Licht darüber aufgegangen, daß er zeit seines Lebens nach einer solchen Haltung bei einer Frau gesucht hatte. Wie gern hätte er nun den herkömmlichen Ton der Unterhaltung zwischen Mann und Frau seinerseits vermieden.
»Es ist sehr schade«, sagte er nachdenklich, »daß Sie so wenig von uns halten, ich bin sicher, alle Männer Ihrer Bekanntschaft werden versucht haben, Ihnen zu gefallen. Wollen Sie mir nicht sagen, warum es so sein muß? Mir ist es viele Male passiert, daß eine Dame mir gesagt hat, ich machte sie unglücklich und sie wünschte, wir wären beide tot, zu einer Zeit, da ich alles versuchte, sie glücklich zu machen. Es ist lange her, seit Adam und Eva« – er blickte quer durch die Stube auf ein die beiden darstellendes Bild – »im Garten Eden zusammen waren,

und darum um so betrüblicher, daß wir noch nicht besser gelernt haben, einander besser zu gefallen.«

»Und haben Sie sich nicht befragt?« sagte das Mädchen.

»Doch«, antwortete er, »aber es war wohl unser Schicksal, daß wir diese Fragen niemals ruhigen Blutes behandeln konnten. Ich für mein Teil glaube, daß Frauen aus irgendwelchen Gründen es uns nicht wissen lassen wollen. Sie wollen keine Verständigung. Sie wollen die Vorbereitung auf den Krieg. Doch ich wünschte, daß einmal, in all den Zeiten zwischen Männern und Frauen, sich zwei Botschafter in freundlichem Sinn treffen und dahin kommen möchten, sich gegenseitig ganz zu verstehen. Zwar traf ich«, setzte er nach einer Weile hinzu, »einmal in Paris eine Frau, eine große Kurtisane: Die hätte solch ein Botschafter sein können. Doch Sie hätten ihr schwerlich ein Beglaubigungsschreiben gegeben, noch ihr Entscheidungen überlassen. Ich bin nicht einmal überzeugt, ob Sie in ihr nicht eine Verräterin Ihres Geschlechts gesehen hätten.«

Das Mädchen dachte eine Weile über seine Worte nach. »Ich nehme an«, meinte sie darauf, »daß man auch in Ihrem Lande Feste, Gesellschaften und *conversazione* hat?«

»Ja«, sagte er, »das haben wir.«

»Dann werden Sie wissen«, fuhr sie langsam weiter, »daß die Pflichten der Gäste verschieden von denen des Gastgebers sind. Von beiden wird etwas ganz Verschiedenes verlangt und erwartet.«

»Ich glaube, Sie haben recht«, erwiderte Augustus.

»Gott nun«, sagte sie, »als er Adam und Eva schuf« – auch sie schaute auf das Bild an der Wand –, »hat es so eingerichtet, daß Männer in diesen Dingen die Rolle des Gastes spielen und Frauen die Rolle der Gastgeberin. Daher nimmt ein Mann die Liebe leicht, denn die Ehre und Würde seines Hauses ist hier nicht auf dem Spiel. Und Sie können zweifellos Gast bei vielen sein, bei denen Sie niemals Gastgeber sein möchten. Jetzt sagen Sie mir, Graf, was verlangt ein Gast?«

»Ich glaube«, sagte Augustus, als er einen Augenblick nachgedacht hatte, »wenn es mit rechten Dingen zugeht – ausgenommen den rohen Gast, der kommt, um sich gütlich zu tun, nimmt, was er kann, und wieder verschwindet – verlangt ein Gast vor allem Zerstreuung, um aus seinem täglichen Einerlei oder seinen Sorgen herauszukommen. Zweitens möchte der anständige Gast glänzen, sich entfalten, er möchte seine eigene Persönlichkeit auf seine Umgebung übertragen. Und drittens verlangt er vielleicht eine Rechtfertigung seines Daseins überhaupt. Doch da Sie es so liebenswürdig in Worte kleiden, Signora, bitte, sagen Sie mir nun: Was verlangt die Gastgeberin?«

»Die Gastgeberin«, sagte die junge Dame, »verlangt, daß man ihr dankt.«

Laute Stimmen von draußen machten der Unterhaltung ein Ende.

Die Geschichte vom Bravo

Als erster kam der Wirt der Osteria: er schritt rückwärts mit einer für sein Alter erstaunlichen Grazie und Leichtigkeit; in jeder Hand trug er einen dreiarmigen Leuchter. Ihm folgte die Gesellschaft der drei Herren, für die der Tisch gedeckt war; die zwei vordersten gingen Arm in Arm. Bei ihrem Eintreten veränderte sich im Nu der ganze Raum, so viel Licht, Stimmenschall und Farbe brachten sie mit – und ebensoviel leibhaftiges Dasein, denn zwei von ihnen waren sehr große Erscheinungen.

Einer von ihnen zog sofort Augustus' Aufmerksamkeit auf sich, wie bei jedermann, der in seine Nähe kam: ein Mann von ungefähr fünfzig, sehr groß, breit und überaus massig. Er war sehr gut angezogen, in Schwarz, seine Leinenwäsche strahlte; an den Händen trug er schwere Ringe; auf seinem großen Stock funkelte ein Diamantenknopf. Sein Haar war jettschwarz gefärbt, das Gesicht geschminkt und gepudert. Trotz seiner Massigkeit und obwohl er häufig verschnaufen mußte, bewegte er sich mit einer besonderen Anmut und wie nach seinem eigenen Rhythmus. Insgesamt, dachte Augustus, wenn man nicht den gewöhnlichen Maßstab anlegt, ein schönes Bild und ein Zierstück in jedem Fall; beispielsweise als Götzenbild wuchtig und eindrucksvoll. Er führte das Gespräch mit hoher und durchdringender, doch zugleich seltsam einnehmender Stimme.

»Reizend, ganz reizend, lieber Nino«, sagte er, »wieder einmal mit dir zusammen zu sein. Erst vergangene Woche hörte ich sagen, du habest eine Dana von Correggio gekauft und sechzehn Schecken von Cascine für deine Kutschen.«

Der junge Mann, zu dem er sprach und dessen Arm er hielt, schien ihm wenig Aufmerksamkeit zu schenken. Bei seinem Anblick verstand Augustus, daß die Leute hierzulande von seiner Schönheit entzückt sein mußten. Er hatte in letzter Zeit da und dort Gemäldegalerien durchstreift und dachte jetzt bei sich, ein junger heiliger Sebastian oder Johannes der Täufer, genährt mit Heuschrecken und wildem Honig oder auch ein junger Engel am Ostergrab sei aus seinem Bilderrahmen gestiegen, in modernen Kleidern, geschmackvoll und nachlässig; dann gliche er ihm aufs Haar. Denn auch in den ausgesprochen braunen Tönen des Haares, der Augen und des Gesichts hatte er etwas von der Patina alter Gemälde. Und außerdem machte er den Eindruck, als sei er in seinen Gedanken ganz unbeschäftigt, so, wie es im Paradiese sein müßte, wo Gedanken überflüssig sind.

Der dritte in der Gesellschaft war ein hochgewachsenes junges Herrchen, ebenfalls sehr reich gekleidet, mit gelocktem Blondhaar und einem rosa Gesicht, das wie bei einem Schaf, ohne daß die Kinnbacken absetzten, in einen speckigen Hals überging. Er war ganz Ohr für den alten Herrn und verlor keine Augen von ihm. Die drei nahmen zum Essen Platz, das Kerzenlicht bestrahlte sie.

Nach einem Blick auf die neuangekommene Gesellschaft erhob sich die junge Dame, legte sich den Mantel um und verließ das Zimmer. Augustus geleitete sie nach draußen, wo ihr Diener sie mit einem Leuchter erwartete.

Als Augustus zurückkam, wurde ihm gerade aufgetragen, und er setzte sich nieder zum Kapaun und einem Kuchen mit rosa Schlagrahm. Die Unterhaltung an dem größeren Tisch war so laut, daß sie ihn von seinen Gedanken ablenkte und von Zeit zu Zeit seinen Blick hinüberzog. Dabei fiel ihm an dem alten Herrn etwas auf: Während er seine Gäste immer wieder zum Trinken anhielt, trank er selbst nur eine Limonade und hielt doch Schritt mit ihnen in der angeregten Stimmung, als stünde ihm ein natürliches Mittel zu Gebote, eine Trunkenheit ohne Wein. Einmal, als er länger redete, konnte Augustus der Geschichte folgen, die er den andern erzählte.

»In Pisa«, sprach er, »war ich vor vielen Jahren zugegen, als unser berühmter Monti, der Dichter, den Monsignore Talbot mit der Pistole niederschoß. Es geschah bei einem Abendessen, gerade wie unter uns hier, wir waren unser drei. Und es kam alles von einem Streit über die ewige Verdammnis.

Monti, der just seinen Don Giovanni beendigt hatte, litt zu der Zeit an einer Anwandlung von gefährlicher Schwermut, ihm schmeckte nicht Essen noch Trinken, und Monsignore Talbot fragte ihn, was mit ihm sei und wunderte sich, daß er nicht ganz im Glücke sei nach der so erfolgreichen Leistung. Monti fragte dagegen, ob er nicht verstehe, daß es jemand schwer auf der Seele liegen müsse, Schöpfer eines Wesens zu sein, das ewig in der Hölle schmachten solle. Talbot lächelte ihn an und erwiderte, so etwas könne nur leibhaftigen Menschen geschehen. Wor-

auf der Dichter auffuhr und ihn fragte, ob denn sein Don Giovanni nicht leibhaftig sei? Der Monsignore hatte noch immer sein Lächeln, weil der andere das so ernsthaft nahm; in seinem Stuhl zurückgelehnt, erklärte er, was er meine, seien Wesen aus Fleisch und Blut. ›Fleisch und Blut!‹ schrie der Poet. ›Können Sie zweifeln, daß er ein Wesen aus Fleisch und Blut war, wenn allein in Spanien eintausendunddrei Damen bereit sind, diese Tatsache zu bezeugen?‹ Monsignore Talbot fragte dagegen, ob er sich wirklich in demselben Sinn für einen Schöpfer halte wie Gott.
›Gott!‹ schrie Monti. ›Gott! Haben Sie keinen Begriff davon, daß Gottes wirklicher Schöpferwille meinen Giovanni im Sinne hat und Homers Odysseus und den Don Quijote des Cervantes? Sehr wahrscheinlich sind Himmel und Hölle lediglich für ihresgleichen da, denn Sie werden doch nicht annehmen, daß ein allmächtiger Gott in Zeit und Ewigkeit Amen an meiner Schwiegermutter und an dem Kaiser von Österreich Genüge haben werde? Was Menschen sind, Mann und Weib auf dieser Erde, ist nur das Tonmodell Gottes, wir Künstler sind seine Handlanger; und wenn die Statue in Stein oder Bronze fertig ist, schlägt er uns alle zusammen. Sie, wenn Sie sterben, werden wahrscheinlich auslöschen wie ein Licht, und damit basta, doch in den ewigen Gefilden werden Orlando, der Misanthrop, und meine Donna Elvira wandeln. So sieht Gottes Arbeitsplan aus und wenn wir ihn manchmal etwas umständlich finden: wer sind wir, daß wir ihn meistern dürfen, da wir sehen, daß wir aber auch gar nichts wissen von Zeit und Ewigkeit?‹
Obzwar selbst ein großer Kunstfreund, fühlte sich Monsignore Talbot etwas unbehaglich bei solch ketzerischen Ansichten; er fing an, Monti zur Rede zu stellen. ›Fort mit Schaden und überzeugen Sie sich gefälligst selbst‹, schrie Monti, und den Lauf der Pistole, mit der er gespielt hatte, auf der Kante des Tisches aufgelegt, gab er einen Schuß ab auf den ihm gegenübersitzenden Monsignore, der sogleich in seinem Blut niederfiel. Es war eine ernste Sache. Monsignore Talbot mußte eine schwere Operation durchmachen und schwebte lange zwischen Leben und Tod.«
Die jungen Männer, die mittlerweile viel getrunken hatten, begannen ihren Witz zu üben an Montis Vorstellung; sie hielten dem Erzähler verschiedene Formen der Unsterblichkeit vor, die er unter den Händen von dem und jenem Dichter annehmen könnte. Sie gebrauchten viel Namen und Ausdrücke, die Augustus fremd waren; auch waren ihre Stimmen weniger gut zu verstehen als die des alten Herrn; er gab

erst wieder auf ihre Unterhaltung acht, als dieser allein zu sprechen fortfuhr.

»Aber nein, ihr Kinder«, sagte er, »ich hege andere Erwartungen. Doch mag es immerhin von Nutzen für euch sein, euch ein wenig mit dem Gedanken an die andere Welt zu beschäftigen, und vielleicht mag es sogar diese neue Melancholie unseres lieben Nino, um derentwillen das ganze Land betrübt ist, zerstreuen, wenn ich euch eine andere Geschichte erzähle.«

Er lehnte sich zurück in seinen Stuhl, und während der ganzen Erzählung aß er keinen Bissen und trank keinen Schluck. Augustus gewahrte, als der Alte länger redete, daß sein junger dunkler Nachbar, den er seinen lieben Nino gerufen hatte, sich ebenso verhielt, so daß von den dreien nur noch der blonde Mensch mit dem Schafsgesicht fortfuhr, den Freuden der Tafel zuzusprechen.

»In Pisa lebte, meine lieben Freunde«, begann der alte Herr, »zu meines Großvaters Zeiten ein Edelmann von hohem Rang und großem Vermögen, der machte die traurige Erfahrung mit einem jungen Freunde, dem er jegliche Wohltat gespendet hatte, daß ihm dieser mit der gewöhnlichen Undankbarkeit der Jugend eine tödliche Beleidigung zufügte und, was noch ärger war, ihn zum Gegenstand der Lächerlichkeit in aller Augen machte. Der Edelmann war ein Philosoph, dem über alles im Leben sein Herzensfrieden ging. Als er erkannte, daß die Sache ihm den Schlaf raube, und daß es keine Freude mehr für ihn gab, und sein seelisches Gleichgewicht gestört blieb, solange er nicht das Blut seines jungen Feindes hatte, entschied er sich, ihn zu töten. Aber seine Stellung und andere Umstände ließen ihn keinen Weg sehen, es selbst zu tun, so wandte er sich an einen jungen Bravo in seiner Stadt. Denn in jenen Tagen gab es noch solche Leute. Nun war dieser junge Mensch verschwenderisch veranlagt und hatte sich dadurch so schwere Schulden aufgeladen und war in eine so üble Lage geraten, daß er nur durch eine Heirat einen Ausweg hätte finden können. Meines Großvaters Freund sagte zu ihm: ›Ich möchte, daß jeder von uns in dieser Sache zufriedengestellt wird. Ich werde dir für meinen Seelenfrieden zahlen, was er mir wert ist, und das ist nicht wenig. Tue mir diesen Dienst, und ich will alle deine Schulden tilgen, bis herunter zu dem kleinen Rosenkranz deiner Großmutter aus Korallenperlen, den du verpfändet hast.‹ Der Bravo war damit einverstanden, und alles wurde zwischen ihnen abgemacht.«

Eine große Katze, die im Saal herumgestrichen war, sprang in diesem

Augenblick dem alten Herrn auf die Knie, der die Geschichte erzählte. Ohne die Katze anzusehen, hielt er sie mit Streicheln bei sich fest, während er in seiner Erzählung fortfuhr.

»Die Uhr schlug Mitternacht, als der Bravo ihn verließ, und da er wußte, daß er keinen Schlaf fände, bevor diese Sache erledigt wäre, blieb er in seinem Zimmer auf und wartete auf die Rückkehr des jungen Menschen. Er hatte einen erlesenen Imbiß für ihn in seinem Zimmer richten lassen. Gerade als es eins schlug, trat der junge Mann ein, bleich wie der Tod. ›Ist mein Feind tot?‹ fragte der Edelmann. ›Ja‹, antwortete der Bravo. ›Ist es auch sicher?‹ fragte sein Auftraggeber, dessen Herz in der Brust vor Freude zu pochen anfing. ›Ja‹, antwortete der Bravo. ›Wenn ein Mann tot sein kann, dem ich mein Stilett dreimal ins Herz gestoßen habe bis ans Heft. Ein jeder sollte, wie Sie gesagt haben, in dieser Sache zufriedengestellt werden. Jetzt will ich eine Flasche Champagner mit Ihnen trinken.‹ So nehmen die zwei recht guter Dinge ihr Abendbrot ein. ›Wissen Sie‹, sagte der Bravo, ›eins ist schade, denke ich oft: daß wir allesamt so große Skeptiker geworden sind und kaum mehr glauben, was unsere frommen Großmütter uns gesagt haben. Denn es würde mir ein großes Vergnügen sein, zu denken, daß wir beide, Sie und ich, zur ewigen Verdammnis eingehen werden.‹

Der Edelmann war erstaunt, und der junge Mensch tat ihm leid, denn er sah aus als wäre er von Sinnen. Er fühlte sich ihm gegenüber zu großem Wohlwollen geneigt und versuchte ihn zu beruhigen. ›Es ging über Ihre Kraft‹, sagte er, ›ich hätte Ihnen mehr zugetraut. Und was die ewige Verdammnis angeht, ich weiß, was Sie meinen, und Sie haben wahrscheinlich recht, glaube ich. Die Mordtat, die Sie heute nacht ausgeführt haben, die habe ich schon viele Male in meinem Herzen begangen, und die Heilige Schrift sagt, es sei dies so gut wie ein begangener Mord. Spitzfindige Denker würden sogar beweisen, daß der Anteil, den Sie daran haben, rein illusorisch sei; daher mögen Sie noch immer Ihren Rock in dem Blute des Lammes weiß waschen. Doch ich muß sagen, was ich Ihnen zahlte, zahlte ich für die Mühe, die Sie hatten, und für das Risiko, das Sie auf sich nahmen in bezug auf das Gesetz von Pisa und die Verwandtschaft meines toten Feindes. An Ihre Seele habe ich nicht gedacht. Was Sie dabei riskierten, es wird nicht viel sein, dafür will ich Ihnen noch den Ring hier geben.‹ Bei diesen Worten zog er einen Ring mit einem großen Rubin, einem sehr wertvollen Stein, vom Finger und gab ihn dem jungen Mann, der ihn anlachte, als hätten sie nie von heiligen Dingen gesprochen. Alsdann trollte er sich. Unser Edelmann ging zur Ruhe und schlief seit Monaten zum erstenmal gut in dem

Bewußtsein, daß sein Wunsch nun endlich erfüllt war und daß er dem Bravo gegenüber sich großzügig gezeigt hätte.«
Bei diesem Punkt der Erzählung stieg die Katze über den Tisch und sprang dem jungen Prinzen auf den Schoß. Als wäre er nur das Spiegelbild seines Gegenüber, begann er gleicherweise die Katze sacht zu streicheln, während er im Stuhl zurücklehnte und zuhörte.
»Aber es war ihm beschieden«, fuhr der Alte fort, »daß sein Glaube an die Menschen einen Stoß erleiden sollte; denn einige Wochen später, als er wie verjüngt und neubelebt die Gesellschaft seiner Freunde, die Musik und die Schönheit der Umgebung von Pisa genoß, erhielt er einen Brief von einem Freund in Rom; der teilte ihm mit, sein Feind, für dessen Tod er einen so hohen Preis gezahlt hatte, sei dort wohlbehalten wie je und ein Stern ersten Ranges in der römischen Gesellschaft und am päpstlichen Hof.
Dieser letzte Beweis menschlicher Perfidie und seiner Torheit, an Freunde oder Gedungene zu glauben, traf den nichtsahnenden Mann hart. Er wurde krank und hatte eine lange Zeit unter Schmerzen in seinen Augen und im Arm zu leiden, so daß er zu seiner Erholung das Bad Pyrmont aufsuchen mußte. Doch ich will diese traurige Zeit überspringen. Da er ein denkender Mann war, begann er über seine Zukunft und die des Bravo zu grübeln, wie sie damals beim Abendessen darüber gesprochen hatten. Ist es wirklich, dachte er, daß der Vorsatz allein die Waage niederdrückt und uns rettet oder verdammt, und hat die Tat nichts damit zu tun? Je mehr er darüber nachdachte, um so mehr erkannte er, daß es so sein müsse. Vermutlich sogar, dachte er, fällt der Vorsatz allein schon ins Gewicht, auch wenn es nur beim Vorsatz bleibt. Denn die Tat wischt den Wunsch aus. Der sicherste Weg, des Nächsten Weib nicht mehr zu begehren, ist ohne Zweifel der, sie zu besitzen, und wir sind imstande, unsere Feinde zu lieben und für die zu bitten, so uns beleidigen und verfolgen, sobald sie tot sind. Er erinnerte sich, wie liebreich er an seinen jungen Feind gedacht in der kurzen Zeit, da er geglaubt hatte, er sei umgebracht.
Daher, dachte er, ist die Hölle sehr wahrscheinlich voller Menschen, die nicht ausgeführt haben, was sie zu tun vorhatten. Das ist der Wurm, der niemals stirbt. Und somit«, sagte der alte Herr, seine Stimme wurde plötzlich sanft und zärtlich, »da er den Glauben an die Bravi verloren hatte, nahm er sich vor, in Zukunft seine Vorsätze selbst auszuführen. Doch da war ein Punkt«, fuhr er in der gleichen sanften Weise fort, »in dem hätte er gern Gewißheit gehabt, eh' er sich die ganze traurige Sache aus seinen Gedanken schlug: Wieviel mochte

wohl der von ihm so schön bezahlte Bravo von der andern Seite bekommen haben?
Das, mein lieber Nino, ist meine Geschichte, hoffentlich hab' ich dich nicht damit gelangweilt. Du würdest mir einen großen Gefallen tun, wenn du mir sagen wolltest, was du davon hältst.«
Ein Schweigen trat ein. Der dunkle junge Prinz beugte sich vor, legte den Arm auf den Tisch, das Kinn auf die Hand gestützt, und sah den alten Mann an. Diese Bewegung hatte so viel von der Katze, die er bei sich hatte, an sich, daß es Augustus fast erschreckte.
»Ja, ich bitte um Nachsicht«, sagte er, »es hat mich ein wenig gelangweilt, denn ich denke, als Erzählung war deine Geschichte zu lang, und selbst jetzt hat sie kein Ende. Wollen wir sie heute nacht zu Ende bringen.«
Er füllte sein Glas und trank es halb leer. Dann, mit einer lässigen Bewegung, als hätte er zuviel getrunken, um eine heftigere Anstrengung zu machen, schleuderte er das Glas über den Tisch, dem alten Herrn ins Gesicht. Der Wein lief über den scharlachroten Mund und das gepuderte Kinn. Das Glas rollte dem Alten in den Schoß und fiel von dort zu Boden, wo es zerbrach.
Der junge Mann mit den blonden Locken schrie auf und sprang hoch. Mit einem kleinen Spitzentaschentuch versuchte er, den Wein von dem Gesicht des andern abzuwischen, als wäre es Blut. Doch der dicke alte Mann schob ihn weg. Einen Augenblick lang war sein Gesicht ganz unbeweglich, wie eine Maske. Dann begann es zu erglühen zu einem fremdartigen triumphierenden Leuchten. Unmöglich, zu sagen, ob sein Gesicht nun wirklich unter der Schminke rot wurde, doch es zeigte plötzlich, was die Schminke hatte vortäuschen sollen: den Ausdruck erhöhter ursprünglicher Lebenskraft. Er hatte alt ausgesehen, während er seine Geschichte erzählte. Jetzt wirkte er wie lauter Jugend oder Kindheit. Da sah Augustus erst, wem er eigentlich ähnelte: Er hatte insgeheim die sanfte Fülle und große Macht wie die alten Statuen des Bacchus. Die Atmosphäre des Zimmers schien überstrahlt von seinem Leuchten, als hätte sich der alte Gott mit eins, weinlaubgekrönt, den Sterblichen geoffenbart. Er nahm ein Taschentuch und tupfte sorgsam seinen Mund damit, dann, das Tuch vor Augen, sprach er mit leiser, freundlicher Stimme, so wie ein Gott mit menschlichen Wesen gesprochen hätte, eingedenk seiner natürlichen Stärke, die sie nicht aushalten könnten.
»Es ist Tradition in Eurer Familie, Nino, ich weiß«, sagte er, »dieses erlesene savoir-mourir.« Er schlürfte ein wenig von seiner Limonde,

um den Geschmack des Weines, der seinen Mund berührt hatte, fortzunehmen. »Was für ein ausgezeichneter Kritiker du bist, nicht nur deiner eigenen toskanischen Gesänge, sondern auch der modernen Prosa. Das war gerade der Fehler meiner Geschichte: daß sie kein Ende hatte. Eine reizende Sache: ein Ende. Willst du morgen bei Sonnenaufgang auf der Terrasse hinter dem Hause sein? Ich kenne den Platz, eine sehr gute Stelle.«

»Ja,« gab Nino zurück, noch in der gleichen Haltung mit dem Kinn in der Hand. »Danke schön«, erwiderte der alte Herr, »danke dir, mein Lieber. Und jetzt«, setzte er mit ruhiger Würde fort, »wenn es Euch gefällt, werde ich mich zurückziehen. Ich kann nicht«, sagte er mit einem Blick unter sich auf sein beflecktes Hemd, »in diesem Aufzug länger in Eurer Gesellschaft verweilen. Arturo, gib mir deinen Arm. Ich werde ihn zurückschicken, um alles mit dir zu ordnen, Nino. Gute Nacht, schlaf wohl!«

Als er am Arm des blonden jungen Menschen, der jetzt totenbleich war und vor Entsetzen ganz außer sich schien, weggegangen war, saß der andere junge Mann eine Weile ohne Regung, als wäre er eingeschlafen. Dann wandte er sich um und schaute Augustus an, dessen Gegenwart ihm vorher nicht bewußt gewesen schien; er stand auf, kam zu ihm und begrüßte ihn sehr artig. Er war nicht ganz fest auf seinen Füßen, trotzdem schaute er drein, als wäre er imstande, einen Part in jedem Ballett zu übernehmen.

»Signore«, sprach er, »Sie waren Zeuge des Streites zwischen mir und meinem Freund, dem Prinzen Potenziani, dem ich Satisfaktion geben muß. Wollen Sie als Edelmann mir die Güte erweisen und als mein Sekundant morgen früh zur Stelle sein? Ich bin Giovanni Gastone, von Toskana, und Ihr Diener.« Augustus bedeutete dem Prinzen, daß er niemals etwas mit einem Zweikampf zu tun gehabt habe; es sei ihm unbehaglich, in so etwas verwickelt zu werden.

»Ich würde glücklich sein, Ihnen Beistand zu leisten«, betonte er, »aber ich kann mir nicht helfen, ich finde, solchen Streit zwischen Freunden beim Abendessen sollte man in freundlicher Weise beilegen. Sie können doch nicht wünschen, gegen diesen Mann, der soviel älter ist als Sie, um ein Nichts die Waffe zu heben!«

Giovanni lächelte ihn liebenswürdig an. »Beruhigen Sie Ihr Gewissen, Graf«, sagte er, »der Prinz ist der beleidigte Teil, und er wird die Waffen wählen. Wenn Sie in der Toskana lebten, wüßten Sie von seiner Kunstfertigkeit im Schießen. Und was sein Alter anbetrifft, es ist richtig, er hat doppelt so lange gelebt als Sie und ich, und trotzdem ist er im Grunde ein Kind, verglichen mit uns. Es würde für ihn ganz natürlich sein, zweihundert Jahre zu leben, so wie es für unsereinen sechzig tun. Die Dinge, die uns verbrauchen, berühren ihn nicht. Er ist wirklich wunderbar.«

»Was Sie gesagt haben«, entgegnete Augustus, »läßt das Duell um nichts vernünftiger erscheinen. Kann es nicht sein, daß er Sie tötet?«

»Nein, nein«, meinte der junge Mann, »aber er ist seit vielen Jahren mein bester Freund. Wir wollen ausfindig machen, wer von uns beiden bei Gott am besten in Gunst steht.«

Der leise und helle Ruf eines Vogels klang vom Garten wie die Stimme der Nacht selbst. »Hören Sie den Steinkauz schreien?« fragte Giovanni, »das bedeutete immer, daß mir etwas Gutes bevorstand. Ich weiß nicht«, setzte er nach einer Weile hinzu, »was es jetzt sein wird, es sei denn, Gott hat eine viel größere Macht der Einbildungskraft, als ich sie habe – dann wäre er meinem Freund, dem Prinzen, ähnlicher als mir. Und das natürlich traue ich ihm zu.« Gedankenverloren saß er ein Weilchen da. »Den Pferden, die ich da gekauft habe«, sagte der, »habe ich noch keine Namen gegeben. Der Prinz würde mit Leichtigkeit für jedes einen Namen gefunden haben. Fällt Ihnen vielleicht etwas ein?«

Die Marionetten

Als der junge Prinz mit wiederholten Dankesworten gute Nacht gesagt und seinen Sekundanten verlassen hatte, kam der alte Diener, den Augustus im Phaeton gesehen, lautlos wie eine Katze zu ihm und berührte ihn am Ärmel. Seine Herrin, meldete er, sei durch die Geräusche im Hause beunruhigt, und sie bitte den Grafen, ihr zu sagen, was es gegeben habe. In der Tat erwartete sie ihn am Ende des Gebäudes, wo das Licht auf eine Steinbank fiel. Der alte Diener hielt sich in einiger Entfernung in der Nähe eines großen Baumes.

Augustus zögerte, die junge Dame in das beabsichtigte Duell einzuweihen, aber sie wußte bereits Bescheid, ihr alter Haushofmeister hatte mit dem Herbergsvater außen an der Tür gehorcht. Was sie wissen wollte, und sie schien darüber sehr erregt, war, wie der Streit entstanden sei. Augustus hielt es, auch für den Fall einer späteren gerichtlichen Untersuchung, für das beste, ihr den Hergang zu erzählen. Er könne nicht begreifen, wie es darüber zu einem Kampf auf Leben und Tod kommen könne, erklärte er und wiederholte ihr alles von der abendlichen Unterhaltung, dessen er sich entsann. Sie hörte ihm wortlos zu, regungslos und aufrecht dastehend wie ein Standbild, doch mitten in der Erzählung nahm sie ihn am Arm und führte ihn in den Lichtkreis. Als er geendigt hatte, bat sie ihn, ihr die Geschichte des alten Prinzen von dem Bravo nochmals zu erzählen, und sie unterbrach ihn, um sich bestimmte Worte und Wendungen wiederholen zu lassen.

Als er das zweitemal zu Ende kam, drehte sie sich plötzlich zum Licht, und er war bestürzt, in ihrem Gesicht, als böte es ein Spiegelbild, den gleichen Ausdruck zu sehen wie auf dem Gesicht des alten Prinzen nach der schweren Beleidigung. Sie gebrauchte weder Puder noch Schminke, so daß er dem Lauf ihres Blutes folgen konnte, wie es langsam hochstieg, bis das ganze Gesicht aufglühte wie von einem feurigen Wein oder einer heftigen Anstrengung. In einer leichteren Form – da sie weder nach Leib noch Seele sein gewaltiges Gewicht besaß – nahm sie in diesem Augenblick teil an der Metamorphose zur Gottheit, und so hätte sie gut eine der jungen Bacchantinnen im Gefolge des alten Dionysos sein können oder, mit dem Licht in ihren großen Augen, einer von seinen Panthern.

Sie holte tief Luft. »Vom ersten Augenblick an, als ich Sie sah, Signore«, sprach sie, »wußte ich, daß mir etwas Gutes begegnen würde. Bitte, sagen Sie mir nun: Wenn sie beide zur gleichen Zeit schießen und beide haben gut gezielt, kann es sein, daß jeden die Kugel ins Herz trifft und sie beide zugleich fallen?«

Augustus dachte, für einen Studenten der Sterne und der Philosophie zeigte diese junge Dame einen recht blutdürstigen Sinn. »Ich habe niemals etwas Derartiges gehört«, erwiderte er, »aber ich möchte nicht behaupten, daß es nicht vorkommen könnte. Ich fühle mich sehr beunruhigt über den Ausgang des Duells, es ist ein eigenartiges Zusammentreffen, daß mir erst gestern erzählt wurde, was für ein Meisterschütze der alte Prinz ist.«

»Das ist allbekannt«, meinte sie, »kann er den Leuten nicht auf andere Art einen Schrecken einjagen, so tut er's mit seinen Pistolen. Doch bitte, sagen Sie mir, Signore«, fuhr sie fort, »wer ist der junge Mann, den der Prinz zur Strecke bringen will? Sie haben mir seinen Namen nicht gesagt.« Augustus nannte ihn. Wieder stand sie schweigend und regungslos da. »Giovanni Gastone«, wiederholte sie langsam, »dann habe ich ihn selbst gesehen. Am Tage meiner ersten Kommunion, vor fünf Jahren: Er begleitete seine Großmutter in die Kirche und hielt seinen Schirm über sie vom Wagen bis zur Vorhalle, denn es regnete heftig.«

»Sollen sie zu Bett gehen«, sagte sie nach einer kleinen Weile. »Wenn es denn die letzte Nacht ist, in der er zu Bett gehen kann, soll er schlafen. Aber wir, Signore, können unmöglich schlafen, was machen wir? Mein Diener sagt mir, es sei hier in der Herberge eine Puppenspielergesellschaft, und da die Fuhrleute von Pisa spät zurückkommen, werde es um diese Zeit eine Vorstellung geben. Wollen wir hingehen und sie uns ansehen.«

Augustus war ebensowenig nach Schlafen zumute; tatsächlich hatte er sich kaum je so hellwach und munter gefühlt. Er fühlte seinen Körper leicht werden, wie er es als Knabe so oft verspürt hatte. Mit dem glücklichen Erstaunen eines Goldgräbers, der eine Goldader im Gestein anschlägt, bedachte er, daß er auf eine Ader der Lebensereignisse gestoßen sei. Die Gesellschaft des jungen Mädchens machte ihn in besonderer Weise froh, er fragte, ob es auch an den langen schwarzen Hosen lag, die sie gleich ihm trug; Hosen waren das einzig richtige Kleidungsstück für ein menschliches Wesen, dünkte ihn. Die Falbeln und Schleppen, mit denen Frauen im allgemeinen ihre Weiblichkeit betonen, schien ihm, machten ein Gespräch mit ihnen zu der Art Unterhaltung, wie man sie mit Offizieren in Uniform oder mit Geistlichen im Talar hatte, wobei nicht viel herauskommt. Er folgte ihr in die große weißgetünchte Scheune, wo das Theater aufgeschlagen war. Das Spiel hatte soeben begonnen.

Es war eine heiße und stickige Luft hier, obgleich oben unter dem Dach ein Fenster gegen den schwarzblauen Nachthimmel offenstand. Das Gebäude war halbvoll und mit einer Anzahl ausgedienter Laternen, die an der Decke hingen, notdürftig erleuchtet. Um die Bühne her warfen die Kerzen der Rampenlichter ein zauberisches Inselchen von Licht auf die Kostüme der Puppen in Karmesin, Orange und Grün, die wahrscheinlich im Tageslicht verblaßt und unschön aussahen, jetzt aber leuchteten und strahlten wie Juwelen. Ihre Schatten, die weit größer als sie selbst waren, warfen alle ihre Bewegungen auf den weißen Hintergrund zurück.

Die Spieler unterbrachen ihre Vorstellung beim Eintritt so vornehmer Zuschauer, sie brachten zwei Lehnstühle herbei, damit sie nahe der Bühne Platz nehmen konnten. Dann nahmen sie den Faden dort wieder auf, wo sie abgebrochen hatten, sie sprachen laut mit den verschiedenen Stimmen der mitspielenden Gestalten.

Es war die unsterbliche »Rache der Wahrheit«, was gespielt wurde, die reizendste Marionettenkomödie, die es gibt. Jedermann wird sich erinnern, wie eine Zauberin den Plan ausheckt, das Haus samt allen Geschöpfen darin zu verwünschen, dergestalt, daß jede Lüge hier zur

Wahrheit wird. Das berechnende Weibchen, das nach einem reichen Mann trachtet, dem sie erzählt, daß sie ihn liebt, verliebt sich in ihn; aus dem Aufschneider wird ein Held; der Scheinheilige wird richtig fromm; der alte Geizhals, der den Leuten erzählt, daß er arm sei, verliert sein ganzes Geld. Wenn die Frauen unter sich sind, sprechen sie in Versen, aber die Redeweise der Männer ist teilweise sehr gewöhnlich; nur ein junger Knabe, er die einzige unschuldige Person in der Komödie, hat einige wunderhübsche Liedchen zu singen, die von einer Mandoline hinter der Bühne begleitet werden.

Die Moral des Stückes gefiel dem Publikum, ihre müden, staubigen Gesichter leuchteten auf, als sie über Mopsus, den Spaßmacher, lachten. Das junge Mädchen folgte der Entwicklung der Verzauberung, als dichte sie im Geiste das Spiel mit. Augustus in seiner augenblicklichen Verfassung war von einigen der Gespräche seltsam im Herzen berührt. Wenn der Liebhaber zu seiner Geliebten sagt, daß ein Stück trockenes Brot den Hunger besser stille als ein ganzes Kochbuch, nahm er sich das in gewisser Hinsicht selbst zur Lehre. Das nichtsahnende Opfer unterhält seinen Mörder über die Schönheit des Mondlichtes, und der Bösewicht antwortet mit einem Traktat über das Sinnwidrige von Gottes Allmacht, uns mit Dingen zu ergötzen, die uns keinen Vorteil bringen, die eher das Gegenteil bewirken mögen; und er fährt fort zu behaupten, daß Gott uns folglich leiden mag, wie wir unsere Hunde leiden mögen: ist er gut aufgelegt, sind wir es auch, und ist er niedergeschlagen, sind auch wir niedergeschlagen; und macht er in einer romantischen Laune die mondbeglänzte Zaubernacht, folgen wir ihm auf den Fersen, soweit wir können. Augustus mußte lächeln. Er dachte, er möchte gern wieder fühlen wie als Kind, wie eins von Gottes Hündlein.

Am Schluß erscheint die Hexe wieder, und auf die Frage, was nun eigentlich die Wahrheit sei, gibt sie die Antwort: »Die Wahrheit, meine Kinder, ist, daß ein jeder von uns in einer Marionettenkomödie spielt. Wichtiger als alles andere in einer Marionettenkomödie ist, die Idee des Autors gut herauszubringen. Das ist wahre Glückseligkeit des Lebens, und da ich jetzt in ein Marionettenspiel geraten bin, will ich es nie mehr verlassen. Aber ihr, meine lieben Mitspieler, bringt mir die Idee des Autors gut heraus. Ja, treibt sie auf die Spitze, bis zum äußersten.«

Diese Rede schien Augustus plötzlich sehr viel Wahres zu enthalten. Ja, dachte er, wäre mein Leben nur so eine Marionettenkomödie, in der ich meine Rolle zu spielen hätte, die ich gut kenne, dann möchte es gar leicht und schön sein. Die Leute hierzulande schienen irgendwie dieses

Ideal zu verwirklichen. Sie waren so gefeit gegen die Schrecknisse, die Untaten und Wunder des Lebens, an denen sie Anteil nehmen, wie es die kleinen Schauspieler auf der alten Bühne waren. Den Menschen des Nordens sind die starken Erschütterungen der Seele immer wieder befremdend, und im Zustand der Erregung ist ihre Sprache stockend und polternd. Doch diese Menschen hier deklamieren noch in der wildesten Leidenschaft, das Leben, was es auch bringen mag, gleicht einer Komödie, einem Stück, das sie schon geprobt haben. Wenn ich nun endlich, dachte er, in ein Marionettenstück komme, so will ich es nicht mehr verlassen.

Während der letzten Szene, als alle Puppen auf der Bühne waren, den Beifall des Hauses einzuheimsen, hörte Augustus, wie sich hinten im Raum eine Tür öffnete; als er sich umwandte, sah er den Prinzen Giovanni und seinen Diener hereinkommen und sich unter dem Publikum umschauen, als suchten sie jemand. Da er glaubte, daß sie vielleicht nach ihm ausschauten, stand er auf und ging zu ihnen, ein wenig weg von dem lauten Spiel. Er fühlte sich ein wenig beklommen, daß er fortgegangen war, sich einen Spaß zu machen, während dies vielleicht die letzte Nacht im Leben des jungen Menschen war, doch Giovanni schien nicht erstaunt und fragte, ob das Spiel gut gewesen sei. »Eine mißliche Sache ist passiert«, sagte er, »der junge Freund des Prinzen, der sein Sekundant sein sollte, hat Anfälle bekommen. Er ist sehr elend und greint unaufhörlich. Ich erinnerte mich, Sie heute abend in Gesellschaft eines jungen Mannes gesehen zu haben; aus Ihrem Benehmen ihm gegenüber entnahm ich, daß er ein Herr von hohem Rang sein muß, vielleicht aus Ihrem eigenen Lande. Ich möchte Sie bitten, ihn zu bewegen, daß er morgen früh die Rolle des Sekundanten übernimmt, denn weder der Prinz noch ich wünschen einen Aufschub.«

Die Worte des Prinzen brachten Augustus in Verlegenheit. Er mochte nichts von dem Geheimnis der jungen Dame preisgeben und sagte sich, daß es am Ende besser sei, Giovanni in dem Glauben zu lassen, es handle sich wirklich um einen jungen Landsmann von ihm, der gewissermaßen in seiner Obhut stand. »Bei seiner großen Jugend ist es vielleicht wenig ratsam, den Herrn in unsere leidige Sache zu ziehen. Doch da er gerade hier ist, will ich ihn darum befragen, wenn Sie warten wollen.« Als er zurückkam, schaute die junge Dame noch auf die Bühne; soeben fiel der Vorhang zum letztenmal. Er wiederholte ihr sein Gespräch mit dem Prinzen und schlug vor, daß sie irgendeine Entschuldigung finden sollten, die es ihr ermöglichte, früh am Morgen aufzubrechen, um dem Handel fernzubleiben. Sie überlegte kurz, erhob sich und blickte nach Giovanni, der vom andern Ende des Raumes auf sie und Augustus schaute.

»Signore«, erwiderte sie hierauf langsam und ernst, »ich möchte Ihren Freund, den Prinzen Nino, kennenlernen, und nichts könnte mir lieber sein denn als Sekundant bei diesem Duell zu dienen. Es bestanden nie sehr freundschaftliche Beziehungen zwischen unseren Familien, doch in einer Ehrensache ist es Pflicht, derartige Dinge außer acht zu lassen. Haben Sie die Güte, ihm zu sagen, daß mein Name Daniele della Gherardesci ist und daß ich zu seiner Verfügung stehe.« Prinz Giovanni sah ihre Blicke auf sich gerichtet, er trat auf sie zu, und Augustus übernahm die Vorstellung; die beiden jungen Leute wechselten einige Worte von größter Höflichkeit. Das Mädchen stand mit dem Rücken zur Bühne, und das Rampenlicht wob einen Schein um ihr Haupt. In ihrer zwanglosen und stolzen Haltung sah sie einem jungen Heiligen gleich, der sich als Dandy verkleidet. Die Leute im Zuschauerraum, die sich erhoben hatten, erkannten den Prinzen und blieben, in einigem Abstand von der Gruppe, stehen, um ihn anzusehen.

Der Prinz äußerte seinen Dank für die ihm erwiesene Gefälligkeit.

»Mein Herr«, sprach das Mädchen, »in Ägypten suchte Potiphars Weib, als sie schon eine alte Dame war, und er Ministerpräsident, um eine Audienz bei Joseph nach, ihn für ihren Schwiegersohn um einen hohen Orden, den Stern des Paradieses, zu bitten. ›Ich will nicht aufdringlich sein‹, sagte sie, ›aber ich meine, es ist sehr lange her, seit ich Euer Exzellenz um einen Gefallen bat; so darf ich hoffen, Sie werden mir ein williges Ohr schenken.‹

›Madame‹, erwiderte der Ministerpräsident, ›einmal, vor langer Zeit, lag ich im Kerker. Die Sterne konnte ich da nicht sehen, doch mir träumte viel von Sternen. Nun sah ich sie im Traum am ganzen Himmel durcheinanderrennen, eine wilde Schar, weil ich sie nicht hüten konnte; die Schaf- und Kamelhirten, die bei Nacht austreiben, verloren Weg und Steg. Auch von Ihnen, Madame, träumte mir einmal, das war, als der Stern Aldebaran vom Himmel fiel; ich hob ihn auf und überreichte ihn Ihnen. Sie steckten ihn an Ihr Spitzentuch und sprachen: ›Danke tausendmal, Joseph! Es freut mich, daß mein Traum mehr oder weniger sich erfüllt hat. Der Orden für Ihren Schwiegersohn ist schon sein.‹«

Bald darauf gingen sie auseinander.

Die Sonne war noch nicht aufgegangen, doch es lag eine köstliche Erwartung von Helligkeit in der Luft, keine Wolke stand am Himmel. Die Steinfliesen der Terrasse waren noch naß vom Tau; im Garten fing ein Vogel zu singen an, bald ließ ein zweiter sich hören, und von der Straße erklangen die Rufe der Fuhrleute, die früh am Morgen auf waren und neben ihren langhornigen Ochsen einhergingen.

Augustus trat aus dem Hause; er war der erste. Die Frische der tropfenklaren Morgenluft ließ ihn tief Atem holen; langsam zog er den Geruch von Rauch, den Duft der blühenden Bäume und den Staub der Landstraße ein. Es war für ihn ein Unding, daß der Tod in dieser Luft liegen sollte, und doch ließ es ihm keinen Zweifel darüber: Den zwei Gegnern war es todernst; und nach den Bedingungen, die sie in der verwichenen Nacht festgesetzt, hielt er es für sehr wahrscheinlich, daß einer von ihnen die Sonne nicht mehr sehen werde, wenn sie heute hoch im Blauen stand.

Der Gedanke an den Tod nahm ihn stärker in Anspruch, als er gemach dem Ende der langen Plattform zuschritt. Von dort konnten seine Blicke weithin der Straße mit ihren Baumreihen folgen, die sich durch die Landschaft auf und nieder schlängelten. Am Himmelsrande unterschied er eine niedrige, gebrochene blaue Linie, über der eine kleine Wolke in der Luft hing. Er dachte, wenn erst die Sonne heraufkäme, würde es sich zeigen, daß es Pisa war. Pisa, sein erstes Reiseziel! Er hatte Briefe, bei der Gesellschaft dort sich einzuführen. Indessen diese Gesellschaft es eilig hatte, bei ihrem letzten Reiseziel überhaupt anzulangen! Und ihm schoß der Gedanke durch den Sinn, daß sie gewissermaßen um ein gut Teil länger unterwegs gewesen sein mußten als er und wohl ein gut Teil mehr auf der Straße gesehen hatten, da sie so gefaßt der ganzen Reise ein Ende machten.

Sich umwendend, sah er Giovanni in Begleitung seines Dieners herauskommen und stehenbleiben, nach dem Himmel Ausschau zu halten, genau wie er zuvor. Als Giovanni den jungen Dänen sah, kam er her und begrüßte ihn. Zusammen gingen sie die Terrasse auf und nieder und sprachen über beiläufige Dinge. Falls der Duellant nervös war, so war es tief in ihm verborgen und gab sich nur in einer neuen Sanftheit und Scherzhaftigkeit seines Betragens zu erkennen. Gleichzeitig hatte Augustus den Eindruck von ihm, als klammere er sich mit zärtlichem Ungestüm an die kommende Schicksalsstunde an, so daß er sie um nichts in der Welt sich entwinden lassen wollte.

Zwei Diener des alten Prinzen kamen heraus, sie trugen einen großen Lehnstuhl. Der Prinz war zu schwer, um bei dem Waffengang zu stehen, er war gewohnt, sitzend zu schießen. Sie fragten Augustus, wo sie den Sessel hintun sollten, und suchten alle zusammen nach einer ganz ebenen Stelle für den Stuhl. Es sollten zehn Schritt Abstand zwischen den Kämpfenden sein, die Entfernung wurde genauestens abgemessen. Der Platz, wo Giovanni stehen sollte, wurde bezeichnet. Die Diener des alten Prinzen brachten in einem sehr feinen Kasten ein Paar Pistolen nebst einem Glas Limonade und einem seidenen Taschentuch, was alles auf einem kleinen Tisch neben dem Stuhl des alten Mannes Platz fand. Dann gingen sie in das Haus zurück. Während sie diese Anordnungen trafen, kam das junge Mädchen mit ihrem bejahrten Diener die Terrasse entlang: sehr blaß in ihrem weiten Mantel, hielt sie sich ein wenig beiseite. Der Arzt, den man vom Dorf geholt – ein altes Männchen, das nach Pfefferminz roch und noch den Zopf und Haarbeutel der letzten Generation trug –, kam zu gleicher Zeit; er schloß sich ihr auf dem Fuße an und unterhielt sie mit Duellgeschichten, die er gelesen und von denen er gehört, lauter Geschichten mit tödlichem Ausgang. Der junge Prinz, etwas entfernt stehend, blickte von Zeit zu Zeit nach ihr hin. Die Luft schien langsam sich mit Licht zu füllen; der Gesang der Vögel klang mit eins sehr voll. Man fühlte: Im nächsten Augenblick mußte etwas geschehen. Auf der Straße zog eine große Schafherde vorbei in einer Wolke von Staub, die schon mit Gold gesprengt war.

Sie blickten auf die Tür der Osteria, als diese sich öffnete und, auf die Arme seines Dieners gestützt, der alte Prinz heraustrat. Er trug einen sehr eleganten, flaschengrünen Mantel und war mit großer Sorgfalt zurechtgemacht, auch bewegte er sich mit äußerster Anmut und Würde. Offensichtlich war er tief bewegt. Im selben Augenblick ging die Sonne auf, doch sie veränderte oder beherrschte die Szene nicht stärker, als es sein Erscheinen tat. Die anderen waren, jeder auf seine Weise, bemüht, ihre Gefühle zu verbergen, während er mit einer wahren Kindesunschuld und überzeugt von dem Mitgefühl der Umstehenden seinen Kummer zeigte. Seine dunklen Augen waren feucht, doch frei und mild blickend, als wäre ihm alles im Leben gleich lieb und recht. Er machte denselben Eindruck von Zuversicht und Meisterschaft wie ein großer Virtuose, der auf seiner Geige die Tonleiter auf und ab spielt, auch den Teufelstriller, als wäre es ein Kinderspiel. Dieser Gleichmut war so erstaunlich und überraschend wie das Gleichgewicht seines großen Körpers auf den außergewöhnlich schmalen und feinen Füßen.

Als Augustus seinem Blick an diesem Morgen auf der Terrasse begegnete, stand es alsbald bei ihm fest, der Schuß des alten Herrn würde tödlich sein. Jupiter selbst mit seinem Donnerkeil im Schoße hätte keinen stärkeren Eindruck von Unüberwindlichkeit machen können.
Er sprach zu allen gleich höflich und freundlich, und es schien, als hätte er sich den Doktor vom ersten Sehen an ergeben gemacht; dessen fischartige Augen folgten jeder Bewegung des großen Mannes. Dieser zeigte keinerlei Hast, doch sichtlich wollte er die Sache auch nicht in die Länge ziehen. Mit dem Augenblick seiner Anwesenheit war es klar, daß sich alles mit der Genauigkeit und der Anmut eines wohleinstudierten Menuetts vollziehen würde.
Nach einigen Bemerkungen über das Wetter und die Umgebung und seinem Dank an die beiden Sekundanten bot er, noch immer stehend, seinem Freund die Wahl der Pistolen an, und als Giovanni mit seiner Waffe in der Hand sich ein wenig nach der für ihn bezeichneten Stelle zurückzog, ließ er den Arm seines Dieners los und machte seinem Gegner eine tiefe Verbeugung, und dann eine Gebärde der Erlösung, als käme nun das gewöhnliche Dasein zu einem glücklichen Ende und als finge das wirkliche Leben an. Die zweite Pistole aufnehmend, ließ er sich in den großen Lehnstuhl nieder; dort verharrte er einen Augenblick, die Waffe auf seinen Knien. Augustus nahm seinen Platz ein in gleicher Entfernung von den beiden Gegnern, daß sie seinen Zuruf hören konnten. Ein leichter Windhauch lief durch die Blätter der Bäume im Garten und schüttelte die Blüten in einer Wolke voll Duft herunter.
Eben als Augustus ansetzte, um das Kommando zu geben: Eins – zwei – drei – trat die leichte Gestalt des jungen Mädchens, deren Gesicht ihm zugewandt war, auf den alten Prinzen zu, und eine Hand zur Hüfte hebend, sprach sie zu ihm mit klarer, leiser Stimme, als wäre ein Vogel aus dem Garten auf seine Schulter geflogen, um ihm vorzusingen.
»Erlauben Sie mir, Prinz«, sagte sie, »daß ich zu Ihnen spreche, bevor Sie sich schießen. Ich habe Ihnen etwas mitzuteilen. Wenn ich ganz sicher wäre über den Ausgang Ihres Zweikampfes, würde ich warten, bis Ihr Freund von Ihrer Hand gefallen ist; doch niemand kennt die Wege der Vorsehung, und ich möchte nicht, daß Sie fallen, ohne zuvor zu vernehmen, was ich Ihnen zu sagen habe.«
Alle Gesichter hatten sich ihr zugewandt, aber sie blickte nur in das stille und bekümmerte Antlitz des alten Herrn. Sie sah sehr jung und schlank aus, doch der große Ernst und die Selbstbeherrschung verliehen ihrer Erscheinung eine höhere Gewalt, als ob sich ein junger, rächender

Engel vom blauen Himmel auf die Terrasse herabgelassen hätte, um Gericht zu halten.
»Vor einem Jahr«, begann sie, »ging Rosina, Ihre Frau, mitten in der Nacht weg, ihren Vetter Mario im Hause ihrer alten Amme am Hafen zu besuchen, da er am kommenden Morgen Pisa verlassen sollte. Es war eine Notwendigkeit für sie beide, sich zu treffen; sie mußten zu einem Entschluß kommen. Auch spürte Rosina ihre Kräfte nachlassen, und daß sie ihren Liebsten noch einmal sehen müsse; sonst, so glaubte sie, wäre es ihr Tod. Rosina, wie Sie wissen, hatte immer eine Ampel in ihrem Schlafzimmer brennen, und sie wagte nicht, sie in dieser Nacht zu löschen, aus Furcht, Sie könnten hereinkommen, oder eine von den Zofen, Ihren Spioninnen, würde nachsehen und, falls sie das Zimmer leer fände, Lärm schlagen. So bat sie ihre beste Freundin, die noch eine Jungfrau war, wie sie selbst und sich heilig verpflichtet hatte, ihr jederzeit beizustehen, für diese eine Stunde ihren Platz im Bett einzunehmen. Zu diesem Zweck bestachen die beiden Baba, Ihren Neger-Diener, mit zwölf Ellen karmesinrotem Samt und einem kleinen Bologneser Hündchen, das Rosinas Freundin gehörte, denn mehr hatten sie auf der Welt nicht zu verschenken, daß er sie ein- und ausließ. Sie kamen und gingen in der Kleidung des Apothekergehilfen, der manchmal geholt wurde, wenn Ihrer alten Haushälterin ein Klistier zu geben war. Rosina begab sich zu dem Hause ihrer Amme und sprach mit Mario in Gegenwart der alten Frau, wie ausgemacht. Sie gelobten sich ewige Treue, und sie gab ihm einen Brief für ihren Großoheim mit nach Rom. Kurz nach ein Uhr kam sie in den Palazzo zurück. Dies, Prinz, ist es, was ich Ihnen mitteilen wollte.«
Regungslos, wie eine Reihe hölzerner Puppen, die man inmitten der großartigen Landschaft auf die Terrasse des Gasthauses gestellt hatte, verharrte jeder an seinem Platz: Augustus und der alte Doktor, weil sie nicht wußten, was mit diesen Worten gemeint war, der Prinz und Giovanni, weil sie zu sehr getroffen waren, um sich bewegen zu können.
Schließlich nahm der alte Herr das Wort. »Wer«, fing er an, »hat Sie, mein junger, hübscher Signore, heute hierher geschickt, mir das zu sagen?« Das junge Mädchen sah ihm frank in die Augen. »Erkennen Sie mich denn nicht wieder, Prinz?« fragte sie. »Ich bin eben das Mädchen, Agnese della Gherardesci, das Ihrer Gattin den Dienst erwiesen hat. Sie haben mich bei Ihrer Hochzeit gesehen, als Brautjungfer im gelben Kleide. Auch ein anderes Mal, als Sie zu Rosina kamen und ich mit Professor Pacchiani Schach spielte, den Sie zu ihr geschickt hatten,

damit er ihr ihre Pflichten klarmache. Ihre Tränen verbergend stand sie am Fenster.«

Als sie diese Worte gesprochen, wandte der Prinz Giovanni keinen Blick mehr von ihrem Gesicht; er verhielt sich ganz still während allem, was nun geschah, unbewegt, wie die Bäume des Gartens.

Der alte Prinz saß in dem großen Stuhl und hatte mehr denn je das Aussehen eines schönen und ernsten Götterbildes in einem Mosaik aus Gold, Elfenbein und Ebenholz. Er sah voll Teilnahme auf das junge Mädchen. »Es tut mir sehr leid, Signora«, versicherte er voll Höflichkeit. Dann schwieg er wieder.

»Aber«, sagte er sehr leise nach einer Weile, »wenn Baba mir treu geblieben wäre, hätte ich die beiden zusammen in dem Hause am Hafen in jener Nacht getroffen und sie in meiner Hand gehabt.«

»Ja, das hätten Sie«, erwiderte das junge Mädchen, »aber was war den beiden am Tod von Ihrer Hand gelegen, wenn sie nur zusammen sterben konnten.«

»Nein, nein, nein« entgegnete der alte Prinzn, »niemals! Wie können Sie denken, daß ich hätte Hand an sie legen mögen. Die Kleider hätte ich ihnen weggenommen und ihnen gesagt, daß ich sie am anderen Morgen eines schlimmen Todes würde sterben lassen, dann hätte ich sie beide die Nacht über eingeschlossen. Wenn sie erschrak oder böse war, errötete ihr Gesicht, ihr ganzer Körper wie eine Oleanderblüte.« Bei dieser Vorstellung verweilte er längere Zeit. Er schien mehr und mehr zur Leblosigkeit zu erstarren, bis auf einmal ein Schauer tiefer Erregung sein Gesicht überlief.

»Und«, rief er gramvoll aus, »ich besäße sie noch, mein schönes Kind, und könnte mit ihr spielen.«

Ein langes Schweigen trat ein, niemand wagte es, vor einem so großen Schmerz zu sprechen.

Plötzlich lächelte er alle an, es war ein mildes und gutes Lächeln. »Immer gehen wir fehl, weil wir zu klein sind«, sagte er mit milder, klarer Stimme. »Ich grollte dem jungen Mario, es war nur ein kleinlicher Groll und Neid. In meiner Eitelkeit wollte ich einen Erben, wenn es denn sein sollte, lieber aus herzoglichem Hause haben. Zu klein bin ich gewesen, viel zu klein für die Wege Gottes!«

»Nino«, fügte er nach einer Minute hinzu, »Nino, lieber Freund, vergib mir. Gib mir die Hand.« Erschüttert legte Giovanni seine Pistole beiseite und ergriff die Hand seines alten Freundes. Nachdem der alte Prinz die Hand des jungen Mannes gedrückt hatte, ergriff er jedoch wieder seine Pistole, wie zur Abwehr eines größeren Feindes.

Seine tiefdunklen Augen sahen geradeaus, sein Mund war leicht geöffnet, als ob er singen wollte. »Carlotta«, sprach er. Dann, mit einer sonderbaren, beinahe müden Bewegung drehte er sich nach rechts hin und fiel mit dem Stuhl seitwärts nieder, wobei sein schwerer Körper auf die Steinfliesen mit einem dumpfen Schlag aufprallte. Der Stuhl lag mit zwei Beinen in der Luft da, als er vom Sitze fiel und still liegen blieb. Im selben Augenblick ging seine Pistole los, die er noch immer in der Hand hielt, die Kugel fuhr blindlings durch die Luft, so haarscharf am Kopfe Augustus' vorbei, daß er sie pfeifen hörte, wie wenn ein Vogel singt. Er war einen Augenblick im Taumel, und das Bild seiner Frau erschien vor ihm. Als er wieder fest auf den Füßen stand, erblickte er den Arzt, der mit aufgehobenen Armen neben dem alten Prinzen kniete. Das Gesicht des alten Mannes wurde mählich aschfahl. Die Farbe seiner Wangen und seines Mundes hob sich ab wie rosa- und karmesinrote Emaille auf Silber.

Der Arzt ließ die Arme sinken und legte die Hand auf die Brust der stillen Gestalt. Nach einer Minute wandte er den Kopf und blickte auf die Gruppe hinter sich mit einem Gesicht, das ausdruckslos vor Entsetzen war. Den Blicken der anderen begegnend, faßte er sich. Er erhob sich und erklärte feierlich: »Es ist vorbei!«

Alle verhielten sich ganz still um ihn her, wie auf einem Bilde: Die Gestalt des alten Prinzen, so wie sie regungslos auf dem Boden lag, war nicht minder der Mittelpunkt, als wenn er nun langsam zum Himmel aufgefahren wäre und sie, seine Jünger, ihm nachstaunend zurückgelassen hätte. Nur Nino, gleich einer der Stifterfiguren auf heiligen Bildern, behielt ein wenig seine eigene Haltung bei.

Die Sonne, die am blauen Morgenhimmel aufstieg, verlieh dem feinen, grünen Tuch über dem massigen auf der Steinterrasse hingestreckten Körper des Toten einen weichen Schimmer.

Die befreite Gefangene

Als die prinzlichen Diener den alten Herrn aufgehoben und in das Haus getragen hatten, standen sich Giovanni und Agnese auf der verlassenen Plattform allein gegenüber. Ihre dunklen Augen trafen sich, und als ob dies ihre wesentlichste Aufgabe an diesem Frühlingsmorgen wäre, schaute sie ihm in die Augen, genau so lange, wie der lange Hahnenschrei dauerte, den ein von den Kreuzfahrern nach Pisa gebrachter Nachkomme des Hahnes aus dem Haus des Hohenpriesters Kaiphas

ausstieß. Dann wandte sie sich, den anderen in das Haus nachzufolgen; da sprach er, ohne sich zu rühren: »Geh nicht fort.« Sie blieb einen Augenblick stehen, sagte aber kein Wort. »Geh nicht«, wiederholte er, »eh' ich mit dir gesprochen habe.«
»Ich kann mir nicht denken«, entgegnete sie, »daß Sie mir etwas zu sagen hätten.« Er stand eine Zeitlang ganz still und bleich da, wie wenn er sich anstrengte, um seine Stimme zu festigen, die anders klang, als er halblaut die Verse sprach:

Lo spirito mio, che giá cotanto
tempo era stato ch'alla sua presenza
non era di stupor tremando affranto
sanza degli occhi aver più conoscenza,
per occulta virtù che da lei mosse
d'antico amor scenti la gran potenza.

Es folgte ein langes, tiefes Schweigen. Sie hätte ebensogut ein zierliches Standbild im Garten sein können, wären nicht ihre Locken von dem leichten Morgenwind hin und her bewegt worden.
»Ich hatte dich verlassen«, sagte er, ganz wie ein Mensch im Traume spricht, »und war im Begriff zu gehen, doch an der Tür drehte ich mich um. Du saßest aufrecht im Bette. Dein Gesicht war im Schatten, aber die Lampe beschien deine Schultern und deinen Rücken. Du warst bloß, die Kleider hatte ich dir abgerissen. Die Bettvorhänge schimmerten goldengrün wie meine Wälder in den Bergen, und du warst wie mein Bild von Daphne, die sich wegbiegt und in Lorbeer verwandelt wird. Ich stand im Dunkeln. Dann schlug die Uhr eins! Ein ganzes Jahr lang«, rief er, »habe ich nur an diesen einen Augenblick gedacht.«
Wieder verhielten sich die beiden völlig stille. Wie die Marionetten in der vorangegangenen Nacht, wurden sie von stärkeren Händen gehalten, als es ihre eigenen waren; sie hatten keine Ahnung, was mit ihnen geschehen würde. Dann sprach er wieder:

Di penter sì mi punse ivi l'ortica
che di tutt'altre cose, qual mi torse
più nel suo amor, più mi si fe'nemica.
Tanta riconoszenza il cuor mi morse
ch'io caddi vinto ...

Er brach ab, denn obgleich er sich diese Zeilen oftmals vorgesagt hatte, wußte er im Augenblick doch nicht weiter. Es war so, als könne er jeden Augenblick tot niederstürzen, wie zuvor sein Gegner.

Sie wandte sich wieder um und sah ihn an, todernst, und doch hatte ihr Gesicht dabei einen Ausdruck der Reinheit und Ruhe, den der Klang der Poesie bei jenen hervorruft, die sie lieben. Langsam sprach sie zu ihm mit einer klaren und wohllauten Singvogelstimme:

... da tema e da vergogna
voglio che tu omai ti disviluppe
e che non parli più com'uom che sogna.

Dann den Blick abwendend, holte sie tief Atem und fuhr mit gehobenem Tone fort:

Sappi che il vaso il serpente ruppe
fu e non è, ma chi n'ha colpa creda
che vendetta di Dio non teme suppe.

Nach diesen Worten entfernte sie sich, und wiewohl sie so dicht an ihm vorbeiging, daß er sie mit ausgestreckter Hand hätte zurückhalten können, versuchte er nicht, sie zu berühren, noch bewegte er sich; er stand auf dem Fleck, als wollte er für alle Zeit so stehenbleiben, nur seine Augen folgten ihr, wie sie zum Haus schritt.

Zu gleicher Zeit trat Augustus heraus und ging ihr entgegen. Obgleich er tief erschüttert war durch die Ereignisse des Morgens und zuletzt noch durch den Anblick des alten Prinzen, der jetzt in Frieden und Würde auf seinem großen Bett in dem Gasthaus lag, so mahnte ihn doch sein Gewissen, daß er sich rühren müsse, die Botschaft der alten Dame nach Pisa zu bringen; es war sein Wunsch, das Mädchen möchte ihm helfen und ihn dorthin begleiten. Dabei aber scheute er sich jetzt, da er von der ganzen Sache, die die Tragödie aufgerollt hatte, mehr verstand, sich ihr als einer der Hauptgestalten zu nähern, um mit ihr über solch nebensächliche Dinge, wie Wege und Kutschen sind, zu sprechen. Sie kam jedoch auf ihn zu, als wäre er ein alter Freund und als freute sie diese neuerliche Begegnung, ergriff seine Hand und blickte ihn an. Sie ist anders geworden, dachte er, das Steinbild hat Leben bekommen.

Voll Teilnahme hörte sie ihn an und war von vornherein bereit, ihrer Freundin so bald wie möglich Botschaft zu bringen. Sie schlug vor, daß sie in ihrem Phaeton zusammen reisen sollten, der ja schneller als seine Kutsche sei. Sie werde selber kutschieren.

»Kommen Sie, mein Freund«, sagte sie, »rasch mit uns nach Pisa! Ich bin jetzt frei. Ich kann gehen, wohin ich will, ich kann an ein Morgen denken, ich glaube, dieses Morgen wird schön sein! Ich darf es mir wieder sagen, daß ich siebzehn bin und, so Gott will, noch sechzig Jahre

zu leben habe. Ich bin nicht mehr die Gefangene einer einzigen Stunde. Gott!« rief sie mit einem plötzlichen tiefen Schauder, »ich kann mich nicht mehr darauf besinnen, auch mit dem besten Willen nicht!«
Sie glich einem jungen Wagenlenker, der seines Sieges im Rennen gewiß ist. Offensichtlich war ihr jetzt nichts wichtiger als der Gedanke an die eilige Fahrt. Bevor sie das Haus betraten, blickte sie noch einmal auf die Terrasse zurück.
»Wir waren alle im Unrecht«, sagte sie. »Der alte Mann war wirklich groß und wohl der Liebe wert. Da er noch lebte, wünschten wir seinen Tod. Doch nun er tot ist, glaube ich, wünschen wir ihn alle ins Leben zurück.«
»Das«, erwiderte Augustus, der über sein eigenes Leben nachgedacht hatte, »mag uns lehren, daß jede Begegnung mit Menschen, die zum Sichkennenlernen führt, ihre Bedeutung für unser Inwendiges hat, wie das Setzen eines Baumes für unseren Garten oder ein Stück Hausrat für unsere vier Wände; dergleichen zu bewahren und, wenn es angeht, mit Nutzen zu gebrauchen, dünkt mich besser, als es abzutun und am Ende mit leeren Händen dazustehen.« Eine Weile dachte sie darüber nach. »Dann wird der alte Prinz«, meinte sie, »in meinem Garten der Erinnerung ein großer Springbrunnen aus schwarzem Marmor sein, um den es immer kühl und frisch ist und der seine Wasser spielen und rauschen läßt. Ich werde manchmal mich still dorthin setzen, wann ich viel zu denken habe. An Rosinas Stelle wäre ich von ihm nicht weggegangen. Ich hätte ihn glücklich gemacht. Wie gut für ihn, wäre er glücklich gewesen! Es ist hart, jemanden unglücklich zu machen.«
Augustus, der in ihrer Stimme den Klang verborgenen Schmerzes zu vernehmen glaubte, kam ihr mit einem Trostwort zu Hilfe. »Denken Sie jetzt daran, daß Sie das andere Leben gerettet haben.« Sie wechselte die Farbe und blieb eine Weile still. Dann wandte sie sich um und sah ihn mit tiefem Ernst an. »Wer«, sprach sie, »würde daneben gestanden und zugehört haben, wenn ein Mann so zu Unrecht beschuldigt wird?«
Sobald ihr Wagen bereit war, fuhren sie nach Pisa ab und kamen rasch vorwärts. Der Tag wurde warm, die Straße war staubig, und die Schatten krochen unter den Bäumen zusammen. Augustus hatte dem Doktor hinterlassen, wo er zu finden wäre, falls es zu einer Untersuchung käme, doch schließlich war der alte Prinz eines natürlichen Todes gestorben.

Graf Augustus von Schimmelmann hatte sich mehr als drei Wochen in Pisa verweilt und den Ort sehr lieb gewonnen. Er hatte eine Liebesgeschichte mit einer schwedischen Dame gehabt. Diese war älter als er und lebte in Pisa, um ihrem Gatten aus den Augen zu sein. Sie hatte eine kleine Opernbühne, auf der sie vor ihren Freunden spielte. Schülerin Swedenborgs, die sie war, erzählte sie Augustus von einer Erscheinung, die sie in der anderen Welt von sich und ihm gehabt. Was ihm aber mehr zu schaffen machte, waren die Bemühungen von zwei Priestern, einem alten und einem jungen, ihn zur römischen Kirche zu bekehren. Es lag ihm nicht, überzutreten, aber solche Sorge anderer um sein Seelenheil überraschte ihn und gefiel ihm wohl, und er scheute keine Mühe, den frommen Männern seine Vorstellungen und Meinungen auseinanderzusetzen. Er sah jedoch voraus, daß diese geistliche Verführungsgeschichte nicht lange währen konnte, sondern wohl oder übel wie alle Verführungsversuche so oder so zu einem Ende kommen mußte. Er begann seine freie Zeit mehr und mehr einer geheimen politischen Gesellschaft zu widmen, in die man ihn als Angehörigen eines freien Staates eingeführt hatte. Bei ihren Sitzungen war er auch mit einem alten echten Jakobiner bekannt geworden, einem ehemaligen Mitglied des Bergs, der äußersten Linken im Nationalkonvent, und Freund von Robespierre. Augustus besuchte ihn oft in seinem kleinen schmutzigen und dunklen Zimmer zuoberst in einem alten Hause, und sie unterhielten sich über Tyrannei und Freiheit. Auch nahm er Malunterricht und hatte angefangen, ein altes Bild in der Galerie zu kopieren.

Da erhielt er einen Brief von der Gräfin di Gampocorta, die zu der Zeit ihr Landhaus in der Nähe von Pisa bewohnte und ihn nun bat, sie doch zu besuchen. Sie schrieb sehr freundlich und dankbar und teilte ihm ihre Neuigkeiten mit. In dem selben Augenblick, da man der jungen Rosina die Doppelnachricht von dem Unfall der Großmutter und dem Tode ihres früheren Gatten überbrachte, schenkte sie einem Knaben das Leben, der nach seiner Urgroßmutter Carlo genannt wurde, ihrer Beschreibung nach ein Bild von einem Kind. Die alte wie die junge Frau waren beide wieder wohlauf, obgleich die alte Gräfin die Hoffnung, ihre rechte Hand noch einmal gebrauchen zu können, aufgegeben hatte. Es verlangte sie, ihm ihren Dank zu bezeigen für die Hilfe, die er ihnen in der Stunde ihrer Not geleistet.

Am Nachmittag eines außerordentlich heißen Tages fuhr Augustus zum Landhaus der alten Dame hinaus. Als er sich seinem Ziele näherte, brach ein Gewitter los, das schon den dritten Tag über Pisa hing. Ein sonderbar schwefliger Geruch und ebensolche Färbung erfüllten die Luft, und die großen dunklen Bäume, die die Straße auf ihrer Fahrt umsäumten, bogen sich unter den heftigen Windstößen tief herunter. Ein paarmal blitzte es gefährlich nahe und schien dicht neben dem Wagen einzuschlagen. Langes, schweres Donnerkrachen rollte hinterher. Dann löste sich der Regen, große warme Tropfen fielen hernieder, und im Augenblick verhüllte sich dem in der geschlossenen Kutsche Dahinfahrenden die ganze Landschaft mit grauen und glitzernden Wasserstreifen. Als sie über eine Steinbrücke mit niedrigem Geländer fuhren, sah Augustus den dunklen Fluß unter dem Regenguß wie mit vielen hundert Pfeilen gespickt. Jetzt ging es einen steilen und felsigen Hügel empor auf einem Weg, der unter der Nässe schlüpfrig geworden war und als sie oben an einer breiten Steintreppe vor dem Hause hielten, kam ein Diener mit einem großen Regendach die Stufen herabgeeilt, um den Besuch bei seinem Aufstieg zum Hause zu beschirmen.

In dem riesigen Zimmer, das auf eine breite Steinterrasse ging und Aussicht über den Fluß bot, hörte man den hurtigen Trommelwirbel schwerer Regentropfen auf den Platten so deutlich, wie wenn es im Zimmer selbst gewesen wäre. Zusammen mit diesem Geräusch drang der Geruch plötzlicher Frische und Feuchtigkeit der Luft und der heißen Steine, die sich unter dem Wasser abkühlten, durch die weitgeöffneten hohen Fenster herein. In dem Raume selbst duftete es nach Rosen. Am entgegengesetzten Ende hatte ein ältlicher Abbate einem kleinen Mädchen Klavierstunde gegeben, doch sie hatten aufgehört, bei dem Donnerrollen und heftigen Regen waren sie aus dem Takt geraten, und so blickten sie jetzt ins Tal hinaus und zum Fluß hinüber.

Die alte Gräfin und die junge Mutter saßen auf einem Sofa; sie hatten das Kind hereinbringen lassen, es bei sich zu haben. Eben hielt es die Amme, ein großes prächtiges junges Weib so weiß und rosenrot wie Oleanderblüte; das Kind sah in ihren Armen unglaublich klein aus, wie ein mit einer Flut von Spitzen und Bändern verziertes Bratäpfelchen. Die Aufmerksamkeit der Damen war geteilt, zwischen dem Kind und dem Gewitter; beides im Verein hatte sie in einen Zustand der Erregung versetzt, als hätte ihr Leben jetzt zu dieser Stunde seinen Höhepunkt erreicht.

Die alte Dame wollte sich eigentlich erheben, Augustus willkommen zu heißen, aber vor freudiger Überraschung bei seinem Anblick konnte sie sich nicht rühren. Ihre Augen unter den florschweren Lidern füllten sich mit Tränen, die von Zeit zu Zeit, während sie sprachen, über ihre

Wangen herabliefen. Sie küßte ihn auf beide Backen und machte ihn voll Rührung mit ihrer Enkelin bekannt, die nun wirklich so schön war wie nur irgendeine Madonna, die er in Italien gesehen, und dann zeigte sie das Kind. Augustus hatte vor kleinen Wickelkindern immer nur mit einem Gefühl der Scheu zu kämpfen gehabt – obgleich sie, wie er meinte, als eine Art Versprechen immerhin der Aufmerksamkeit wert sein sollten – und er stellte zu seiner Überraschung fest, daß die Frauen einmütig der Ansicht waren, das Kleine habe auf seiner jetzigen Lebensstufe die höchste Vollendung erreicht, und es sei doch eine betrübliche Sache, daß es sich verändern mußte. Diese Ansicht nun, daß die Geburt den Gipfel menschlichen Daseins bilde, von welchem es langsam abwärts gehe, machte ihm Eindruck, denn ihm schien, dem sei entschieden leichter nachzuleben als seinem eigenen Lebensideal.

Die alte Dame war anders geworden seit dem Tage, da sie auf der Straße ihre Bekanntschaft geschlossen. Die Liebe zu einem männlichen Wesen, die, wie sie ihm erzählte, sie doch nie hätte aufbringen können, dieselbe Liebe hatte jetzt ihrem Dasein einen vollen und reinen Einklang gegeben. Das erklärte sie ihm im Gang des Gesprächs. »Als ich ein kleines Mädchen war«, begann sie, »sagte man mir, niemals einem Narren eine halbfertige Sache zu zeigen. Aber macht es Gott denn anders mit uns, all unser Leben lang? Wenn man mir von allem Anfang an dieses Kind gezeigt hätte, wäre ich gelehrig gewesen und hätte mich von Gott führen lassen, wohin er wollte. Das Leben ist ein Mosaikwerk des Herrn, in das er Steinchen für Steinchen setzt, bis es fertig ist. Wenn ich dieses strahlende Fleckchen Farbe als Mittelstück gesehen hätte, gleich hätte ich das Muster verstanden und es nicht so oft durcheinandergeworfen und dem lieben Gott so viel Mühe gemacht, es wieder zusammenzusetzen.« Dann sprach sie noch mancherlei über ihren Unfall und die Stunden, die sie zusammen im Gasthause zugebracht. Sie sprach davon mit jener Freude an der Erinnerung, die jedem Ereignis Wert verleiht, so unbedeutend es im Augenblick des Geschehens auch gewesen sein mag.

Ein Diener brachte Wein und schöne Pfirsiche. Dann erschien der junge Vater und wurde mit dem Gast bekannt gemacht. Doch spielte er in der Gruppe keine größere Rolle als etwa der jüngste von den drei Weisen auf einem Bilde der Anbetung, wobei die alte Gräfin die Rolle des Joseph für sich in Anspruch nahm.

Als der Regen nachgelassen hatte, führte die alte Dame Augustus an das Fenster, ihm die Aussicht zu zeigen. »Guter Freund«, sagte sie, während sie dort beiseite standen, »ich werde immer in Ihrer Schuld

bleiben, aber ein kleines Zeichen meines Dankes möchte ich Ihnen mitgeben zur Erinnerung, wenn Sie wieder weit fort sind, und ich hoffe, Sie machen mir die Freude, es anzunehmen.«
Augustus hatte die Landschaft da unten vor seinen Blicken. Ein unbestimmter anheimelnder Zug in ihr fiel ihm auf und ließ ein leichtes Schwindelgefühl in ihm aufkommen.
»Als wir uns zum erstenmal trafen«, sprach die alte Dame weiter, »erzählte ich Ihnen, ich hätte in meinem Leben drei Menschen wirklich lieb gehabt. Zwei von ihnen kennen Sie, die dritte und erste war ein Mädchen aus fernem Lande, eine Freundin in meinem Alter, mit der ich nur kurz zusammen war und die ich dann verlor. Aber wir hatten uns das Versprechen abgenommen, uns niemals zu vergessen, und die Erinnerung an sie hat mir oft wieder Kraft gegeben, die Wechselfälle des Lebens zu ertragen. Als wir unter Tränen voneinander Abschied nahmen, gaben wir uns ein Geschenk zum Andenken. Weil nun dieses Andenken so kostbar für mich ist und ein Zeichen echter Freundschaft bedeutet, möchte ich, daß Sie es mitnehmen.«
Bei diesen Worten entnahm sie ihrer Tasche einen kleinen Gegenstand und überreichte ihn ihm.
Augustus betrachtete das Geschenk, und unwillkürlich fuhr seine Hand an seine Brust. Es war ein kleines herzförmiges Riechfläschchen. Darauf war eine Landschaft mit Bäumen gemalt, ein weißes Haus im Hintergrund. Bei näherem Zusehen wurde ihm klar, das weiße Haus war sein Vaterhaus in Dänemark. Er erkannte das hohe Dach von Lindenburg wieder, auch die zwei Eichen vor dem Tor und die Lindenallee hinter dem Hause. Die Steinbank unter den Eichen war mit großer Genauigkeit abgebildet. Unten, auf einem gemalten Bande, standen die Worte: »Amitié sincère«.
Er spürte sein eigenes kleines Fläschchen in der Westentasche und war nahe daran, es herauszunehmen und es der alten Dame zu zeigen. Er fühlte, dies hätte eine Geschichte gegeben, die sie immer gehegt und wiederholt hätte und der vielleicht ihr letzter Gedanke auf dem Sterbebett gelten würde. Doch ihn hielt das Gefühl zurück, daß es einzig ein für ihn bestimmtes Wort, ein Wink des Schicksals war – ein Hort, eine Tiefe, ja eine Zuflucht im Leben, darein er sich mit niemand anderem teilen konnte, genausowenig, wie er seine Träume mit jemand teilen konnte.
Er dankte der alten Dame tiefbewegt, und als sie gewahrte, wie sehr er ihr Geschenk schätzte, war sie stolz darauf.

Dann verließ er seine alte Freundin und das junge Paar mit allen Zeichen der Freundschaft und fuhr nach Pisa.
Goldene Sonnenlichter und satte blaue stille Schatten teilten die Landschaft vor ihm. Ein Regenbogen stand tief am Himmel. Augustus nahm einen kleinen Spiegel aus der Tasche. Während er ihn in der flachen Hand hielt, betrachtete er sich gedankenvoll darin.
Der Regen hatte aufgehört. Die Luft des Nachmittags war beinahe kalt.

Ein Familientreffen in Helsingör

Nahe bei dem Hafen der Stadt Helsingör steht ein altes graues Eckhaus. Selbst ein ehrwürdiger Zeuge der Vergangenheit, aus dem Anfang des achtzehnten Jahrhunderts, ist es ein zurückhaltender Beobachter all des Neuen, das ringsum entstand. In der langen Zeit ist es zu einer Einheit zusammengewachsen: So, wenn an einem windigen Tag bei Nord-Nordwest die Haustür geöffnet wird, geht gleichermaßen in heimlichem Einverständnis auch die Türe des oberen Flures auf. Und bei dem Tritt auf eine bestimmte Stufe der Stiege gibt jedesmal ein Brett vom Boden des Wohnzimmers seine Antwort mit einem fernen Echo, wie ein Lied.

Viele Jahre lang war das Haus Wohnsitz der Familie de Coninck gewesen; aber nach dem Staatsbankrott von 1813 und gleichzeitigen schweren Schicksalsschlägen, von denen die Familie selbst betroffen wurde, gab die Herrschaft es auf und bewohnte seitdem ihr Haus in Kopenhagen.

Eine alte Frau in weißer Haube wurde als Verwalterin bestellt, der ein Mann dabei zur Hand ging. So lebten sie denn in den alten Räumen und sprachen und erzählten von alten Tagen. Die zwei Töchter des Hauses hatten nicht geheiratet und waren jetzt auch zu alt dafür. Der Sohn war tot. Aber in längst vergangenen Sommern – so erzählte Mutter Baek – fuhren Papa und Mama de Coninck mit den drei kleinen Kindern bei schönem Wetter in einer offenen Kutsche zum Landhause der alten Dame, der Großmutter. Dort setzte sich die Herrschaft um drei Uhr, wie es damals Brauch war, zu Tisch, draußen auf dem Rasen unter einer hohen Ulme, die im Juni ihre kleinen, runden und flachen braunen Samen im Grase dicht verstreute. Da gab es Ente mit grünen Erbsen und Erdbeeren mit Schlagsahne, und der kleine Junge lief in hellen Nankinghosen umher und fütterte die Bologneser Hunde der Großmutter.

Die zwei jungen Schwestern hielten in Käfigen eine Menge Vögel, die ihnen von seefahrenden Freunden als Geschenk mitgebracht worden waren. Wenn man aber Mutter Baek fragte, ob sie nicht auch Harfe spielten, zuckte sie nur bedeutungsvoll die Achseln, als ob es ein Ding der Unmöglichkeit wäre, auszusprechen, was die begabten jungen Damen sonst noch alles könnten. Was nun gar ihre Verehrer und deren Heiratsanträge anging, so war es besser, nicht davon anzufangen. Da gab es kein Ende.

Die alte Frau Baek, die selbst eine kurze Zeit mit einem Seemann verheiratet war, hatte – ihr Mann war ertrunken – in ihrem Witwenstand den Dienst bei den de Conincks wieder aufgenommen, und es grämte sie nicht wenig, daß keine der hübschen Schwestern unter die Haube gekommen war. Sie konnte sich nicht völlig damit abfinden. Vor den Leuten vertrat sie zwar die Behauptung, die Mädchen hätten ja doch außer ihrem Bruder keinen gefunden, der es verdient hätte, ihr Mann zu werden. Aber sie wußte gut, daß ihre Behauptung auf schwachen Füßen stand. Falls dies die Sorge der zwei Schwestern gewesen wäre, hätten sie auch mit einem minder vollkommenen Mustergatten vorliebnehmen können. Sie wenigstens hätte sich an ihrer Stelle überwunden und den Schritt getan. Im stillen aber machte sie sich andere Gedanken. Sie war siebzehn Jahre älter als die größere Schwester Fernande, Fanny geheißen, und achtzehn Jahre älter als die kleinere, am Tag der Erstürmung der Bastille geborene Eliza. Die längste Zeit ihres Lebens hatte sie bei ihnen zugebracht. Auch wenn sie nicht das rechte Wort dafür zu finden wußte, spürte sie dennoch wie am eigenen Leib und an der eigenen Seele das eigentümliche Schicksal, das über diese Sippe verhängt war, wie es auch die drei Geschwister unter sich so eng verstrickt hielt, daß sie mit keinem anderen menschlichen Wesen eine wahre Verbindung hätten eingehen können.

Als die Geschwister jung waren, gab es kein gesellschaftliches Ereignis in Helsingör, das zählte oder lohnte ohne die hübschen Schwestern de Coninck; so sehr waren sie Herz und Seele aller Festlichkeit der Stadt. Wo sie in einen Tanzsaal eintraten, war's, als höbe sich die Decke der gesetzten alten Kaufmannshäuser ein wenig und leuchtende, in Reblaub gehüllte ionische Säulen wüchsen aus den Wänden. Und so oft eine von den Schwestern de Coninck den Tanz anführte – vogelleicht und kühn wie ein Gedanke –, waren alsbald gute Genien der wahren Lebenslust zu Gast geladen, deren Gegenwart Neid und Sorge verscheucht. Sie konnten auch Duette singen wie zwei Nachtigallen in einem Gebüsch und ebenso mühelos und ohne Bosheit die Stimmen aller Mitglieder der *»beau monde«* von Helsingör nachahmen, so daß die Freunde ihres Vaters, große Herren der Stadt, sich an ihren Kartentischen vor Lachen halten mußten. Sie verstanden sich auf Scharaden oder Pfänderspiele, und war es nach der Musikstunde oder einem Spaziergang, so kamen sie voll Geschichten über das Gesehene und Erlebte heim, oder sie überschlugen sich von Einfällen über mögliche Erlebnisse.

Dann aber konnte es denselben Mädchen geschehen, daß sie bei sich in ihren Zimmern in Tränen aufgelöst umhergingen oder auch sich ans Fenster setzten, zum Hafen hinüberzublicken, die gerungenen Hände im Schoße; oder des Nachts auf ihren Betten konnten sie bitterlich schluchzen für nichts und wieder nichts. Sie sprachen dann vom Leben mit der schwarzen Bitterkeit zweier Timone von Athen – kein Wunder, wenn es der guten Frau Baek unheimlich zumute wurde, wie in einer Atmosphäre von fressendem Rost. Wäre in solchen Augenblicken die Mutter der Mädchen zugegen gewesen, die unbeschwerten Blutes war, sie wäre bös erschrocken und hätte unglückliche Liebe dahinter gesucht. Ihr Vater hingegen würde sie wohl verstanden und sich ihretwegen bekümmert haben, aber er war ewig im Drang seiner Geschäfte und ließ sich nie bei seinen Töchtern oben sehen. Einzig diese ältere, mütterliche Dienerin, so grundverschieden von dem ihrigen ihr Wesen war, verstand sie in ihrer Weise, doch sie schwieg stille, wie es auch die Mädchen hielten, halb aus Verzweiflung und halb aus Stolz. Dann und wann hätte sie ihnen gern ein gutes Wort gegeben. Wenn sie etwa »Hanne« riefen: »Ist es nicht abscheulich, daß es so viel Lüge und Falschheit auf der Welt gibt?« sagte sie: »Ja schon, was macht es aber? Es wäre noch viel schlimmer, wenn alles wahr wäre, was die Leute reden.«

Dann standen die Mädchen wieder auf, sie trockneten sich ihre Tränen, probierten ihre neuen Hüte vor dem Spiegel auf, planten Theatervorstellungen und Schlittenfahrten, überraschten und beglückten die Herzen ihrer Freunde, und alles war wieder gut.

Ob die beiden jemals verliebt gewesen waren, das hätte auch Mutter Baek nicht sagen können. Sie brachten sie oft in Harnisch durch ihre hartgesottenen Zweifel gegenüber jedem Manne, der in sie verliebt war. Sie hatte wirklich ein besseres Urteil darüber, wo sie doch mit eigenen Augen sah, wie die jungen Männer von Helsingör einer nach dem andern aus Liebe zu ihnen erblaßten, sich verzehrten, in die Fremde gingen oder zu steifen Hagestolzen wurden. Sie merkte auch, daß ihre jungen fliegenden Holländerinnen alsbald erlöst wären, wenn man sie nur ein einziges Mal von der Liebe eines Mannes überzeugen könnte.

Sie standen jedoch in einem absonderlich verzwickten Verhältnis zur Welt: Als ob es nur ihre Spiegelbilder wären, die sich darboten, währenddem das leibhaftige Frauenwesen, den Zuschauer spielend, sich im Hintergrund und im Schatten hielt. Dieses leibhafte Wesen ließ sich keine Bewegung des Liebhabers entgehen, der ihrem Scheinbild den Hof machte, und es lachte in sich hinein bei dem Gedanken, wie unmöglich die Erfüllung ihrer Liebe war, wenn der Augenblick dafür herannahte, und das Herz wurde ihr immer härter dabei. Ob es wohl ihr geheimer Wunsch war, der Liebende möge den verwünschten Spiegel samt dem hübschen Scheinbild darin in Stücke schlagen, um zu dem Urbild selbst zu kommen? Sie wußte wohl: Das würde doch keiner tun. Vielleicht auch hatten die hübschen Schwestern ein wunderliches Vergnügen an der Verehrung, die ihren Spiegelbildern zuteil wurde. Schließlich mochten sie es nicht mehr missen.

Da es denn so wunderlich um sie bestellt war, war es klar, daß sie sitzenbleiben würden. Jetzt, da sie mit ihren zweiundfünfzig und dreiundfünfzig Jahren wirklich alte Jungfern waren, schienen sie auch besser mit dem Leben fertig zu werden, wie man etwas aushält, das bald zu Ende sein wird. Daß sie vom Schauplatz abtreten würden, ohne irgendwelche Spur von ihren Erdentagen, schien sie nicht weiter zu bekümmern; denn sie wußten ja von lange her, daß es so kommen würde. Auch lag wohl eine gewisse Genugtuung in dem Bewußtsein, daß sie einen guten Abgang nehmen würden. Sie konnten nicht verwesen, denn sie waren – wie feine geistige Mumien – bereits mit Myrrhen und aromatischen Kräutern balsamiert. Wenn sie ihre guten Tage hatten und besonders in Gesellschaft mit dem jungen Volk, den Kindern ihrer Freundinnen, war ein Duft würziger Heiligkeit um sie, an den sich die jungen Menschen ihr Leben lang erinnerten.

Die verhängnisvolle Schwermut der Familie war auf andere Art bei Morten, dem Knaben, hervorgetreten; in ihm war sie für Mutter Baek bezaubernd gewesen. Sie verlor niemals die Geduld bei ihm wie manchmal bei den Mädchen: einfach darum, weil er Mann und sie Frau war, doch auch wegen der Romantik, die ihm viel stärker als seinen Schwestern anhaftete. Er war hier in Helsingör ein zweiter junger Hamlet und Salonheld gewesen, »das Merkziel der Betrachter, der Sitte Spiegel und der Bildung Muster«. Viele Mädchen in der Stadt waren um seinetwillen ledig geblieben oder sie hatten erst später einen Mann genommen, der vielleicht nicht ganz das Antlitz und den Umriß dieses göttlichen jungen Hauptes hatte, aber wenigstens eine Spur Ähnlichkeit mit dem hernach für immer Entschwundenen. Und es gab sogar das Mädchen, das

Mortens erklärte Braut und seine künftige Frau gewesen war. Jetzt hatte sie Kinder und war eine Frau – »aber frag mich nur nicht wie!« Das Feine, Strahlende, das ihr seinerzeit in Helsingör den Namen »Goldlämmchen« eintrug, war verschwunden. Und wo ehemals auf den Straßen dieses zauberhafte Geschöpf einherstolzierte, da trottete jetzt eine unscheinbare, stille Frau dahin. Aber immer noch war sie das Mädchen, das er an einem hellen Märztag, aus seiner Barke am Pier in Helsingör steigend, unter den Zurufen und Winken aller Helsingörer in die Arme genommen und emporgehoben hatte, während der Boden und alles um sie her ins Schwanken geriet und die Luft in lauter Regenbogenfarben von Fächern und langen Wimpeln flimmerte.

Morten de Coninck hatte sich mehr zurückgehalten als seine Schwestern. Er brauchte sich nicht hervorzutun. Wo er ruhig wie immer eintrat, war er alsbald Herr und Meister. Er hatte ebenso feine Gelenke und Hände wie die Damen seiner Familie, aber nicht ihr feines Gesicht. Nase und Mund schienen bei ihm von gröberer Hand geformt. Aber er hatte eine auffallend edle und hochgemute Stirn. Wer mit ihm sprach, blickte zu dieser breiten makellosen Wölbung empor, als glänzte sie mit der diamantenbesetzten Krone eines jungen Kaisers oder mit dem Nimbus eines Heiligen. Morten de Coninck sah aus wie einer, der nichts weiß von Schuld oder von Furcht. Sehr wahrscheinlich verhielt es sich auch so. Drei Jahre lang spielte er die Heldenrolle in Helsingör.

Das war zur Zeit der napoleonischen Feldzüge, als die Welt in ihren Grundfesten bebte. Dänemark hatte in diesem Riesenkampfe versucht, sich fernzuhalten und seine eigenen Wege zu gehen, und hatte dafür büßen müssen. Kopenhagen war beschossen worden und in Brand geraten.

In jener Septembernacht, als der Himmel über der Stadt eine weithin sichtbare einzige Röte war, hatte das große Glockenspiel der Frue Kirke in der Flammenglut von selber angefangen, Luthers Choral »Ein feste Burg ist unser Gott« zu spielen. Das war, kurz bevor der hohe Turm in sich zusammenfiel. Die Hauptstadt zu retten, mußte die Regierung die Flotte ausliefern. Die stolzen britischen Fregatten hatten Dänemarks Kriegsschiffe – ihre Augenweide, eine Perlenschnur, einen Zug gefangener Schwäne – durch den Sund geführt. Aus den leeren Häfen schrie es zum Himmel, und Scham und Haß war in aller Herzen.

Im Verlauf der Kämpfe und großen Ereignisse der folgenden Jahre 1807 und 1808 erhob sich wie ein Funkenschwarm aus rauchenden Trümmern die Flottille der Kaperschiffe. Getrieben von Vaterlandsliebe, von Rachsucht und Beutegier, kamen die Kaperschiffe von allen Küsten und kleinen Inseln Dänemarks mit vornehmen Herren, Fährleuten und Fischern, Idealisten und Abenteurern bemannt, herbei – verwegene Seeleute alle. Der Kaperbrief in der Tasche machte die eigene Sache zu der großen Sache des blutenden Landes, im Rechte war, wer dem Feind einen Schlag zufügte, wo sich nur Gelegenheit dazu bot, und man konnte aus solchem Gefecht als reicher Mann zurückkommen. Das Kaperschiff stand in einem sonderbaren Verhältnis zum Staate: Es war eine Art anerkannter Seemannsliebe, eine Ehe zur linken Hand, beiderseits mit leidenschaftlicher Hingebung geführt. Wenn sie nicht am Rock die Abzeichen und das Tressengold der rechtmäßigen Verbindung trug, dann trug sie mindestens den brennend roten Kuß der dänischen Krone auf ihren Lippen und besaß die Freiheit der Geliebten, ihren Herrn durch wilde Launen zu entzücken, wie sie einer Herrscherin im Traum nicht einfallen. Die königliche Flotte selbst – kläglicher Rest der in der schrecklichen Septemberwoche aus Kopenhagen entführten Schiffe – ließ die Kaperflotte freundlich gewähren und stand mit ihr auf so gutem Fuß wie Rahel mit ihrer Magd Bilha, die vollbrachte, was ihr versagt blieb. Es war eine große Zeit für tapfere Männer. Da donnerten noch einmal Kanonen in den dänischen Gewässern, hier und dort, oft, wo am wenigsten erwartet, denn die Kaperschiffe arbeiteten sehr selten zusammen; jedes von ihnen kämpfte auf eigene Faust. Unerhörte Heldentaten wurden vollbracht, große Prisen wurden buchstäblich unter den Geschützen der Geleitfregatten weggeschnappt und in den Hafen gebracht von den triumphierenden wilden kleinen Booten, deren Tau- und Segelwerk in Fetzen herabhing und die ein Freudengeschrei begrüßte. Über all das kamen Lieder auf. Es mag wohl kaum je eine solche Schar von Helden gegeben haben, die Herz und Sinn des schlichten Volkes und der ganzen Jugend einer Nation derart bewegten.

Es stellte sich bald heraus, daß die größeren Schiffe sich nicht so gut bewährten. Das Fährboot oder die Schnaue mit einer Besatzung von zwölf bis zwanzig Mann und mit sechs bis zehn drehbaren Geschützen, handlich und schnell bei unerwarteten Ereignissen, das war der richtige Vogel für dieses Geschäft. Die seemännische Geschicklichkeit des Kapitäns und seine Kenntnisse der Gewässer spielten eine Hauptrolle, und die persönliche Tapferkeit der Mannschaft, ihre Fertigkeit, mit dem groben Geschütz und, beim Entern, mit den Handwaffen umzugehen, gab den Ausschlag. Hier konnte man sich Kriegslorbeeren holen; aber nicht nur Lorbeeren, auch Gold, und nicht allein den Goldhunger, auch den Rachedurst konnte man hier stillen nach Herzenslust. Wenn sie dann heimkehrten, die alten und jungen Seebären mit Schnee bedeckt, Masten und Rahen manchmal in Eis gehüllt, daß ein Schiff so aussah wie eine Kreidezeichnung gegen dunkle See, dann hatten sie ihre Stunde des Ruhmes hinter sich, aber eine hohe Erregung wartete ihrer, denn sie brachten viel Unruhe in die kleinen Seehäfen. Das nächste war die Abschätzung der Prise und der Verkauf des eingebrachten Gutes, das manchmal hoch im Preise stand. Die Regierung nahm ihren Anteil, jeder Mann an Bord bekam den seinen, vom Kapitän, Kanonier und Schiffsmaat bis zu den Schiffsjungen, die ein Drittel vom Anteil eines gestandenen Mannes erhielten. Da war vielleicht ein Junge zur See gegangen – nichts sein eigen als das Hemd auf dem Leibe und ein paar Hosen samt dem Gürtel –, der kam in blutgetränkten Fetzen wieder, erzählte seinen Freunden von den Gefahren und der schweren See und klimperte nach vierzehn Tagen, wenn der Verkauf vorüber war, mit fünfhundert Reichstalern in der Tasche. Die Kopenhagener und Hamburger Juden, mit drei aufeinandergestülpten Zylindern ein jeder, erschienen flugs auf dem Platze, um das große Wort bei dem Verkaufe zu führen oder im voraus die Prisenscheine aus den Taschen der ungeduldigen Kämpen zu locken.

Bald kamen kometengleich die Namen von volkstümlichen Helden und ihren Booten auf, um die sich täglich neue Wundergeschichten verbreiteten. Da war Jens Lind von der »Cort Adeler«, auch »Samt-Lind« geheißen, weil er sich stutzerhaft herausputzte. Ein paar Jahre lang warf er mit dem Gelde um sich und trat, als schließlich alles verpulvert war, als Bärenführer auf. Dann war Kapitän Raaber, der sein Schiff »Rächer« nannte und als Poet galt; die Brüder Wulffsen von der »Makrele« und von der »Madame Clark«, vornehme Herren aus Kopenhagen; und Christen Kock von der »Äolus«, deren gesamte Besatzung bis auf den letzten Mann fiel oder verwundet wurde bei dem Kampfe mit einer britischen Fregatte auf der Höhe von Laessø; und schließlich gab es den jungen Morten de Coninck von der »Fortuna II«.

Als Morten zum erstenmal zu seinem Vater mit der Bitte kam, ihm ein Kaperschiff auszurüsten, verschlug es dem alten Herrn de Coninck fast die Sprache. Es gab zwar manche ansehnliche und reiche Schiffseigner in Kopenhagen, darunter auch größere Kaufleute als er, die in jenen Tagen ihre Kaperschiffe hinausschickten, und Herr de Coninck, der in seiner Vaterlandsliebe keinem etwas nachgab, hatte selbst große Verluste durch die Briten erlitten. Aber das Kapergeschäft war ihm peinlich. Nach seiner Ansicht lag etwas Abstoßendes in dem Gedanken, Handelsschiffe anzugreifen, auch wenn sie Konterbande führten. Es kam ihm so ähnlich vor, wie einer Frau zu nahe zu treten oder einen Albatros abzuschießen.

Morten mußte also weiter um ein Haus und bei dem Vetter seines Vaters, Fernand de Coninck, anklopfen, einem reichen Junggesellen in Helsingör, dessen Mutter Französin und der selber ein begeisterter Anhänger des Kaisers Napoleon war. Seine zwei Schwestern halfen ihm meisterhaft, den Onkel Fernand herumzukriegen, und im November 1807 stach der junge Mann in seinem eigenen Boot in See. Den Onkel reute seine Großherzigkeit keine Stunde. Das ganze Geschäft machte ihn um zwanzig Jahre jünger, und er hatte zu guter Letzt eine Menge Erinnerungsstücke von feindlichen Schiffen beisammen, die seine Freude waren.

Die »Fortuna II« von Helsingör mit zwölf Mann Besatzung und vier drehbaren Geschützen erhielt ihren Kaperbrief am zweiten November. Standen nicht jetzt – nach vollen dreiunddreißig Jahren – dieser Tag und die ihm folgenden Heldenstücke der Mutter Baek im Herzen geschrieben, wie der Name Calais in der Königin Marie Herz? – Schon am vierten überraschte die »Fortuna II« eine englische Brigg auf der Höhe von Hveen. Ein englisches Kriegsschiff kam herbeigeeilt und feuerte auf das Kaperschiff, aber es gelang der Mannschaft, die Ankertaue der Beute zu kappen und sie unter den Kanonen von Kronberg in Sicherheit zu bringen.

Am zwanzigsten November hatte das Schiff seinen großen Tag. Aus einem Geleitzug holte es die britische Brigg »The William«, ebenso die Schnaue »Jupiter«, die Segeltuch, Steingut, Wein, Spirituosen, Kaffee, Zucker und Seidenwaren mit sich führte. Die Ladung wurde in Helsingör gelöscht, jedoch gingen beide Prisen nach Kopenhagen, wo sie beschlagnahmt wurden. Zweihundert Juden kamen nach Helsingör, um bei der Versteigerung der Ladung des »Jupiter« zu bieten; den dreißigsten Dezember. Morten kaufte für sich ein Stück weißen Brokat, in China gewoben, wie es hieß, eine Sendung aus England, die für das Hochzeitskleid der Schwester des Zaren bestimmt war. Just zu dieser Zeit hatte Morten sich verlobt, und ganz Helsingör strahlte und lachte ihm zu, als er mit dem Pack unter dem Arm seines Weges ging. Zu wiederholten Malen war er von feindlichen Kriegsschiffen verfolgt worden. Einmal, am siebenundzwanzigsten Mai, geriet er auf der Flucht vor einer britischen Fregatte bei Aarhus auf Grund; aber er kam noch gut davon, indem er seinen Eisenballast über Bord warf und den Schutz der dänischen Batterien suchte. Aarhuser Bürger versorgten unentgeltlich den jungen Kaper-Kapitän mit neuem Eisen für seinen

Ballast, und – wenn es wahr ist – brachten die kleinen Näherinnen ihm ihre Bügeleisen, die sie zum Abschied küßten, damit sie ihm Glück bringen sollten.
Am fünfzehnten Januar hatte die »Fortuna« zusammen mit dem Kaperschiff »Drei Freunde« sechs feindliche Schiffe aufgebracht. Sie waren dabei, sie durch die Drogd zu führen, um sie dann in Kopenhagen zu Geld zu machen, als eins der erbeuteten Schiffe auf dem Middelgrund auflief. Es war eine große englische Brigg mit einer Ladung Segeltuch im Werte von hunderttausend Reichstalern; die Kaperschiffe hatten sie am Morgen desselben Tages von dem feindlichen Begleitzug abgeschnitten. Die englischen Kriegsschiffe waren ihnen noch immer auf den Hacken. Den Unfall des einen Schiffes bemerkend, schickten sie eilig eine starke Mannschaft in sechs Beibooten ab, ihre Brigg wieder zu holen. Die Kaperschiffe ihrerseits waren aber nicht gesonnen, sie wieder herzugeben, sie setzten sich zur Wehr, ein Kartätschenhagel jagte den Engländern entgegen, daß sie umdrehen mußten. Aber das Schiff war trotzdem verloren. Der Führer der Prise hatte angesichts der feindlichen Schiffe mit ihren weit überlegenen Kräften sie kurzerhand in Brand gesetzt, damit sie nicht wieder den Engländern in die Hände falle.
Bei dem schnell um sich greifenden Feuer war das Schiff aber nicht mehr zu retten. Die ganze Nacht über konnte man von Kopenhagen aus den riesigen Feuerschein im Norden beobachten. Die übrigen fünf Beuteschiffe gelangten nach Kopenhagen.
Im Sommer desselben Jahres geriet die »Fortuna II« in einen Kampf auf Leben und Tod, dieses Mal nahe bei Helsingör. Sie war den Engländern längst ein Dorn im Auge, und in einer finsteren Nacht im August machten sie sich bereit, sie von ihren an der schwedischen Küste stationierten Kriegsschiffen aus zu überfallen. Zwei große Barkassen, die Ruderdollen mit Wolle umwickelt, wurden abgelassen. Die Mannschaft des Kaperschiffes war unter Deck, nur der junge Morten und sein Steuermann an Deck, als die zwei Barkassen mit fünfunddreißig Mann Besatzung an den Seiten der »Fortuna« krachend anlegten und in ihre Bordwände die Enterhaken schlugen. Aus den Barkassen wurde gefeuert, aber an Bord des Kaperschiffes fand sich weder Zeit noch Gelegenheit, die Geschütze zu bedienen. Es kam zu einem Kampf mit Axt, Säbel und Messer. Der Feind strömte von allen Seiten an Deck. Männer schlugen auf die Ankerkette ein und hingen an der Galionsfigur. Aber es währte nicht lange. Die Leute der »Fortuna« wehrten sich verzweifelt, in zwanzig Minuten war das Deck gesäubert. Der Feind zog sich in seine Boote zurück und machte sich davon. Jetzt waren auch die

Kanonen frei, drei Kartätschenschüsse jagten hinter den abrückenden Engländern her. Sie ließen zwölf Tote und Verwundete auf der »Fortuna« zurück.

In Helsingör hatte man die Flintenschüsse aus den Barkassen, aber keine Antwort von der »Fortuna« gehört. Die Leute versammelten sich im Hafen und auf den Wällen von Kronborg, allein die Nacht war dunkel und auch mit beginnender Morgenröte ließ sich nichts Genaueres erkennen.

Dann, als eben das erste Sonnenlicht den Dunst zerteilte, fielen drei Schüsse nacheinander, und die Jungen von Helsingör behaupteten, weißer Rauch sei über den dunklen Wogen zu sehen. Eine halbe Stunde später lief die »Fortuna« in Helsingör ein. Auf dem östlichen Himmel zeichnete sie sich schwarz ab. Es war deutlich zu sehen, ihre Takelage war schlimm zugerichtet, und nach und nach konnte man vom Land aus die kleinen, dunklen Gestalten an Bord erkennen und auch das Rot an Deck. Nachher hieß es, kein Säbel und kein Messer an Bord sei nicht rot gewesen, das ganze Netzwerk vom Heck bis zur Großrüste blutgetränkt! Kein Mann an Bord war unverwundet, aber schwerverletzt nur einer. Es war dies ein westindischer Neger von der dänischen Kolonie; »schwarz von Haut, aber ein Däne im Herzen«, schrieben nächsten Tages die Blätter von Helsingör. Morten selbst, vom Pulverdampf geschwärzt, trug einen Verband über einem Auge: Blaß in dem Morgenlicht und noch wild von dem Kampfe, hob er beide Arme zum Gruß an die in Beifall ausbrechende Menge am Ufer.

Im Herbst dieses Jahres wurde plötzlich das ganze Kaperwesen verboten; weil es die feindlichen Fregatten in dänisches Gewässer zöge und dadurch zu einer Gefahr für das Land würde. Auch galt es vielen als eine wilde, unmenschliche Kampfesweise. Das Verbot brach vielen tapferen Seeleuten das Herz. Sie verließen das Deck; unfähig, ihre Arbeit in den kleinen Städten wieder aufzunehmen, wanderten sie aus. Das Land grämte sich um seine Raubvögel.

Für Morten de Coninck, darüber herrschte nur eine Meinung, kam die neue Verfügung zu gelegener Zeit. Er hatte seine Lorbeeren geerntet, jetzt konnte er eine Frau nehmen und in Helsingör seßhaft werden.

Er war verlobt mit Adrienne Rosenstand – der Falke mit der weißen Taube.

Sie war die Herzensfreundin seiner Schwestern, die sie wie ein eigenes Kind betreuten und Gefallen daran fanden, ihre Schönheit vorteilhaft ins Licht zu stellen. Mit dem feinen und sicheren Geschmack, der ihnen eigen war, halfen sie, die Aussteuer zusammenzusuchen, und verwendeten daran soviel Zeit, als wäre es ihre eigene. Freilich unter sich sprachen sie nicht jederzeit so mild von ihrer zarten Schwägerin; manches Mal konnten sie leidenschaftlich die Verbindung ihres Bruders mit einem kleinen Bürgermädchen, einem Ziervogel aus dem Hühnerhof von Helsingör beklagen. Mit einiger Überlegung jedoch hätten sie sich Glück dazu wünschen müssen. Adriennes Schüchternheit und das Förmliche an ihr ließ ihnen auch fürderhin unbestrittene Herrschaft in ihrem Reich der Kühnheit und der Phantasie; denn wie hätten sich die Schwestern des Falken wohl ausgenommen, falls er, wie es hätte leicht geschehen können, ein Adlerjunges als Braut nach Hause geführt hätte?

Die Hochzeit war auf Mai festgesetzt, wenn es um Helsingör her am schönsten ist, und die ganze Stadt stand in Erwartung dieses Tages. Indessen kam es nicht soweit. Am Morgen der Hochzeit war der Bräutigam nicht aufzufinden, und er ward in Helsingör nie wieder gesehen. Vor Gram und Scham in Tränen aufgelöst, mußten die Schwestern die Hiobspost der Braut überbringen, die vor Schreck die Besinnung verlor und lange Zeit krank lag. Sie erholte sich auch später nie mehr völlig. Die ganze Stadt schien von dem Schlage wie betäubt, und sie trug ihr Haupt in Trauer gehüllt. Kein Mensch nahm die einzigartige Gelegenheit zum Klatschen wahr. Helsingör spürte den Verlust am eigenen Leibe, und den Fall.

Unmittelbare Botschaft kam nie mehr von Morten de Coninck nach Hause. Aber im Laufe der Jahre liefen aus dem Westen seltsame Gerüchte über ihn ein. Anfangs hieß es, er sei ein Seeräuber, was an sich kein unrühmliches Schicksal für einen heimatlosen Kaperer war; dann verlautete gerüchtweise, er habe die Feldzüge in Amerika mitgemacht und sich dort ausgezeichnet. Noch später erzählte man, er sei ein großer Farmer und Sklavenhalter geworden in den Antillen. Aber auch diese Gerüchte gingen in der Stadt nur so obenhin. Sein Name wurde kaum mehr genannt, bis er nach vielen Jahren zu einer legendären Gestalt wie Sindbad, der Seefahrer, oder Blaubart geworden war. Im de Coninckschen Hause gab es nach seinem Hochzeitstage keinen Morten mehr. Sein Bild war von der Wand genommen. Frau de Coninck brachte der Gram über den Verlust ihres Sohnes ins Grab. Und sie hatte doch so viel Lebenskraft. Sie war das Saitenspiel, von dem ihre Kinder die hohen, klaren Töne hatten. Wenn es doch nie mehr benötigt, wenn kein Tanz, keine Abendmusik und kein Marsch mehr darauf gespielt würde, konnte man es auch wegtun. Tod war nicht mehr wider ihre Natur als Verstummen.

Für Mortens Schwestern waren die seltenen Nachrichten über ihren Bruder das Manna, das ihre Herzen in einer Wüste am Leben hielt. Sie teilten sie nicht ihren Freundinnen mit, auch nicht ihren Eltern; aber in der Geheimküche ihrer eigenen vier Wände brauten sie sich einen köstlichen Trank daraus. Sie berauschten sich an dem Gedanken, ihr Bruder werde als Admiral einer fremden Flotte mit sterngeschmückter Brust wiederkommen, die geduldig wartende Braut heimzuführen; oder, verwundet, krank, aber mit hohen Ehren zurückkehren, um in Helsingör zu sterben. Er würde dann an der Mole anlegen. Hatte er es nicht schon getan, und waren sie nicht selbst dabeigewesen? Aber auch dieser kümmerliche Trost schmeckte mit der Zeit immer bitterer und schärfer gewürzt. Vor die Wahl gestellt, wären sie schließlich lieber gestorben, als diese bittere Pille zu schlucken. Man erzählte sich von Morten, er sei durchaus kein großer Seeheld oder reicher Pflanzer, sondern in Wirklichkeit ein Seeräuber in den Gewässern von Trinidad und bei Kuba, einer der letzten, die es gab. Aber von den Schiffen »Albion« und »Triumph« verfolgt, habe er sein Schiff in der Nähe von Port of Spain verloren, wobei er selbst mit knapper Not entronnen sein sollte. Dann habe er auf alle mögliche Weise versucht, sein Leben zu fristen, und irgend jemand hatte ihn in New Orleans arm und elend gesehen. Als letztes hörten seine Schwestern von ihm, daß er gehenkt worden sei.
Vom Hochzeitstage Mortens an hatte Frau Baek ihren Schmerz dreißig Jahre lang still für sich getragen. Von dem, was seine Schwestern sich zusammenreimten, wollte sie nie etwas wissen. Das ging bei ihr zu einem Ohr hinein und zum anderen wieder hinaus. Sie zeigte sich sehr aufmerksam und ergeben gegen die verlassene Braut, als diese wieder ins Haus kam, doch war ihre Zuneigung für sie nicht eben groß. Auch wußte sie, wie das gewöhnlich der Fall war, von dem Sachverhalt mehr als irgend jemand sonst in der Familie. Man kann nicht sagen, sie habe das böse Ende vorausgesehen, aber in ihren Träumen erhielt sie seltsame Warnungen. Der Bräutigam hatte von Kindheit an die Gewohnheit gehabt, von Zeit zu Zeit sich zu ihr in ihr kleines Zimmer zu setzen. Auch während der großen Vorbereitungen für den Tag seines Glücks hatte er es so gehalten. Bei ihrer Handarbeit hatte sie ihn über ihre Brille hinweg beobachtet, und sie, die oft bis in die tiefe Nacht hinein tätig war und sommers schon vor Sonnenaufgang in der Wäschekammer stand, sah vieles kommen und gehen, das den anderen im Hause verborgen blieb. Irgend etwas war mit dem verlobten Paar geschehen. Hatte er sie denn gebeten, ihn zu nehmen und ihn festzuhalten, so daß es nicht mehr

in seiner Macht läge, sie zu verlassen? Mutter Baek konnte nicht glauben, daß ein Mädchen Morten etwas abschlagen konnte. Hatte sie es versucht und war das Zaubermittel wirkungslos geblieben? Oder hatte sie gemerkt, wie er sich täglich mehr und mehr von ihr losmachte, und dennoch nicht die Kraft zu dem Opfer aufgebracht, das ihr ihn erhalten konnte?

Niemand würde es je erfahren, denn Adrienne sprach nie darüber. Überdies war sie seit ihrer Genesung von der langen Krankheit ein wenig schwerhörig geworden, so schien es. Sie konnte nur verstehen, wenn man sehr laut mit ihr sprach, und sie mußte fortan mit dem Alltäglichsten in den Ohren ihr Leben fristen.

Fünfzehn Jahre wartete die schöne Adrienne auf ihren Verlobten, dann nahm sie einen andern.

Die Schwestern de Coninck waren bei der Hochzeit. Sie trugen kostbare Gewänder, es war zum letzten Male, daß sie sich im Glanze ihrer Schönheit sonnten, und obwohl schon über die Dreißig hinaus, stellten sie alle jungen Mädchen der Stadt in den Schatten. Ihr Hochzeitsgeschenk für die Braut war nicht weniger prächtig: sie gaben ihr die Diamant-Ohrringe und -Brosche ihrer Mutter, ein einzigartiges Geschmeide in Helsingör. Sie hatten auch die Fenster ihres Wohnzimmers aller Blumen beraubt, den Altar zu schmücken, denn die Hochzeit fiel in den Dezember. Alle meinten, soviel Ehre für die Freundin der stolzen Geschwister solle eben wieder gutmachen, was sie durch ihren Bruder hatte leiden müssen. Nur Mutter Baek wußte es besser. Sie wußte, daß es aus lauter Dankbarkeit geschah, wie auch die diamantenen Kostbarkeiten ein Geschenk des Dankes waren. Denn jetzt war die schöne Adrienne ja nicht mehr die Braut im Witwenschleier, und sie konnte auch nicht mehr den Platz an ihres Bruders Seite beanspruchen.

Jetzt, wo der sanfte Eindringling ihr Haus verließ, war es die mindeste Pflicht der Höflichkeit, sie mit tiefem Hofknicks bis zur Türe zu begleiten. Ihren Kindern erwiesen sie später aus dem gleichen Grunde alle Liebenswürdigkeit und setzten sie zu Haupterben ein. All das taten sie der niedlichen Brut dieses Zierhühnchens aus dem Hühnerhof von Helsingör zum Dank dafür, daß sie nicht ihres Bruders Kinder waren.

Mutter Baek war auch zur Hochzeit eingeladen und unterhielt sich gut. Als das Eis gereicht wurde, dachte sie plötzlich an die Eisberge auf dem großen, schwarzen Meer, von denen sie gelesen hatte, und an einen einsamen jungen Mann, der sie vom Deck seines Schiffes aus betrachtete, und in diesem Augenblick trafen ihre Augen die des Fräulein Fanny am anderen Ende der Tafel. Diese dunklen Augen waren in einer Glut und schimmerten von Tränen. Mit der ganzen Kraft ihrer Sippe unterdrückte das tapfere alte Mädchen etwas wie eine starke Sehnsucht, oder auch Scham, oder Triumph.

Aber es gab noch ein Mädchen in Helsingör, deren Geschichte hier kurz erzählt werden mag, wie es sich gebührt. Sie war die Tochter eines Gastwirts aus Sletten, mit Namen Katharina, aus dem Geschlecht von Kohlenbrennern, die bei Helsingör hausen und in vieler Hinsicht etwas Zigeunerhaftes haben: ein großes, schönes Mädchen, dunkel und rotwangig. Es hieß von ihr, sie sei einmal Morten de Conincks Liebste gewesen. Das junge Weib hatte ein trauriges Schicksal. Wie eine, deren Kopf nicht mehr in Ordnung ist, fing sie zu trinken an, es kam zu anderen schlimmen Dingen, und sie starb jung. Dieses Mädchen nun erfuhr von der jüngeren der zwei Schwestern, Eliza, viele Freundlichkeit. Wiederholt brachte sie sie in einer kleinen Putzhandlung unter, denn das Mädchen war geschickt und hatte Sinn für das Vornehme. Eliza trug, wie sie betonte, ihre Hüte nur von ihr, und bis zu ihrem Tode ließ sie ihr Geld zukommen. Als nach vielem Anstoß und Ärgernis Katharina nach Kopenhagen verzog und dort ihre Wohnung in der Dybensgade aufschlug, wo für gewöhnlich die Damen der Stadt sich niemals zeigen, da besuchte Eliza de Coninck sie noch immer und schien jedesmal frische Kraft und eine geheime Freude von diesen Besuchen mitzubringen. So, genau so mußte ein von Morten de Coninck geliebtes und verlassenes Mädchen sein Leben einrichten. Diese letzte Stufe von Elend und Erniedrigung war einzig passend zu dem, was geschehen war, nur dies konnte das Herz der Schwester noch erreichen und einen Widerhall in ihm wecken, während sie jedem anderen Trostwort ihre Ohren verschloß. Einzig hier in weiter Welt, in Katharinas elendem Gelaß, war der Ort, wo der Schwester Herz noch einmal frisch und freudig schlagen konnte, wenn der Name ihres Bruders fiel. Die zwei waren lange Tage zusammen. Katharina, ein Häuflein Elend, verhielt sich stumm; nur drei- oder viermal am Tage fragte sie, nach welcher Himmelsrichtung der Wind stünde, und die vornehme Dame, aufrecht neben ihrem Bette sitzend, gab jedesmal ungesäumt Antwort. So saß Eliza am Totenbett Katharinas wie eine Hexe, die aufmerksam die Wirkung tödlichen Giftes beobachtet, und hielt den Atem an, um den letzten Atemzug des Mädchens aus Sletten nicht zu versäumen.

Der Winter des Jahres 1841 war ungewöhnlich streng. Die Kälte setzte schon vor Weihnachten ein, aber im Januar ging sie über in einen

todstillen, anhaltenden Frost. Ein wenig Schnee fiel in spärlichen, spröden Flocken von Zeit zu Zeit hernieder, aber es regte sich kein Lüftchen, es schien keine Sonne, keine Bewegung war in Luft und Wasser zu spüren. Dickes Eis legte sich über den Sund, so daß man zu Fuß von Helsingör nach Schweden gehen konnte, dort mit seinen Freunden Kaffee zu trinken, deren Väter mit den eigenen Vätern sich bei hochgehenden Wogen auf dem gleichen Gewässer im Donner der Kanonen getroffen hatten. Wie eine Reihe kleiner, schmaler Zinnsoldaten nahmen die Menschen sich auf der unendlichen, grauen Ebene aus. Aber des Nachts, wenn die Lichter in den Häusern und die trüben Straßenlaternen brannten und nur eine Strecke weit auf das Eis hinausstrahlten, dann erschien einem diese ebene Seefläche und das Weiße gänzlich fremd, wie ein Hauch des Todes über der Welt. Aus den Schornsteinen stieg der Rauch geradeauf in die Luft. Die ältesten Leute konnten sich nicht an einen ähnlichen Winter erinnern.
Mutter Baek war, wie viele andere Leute auch, sehr stolz auf die unmäßige Kälte, und sie tat ganz aufgeregt, aber im Laufe dieser Wintermonate veränderte sie sich. Mit ihren Kräften ging es rasch zu Ende. Es fing damit an, daß sie eines Morgens im Eßzimmer umsank, nachdem sie noch ganz allein ausgegangen war, Fisch zu kaufen, und eine Zeitlang konnte sie sich kaum rühren. Sie wurde sehr still. Sie schien zu schrumpfen, und ihre Augen wurden trübe. Auch wenn sie sich auf den Beinen hielt und wie sonst im Haus herumlief, hatte sie am Abend große Mühe, mit der Kerze in der Hand und ihren Schatten neben sich, die Treppe zu steigen: es ging wie einen Berg hinauf. Auch kam es wie ein Klingen von weither zu ihren Ohren, wenn sie mit ihrem Strickzeug dicht am krachenden Kachelofen saß. Ihre Freundinnen machten sich schon Gedanken darüber, man werde wohl bald eine Grube für sie aus diesem steinharten Erdboden ausgraben müssen, bevor noch das Frühjahrstauwetter einsetzte. Aber sie hielt sich wacker und kam wieder zu Kräften, nur wurde sie steifer, als wenn auch sie in diesem harten Winter gefroren wäre. Ihre muntere und den Nagel auf den Kopf treffende Art zu sprechen, kehrte nicht mehr wieder, die Sprache, mit der sie in siebzig Jahren so viele Menschen erfreut, Dienstboten im Zaum gehalten und den Klatsch von Helsingör teils gemehrt, teils unterdrückt hatte. An einem Nachmittag vertraute sie dem Manne, der ihr im Hause half, ihren Entschluß an, die Damen in Kopenhagen zu besuchen. Am folgenden Tag ging sie aus, die Fahrt mit einem Lohnkutscher festzusetzen. Die Kunde von ihrem Vorhaben verbreitete sich rasch, denn eine solche Reise von Helsingör nach

Kopenhagen ist keine Kleinigkeit. An einem Donnerstag stand sie in aller Frühe auf und stieg die Steintreppen hinunter auf die Straße, ihre Reisetasche in der Hand, als noch der Morgen graute.

Die Reise war wirklich nicht einfach. Es waren mehr als sechsundzwanzig Meilen von Helsingör nach Kopenhagen, der Weg zog sich am Meere dahin. Manches Mal konnte man aber wirklich nicht mehr von einem Weg sprechen, nur noch eine Spur war übrig, die an der Küste entlanglief. Hier hatte der landeinwärts blasende Wind den Schnee völlig weggefegt, so daß kein Schlitten durchkam. Die alte Frau hatte daher einen mit Stroh ausgepolsterten Wagen gewählt. Sie war gut eingepackt, aber als der Wagen abfuhr und der Wintertag anbrach, der die ganze Welt so still und kalt erscheinen ließ, war ihr, als ob es überhaupt nichts Lebendiges geben könnte, am allerwenigsten eine alte Frau so allein in ihrem Wagen. Sie saß ganz ruhig da und blickte um sich. Die Fläche des zugefrorenen Sundes lag grau in dem fahlen Lichte. Hier und dort sah man Tang am Strand verstreut, wie braune und schwarze Tupfen. Am Wege marschierten Krähen kriegerisch im Sand umher oder stritten sich um einen toten Fisch. Die niedrigen Fischerhütten da und dort hielten Tür und Fenster fest verschlossen. Manchmal sah sie auch Fischer in ihren überkniehohen Schaftstiefeln weit draußen auf dem Eise Löcher hacken, um den Dorsch mit Zinnködern zu fangen. Der Himmel sah wie Blei aus, nur tief unten am Rande zog sich ein breiter Streifen hin, blaßgelb wie eine vertrocknete Zitronenschale oder sehr altes Elfenbein.

Vor einer guten Zahl von Jahren war sie hier zum letztenmal vorbeigekommen. Unterwegs tauchten längstvergessene Gestalten auf: sie sah sie neben dem Wagen herlaufen. Es schien ihr sonderbar: der gleichgültige Kutscher in seiner Pelzkappe und die kleinen Braunen brachten es zuwege, sie in eine Welt zu fahren, von der sie nichts wußten.

Sie kamen an Rungsted vorbei, wo sie als kleines Mädchen in dem alten Wirtshaus, das mit seinem roten Ziegeldach dicht am Wege stand, gedient hatte. Von hier aus bis zur Stadt war der Weg besser. Hier hatte die letzten Jahre seines Lebens der große Dichter Ewald in Krankheit und Armut zugebracht, ein Genius, der Schwan des Nordens. Zermürbt und tief enttäuscht in seiner Liebe zu der treulosen Arendse, dem Trunk ergeben, hatte er immer noch eine seltene Lebenskraft ausgestrahlt, wie ein starkes Licht, das das kleine Mädchen verzaubert hatte. Ohne es zu verstehen, besaß die kleine Hanne mit ihren zehn Jahren eine große Empfänglichkeit für die heimlich lockende Gewalt der im verborgenen wirkenden Lebensmächte. Es machte sie glücklich, um ihn sein zu dürfen. Um drei Dinge pflegte er in einem fort zu betteln, sie konnte es die Wirtsfrau noch sagen hören: Heiraten, denn ihm schien das Leben ohne Frauen unerträglich kalt und leer; Alkohol in irgendeiner Form – obwohl er sich auf einen guten Tropfen verstand, konnte er auch den scharfen Schnaps des Landes genauso hinuntergießen; und schließlich: die Zulassung zum Abendmahl. Alle drei Dinge hatten ihm Mutter und Stiefvater, reiche Leute in Kopenhagen, rundweg abgeschlagen, ja selbst sein Freund Pastor Schönheyder; denn sie wünschten nicht, daß er sein Glück auf die beiden ersten suche, und bevor er es im heiligen Abendmahl hätte finden dürfen, hätte er nach ihrer Meinung ein anderes Leben führen müssen. Der Wirtsfrau und Hanne tat es leid um ihn; sie hätten ihm Wein und Weib gegönnt und ihn auch zum Tisch des Herrn mitgenommen, wäre es nach ihrem Sinn gegangen. Öfters hatte sich Hanne von den Spielen der Kinder entfernt, mit kalten Fingern die ersten Märzveilchen für ihn zu pflücken und ihn anzusehen, wenn er mit einem eigenen Ausdruck das Gesicht in die kleinen Blumensträuße drückte. Es lag etwas darin, was sie nicht verstand und das ihr doch durch ihr ganzes Leben nachging – daß Veilchen einem Menschen soviel bedeuten konnten! Für gewöhnlich war er sehr vergnügt mit ihr und nahm sie gern auf seine Knie, die kalten Hände an den ihren wärmend. Er roch manchmal nach Branntwein, aber sie sprach zu niemand darüber. Noch drei Jahre später, bei ihrer Einsegnung, stellte sie sich den Herrn Jesus mit dem langen, in einen Zopf geflochtenen Haupthaar und mit dem seltsam wilden, wehen und hoffärtigen Lächeln des sterbenden Dichters vor.

Mutter Baek kam durch das Osttor von Kopenhagen, als eben die Leute anfingen, ihre Lampen anzuzünden. Vor dem Zollhaus gab es den üblichen Halt, aber der Wächter ließ sie nach kurzem Hin und Her passieren, als eine ehrliche Frau, die keine Schmuggelware bei sich führte. So würde sie auch einmal vor dem Himmelstor erscheinen, unwissend, was man von ihr wolle, aber überzeugt, daß wenn sie sich, nach ihrer Einsicht, ordentlich aufgeführt hatte, die andern, soweit ihre Einsicht reichte, sich auch ordentlich benehmen würden.

Sie fuhr durch die Straßen Kopenhagens und nahm alles wohl in acht – denn sie war schon seit vielen Jahren nicht mehr dagewesen –, so wie sie alles wohl in acht nehmen würde, um über das himmlische Jerusalem ins reine zu kommen. Mit Gold und Edelsteinen waren sie nicht ausgelegt, die Straßen hier, etwas Schnee lag an manchen Stellen. Aber Mutter Baek ließ sie gelten, wie sie waren. So ließ sie auch den Stall gelten, wo sie aussteigen mußte, und den Weg zu Fuß durch den eiskalten, blauen

Kopenhagener Abend hinüber zum Gammeltorv, wo das Haus der Damen gelegen war.

Trotzdem spürte sie, als sie langsam ihres Weges durch die Straßen trottete, daß sie ein ungebetener Gast war, der nicht hierhergehörte. Sie wurde kaum bemerkt, außer von zwei in eine politische Diskussion vertieften jungen Leuten, die sich nun trennen mußten, um sie zwischen sich durchzulassen, und von ein paar Jungen, die über ihren Hut Bemerkungen machten. Das konnte sie nicht ausstehen. In Helsingör kam so etwas nicht vor.

Die Fenster des ersten Stockwerks im de Coninckschen Hause waren hell erleuchtet. Sogleich fiel ihr ein, daß heute Fernands Geburtstag war, also würden die Damen wohl Besuch haben. So war es denn auch, und während Mutter Baek langsam, von Stufe zu Stufe ihre schweren Füße und ihre Botschaft schleppend, die Treppe hinaufging, unterhielten die Geschwister fröhlich ihre Gäste in ihrem warmen und behaglichen, mit einem grünen Teppich und glänzenden Mahagonimöbeln eingerichteten grauen Wohnzimmer.

Die Gesellschaft – mehr Herren als Damen – war bezeichnend für die zwei alten Schwestern. Sie wohnten in ihrem schönen Haus am Gammeltorv gleich einem Paar prominenter geistiger Kurtisanen aus Kopenhagen, lockten ihre Bewunderer zu Ausschweifungen und verführten sie, Reichtum und Gesundheit ihres Geistes an ihre Reize zu verschwenden. So wie ein Paar junge Kurtisanen des Fleisches auf die großen Herren und Prinzen dieser Welt Jagd machen, legten sie ihre Schlingen für die Honoratioren der geistigen Welt aus, und heute nacht saßen wahrhaftig an ihrem Tisch keine Geringeren als der Bischof von Seeland, der Direktor des Hoftheaters in Kopenhagen, der auch ein ausgezeichneter Dramatiker und Philosoph war, und ein berühmter, eben mit großen Ehren aus Rom zurückgekehrter alter Tiermaler. Ein ausgedienter Kommandeur mit frischem Gesicht, der von 1807 her eine Narbe trug, und eine elegante Hofdame der Königinwitwe, die gut zuhören konnte und deren umfangreicher Rock von der Taille abwärts wie massiv aussah, beschlossen den Kreis, alte Freunde ebenfalls, die aber der übrigen Gesellschaft nur das Licht halten durften.

Wenn die Schwestern nicht ohne Männer sein konnten, so nur darum, weil bei ihnen unumstößlich feststand, was bei der seemännischen Bevölkerung ein vererbter Erfahrungssatz ist: Was einer wert ist – das letzte Wort darüber hat das andere Geschlecht. Es kann der Mann den Mann und die Frau die Frau in Dingen des täglichen Lebens und Berufes, über Steuern und Heuern, Haus und Garten um Rat und

Meinung fragen; soll aber ausgemacht werden, was einer wert ist, dann ist auch das Wort des besten Freundes leer und nichtig und man muß sich an das andere Geschlecht wenden. Erfahrene Seeleute, die Kap Horn umsegelt und hundert Stürme mitgemacht haben, kennen das Gesetz. Mögen sie auf Deck oder in der Messe etwas gelten und bei ihren tüchtigen, ergrauten Fahrt- und Altersgenossen in Ehren stehen, schließlich ist es doch Sache der Mädchen, zu bestimmen, ob sie noch des Lebens wert sind oder nicht. Die alten Frauen der Seeleute wissen um diese Tatsache und sie geben viel darauf, bei jungen Burschen für sich ein günstiges Urteil zu gewinnen. Diese Lehre und das rasche, sichere Augenmaß ist deshalb in seemännischen Familien so sehr verbreitet, weil dort die beiden Geschlechter Gelegenheit haben, einander aus der Entfernung zu sehen. Ein Seemann oder die Tochter eines Seemannes beurteilen eine Person des anderen Geschlechts so schnell und unfehlbar, wie ein Jagdreiter ein Pferd beurteilt, oder ein Farmer eine Herde Vieh, und ein Soldat ein Gewehr. In den Familien der Geistlichen und Schreiber, wo die Männer den ganzen Tag in ihren vier Wänden zubringen, mögen die Leute einander individuell sehr genau beurteilen, aber es weiß kein Mann, was eine Frau ist, und keine Frau, was ein Mann ist. Sie sehen den Wald vor lauter Bäumen nicht.
Die Geschwister, in Hauben mit Spitzenbändern, bewirteten auf das anmutigste ihre Gäste. In jenen Tagen, als das Rauchen in Gegenwart von Damen unstatthaft war, blieb die Stimmung einer Abendgesellschaft bis zum Schluß klar und heiter, indessen auf dem Tisch, im sanften Lampenlicht, ein zarter, süß und fremdartig duftender Streifen Dampf den Trinkgläsern entstieg – guter, alter Rum mit heißem Wasser, Zitrone und Zucker zubereitet. Niemand von der Gesellschaft konnte sich der Wirkung des köstlichen Getränkes entziehen. Eben hatten sie sich in ihre Jugendzeit zurückversetzt, alte Lieder anstimmend, die schon ihrer Väter Freunde beim Wein und in der guten alten Zeit gesungen hatten. Der Bischof hob sein Glas und gab mit seiner weichen Stimme den althergebrachten Trinkspruch auf die Altvorderen zum besten:

Wie sie einst so frei und glücklich waren,
Von den Alten haben wir's erfahren,
Und wie lieb und hold sie sich gewesen,
Können wir aus unserem Dasein lesen.

Der Nachklang dieser Verse – denn sie behauptete, der Weg vom Ohr zum Verstand dauere bei ihr fünf Minuten – stimmte Fräulein Fanny de

Coninck nachdenklich und ein wenig geistesabwesend. Was für ein sonderbares Dasein, dachte sie, führen diese dürren, alten Leiber hier und heute nacht, zum Beweis der Tatsache, daß junge Männer und Frauen vor einem halben Jahrhundert geseufzt und gezittert und sich im Rausch verloren haben. Was für ein seltsames Dasein führt diese welke Hand zum Zeugnis eines törichten Spieles junger Hände in einer Maiennacht vor langer, langer Zeit. Als sie so dastand, drückte sich ihr Kinn bei dieser träumenden Haltung ein wenig herab auf das schwarze Samtband, das sie um den Hals trug, so daß es für jemand, der sie nicht in ihrer Jugendzeit gekannt hätte, schwer gewesen wäre, irgendeine Spur von Schönheit in Fannys Gesicht zu entdecken. Die Zeit hatte ihr fast grausam mitgespielt. Eine leichte Ungleichheit der Gesichtszüge, einst ein Leibreiz mehr, war in diesem Augenblick unschön und entstellend. Ihre vogelartige Leichtigkeit war zu einem lächerlichen Hin und Her von ruckweisen Bewegungen geworden. Aber die glänzenden, dunklen Augen hatten ihre Jugend bewahrt, und sie war alles in allem eine vornehme, eigentlich rührende Gestalt.

Nach einem Augenblick nahm sie die Unterhaltung mit dem Bischof wieder so lebhaft wie zuvor auf. Auch das kleine Taschentuch in ihren Fingern und die zierlichen Kristallknöpfe an ihrer seidenen Brust schienen an der Streitfrage teilzunehmen. Eine Pythia auf dem Dreifuß, von beseelenden Dämpfen durchatmet, konnte nicht prophetischer aussehen. Der Streit ging darum, ob man ein angebotenes Paar Engelsflügel – die nicht mehr entfernt werden konnten – annehmen oder ablehnen sollte.

»Ach, du lieber Himmel«, lachte Fräulein Fanny, »wenn Euer Hochehrwürden das Seitenschiff hinaufgehen, würden Sie Ihre Schäflein samt und sonders mit dem Anblick Ihrer Kehrseite bekehren. Nicht ein Sünder bliebe da noch in Kopenhagen übrig. Bedenken Sie aber, daß Sie auch jeden Sonntagmittag von der Kanzel herunter müssen, das wird dann seine Schwierigkeiten haben, und wie wäre es erst, wenn Sie mit einem Paar weißer Engelsflügel einen –.« Was sie wirklich sagen wollte, war: »einen Nachtstuhl benutzen wollten?« Vor vierzig Jahren hätte sie es ohne weiteres gesagt. Die Schwestern de Coninck waren nicht umsonst ihr Leben lang mit Seeleuten umgegangen. Sehr kräftige Ausdrücke und selbst Flüche, die nie bei den anderen jungen Damen in Helsingör zu hören waren, kamen ganz natürlich von ihren rosigen Lippen und brachten ihre Bewunderer in Verzückung. Sie wußten eine Menge Namen für den Teufel, und in Augenblicken der Erregung sagten sie: »Zur Hölle damit – zur Hölle!« Jetzt aber legte Fanny die lange Übung einer Dame und Hausfrau Zurückhaltung auf, und sie fuhr darum in aller Unschuld fort: – »einen Pfaffenschnitz vom Truthahnbraten essen wollten?« Denn das hatte der Bischof beim Abendessen mit offensichtlichem Vergnügen getan. Dennoch war ihre Vorstellung so lebhaft beschäftigt, daß man sich wundern mußte, weshalb der Prälat, mit einem väterlichen Lächeln in ihre klaren Augen blickend, nicht sein Bild sah, wie er in vollem Ornat, mit einem Paar Engelsflügel, auf dem Stuhle thronte.

Den alten Herrn hatte die Unterhaltung so mächtig erregt, daß er einige Tropfen aus seinem Glase auf den Teppich verschüttete. »Mein liebes, reizendes Fräulein Fanny«, sagte er, »ich bin ein guter Protestant und darf wohl von mir sagen, ich habe die himmlischen und irdischen Dinge sehr wohl in Einklang gebracht. In dieser Lage würde ich, an mir herunterblickend, mein himmlisches Teil in Miniaturform erkennen, so wie Sie das Ihrige jeden Tag in dem kleinen Spiegelchen in Ihrer schönen Hand betrachten.«

Der alte Maler-Professor aber sagte: »In Italien bekam ich einen kleinen, sonderbar geformten Knorpel zu sehen, den es nur an der Schulter des Löwen gibt, das Überbleibsel eines Flügelknochens aus der Zeit, da die Löwen Flügel hatten, wie noch heute der Löwe von Sankt Marcus. Es war höchst lehrreich.«

»Ja, das ist wirklich eine prächtige Monumentalfigur«, stimmte der Bischof bei. Er war auch in Italien gewesen und wußte, daß er ein Löwenhaupt besaß.

»Oh, wenn ich solche Flügel haben könnte«, sagte Fräulein Fanny, »es wäre mir keinen Augenblick bange um meine feine oder um meine Monumentalfigur, aber fliegen würde ich gehörig.«

»Erlauben Sie«, rief der Bischof dagegen, »das werden Sie schön bleiben lassen, Fräulein Fanny. Es gibt so mancherlei Gründe, einer fliegenden Dame zu mißtrauen. Sie haben wohl schon von Adams erster Frau gehört, der Lillith. Sie war, im Gegensatz zu Eva, bloß aus Erdenstaub gemacht wie er selber. Was tat sie nun als erstes? Sie verleitete zwei Engel, die verrieten ihr das Geheimwort, das den Himmel öffnet, und husch, flog sie von Adam weg. Beweis genug, daß, wo zuviel irdisches Element in einer Frau steckt, weder ihr Mann noch Engel sie meistern können.

Wirklich«, fuhr er, sich bei diesem Thema erwärmend, fort, während er sein Glas immer noch in der Hand hielt, »die eigentlich himmlischen und engelhaften Merkmale der Frauen, zu denen wir am meisten aufsehen und die wir verehren, diese drücken sie auch nieder, halten sie auf der Erde fest. Die langen Haare, die verhüllenden Schleier, die schleppenden Gewänder, auch die anbetungswürdigen weiblichen Formen, die Rundung des Busens und der Hüfte, all das hängt so wenig wie nur möglich mit der Vorstellung des Fliegens zusammen. Wir alle gönnen der Frau den Namen eines Engels und die weißen Flügel und stellen sie auf die höchste Stufe unter der einen unausweichlichen Bedingung, daß sie nicht von der Möglichkeit des Fliegens träume, sondern in unbedingter Unwissenheit darüber gehalten werde.«

»Ei, ja, ja«, sagte Fanny, »das wissen wir schon, lieber Bischof, und so ist es halt immer die Frau, die ihr Männer nicht liebt, noch verehrt: die keine langen Locken und keinen zarten Busen hat, die ihre Röcke schürzen muß, um den Boden aufzuwaschen, die beim Anblick des Zeichens ihrer Knechtschaft kichert und in der Walpurgisnacht ihren Besenstiel einsalbt.«

Der Direktor des Hoftheaters rieb sich die feinen Hände. »Wenn ich die Damen über ihr hartes Los und ihr eingeengtes Leben klagen höre«, sagte er, »erinnert mich das manchmal an einen Traum von mir. Ich schrieb einmal eine Tragödie in Versen. In meinem Traum erschienen mir nur die Worte und Silben meiner Dichtung, sie rebellierten und protestierten: ›Warum sollen wir uns so anstrengen, zu stehen, zu gehen und uns nach schwierigen und peinlichen Regeln zu richten, denen die Worte Ihrer Prosa niemals folgen?‹ Ich antwortete: ›Darum, Mesdames, weil ihr Poesie vorstellen sollt, verstanden. Von der Prosa verlangen und halten wir nicht viel. Es muß sie eben geben, wenn auch nur für Polizeivorschriften und für den Kalender. Aber ein Gedicht, das nicht schön ist, hat keine Daseinsberechtigung.‹ Verzeih mir Gott, wenn ich je Gedichte gemacht habe, die nicht in sich selber schön waren, und Damen in einer Art behandelt, die sie verhinderte, vollkommen schön zu sein – meine übrigen Sünden sind dann leichter zu tragen.«

»Wie könnte ich«, ließ sich der alte Kommandant vernehmen, »an der Wirklichkeit von Flügeln zweifeln, der ich doch zwischen Segelschiffen und unter den Damen am Anfang unseres Jahrhunderts aufgewachsen bin? Die abscheulichen Dampfschiffe, die jetzt herumfahren, sind eine Art Seehexen – sie sind wie die Frauen, die selbst ihr Geld verdienen. Aber wenn ihr Frauen euch in den Kopf setzt, nicht mehr länger Schiffe mit weißen Segeln und Gedichte zu sein, dann müssen eben wir Männer die vollkommen schönen Dichtungen darstellen und es euch überlassen, als Polizeivorschriften zu erscheinen. Ohne Poesie kann man auch kein Segelschiff führen. Als ich noch Kadett war, unterwegs nach Grönland und im Indischen Ozean, da war es mir ein lieber Trost, auf Hundwache nach der Reihe all der Frauen meiner Bekanntschaft zu gedenken und mir Gedichte vorzusagen, die ich auswendig wußte.«

»Aber du hattest von jeher etwas von einem Poeten, Julian«, meinte Eliza, und fast hätte sie den Arm um ihren Vetter gelegt; denn sie waren immer gut Freund gewesen.

»Ach, wenn von Eva und dem Paradiese die Rede ist«, warf Fanny ein, »seid ihr alle ein wenig eifersüchtig auf die Schlange.«

»Ich komme aus Italien«, erwiderte der Professor, »dort machte ich mir oft Gedanken darüber, was doch die Schlange für ein sonderbares Geschöpf ist: Wenn ich die Heilige Schrift richtig verstehe, hat die Schlange die Augen des Mannes für die Kunst geöffnet, und doch ist sie selbst am allerwenigsten ein Gegenstand der Malerei. Die Schlange ist wohl ein schönes Geschöpf. In Neapel war ein großes Reptilienhaus, da habe ich stundenlang Schlangen beobachtet. Sie haben eine Haut wie funkelnde Steine und ihre Bewegungen sind von einer wunderbaren Vollendung. Aber ich habe noch nie eine Schlange gesehen, die mir auf einem Bilde gefallen hat. Ich könnte sie auch selbst nicht malen.«

»Eliza, erinnerst du dich«, fragte der Kommandeur, der seinen eigenen Gedanken nachgegangen war, »der Schaukel, die ich zu deinem siebzehnten Geburtstag in Øregaard aufgehängt hatte? Ich machte ein Gedicht darüber.«

»Ja, Julian«, sagte Eliza mit strahlendem Gesicht, »sie sah wie ein Schiff aus.«

Es war ein merkwürdiges Ding, daß die zwei Schwestern, die als junge Mädchen doch so unglücklich waren, jetzt solche Freude darin fanden, bei Vergangenem zu verweilen. Sie konnten stundenlang von den unbedeutendsten Dingen aus ihrer Jugendzeit sprechen, und darüber mußten sie herzlicher lachen und weinen als über irgendein Ereignis der Gegenwart. Vielleicht war die erste Bedingung für etwas, das einen echten Reiz für sie hatte, dies: daß es nicht wirklich dasein durfte.

Nicht weniger merkwürdig war noch ein anderes Ding bei ihnen, daß sie, die nicht sehr viel erlebt hatten, von ihren verheirateten Freundinnen, die Mann und Kind und Enkelkinder besaßen, oft mit Bedauern und leichter Verachtung sprachen, wie von armen, schüchternen Geschöpfen, deren Leben trübe und ereignislos verlaufen ist. Daß sie selbst weder Mann, noch Kinder, noch Liebhaber hatten, hielt sie nicht von dem Gedanken ab, das romantischere und abenteuerlichere Los sei ihnen zuteil geworden. Die Erklärung dafür war, daß ihnen einzig das Mögliche reizend schien. Das Wirkliche hatte kein Gewicht für sie. Sie hatten selber alle Möglichkeiten in der Hand gehabt und sie nie vergeben, nur um sich nicht ein für allemal entscheiden und so in eine begrenzte Wirklichkeit eintreten zu müssen. Wenn es darauf ankam, waren sie noch immer bereit, sich in Entführungen über eine Strickleiter und heimliche Trauungen verwickeln zu lassen. Niemand konnte ihnen das verwehren. So waren ihre einzigen näheren Freundinnen alte Fräulein, wie sie selbst, oder unglücklich verheiratete Frauen, Damen vom runden Tisch der Möglichkeiten. Mit ihren glücklich verheirateten Freundinnen, die sich an der Wirklichkeit gesättigt hatten, redeten sie, in aller Freundlichkeit, eine andere Sprache, als gehörten sie einer niedereren Klasse an, mit der zu verkehren nur mit Hilfe eines Dolmetschers möglich war.

Elizas Antlitz hatte aufgeleuchtet wie ein schöner reiner, von rückwärtigem Lampenschein durchschimmerter Alabasterkrug, als von der schiffsähnlichen Schaukel die Rede war, die sie zu ihrem siebzehnten Geburtstag geschenkt bekommen hatte. Sie war von jeher das hübscheste der de Coninckschen Kinder gewesen. Ihre französische Tante hatte den drei Geschwistern seinerzeit die Namen La Bonté, La Beauté und L'Esprit gegeben, wobei Morten La Bonté war.

Eliza war so blond wie ihre Schwester dunkel, und in Helsingör, wo man sich damals gern mit poetischen Beinamen bedachte, nannte man sie »Ariel« oder den »Schwan des Nordens«. Ihre Schönheit trug den eigentümlichen Zug, der es für gewiß erscheinen ließ, daß sie nur die erste Sprosse auf der Leiter zu einem außergewöhnlichen Aufstieg sei. Es war da ein junges weibliches Ausnahmegeschöpf, dem die Begnadung auferlegt war, vom Scheitel bis zur Sohle bezaubernd schön zu sein. Aber solche Schönheit war nur die erste Sprosse zum Erfolg. Die nächste dazu war vielleicht ihre Art, sich anzuziehen, denn Eliza trieb einen erheblichen Kleideraufwand und hatte sich in Schulden gestürzt – wofür manches Mal ihr Bruder bei dem Vater einstehen mußte – für Brokat, für Kaschmirstoffe und Straußenfedern, die sie aus Kopenhagen, aus Hamburg und auch von Paris kommen ließ. Doch das, fühlte man, war auch wieder nur der Anfang von irgend etwas. Es kam dazu ihre Art, sich zu bewegen und zu tanzen. Eine gewisse bebende Spannung war immer dabei, daß man bei näherem Zusehen den Atem anhielt. Wessen sollte man sich als nächstes von dem außergewöhnlichen Mädchen versehen? Wenn sie damals wirklich ein Paar große weiße Flügel entfaltet hätte, sich von der Pier in Helsingör emporzuschwingen in die Sommerluft, man wäre nicht erstaunt gewesen: Bei solchem Überschwang der Gaben mußte sie etwas Außerordentliches vollbringen. »Es steckt mehr Kraft in diesem Mädchen«, sagte der

Bootsmann der »Fortuna«, als sie an einem Frühlingstag barhäuptig zum Hafen hinuntergelaufen kam, »als in unserer ganzen Mannschaft.« Und doch hatte sie, rechnete man alles zusammen, so gut wie nichts geleistet.
In dem Haus am Gammeltorv erlosch sie langsam und wie mit Willen zu einer Schönheit aus kaltem Stein. Sie konnte immer noch ihre Taille mit den zwei langen schlanken Händen umspannen, und mit viel Stolz und Leichtigkeit bewegte sie sich, etwas stakig, doch unverkennbar edel wie eine alte Araberstute, in dem Bereich von Krieg und Reiterspielen. Und immer noch hatte man in ihrer Nähe das Gefühl, als stehe die Welt ihr offen und habe sie noch etwas einzusetzen, und daß etwas Außerordentliches geschehen könnte, war kein Ding der Unmöglichkeit.
»Herrje, diese Schaukel, Eliza«, sagte der Kommandeur. »Du warst so hart zu mir des Abends, daß ich wahrhaftig am anderen Morgen in der Julifrühe in den Garten von Øregaard hinausging, fest entschlossen, mich am nächsten Baum aufzuhängen. Und wie ich so in die Krone der hohen Ulme blickte, hörte ich dich hinter mir sagen: »Da wäre ein guter Ast.« So grausam konntest du reden! Doch als ich mich umdrehte, standest du, dein Haar noch in Lockenwickeln, da, und mir fiel ein, daß ich dir eine Schaukel versprochen hatte! Ich hätte um keinen Preis sterben können, bevor nicht du deine Schaukel hattest. Als sie statt meiner an dem Ast hing und ich dich in der Schaukel sah, ging mir durch den Kopf: ›Und wenn es gleich mein Los sein sollte, immer nur Ballast zu sein für die weißen Segler, die feinen Mädchen, so würde ich mich doch glücklich preisen.‹«
»Deswegen haben wir dich auch immer so gern gehabt«, erwiderte Eliza.
Ein ausnehmend hübsches Mädchen mit hellblauen Bändern an der Haube, das von den zwei Schwestern angestellt war, um ein Gleichgewicht in ihrem geistigen Kurtisanenhaushalt herzustellen, wie andererseits vielleicht zwei weltliche Kurtisanen aus demselben Grund sich eine häßliche und mißgestaltete Bedienung, etwa einen Zwerg mit Witz und Einfällen, halten – dieses Mädchen also brachte ein Tablett mit feinen Leckerbissen herein: chinesischen Ingwer, Mandarinen und kandierte Früchte. Im Vorbeigehen sagte sie zu Fräulein Fanny leise: »Frau Baek ist aus Helsingör gekommen, sie wartet in der Küche.«
Fanny wechselte die Farbe, denn solch unverhoffte Nachricht von jemandes Kommen oder Gehen konnte sie niemals ruhig aufnehmen. Ihre Seele verließ sie und flog stracks zur Küche, von wo sie sie wieder zurückholen mußte.

»In jenem Sommer 1806«, nahm sie die Unterhaltung wieder auf, »ist doch auch die Odyssee zum erstenmal ins Dänische übersetzt worden, hab' ich nicht recht? Papa las sie uns abends vor. Ach, wie haben wir den Helden Odysseus und seine tapfere Mannschaft gespielt, den Zyklopen getrotzt, und sind zwischen der Insel der Lästrygonen und der Phäakischen Küste hin und her gekreuzt! Ich lasse mir von niemand einreden, wir hätten jenen Sommer nicht in unseren Schiffen, mit den braunen Segeln, verbracht.«

Kurz danach brach die Gesellschaft auf, und die Schwestern zogen die Rouleaus ihrer Fenster hoch, den vier Herren, die Fräulein Bardenfleth in ihren Hofwagen halfen, nachzuwinken: die viere gingen dann ihres Wegs weiter durch die eisengraue Wüste des nächtlichen Gammeltorv, und noch immer eifrig über Philosophie und Dichtung sich unterhaltend, machten sie doch auch Bemerkungen über die ungewöhnliche Kälte, die fort und fort anhielt.

Dieser Augenblick am Schluß ihrer Gesellschaftsabende berührte die Herzen der zwei Schwestern stets sehr eigentümlich. Sie waren froh, ihre Gäste loszusein; aber dieses Vergnügen war von einer kleinen Minute des Stillschweigens und der Bitterkeit begleitet. Es lag immer noch in ihrer Macht, jemanden in sich verliebt zu machen. Sie besaßen ein Strahlungsvermögen, von dem die Kopenhagener Gesellschaftsluft wie mit kleinen bunten Regenbogen gefärbt schien. Aber wer vermochte ihnen Liebe einzuflößen? Den Rauschtrank für Geist und Gefühl, der in den alten verhärteten Adern ihrer Gäste Wärme und Bewegung erzeugte – von wem sollten sie ihn sich geben lassen? Eines vom andern; das wußten sie! Und in der Regel fanden sie sich damit ab, daß es so war. Dennoch bedrückte sie in solchen Augenblicken die Hoffnungslosigkeit derer, die in alle Ewigkeit den Gastgeber spielen.

Aber nicht so heute abend; denn kaum hatten sie die Rouleaus herabgelassen, gingen sie zur Küche, ihre hübsche Jungfer schlafen zu schicken, als wüßten sie, daß die wirkliche Freude am Leben nur bei älteren Frauen zu finden ist. Sie brühten für Mutter Baek und sich eine frische Kanne Kaffee auf, wozu sie den alten Kupferkessel von der Wand nahmen. Kaffee bedeutet nach der Meinung dänischer Frauen für den Leib dasselbe wie Gottes Wort für die Seele.

Wäre es noch wie einst gewesen, wenn die Schwestern die Dienerin nach langer Trennung wieder trafen, stehenden Fußes hätten die Mädchen der guten Witwe Baek mit einem Bericht über ihre Verehrer aufgewartet. Davon konnte sie nicht genug bekommen, und den zwei Schwestern machte es Spaß, Frau Baek ein wenig gruseln zu machen.

Aber diese Zeit war vorüber. So teilten sie ihr die Neuigkeiten aus der Stadt mit – ein alter Witwer hatte wieder geheiratet, und ein anderer war verrückt geworden –, auch ein wenig Hofklatsch, Bardenflethscher Herkunft, wurde aufgetischt. Aber irgend etwas im Gesicht von Mutter Baek war nicht zu übersehen, etwas Schicksalschweres: Sie brachte selbst Neuigkeiten mit. Bald hielten sie inne, sie sprechen zu lassen.
Mutter Baek ließ sich noch etwas Zeit.
»Herr Morten«, sagte sie nach einer kleinen Stille, und sie wurde bleich, als sie ihre Gedanken aus den vergangenen bangen Tagen und Nächten laut werden hörte, »Herr Morten ist in Helsingör. Er geht im Hause um.«
Bei dieser Nachricht wurde es in der Küche totenstill. Die zwei Schwestern spürten, wie sich ihnen die Haare sträubten. Das Erschreckende für sie lag darin, daß aus dem Munde von Mutter Baek solche Botschaft kam. Sie hätten ihr aus reinem Unsinn dergleichen vorsetzen können, und es hätte nichts gegolten. Aber daß Hanne, die für sie ein Hort der Sicherheit und des Gleichgewichts der gesamten Welt war, ihren Mund öffnete, ihnen mit dem Ende alle Dinge aufzuwarten – das machte diese Augenblicke in der Küche für die zwei jüngeren Frauen sozusagen zu den ersten Augenblicken eines Erdbebens.
Auch Mutter Baek empfand das Unnatürliche der Lage samt all dem, was ihren Herrinnen durch den Kopf ging. Auch sie würde sich darüber entsetzt haben, wenn sie sich überhaupt noch hätte entsetzen können. Nun aber kostete sie nur ihren Triumph aus.
»Ich habe ihn gesehen«, sagte sie, »siebenmal.«
Da überfiel die Schwestern ein so heftiges Zittern, daß sie die Kaffeetassen niederstellen mußten.
»Beim erstenmal«, fuhr Mutter Baek fort, »stand er im roten Eßzimmer und sah auf die große Uhr. Aber die Uhr stand, ich hatte vergessen, sie aufzuziehen.«
Plötzlich schossen Fanny Tränen in die Augen und rannen über ihr bleiches Gesicht. »O Hanne, Hanne«, sprach sie.
»Dann traf ich ihn einmal auf der Treppe«, sagte wieder Mutter Baek. »Dreimal ist er gekommen und hat sich zu mir gesetzt. Einmal hat er mir ein Knäuel Wolle aufgehoben und es mir in den Schoß zurückgeworfen.«
»Wie sah er aus?« fragte Fanny mit brüchiger, gequälter Stimme und dem Blick ihrer Schwester ausweichend, die unbeweglich dasaß.

»Er sieht älter aus, als da er wegging«, gab Mutter Baek zur Antwort. »Er trägt das Haar länger als die Leute hier; es wird der amerikanische Brauch sein. Seine Kleider sind auch sehr alt, muß ich sagen. Aber er lächelte mich an, so wie er es immer machte. Das drittemal, als ich ihn sah, ehe er ging – denn er geht auf eigene Art, wenn man meint, er ist da, ist er fort –, warf er mir eine Kußhand zu, genau so, wie er es so oft gemacht hat, wenn ich ihn ein wenig gescholten hatte.«
Eliza hob ganz langsam ihre Augen, bis sie die Blicke ihrer Schwester trafen. Nie im Leben hatte Mutter Baek ihnen etwas gesagt, woran sie gezweifelt hätten.
»Aber letztes Mal«, sprach Mutter Baek, »sah ich ihn lange Zeit vor euren beiden Bildern stehen. Ich dachte, daß er Sie gern sehen möchte, und so bin ich hierher gekommen, Sie nach Helsingör zu holen.«
Bei diesen Worten erhoben sich die Schwestern wie auf Kommando. Mutter Baek saß in all ihrer Erregung noch auf dem gleichen Fleck; wie immer drehte sich alles um sie.
»Wann hast du ihn gesehen?« frage Fanny.
»Zum erstenmal«, war die Antwort, »heute vor drei Wochen, und zum letztenmal am Sonnabend. Da dachte ich: Jetzt muß ich aber die Damen holen.«
Fannys Gesicht stand auf einmal ganz in Glut. Sie blickte Mutter Baek mit großer Zärtlichkeit an, mit der Zärtlichkeit ihrer Jugendzeit. Sie spürte, daß es ein großes Opfer war, das die alte Frau ihnen aus Ergebenheit und Pflichtgefühl brachte. Denn die drei Wochen, in denen sie mit dem Geist des verlorenen Sohnes des de Coninckschen Hauses zusammenlebte, ganz allein, das war die große Zeit im Leben von Frau Baek gewesen und würde es immer für sie bleiben. Jetzt war sie vorüber.
Schwer zu sagen, ob ihr das Lachen oder die Tränen näherstanden, als sie nun sprach. »O wir gehen, Hanne«, sagte sie, »wir gehen nach Helsingör.«
»Fanny, Fanny«, rief Eliza, »er ist nicht dort, er ist es nicht.«
Fanny machte einen so heftigen Schritt zum Fenster hin, daß die Bänder ihrer Haube flatterten. »Warum nicht, Lissy?« fragte sie. »Gott will nun doch noch etwas für dich und mich tun. – Und erinnerst du dich nicht, als Morten nach den Ferien wieder zur Schule gehen sollte und nicht wollte: daß wir Papa sagen mußten, er wäre tot? Wir machten ein Grab unter dem Apfelbaum und legten ihn da hinein. Erinnerst du dich?« Die zwei Schwestern sahen in diesem Augenblick das gleiche Bild vor sich: den kleinen rotwangigen Jungen, mit Erde in seinen

Locken, wie er von ihrem erzürnten jungen Vater aus dem Grabe geholt wurde und wie sie selbst mit ihren kleinen Spaten und in beschmutzten Musselinröckchen dem Zug nach Hause als enttäuschte Leidtragende folgten. Auch diesmal würde ihr Bruder ihnen vielleicht einen Streich spielen.

Als sie sich wieder einander zuwandten, trugen ihre Gesichter den gleichen Ausdruck jugendlichen Mutwillens. Mutter Baek in ihrem Stuhl fühlte sich bei ihrem Anblick wie eine glücklich entbundene Wöchnerin. Ein Stein war ihr vom Herzen gefallen und ihre Bürde war sie mit losgeworden. Das war immer so die Art der Herrschaften gewesen. Sie mußten auf alles ihre Hand legen, auch auf Geister.

Frau Baek litt es nicht, daß die Schwestern mit ihr nach Helsingör zurückkehrten. Sie wollte haben, daß sie noch einen Tag länger zuwarteten. Sie wollte selbst für warme Zimmer bei ihrer Ankunft sorgen und für Wärmflaschen in ihren Mädchenbetten, in welchen sie so lange Zeit nicht mehr geschlafen hatten. Am nächsten Tag fuhr sie ab.

Für die Schwestern war es gut so: In den Stunden, die ihnen verblieben, konnten sich ihre Gemüter beruhigen und auf das Stelldichein mit dem Geiste ihres Bruders vorbereiten. Ein Sturm war über sie hereingebrochen, und ihr Lebensschifflein, das so windgeschützt auf Seitenwasser gelegen, wurde im Wetter herumgewirbelt zwischen haushoch gehenden Wogen. Aber trotz ihren Spitzenumhängen waren sie durchaus keine Landratten in solchen Stürmen. Sie verstanden sich noch immer darauf, ihr Boot herumzuwerfen und hielten die Segelleinen fest in Händen. Sie kannten auch keine Tränenausbrüche. Tränen waren keine Lösung für sie. Die gingen voran und waren nur eine Schwäche. Nun aber waren sie ihnen vergangen, keine Hilfe in der Verlegenheit. Die Schwestern hielten es mit dem alten Seemannsspruch:

Kommt der Wind vor dem Regen:
Toppsegel runter und rauf bewegen.
Kommt der Regen vor den Winden:
Laß das Toppsegel und alles Zeug verschwinden.

In diesen Stunden des Wartens bis zur Abreise nach Helsingör hatten sie sich nicht viel zu sagen. Es war kein Sonntag, sonst wären sie zur Kirche gegangen, eifrige Kirchgängerinnen, beide, und mit ihrem Urteil über die wackeren Prediger der Stadt nicht zurückhaltend, denn sie waren meist der Ansicht, sie hätten es besser gekonnt. In der Kirche wären sie wohl beisammengeblieben; vor allen andern Häusern sah man sie im Haus des Herrn zu zweit. Jetzt machten sie getrennt ihren Gang nach entgegengesetzten Seiten der Stadt durch schneebedeckte Straßen und Anlagen, die Hände im Muff versteckt und keiner Menschenseele begegnend, nur den frostigen bloßen Statuen und frierenden Vögeln auf den Bäumen.

Wie sollten zwei hochgeachtete, wohlhabende, beliebte und verwöhnte Damen den armen Galgenvogel, ihren leiblichen Bruder, wieder aufnehmen? Fanny ging die Lindenallee bei den Rosengärten von Schloß Rosenburg auf und ab. Es zog sie künftig nie wieder dorthin, auch im Sommer nicht, wenn sie ein goldengrüner Laubgang war, wie ein Vogelhaus voll zwitschernder Kinderstimmen. Weglang auf und nieder trug sie ihres Bruders Bild mit sich, wie er auf die Uhr sah, und die Uhr war stehengeblieben und tot. Das Bild wuchs vor ihr empor. Auf den Tod seiner Mutter, die aus Gram um ihn starb, und auf das gebrochene Herz seiner Braut blickte er unverwandt. Das Bild wuchs immer noch. Unverwandt blickte er auf die betrogenen und gebrochenen Herzen überall auf der Welt und auf das Leiden der schwachen und stummen Kreatur, auf alle Ungerechtigkeit und Verzweiflung auf Erden. Und sie spürte, wie all das ihr auf die Schultern gelegt wurde. Die Verantwortung lag bei ihr. An allem Leiden und Sterben in der Welt trugen die de Conincks Schuld. Ihre Verzweiflung scheuchte sie die Allee hinauf und hinunter wie ein vom Wind getriebenes, dürres Blatt – eine vornehme Dame in Pelzstiefeln, vor sich selbst ein irrer, flügellahmer, großer Vogel, der in der Winterabendsonne umherflatterte. Wenn sie auf ihre Nase schielte, sah sie etwas Großes, Rosarotes unter dem Schleier wie einen schrecklichen, grausamen Schnabel. Von Zeit zu Zeit bewegte sie die Frage: Was mag Eliza jetzt wohl denken? Es war sonderbar, daß die ältere Schwester sich mit Bitterkeit und Furcht von ihrer jüngeren Schwester in dieser Stunde ihrer Not verlassen fühlte. Sie war selbst heimlich weggegangen und doch sprach sie zu sich: Ach, konnte sie denn nicht eine Stunde mit mir wachen? Geradeso war es auch im alten de Coninckschen Hause gewesen. Wenn eine Sache anfing, ernstlich schwierig zu werden, wendeten Morten und Papa und Mama de Coninck sich gewöhnlich dem jüngeren, ruhigen Mädchen zu, das viel weniger brillierte als sie selbst: Wie denkt Eliza darüber?

Gegen Abend, bei Dunkelwerden und da sie glaubte, Mutter Baek müsse jetzt wohl in Helsingör sein, blieb sie plötzlich stehen mit dem Gedanken: Soll ich nicht beten? Sie wußte, mehrere von ihren Freundinnen hatten im Gebet Ruhe gefunden. Sie selber hatte seit ihrer Kinderzeit nicht mehr gebetet. Ihr sonntäglicher Kirchgang glich einem Anstandsbesuch bei dem lieben Gott, und ihr Händefalten mit gesenktem Haupte war eine Form der Höflichkeit. Ihr Gebet nun aber, zu dem sie ihre Gedanken sammelte, gefiel ihr nicht. Als Kind hatte sie oft dem Papa laut seine Korrespondenz vorgelesen, woher sie um den Wortlaut von Bettelbriefen gut Bescheid wußte ... »Tief bewegt von der Größe Ihrer edlen und allseits bekannten Hilfsbereitschaft ...« Sie hatte selbst damals Bettelbriefe in Menge erhalten, junge Männer, auch nicht wenige, hatten sie kniefällig um etwas gebeten. Sie war sehr wohltätig gegen Arme gewesen, aber hart zu den Liebhabern. Nur für sich hatte sie nie um etwas gebeten, und sie würde nicht jetzt, wo es um ihren stolzen, jungen Bruder ging, damit anfangen. Da ihr Gebet eine gewisse Ähnlichkeit mit einem Bettelbrief oder mit einem Vorschlag annahm, gab sie es auf. ›Er soll sich nicht schämen, denn er hat mich ja gerufen‹, dachte sie. ›Er soll sich nicht vor zehntausend Menschen fürchten, die sich ihm entgegengestellt haben.‹ Darauf ging sie heim.

Als die Schwestern am Samstagabend in ihrem Haus in Helsingör eintrafen, gingen sie durch mancherlei tiefe Herzensbewegung. Schon die Luft – der Duft in der Diele, der Hauch von Salz und Tang, der immer alten, am Meer gelegenen Häusern anhaftet – ging ihnen durch und durch. Sagt man doch, dachte Fanny schnüffelnd, das Leibliche eines Menschen mache alle sieben Jahre eine völlige Umwandlung durch. Wie habe ich mich gewandelt und was habe ich alles vergessen! Aber meine Nase ist noch die alte: die habe ich behalten und sie erinnert mich an alles. Das Haus war behaglich erwärmt, was sie als ein nettes Kompliment aufnahmen, wie wenn ein alter Hausfreund sich in Gala für sie geworfen hätte. So viele Leute können sich nur mit Ach und Weh dareinfinden, wenn mit den Orten ihrer Jugend ein Wandel vor sich gegangen ist. Die Schwestern de Coninck aber hätte es nicht gewundert, wäre das alte Haus in Klagen über die Veränderung der Mädchen ausgebrochen: Du lieber Himmel, sind das die flaumbäckigen Schwestern mit den silberhellen Stimmen, in Tanzschühlein, die auf meinem Treppengeländer hinabschlitterten? Und wenn die alten Schornsteine geseufzt hätten: Vorbei! Vorbei! Aber das Haus war so edelmütig, dies zu verbergen und zu tun, als wären sie noch dieselben.

Die große Freude von Mutter Baek bei ihrer Ankunft tat das ihre, sie mit Rührung zu erfüllen. Sie stand draußen auf der Treppe, zu ihrem Empfang. Sie half ihnen Schuhe und Strümpfe wechseln und hielt warmes Getränk für sie bereit. Ach, dachten sie, wenn man ihr so leicht eine Freude machen kann, warum sind wir nicht mehr hergekommen? War ihnen denn das Haus ihrer Kindheit und Jugendzeit ein wenig leer und kalt wie eine Ahnengruft erschienen, bis ein Geist darin umging?

Frau Baek führte sie von einer Stelle zur andern, wo Morten gestanden hatte, und zeigte ihnen jede seiner Bewegungen. Die Schwestern kümmerten sich wenig um Mortens Bewegungen, die er für andere machte, aber die Liebe der alten Frau zu ihrem Bruder schlugen sie hoch an und so hörten sie geduldig zu. Schließlich war Mutter Baek ganz stolz, wie wenn sie aus des geliebten Jungen Gebein eine Reliquie, ein kleines aufbewahrtes Knöchelchen vorgezeigt hätte.

Das Zimmer, in dem das Abendbrot gedeckt war, war ein Eckzimmer. Mit zwei Fenstern ging es nach Osten, von hier aus war das alte, graue Schloß von Kronborg, mit seinen Kupferdächern, wie eine in den Sund hinaus geballte Faust zu sehen. Auf den Wällen hatten längst verstorbene Kommandanten der Festung einen Garten angelegt, wo jetzt in ihrer winterlichen Kahlheit Linden der Welt zeigten, was für weitausladende Bäume sie sind, wenn man sie nur nicht soldatisch gedrillt zu zweien aufmarschieren läßt. Ein paar Fenster gingen nach Süden, auf den Hafen von Helsingör. Es war sonderbar, wie er so stille dalag, nur einige Seeleute kamen von ihren Booten auf dem Eis zurück.

Die Wände des Zimmers waren einst hochrot gewesen, aber im Laufe der Zeit war die Farbe verblaßt und zeigte jetzt eine Menge Töne, wie ein Strauß welkender roter Rosen. Im Kerzenlicht blinkten und schimmerten die kahlen Wände ganz unergründlich, an manchen Stellen glühte es wie kleine Flecken trockenen, brennenden Lackes auf. An einer Seite hingen die Bildnisse der zwei jungen Schwestern de Coninck, der Schönen von Helsingör. Das dritte Bildnis, das ihres Bruders, war schon seit langer Zeit abgenommen: Nur noch ein Schattenfleck an der Wand zeigte an, wo es einst gehangen hatte. Schalen mit Duftstoffen waren auf dem hohen Ofen entzündet, auf dessen Platten ein Neptun mit Dreizack seine Pferde durch die Wogen lenkte. Aber die getrockneten Rosenblätter sprachen von Sommern, die lange vergangen waren. Nur ein schwacher, ein wenig bitter-herber Duft, wie die Blume von zu lange aufbewahrtem, edlem Claret, kam von ihrem Aschenhäuflein her. Vor dem Ofen war der Tisch gedeckt mit weißem Tuch und feinem chinesischem Geschirr.

In diesem Zimmer hatten die Geschwister de Coninck manche heimlichen Abendgastereien gefeiert, so, wenn eine Theatervorstellung oder eine Maskerade vorbereitet wurde, oder wenn Morten spät nachts von einer Segelbootfahrt hinter dem Rücken der Eltern heimkam. Um das schlafende Haus nicht zu wecken, mußten sie mit Essen und Trinken leise zu Werke gehen, und eben dieser Vorsicht wegen hatte vor nun fünfunddreißig Jahren das rote Zimmer manche lustige Stunde erlebt.

Wie gewohnt, traten jetzt die Fräulein de Coninck ein und nahmen einander gegenüber ihre alten Plätze, beiderseits vom Ofen, stillschweigend ein. Ihre Augen waren schwer und sie hätten es kaum ertragen, wenn nicht bald etwas geschehen wäre. Sie mußten nicht lange warten. Eben als sie Tee eingeschenkt hatten, und die dünnen Tassen zum Munde führten, ließ sich ein leises Rascheln in dem stillen Zimmer vernehmen. Sie wandten sich beide um, da sahen sie ihren Bruder am anderen Ende des Tisches stehen. Er verharrte einen Augenblick und nickte ihnen lächelnd zu. Dann nahm er den dritten Stuhl und setzte sich zwischen sie. Er legte seine Hände auf die Tischkante und strich darauf langsam hin und her – das war eine alte Gewohnheit von ihm. Morten war dürftig gekleidet, in einem abgetragenen und verblichenen Rock von dunklem Grau. Immerhin war zu sehen, daß er sich für dieses Stelldichein um ein gutes Aussehen bemüht hatte: er trug einen weißen Kragen mit sorgfältig geschlungener hoher schwarzer Halbsbinde, und seine Haare waren sauber zurückgebürstet. Vielleicht hat er sich gescheut, dachte Fanny, nach so langem Leben in rauher Gesellschaft weniger ordentlich und manierlich vor seinen Schwestern zu erscheinen als früher. Das brauchte aber nicht seine Sorge zu sein: Auch am Galgen würde er ein vornehmer Herr sein. Er war inzwischen gealtert, sah aber jünger aus als sie, wie ein Mann von Vierzig.

Sein Gesicht hatte etwas gröbere Züge angenommen, ein wetterhartes und sehr blasses Gesicht. Im Verein mit den dunklen und wie aus tieferen Höhlen blickenden Augen hatte es immer noch das himmlische Wechselspiel von Schatten und Licht, das früher den Mädchen den Kopf verdrehte. Um seinen Mund lag noch die alte Offenheit und der alte Liebreiz, aber seine einst makellose Stirn hatte sich verändert. Nicht darum, weil sie jetzt von vielen kleinen Furchen durchzogen war, denn das Marmorartige an ihr war zu schön, als daß es durch so oberflächliche Abnutzung hätte beeinträchtigt werden können. Aber die Zeit hatte doch ihre Spuren zurückgelassen. Die Stirn war nicht mehr das herrlich strahlende Kronband über seinen dunklen Brauen, das einst alle Blicke auf sich zog. Sie hatte, ernst und edel, Ähnlichkeit mit einem Totenschädel. Dessen Schimmer gehörte einem, der nicht der Welt, doch über Grab und Ewigkeit gebot. Jetzt, da sein Haupthaar aus der Stirn zurückgewichen war, trug sie die Wahrheit einfach und offen zur Schau: Sobald man nämlich von dem Gesicht des Bruders den Geschwisterzug der ihnen eigentümlichen Schönheit ablas, gab er sich alsbald auch bei den Schwestern wieder zu erkennen, selbst auf den zwei Jugendbildern an der Wand. Das Auffälligste an den drei Köpfen war die angeborene Ähnlichkeit der Kopfform mit einem Totenschädel.

Im großen ganzen war Mortens Haltung ruhig, überlegt und würdig wie je.

»Guten Abend, kleine Schwestern, willkommen, willkommen«, sprach er. »Wie lieb und schwesterlich von euch, mich hier zu besuchen! Ihr hattet eine –« er stockte einen Augenblick, wie wenn er, solcher Zwiesprache nicht mehr gewohnt, nach einem Wort suche – »ich wollte sagen, schöne, frische Fahrt hierher nach Helsingör«, schloß er.

Seine Schwestern saßen mit ihm zugewandten Gesichtern da, so bleich wie er. Morten hatte von jeher, im Gegensatz zu ihnen, mit leiser Stimme gesprochen. Ein Streit zwischen den Schwestern ging in der Regel so aus, daß beide zu gleicher Zeit sprachen, wobei sie einander mit schrillen Stimmen zu übertönen suchten. Morten mußte man gut zuhören, wollte man ihn genau verstehen. Nach dieser Weise redete er jetzt, und waren sie einigermaßen auf sein Aussehen gefaßt, so nicht auf seine Stimme.

Sie hörten ihm zu wie vor Zeiten. Aber es verlangte sie, mehr zu tun. Bei seinem Erscheinen hatten sich ihre schlanken Gestalten auf den Stühlen ganz herumgewandt. Ob sie ihn wohl anrühren durften? Nein, sie wußten, das konnte nicht sein. Sie hatten ihr Leben lang Geistergeschichten gelesen und kannten sich aus. Alles, wie es war, gemahnte sie an frühe Tage, wenn Morten manchmal zu ihren nächtlichen Mahlzeiten in einem langen, von Regen und Seewasser durchnäßten, wie Haifischhaut glänzenden Mantel erschien. Oder er war mit Schnee bedeckt oder trug frische Teerflecken, so daß sie ihn lachend auf Armlänge von ihren Kleidern fernhielten. Aber aus was für Schneestürmen kam er heute nacht? Mit welcher Sorte Teer war er geteert worden? »Wie geht es euch, meine Lieben?« fragte er. »Habt ihr in Kopenhagen auch eine so gute Zeit wie damals hier in Helsingör?«

»Und wie geht es dir denn selbst, Morten?« entgegnete Fanny, wobei ihre Stimme eine volle Oktave höher als die seine erklang. »Du siehst aus wie ein feiner Kaperkapitän. Du bringst uns die vollen, würzigen Passatwinde in unsere Nonnenklause nach Helsingör mit.«

»Ja, das sind feine Winde«, sagte Morten.

»Warst du weit fort, Morten?« fragte Eliza mit einem Zittern in der Stimme. »Wieviel schöne Orte magst du gesehen haben, die uns unbekannt sind. Wie habe ich mir immer gewünscht, ich wäre du!«

Fanny warf ihrer Schwester einen raschen, scharfen Blick zu. Waren ihre Gedanken in den verschneiten Straßen und Parkanlagen Kopenhagens den gleichen Weg gegangen? Oder sprach diese ruhige, jüngere Schwester, die viel weniger aus sich machte, aus der Einfalt des Herzens die Wahrheit?

»Ja, Lissy, mein Vögelchen«, antwortete Morten. »Ich erinnere mich. Ich mußte oft daran denken, wie du manchmal geweint und mit den kleinen Füßen den Boden gestampft hast und händeringend ausriefst: Oh, ich wollte, ich wäre tot!«

»Wo kommst du her, Morten?« fragte Fanny.

»Ich komme aus der Hölle«, sagte Morten. »Mit Verlaub«, setzte er hinzu, als er seine Schwester zusammenzucken sah. »Ich bin jetzt gekommen, siehst du, weil der Sund zugefroren ist. Dann kann ich kommen. So lautet das Gesetz.«

Oh, wie Fannys Herz bei diesen Worten hochschlug! Sie vermeinte, einen Schrei auszustoßen wie eine Frau im letzten Augenblick der Geburt. Als Napoleon, nach Elba, seinen Fuß auf Frankreichs Boden setzte, brachte er den alten Glanz mit sich, vergessen war der Brand von Moskau, vergessen die Todesmärsche durch den russischen Winter, die Trikolore flog empor, die alten Grenadiere warfen die Arme in die Höhe und riefen immerzu: »Es lebe der Kaiser!« So zog auch ihre Seele die alte Uniform wieder an. Von nun an war es nur noch zum Nutzen der Betrachter und zum Sehen, daß sie sich mit dem Körper einer alten Frau umgab. »Sehen wir nicht wie ein paar alte Vogelscheuchen aus, Morten?« fragte sie ihn mit glänzenden Augen. »Hatten nicht unsere alten Tanten recht, wenn sie uns unsere Eitelkeit vorhielten, und die Eitelkeit aller Dinge. Wirklich, die Leute, die einem in der Jugend den Rat geben, sich beizeiten Krücken und Hörrohre anzuschaffen, behalten am Ende recht.«

»Nein, ihr seht reizend aus, Fanny«, gab er mit einem freundlichen Blick zurück. »Wie zwei schöne Nachtpfauenaugen« – denn in ihrer Kinderzeit hatten sie Schmetterlinge gesammelt. »Und wenn ihr wirklich zwei alten Damen gleichsehen würdet, wäre mir auch das sehr lieb. Wo ich war, gab es wenige in all den Jahren. Aber an Großmamas Geburtstag in Øregaard, da konnte man ein ganzes Haus voll feiner alter Damen sehen. Wie ein großes Vogelhaus, und dazwischen Großmama als stolzer Kakadu.«

»Und doch sagtest du einmal«, warf Fanny ein, »daß du gern ein Jahr von deinem Leben darum gäbest, wenn du nicht mehr den Nachmittag mit den alten Teufelinnen zubringen müßtest.«

»Ja, das habe ich gesagt«, antwortete Morten, »doch seitdem weiß ich

besser, was das heißt: ein Jahr meines Lebens! – Aber sagt mir aufrichtig, wickeln die jungen Leute immer noch Steinchen in Liebesbriefe, die sie euch bei der Heimfahrt vom Ball in den Wagen werfen?«
»Oh«, sagte Eliza mit einem tiefen Atemholen, und sie fuhr fort:

»Was klaget aus dem dunklen Tal
Die Nachtigall?
Was seufzt darein der Erlenbach
Mit manchem Ach?«

Sie wiederholte ein längst verschollenes Gedicht eines längst verschollenen Liebhabers.
»Ihr seid doch nicht verheiratet, meine Lieben? Oder?« fragte Morten in einem plötzlichen Erschrecken vor der unsinnigen Vorstellung, es könnte ein Fremder zu seinen Schwestern gehören.
»Warum sollten wir nicht verheiratet sein«, entgegnete Fanny. »Jede von uns hat ihren Mann, und Liebhaber an jedem Finger einen. Ich zum Beispiel nahm den Bischof von Seeland – seiner Flügel wegen verlor er ein wenig das Gleichgewicht auf unserem Brautbett.« Sie konnte ein leises köstliches Lachen nicht unterdrücken, das wie Dampf aus einem Kesselpfeiferchen sich in kleinen Stößen bei ihr Luft machte. Aus der Entfernung von achtundvierzig Stunden nahm sich der Bischof so putzig klein aus, wie ein Püppchen von einem Turm aus gesehen. »Lissy heiratete« – wollte sie fortfahren, schloß aber den Mund.
In ihrer Kinderzeit hatten die de Conincks an einem besonderen Aberglauben festgehalten: der rührte von einem lustigen Puppenspiel her, dessen Lehre die gewesen war: Wer lügt, dem werden seine Lügen leicht zur Wahrheit. Deshalb waren sie jederzeit sehr vorsichtig beim Erzählen von Unwahrheiten gewesen. So würden sie niemals gesagt haben, den Sonntagsbesuch bei ihren Tanten könnten sie unmöglich machen, weil sie Zahnschmerzen hätten. Sie hätten Angst gehabt, das gerechte Schicksal wäre dann hinter ihnen her gewesen, und sie hätten wirklich Zahnschmerzen bekommen. Hingegen konnten sie ruhig behaupten, ihr Musiklehrer habe ihnen gesagt, sie brauchten ihre Gavotten nicht mehr zu üben, weil sie die schon meisterhaft spielen konnten. Diese Gewohnheit stak ihnen noch im Blute.
»Nein, die Wahrheit zu sagen, Morten«, schloß Fanny, »wir sind ledig geblieben, eigentlich um deinetwillen. Wer würde uns haben wollen? Die de Conincks sind als Gatten in Verruf gekommen, seit du fortgingst und Adriennes Herz und Seele und Unschuld mitgenommen hast.« Dabei blickte sie ihn fragend an, was er wohl dazu sagen würde. Sie

hatte seine Gedanken erraten. Sie hatten Treue gezeigt, aber er – was hatte er getan? Er hatte sie mit einer reizend lieben Schwägerin sitzen lassen.

Ihr Onkel Fernand de Coninck, der Morten zu seinem Schiff verholfen, hatte seinerzeit die Revolution in Frankreich an Ort und Stelle miterlebt; für einen de Coninck gehörte es sich so. Er hatte dies nie ganz abgeschüttelt, auch nicht als alter Hagestolz in Helsingör und war in einem friedlichen Leben nie recht daheim. Aus der Revolutionszeit wußte er eine Menge Geschichten und Lieder: die lernten auch sie als Kinder auswendig. So fing denn Morten nach einem Weilchen an, langsam und mit leiser Stimme eines der Liedchen Onkel Fernands herzusagen. Es war bei einer besonderen Gelegenheit aufgekommen, als nämlich die alten Tanten des Königs von Frankreich außer Landes gingen und die revolutionäre Polizei, Verrat befürchtend, ihr ganzes Reisegepäck an der Grenze aufmachen und durchsuchen ließen. Es begann:

Avez-vous ses chemises,
à Marat?
Avez-vous ses chemises?
C'est pour vous très vilain cas
si vous les avez prises.

Fannys Gesicht spiegelte sofort den Ausdruck ihres Bruders. Nur einen Augenblick suchte sie in ihrem Gedächtnis, dann folgte sie ihm mit dem nächsten Vers des Liedes. Diesmal nehmen das Wort die alten königlichen Tanten:

Avait-il de chemises,
à Marat?
Avait-il de chemises?
Mais je crois qu'il n'en avait pas.
Où les avait-il prises?

Und Eliza fuhr mit einem Lächeln fort:

Il en avait trois grises,
à Marat.
Il en avait trois grises.
Avec l'argent de son mandat
sur le Pont neuf acquises.

Mit diesen Worten erleichterten die Geschwister ihr Herz und wuschen ihre Hände rein von dem Mißgeschick der lieblichen Adrienne.

»Aber du warst doch verheiratet, Morten?« fragte Eliza freundlich und lachte noch immer still in sich hinein.

»Ja«, gab Morten Antwort, »ich hatte fünf Frauen. Die Spanierinnen sind feine Frauen, wißt ihr, wie ein Schmuckband aus Juwelensplittern. Eine davon war überdies Tänzerin. Wenn sie tanzte, war es wirklich wie ein wirbelnder Schmetterlingsschwarm um eine Flamme, die ihn in ihr Licht zieht; man konnte nicht sagen, was oben und was unten war, und mir als jungem Menschen erschien das als eine reizende Eigenschaft bei einer Frau. Wieder eine war die Tochter eines englischen Kapitäns, ein braves Mädchen, sie wird mich nie vergessen haben. Noch eine war die Witwe eines reichen Pflanzers. Eine wirkliche Dame: alle ihre Gedanken trugen eine lange rauschende Schleppe. Ich hatte von ihr zwei Kinder. Und eine war eine Schwarze: die mochte ich am liebsten.«

»Fuhren sie mit dir auf dem Schiff?« wollte Eliza wissen.

»Nein, keine von ihnen kam an Bord zu mir«, erwiderte Morten.

»Nun sag uns«, fragte Fanny, »was hat dir von all dem, was du mitgemacht, am besten gefallen?«

Morten dachte einen Augenblick über ihre Frage nach.

»Es gibt kein besseres Leben als das Piratenleben.«

»Noch besser als das eines Kaperkapitäns im Sund?« fragte Fanny weiter.

»Ja, wirklich, weil man da auf offener See ist.«

»Aber wie kam es dazu, daß du Seeräuber geworden bist?« fuhr Fanny voller Neugierde fort zu fragen, denn es war wie ein romantisches Abenteuer aus einem Buch.

»Das Herz ist schuld«, antwortete Morten, »das Herz, das all unser Unglück über uns bringt. Ich verliebte mich. Es war der *coup de foudre,* von dem Onkel Fernand so viel gesprochen hat. Er wußte es am besten, daß das keine Sache zum Lachen war. Und die ich liebte, gehörte jemand anderem, so daß ich sie nur haben konnte, wenn ich Gesetz und Ordnung ein wenig außer acht ließ. Sie war in Genua gebaut worden, hatte den Franzosen als Depeschenboot gedient und war bekannt als der schnellste Schoner, der je über den Atlantik segelte. Sie war an der Küste der Insel St. Martin aufgelaufen, die zur Hälfte den Franzosen und zur Hälfte den Holländern gehört, und dann wurde sie auch von Holländern in Philippsburg verkauft. Der alte van Zandten, ein Reeder, beschäftigte mich damals und liebte mich wie einen Sohn. Er schickte mich nach Philippsburg, für ihn zu bieten. Sie war das Schönste, ja, wirklich bei weitem das Schönste, was ich je

gesehen hatte. Sie war wie ein Schwan. Wenn sie so vorbeiglitt mit vollen Segeln, war sie etwas Leichtes, Mutiges, Edles, eine große Dame – wie einer von Großmanns Schwänen in Ørgaard, wenn wir sie neckten – blank, zuverlässig, wie eine Damaszenerklinge. Und dann, meine Lieben, hatte sie auch ein wenig Ähnlichkeit mit der ›Fortuna II‹. Wie diese, hatte sie ein sehr kleines Focksegel und ein riesiges Großsegel mit hohem Mastbaum.
Ich nahm das ganze Geld des alten van Zandten mit und kaufte sie für mich, und daraufhin mußten wir, sie und ich, die achtbaren Leute des Landes meiden. Was soll einer machen, den die große Liebe gepackt hat? Ich war ihr ein beständiger Liebhaber, und sie verbrachte eine schöne Zeit mit ihrer treuen Mannschaft, die sie anbetete und verhätschelte wie eine zierliche Dame mit hennagefärbten Fußnägeln. Mit mir zusammen wurde sie der Schrecken der Karibischen See, der junge Seeadler, der die zahmen Vögel in Aufruhr brachte. So weiß ich auch nicht sicher, ob ich gut oder schlecht gehandelt habe. Soll nicht der die Braut nach Hause führen, der sie am meisten liebt?«
»Und liebte sie dich denn auch so?« fragte Eliza lachend.
»Aber wer wird denn eine Frau fragen, ob sie ihn liebt?« entgegnete Morten. »Wer sich nach einer Frau erkundigt, hat die Frage zu stellen: Wie hoch ist ihr Preis, und willst du ihn bezahlen? Ohne jede Täuschung muß man artig fragen und ohne Zögern zahlen, sei es nun mit Geld, Liebe, Heirat, oder mit unserem Leben und unserer Ehre, was sie von uns fordert; oder falls wir arme Schlucker sind und nicht bezahlen können, unseren Hut vor ihr ziehen und sie dem wohlhabenderen Manne lassen. Das war seit Menschengedenken das ABC der Moral zwischen Mann und Frau. Und ihre Liebe zu uns – ja, können sie uns denn lieben?«
»Und was ist mit Frauen, die keinen Preis haben?« fragte Eliza immer noch lachend.
»Ja, wirklich, was ist mit denen, Liebste?« sagte Morten. »Alles andere hätten sie werden sollen, bloß keine Frauen. Gott mag sie trösten, er weiß vielleicht mit ihnen etwas anzufangen. Sie treiben die Männer ins Elend und können ihnen nicht mehr heraushelfen, selbst wenn sie es möchten.«
»Wie hieß dein Schiff?« fragte Eliza mit niedergeschlagenen Augen. Morten blickte sie lachend an: »Mein Schiff hieß ›La Belle Eliza‹«, antwortete er.»Wußtest du das nicht?«
»Doch, ich wußte es«, erwiderte Eliza und lachte erneut. »Einer von Papas Handelskapitänen hat mir vor Jahren in Kopenhagen erzählt:

Als sie vor St. Thomas die Topsegel eines Piratenschiffs erspähten, hatte ihn seine Mannschaft in kopfloser Angst zur Rückkehr in den Hafen bewogen. So sehr fürchteten sie sich vor ihm; wie vor dem Leibhaftigen selber, sagte er. Und von ihm erfuhr ich auch den Namen des Schiffes: ›La Belle Eliza‹. Ich dachte mir gleich, daß es dein Boot war.«

Das alte Mädchen hatte sein Geheimnis niemandem anvertraut. Sie war nicht ganz und gar aus Stein gewesen. In ihrem Inneren brannte diese kleine Flamme des Glückes. Dafür – und nur dafür – war sie Helsingör zur Schönheit erblüht. Von Winden und warmer Luft umspült, lag ein Schiff im blauen Wasser wie in einem Hyazinthenbeet, die prallen weißen Segel sahen wie steile, sonnengedörrte Kreidefelsen aus. Viel scharfen Stahl gab es an Bord, keine Säbel und keine Messer, die nicht rot waren, und der Name des Schiffes hieß mit vollem Recht »La Belle Eliza«. O ihr Bürger von Helsingör, habt ihr mich einst Menuett tanzen sehen? Genau so tanzte ich auf den Wogen.

Während Morten gesprochen, hatte sich ihr Gesicht leicht gerötet. Sie sah wie ein Mädchen aus, und die weißen Bänder ihrer Haube schmückten nicht mehr eine alte Dame, sondern waren der Putz einer keusch errötenden Braut.

»Ja, sie war wie ein Schwan«, sagte Morten, »wie ein schönes Lied.«

»Wäre ich auf diesem Kauffahrteischiff gewesen«, erwiderte Eliza, »und du hättest es geentert, dann hätte mir von Rechts wegen dein Schiff gehört, Morten.«

»Ja«, bestätigte er und lächelte ihr zu, »und auch meine ganze Mannschaft! Das war so Brauch, wenn wir junge Frauen nahmen. Du hättest einen dir ergebenen Serail gehabt. – Ich verlor sie«, fuhr er fort, »durch eigenes Verschulden, an einer Flußmündung in Venezuela. Das ist eine lange Geschichte. Einer meiner Leute verriet den Ankerplatz dem britischen Gouverneur von Port of Spain in Trinidad. Ich war damals nicht auf dem Schiff. Ich war in einem Fischerboot allein die sechzig Meilen nach Port of Spain gefahren, Erkundungen über ein holländisches Frachtschiff einzuziehen. Ich sah zu, wie meine ganze Mannschaft gehängt wurde, und auch sie sah ich dabei zum letztenmal.«

»Danach«, fing er nach einer kleinen Weile wieder an, »konnte ich nie wieder richtig schlafen. Ich kam nicht zum Einschlafen. Immer wenn ich schlafen wollte, riß es mich wieder hoch wie ein Stück Treibgut. Da fing ich auch an, Gewicht zu verlieren, denn ich hatte meinen Ballast über Bord geworfen. Der war bei ihr. Ich war für alles zu leicht geworden. Von der Zeit an hatte ich das Gefühl, körperlos zu sein.

Erinnert ihr euch, wie Papa und Onkel Fernand beim Mittagessen über die Weine, die sie zusammen gekauft hatten, sprachen und bei dem einen oder andern feststellten, er habe eine schöne Blume, aber keinen Körper? Genau so war es damals mit mir, meine Lieben: Eine Art Blume mochte ich wohl haben, aber keinen Körper. Ich konnte weder in Freundschaft noch Furcht, noch irgendeine echte Freude mehr eintauchen. Und ich konnte auch nicht mehr schlafen.«

Die Schwestern kannten dieses Leiden, es war ja ihr eigenes. Alle de Conincks litten an Schlaflosigkeit. Als Kinder hatten sie über ihren Vater und seine Geschwister gelacht, wenn sie sich des Morgens gegenseitig erkundigten, wie man geschlafen habe. Jetzt lachten sie aber nicht mehr. Es war jetzt auch für sie eine wichtige Sache geworden.

»Aber wenn du nachts nicht schlafen kannst«, sagte Fanny seufzend, »ist es, weil du sehr früh aufwachst, oder kannst du überhaupt keinen Schlaf finden?«

»Nein, ich kann überhaupt nicht einschlafen«, erwiderte Morten.

»Es kommt vielleicht daher«, meinte Fanny, »weil es dir –« sie wollte sagen: »zu kalt ist«, aber da fiel ihr ein, wo er herkam, und so hielt sie inne.

»Und ich habe all die Zeit über gewußt«, fuhr Morten fort, der Fanny nicht zugehört zu haben schien, »daß ich erst wieder auf der ›La Belle Eliza‹ zu meiner Ruhe kommen und Schlaf finden kann.«

»Aber du hast doch auch an Land gelebt«, sagte Fanny, ihre Gedanken den seinen nachschickend, denn ihr war so, als wolle er ihr ausweichen.

»Ja, das habe ich«, sagte Morten, »Ich hatte eine Zeitlang eine Tabakpflanzung auf Kuba – ein herrlicher Platz mit einem weißen Haus, säulengeschmückt, das euch gefallen hätte. Die Luft auf diesen Inseln weht rein und duftet wie nach echtem Rum. Dort hatte ich auch die schöne Frau, die Pflanzerswitwe, und die zwei Kinder. Es gab auch Frauen, die tanzten so leicht wie ein Lüftchen – gerade wie ihr. Mein Reitpferd war ein hübsches Pony mit Namen Pegasus; so ähnlich wie Papas Zampa – wißt ihr noch?«

»Und dort warst du glücklich?« fragte Fanny wieder.

»Ja, es dauerte nur nicht lange«, erwiderte Morten. »Ich habe zuviel Geld verbraucht. Ich lebte über meine Verhältnisse, wovor mich Papa immer gewarnt hat. Ich mußte reinen Tisch machen.« Eine Weile saß er schweigend da. »Ich mußte meine Sklaven verkaufen«, sprach er.

Bei diesem Worten wurde er so todblaß, so aschgrau, daß sie hätten fürchten müssen, er würde gleich tot umfallen; aber sie wußten ja: Der ihnen gegenübersaß, war schon lange tot. Mit den eingesunkenen Augen und Gesichtszügen, die nun fast verschwanden, sah er aus wie ein Mann am Marterpfahl, zu dem die Flammen schon emporlecken. Die zwei Frauen saßen, bleich und starr, totenstill am Tisch. Es war, als habe der Hauch des Rauhreifs drei Scheiben blind gemacht. Sie brachten kein Wort des Trostes für ihren Bruder über die Lippen, so schwer traf sie das; denn noch nie hatte sich ein de Coninck von der Dienerschaft getrennt. Es war wie ein ungeschriebenes Gesetz: Wer in ihren Dienst trat, mußte bei ihnen bleiben für alle Zeit. Ausnahmsweise gab es eine Heirat oder einen Todesfall, aber das war unvorhergesehen. Bei ihren Freunden galt es für eine ausgemachte Sache, in ihrem hohen Alter werde es die letzte Lebensaufgabe der Schwestern sein, ihrer Dienerschaft das Leben zu erheitern.

Auch spürten sie insgeheim eine Verachtung für die Männer, weil diese unfähig waren, in einem fatalen Augenblick Geld aufzubringen, eine Verachtung, die alle schönen Frauen – im Bewußtsein unermeßlicher Hilfsquellen – in sich fühlen. Die Schwestern de Coninck hätten es dort in Kuba niemals soweit kommen lassen. Warum nicht sich dreihundertmal verkaufen, um dreihundert Kubaner zu beglücken und dafür seine dreihundert Sklaven zu behalten! Es blieb darum eine gute Weile lang stille zwischen ihnen.

»Und das Ende«, fragte Fanny schließlich mit einem tiefen Atemholen, »es war noch nicht soweit damals?«

»Nein, nein«, war Mortens Antwort, »das kam erst viel später. Als ich mein Geld verloren hatte, tat ich eine alte Brigg auf, als Frachtschiff von Havanna nach New Orleans. Dann von Havanna nach New York. Das sind gefährliche Strecken da.« Seiner Schwester war es lieb, ihn auf andere Gedanken zu bringen, die ihn sein Unglück vergessen ließen. Als er nun anfing, ihnen die verschiedenen Handelswege zu erklären, nahm ihn das Thema gefangen. Überhaupt war er im Laufe des Abends wieder der alte Morten geworden und glich jetzt einem Manne, dem es in Gesellschaft wohl ist und der sich mit seiner Umgebung versteht.

»Aber nichts mehr wollte mir glücken«, fuhr er fort. »Ein Unglück folgte auf das andere. Schließlich verlor ich auch mein Schiff, es geriet bei der Cay Sal Bank auf Grund, lief voll Wasser und sackte still ab. So wurde ich dann zu guter Letzt — seid mir nicht böse – in Havanna gehenkt. Wußtet ihr das?«

»Ja«, sagte Fanny.

»Hat es euch sehr bekümmert?«

»Nein«, sagten seine Schwestern mit Festigkeit.

Sie hätten ihm mit abgewandten Augen antworten können, aber sie gaben beide seinen Blick zurück. Das war wohl auch der Grund, warum er Kragen und Halsbinde so ungewöhnlich hoch trug; es mochte noch ein Mal an diesem festen und feinen Hals zu sehen sein, um den sie einst mit aller Sorgfalt abends vor dem Ausgehen die weiße Binde geknüpft hatten. Eine Weile blieb es still in dem roten Zimmer. Dann fingen Fanny und Morten zu gleicher Zeit an zu sprechen.

»Entschuldige«, sagte Morten.

»Bitte«, erwiderte Fanny, »bitte, was wolltest du sagen?«

»Ich wollte nach Onkel Fernand fragen«, nahm Morten seine Rede wieder auf. »Lebt er noch?«

»O nein, Morten, Lieber«, entgegnete Fanny. »In den dreißiger Jahren ist er gestorben, er war schon recht alt damals. Bei Adriennes Hochzeit war er noch und hielt eine Rede, aber es strengte ihn sehr an. Am Abend nahm er mich beiseite: ›Meine Liebe, es ist eine gênante fête‹, sagte er, und kaum drei Wochen später war er tot.

Eliza hinterließ er sein Vermögen und seinen Hausrat. In einer Schublade fand sich ein kleines Medaillon, Silber mit rosa Diamanten besetzt, eine blonde Haarlocke darin und dabei ein Zettelchen: ›Charlotte Cordays Haare‹.«

»Ich verstehe«, erwiderte Morten. »Er sah gut aus, Onkel Fernand. Und Tante Adelaide ist auch schon tot?«

»Ja, sie starb sogar noch vor ihm«, berichtete Fanny. Sie hätte ihm gern noch mehr von dem Tod der Frau Adelaide de Coninck erzählt. Sie ließ es aber sein. Es war bedrückend: Er hätte doch von diesen Toten wissen müssen! Seine Einsamkeit im Tode stimmte sie sehr traurig.

»Wißt ihr noch, wie Tante Adelaide uns ins Gewissen zu reden liebte«, ging Morten seinen Erinnerungen nach. »Wie oft hat sie zu mir gesagt: ›Ihr macht mich noch verrückt mit eurer Melancholie und mit eurem Lebensüberdruß, du und deine Schwestern. Was für mich gut genug ist, ist auch für euch gut genug. Ihr solltet alle heiraten und Familie haben, für die ihr zu sorgen hättet, das würde euch kurieren.‹ Und du, Fanny, sagtest ihr: ›Ja, liebe Tante, das war auch der Rat, den Papa von seinem Tantchen bekam und befolgte.‹«

»Schließlich«, fiel Eliza ein, »wollte sie nichts mehr sehen und hören von allem, was seit ihres Mannes Tod geschehen war, und sie war damals erst dreißig. Von ihren Enkelkindern sagte sie: ›Das sind so neumodische Einfälle meiner Kinder. Sie werden es bald herausfinden, wie wenig daran ist.‹ – Aber sie konnte sich an alle die Gewissensbedenken ihres Mannes, Onkel Theodors, erinnern, und wie er sie nachts mit

Betrachtungen über den Sündenfall und die Erbsünde wachgehalten habe. Darauf war sie immer noch stolz.«

»Ihr müßt mich für sehr unwissend halten«, meinte Morten. »Ihr wißt so viel, wovon ich nichts weiß.«

»Oh, lieber Morten«, entgegnete Fanny, »sicherlich weißt du manches, wovon wir keine Ahnung haben.«

»Nicht viel, Fanny«, sagte Morten. »Das eine oder andere vielleicht.«

»Erzähl uns von dem einen oder anderen«, sagte Eliza.

Morten dachte eine Weile über ihre Bitte nach. »Ich habe eine Erfahrung gemacht«, begann er, »von der ich früher nichts gewußt habe: *C'est une invention très fine, très spirituelle, de la part de Dieu,* wie Onkel Fernand sich über die Liebe auszudrücken pflegte. Es ist so: Man kann den Kuchen nicht essen und ihn zugleich behalten. Ich wäre nie von selbst darauf gekommen. Es ist wirklich ein origineller Gedanke. So ist das, wißt ihr: Er ist *très fin, très spirituel,* der Herr.«

Die zwei Schwestern richteten sich ein wenig auf, wie wenn man ihnen etwas Schmeichelhaftes gesagt hätte. Sie waren, wie gesagt, eifrige Kirchenbesucherinnen, und ihres Bruders Worte hatten bei ihnen immer viel gegolten.

»Aber erinnert ihr euch«, warf Morten unversehens ein, »an Tante Adelaides kleinen bissigen Mops Fingal – den habe ich gesehen.«

»Wie kam das?« fragte Fanny. »Sag uns mehr darüber.«

»Es war damals, als ich allein war«, fuhr Morten fort, »mein Schiff an der Cay Sal Bank gestrandet. Zu dreien fuhren wir in einem Boote weg, aber uns fehlte Trinkwasser. Die anderen kamen um, schließlich blieb ich allein übrig.«

»Was hast du denn da gedacht?« fragte Fanny.

»Weißt du, ich dachte an euch«, antwortete Morten.

»Was dachtest du von uns?« fragte Fanny weiter mit leiser Stimme.

Morten sprach: »Ich dachte, wir sind Dilettanten im Neinsagen gewesen, liebe Schwestern. Doch Gott kann nein sagen. Guter Gott, wie kann er nein sagen. Wir meinen, es kommt zu einem Punkt, da kann auch er nicht mehr weiter so nein sagen. Doch er kann es und sagt wieder nein. Ich habe darüber früher in Helsingör oft nachgedacht in der Zeit vor meiner Hochzeit, und nun mußte ich immer daran denken. Ich dachte an all das Große, Reine und Schöne, das nein zu uns sagt. Warum sollte es auch ja zu uns sagen und unsere törichten Zärtlichkeiten sich gefallen lassen. Die ja zu uns sagen, die bezwingen wir, dann richten wir sie zugrunde und verlassen sie. Wenn wir sie verlassen haben, finden wir, sie haben uns krank gemacht. Das Land sagt ja zu unserem Denken und Tun, doch die See sagt nein; und die See, die lieben wir immerfort. Zu hören, wie Gottes Stimme in dieser Stille nein sagt, tut uns gut. Auch der Sternenhimmel, der über mir aufging, sagte nein zu mir. Vornehm und stolz wie eine Dame.«

»Und da sahst du Fingal?« fragte Eliza.

»Ja«, sagte Morten, »gerade dann. Als ich meinen Kopf ein wenig wendete, saß Fingal bei mir im Boot. Ihr wißt ja, daß er immer ein übellauniger kleiner Köter war, der mich nicht ausstehen konnte, weil ich ihn oft neckte. Wenn er mich sah, biß er jedesmal nach mir. In dem Boot nun traute ich mich nicht, ihn anzurühren, ich fürchtete, er würde gleich wieder nach mir schnappen. So saß er denn und blieb bei mir die ganze Nacht.«

»Und ging er dann fort?« fragte Fanny weiter.

»Ich weiß es nicht, Fanny«, antwortete Morten. »Ein amerikanischer Schoner, der auf dem Wege nach Jamaika war, fischte mich frühmorgens auf. Dort an Bord war ein Mann, der hatte in Philippsburg bei dem Kauf gegen mich geboten. So kam es, daß ich am Ende, wie ihr das nennt, in Havanna gehenkt wurde.«

»War es schlimm?« fragte Fanny, und ihre Stimme sank zu einem Flüstern.

»Nein, meine arme Fanny.«

»War jemand dort bei dir?« fragte sie noch immer flüsternd.

»Ja, sie hatten einen dicken jungen Priester«, sagte Morten, »der hatte Angst vor mir. Wahrscheinlich hatte man ihm schlimme Dinge von mir erzählt. Doch er tat sein Bestes. Ich wendete mich an ihn: ›Können Sie mir erwirken, daß man mir eine Minute Leben zugibt?‹ Seine Antwort war: ›Was willst du mit einer Minute Leben anfangen, mein armer Sohn?‹ – ›Ich will mit dem Strick um den Hals noch eine Minute an ›La Belle Eliza‹ denken.‹«

Während sie eine Zeitlang still dasaßen, hörten sie unter den Fenstern auf der Straße Leute vorübergehen, die sich unterhielten. Durch die Fensterläden konnten sie dem vorüberhuschenden Licht ihrer Laterne folgen. Morten lehnte sich in seinen Stuhl zurück, er erschien den Schwestern nun um Jahre älter und hinfälliger. Eigentlich sah er wie sein Vater aus, wenn der müde von seinen Geschäften kam und zu Hause in Gesellschaft seiner Töchter schweigend ausruhte.

»Es ist recht gemütlich in diesem Zimmer hier«, fing Morten wieder an, »genau wie seinerzeit, meint ihr nicht auch? Mit Mama und Papa unter uns. Wir drei sind noch nicht so alt, wir sehen noch immer gut aus.«

»Der Kreis ist wieder vollständig«, sagte Eliza weich, einen ihrer früheren Aussprüche gebrauchend.
»Er ist vollendet, Lissi«, antwortete Morten, sie anlächelnd.
»Circulus vitiosus«, rief Fanny unwillkürlich, ein anderes ihrer Haus- und Familienworte wiederholend.
»Ja, du warst immer ein munteres Mädchen«, sprach Morten.
Bei den unmittelbar an sie gerichteten Worten seufzte Fanny tief auf.
»Und oh, ihr Mädchen«, rief Morten, »wie sehr verlangte es uns, mit allen Eingeweiden, von Helsingör fort.«
Seine ältere Schwester drehte sich plötzlich ganz herum auf dem Stuhl und sah ihn voll an. Ihr Gesicht hatte sich verändert, es war mit Schmerz beladen. Das lange Wachen und die starke Gemütsbewegung setzten ihr zu. Sie sprach zu ihm mit heiserer und verstörter Stimme, als ob jedes Wort sich ihrer tiefsten Brust entränge.
»Ja«, schrie sie, »ja, du hast gut reden. Aber wieder willst du fortgehen, und mich hier zurücklassen, du! Du bist dort gewesen auf den großen warmen Meeren, von denen du sprichst, in hundert Ländern. Du hast fünf Frauen gehabt. Oh, und ich weiß nichts davon. Für dich ist es einfach, deine Ruhe zu bewahren und stille zu sitzen. Du hast es niemals nötig gehabt, deine Arme um dich zu schlagen, um warm zu bekommen. Du brauchst es auch jetzt nicht«!
Ihr versagte die Stimme, sie stammelte und hielt sich am Tische fest.
»Und hier«, schluchzte sie auf, »ist es kalt. Mir ist kalt. Die Welt um mich ist bitterlich kalt. Mir ist nachts so kalt in meinem Bette, daß keine Wärmflasche mir helfen kann.«
In diesem Augenblick hob die große, von Fanny selbst am Nachmittag aufgezogene Standuhr aus Großvaters Zeiten zu schlagen an. Ernst und langsam schlug es Mitternacht, und Morten sah schnell auf und nach der Uhr.
Fanny wollte weitersprechen, all die Last ihres Lebens von sich abzuwerfen, doch sie fühlte ihre Brust zusammengeschnürt. Sie konnte die Uhr nicht übertönen, und ihr Mund öffnete sich zweimal ohne Laut.
»Oh, zur Hölle,« schrie sie, »fahr zur Hölle«!
Zitternd, sprachlos streckte sie die Arme nach ihm aus. Mit dem Glockenschlag zwölf wurde sein Gesicht grau und verschwamm vor ihren Augen, eine schreckliche Angst kam über sie. Hatte sie darum die Uhr aufgezogen! Sie warf sich über den Tisch zu ihm hin.
»Morten«, schrie sie jammervoll. »Bruder! Bleib da, hör mich an! Nimm mich mit dir«!
Als der letzte Schlag fiel und die Uhr wieder ruhig tickte, wie wenn sie

in alle Ewigkeit so fortfahren wollte, war der Stuhl zwischen ihnen leer. Fanny nahm es wahr: da fiel ihr Kopf vornüber auf den Tisch, und so lag sie eine Weile regungslos. Aus der Winternacht, fernher, aus Norden scholl ein widerhallender Ton gleich dem Echo eines Kanonenschusses. Die Kinder von Helsingör wußten wohl, was es zu bedeuten hatte: es war das Eis, das irgendwo in einem langen Krachen geborsten war.

Fanny dachte wirr, nach einer guten Weile: Was mag Eliza denken? Mühsam hob sie den Kopf, sah auf und wischte mit ihrem kleinen Taschentuch den Mund ab. Eliza saß sehr still ihr gegenüber, wo sie den ganzen Abend gesessen hatte. Sie zog an den Bändern ihrer Haube und drehte sie zu einem Strick zusammen, und Fanny erinnerte sich von langer, langer Zeit her, wenn sie ärgerlich oder in großer Not oder Freude war, der gleichen Bewegung an ihren langen goldenen Flechten. Eliza hob ihre glanzlosen Augen und blickte starr in der Schwester Gesicht.

»Zu denken«, sagte sie, »mit dem Strick um meinen Hals noch eine Minute an ›La Belle Eliza‹ denken.«

Die Träumer

In einer mondhellen Nacht des Jahres 1863 zog eine Dau ihres Weges von Lamu nach Sansibar, von der Küste etwa eine Meile entfernt. Sie hatte vor dem Monsun alle Segel gesetzt; die Ladung, die sie trug, bestand aus Elfenbein und Rhinozeroshorn. Dies letztere hat einen hohen Marktwert als Liebesmittel, und die Händler kommen seinetwegen bis von China her nach Sansibar. Außer der Warenladung aber trug die Dau noch eine heimliche Fracht, die eines Tages Riesenkräfte erregen und entfesseln sollte; die schlummernden Länder, an denen das Schiff vorüberzog, ließen sich nichts davon träumen.

Still, wie sie schien, war die Nacht doch verwirrend mit ihrem lautlosen Schweigen und Frieden ringsum, als wäre der Welt etwas zugestoßen, als wäre ihre Seele durch Zaubergewalt um und um gekehrt. Der freie Monsun wehte aus großer Ferne, und das Meer hatte es eilig unter seinem Antrieb und zog seines endlosen Weges beim Schein des trübe leuchtenden Monds. Auf dem Wasser aber glänzte der Mond so hell, daß man denken konnte, alles Licht auf der Welt strahle in Wirklichkeit vom Meere aus und werde dort oben nur widergespiegelt. Die Wellen sahen fast aus, als könnte man sicher auf ihnen wandeln, und viel eher schien der schwankende Himmel zum Versinken und In-die-Tiefe-Fallen der rechte Ort zu sein: man wäre da in ruhelose, in unergründlich tiefe silberne Welten gefallen, blankes Silber, mattes Silber, behauchtes Silber, eine ganze silberne Spiegelwelt, ewig sich verwandelnd, hochaufgetürmt, fließend und ohne Gewicht.

Die zwei Sklaven auf dem Vorderschiff standen still wie Statuen, und ihre Leiber, nackt bis zum Gürtel in der heißen Nacht, hatten dasselbe Eisengrau wie das Meer, wo der Mond es nicht beschien, so daß nur die scharfen, dunklen Schattenkonturen an ihrem Rücken, ihren Armen und Beinen ihre Gestalten vom weitgedehnten Hintergrunde abhoben. Die rote Mütze, die der eine trug, glühte matt wie eine Pflaume im

Mondlicht. Ein Stück Segel, darin sich das Licht stärker fing, glitzerte wie der weiße Bauch eines toten Fisches. Die Luft war wie in einem Treibhaus: so feucht, daß alle Planken und Taue einen salzigen Belag ausschwitzten. Die schweren Wellen sangen und flüsterten an Bug und Heck.

Auf dem Achterdeck war eine kleine Laterne aufgehängt, und drei Personen waren um sie versammelt. Der erste von den dreien war der junge Said Ben Ahamed, Tippo Tips Schwestersohn und selbst ein großer Günstling des Gewaltigen. Durch den Verrat von Nebenbuhlern hatte er zwei Jahre im Norden gefangengelegen, und seltsam waren die Wege, auf denen er entronnen und nach Lamu gelangt war. Nun war er hier, vor aller Welt verborgen, auf dem Weg nach Hause, um Rache an seinen Feinden zu nehmen. Die Hoffnung auf Rache in Saids Herz war es, mächtiger als der Monsun, was in Wahrheit das Schiff weiter und weiter trieb: Segel zugleich und Ballast. Hätte man geahnt, daß Said in selbiger Nacht zu Schiffe nach Sansibar unterwegs war, würde mancher Große und Mächtige in Eile Habe und Harem zusammengepackt und das Weite gesucht haben, ehe es zu spät war. Was es mit Saids Rache für ein Ende genommen hat, steht in anderen Geschichten zu lesen.

Er saß mit gekreuzten Beinen auf Deck, vorgebeugt, die Hände lose gefaltet und auf die Planken vorgestützt, tief in Gedanken versunken.

Der zweite und älteste von der Gesellschaft war ein Mann von großem Ruf, der vielberühmte Geschichtenerzähler Mira Jama, der mit den Spielen seines Geistes hundert Stämme in Entzücken versetzt hat. Auch er saß mit gekreuzten Beinen und mit dem Rücken zum Mond; aber die Nacht war hell genug, um zu zeigen, daß man ihm, bei irgendeinem argen Handel in seinem Leben, die Nase und die Ohren vom schwarzen Kopf rasiert hatte. Er war ärmlich gekleidet; doch war ihm anzusehen, daß er noch immer auf seine Erscheinung hielt. Um den dünnen Leib trug er einen verschossenen, dicken roten Seidenschal, der manchmal bei einer jähen Bewegung aufflammte und im Licht der kleinen Laterne wie Feuer oder heller Rubin zu glühen begann.

Der dritte in der Runde war ein rothaariger Engländer mit Namen Lincoln Forsner, von den Eingeborenen an der Küste Tembu geheißen, was Elfenbein, aber auch Alkohol bedeuten kann, wie es einem gerade besser gefällt. Er war, daheim in England, ein Sohn aus reichem Hause, und mancher Wind hatte ihn umhergetrieben bis aufs Verdeck der Dau, wo er nun platt auf dem Bauche lag, in ein arabisches Hemd und lose fallende indische Hosen gekleidet, aber auch hier noch vortrefflich rasiert und mit seinem Backenbarte anzusehen wie ein rechter Herr aus England. Er kaute jene trockenen Blätter, welche die Suaheli Murungu nennen, die einen wach und bei freundlicher Laune erhalten, und von Zeit zu Zeit spuckte er in weitem Bogen. Solches machte ihn gesprächig. Er hatte sich für diese Reise an Said angeschlossen, weil er dem Jüngling zugetan war, nächstdem aber, um zu sehen, was sich mit ihm begeben würde, wie er schon in so manchem Land die Begebenheiten mit angesehen hatte. Ihm war leicht ums Herz; er kannte nichts Schöneres als ein Schiff, und die gute Fahrt, die warme Nacht, der volle Mond gefielen ihm wohl.

»Wie geht es zu, Mira«, sagte er, »daß du uns keine Geschichte erzählen magst, solange wir hier segeln in der Nacht? Du wußtest doch viele Geschichten, daß einem das Blut in den Adern kalt wurde und man seinem ältesten Freunde nicht mehr trauen mochte – gute Geschichten für eine heiße Nacht und für Leute, die Großes vorhaben. Weißt du denn keine mehr?«

»Nein, ich weiß keine mehr, Tembu«, sagte Mira, »und das allein wäre ja eigentlich schon eine traurige Geschichte, gut für Leute, die Großes vorhaben. Ich bin ein großer Geschichtenerzähler gewesen zu meiner Zeit, und all das habe ich gerne erzählt, wovon einem das Blut in den Adern kalt wird. Teufelsgeister, Gift, Verrat, Folter, Dunkel und Wahnsinn – davon hat Mira am liebsten erzählt.«

»Nun fällt mir auch eine von deinen Geschichten ein«, sagte Lincoln. »Du hast mich recht damit erschreckt, mich und zwei junge Tänzerinnen aus Lamu, die eigentlich keinen Grund zur Besorgnis zu haben brauchten – so daß wir die ganze Nacht nicht geschlafen haben. Der Sultan verlangte eine Jungfrau, und mit vieler Mühe besorgte man ihm eine aus den Bergen. Aber siehe da, er mußte entdecken ...«

»Richtig, richtig!« fiel ihm Mira ins Wort, und sein Antlitz verwandelte sich jäh, seine dunklen Augen leuchteten, und seine Hände wurden wieder lebendig nach alter Märchenerzählerweise, wie zwei bejahrte Tanzschlangen sich von der Flöte aus ihrem Korbe locken lassen. »Der Sultan verlangte nach einer unberührten Jungfrau, die nicht wüßte, was ein Mann sei. Mit vieler Mühe besorgte man sie aus dem Amazonenreich in den Bergen, denn dort fochten die Frauen auf eigene Faust wilde Kämpfe aus, und alle Kinder männlichen Geschlechts hatten sie umgebracht. Aber als der Sultan zu ihr trat, sah er, unter den Vorhängen an der Tür verborgen, wie sie nach einem jungen Wasserträger Ausschau hielt, der im Palaste hin und wieder schritt, und hörte sie zu sich selber sprechen: ›Siehe, es muß ein guter Ort sein, an den ich gekommen bin, und dieses Geschöpf ist sicher Gott oder doch ein Starker unter den Engeln: der vielleicht, der den Blitz schleudert. Jetzt schreckt mich das Sterben nicht, denn ich habe gesehen, was keiner gesehen hat.‹ Über diesen Worten hob auch der Wasserträger seinen Blick zum Fenster und verweilte alsbald, wo er stand, und blickte das Mädchen unverwandt an. Da wurde der Sultan traurig in seinem Sinn, und er ließ die Jungfrau und den Jüngling lebendig zusammen begraben, in einer Marmortruhe, breit genug für ein Hochzeitsbett, unter einem Palmbaum in seinem Garten. Unter diesem Baum pflegte er zu sitzen und über mancherlei mit sich zu Rate zu gehen, auch darüber, daß ihm nie sein Herzenswunsch in Erfüllung gehen sollte, und ein kleiner Knabe mußte bei ihm sein und auf der Flöte spielen. Das war die Geschichte, die du einst zu hören bekommen hast.«

»Ja, aber damals war sie besser erzählt«, sprach Lincoln.

»Das war sie«, sagte Mira, »und es ist ja damals überhaupt nicht ohne Mira gegangen. Die Leute haben es gern, wenn man ihnen Angst macht. Die Mächtigen der Welt waren übersatt von irdischer Lust – da wollten sie gern, daß man ihnen das Blut ein wenig lebhafter fließen machte. Und die ehrbaren Damen, die nie etwas erlebten, verzehrten sich danach, schaudernd in ihren Betten zu liegen, nur ein einziges Mal. Die Tänzerinnen tanzten leichtfüßiger als zuvor, wenn man ihnen von Flucht und Verfolgung erzählt. Das war eine Zeit! Da hat man mich noch wirklich geliebt! Ich war schön und hatte ein volles Gesicht, ich trank edlen Wein und trug goldbestickte Kleider, und in meinen Zimmern schwelte der Weihrauch..«

»Wie ist es denn zu all der Veränderung gekommen?« fragte Lincoln.

»Ach!« sagte Mira und verfiel alsbald wieder in seine reglose Haltung, »wie ich älter wurde, verlor ich die Gabe der Furcht. Wenn du erst weißt, wie die Dinge wirklich sind, kannst du keine Geschichte mehr aus ihnen machen. Wenn du dich lang genug mit Geistern besprochen und mit Teufeln verschworen hast, kommt schließlich der Tag, wo dir dein Gläubiger furchtbarerer erscheint als sie, und wen man zum Hahnrei macht, dem machen die Hörner keine Kopfschmerzen mehr. Mir ist das Leben zu vertraut geworden; mich führt es nicht mehr hinters Licht, daß ich mir einbilde, ein Ding sei schlimmer als das andere. Tag und Nacht, Freund und Feind – es ist eins so gut wie das andre. Und wie soll man andere Menschen gruseln machen, wenn man selber vergessen hat, was Furcht ist? Eine Zeitlang habe ich eine wirklich schauderliche Geschichte gewußt, eine wunderbare Geschichte voller Grauen, und alle Leute haben sie gern gehört: von einem Jüngling, dem man schließlich Nase und Ohren abschnitt. Aber jetzt könnte ich niemanden mehr damit gruseln machen, denn ich weiß nun, daß es nicht soviel Unterschied macht, ob einer Nase und Ohren hat oder nicht. Siehst du, so geht es zu, daß ich hier sitze, nur noch Haut und Knochen und in alte Lumpen gekleidet, ein Mitläufer von Said in seiner Armut und Gefangenschaft, statt am Throne der Mächtigen zu stehen, blühend und umschmeichelt wie der junge Mira Jama einst.«

»Aber warum«, frage Lincoln, »warum machst du nicht eine schreckliche Geschichte aus all der Armut und Verstoßenheit?«

»Nein«, versetzte der Geschichtenerzähler mit Stolz, »solche Geschichten erzählt Mira Jama nicht.«

»Ach, Mira, du hast wohl recht«, sprach Lincoln und drehte sich auf die Seite, »denn was ist das Leben schon anderes, wenn man einmal darüber nachdenkt, als eine höchst vorzügliche, genau eingestellte und unendlich umständliche Maschine, um aus dicken, übermütigen kleinen Hundchen alte räudige und blinde Köter zu machen, aus stolzen Schlachtrossen ausgemergelte Schindmähren und aus strotzenden Burschen, denen die Welt eine einzige Schatzkammer von herrlichen und schaurigen Abenteuern ist, als Zittergreise mit Triefaugen, die gemahlenes Rhinozeroshorn einnehmen?«

»Und, Lincoln Forsner«, sprach der Nasenlose, »was ist der Mensch anderes, wenn man einmal über ihn nachdenkt, als eine scharfsinnig entworfene Maschine, um mit unendlicher Pfiffigkeit den roten Wein von Schiras in Harn zu verwandeln? Man kann mit gutem Grunde fragen, welches das dringendere Verlangen und Vergnügen sei: zu trinken oder Wasser zu lassen? Dazwischen aber, was ist dazwischen geschehen? Du hast ein Lied geschrieben und einen Kuß geraubt, du hast einen Ehrabschneider erschlagen und einen Propheten gezeugt, ein gutes Urteil gesprochen und einen Witz gemacht. Die Welt hat Mira Jama, den jungen Geschichtenerzähler, in sich hineingetrunken. Er ist ihr zu Kopfe gestiegen, er ist durch ihre Adern geflossen, er hat ihr heiß gemacht und ihr die Farbe ins Gesicht getrieben. Inzwischen bin ich etwas weiter nach unten gesickert, und man merkt nicht mehr viel von mir. Bald wird es der Welt das größte Vergnügen sein, mich wieder auszupissen, und ich selber habe ein Gefühl, als drängte ich selbst ein wenig dazu. Aber die Geschichten, die ich gemacht habe – die werden bleiben.«

»Und in der Zwischenzeit – was tust du, um gute Miene zum bösen Spiel zu machen, da das Leben dich doch so dringend loswerden möchte?« fragte Lincoln.

»Ich träume.«

»Träumst?«

»Ja, durch Gottes Gnade – jede Nacht, kaum daß ich eingeschlafen bin, träume ich. Und in meinen Träumen kenne ich noch die Furcht. Manchmal muß ich etwas bei mir tragen, so unendlich wert und kostbar, wie im wirklichen Leben nie etwas sein kann, und dann spüre ich: Ich muß das mir Anvertraute gegen schreckliche Gefahren schützen, wie sie im wirklichen Leben gar nicht vorkommen. Mir ist, als müßte ich für den Verlust mit äußerster Vernichtung büßen, obwohl ich doch ganz genau weiß, daß es in der Welt des Tages keine Strafe äußerster Vernichtung gibt, wie groß ein Verlust auch sei. In meinen Träumen ist das Dunkel voll von unbeschreiblichen Schrecken; manchmal kommt es aber auch zu Flucht und Verfolgung, köstlich über die Maßen.«
Er verharrte eine Weile in Schweigen; dann fuhr er fort: »Was mir aber am Träumen besonders wohlgefällt, ist dies: daß sich die Welt um mich her zusammenfügt ohne die mindeste Anstrengung meinerseits. Nimm einmal an, ich will heute nach Gazi fahren, so muß ich um ein Boot feilschen, ich muß Vorräte besorgen und packen, ich muß mühselig gegen den Wind lavieren und mir womöglich die Hände wundrudern. Und wenn ich dann nach Gazi komme, was soll ich dort tun? – auch damit muß ich meinen Kopf beschweren. Im Traum dagegen sehe ich mich eine lange Flucht von Steinstufen hinaufgehen, die vom Meeresstrand emporführen. Ich habe die Treppe nie vorher gesehen, aber das Hinaufsteigen auf ihr macht mich glücklich, und ich fühle, daß sie mich zu einem höchst erquicklichen Orte führen wird. Oder ich sehe mich auf der Jagd in einer weit hingestreckten sanften Hügellandschaft – Leute begleiten mich, mit Pfeil und Bogen und Fanghunden. Worauf ich jage, warum ich dort bin, das weiß ich nicht. Einmal sah ich mich von einem Balkon in ein Zimmer treten, es war ganz früh am Morgen, und auf dem steinernen Fußboden standen zwei winzige Frauensandalen, und mir schoß es durch den Sinn: Die gehören ihr! Da strömte mein Herz über vor Freude, und ich fühlte mich beruhigt über alle Maßen. Und ich hatte mir doch keine Mühe geben müssen; ohne all mein Zutun war mir, in meinem Traum, ein Weib zugefallen. In anderen Träumen war mir bewußt, daß vor der Tür ein mächtiger schwarzer Mann stand, ein schwarzer Riese, der mich töten wollte. Dabei hatte ich nichts dazu getan, ihn zu meinem Feind zu machen, und nur der Traum kann mir eingeben, wie ich ihm entwischen soll, denn in mir selber finde ich keinen Ausweg. Der Himmel in meinen Träumen, vor allem seit ich mit Said im Kerker war, ist immer sehr hoch, und meistens sehe ich mich ganz klein in einer weiten Landschaft stehen oder in einem riesigen Haus.«

»Ich weiß davon nichts«, sagte Lincoln. »Ich träume fast nie.«
»Gott erhalte dich!« erwiderte Mira. »Du träumst wahrhaftig mehr als ich. Willst du mich lehren, die Träumer auf der Welt zu erkennen? Du träumst im Wachen und im Gehen; du tust nichts von dir aus, um dich nach dem Wege umzusehen, sondern du wartest, daß die Welt um dich her Gestalt annimmt, und dann öffnest du die Augen und siehst zu, wo du bist. Unsere Reise heut nacht ist auch nur ein Traum von dir. Du läßt dich dahinspülen von den Schicksalswellen, und morgen früh schaust du um dich, wo du wohl hingeraten sein magst.«
»Und schaue in dein vortreffliches Gesicht«, sagte Lincoln.
»Du weißt, Tembu«, sprach Mira nach einer Pause unversehens, »daß, wenn man einen Kaffeebaum pflanzt und die Pfahlwurzel knickt, nach einiger Zeit dicht unter der Erde eine Unzahl von kleinen Würzelchen zu sprießen anfangen. Ein solcher Baum kommt nicht weiter und trägt auch nicht, aber seine Blüte ist reicher als bei anderen Bäumen. Diese Würzelchen sind die Träume des Baumes. Indem er sie aussendet, macht er sich frei vom Gedanken an seine verbogene Hauptwurzel, und sie erhalten ihn am Leben – eine Zeitlang wenigstens, nicht sehr lange. Wenn du willst, kann man auch sagen: Er stirbt an ihnen. Träumen ist nämlich die Art, wie Wohlgeschaffenes Selbstmord begeht.
Wenn du abends einschlafen willst, Lincoln, mußt du nicht, wie man immer gesagt bekommt, an einen langen Zug Schafe oder Kamele denken, die sich durch ein Gatter drängen, denn sie wandern alle in einer Richtung, und deine Gedanken wandern mit ihnen. Du denkst besser an einen tiefen Brunnenschacht. In der Tiefe dieses Schachts entspringt ein Wasserstrahl und verteilt sich in kleinen Rinnsalen nach allen Seiten wie die Strahlen eines Sterns. Wenn du deine Gedanken dahin bringst, daß sie mit dem Wasser strömen, nicht in einer Richtung, sondern gleichzeitig nach allen Seiten, dann schläfst du ein. Und wenn du dein Herz mächtig genug darauf richtest, so wie es der Kaffeebaum mit seinen Würzelchen tut, dann stirbst du.«
»So also, glaubst du, steht es mit mir«, fragte Lincoln, »daß ich meine Hauptwurzel vergessen möchte?«
»Ja«, sagte Mira, »wenn es nicht an dem ist, daß du, wie viele von deinen Landsleuten, nie eine sonderlich starke Wurzel gehabt hast.«
»Wenn es nicht an dem ist!« sagte Lincoln.
Eine Zeitlang fuhren sie schweigend dahin. Ein Sklave griff nach einer Flöte und spielte ein paar Töne auf ihr, um sie auszuprobieren.
»Weshalb spricht Said kein Wort mit uns?« fragte Lincoln, zu Mira gewandt.

Said hob um ein weniges den Blick und lächelte, sprach aber nichts.
»Weil er denkt«, sagte Mira. »Unser Gespräch kommt ihm höchst belanglos vor.«
»Woran denkt er?« fragte Lincoln.
Mira besann sich, ehe er antwortete: »Es gibt nur zwei Wege des Nachdenkens für einen Menschen, der ein wenig Verstand im Kopfe hat. Entweder denkt er: Was soll ich den nächsten Augenblick tun und was heute abend und was morgen? Oder er denkt: Was bezweckte Gott, als er die Welt erschuf, das Meer und die Wüste, das Pferd, den Wind, die Frau, Bernstein, Fische und Wein? An eins von diesen beiden Dingen denkt Said.«
»Vielleicht träumt er«, sagte Lincoln.
»Nein«, erwiderte Mira nach kurzem Besinnen. »Said träumt nicht. Er versteht noch nicht zu träumen. Ihn trinkt die Welt gerade erst in sich hinein; er steigt ihr zu Kopf, er geht ihr ins Blut und möchte ihr Herz rascher schlagen lassen. Er träumt nicht, aber vielleicht betet er. Erst wenn einer nicht mehr betet – erst dann kommt die Zeit, wo er seine Würzelchen treibt, und dann fängt er zu träumen an. Möglich, daß Said jetzt eben betet, daß er dem Herrn sein Gebet entgegenschmettert, dröhnend wie die Drommete des Engels am Jüngsten Tag und machtvoll wie der Elefant beim Liebesspiel. So spricht Said zum Herrn: ›Laß alle Welt in mir sein!‹«
»Und auch dies spricht er zum Herrn«, sagte Mira nach einem Augenblick des Schweigens: »›Ich will kein Mitleid kennen und ich begehre auch keins.‹ Aber das ist der Punkt, wo Said sich irrt. Er wird Barmherzigkeit üben, bevor er seine Rache hat kühlen können.«
»Kommt es vor, daß du zweimal von demselben Orte träumst?« fragte Lincoln nach einer Weile.
»Ja, das tue ich«, sagte Mira. »Es ist eine große Gunst des Herrn und köstlich für die Seele dessen, der träumt. Es vergeht eine lange Zeit, und dann komme ich im Traum zurück an den Ort eines alten Traums, und mein Herz schmilzt vor Freude.«
Wieder fuhren sie eine Zeitlang schweigend. Dann wechselte Lincoln plötzlich seine Lage: er richtete sich auf und räkelte sich, spuckte das letzte Murungublatt von sich, langte in die Tasche und rollte sich eine Zigarette.
»Nun will ich dir eine Geschichte erzählen, Mira«, sagte er, »da du keine weißt. Du hast mich an längst vergangene Dinge erinnert. Aus eurem Lande hier sind viel gute Geschichten zu uns gedrungen, und als Kind habe ich sie sehr geliebt. Nun will auch ich dir etwas erzählen, zur

Freude deiner Ohren, Mira, und auch zu Saids Herzenslust, denn es möchte sein, daß meine Geschichte ihm nützlich ist. Du sollst hören, Mira, wie auch ich vor zwanzig Jahren das Träumen gelernt habe, und ich will dir von der Frau erzählen, die es mich gelehrt hat. Es ist alles genau so geschehen, wie ich es dir erzähle. Nur über die Namen und Orte und Zustände in den Ländern, wo sich alles begeben hat, werde ich dir keine Erklärung geben, auch wenn dir manches wunderlich vorkommen mag. Nimm hin, was du davon verstehst, und laß das übrige gut sein. Es ist nicht so übel, wenn man von einer Geschichte nur die Hälfte versteht.

Vor zwanzig Jahren also, ich war ein junger Mensch von dreiundzwanzig, saß ich eines Winterabends in einer großen Gaststube, mitten im Gebirge; draußen waren Schnee und Sturm, am Himmel stand unter mächtigen Wolken ein wilder Mond.

Nun hast du wohl gehört, daß unser europäisches Festland aus zwei Teilen besteht, wovon einer sehr viel schöner ist als der andere, und diese zwei Teile trennt eine hohe, steile Gebirgskette. Man kann sie nur an ein paar Stellen überschreiten, wo die Bildung der Berge nicht allzu widrig ist und wo man mit vieler Mühe Paßstraßen angelegt hat. Eine solche Stelle gab es nicht weit von der Herberge, wo ich wohnte. Ein Weg, auf dem Wanderer, Pferde und Maultiere, ja sogar Kutschen vorwärtskommen konnten, war ins Gestein geschnitten, und auf der Paßhöhe, wo du nach vielem mühseligen Klettern und nachdem du mannigfach dein Schicksal verwünscht, zum erstenmal wieder abwärts steigst, um bald die süße Luft wollüstig in Gesicht und Lunge zu spüren, hat eine Brüderschaft heiliger Männer ein großes Haus zur Rast für die Reisenden errichtet. Ich kam aus dem Norden, wo alles kalt und tot lag, und wollte in den blauen, üppigen Süden. Die Herberge war mein letzter Aufenthalt vor dem steilen Anstieg zur Paßhöhe, den ich am nächsten Tage zu nehmen gedachte. Es war eigentlich noch etwas früh im Jahre für eine Reise auf dieser Strecke; auf der Straße traf man nur wenige Menschen, und höher im Gebirge lag noch tiefer Schnee.

Für die Welt war ich ein hübscher, reicher und lebensfroher junger Mensch, unterwegs von einem Vergnügen zum anderen und gewohnt, überall das Beste mitzunehmen. In Wahrheit aber war ich nur ein Blatt im Wind, von einem wehen Herzen hin und her getrieben, ein armer Tölpel, der sinnlos hinter einer Frau herjagte.

Ja, hinter einer Frau, Mira, ob du es glaubst oder nicht. Ich hatte schon an Gott weiß welchen Orten nach ihr gefahndet, und die Jagd nach ihr war so völlig hoffnungslos, daß ich sie ganz gewiß längst aufgegeben hätte, wenn es nur irgend in meiner Macht gestanden wäre. Aber, Mira, meine Seele, wenn du das verstehst, ruhte im Herzen dieser Frau. Dabei war sie nicht etwa ein Mädchen vom selben Alter wie ich. Sie war um viele Jahre älter. Von ihrem Leben wußte ich so gut wie nichts, und das wenige, das ich wußte, war nicht leicht zu schlucken. Was aber am schlimmsten war: Ich hatte allen Grund zu der Annahme, daß sie in keiner Weise erfreut sein würde, wenn ich sie wirklich einholte.

Es war so gekommen: Mein Vater war ein sehr reicher Mann in England, er besaß große Fabriken und ein schönes Landgut, er hatte eine zahlreiche Familie gegründet, und seine Arbeitskraft kannte keine Grenzen. Er las viel in der Bibel – das ist unser Heiliges Buch – und fühlte sich ein wenig als Gottes Stellvertreter auf Erden. Vielleicht wußte er wirklich nicht mehr so recht zu unterscheiden zwischen seiner Gottesfurcht und seiner Selbstachtung. Er empfand es als eine Art Pflicht, aus dieser Welt der Wirrsal eine geordnete Schöpfung zu machen und dafür zu sorgen, daß alle Dinge Nutzen trugen – worunter er im Zweifel seinen eigenen Nutzen verstand. Was ihn selber betrifft, so sind mir nur zwei Dinge bekannt, die er nicht in der Gewalt hatte: Er hatte, ganz gegen seine sonstigen Grundsätze, eine starke Liebe zur Musik, vor allem zur italienischen Oper, und er konnte des Nachts bisweilen keinen Schlaf finden. Später habe ich von meiner Tante, seiner Schwester, die sehr schlecht mit ihm stand, gehört, er habe als junger Mensch in Westindien jemanden zum Selbstmord getrieben oder sogar richtig ums Leben gebracht. Vielleicht hat ihn das wachgehalten. Wir – meine Zwillingsschwester und ich – waren viel jünger als die anderen Geschwister. Ich weiß nicht, was meinen Vater da gestochen hatte, daß er so spät noch einmal zwei Kinder zeugte, nachdem er eben erst glücklich die Sorgen mit den älteren hinter sich gebracht hatte. Am Tag des Jüngsten Gerichts will ich ihn danach fragen; vielleicht gibt er mir eine Antwort.

Mit dem, was ich tat, war mein Vater von vornherein unzufrieden. Ich muß schließlich ein richtiger Pfahl in seinem Fleische geworden sein, und wäre ich nicht sozusagen sein eigenes Erzeugnis gewesen, so hätte er mich sicher mit ungetrübter Freude einem schlechten Ende entgegensteuern sehen. Wie die Dinge lagen, mußte ich's beständig über mich ergehen lassen, daß ich mit den Worten ›Mein lieber Sohn‹ in die unmöglichsten Formen gepreßt, gewalzt und gedehnt und damit angeblich einem nützlichen Lebenszweck entgegengeführt wurde, und zwar mit Vorliebe zwischen eins und drei in der Nacht. Das war nun gerade die Tageszeit, in der ich ohnehin schon ein ziemlich hitziges und lautes Leben hatte, denn ich war Offizier in einem vornehmen Regiment und gab

da, um mich unter den Söhnen der ältesten Familien unseres Landes würdig zu behaupten, fortgesetzt eine Menge Geld, Zeit und Witz aus, was alles nach der Auffassung meines Vaters ausschließlich auf seine Kosten ging.
Um diese Zeit geschah es, daß einer unserer Nachbarn starb und seine junge Frau als Witwe hinterließ. Sie war hübsch und reich; ihre Ehe war unglücklich gewesen, und in ihren Anfechtungen hatte sie ihren Trost in einer empfindsamen Freundschaft mit meiner Zwillingsschwester gefunden, die mir so ähnlich sah, daß ich in ihren Kleidern von ihr nicht zu unterscheiden war. So kam mein Vater auf den Einfall, die Dame werde vielleicht bereit sein, mich zu heiraten und damit die schwere Bürde, die ich darstellte, von seinen Schultern auf die ihren zu laden. Mir schien der Vorschlag nicht besser und nicht schlechter als andere, so wie ich damals zum Leben stand, und ich bat meinen Vater nur um die Erlaubnis zu einer Reise durch Europa, solange die Dame ihr Trauerjahr hinbrachte. Ich hatte in jenen Tagen einige heftige Neigungen: Ich trank, ich spielte, ich ging zu Hahnenkämpfen und ließ mich viel in der Gesellschaft von Künstlern und Schauspielern sehen; auch hatte ich eine Leidenschaft für theologische Streitfragen, die ich übrigens unmittelbar von meinem Vater ererbt hatte – kurzum, all diese Dinge sollte ich nach Meinung meines Vaters erst einmal ablegen, ehe ich die Witwe heiratete, oder vielmehr ich sollte ihr meinen Anblick wenigstens so lange entziehen, als sie sich noch eines anderen besinnen konnte. Überdies wußte mein Vater, daß ich in Liebesdingen rasch und ungestüm war, und so fürchtete er wohl, ich möchte meine Verlobte zu allzu nahen Beziehungen verleiten, wozu mir die ländliche Nachbarschaft und am Ende auch meine Ähnlichkeit mit meiner Schwester gewiß Gelegenheit geboten hätten. Aus all diesen Gründen willigte der alte Herr ein, daß ich auf neun Monate verreisen sollte, und zwar in Gesellschaft eines alten Studienfreunds von ihm, den er lange unterstützt hatte und auf diese Weise wenigstens einigermaßen auszunützen gedachte.
Diesen Mann bin ich aber bald losgeworden, denn als wir nach Rom kamen, entschloß er sich zum Studium der Mysterien, welche bei dem uralten Priapuskult in Lampsacus geübt wurden, und mein lustiges Leben war fortan ungetrübt.
Im vierten Monat dieses meines Gnadenjahrs aber begab es sich, daß ich mich in einem Bordell in Rom in eine Frau verliebte. Ich war eines Abends in Gesellschaft einiger Theologiestudenten dorthin gegangen, und du kannst daraus schon ersehen, daß es kein besonders vornehmes Haus war, wo die Leute mit dem vielen Geld zum Vergnügen hingingen,

aber andererseits auch kein ganz übles Loch für Künstler und Spitzbuben. Es war gerade mittendrin: ein ordentliches, reputierliches Unternehmen. Ich erinnere mich noch gut an das enge Gäßchen und an die mancherlei Gerüche, die sich dort zusammenfanden, ich brauchte sie nur wieder zu riechen, und ich wüßte sofort, daß ich daheim bin. Dieser Frau verdanke ich's, daß ich einmal begriffen und bis zum heutigen Tag noch nicht ganz vergessen habe, was solche Wörter wie Tränen, Herz, Sehnsucht, Sterne, mit denen ihr Dichter umspringt, eigentlich zu bedeuten haben. Sterne vor allem, Mira – denn es war viel an der Frau, was an einen Stern erinnerte. Zwischen ihr und anderen Frauen war der gleiche Unterschied wie zwischen einem bezogenen und einem sternklaren Himmel. Vielleicht hast auch du im Laufe deines Lebens Frauen von dieser Art gekannt: Sie sind wie wenn eine Helligkeit in ihnen wäre und leuchten im Dunkel; ja man kann sagen, sie phosphoreszieren wie morsches Holz.

Als ich damals am anderen Tag in meiner Herberge in Rom aufwachte, war ich voller Bangen. Ich dachte: Du warst betrunken heute nacht, und dein Verstand hat dir nicht mehr gehorcht. Solche Frauen gibt es gar nicht. Wie ich das dachte, wurde mir abwechselnd heiß und kalt. Dann aber überlegte ich mir weiter in meinem Bett: Es ist ja ganz undenkbar, daß ich mir eine Gestalt wie diese Frau einfach nur so aus dem Blauen erfunden habe. So etwas wäre nur unserem allergrößten Dichter gelungen, mir aber wäre niemals eine Frau eingefallen mit so viel Leben und solch unbändiger Kraft. Ich stand auf und lief eilends zurück zu ihrem Haus, und da fand ich sie wieder, genau wie ich sie im Gedächtnis trug.

Später habe ich herausgefunden, daß der einzigartige Eindruck von Kraft, den sie auf mich machte, nicht so ganz hieb- und stichfest war: Sie besaß nicht ganz so viel Kraft, wie es den Anschein hatte. Aber das muß ich dir näher erklären:

Wenn du dein Leben lang gegen Wind und Strom hättest lavieren müssen und kämest plötzlich ganz überraschend auf ein Schiff, das – so wie wir heute abend – mit voller Flut vor dem Winde segelt, so würdest du gewiß von der Stärke dieses Schiffes überwältigt sein. Es wäre ein Irrtum von dir, und doch hättest du in gewisser Hinsicht recht, denn man könnte ja immerhin behaupten, daß die Kraft der Wellen und Winde dem Schiff angehört, weil es ganz allein unter allen Fahrzeugen vermocht hat, sich mit dieser Kraft zu vermählen. Mir war mein Leben lang unterm Dreizack meines Vaters beigebracht worden, wie man sich gegen die Winde und Strömungen des Lebens hindurcharbeitet. In den

Armen dieser Frau nun fühlte ich mich mit all diesen Mächten im Einklang, wie emporgehoben und getragen vom Leben. Das schrieb ich damals der großen Kraft dieser Frau zu, denn ich konnte ja noch nicht wissen, wie sehr sie sich mit den Strömungen und Windrichtungen des Lebens verbündet hatte.

Nach unserer ersten Nacht waren wir beständig zusammen. Ich habe mir nie etwas aus den korrekten Liebeshändeln machen können, wie sie in meiner Heimat üblich sind: Sie beginnen im Salon mit herkömmlichem süßem Geplänkel und Gekicher, man drückt sich die Hand und tritt einander verstohlen auf den Fuß, und schließlich steigert sich's zu einem sogenannten Höhepunkt im Bett. Diese meine Liebe in Rom, die im Bette begann, mit vielem Weintrinken und lauter Musik, und die dann zu einer seltsamen, mir noch ganz unbekannten Verliebtheit und Freundschaft erwuchs, diese Liebe ist die einzige gewesen, von der ich wirklich etwas gehabt habe. Bald kam es so weit, daß ich die Freundin für den ganzen Tag oder auch über Nacht zu mir einlud. Ich kaufte Pferd und Wägelchen, und wir fuhren durch die Stadt und in die Campagna hinaus bis nach Frascati und Nemi. Wir nachtmahlten in den kleinen Kneipen, und frühmorgens hielten wir oft am Wegrand und ließen das Pferd grasen, während wir uns auf die Erde setzten, eine Flasche frischen, sauren Rotwein tranken, Rosinen und Mandeln aßen und den Raubvögeln zuschauten, die in großer Zahl über der weiten Ebene ihre Kreise zogen und mit ihren übers kurze Gras dahinfliegenden Schattenbildern der Fahrt unseres Wägelchens folgten. Einmal gab es in einem Dorf ein Fest mit Lampions um einen Springbrunnen vor einem klaren Abendhimmel; da sahen wir von einem Balkon aus zu. Ein paarmal fuhren wir bis ans Meer. Es war im September, das ist ein guter Monat in Rom. Die Welt färbt sich schon braun, aber die Luft ist noch hell wie ein Bergquell, und das Seltsame ist: Sie ist voller Lerchen, und dort singen sie um diese Jahreszeit.

Olalla war mit vollen Sinnen bei allem, was wir unternahmen. Sie liebte Italien sehr und verstand sich auf gutes Essen und auf Wein. Manchmal zog sie sich als große Dame an, farbenprächtig wie ein Regenbogen, dann sah sie aus wie die Mätresse eines Fürsten, und in ganz England hätte ihr keine Frau das Wasser reichen können. Manchmal aber legte sie auch die Leinenhaube an, wie sie die Italienerinnen tragen, und tanzte auf den Dörfern mit, wo das Volk sich vergnügte. Sie war beim Tanzen kräftig und anmutig wie keine andere, aber trotzdem war es ihr beinahe noch lieber, wenn sie neben mir sitzen und dem Tanz zuschauen konnte. Allen Eindrücken stand sie weit offen, und wir mochten hingehen, wohin wir wollten, immer hatte sie viel mehr in sich aufgenommen als ich, obwohl ich mein Leben lang ein ganz guter Genießer gewesen bin. Was mir dabei auffiel, war dies: daß sie zwischen Freude und Schmerz, zwischen traurigen und erfreulichen Dingen gar nicht viel Unterschied machte. Sie waren ihr gleichermaßen willkommen, als hätte sie innerlich gewußt, sie seien ja doch ein und dasselbe.

An einem Nachmittag waren wir auf der Heimfahrt nach Rom; die Sonne war im Untergehen, und Olalla – den Hut hatte sie abgelegt – kutschierte und trieb das Pferd mit der Peitsche zum Galoppieren. Der Luftzug wehte ihr das lange dunkle Haar vom Gesicht, und ich sah wieder die lange Brandnarbe, die wie ein weißes Schlänglein von ihrem linken Ohr bis zum Schlüsselbein lief. Ich fragte sie, nicht zum erstenmal, wie sie zu diesem bösen Brandmal gekommen sei, aber sie wollte nicht antworten und begann statt dessen eine lange Geschichte von all den großen römischen Kirchenmännern und Kaufleuten, die in sie verliebt seien, bis ich lachend sagte, sie habe kein Herz. Darüber wurde sie plötzlich schweigsam; wir fuhren aber immer in voller Fahrt weiter, die Sonne brannte uns mitten ins Gesicht.

›O doch!‹ sagte sie schließlich, ›ich habe schon ein Herz. Aber es liegt begraben im Garten einer kleinen weißen Villa bei Mailand.‹ ›In alle Ewigkeit?‹ fragte ich.

›Ja, in alle Ewigkeit, denn so schön ist es nirgend sonst.‹

›Was mag es da schon geben‹, fragte ich weiter, von Eifersucht befallen, ›in einer kleinen weißen Villa bei Mailand, daß dein Herz in alle Ewigkeit dort bleiben mag?‹

›Ich weiß nicht‹, sagte sie. ›Sicher gibt es jetzt nicht viel dort, denn der Garten wird nicht mehr gejätet, und keiner stimmt das Klavier. Vielleicht leben fremde Menschen dort. Aber der Mond scheint da, wenn er am Himmel ist, und Verstorbene gehen um.‹

Sie sprach oft so unbestimmt und verspielt-launenhaft, und es klang aus ihrem Munde so lieb und zärtlich und ich möchte sagen demütig, daß ich immer ganz hingerissen war. Ihr war es wichtig, den Menschen zu gefallen, und sie ließ es sich viele Mühe kosten, freilich nicht nach Art eines Dieners, der förmlich steif wird vor Angst, sich unbeliebt zu machen, sondern wie ein ganz ungeheuer reicher Mensch, der aus einem Füllhorn Freundlichkeit und Geschenk auf dich streut. Wie eine zahme Löwin, stark von Gebiß und Pranke, die um deine Gunst schmeichelt. Manchmal kam sie mir vor wie ein Kind und dann wieder so alt wie die vor tausend Jahren gebauten Aquädukte, die über der Campagna ragen und lange Schattenstriche auf die Erde werfen, während ihre machtvollen alten geborstenen Mauern in der Sonne wie Bernstein schimmern. In solchen Augenblicken fühlte ich mich neben ihr ganz blind und neugeboren, wie ein dummer kleiner Junge. Und immer ging das Gefühl nebenher, daß sie so viel stärker sei als ich. Es war nicht viel anders, als wenn ich gewußt hätte: Sie kann fliegen, und wenn es ihr so beliebt, kann sie jeden Augenblick von mir und von der Erde entschweben.

Es wurde Ende September, bis ich endlich anfing, an die Zukunft zu denken. Mir wurde mehr und mehr klar, daß ich ohne Olalla nicht mehr leben konnte. Hätte ich von ihr fortgemußt, so wäre mein Herz gewiß zu ihr zurückgelaufen, wie das Wasser bergabwärts laufen muß. So dachte ich, und ich beschloß: Ich wollte sie heiraten und mit mir nach England nehmen.

Hätte sie bei meinem Vorschlag nur die leiseste Widerrede erhoben, so hätte mich ihr späteres Verhalten gewiß nicht so aus der Fassung gebracht. Sie sagte aber sofort: ja, sie wolle mit mir kommen. Von nun an war sie noch viel zärtlicher, viel berückender zu mir als je zuvor, und wir sprachen schon von unserem Leben in England mit all seinem Drum und Dran, und fanden es im vorhinein lustig. Ich erzählte ihr von meinem Vater, vor allem von seiner Vorliebe für die italienische Oper, was ja das Beste war, was ich über ihn zu sagen wußte. Indem ich all diese Dinge mit ihr besprach, hatte ich ein ganz sicheres Gefühl, daß ich mich nie mehr in England langweilen würde.

Um diese Zeit fiel mir zum erstenmal, wenn ich zu Olalla ging, das häufige Erscheinen einer Männergestalt auf, die ich vorher nie gesehen hatte. Die ersten paar Male dachte ich mir nichts dabei, nach der sechsten oder siebenten Begegnung aber begann der Mann meine Gedanken zu beschäftigen und mich merkwürdig stark zu beunruhigen. Es war ein Jude von fünfzig bis sechzig Jahren, von schmächtiger Statur, sehr kostbar gekleidet, mit Brillanten an den Fingern und dem Auftreten eines gepflegten alten Weltmanns. Er hatte eine bleiche Gesichtsfarbe und auffallend dunkle Augen. Bei Olalla oder im Hause sah ich ihn nie, aber ich lief beständig in ihn hinein, wenn ich zu ihr ging oder von ihr kam, so daß es auf mich wirken mußte, er ziehe seine Kreise um sie wie der Mond um die Erde. Von Anfang an muß etwas Besonderes an ihm gewesen sein, sonst wäre ich kaum auf den Gedanken gekommen, der nun meinen Sinn erfüllte, daß dieser Mann Macht über Olalla habe und ein böser Geist in ihrem Leben sei. Mein Interesse wurde schließlich so brennend, daß ich durch meinen italienischen Bedienten in dem Gasthof des Fremden nachfragen ließ. So erfuhr ich, er sei ein märchenhaft reicher holländischer Jude namens Markus Cocoza.

Die Frage, was ein solcher Mann in Olallas Straße zu tun haben und was sein merkwürdiges Auftauchen und Wiederverschwinden erklären könne, plagte mich so, daß ich zu guter Letzt, halb gegen meinen Willen, denn ich fürchtete mich vor der Antwort, an meine Freundin die Frage richtete, ob sie ihn kenne. Sie faßte mit zwei Fingern unter mein Kinn und hob meinen gesenkten Kopf. ›Hast du nicht bemerkt, Carissimo‹, fragte sie, ›daß ich keinen Schatten habe? Es war einmal eine Zeit, da habe ich meinen Schatten an den Teufel verkauft, um ein bißchen Herzenstrost, ein bißchen Lebensfreude. Der Mann, den du draußen gesehen hast – nun, mit deinem bewährten Scharfsinn wirst du leicht erkennen, daß er kein anderer ist als mein alter Schatten, mit dem ich jetzt nichts mehr zu schaffen habe. Der Teufel erlaubt ihm manchmal, frei herumzuspazieren. Da kommt er dann natürlich zurück und will sich mir wieder vor die Füße legen, wie er es früher tat. Aber das soll er auf keinen Fall. Der Teufel könnte ja sonst kommen und das ganze Geschäft an sich reißen, wenn ich das zuließe! Mach du dir also keine Sorgen um ihn, mein Sternlein!‹

Ich hatte den Eindruck, daß sie diesmal auf ihre Art ganz zweifellos die Wahrheit sprach. Bei ihren Worten merkte ich, wie recht sie hatte: Es war kein Schatten an ihr. In ihrem Umkreis gab es nichts Dunkles und Trauriges, und die düsteren Schattengebilde der Sorge, der späten Enttäuschung, des Ehrgeizes, der Furcht, die vom Menschen so unzertrennlich scheinen – auch von mir, obwohl ich damals ein reichlich sorgloser Knabe war –, diese Schatten waren aus ihrer Gegenwart verbannt. Also gab ich mich zufrieden, sie zu küssen, und sagte, wir wollten den Schatten auf der Straße lassen und die Vorhänge herunterziehen.

Zur selben Zeit erlebte ich zum erstenmal ein seltsames Gefühl, das ich seither gründlich kennengelernt habe, das ich aber damals in meiner Unschuld für einen Zustand des Glücks hielt. Wo ich ging und stand, war mir zumute, als verlöre die Welt um mich her ihr Gewicht und strömte langsam himmelwärts, eine reine Lichtwelt ohne jeden festen Kern. Es gab nichts mehr, was fest und gegründet gewesen wäre. Die Engelsburg war mir durchaus ein Luftschloß, und ich hatte das Gefühl, daß ich die Peterskirche bequem mit zwei Fingern in die Höhe heben könnte. Es kam mir überhaupt nicht mehr in den Sinn, daß es die Gefahr gebe, an der Straßenecke von einem Wagen überfahren zu werden, so durch und durch sicher war ich, daß die Kutsche und die Pferde nicht mehr Gewicht hätten, als wenn sie aus Papier geschnitten wären. Ich fühlte mich unendlich glücklich bei diesem Glauben, wenn mir auch ein wenig leicht im Kopfe war, und ich nahm den Zustand als die Vorankündigung weiteren und größeren Glücks, einer Art Verklärung. Die Schöpfung und ich mit ihr war ins Schweben geraten, in einen Aufschwung geradenwegs in den siebenten Himmel. Heute weiß ich hinlänglich, was es in Wirklichkeit zu bedeuten hat: Es ist der Anfang eines endgültigen Abschieds, es ist das erste Krähen des Hahns. Auf meinen Reisen habe ich inzwischen erlebt, daß auch ein ganzes Land oder eine Gruppe von Menschen dieses gewichtlose Wesen annehmen können. In gewisser Hinsicht war meine Beobachtung ja sogar richtig. Die Welt um mich her war tatsächlich im Fluge und schwebte empor. Nur ich, ich selber, war zu schwer für den Flug und sollte zurückgelassen werden in Trübsal und Verlassenheit.

Ich schlug mich in diesen Tagen mit einem Brief herum, den ich meinem Vater schreiben mußte, um ihm mitzuteilen, daß ich die Witwe nicht würde heiraten können, als ich die Nachricht empfing, einer meiner Brüder, der als Schiffsoffizier diente, sei mit seinem Schiff in Neapel. Ich überlegte mir, es sei wohl am besten, den Brief durch ihn überbringen zu lassen, und sagte Olalla, ich müsse auf ein paar Tage nach Neapel. Dabei fragte ich sie auch, ob sie während meiner Abwesenheit wohl den alten Juden sehen werde, aber sie versicherte mir, sie werde ihn weder sehen noch sprechen.

Die Sache mit meinem Bruder ging nicht so glatt vonstatten, wie ich wollte. Bei der Unterhaltung mit ihm merkte ich zum ersten Male, wie meine Zukunftspläne auf andere Menschen wirken würden, und ich wurde recht verzagt. Ich war wohl immer noch durchdrungen davon, daß diese Leute unsinnige und menschenunwürdige Ansichten hatten, aber es widerfuhr mir doch zum erstenmal seit meiner Begegnung mit Olalla wieder, daß ich an die tote, stockende Stimmung meines früheren häuslichen Lebens gemahnt wurde. Schließlich kam aber alles zum gewünschten Ende: Ich gab meinem Bruder den Brief, bat ihn, meine Sache so gut wie möglich bei unserem Vater zu vertreten, und eilte nach Rom zurück.

Kaum angekommen, mußte ich entdecken, daß Olalla fort war. In ihrem Hause erzählte man mir zuerst, sie sei plötzlich am Fieber gestorben. Die Nachricht warf mich beinahe um, und drei Tage lang rannte ich herum wie ein Wahnsinniger. Dann machte ich mir klar, daß der Bericht nicht stimmen konnte, und nun ging ich von einem Hausbewohner zum anderen und bat und drohte, man möge mir die Wahrheit sagen. Ich überlegte mir, daß es natürlich richtig gewesen wäre, sie vor meiner Reise nach Neapel aus dem Hause fortzunehmen, aber auch das hätte im Grunde nichts genützt, da ja sie selber offenbar den Entschluß gefaßt hatte, mich zu verlassen. Immer wieder sagte mir eine böse Ahnung, ihr Verschwinden müsse mit dem Juden etwas zu tun haben, und bei einer letzten Besprechung packte ich die Hauswirtin jählings an der Gurgel, sagte, ich wüßte alles, und drohte sie zu erwürgen, falls sie mir nicht die Wahrheit sagte. In ihrer Angst gestand die Alte: Ja, er sei es gewesen. Olalla habe eines Tages das Haus verlassen und sei nicht wiedergekommen. Am nächsten Tag sei ein bleicher alter jüdischer Herr mit auffallend dunklen Augen erschienen, habe Olallas Schulden beglichen und ihr, der Patronin, eine Summe Geldes gegeben, mit der Bestimmung, die Sache verschwiegen zu behandeln. Zusammen habe sie die beiden nicht gesehen. ›Und wo sind sie hingefahren?‹ schrie ich, halb von Sinnen, da ich in meiner Verzweiflung am liebsten die gelbhäutige Alte niedergeschlagen hätte. Auf diese Frage wußte sie keine Antwort; doch glaubte sie sich schließlich zu erinnern, daß der Jude seinem Bedienten gegenüber von einer Stadt namens Basel gesprochen habe.

So ging es denn nach Basel, aber wer es nicht selbst versucht hat, kann sich keinen Begriff davon machen, wie schwer es ist, in einer fremden Stadt einen Menschen zu finden, dessen Namen man nicht kennt. In meinem Fall war die Suche noch besonders erschwert, denn ich wußte ja nicht, in welcher Umwelt ich nach Olalla forschen sollte. War sie wirklich mit dem Juden gegangen, so war sie inzwischen wohl ein Mitglied der eleganten Welt und fuhr vielleicht eines Tages in ihrem eigenen Wagen an mir vorüber. Dem widersprach aber, daß Cocoza sie in Rom nicht aus dem Hause herausgeholt hatte, wo sie mir begegnet war. Vielleicht machte er es, aus mir unbekannten Gründen, wieder ebenso. Ich suchte also sämtliche übelbeleumundeten Häuser von B. durch, deren es mehr gibt, als man denken sollte, denn B. ist die Stadt in Europa, die am starrsten die unverbrüchliche Heiligkeit des Ehelebens verficht. Nichts, keine Spur von Olalla. Nun dachte ich an Amsterdam, wo ich wenigstens Cocozas Namen als Anhaltspunkt hatte. Ich fand auch wirklich das schöne alte Haus, das Cocoza gehörte, und erfuhr, daß er der reichste Mann der Stadt sei und daß seine Familie seit dreihundert Jahren mit Diamanten handle. Er selbst aber sei immer auf Reisen; im Augenblick vermutete man ihn in Jerusalem. Ich ließ mich, von Amsterdam aus, auf verschiedene falsche Fährten locken, die mich in viele Länder führten. Fünf Monate lang reiste ich so wie ein Irrer kreuz und quer herum. Schließlich sagte ich mir, ich müsse nach Jerusalem, und ich war eben auf der Rückreise nach Italien, um mich in Genua einzuschiffen, und all das Erlebte ging mir wirr durch den Sinn – und damit sind wir wieder bei dem Augenblick, von dem ich dir erzählt habe: wie ich in dem Gasthof in Andermatt sitze und am anderen Tag über den Paß will.

Ich hatte am Tage zuvor einen Brief von meinem Vater erhalten, der mir schon seit ein paar Monaten von Ort zu Ort nachgesandt worden war. Mein Vater schrieb folgendes:

›Ich bin nun so weit, daß ich deinem Lebenswandel mit Gelassenheit und Verständnis zuzusehen vermag. Diese Einstellung verdanke ich der Durchsicht einer Sammlung von Familienpapieren, mit welchen ich mich im letzten Vierteljahr viel und gründlich beschäftigt habe. Das Studium dieser Papiere hat mich einsehen lassen, daß auf unserer Familie – und zwar schon seit zwei Jahrhunderten – eine höchst merkwürdige schicksalsmäßige Bestimmung liegt.

Wir sind, als Familie gesehen, nur darum so auffallend gut geraten, weil sich unter uns immer ein Individuum befunden hat, das alle Schwäche und Verkommenheit seiner Generation in sich versammelt trug. Was sich an Fehlern normalerweise auf eine ganze Reihe von Personen verteilt hätte, das hat sich aufs Haupt eines einzelnen zusammengezogen, und wir andern sind dadurch zu dem geworden, was wir waren und was wir sind.

Nach der Durchsicht unserer Papiere kann ich nicht mehr zweifeln, daß es sich so verhält. Es ist mir gelungen, den bewußten vorbestimmten Sündenträger durch sieben Generationen zu verfolgen, beginnend mit unserer Großtante Elisabeth, deren Lebenswandel näher zu charakterisieren hier nicht der Ort ist. Ich möchte nur noch meine beiden Onkel Henry und Ambrose als Beispiel anführen, die zu ihrer Zeit zweifellos . . .‹ Hier folgten allerlei Namen und Tatsachen, die die Theorie meines Vater stützen sollten. Dann ging es folgendermaßen weiter:

›So wäre es möglicherweise mehr ein Schicksalsschlag als eine Wohltat, wenn dieser seltsame Zustand in unserer Familie je aufhören sollte. Zwar wären wir viel Kummer und Sorge los, aber die Folge könnte doch sein, daß unsere Familie nicht mehr vor anderen hervorragte.

Was nun Dich betrifft, so hast Du so konsequent meine Befehle und meine Ratschläge in den Wind geschlagen, daß ich mich für berechtigt halte, in Dir das vorbestimmte Opfer Deiner Generation zu erblicken. Du hast es abgelehnt, durch Dein Beispiel die Tugend liebenswert und die Belohnung des Guten selbstverständlich erscheinen zu lassen. Indessen habe ich mich, in meinem Verhältnis zu Dir, zu einer hinlänglich philosophischen Auffassung durchgerungen, so daß ich Dir gern meinen Segen erteilen will für die Vollendung einer Laufbahn, die aus Ungehorsam und Pietätlosigkeit, Schwäche und Laster ein für die ganze von Dir vertretene Generation unserer Familie heilsames, wenn auch abstoßendes und niederschmetterndes Exempel gestalten wird.‹

Ich habe meinen Vater nie wiedergesehen. Ich habe aber von ihm gehört. Mein früherer Hofmeister, den ich viele Jahre später in einer recht traurigen Verfassung in Smyrna wiedertraf, erzählte mir von ihm: Er hatte sich so gründlich mit der Sachlage abgefunden, daß er hinging und selber meine junge Witwe heiratete. Sie bekamen einen Sohn, und den taufte er auf den Namen Lincoln. Ob er das tat, weil er mich noch lieber hatte, als ich wußte, oder ob er die störenden Gefühle ablenken wollte, die sich beim Gedanken an seinen Sohn Lincoln zwischen ein und drei Uhr nachts in seiner Brust einstellen mochten – ich kann es nicht sagen.

Ich hatte den Brief schon zweimal gelesen und wollte ihn eben aus der Tasche ziehen und zum Zeitvertreib noch ein drittes Mal lesen, als ich zwei junge Leute aus der Kälte der Nacht in den Speisesaal treten sah. Den einen kannte ich, und wenn er mich erblickte, würde er aller Voraussicht nach an meinen Tisch kommen und sich zu mir setzen. So geschah es auch, und wir verbrachten den Rest des Abends zu dritt.

Mein Bekannter, ein gutgekleideter und wohlerzogener junger Herr wie sein Begleiter, stammte aus einer vornehmen Coburger Familie. Ich hatte ihn vor einem Jahr in England kennengelernt, wo er das Parlamentswesen studieren sollte, denn er wollte Diplomat werden, wo er sich daneben auch in der Pferdezucht ausbildete, aus welcher seine Familie ihr Einkommen bezog. Er hieß Friedrich Hohenems, erinnerte aber in seinem Aussehen und Verhalten so sehr an einen Hund, der mir früher gehört hatte, daß ich ihn mit dessen Namen – Pilot – anzureden pflegte. Er war groß und blond, ein hübscher junger Mensch.

Es wird dir Spaß machen, Mira, wenn ich mich deiner vortrefflichen Parabel bediene und dir den jungen Hohenems als einen Menschen schildere, den das Leben nie schlucken wollte. Dabei ersehnte er sich nichts inniger, als vom Leben verschluckt zu werden, und versuchte bei jeder nur möglichen Gelegenheit, sich ihm durch die Gurgel zu zwängen, aber das Leben blieb eigensinnig und wollte nicht. Ab und zu einmal, damit er nicht jede Illusion verliere, nippte es ein klein wenig an ihm, nie so richtig herzhaft, und auch dann spie es ihn alsbald wieder aus. Was an ihm eigentlich dem Leben so sehr auf den Magen ging, kann ich dir nicht sagen. Nur das eine weiß ich: daß alle Menschen, die mit ihm zusammenkamen, übereinstimmend das Gefühl hatten, sie hätten zwar nichts gegen ihn, aber mit diesem Menschen wäre eben nichts anzufangen. So war er denn geistig noch im Stande eines Embryo auf sehr früher Entwicklungsstufe.

Sicherlich gehört viel List oder Glück dazu, daß man auch in einem solchen Embryostand für voll genommen wird. Mein Freund Pilot hatte es jedenfalls niemals ganz so weit gebracht. Gewiß hat er seine Lage oft als recht beunruhigend empfunden – nicht mit Unrecht. In seinen blauen Augen stand oft ein schmerzhafter Widerschein des aussichtslosen Kampfes um eine wirkliche Existenz, der in ihm tobte. Wenn er gelegentlich einmal in sich eine ursprüngliche Neigung, einen ausgesprochenen Geschmack entdeckte, nützte er seinen Fund nach Kräften aus. Er konnte von seiner Vorliebe für diese oder jene bestimmte Weinsorte mit einer Beharrlichkeit sprechen, als sei es seine Absicht, dem Zuhörer diese bedeutende Tatsache für alle Ewigkeit ins Gedächtnis zu hämmern. Ein Philosoph, von dem ich auf der Schule gehört habe und der dir übrigens gefallen hätte, Mira, hat gesagt: ›Ich denke, folglich bin ich.‹ Ganz ähnlich verfuhr mein Freund Pilot; er wiederholte sich selbst und der Welt gegenüber fortwährend: ›Ich trinke lieber Mosel- als Rheinwein; folglich existiere ich.‹ Oder wenn ihm zum Beispiel ein Theater oder ein Kartenspiel gefiel, so kam er den ganzen Abend nicht mehr davon weg und sagte einem immer wieder: ›So etwas hab ich nun gern.‹ Phantasie hatte er nicht die geringste, und zu allem Überfluß war er rechtschaffen wie ein Hackbrett. So war er völlig außerstande, etwas frei zu erfinden, und mußte sich ganz auf solche Liebhabereien beschränken, die er tatsächlich an sich beobachtet hatte, und deren waren immer verflucht wenige. Ich halte es für möglich, daß sein Mangel an Phantasie es war, der zwischen ihm und einer wirklichen echten Existenz stand. Wer etwas erschaffen will, das weißt du ja, Mira, der muß erst erfinden können, und da er nicht die Erfindungsgabe hatte, sich einen richtigen Friedrich Hohenems vorzustellen, brachte er überhaupt keinen Friedrich Hohenems zustande.
Ich hatte ihn, wie gesagt, nach einem meiner Hunde benannt, der ganz ähnlich veranlagt war: Er wußte niemals auch nur annähernd, was er wollte oder sollte, und ich mußte ihn schließlich erschießen. Friedrich Hohenems, wie sich zeigen sollte, hatte einen nachsichtigeren Gott.
Bei alledem machte er keine schlechte Figur in der Gesellschaft, die ja, wie mir scheint, auf dem europäischen Festland von ihren Mitgliedern nur ein Minimum wirklicher Existenz verlangt. Davon abgesehen war er ein reicher junger Mann wie Milch und Blut, mit kräftigen Waden – und nicht wenig stolz auf alle diese Vorzüge –, und es gab sogar gewisse ältere Damen, die in ihm ein wahres Vorbild des Jugendlichen erblickten. Mich hatte er gern: schon deshalb, weil er immerhin so deutlichen Eindruck auf mich gemacht hatte, daß ich ihm einen Spitznamen gab. Da

hat mir einer einen Spitznamen gegeben, dachte er. Folglich existiere ich. Wie er mir nun gegenübertrat, bemerkte ich, daß eine Veränderung mit ihm geschehen war. Er war zu Leben gekommen – es war ein Leuchten um ihn. So hatte auch der Hund Pilot geleuchtet und mit dem Schwanz gewedelt bei den seltenen Gelegenheiten, bei denen er hoffte, auch einmal seine Existenz erwiesen zu haben. Bei dem Jungen war es möglicherweise eine Folge seiner neuen Freundschaft mit dem anderen jungen Herrchen. Wie dem auch sei, er würde bestimmt im Laufe des Abends seine Trumpfkarte gegen mich ausspielen. Ich seufzte; ich hätte, an diesem Abend, viel dafür gegeben, wenn ich einen wirklich guten Hund zur Gesellschaft gehabt hätte. Mit Sehnsucht dachte ich an meine alten Hunde daheim in England.

Hohenems stellte seinen Freund als einen schwedischen Baron Gyldenstern vor. Ich hatte noch keine zehn Minuten das Vergnügen gehabt, da versicherten mir schon beide um die Wette, daß der Baron in seiner Heimat als großer Frauenverführer verrufen sei. Das ließ mich darüber nachsinnen – wenn auch freilich in jener ganzen Zeit mein Verkehr mit anderen Menschen sich nur an der Oberfläche meines Geistes abspielte –, von welcher Art wohl die Frauen in Schweden seien. Die Damen, die mir die Ehre erwiesen haben, sich von mir verführen zu lassen, haben ohne Ausnahme selbst zu bestimmen geruht, was dabei als Haupt- und Mittelpunkt des Bildes zu gelten habe. Das war mir immer lieb, denn darin bestand für mich die Abwechslung in einer sonst eintönigen Angelegenheit. Bei diesem Baron nun konnte kein Zweifel daran bestehen, daß der Schwerpunkt stets und immer bei ihm gelegen hatte. Er machte zunächst einen höchst begeisterungslosen Eindruck, auch dann noch, als er von den Schönen erzählte, denen er nachgestellt – aber die Begeisterung war sofort da, wenn er erst einmal auf den Punkt zu sprechen kam, den er wirklich angestaunt zu sehen wünschte. Nach seinen Reden mußte man füglich annehmen, daß seine Dämchen, eine wie die andere, von ein und derselben Sorte gewesen waren, und gerade dieser Sorte Frauen war ich nie begegnet. Da er in jedem seiner Abenteuer so durchaus die Rolle des Helden gespielt hatte, wunderte ich mich ehrlich darüber, daß er sich so anstrengen mochte – denn in diesen Dingen schien ihm keine Anstrengung zu groß – zu dem einzigen Zweck, ein übers andere Mal die Wiederholung des alten, längst bekannten Stücks zu erleben.

Aus seinen Erklärungen, die an sich schon recht lebhaft waren und es nach ein paar gemeinsam geleerten Flaschen noch mehr wurden, wurde mir indessen bald klar, wo bei diesem jungen Schweden der Schlüssel zu seinem Wesen lag – nämlich in dem einen Wort ›Wettstreit‹. Das Leben war für ihn ein Wettstreit, bei welchem er sich unter allen Umständen vor den übrigen Bewerbern hervortun mußte. Als Knabe war ich auch bei allem, was Wettbewerb hieß, recht ehrgeizig gewesen, aber noch während meiner Schulzeit hatte sich das verloren, und inzwischen hielt ich es für töricht, mich für eine Sache, die mir eigentlich nicht lag, nur deshalb zu erhitzen, weil zufällig anderen der Sinn danach stand. Nicht so dieser Baron aus Schweden. Nichts auf der Welt galt ihm an sich als gut oder schlecht. Er wartete immer erst auf ein Stichwort, auf eine Spur, er horchte aus, was anderen Leuten kostbar schien, um sie dann auszustechen und ihrer Beute zu berauben. Blieb er auf sich selber angewiesen, so war es aus mit seinen Künsten. Deshalb war er von den Menschen seines Umgangs sogar noch stärker abhängig als sein Freund Pilot, und Alleinsein war für ihn sicher die reine Hölle. Sein Leben sah er nach allem, was er erzählte, als eine Reihe von Triumphen über eine Reihe von Nebenbuhlern an – als weiter nichts, und dabei war er sogar ein wenig älter als ich. Übrigens waren ihm seine Nebenbuhler ebenso wie seine Opfer völlig gleichgültig. Er kannte weder Bewunderung noch Mitgefühl; seine einzigen Regungen waren der Neid und die Geringschätzung.

Dabei war er kein dummer Mensch. Im Gegenteil: Ich habe ihn sogar immer für einen außerordentlich listigen Burschen gehalten. Vor der Welt spielte er sich auf den braven, einfachen, geraden Kerl hinaus, der vielleicht ein bißchen ungeschliffen wirkt, dem man aber ob seiner Offenheit und Einfalt nicht lange gram sein kann. Hinter dieser Maske hielt er aber beständig ein wachsames Auge offen und belauerte einen, wenn man es am wenigsten vermutete, um womöglich irgend etwas über die wertvollen Dinge im Leben zu erlauschen und sich anzueignen. Er hatte keine Nerven und spürte kaum etwas von dem, was an Spannungen im Leben steckt. Das gab ihm zweifellos eine ungewöhnliche Kraft und Ausdauer und ließ ihn in den Augen mancher Leute (und auch in seinen eigenen) als einen wahren Riesen erscheinen, im Vergleich mit anderen Menschen, die wissen, was Phantasie und Mitgefühl ist.

Die beiden jungen Leute verstanden sich ausgezeichnet. Pilot ließ sich von dem durchtriebenen Schweden sozusagen in ein starkes Daseinsgefühl hineinschmeicheln – da habe ich nun einen Freund, dachte er wohl, der ein schrecklicher Frauenverführer ist; folglich existiere ich –, und der Baron war guter Laune, weil er alle früheren Freunde des reichen jungen Deutschen ausgestochen hatte und von ihm rückhaltlos angestaunt wurde. Im Grunde wäre ihnen beiden ohne meine Gesellschaft

viel wohler gewesen. Aber es zog sie magnetisch zu mir: Pilot wollte vor mir mit seinem Freund großtun, und der Baron war scharf darauf, ob ich vielleicht irgend etwas besonders schätzte oder begehrte, was er mir dann mit List und Tücke abgaunern könnte.
Nach kurzer Zeit schon ging mir das Gerede des Schweden so auf die Nerven, daß ich mich lieber dem Pilot zuwandte. So etwas passierte ihm selten, und er ersah sogleich seinen Vorteil und fing an, mir die letzten großen Ereignisse in seinem Leben anzuvertrauen.
›Du würdest dich vielleicht nicht mehr so gern mit mir sehen lassen, Lincoln‹, sagte er, ›wenn du alles wüßtest. Ich werde erst außer Gefahr sein, wenn ich die Schweiz verlassen habe. In einem politisch so unruhigen Lande haben die Wände Ohren.‹ Er wartete, wie seine Worte auf mich wirken würden, und fuhr fort: ›Ich komme aus Luzern.‹
Ich wußte, daß in dieser Stadt Kämpfe stattgefunden hatten, aber ich wäre nie auf den Gedanken gekommen, daß Pilot daran beteiligt war.
›Scharf hergegangen!‹ sagte er. Der arme Teufel! In seinem unentschlossen lächelnden Mündchen klang sogar die Wahrheit noch wie eine schlechte Erfindung. Sein Freund, der Baron, hätte an seiner Stelle eine ganze Kette von Lügengeschichten mit solchem Applomb auf seine Zuhörer abgefeuert, daß man keinen Augenblick an ihrer Wahrheit gezweifelt hätte. Unterdessen hörte ich Pilot sagen: ›Ich habe jemanden totgeschossen – bei den Barrikadenkämpfen am 3. März.‹
Auch das war mir bekannt, daß es Straßenkämpfe gegeben hatte: auf der einen Seite hatten die herrschenden Parteien, vor allem die Klerikalen, gestanden und auf der anderen das aufrührerische Volk. ›Wirklich?‹ sagte ich und verspürte schmerzhaften Neid, weil er hatte kämpfen dürfen, ›du hast einen von den Aufrührern totgeschossen?‹ Pilot war für mich von jeher eine Gestalt von hoher bürgerlicher Wohlanständigkeit und geringem Verstande, und ich zweifelte nicht daran, daß er sich zu den Klerikalen gehalten hatte, was meine Neidgefühle einigermaßen dämpfte. Pilot schüttelte stolz und geheimnistuerisch den Kopf. Nach kurzem Zögern gestand er: ›Ich habe den Kaplan des Bischofs von Sankt Gallen erschossen.‹
Die Zeitungen waren von diesem Mord voll gewesen, und man hatte überall nach dem Mörder gefahndet. Mich reizte es natürlich, zu erfahren, wie Pilot zu einer solchen Heldenrolle gekommen sei, und ich ließ mir seine Geschichte von A bis Z erzählen. Den Baron verdroß es sichtlich, daß die kriegerischen Taten eines anderen so ausführlich zum besten gegeben wurden; er hörte kaum zu, trank eifrig und schaute dem Kommen und Gehen der Menschen zu.

›Bei meiner Abreise aus Coburg‹, erzählte Pilot, ›hatte ich mir vorgenommen, drei Wochen bei meinem Onkel de Watteville in Luzern zu verbringen. Da kamen nun, als ich fahren sollte, der Reihe nach alle eleganten Damen unserer Stadt bei mir an und baten mich, ich möchte ihnen doch aus Luzern ein Hütchen von einer bestimmten Putzmacherin mitbringen, einer gewissen Madame Lola. Die sei berühmt in ganz Europa, die Damen aus allen Höfen und Hauptstädten kauften bei ihr ihre Hüte, denn ein solches Genie habe es in der Geschichte der Putzmacherei noch nicht gegeben. Ich war natürlich nicht abgeneigt, den Damen meiner Heimatstadt einen Gefallen zu tun, und so hatte ich denn bei meiner Abreise alle Taschen voller kleiner Seidenmuster und – du wirst es nicht glauben – voller Haarlocken, damit Madame Lola die Hüte danach entwerfen könne. In Luzern war aber dann die Luft so voll von politischem Getriebe, daß ich Madame Lola ganz vergaß, bis ich eines Abends, bei einem Essen mit hohen Beamten und politischen Persönlichkeiten, zufällig mit dem Schnupftuch ein Stückchen rosafarbenen Taft hervorzog und natürlich zur Erklärung die Geschichte meiner Aufträge zum besten geben mußte. Zu meiner Überraschung wandte sich die Unterhaltung sogleich jener Putzmacherin zu. Alle verheirateten Männer und übrigens auch die Herren Kleriker wußten über sie Bescheid. Es sei ganz richtig, erklärte der Bischof von Sankt Gallen, der unter den Gästen war: Diese Frau sei wirklich ein Genie. Mit einem winzigen Handgriff erschaffe sie, wie mit einem Zauberstab, Wunderwerke der Kunst und Eleganz, und die vornehmen Damen aus Sankt Petersburg und Madrid, ja sogar aus Rom machten geradezu Wallfahrten nach ihrem Modesalon. Damit sei aber das Geheimnis dieser Frau noch nicht erschöpft. Man habe sie nämlich im Verdacht, eine Verschwörerin vom reinsten Wasser zu sein, und vermute, daß in ihrer Werkstätte Zusammenkünfte der gefährlichsten Revolutionäre stattfänden. Auch in dieser Eigenschaft aber sei sie ein Genie, eine Circe: Ihre zarten Händchen knüpften verworrene Fäden, und ihre entschlossensten Parteigänger würden sich auf der Stelle für sie totschlagen lassen. Man warnte mich im übrigen so stark vor ihr, daß es am nächsten Tage natürlich mein erstes war, mich zu ihr zu begeben. Mein Eindruck von ihr war bei dieser Gelegenheit nicht weiter ungewöhnlich: eine äußerst gescheite und angenehme Frau, die meine Aufträge entgegennahm und sich über meine Reise, ja sogar über meine inneren und äußeren Lebensumstände mit mir unterhielt. Einmal kam ein rothaariger junger Mensch herein und verschwand bald wieder, der allenfalls wie eine Revolutionstype aussah; sie beachtete ihn aber kaum.

Meine Hütchen waren also in Arbeit, und unterdessen verfinsterte sich der Himmel in Luzern immer mehr und mehr: Ein Gewitter hing über der Stadt. Mein Onkel, der im Stadtrat eine hohe Stellung innehatte, sah das Unglück kommen: Er schickte Frau und Töchter auf sein Landschloß und wollte, daß ich mit ihnen führe. Mich aber drückte es, daß ich Madame Lola nicht wiedergesehen hatte, und ich wollte zuvor meine Bestellungen bei ihr abholen.

Als ich mich endlich zu ihr begab, ging es auf den Straßen schon so unruhig zu, daß ich ihre Wohnung nur durch ein Gewirr kleiner Seitengäßchen erreichen konnte, und auch dort war das Durchkommen äußerst schwierig. Das Haus selbst war ganz verwandelt: Vom Tor bis zum Speicher erfüllte es eine quirlende Masse von Bewaffneten – es war der reinste Hexenkessel. Von Hüten zu reden war jetzt nicht die Zeit. Lola stand hinter ihrem Ladentisch, redete auf die Männer ein und wies sie hier- und dorthin. Bei meinem Anblick ließ sie sich förmlich in meine Arme fallen und schrie: „Ach! sein Herz hat ihn doch noch auf den rechten Weg geführt!" Im selben Augenblick drängte die ganze Masse der Anwesenden, Lola in ihrer Mitte, aus dem Hause und auf die Straße hinaus. Ich wurde mitgezogen, oder ich war vielmehr so angesteckt von der Begeisterung dieser Frau, daß ich aus freien Stücken mitzog. So war ich schon in wenigen Augenblicken, ohne recht zu wissen wie, mitten im Barrikadenkampf und auf der Höhe der Barrikaden, und immer stand Madame Lola neben mir.

Sie lud die Gewehre und reichte sie den Kämpfenden, und bei diesem schrecklichen Geschäft verriet sie wieder all die Energie und Geschicklichkeit, die sie auch beim Garnieren ihrer Hütchen zeigte. Ringsum die Männer, so tapfer sie auch waren, hatten große Angst, und es war ja auch Grund dazu – sie allein aber hatte nicht die geringste Angst. Wenn sie den Leuten auf der Barrikade die Waffen reichte, gab sie ihnen gleichzeitig von ihrer Furchtlosigkeit. Das sah ich auf ihren Gesichtern, und auch ich selber war ganz durchdrungen davon, daß Lola nichts geschehen könne, und auch mir nicht, solange ich bei ihr war. Mir fiel ein Ausspruch unserer alten Köchin in Coburg ein: Eine Katze hat neun Leben. Dann mußte Madame Lola soviel Leben in sich haben wie neun Katzen. Sie kam mir förmlich übermenschlich vor, obwohl sie – das habe ich dir doch gesagt? – keine richtige Dame war, sondern nur eine Putzmacherin aus Luzern, und nicht einmal jung.

Jetzt geschah es denn, daß auch ich, mitgerissen von dem Tumult, ein Gewehr an mich riß und in die langsam gegen uns anrückende Schar der Soldaten und Stadtgardisten hineinfeuerte. Es war wohl möglich, daß mein Onkel de Watteville an ihrer Spitze stand, aber das kümmerte mich nicht. In diesem Augenblick wurde ich zu Boden geschlagen, ich weiß nicht wie, und sank wie tot zur Erde.

Als ich zu mir kam, lag ich in einem kleinen Zimmerchen im Bett, und Madame Lola saß neben mir. Ich wollte aufspringen; da sah ich, daß mein rechtes Bein fest verbunden war. Lola begrüßte mein Erwachen mit einem lauten Freudenschrei, legte aber gleich den Finger auf den Mund, indes sie nähertrat. Nun erzählte sie mir alles: Der Kampf sei vorüber, und von meiner Hand sei der Kaplan des Bischofs von Sankt Gallen umgekommen. Ich müsse mich möglichst still halten: Mein Bein sei von einem Schuß zerschmettert, und außerdem gehe es in Luzern immer noch unruhig zu; ich schwebte in großer Gefahr und müsse in ihrem Haus verborgen bleiben.

So lag ich denn drei Wochen lang in der Dachkammer und ließ mich von Lola pflegen. Die Kämpfe dauerten immer noch an; manchmal hörte ich Schüsse fallen. Aber meine Gedanken waren nicht bei den Kämpfenden, auch nicht bei meiner Verwundung oder meiner Familie daheim, und meine gefährliche Lage kümmerte mich wenig. Ich hatte ein Gefühl, als wäre ich himmelhoch über meine gewohnte Umgebung hinausgewachsen, als lebte ich nur noch hier, allein mit Lola. Von Zeit zu Zeit schaute ein Arzt nach mir, sonst kam keine Sterbensseele, und manchmal legte Lola ihr Tuch um und ließ mich eine Zeitlang allein: Ich solle mich um Gottes willen still halten, bis sie wiederkäme. Das waren dann endlos lange Stunden.

All die Zeit aber, die sie bei mir war, redeten wir miteinander. Ich habe seither darüber nachgedacht, und mir ist eingefallen, daß sie eigentlich nicht viel gesprochen hat, aber ich konnte so gut reden, wie ich es mir immer gewünscht habe. Mir war alles klar und durchsichtig, das Leben und die Welt, meine eigene Natur und sogar der liebe Gott, da oben in der Dachkammer. Besonders gern redeten wir von großen Dingen, die ich im Leben noch vollbringen sollte. Daß du es recht verstehst: Ich hatte ja nun hinlänglich etwas getan, um mir bei den Leuten einen Namen zu machen, aber wir beide fühlten, daß dies nur ein Anfang war. Ich merkte bald, daß viele von Lolas Freunden Luzern verlassen hatten und daß sie um meinetwillen allerlei Gefahren in Kauf nahm, und ich bat sie, auch sie möge die Stadt verlassen. Nein, erwiderte sie, um nichts in der Welt lasse sie mich im Stich. Nach dem, was ich getan, sähen ja ohnehin alle Revolutionäre in Luzern einen Bruder in mir und seien willens, ihr Leben für mich zu lassen. Was aber sie und mich beträfe – und dabei errötete sie tief –, so müßten wir, wenn die Zwingherren der

Stadt oder ihre Truppen uns auffänden, jeden Anteil an den Kämpfen ableugnen und unser Hiersein mit einem Liebeshandel erklären. Sie werde dann als meine Geliebte auftreten und ich als ihr Liebhaber, und von meiner Wunde würden wir behaupten, ein eifersüchtiger Nebenbuhler habe sie mir beigebracht. Obwohl das Ganze also nur eine Komödie sein sollte, machten ihre Worte mich doch ganz ausnehmend glücklich und versetzten mich in holde Träumereien: Was wohl geschehen würde, wenn ich erst wieder gesund wäre. Ein wirklicher Liebeshandel, denke ich oft, hätte mich vielleicht nicht so glücklich gemacht.

So kam der Abend, wo sie mir sagte, der Doktor habe mich für außer Gefahr erklärt, und nun heiße es scheiden. Sie werde noch in dieser Nacht Luzern verlassen, und ich müsse am anderen Morgen in aller Frühe reisen. Ein Freund von ihr stelle mir seinen Wagen zur Verfügung und werde mich selbst aus der Stadt geleiten. Eine Art Entsetzen überkam mich bei ihren Worten, aber mein Sinn war zu träge, und ich merkte erst, wie mir geschah, als es zu spät war. Unterdessen redete Madame Lola mir weiter gut zu: Ich müsse doch einen kleinen Lohn haben für alle meine Not, und sie werde mir sämtliche Hüte schenken, die noch in ihrem Laden seien. „Ich komme ja nicht nach Luzern zurück", sagte sie. Nicht weniger als zwölfmal lief sie mit ihrem kleinen Lehrmädchen die Treppen hinauf und hinunter, jedesmal schwer bepackt mit Schachteln, die sie neben mir auftürmte. Ich mußte lachen und konnte mich kaum beruhigen, denn ich ertrank förmlich in Hütchen von allen Farben des Regenbogens, ausgeputzt mit Blumen, mit Bändern und Pleureusen. Überall lagen sie herum, auf dem Fußboden, auf dem Bett, auf Tischen und Stühlen, die hübschesten Hütchen von Europa. „So", sagte Lola, als sie alles angeschleppt hatte, „da hast du alles, was du brauchst, um die Herzen der Weiber zu erobern." Sie nahm ein einfaches Hütchen für sich selbst, warf ein Tuch um und faßte meine Hand. „Du mußt nie schlecht von mir denken", sagte sie. „Ich habe mir Mühe gegeben, gut mit dir zu sein." Sie legte ihre Arme um meinen Hals, küßte mich und huschte zur Türe hinaus. „Lola!" schrie ich und sank ohnmächtig in meinen Stuhl zurück. Als ich zu mir kam, stand mir noch eine arge Nacht bevor: Kein guter Gedanke tröstete mich, und die Gestalt des erschossenen Kaplans trat quälend vor mich hin. Mir war, als hätte ich keine Zuflucht mehr auf Erden.

Lolas Worte bewahrheiteten sich. Am nächsten Morgen erschien ein älterer, äußerst eleganter jüdischer Herr in meiner Dachkammer, und vor dem Hause war sein prachtvoller Wagen vorgefahren. Er brachte mich durch die Stadt, wo ich da und dort noch Spuren des Kampfes wahrnahm, und wir unterhielten uns ausgezeichnet miteinander. Als wir uns dem Stadtrande näherten, sagte der Fremde: „Der Wagen des Herrn de Watteville erwartet uns an dem und dem Park. Ihr Herr Onkel ist aber recht gekränkt über Ihre Haltung und läßt Ihnen durch mich bestellen, daß er es am liebsten sähe, wenn Sie Ihre Reise unverzüglich fortsetzten und mit ihm erst später wieder zusammenträfen."

„Weiß mein Onkel denn überhaupt", rief ich ganz überrascht, „was mir zugestoßen ist?"

„Jawohl", sagte der alte Jude, „er ist längst im Bilde. Er hat großen Einfluß bei der hiesigen Geistlichkeit, und es ist fraglich, ob wir ohne ihn überhaupt zurechtgekommen wären." Mehr sagte er nicht, und wir fuhren schweigend weiter, ich freilich in starker Sorge.

Der Wagen meines Onkels wartete tatsächlich in der Nähe eines Parks auf uns. Als wir hielten, stieg ein Mann aus und kam uns langsam entgegen, und ich erkannte den rothaarigen jungen Menschen, den ich bei meinem ersten Besuch in Lolas Haus und später auch, wie mir jetzt einfiel, auf der Barrikade gesehen hatte. Es schien, daß er viel durchgemacht hatte: Er hinkte, und als er sich vor meinem Begleiter verneigte, fiel mir auf, wie blaß und ernst er aussah. Dann aber, als er sich mir zuwandte, zog ein Lächeln über sein Gesicht. „Ach so", hörte ich ihn zu dem Juden sagen, „das also ist Madame Lolas kleiner Goldfink?"

„Ja", erwiderte der Jude und lächelte auch, „das ist ihr Golem."

Ich wußte damals noch nicht, daß das Wort Golem im Jüdischen eine große Tonfigur bedeutet, der auf magische Weise Leben eingehaucht wird, meistens zur Verübung irgendeines Verbrechens, das der Magier selbst nicht zu begehen wagt. Die Golems stellt man sich sehr groß und kräftig vor.

Die beiden brachten mich hinüber zum Wagen meines Onkels, und wir verabschiedeten uns. Ich fuhr los – aber ich war allzuvoll von Gedanken und wußte nicht, wo die Reise hingehen sollte. Der Pulvergeruch von den Barrikaden, unsere Gespräche von Gott und der Welt, Lolas Kuß in der Dachkammer, und ihre vielen Hütchen nicht zu vergessen – das alles wirbelte mir vor den Augen, wie wenn man zu lang in die Sonne gestarrt hat und farbige Flecke vor sich tanzen sieht. Mir ist seitdem auch nie mehr recht klar geworden, worin die großen Taten bestehen sollten, die mir vorbehalten waren. Aber es bleibt dabei: Ich habe den Kaplan des Bischofs von Sankt Gallen erschossen und muß mich in acht nehmen, solange ich hier im Lande bin. Ich bin bei einem Arzt gewesen, der sagt, mein Bein sei so geschickt eingerichtet worden, als hätte ich es nie gebrochen.‹

›Und nun fährst du also hinter dieser Frau her‹, fragte ich, ›und suchst überall nach ihr und kannst nachts nicht schlafen?‹

›Wie kannst du das so erraten?‹ fragte Pilot dagegen. ›Ja, ich suche nach ihr, und in meinem Kopf und in meiner Brust wird erst wieder Klarheit sein, wenn ich sie sehe. Dabei war sie nicht einmal jung, mußt du wissen, und keine Frau von edler Geburt, sondern nur eine Modistin aus Luzern.‹

So hatte ich denn also Pilots Geschichte zu hören bekommen, und ich muß sagen, daß ich während seiner Erzählung mehr als einmal eine starke Beängstigung empfand. So manches war darin, was meinen Ohren erschrecklich klang. Das ist nun das erstemal, dachte ich, daß du wieder betrunken bist, seit Olalla fort ist. Was hast du schon getrunken, zwei Flaschen von dem Schweizer Wein vielleicht, aber es hat genügt, daß dein Kopf dich im Stich läßt! Das kommt davon, wenn man eine lange Zeit hindurch immer nur an ein und dieselbe Sache denkt. Was der Junge da erzählt, ist doch genau wie ein Traum von mir. Und sein Barrikadenmädchen erinnert mich auf Schritt und Tritt an meine liebe Herrin aus Rom, und wenn dann mitten in der Geschichte auch noch ein alter Jude zum Vorschein kommt wie der Geist aus der Flasche, braucht's doch keines Beweises mehr, daß ich nicht mehr ganz fest im Kopfe bin! Nun möchte ich nur wissen, wie weit ich noch hin habe zum offenbaren Wahnsinn! Zur Klärung dieser Frage trank ich weiter.

Der Baron Gyldenstern hatte mich während Pilots Erzählung von Zeit zu Zeit lächelnd angeblickt und mir manchmal zugeblinzelt. Schließlich aber dauerte ihm die Geschichte zu lang, und er ließ sich eine neue Flasche bringen. Die öffnete er jetzt und füllte die Gläser.

›Mein guter Fritz‹, sagte er lachend, ›ich weiß, daß die liebe Weiblichkeit auf Hüte versessen ist. Ein Ehemann ist ein Mensch, der ihnen Hüte von weiß Gott welcher Farbe und Größe zu kaufen hat – damit hat er seine Pflicht vollkommen getan! Aber als Trophäe von einer Frau ist ein Hut ein bißchen wenig! Ich habe die Weiber den Hut oft noch aufbehalten lassen, wenn schon alles übrige gefallen war, und wenn mir schon unbedingt ein Kleidungsstück an den Kopf geworfen werden soll, zieh' ich das Hemdchen vor.‹

›Ja, hast du denn nie eine Frau verehrt, ohne gleich ihr Hemd zu kriegen?‹ fragte Pilot ein wenig angestrengt und schaute starr vor sich hin ins Uferlose.

Der Baron musterte ihn aufmerksam, als sei er im Begriff, die Entdekkung zu machen, daß für gewisse Menschen auch ein Mißlingen und eine ungestillte Begierde von Wert sein können. ›Lieber Freund‹, sagte er, ›ich will dir einmal ein Abenteuer von mir erzählen, zum Dank für deine Beichte.

Es ist sieben Jahre her, da wurde ich von meinem Regimentskommandeur in Stockholm an die Reitschule in Saumur abkommandiert. Ich habe meine Zeit dort nicht abgedient, weil ich Schwierigkeiten bekam, aber solange ich dort war, hatte ich es recht angenehm in der Gesellschaft von zwei reichen jungen Freunden. Der eine war Waldemar Nat-og-Dag, der mit mir zusammen aus Schweden gekommen war, der andere ein belgischer Baron Clootz, ein Mann aus dem neuen Adel und ungeheuer reich.

Durch Empfehlungsbriefe von alten Tanten gerieten mein schwedischer Freund und ich eine Zeitlang in ein kurioses Gemeinwesen von alten ruinierten Legitimisten aus der höchsten Aristokratie, die in der Französischen Revolution alles verloren hatten und in einer Kleinstadt in der Nähe von Saumur lebten.

Es waren lauter ganz alte Leute, denn die Frauen hatten in ihrer Jugend schon keine Mitgift mehr gehabt, und den Männern hatte es auch an Geld gefehlt, um eine Familie standesgemäß zu unterhalten, und so war denn erst schon gar keine jüngere Generation mehr in die Welt gesetzt worden. Der endgültige Untergang dieser ganzen Gesellschaft war demnach nur eine Frage der Zeit, und Jungsein war bei ihnen gleichbedeutend mit Aus-einer-nicht-ganz-erstklassigen-Familie-Sein. Die Damen steckten ihre Köpfe über meinen Tantenbriefen zusammen und wunderwerkten über die erstaunlichen Zustände in Schweden, wo der Adel noch den Mut hatte, sich fortzupflanzen.

Ich ödete mich fast zu Tode. Es war ungefähr so, als würde man auf ein Regel gestellt, zusammen mit einem Haufen alter Weinflaschen und Sauregurkentöpfe – hübsch versiegelt und mit Pergament zugebunden.

Bei den alten Adelsleuten war viel die Rede von einer reichen jungen Frauensperson, die seit einem Jahr ein hübsches Landhaus vor der Stadt gemietet hatte. Ich war selbst schon dort gewesen und hatte das Haus auf meinen Morgenritten hinter seinen Gartenmauern liegen sehen. Anfangs erregte die Frau in keiner Weise meine Neugier; sicher war sie auch nur eine von den hier so reichlich vertretenen Betschwestern. Nur das gab mir zu denken, daß bei ihr die Gabe der Jugend und Wohlhabenheit nicht als Fehler galt, sondern sie im Gegenteil den vertrockneten alten Seelen in der Stadt lieb und wert zu machen schien.

Übrigens waren es die Alten selbst, die mir nur zu bereitwillig den Schlüssel zum Geheimnis darboten, indem sie mir erklärten, jene Dame habe ihr Leben ganz dem Gedächtnis des Generals Zumala Carregui geweiht, eines Mannes, der – soviel ich weiß – für die Sache des rechtmäßigen Königs von Spanien zum Helden und Märtyrer geworden und von der Hand der Aufständischen gefallen ist. Ihm zu Ehren gehe sie unverbrüchlich in Weiß gekleidet, lebe von Fastenspeisen und Wasser und unternehme alljährlich eine Pilgerfahrt nach seinem Grabe in Spanien. Den Armen sei sie eine große Wohltäterin; auch unterhalte sie eine Schule für die Kinder des Dorfes und ein Krankenhaus. Von Zeit zu Zeit habe sie Visionen und höre Stimmen, vermutlich die süße, martialische Stimme des Generals Zumala. Ob all dieser Gaben genoß sie hohes Ansehen, und daß sie vor dem Tode des Märtyrers mit ihm in etwas irdischeren Beziehungen gestanden hatte, tat ihrem Rufe keinen Abbruch. Die Musterlese von alten Jungfern war im Gegenteil höchst angeregt durch den Gedanken, daß eine so heilige Person auch einer gewissen weltlichen Erfahrung nicht ermangle, ganz ähnlich, wie es vermutlich den elftausend heiligen Jungfrauen von Köln erging, als sie im Paradies mit jener hochrangierenden Himmelsheiligen, der Maria von Magdala, bekannt gemacht wurden.

Es gab sich, daß mein Freund Waldemar die Dame kennenlernte, und siehe da: Sein Herz schmolz rasch, wie ein Stückchen Zucker in einer Tasse mit heißem Kaffee. „Arvid“, sagte er zu mir, „so eine Frau habe ich noch nie getroffen, und es ist ganz bestimmt ein Wink des Schicksals, daß ich ihr begegnet bin. Du weißt doch: Ich heiße Nacht-und-Tag, und mein Wappen ist zweigeteilt in eine schwarze und eine weiße Hälfte. Daran sehe ich, daß wir füreinander bestimmt sind, diese Frau und ich. Ich habe noch nie so viel Leben in einem Menschen gesehen wie in dieser Madame Rosalba. Sie ist wirklich eine ganz große Heilige, aber für ihre Heiligkeit verbraucht sie ein Maß von Vitalität und Angriffslust, daß man eine Zitadelle damit stürmen könnte. Sie sitzt wie eine frische, voll erblühte Blume im Kreis der vertrockneten alten Mohnkapseln und gleitet einher auf dem See des Lebens wie ein Schwan. Das alles gehört zur weißen Hälfte auf meinem Wappenschild. Aber sie hat auch immer etwas vom Tode um sich, und das ist die schwarze Hälfte im Wappen der Nat-og-Dag. Was ich meine, kann ich dir nur in einem Bilde sagen, das mir neulich eingefallen ist, als ich Rosalba anschaute.

Seit wir hier sind, haben wir allerhand vom Weinbau gehört, und du erinnerst dich, daß man gewisse Weißweine der Gegend besonders kostbar macht, indem man die Trauben länger am Stock läßt als bei anderen Sorten. Da trocknen sie schon ein klein wenig ein und werden überreif und süß. Außerdem bekommen sie eine ganz bestimmte Beschaffenheit, die man in Frankreich ›pourriture noble‹ und in Deutschland ›Edelfäule‹ nennt und die dem Wein sein Aroma verleiht. Rosalba hat ein Aroma um sich, Arvid, wie keine Frau sonst. Vielleicht ist es wirklich der Geruch der Heiligkeit oder es ist die Edelfäule, die königliche Patina von starkem, seltenem Wein. Oder aber, lieber Arvid, es ist beides, in einer zwiegeteilten, schwarzweißgetigerten Seele, einer rechten Nat-og-Dag-Seele."

Am Sonntag darauf – es war im Monat Mai – wurde auch ich der Madame Rosalba endlich vorgestellt. Es war nach der Messe, an der Mittagstafel eines alten Bekannten von mir.

In all ihrer Verarmung führten diese alten Aristokraten doch eine ganz ordentliche Küche und wußten eine gute Flasche Wein zu schätzen. Die junge Frau dagegen aß nur Linsen und trockenes Brot, mit einem Glas Wasser, und zwar tat sie es mit einer so gewinnenden Selbstverständlichkeit und Zurückhaltung, daß sie geradezu ein auserlesenes Menü zu essen schien und niemand auf den Gedanken gekommen wäre, ihr etwas anderes anzubieten. Nach Tisch, im kühlen, verdunkelten Salon, unterhielt sie – und zwar immer in derselben freimütigen und bescheidenen Weise – die ganze Gesellschaft durch die Beschreibung einer Vision, die sie kürzlich gehabt hatte. Sie habe sich auf einer weiten Blumenwiese gesehen, umgeben von einem ganzen Trüppchen kleiner Kinder, von denen jedes einen kleinen Heiligenschein trug, hell wie ein Kerzenflämmchen. Nun sei der heilige Joseph in eigener Person auf sie zugetreten und habe ihr erklärt, dies sei das Paradies und sie sei zur Hüterin der Kinder bestellt, die keine anderen seien als jene allerersten Märtyrer, die von Herodes umgebrachten Kindlein von Bethlehem. Eine ungemein liebreiche Aufgabe sei ihr zuteil geworden: Denn wie der Herr an Stelle der Menschheit gelitten habe und gestorben sei, so hätten diese Kindlein, die zu hüten ihr aufgegeben, an des Herrn Statt gelitten und den Tod erduldet. Bei diesen Worten sei große Seligkeit über sie hingeflutet, und vor Glück seufzend habe sie erklärt, nie werde sie sich in alle Ewigkeit etwas anderes begehren, als diesen Märtyrerkindlein eine Wacht und eine Hüterin ihrer Spiele zu sein.

Ich halte nun nicht allzuviel von Visionen und vom Paradiese, aber als die junge Frau ihre Geschichte erzählte, stand es für mich außer allem Zweifel, daß sie das Beschriebene wirklich gesehen hatte und für ein Leben im Paradies auserwählt war. Es war so viel Leben in ihr, daß man geradezu denken mußte, hier sei einmal wirklich eine gute Wahl getroffen und die gemordeten Kindlein würden bei ihr ein fröhliches Leben haben.

Einmal, unterm Sprechen, schlug sie die Augen auf. Gott im Himmel, was für ein Paar Augen! Da war wahrhaftig eine unbändige Kraft, und wen sie mit solch einem dreißigpfündigen Blick anschaute, den schlug es nieder.

Ich saß selber ganz brav und scheu da und ließ meinen Blick durch die Runde der alten Herrschaften schweifen, die gläubig an Rosalbas Lippen hingen, und da überfiel mich jählings die Überzeugung, daß hier auf irgendeine höchst verwegene Weise doch Theater gespielt wurde. Rosalba mochte eine Heilige von hohen Graden sein, sie mochte aus einem Füllhorn Wohltaten auf arm und reich niederregnen lassen, und es mochte auch stimmen, daß sie den General Zumala Carregui geliebt hatte, in welchem Fall der Verstorbene nur aufrichtig zu beneiden war. Aber sie hatte nicht ihn allein geliebt, und es stimmte nicht, daß sie nunmehr einzig seinem Andenken lebte. Eine monogame Veranlagung – die es ohne Zweifel gibt, ich bin selbst von solchen Frauen geliebt worden – ist bei einer Frau deutlich zu erkennen. Gewiß kann man einmal eine Nonne mit einer Hure verwechseln, aber die Art von Weibern, die sich in Indien, wie ich höre, mit tausend Freuden auf demselben Scheiterhaufen mit der Leiche ihres Gatten verbrennen lassen, diese Art erkennt man auf den ersten Blick. Entweder, dachte ich, kann dieser weiße Schwan Rosalba die Namen ihrer Liebhaber abzählen wie die Perlen am Rosenkranz, oder sie ist eine verschrobene alte Jungfer – denn für eine Jungfer war sie nicht mehr jung, sie war schon jenseits von dreißig – und spielt sich aus Verzweiflung vor meinen Legitimisten als Geliebte eines Generals auf.

Rosalba hatte mir nur einmal einen Blick zugeworfen, aber sie hatte meine Abwesenheit wohl erfaßt. So weit wir auseinander saßen, waren wir doch in einem engen Kontakt, als tanzten wir mitten auf der Bühne einen pas-de-deux, während das altersgraue corps de ballet um uns herumgruppiert stand. Als sie ans Fenster trat, um nach ihrem Wagen zu sehen, wogten die Falten ihres weißen Gewandes und ihre schwarzen, lockigen Haare nur mir zu Gefallen.

Ich mußte denken: Noch nie im Leben hab ich einen toten Nebenbuhler gehabt. Wir wollen einmal sehen, was der General Zumala vermag. An Ostern hatte ich eine Predigt über die heilige Maria Magdalena anhören müssen – ob unsere heilige Maria hier wohl schwerer zu verführen war als die anderen ihres Namens oder gar leichter? Man sagt ja, daß das alte Schlachtroß den Kopf hebt beim Schall der Kriegsdrommete.

Bald sah man mich häufig in Madame Rosalbas Landhaus ein- und ausgehen. Ich weiß nicht, ob die alte Adelsgesellschaft in unserer Stadt sich über die Gefahr klar war, in der ihre Heilige schwebte. Man nahm es

hin, daß ich bei ihren Armen- und Krankenbesuchen ihr Begleiter war, und in der ersten Zeit befragte ich sie auch häufig nach Dingen meines Seelenheils. Ich gestand ihr so manche Sünde, ohne übrigens viel Eindruck damit zu machen; ihr schien das alles ziemlich vertraut zu sein. Übrigens muß ich sagen, daß sie mir wirklich viel guten Rat gegeben hat und daß ich mich, hätte ich nur ernstlich den Willen zur Besserung gehabt, getrost danach hätte richten können. Sie war immer gleich ernst und liebenswürdig und schien mich gern zu haben, nur in unserem amourösen pas-de-deux kam sie langsam vom Fleck. Ich meinerseits ließ Geduld walten; ich mußte ja auf meinen jungen Freund Waldemar Rücksicht nehmen, und ich wußte, ich würde am Schluß des Tanzes eine freudige Überraschung für meine Partnerin haben.
Eins war seltsam in ihrem Hause. Ich bin streng lutherisch aufgewachsen und habe am Weihnachtsfest tapfer mit meiner guten Großmutter in die Kirche gehen müssen. Ich habe genug Predigten gehört und kenne den Unterschied zwischen Heiligkeit und Sünde nicht schlechter als der alte Pastor Methodius, wenn auch unser Geschmack in dieser Hinsicht ein wenig auseinanderging. Aber auf mein Wort als Gardeoffizier: Bei dieser Frau war eins vom anderen kaum zu unterscheiden. Sie dozierte ihre theologischen Dinge so genießerisch, als wäre der Tisch des Herrn die einzige wahre Feierstätte für den Feinschmecker, und wenn wir uns über Liebe unterhielten, wirkte es bei ihr, als handle es sich um ein Spiel aus dem Kindergarten. Das war mir nicht ganz geheuer; wir hatten zu Hause eine Kinderfrau, die an Hexen glaubte, und in Rosalbas Gegenwart konnten mir urplötzlich die finsteren Geschichten unserer alten Maja-Lisa wieder einfallen. Gleichviel: Eine so heilige Hexe, eine so leichtfertige Heilige war mir noch nie über den Weg gelaufen.
Schließlich war es aber doch so weit, daß mir Rosalba für eine späte Stunde an einem Freitagnachmittag ein Stelldichein in ihrem Hause versprach. An diesem Tage sollte alle Welt zur Beerdigung einer Marschallswitwe gehen, die soeben, hundert Jahre alt, verstorben war. Es war inzwischen Ende Juni geworden, und da mir Rosalbas Zaudern allmählich lästig fiel, hatte ich mir geschworen: Entweder Freitag oder ich schlafe nie wieder mit einer Frau!
Die ganze Geschichte, das muß ich ehrlich sagen, hätte sich vielleicht ganz anders entwickelt, wenn nicht in Saumur unterdessen etwas Unerwartetes geschehen wäre. Es begab sich nämlich, daß ein sehr reicher alter Jude – ganz ein ähnlicher Mann wie der Jude in deiner Geschichte, Fritz – auf der Rückreise aus Spanien für eine Woche in der Stadt Station machte. Er war wunderbar ausgerüstet; seine Kutsche, seine Diener-

schaft, seine Diamanten bildeten den allgemeinen Gesprächsstoff. Uns auf der Reitschule aber stachen am meisten zwei andalusische Pferde in die Augen, die er mitgebracht hatte. Schönere hatte man in Frankreich nie gesehen, vor allem das eine war ganz prachtvoll. Zu allem Überfluß waren sie am königlichen Reitstall in Madrid zugeritten, kurzum, es war eine Schmach, daß sie einem Juden, einem Zivilisten gehören sollten.
Über diesen Pferden vernachlässigte ich sogar Madame Rosalba ein paar Tage lang. Es waren nicht viele unter uns, die genug Geld gehabt hätten, um die Pferde zu kaufen, aber es war für uns eine Art Ehrensache geworden, die Tiere nicht wieder aus Saumur wegzulassen. Schließlich machte der Baron Clootz, der Millionen besaß und ein junger Herr von vielem Witz war, eines Abends nach dem Essen fünfen von uns, seinen besten Freunden und Kumpanen, einen eigenartigen Vorschlag. Er wolle dem Juden seinen Wundergaul abkaufen und ihn als Preis für einen Wettbewerb stiften, bei dem wir einmal unsere Künste zeigen sollten. Verlangt werde folgendes: Innerhalb eines Tages drei französische Meilen zu reiten, drei Flaschen einheimischen Wein zu trinken und drei verschiedene Damen glücklich zu machen. In welcher Reihenfolge wir uns der Aufgabe entledigten, blieb dem Gutdünken des einzelnen vorbehalten; jedenfalls solle das Pferd des Juden dem gehören, der nach Erfüllung der vorgeschriebenen Bedingungen als erster bei Baron Clootz eintreffe.
Man stimmte allerseits begeistert zu, und ich überlegte mir in Gedanken schon die zweckmäßige Reihenfolge der Dinge und ließ die hübscheren Töchter des Landes, soweit ich sie kannte, vor mir Revue passieren, als mir einfiel, daß der Tag unseres Wettstreits kein anderer war als der zwischen Madame Rosalba und mir verabredete. Ihn zu wählen, war in beiden Fällen der nämliche Grund bestimmend gewesen: Die feine Gesellschaft unseres Städtchens würde beschäftigt sein und keine Zeit haben, die Nase in unsere Angelegenheiten zu stecken.
Wie dem auch war, ich ließ mich nicht irre machen in meinem Selbstvertrauen, und indem ich Arm in Arm mit Freund Waldemar von dannen zog, schien mir das Zusammentreffen mehr als spaßhaft. Waldemar nämlich schwärmte Rosalba immer noch kniefällig an: Er war entschlossen, ihr zuliebe seinen Glauben zu wechseln und, ich glaube sogar, Mönch zu werden. Mehr als einmal hatte ich mir seine Ergießungen über sie mit anhören müssen. Nun aber hatten wir ihn, wenn auch durch einiges Zureden, herumgekriegt, daß er sich an unserem Wettbewerb beteiligte. Er war ein recht guter Reiter, und wahrscheinlich wollte er sich Rosalba auf dem spanischen Pferd zeigen können.

Ich will mich nicht rühmen, aber ich war vollkommen pünktlich an jenem Freitagnachmittag und trat auf die Minute in Rosalbas weißem Schlößchen an. Ihr Kammermädchen – alle anderen Bewohner des Hauses waren zu der Beerdigung gegangen – führte mich über eine hohe Steintreppe im Turm des Schlößchens in ihr Boudoir. Die Läden waren geschlossen, das Zimmer war halbdunkel und, wenn man von draußen kam, kühl wie eine Kirche. Überall standen weiße Lilien; die Luft war ganz schwer von ihrem Duft. Auf einem Tisch standen Gläser und eine Flasche Wein, der beste, den ich je getrunken habe, ein trockener Chateau Yquem. Es war genau meine dritte Flasche an diesem Tag.

Und Rosalba stand also vor mir. Sie war immer sehr einfach gekleidet, aber wie mit einem Schütteln ihrer Glieder hatte sie den Ausdruck einer auserlesenen Schönheit um sich geworfen. Was mir in dem Turm begegnet ist, mag vielleicht wirr und phantastisch klingen, mehr wie ein Märchen oder eine Gespenstergeschichte als wie ein Liebeserlebnis, aber dafür kann ich nichts. Freilich: Der Tag war schwül, nachts gab es ein Gewitter, und ich kam in meinen schweren Reitstiefeln von der weißen Landstraße hereingepoltert und fühlte mich ein wenig wirr im Kopf. Vielleicht war ich auch verliebter, als ich selber wußte, jedenfalls schien alles auf Rosalba zuzustreben, und was ich an dem Tag schon an Trinken und verrücktem Reiten hinter mir hatte, war gewissermaßen nur die geeignete Einleitungszeremonie für diesen großen Augenblick der Liebe. Übrigens weiß ich noch genau, wie alles vor sich ging.

Ich hatte nicht viel Zeit zu verlieren. Mit schwimmendem Kopf, das Zimmer schwankte bedenklich vor meinem Blick, ließ ich mir die passenden Worte einfallen; bald hielt ich sie im Arm, ihre Kleidung verschob sich. Sie glich nun selber einer Lilie im Sturm, weiß und schwankend, das Antlitz naß. Aber noch hielt sie mich mit ausgestreckten Armen von sich ab. „Hör noch einen Augenblick", sagte sie. „Wir sind ganz allein; es ist niemand im Hause außer uns und dem Mädchen, daß dich hereingeführt hat, der hübschen Kleinen. Hast du keine Angst?"

„Arvid", fuhr sie fort, „hast du nie die Geschichte von Don Giovanni gehört?" Sie blickte mich erwartungsvoll an, also nickte ich und sagte, ich hätte sogar die Oper gehört. „Und erinnerst du dich", fragte sie, „erinnerst du dich an die Szene, wo die Statue des Komturs ihn holen kommt? So eine Statue steht auch auf dem Grab des Generals Zumala in Spanien." „Gut", sagte ich, „hoffentlich hält sie ihn hübsch fest in seinem Grab."

„Gemach", hörte ich sie wieder sprechen. „Rosalba hat dem General Zumala Carregui gehört. Wenn sie ihn betrügt, muß die arme Rosalba fort von hier. Aber es ist ja richtig: Früher oder später muß die Oper ihren fünften Akt haben, und du, mein Stern aus dem Norden, du sollst der Held darin sein. Für dich ist's eine Ehrensache, du hättest ja nicht einmal Erbarmen mit der heiligen Maria Magdalena. Sie war so eine hübsche, glänzende Seifenblase, die kleine Rosalba, und wenn du sie zerbrichst, hast du nichts weiter davon als ein klein bißchen Schaum und Feuchtigkeit. Aber es ist ohnehin an der Zeit, daß sie verschwindet. Die Menschen und auch der, der sie geschaffen hat, haben sie zu lieb gewonnen. Nun kommst du und gibst ihr das große, tragische Ende! Das brächte kein anderer Mann auf der Welt so gut fertig. Es ist schon ganz gut, daß du in die Szene trittst!"

„Nun, so laß mich ein!" keuchte ich.

„Hast du kein bißchen Mitleid mit der armen Rosalba?" fragte sie. „Daß sie jetzt ihre letzte Zuflucht verliert und ewiglich getrieben und verflucht wird – das kümmert dich nicht?"

„Du bist es, die kein Mitleid hat!" rief ich.

„Ach, wie sehr du unrecht hast!" hörte ich sie antworten. „Du bist's, der mir Kummer macht, Arvid, um deinetwillen bin ich betrübt. Eine schreckliche Zukunft erwartet dich – Verlassenheit und Wüste – und solche Qualen! Wenn ich dir helfen könnte, wie gerne täte ich es! Aber es liegt nicht in meiner Macht. Der Gedanke an mich vermag nichts über dich, mein Beispiel bringt dir keine Hilfe. Vielleicht kommt einmal der Tag, wo die Erinnerung an diese Stunde dir nützlich ist, aber auch das ist nicht gewiß. Ach, mein Geliebter, ich möchte dich so gerne bewahren. Hör zu: Wenn ich dir jetzt ein wunderschönes Pferd schenke, es steht schon gesattelt im Stall, stark genug, dich im Galopp fortzutragen aus dieser Stunde unserer Hinfälligkeit und Vernichtung – und wenn ich dir mein Mädchen mitgebe, die hübsche Kleine, die dich hergebracht hat, daß sie dir den Stall zeigt – wirst du dann gehen? Denn bald", und damit richtete sie sich zu ihrer vollen Größe auf, und ihre Hand lag immer noch auf meiner Brust wie die meine auf der ihren bei all dem rätselhaften Gespräch, „bald ist es vielleicht zu spät und wir hören den Schicksalsschritt auf der Treppe, marmorn auf dem Marmor."

In der Erregung waren ihr die dunklen Haare, die sonst in Locken zu beiden Seiten des Kopfes niederfielen, aus dem Gesicht gefallen, und nun sah ich, daß sie wirklich das Brandmal der Hexen trug. Vom linken Ohr bis zum Schlüsselbein lief eine tiefe Narbe wie eine kleine weiße Schlange – –‹

Bei diesen Worten des Barons schrie Pilot jählings auf: ›Was? Was sagst du da?‹

›Ich sage‹, wiederholte der Baron geduldig und offenbar befriedigt über den Eindruck, den er mit seiner Geschichte machte, ›ich sage, von ihrem linken Ohr zum Schlüsselbein lief eine Narbe wie eine Schlange.‹

›Ich hab's gut verstanden‹, rief Pilot. ›Aber warum wiederholst du meine Worte? Die Putzmacherin aus Luzern, Madame Lola, hatte am Hals genau so eine Narbe, das habe ich dir doch eben vorhin erzählt.‹

›Du hast kein Wort davon erzählt‹, sagte der Baron.

›Hab ich oder hab ich nicht?‹ rief Pilot an mich gewandt.

Ich antwortete kein Wort. Ich dachte nur: Jetzt träumst du. Jetzt ist es ganz sicher, daß du träumst. Der Gasthof und der Pilot und der schwedische Baron sind alles nur Stücke von einem Traum. Es ist ja schrecklich mit mir: Nun habe ich wirklich und endgültig den Verstand verloren, und gleich wird die Türe aufgehen und Olalla wird hereinkommen, mit raschem Schritt, so wie sie immer geht, wenn ich von ihr träume. So ging es mir durch den Kopf, und ich richtete den Blick scharf auf die Eingangstüre.

Ab und zu waren, während wir uns unterhielten, neue Gäste von draußen hereingekommen und hatten Platz genommen oder waren durch die Wirtsstube ins Innere der Herberge gegangen. In diesem Augenblick trat eine Dame mit ihrem Mädchen ein und schritt rasch und wortlos an uns vorüber. Sie trug einen schwarzen Mantel, der ihr Gesicht und ihre Gestalt verbarg. Das Mädchen hatte nach Schweizerart die Haare dicht um den Kopf aufgesteckt und trug seiner Herrin die Reisedecken. Die beiden Frauen wirkten so gesetzt, daß sogar der Baron ihnen nur einen flüchtigen Blick schenkte. So hatten sie die Gaststube schon wieder verlassen, als Pilot plötzlich, mitten aus seinem hitzigen Disput mit dem Baron, stocksteif in die Höhe fuhr und hinter den beiden herblickte. Wir fragten ihn lachend – denn wir hatten hinlänglich getrunken, um einander komisch zu finden –, was denn mit ihm los sei, und er wandte uns sein breites Gesicht langsam zu. ›Das war sie‹, rief er in einer tiefen Bewegung, die sich am Klang seiner Stimme sozusagen noch vertiefte, ›das war Madame Lola aus Luzern.‹

Der Blitz des Wahnsinns hatte also eingeschlagen, aber er hatte den Pilot getroffen und nicht mich. Freilich: Keiner konnte sagen, was nun geschehen würde, und indem ich Pilots Worte bedachte, kam es auch mir so vor, als hätte die Dame etwas merkwürdig Bekanntes gehabt. Pilot fing an, sich die Haare zu raufen. ›Sei doch gescheit, mein Lieber‹, sagte ich und fiel ihm in den Arm, ›du mußt dich darum nicht wie ein Narr gebärden. Wir gehen jetzt zusammen zum Hausdiener und fragen ihn, ob diese Dame nicht einfach die Hebamme von Andermatt ist und mit deiner Jungfrau von Orléans nicht das geringste zu tun hat.‹ Lachend zerrte ich ihn nach der Portiersloge und begann den glatzköpfigen alten Schweizer nach den Neuangekommenen auszuholen. Er war eben damit beschäftigt, einen Haufen elegantes Gepäck abzuzählen, und kümmerte sich wenig um uns.

›Hören Sie‹, sagte ich, ›da ist auch ein schönes Trinkgeld für Ihre Freundlichkeit. Die Dame vorhin in dem schwarzen juste-au-corps, ist das wohl eine Revolutionärin, die daran schuld ist, daß man den Kaplan des Bischofs von Sankt Gallen ermordet hat, oder eine Himmelsbraut, die für das Gedächtnis des Generals Zumala lebt, oder eine Prostituierte aus Rom?‹

Der Alte ließ seinen Bleistift fallen und schaute mich entgeistert an. ›Aber um Gottes willen, Herr – was reden Sie denn?‹ rief er. ›Die Dame, die eben durch den Speisesaal gegangen ist und die auf Nummer neun wohnt, ist niemand anders als die Frau des Herrn Stadtrats Heerbrand aus Altdorf. Der Herr Stadtrat ist der wichtigste Mann dort; er war Witwer und hat eine große Familie. Die jetzige Frau Stadtrat war auch Witwe; ihr Mann war Winzer in Italien, und sie hat ein Gut in Toskana, deshalb muß sie hier oft durchreisen. Ich habe selbst drei Enkelinnen, die in Altdorf in Stellung sind; die Frau Stadtrat ist dort hochangesehen. Sie ist tonangebend in der Stadt, und man sagt, daß sie eine besonders gute Kartenspielerin ist.‹

›Siehst du, Pilot‹, sagte ich und geleitete den Jungen in den Speisesaal zurück, denn er war so vor den Kopf geschlagen, daß er ohne meine Hilfe einfach stur stehengeblieben wäre, ›das ist ja nun eine recht prosaische Lösung unseres Rätsels. Da können wir heute nacht friedlich auf Nummer acht und Nummer zehn der Ruhe pflegen, denn in dem Bett hinter der Wand schläft eine Frau Stadtrat.‹

Ich gin etwas achtlos vor mich hin und stieß unversehens mit einer Gestalt zusammen, die, ein Stöckchen in der Hand, langsam in entgegengesetzter Richtung durch den Speisesaal schritt. Ich entschuldigte mich, der Mann lüftete ein wenig seinen Zylinderhut, und ich erkannte meinen alten Juden aus Rom, Markus Cocoza. Er ging ruhig weiter und verschwand durch dieselbe Tür wie vorhin die Dame.

Nach dem ersten blanken Schrecken beim Anblick seines bleichen Gesichts und seiner tiefliegenden dunklen Augen ergriff mich ein plötzlicher Wutanfall und schüttelte mich vom Kopf bis zu den Füßen. Ich werde nicht leicht zornig, das weißt du, Mira, und auch als junger Mensch war es schon so. Aber wenn mich die Wut einmal überkommt, ist es förmlich eine Befreiung für mich. Monatelang hatte ich mich niedergedrückt, enttäuscht, vom Schicksal genarrt gefühlt und mich passiv verhalten müssen, und meine Verzagtheit hatte bei dem Zusammentreffen mit den beiden Freunden in der Herberge ihren Höhepunkt erreicht. Das war jetzt zu Ende: Alles auf der Welt mochte kommen wie Blitz und Schwefel, aber es war doch wenigstens ein Augenblick zum Kämpfen. Damals jedenfalls schien es mir so. Später freilich habe ich mir überlegt, daß sich nicht von mir aus dieser plötzliche Wandel vollzog, sondern weil ein Weiberrock in der Nähe war. Sie war ein paar Schritt weit an mir vorübergegangen und hatte mein Herz mit dem Wehen ihrer Röcke aus seiner Erstarrung befreit, und ich fühlte wieder den Wind des Lebens in meinen Segeln und seine tragende Flut unter meinem Kiel.

Ich blickte meine beiden Gefährten an und sah, daß auch sie den Juden erkannt hatten. In ihrem Erstaunen sahen sie aus wie zwei Gliederpuppen. Was mir an Zauberspuk widerfahren war, das schlug seinen Bannkreis auch um sie, oder aber es war so, daß sie überhaupt nur Ausgeburten meiner Phantasie waren. Mich bekümmerte es wenig; ich war ganz durchdrungen von dem Entschluß, mein Schicksal siegreich zu bestehen. Ich nahm eine Karte aus der Tasche, schrieb Cocozas Namen darauf und fügte eine regelrechte Forderung im korrektesten Stile bei. Mit dieser Karte und der Bitte, mich sofort zu empfangen, schickte ich den Kellner zu dem Juden aufs Zimmer. Angst empfand ich keine vor dem Alten, den Olalla ihren Schatten genannt hatte; wahrscheinlich war er wirklich des Teufels, aber sehen mußte ich ihn. Da kam der Kellner schon wieder zurück und sagte, mein Wunsch lasse sich leider nicht erfüllen; der alte Herr sei schon zu Bett gegangen und habe sich von seinem Kammerdiener noch einen heißen Schlaftrunk bringen lassen; jetzt sei seine Tür verschlossen, und er wünsche nicht gestört zu werden. Ich sagte, es handle sich um eine Angelegenheit von höchster Bedeutung, aber der Kellner weigerte sich, mir zu helfen. Er kannte wohl das Gewicht dieses Gastes, der im eigenen prachtvollen Wagen mit eigener Bedienung reiste und unermeßliche Reichtümer besaß.

›Ist er hier schon einmal in Gesellschaft von Madame Heerbrand durchgereist?‹ erkundigte ich mich.

›Nein, noch nie‹, erklärte der Kellner, offenbar ganz eingeschüchtert durch mein verstörtes Wesen. Soviel er wisse, seien die Dame und der Herr nicht einmal miteinander bekannt.

Der Gedanke war mir unerträglich, daß ich die ganze Nacht sollte warten müssen, ehe etwas geschehen konnte. Es war aber nichts zu wollen, und so zog ich mir einen Stuhl an den Kamin und starrte ins Feuer, denn zu Bett zu gehn wagte ich nicht. Womöglich würde die Frau den Gasthof schon in aller Frühe verlassen, und um dies zu verhindern, ließ ich mir noch einmal den Kellner kommen, gab ihm Geld und schärfte ihm ein, er möge mir Nachricht geben, wenn die Dame von Nummer neun am nächsten Morgen abfahre.

›Aber, mein Herr‹, sagte der Bursche, ›die Dame ist doch schon fort.‹

›Fort?‹ rief ich, und Pilot und der Baron wiederholten meinen Ausruf wie ein Doppelecho. Ja, sie war fort; sie hatte die Gaststube nur verlassen, um durch einen anderen Zugang in die Portiersloge zurückzukehren und, offenbar in großer Besorgnis, einen Wagen zu bestellen, der sie noch in derselben Nacht hinauf zum Kloster bringen sollte. Sie hatte, wie sie dem Hausdiener erklärte, einen Brief vorgefunden, aus dem hervorging, daß ihre Schwester in Italien im Sterben lag, und darum war es für sie von dringendster Wichtigkeit, sofort wegzukommen.

›Aber ist es denn überhaupt möglich?‹ fragte ich. ›Kommt man denn nachts und bei solchem Unwetter überhaupt auf der Straße weiter?‹ Der Kellner bestätigte, daß es schwierig sein werde; die Dame habe aber nicht abgelassen, habe den Fuhrlohn verdoppelt und verdreifacht und so jammervoll die Hände gerungen, daß der Fuhrmann sich schließlich habe erweichen lassen. Es sei ja auch keine Kleinigkeit, Frau Heerbrand nicht zu Willen zu sein; sie sei keine Frau wie andere. Und nun sei sie fort – ob wir denn nicht selbst noch die Räder ihres Wagens gehört hätten? Das war richtig: Wir hatten eben noch Räderrasseln gehört.

So standen wir also beisammen wie drei Spürhunde vor der Fuchshöhle. Ich zweifelte nicht, daß es der Anblick des alten Juden war, der die Unbekannte vertrieben hatte. Er war wahrhaftig ein Zauberer und Teufel, ein Dschinn, der die schöne Frau auf irgendeine Weise in seine Macht bekommen hatte. Einen Augenblick lang kam ich fast von Sinnen durch den Gedanken, daß ich mich nicht auf ihn stürzen und ihn niedermachen konnte. Aber es würde viel zu viel Skandal dadurch entstehen, und man würde sich mir in den Weg werfen. Es gab nur noch einen Ausweg: Ich mußte ihr folgen und sie vor ihm beschützen. Bei diesem Gedanken stieg mein Herz wie eine Lerche.

Es kostete einige Mühe, bis wir einen Wagen auftrieben, aber es gelang uns schließlich, vor allem durch die Tatkraft und Geschicklichkeit unseres Barons. Ich meinerseits mußte mir sagen, daß meine zwei Gefährten, die ja nichts von meiner persönlichen Teilnahme an der Sache wissen konnten, über meinen Eifer höchst erstaunt sein würden. Der Baron, der mich für stockbetrunken hielt, war aber auch jetzt noch hochbefriedigt, daß seine Heldentaten in meiner Person einen weiteren Zuschauer haben sollten, und Pilot erblickte in meinem Eifer einen Beweis meiner Freundschaft für ihn. Während er bisher gewirkt hatte, als habe er die Sprache verloren, versuchte er nun sogar, seiner Dankbarkeit in Worten Ausdruck zu verleihen. ›Halt's Maul, Pilot‹, sagte ich nur. Darauf begnügte er sich, mir innig die Hand zu drücken.

Schließlich, ich weiß nicht, wieviel es gekostet hat, wurde ein Wagen aufgetrieben, und wir machten uns zu dritt auf den Weg nach dem Kloster. Es stürmte entsetzlich, und auf der Straße lag tiefer Schnee. Unser Wagen schwankte denn auch mehr als er fuhr, er rüttelte und stieß und blieb manchmal ganz stecken. Wir saßen jeder in einer Ecke. Seit wir in der abgestandenen Luft des geschlossenen Kutschenkastens saßen, hinter den Glasscheiben, die rasch vom heranprasselnden Schnee undurchsichtig wurden, hatten wir kein Wort gewechselt. Ich bin sicher: Keiner von uns hätte etwas dagegen gehabt, wenn seine zwei Kameraden unterwegs umgekommen wären. Übrigens nahm mich bald der Gedanke, Olalla wiederzusehen, so völlig hin, daß die äußere Welt versank und verschwand. Wir fuhren stetig bergauf; es war, als ginge es in den Himmel hinein. Einen Himmel hätte ich mir damals ohnedies nicht anders vorstellen können als wild und chaotisch, durchbraust von einer wütend einherrasenden Luft.

Je weiter wir fuhren, desto steiler wurde der Weg, desto wütender der Schneesturm. Der Fuhrmann und der Lakai konnten keine sechs Fuß weit schauen. Plötzlich stieß der Wagen heftiger als zuvor und blieb endgültig stecken. Der Kutscher sprang vom Bock, riß den Wagenschlag auf, daß Wind und Schnee mächtig hereinwehten, und brüllte, anzusehen wie ein Schneemann, mit wütender Stimme, der Wagen stecke in einer Schneewehe und sei nicht herauszubringen.

Wir drei im Wagen hielten eine kurze Beratung, bei der wenig herauskam, weil keiner von uns die Fahrt aufzugeben gedachte. Wir torkelten ins Freie, knöpften die Röcke bis oben zu, schlugen die Kragen hoch und machten uns, vornübergebeugt wie alte Männer, weiter auf die Verfolgung.

Es hatte zu schneien aufgehört. Der Himmel war beinahe klar. Der Mond rannte hinter dünnen Wolkenfetzen einher und wies uns den Weg. Aber der Wind war schrecklich hier oben. Mir fiel beim Aussteigen aus der Kutsche ein Märchen ein, das ich als Kind gehört hatte, von einer alten Hexe, die alle Winde des Himmels in einen Sack eingebunden hält. Der Paß hier oben war gewiß dieser Hexensack, und die eingesperrten Winde rumorten wild in ihm und taten jähe Sätze wie Hunde, die am Halse angekettet sind. Manchmal traf uns der Windesprall senkrecht von oben, dann wieder stäubte es von der Erde her und ließ den

Schnee himmelhoch kreiseln. Im Wagen war es schon kalt gewesen, aber hier in der Bergeshöhe fühlte sich die Luft eisig an, als hätte uns jemand einen Kübel Eiswasser über den Kopf gegossen. Wir konnten nur mit Mühe Atem schöpfen, aber ich muß sagen: Der wilde Aufruhr der Elemente erfrischte mich. In einer solchen Welt, einer solchen Nacht würde ich meine Dame finden, und sie würde mich brauchen können.

Die Gestalten meiner Kameraden, schon auf Armeslänge verschwommen und schattendunkel auf dem schneeverwehten Weg, hatten keine Wirklichkeit für mich. Ich fühlte mich ganz allein auf der Suche, und nicht lange, so hatte ich die beiden ein gutes Stück hinter mir zurückgelassen. Pilot war schon außer Sicht, und der Baron hielt sich zwar tüchtig zu mir, konnte aber auch nicht ganz Schritt halten.

Wir mochten eine Stunde marschiert sein, als ich plötzlich an einer Stelle, wo die Straße sich um einen Felshang wand, etwas Großes, Eckiges, schief am Wegrande Hängendes vor mir aufragen sah wie einen mächtigen Turm. Es war Olallas Wagen; er war steckengeblieben wie der unsere und hatte zur Hälfte umgeworfen. Von Kutscher und Pferden war weit und breit nichts zu sehen. Ich riß den Schlag auf, und eine Frau im Innern erhob ein fürchterliches Geschrei. Es war die junge Person, die ich im Gasthof mit Olalla gesehen hatte; sie kauerte, mit Reisedecken zugedeckt, auf dem Boden der Kutsche. Außer ihr war niemand im Wagen, und als sie merkte, daß sie weder umgebracht noch beraubt werden sollte, schrie sie mir entgegen, der Fuhrmann habe die Pferde ausgespannt, um sie unterzustellen, an ein Weiterkommen sei, genau wie bei uns, nicht zu denken gewesen. Ich fragte laut zurück, wo denn ihre Herrin sei. Die sei zu Fuß weitergegangen – aber das brachte das Mädchen in seiner Angst nur mit stockenden Worten und unter lautem Heulen und Schluchzen heraus. Ich riß mich von ihr los, denn sie wollte mich nicht gehen lassen, und warf den Schlag hinter mir zu. Es mußte ein arger Schrecken geherrscht haben in dieser Kutsche, wenn sich eine Frau mitten in der Nacht und in solcher Bergesöde allein auf die Straße hinauswagte!

Ich hatte mich vielleicht eine Viertelstunde bei der Kutsche verweilt, und der Baron hatte mich inzwischen wieder eingeholt. Die beiden Kutschenlaternen brannten noch, und es war seltsam, zu sehen, wie sein Gesicht beim Näherkommen und Aufmicheinsprechen im Lichtschein unvermittelt rötlich aufflammte. Von der Kutsche gegen den Wind gedeckt, wechselten wir einige Worte, dann machten wir uns von neuem auf den Weg und schritten eine Zeitlang Schulter an Schulter.

An einer Stelle, wo die Steigung zunahm, gewahrte ich durch das Gewölk des locker wirbelnden Schnees, der am Boden hintrieb wie Geschützrauch, hundert Schritt vor uns einen dunklen Schatten, der eine menschliche Gestalt sein konnte. Zuerst sah es aus, als verschwände sie dem schärferen Blick, und es war schwer bei der Dunkelheit und dem Unwetter, sie richtig mit den Augen zu verfolgen. Dann aber, obwohl ich ihr nicht näherkam, gewöhnten sich meine Augen an dieses Geschäft, und ich verlor sie nicht mehr aus dem Blick. Sie wanderte, so steil und schwer zu begehen die Straße war, ebenso rasch dahin wie ich, und wieder überfiel mich die alte Vorstellung, daß sie fliegen könnte, wenn sie nur wollte. Der Wind ließ ihre Kleider flattern; manchmal buchtete er sie weit aus, so daß sie aussah wie eine zornige Eule, die auf einem Ast ihre Flügel breitet. Dann wieder preßte ihr der Wind die Kleider eng um den Leib, so daß sie auf ihren langen Beinen anzusehen war wie ein Kranich, wenn er auf der Erde dahinläuft, um den Wind zu fangen und sich aufzuschwingen.

Seit ich ihrer ansichtig war, schien mir die Nähe des Barons unerträglich. Wenn ich ein halbes Jahr lang hinter Olalla hergejagt war, um sie nun endlich auf diesem Alpenpaß einzuholen, so wollte ich sie auch für mich behalten. Aber ich konnte mich auf keine langen Erklärungen einlassen. Ich blieb stehen, und als auch er anhielt, packte ich ihn am Mantelaufschlag und zerrte ihn bergabwärts. Er war müde vom Klettern, er atmete schwer und hatte schon ein paarmal rasten müssen; nun aber, bei meinem Griff und beim Anblick meines Gesichts, wurde er wieder munter. Man sah: Er würde mich unter keinen Umständen allein gehen lassen, seine Augen, seine Zähne glitzerten vor meinem Blick. Ein paar Augenblicke lang rangen wir auf der Felsenstraße; er schlug mir den Hut vom Kopf, daß er davonrollte, ich aber, die linke Hand immer noch in seine Kleider verkrallt, traf ihn mit aller Kraft ins Gesicht, und er verlor das Gleichgewicht. Auf dem schlüpfrigen Weg kam er von den Beinen und rollte bergab. Beim Fallen griff er nach dem Wollschal um meinen Hals und erwürgte mich fast. Den Aufenthalt verwünschend, lief ich weiter bergan, heiß und zitternd von der Wut des Kampfes.

Nun war ich wieder allein und durfte sicher sein, daß ich Olalla einholen würde, und bei diesem Gedanken erfüllte mich große Seligkeit, aber auch ein Gefühl der Angst, wie ich es schon vorhin, vor der Kutsche stehend, empfunden hatte. Beide Regungen trieben mich gleich mächtig dahin. Ich sah mich über das dunkle Geröll rennen, so wie der Mond über mir durch den Himmel rannte, und wieder fiel mir ein, daß ich gewiß nicht weit vom Wahnsinn war. Es war auch wirklich, um wahnsinnig zu werden, es war eine Situation, wie man sie sich für eine Extrava-

ganza im Theater in Rom nicht passender hätte wünschen können. Da rannte ich hinter einer Frau her, die ich lieb hatte, und sie floh vor mir durch die Nacht, so schnell ihre Beine sie tragen wollten, weil sie mich für unseren gemeinsamen alten Widersacher hielt, der uns auseinandergerissen hatte und nach dessen Blut ich dürstete. Sie wandte nicht ein einziges Mal den Kopf, und bei dem Sturmgebraus nach ihr zu rufen, wäre ganz sinnlos gewesen. Außerdem wandten wir unsere ganze Kraft und Entschlossenheit der Anspannung des Fliehens und Verfolgens zu, und trotzdem, und obwohl wir doch tief vornübergebeugt gingen wie alte Leute, kamen wir nur ganz langsam vom Fleck. Am seltsamsten aber war es, und am meisten beunruhigte es mich, daß sie mich überhaupt für den alten Juden halten konnte. In Rom auf der Straße und in der Gaststube in Andermatt war er immer ganz langsam am Stock gegangen. Ich war ein junger Mensch mit einem gestählten Körper, und trotzdem verwechselte sie mich mit ihm. Er war wohl allen Ernstes ein Teufel oder hatte es doch in seiner Macht, Teufel in seinen Diensten auszusenden. Allmählich fühlte ich mich selbst als seinen Boten, seinen Abgesandten. Hatte er mich vielleicht, ohne daß ich es wußte, schon in seiner Macht – war ich vielleicht, meinem Willen zum Trotz, selber ein Stück von dem alten Hexenmeister?
Indem mir dies alles durch den Kopf ging, hatte sich die Entfernung zwischen uns verringert, und angestachelt von ihrer Nähe und dem wilden Begehren, sie zu fassen und festzuhalten, machte ich ein paar letzte, lange Sprünge. Ihr langer Mantel, vom Winde nach hinten gefegt, schlug mir derb ins Gesicht, und im nächsten Augenblick war ich neben ihr, hatte sie überholt und fing sie ab. Sie lief mir mitten in die Arme und wäre gefallen, wenn ich sie nicht gehalten hätte. So standen wir, den milden Mond über uns, in einer engen Umschlingung. Die Elemente selber hielten uns aneinander gedrängt, wir rangen beide nach Atem.
Ich will dir sagen, Mira, es ist eine große Sache, wie töricht ein Mensch sein kann. Ich war gelaufen, als koste es mein Leben, und hatte geglaubt, im Augenblick, da ich sie einholte, werde auch unser altes Glück wieder um mich sein. Ich weiß nicht mehr, was ich eigentlich mit ihr vorhatte – wollte ich sie in meinen Armen davontragen, oder wollte ich sie auf der Stelle zu lieben beginnen, oder wollte ich sie gar töten, damit sie mich nicht noch einmal unglücklich machte? Einen Augenblick war mir wirklich nach Töten zumut, als ich sie so in meinen Armen hielt und ihren Atem auf meinem Gesicht spürte und ihren langentbehrten Leib an dem meinen. Auch ihren Hut hatte der Wind weggerissen; ihr nach oben gerichtetes Gesicht, von knöchernem Weiß, mit den großen Au-

gen wie zwei Teiche, war mir ganz nahe. Jetzt erst sah ich, daß sie Angst hatte. Nicht vor dem Juden war sie davongelaufen, sondern vor mir.
Viele Jahre später habe ich einmal bei einer stürmischen Fahrt im Mittelmeer einen Augenblick lang einen Falken aus nächster Nähe gesehen, der sich immer wieder vergebens im Tauwerk unseres Schiffes festzukrallen versuchte, bis es ihn endgültig davonriß und ins Meer spülte. Der hatte denselben Blick wie Olalla dort oben auf dem Paß.
Wahrscheinlich habe ich sie ebenso entsetzt angestarrt wie sie mich. Immer wieder rief ich ihren Namen. Sie war wohl ganz außer Atem; ich bin auch nicht sicher, ob sie mich verstand.
Seit ich sie vor dem Wind beschirmte, fielen ihre langen dunklen Haare und ihre Kleider in ruhigen Linien an ihrer Gestalt herab. Sie sah aus wie verwandelt, wie eine Säule in meinen Armen. Wir standen eine Weile schweigend, dann sagte ich: ›Warum läufst du vor mir davon?‹ Sie blickte mich lange an. ›Wer sind Sie?‹ fragte sie schließlich. Ich preßte sie enger an mich und küßte sie zweimal. Ihr Gesicht war ganz kalt und wie neu; sie hielt still und wehrte sich nicht, es hätten ebensogut die Schneeflocken und der Sturmwind sein können, die sich auf ihre Lippen preßten. ›Olalla‹, sagte ich, ›ich habe dich überall gesucht durch die weite Welt. Können wir nicht endlich beieinanderbleiben?‹
›Ich bin allein hier‹, sagte sie nach einem kurzen Zögern. ›Sie haben mich erschreckt. Wer sind Sie?‹
Nun war ich durch alle Himmel und Höllen gestürzt; ich hatte keine Kraft mehr, mich weiter zu wehren, so hielt ich inne und dachte nach. Ich konnte sie nicht allein lassen in Nacht und Wind. Doch lockerte ich meine Umarmung und stützte sie nur noch mit dem rechten Arm.
›Madame‹, sagte ich, ›ich bin ein Engländer und muß in dieser verfluchten Gebirgsgegend reisen. Ich heiße Lincoln Forsner. Es scheint mir nicht richtig, daß eine Dame zu dieser Nachtzeit allein auf dieser schlechten Straße herumläuft. Wenn Sie mir also erlauben wollen, Sie zum Kloster zu geleiten, werde ich mich sehr geehrt fühlen.‹
Sie bedachte sich ernsthaft und stützte sich mit einer gewissen liebenswürdigen Anmut auf meinen Arm. Aber dann sagte sie: ›Ich kann nicht mehr weiter.‹
Man sah es ihr an. Wenn ich sie nicht gehalten hätte, wäre sie zusammengebrochen. Was sollten wir tun? Sie blickte sich suchend um und hob den Blick zum Mond empor. Als sie sich wieder etwas gefaßt hatte, sprach sie: ›Lassen Sie mich ein wenig ausruhen. Wir wollen uns hier niedersetzen und ein wenig verschnaufen, und dann bringen Sie mich zum Kloster.‹

Ich sah mich nach einer geschützten Stelle um und fand schließlich ganz in der Nähe etwas nicht übel Geeignetes: Eine Vertiefung unter einem mächtigen Felsblock, der über die Straße vorsprang. Auch dort hinein war der Schnee gewirbelt, aber der Wind konnte sich wenigstens nicht in der Tiefe der Höhlung fangen. Wir hatten zehn oder zwölf Schritte zu machen; halb führte, halb trug ich Olalla, nahm dann meinen Mantel und den Wollschal ab, mit dem mich der Baron beinahe erdrosselt hätte, und bereitete ihr, so gut ich konnte, ein Lager. Der Himmel hatte sich aufgehellt, die mächtige Landschaft war weiß und leuchtend, wenn nicht gerade eine Wolke am Mond vorüberzog. Ich saß neben Olalla und hoffte, daß man uns wenigstens hier oben eine Weile in Frieden lassen möchte.

Sie hatte sich dicht neben mich gesetzt, ihre Schulter berührte leicht die meine – es herrschten Ruhe und Eintracht. Wieder spürte ich, was ich oft an ihr wahrgenommen hatte: daß Schmerz und Leiden sie nicht anfochten und daß alle Dinge auf der Welt für sie gewissermaßen gleich gelegen kamen. So saß sie hier an dem kalten, öden Bergpaß wie ein kleines Mädchen auf einer Blumenwiese, die gepflückten Blumen im Schoß.

Nach einer Weile sagte ich: ›Was führt Sie hierher in die Berge, Madame? Ich bin selbst ein Reisender, ich habe mir etwas zu suchen vorgenommen, aber ich habe kein Glück damit. Nun hätte ich wenigstens Ihnen gern geholfen, und es tut mir leid, daß ich Sie erschreckt habe, denn nun wird es doppelt schwer für mich sein, Ihnen dienen zu dürfen.‹

›Ja‹, versetzte sie nach einem kleinen Stillschweigen, ›das Leben ist nicht leicht, für keinen von euch. So war es schon bei Donna Nanina. Sie wünschte immer ihre Mädchen in guter Zucht zu halten, und doch wollte sie unseren freien Sinn nicht vergewaltigen, denn dann hätten wir für ihr Haus nicht getaugt.‹

Donna Nanina war die Frau, die das bewußte Haus in Rom geführt hatte. Als Olalla sie erwähnte, geschah es mit einer gewissen Freundlichkeit, so als wolle sie mir eine Reverenz erweisen. Sie dachte offenbar in ihrem Sinn: Da er so nett war und zugegeben hat, daß wir einander völlig fremd sind, muß ich das Meinige tun und ihm zugeben, daß wir uns vor Jahren einmal gekannt haben.

Ich sprach zu ihr: ›So kalt ist es nur hier oben. Morgen, wenn Sie vom Paß hinabsteigen, werden Ihnen Frühlingslüfte entgegenwehen. In Italien ist Frühling, und in Rom sind schon die Schwalben da.‹

›Frühling ist dort?‹ sagte sie. ›Nein, noch nicht. Aber es kann nicht mehr lang dauern, und für Sie wird es sehr hübsch sein, der Sie so jung sind.‹

Ich muß dir etwas sagen, Mira«, unterbrach sich Lincoln in seiner Erzählung. »Dies ist das erstemal, daß ich mich wieder an die Stunde droben im Gebirge erinnere! Es fällt mir alles Schritt für Schritt wieder ein, wenn ich so sagen darf, jetzt, wo ich es dir erzähle. Ich weiß nicht, weshalb ich früher nie daran gedacht habe. Vielleicht ist der Mond daran schuld – der war damals auch am Himmel!

›Madame‹, sagte ich wieder zu ihr, ›wenn wir jetzt in meinem Lande wären, würde ich Ihnen im nächsten Haus einen Trank zurechtmischen, der Sie neu beleben würde – und auch der Ingwer sollte im Munde brennen.‹ Ich erzählte ihr von unseren starken Getränken, ich beschrieb ihr, wie die Leute im Winter mit erfrorenen Fingern und Zehen nach Hause kommen und, vor dem Feuer sitzend, Schnaps in sich hineingießen. So gerieten wir in ein Gespräch über Essen und Trinken und überlegten uns, wie wir uns behelfen würden, wenn wir in alle Ewigkeit hier oben bleiben müßten. Es war schön, daß man nun wieder sprechen und einander verstehen konnte, ohne schreien zu müssen; die Vertiefung unter dem Felshang war alles in allem beinahe wie ein Haus für uns zwei, wie es uns zuvor nie beschieden gewesen war. Alles schien wunderbar zu stimmen, selbst mein Vater, wenn ich ihn hätte herzaubern können, würde sich gern und mit Freuden zu uns gesellt haben. Olalla sprach nicht viel, aber sie lachte mich manchmal freundlich an. Auch ich schwieg zwischendurch. So saßen wir wohl an die Dreiviertelstunden oder länger. Einschlafen, das wußte ich, wäre gefährlich gewesen.

Plötzlich bemerkte ich ein Licht auf der Straße und sah zwei arg mitgenommene Gestalten langsam und mit vielem Stocken näherkommen. Es war Pilot, todmüde und wegwund vom Klettern, und auf seinen Arm gestützt humpelte auch der Baron im Mondlicht den beschwerlichen Weg einher. Wie ich später hörte, hatte der Schwede sich bei seinem Sturz den Knöchel verstaucht, und Pilot, der hinter ihm hergekommen war, hatte ihm aufgeholfen und ihn weitergeführt. Der Baron hatte ihn aber zunächst zurückgehen und die Laterne holen heißen, die an Olallas Wagen immer noch brannte. So hatten sie mit vieler Mühe ihren Weg gesucht, und beide waren ganz erstarrt von der Kälte.

Mein Pech wollte, daß sie von neuem stehenblieben, um sich für den Weitermarsch zu stärken, und ihre Laterne gerade neben unserem Unterschlupf auf die Erde stellten. Pilot sah uns nicht; er bemerkte nie etwas um sich her. Der Baron dagegen war auch in seinem hinkenden Zustand, das Gesicht bleich vor Schmerz, immer noch wachsam und scharfäugig wie ein Luchs. Er wandte sich uns zu und zog den Pilot mit sich. Ich war beim Anblick der beiden aufgesprungen. Vielleicht – überlegte ich – war es ganz gut, daß sie gekommen waren – sie konnten mir helfen, Olalla in Sicherheit zu bringen.

Zu einem neuen Ringkampf hatte der Baron zwar keine Lust, er war aber natürlich voller Wut auf mich. Es war wohl überhaupt nicht seine Art, sich mit einem Gleichkräftigen in einen Kampf einzulassen, hier aber durfte er sich ja immerhin auf Pilots Beistand verlassen. Er hatte ihm gewiß von unserem Handgemenge erzählt und mich als Geisteskranken oder als schwer betrunken hingestellt.

›Hallo‹, rief er, ›die Jagd ist zu Ende und unser Engländer hat gesiegt! Da hat er sich ja die Gelegenheit gleich zunutze gemacht, und das bei zehn Grad Kälte! Wir hätten ihm die Beute nicht gar so verlockend darstellen sollen – bisher hat er ja nur die Frauen in seiner Heimat gekannt, und da hat er uns nun stracks den Verstand verloren. Nun wollen wir uns aber die Dame doch auch einmal begucken, Fritz!‹

Sie sahen aus wie zwei große unheilverkündende Vögel, wie sie so auf uns zutraten. Pilot hatte die Laterne umgedreht, so daß ihr Licht auf Olalla fiel. Sie hatte sich aufgerafft und stand neben mir, aber nicht mehr wie vorhin an mich gelehnt.

Der Baron starrte sie an, und Pilot tat desgleichen. ›Also bist du's wirklich, meine Sankta Rosalba‹, sagte der Baron. ›Hast ein Päuschen eingeschaltet auf deinem Weg gen Himmel? Wünsche viel Erfolg für die angenehmeren Seiten der Karriere.‹

Ich konnte sehen, daß sich Olalla bei seinen Worten nur mit Mühe des Lachens erwehrte. Es ging so weit, daß sie jedesmal, wenn sie den Schweden anschaute, nahe am Lachen war. Nur war sie schrecklich bleich, und das steigerte sich von Augenblick zu Augenblick.

Pilot hatte unterdessen seine Laterne gehalten und war dagestanden, als sei er selber geblendet von ihrem Lichtstrahl. Nun tat er einen Schritt auf uns zu und blickte Olalla nahe ins Gesicht. ›Madame Lola?‹ rief er, ›sind Sie's wirklich?‹

›Nein‹, erwiderte sie, ›ich bin's nicht! Sie irren sich!‹

Den Pilot brachte diese Antwort ganz aus der Fassung. Er fing wieder an, sich die Haare zu raufen, und ich dachte nicht anders, als daß er auf der Stelle den Verstand verlieren werde. ›Täuschen Sie mich doch bitte nicht!‹ sagte er. ›Sagen Sie mir, wer Sie in Wirklichkeit sind!‹

›Das würde Ihnen gar nichts sagen‹, versetzte sie. ›Ich kenne Sie ja nicht.‹

›Ich weiß, Sie sind mir böse‹, rief er, ›weil ich Ihre Geschichte weitererzählt habe. Aber ich habe mir nicht mehr zu helfen gewußt, seit ich Sie nicht mehr sah. Ich bin ein unglücklicher Mensch, Madame Lola! Sagen Sie mir, wer Sie sind!‹

Ich konnte im Laternenschein sehen, daß Olallas Kleider vom gefrorenen Schnee steif und glänzend waren, und daß er auch dick auf ihren Schuhen lag. Dennoch konnte ich mich nicht aufraffen, sie von dannen zu ziehen, sondern ich blieb stehen und hörte der Unterhaltung zu. Unvermittelt fiel Pilot vor ihr mitten im Schnee auf die Knie nieder. ›Madame Lola‹, rief er, ›retten Sie mich! Sie sind der einzige Mensch, der es kann. In meinem ganzen Leben bin ich nur die paar Wochen in Luzern glücklich gewesen. Ich sollte doch noch so vieles tun – ich habe ganz vergessen, was es war. Sagen Sie mir: Wer sind Sie?‹
Der Baron faßte mit Heftigkeit nach der Laterne, die Pilot hatte fahren lassen, und hielt sie in die Höhe. Wahrscheinlich brachte es ihn auf, daß sein Kamerad sich so erniedrigen ließ. ›Echt Madame Rosalba!‹ rief er. ›Elle se moque des gens! Das hat man mir von allem Anfang an gesagt. Aber mit Arvid Gyldenstern wird's ihr nicht lang gelingen! Unsere Heilige hat nämlich auf dem Rücken ein kleines braunes Muttermal – da können wir ja schnell herausbekommen, unter uns dreien, wer sie nun eigentlich ist.‹
Wieder sah ich, daß Olalla sich mit Mühe des Lachens enthielt. Dem Pilot aber gab sie freundlich Antwort. ›Wenn ich Ihnen früher begegnet wäre‹, sagte sie, ›hätte ich Ihnen gewiß kein Leid getan. Ich hätte mir Mühe gegeben, Ihnen ein wenig Freude zu machen. Aber ich bin Ihnen nie begegnet. Und nun lassen Sie mich gehen.‹
Damit wandte sie sich mit einer langsamen Bewegung mir zu und blickte mich an, als sei sie meiner Hilfe sicher. Noch zehn Minuten früher hätte sie recht gehabt: Ich hätte gegen eine ganze Welt zu ihr gestanden, aber es ist unglaublich, wie schnell einen schlechte Gesellschaft verdirbt. Als ich die andern so von ihrer früheren Bekanntschaft mit ihr reden hörte, da fing auch ich, der ich ihr doch soviel näher stand, an, ihr nah ins Gesicht zu starren, und rief: ›Sag's ihnen! Sag ihnen, wer du bist!‹
Mich traf ein großer, ein dunkler und strahlender Blick; dann wandte sie die Augen von mir und schaute zum Mond empor. Ein langer Schauder lief durch ihren Körper.
›Wir werden dem Geheimnis schon auf die Spur kommen‹, rief der Baron, ›wenn wir erst den alten Juden erwischen. Der hat ja wohl bei allen Maskeraden das Farbtöpfchen gehalten.‹
›Von wem spricht er eigentlich?‹ sagte Olalla und lachte leicht auf. ›Hier gibt's keinen alten Juden.‹
›Er wird nicht weit sein‹, sagte der Baron. ›Im Kloster werden wir uns alle treffen.‹
Bei diesen Worten erstarrte sie plötzlich wie zu einem Marmorbild. Daß

sie so wortlos dastand, vor den beiden Burschen, war mir unerträglich. ›Ich jag' dir die beiden vom Hals‹, sagte ich. ›Nur sag mir ein einziges Mal die Wahrheit – wer bist du?‹

Sie wandte sich nicht um, sie schenkte mir keinen Blick. Aber im nächsten Augenblick tat sie, was ich immerfort mit Bangen erwartet hatte: sie breitete die Flügel aus und flog davon. Unter dem runden Silbermond machte sie einen einzigen großen Sprung, sie warf sich aus unserer Mitte, und der Wind faßte sie und spreitete ihre Gewänder. Ich habe dir erzählt, daß sie schon bei ihrer Flucht vor mir ausgesehen hatte wie ein großer Laufvogel, der den Wind fangen und sich emporschwingen will. Nun machte sie es wieder so: Genau wie ein schwarzer Mauersegler, wenn er sich von einem Abhang oder einem Dach stürzt, um von der Erde loszukommen und zu flüchten. Einen Augenblick schien es, als werde sie sich mit dem Wind von der Erde lösen; dann aber lief sie quer über die Straße, stieß sich mit aller Kraft ab, gerade in den Abgrund hinein, und entschwand unseren Blicken.

Ich hatte nicht die Zeit gehabt, sie festzuhalten, und im ersten Augenblick war mein einziger Gedanke: ihr nach. Am Rande des Abgrundes angekommen, sah ich aber, daß sie nicht weit gefallen war, nur bis zu einer Art Vorsprung, zwanzig Fuß unter uns. Soviel man bei dem dunstigen Licht sah, lag sie auf dem Gesicht, von ihrem schweren Mantel ganz zugedeckt.

Pilot stand laut schluchzend neben mir, und nun arbeiteten wir zu dritt eine Stunde oder länger, bis wir sie heraufbrachten. Wir zerschnitten beim Licht der Laterne unsere Mäntel und knoteten die Streifen aneinander. Dann hängten wir die Laterne so, daß sie über den Straßenrand überhing. Die Arbeit wurde uns arg erschwert, denn zunächst erlosch uns unversehens die Laterne, weil die Kerze heruntergebrannt war, und dann fing es wieder zu schneien an.

Als sie mich das erstemal hinunterließen, verfehlte ich die Felsnase und baumelte in der Luft. Schließlich faßte ich Fuß und konnte Olalla anrühren. Sie schien ohne Leben. Ihr Kopf fiel, als ich ihn hochhob, zurück wie der Kopf einer toten Blume, aber ihr Körper war noch nicht ganz ohne Wärme. Ich plagte mich ab, das Seil an ihr festzuknoten, aber es lockerte sich immer wieder. Beim Hochziehen schlug ihr Leib gegen die Felszacken; es war grausig anzusehen. Ich schrie verzweifelt nach oben, sie sollten nachlassen, und nahm den leblosen Körper wieder an mich. Der Vorsprung, auf dem wir standen, war schmal und dick verschneit, und ich konnte mich nur mit Mühe ein wenig hin und her bewegen. Unter uns gähnte der Abgrund, und ich war ein paar Augenblicke hart am Verzweifeln. Ich mußte immer wieder daran denken, daß es meine Frage an sie gewesen war, die sie zu guter Letzt in diesen Schneetod unterm Vollmond getrieben hatte.

Schließlich gelang es mir, an dem Seil eine Art Schlinge zu machen, in die ich meinen Fuß stellen konnte, und Olalla notdürftig an mir festzubinden, und ich rief wieder nach oben, man möge uns hochziehen. Das geschah rascher und müheloser, als ich erwartet hatte. Als sie Olallas Körper von dem meinen losmachten und ich, unfähig, mich aufrechtzuerhalten, platt auf die Erde fiel, hörte ich um mich her das Gewirr vieler Stimmen, die ausriefen, sie sei nicht tot.

Nach einer Weile hatte ich wieder so viel Kraft, daß ich den Kopf aufrichten konnte: Ohne Erstaunen sah ich den alten Juden, den Mann aus Rom, aus Amsterdam und aus Andermatt, bei meinen Gefährten stehen. Für mich hatte es etwas Selbstverständliches, daß er zu uns gestoßen war. Seine Kutsche hielt auf der Straße, und sein Lakai und sein Kutscher hatten geholfen, uns heraufzuwinden. Wie er mit seinem schweren Reisewagen bei Nacht und auf dieser Straße weitergekommen ist, ist mir unerfindlich; ein Jude bringt eben alles fertig.

Man hob Olalla in den Wagen, und da ich an den Händen und Knien blutete, hieß der Alte auch mich einsteigen. So saß ich denn also in seiner Kutsche, Olallas Füße auf meinen Knien, und überlegte mir, wie ich ihm damals zum erstenmal begegnet war in den Straßen von Rom. Ich kam beinahe um vor Durst und Kälte, denn ich war schweißgebadet, und die Nachtluft drang mir bis auf die Knochen. Endlich erreichten wir die weitläufigen Baulichkeiten des Klosters, von denen da und dort noch ein Lichtschimmer ins Dunkel strahlte. Man hatte unser Nahen gehört und kam uns entgegen.

Ich bekam Glühwein eingeflößt, und man wusch mir die Hände. Als ich mich nach Olalla erkundigte, führte man mich in ein großes Zimmer, wo auf einem Tisch zwei Kerzen brannten.

Da lag sie, immer noch regungslos, auf einer Bahre, die man dort niedergesetzt hatte. Die Kleider hatten sie ihr aufgeschnürt, eine gewaltige Pelzdecke, die Cocoza gehörte, lag über sie gebreitet. Ihr Kopf war auf dem Kissen ein wenig zur Seite geneigt, und ein dunkler Schatten bedeckte die eine Gesichtshälfte. Der alte Jude saß auf einem Stuhl in ihrer Nähe, noch immer im Pelzmantel und den Zylinderhut auf dem Kopfe, das Kinn auf den Knauf seines Spazierstocks gestützt. Er wandte den dunklen Blick nicht von ihrem Antlitz und rührte sich kaum. Eine große Uhr hing an der Wand; ich sah zu meiner Überraschung, daß es erst drei Stunden nach Mitternacht war.

Ich suchte mir einen Platz und saß lange wortlos da. Einmal holte die Uhr zum Schlagen aus, und da entschloß ich mich, den Alten anzusprechen. Wenn ich Olalla wirklich durch meine Frage in den Tod getrieben hatte, dann durfte ich nun auch die Antwort hören, und er würde sie mir geben können. Ich sprach erst von dem und jenem, und er antwortete jedesmal sehr artig. Bald geriet ich ins Erzählen; ich sagte ihm alles, was ich von ihr wußte, und bat ihn, solange wir da säßen, mir von ihr zu erzählen. Eine Zeitlang schien er zu zögern, dann aber sprach er ohne Scheu und Rückhalt. Auch Pilot und der Baron waren im Zimmer. Pilot stand einmal auf von seinem Stuhl im Hintergrund der Stube, blickte Olalla an und zog sich wieder zurück. Der Baron war auf seinem Stuhl eingeschlafen; später aber erwachte er und setzte sich zu uns.

›Es ist richtig‹, erzählte Cocoza, ›ich habe diese Frau schon gekannt, als sie weltberühmt und unter ihrem richtigen Namen überall verehrt war. Sie war die berühmte Opernsängerin Pellegrina Leoni.‹

Der Name sagte mir im ersten Augenblick nichts, und es entstand eine Stille. Dann meldete sich mein Gedächtnis und mahnte mich an meine Kindheit.

›Nein!‹ rief ich aus, ›das ist doch unmöglich! Das war doch die Primadonna, von der meine Eltern schwärmten! Bei ihrer Rückkehr aus Italien waren sie ganz erfüllt von ihr, und ich weiß noch, daß sie weinten, als sie bei dem Theaterbrand in Mailand an ihren Verletzungen starb. Das muß aber alles gewesen sein, als ich zehn Jahre alt war, vor dreizehn Jahren!‹

›Nein‹, sagte der Jude. ›Das heißt: ja, sie ist gestorben. Die große Opernsängerin ist gestorben. Vor dreizehn Jahren, wie Sie richtig sagen. Aber die Frau hat weitergelebt, diese dreizehn Jahre lang.‹

›Erklären Sie sich näher‹, sagte ich.

›Mich näher erklären?‹ wiederholte er. ›Sie verlangen viel, junger Herr! Sie müßten sagen: „Kleide, was du meinst, in Sätze, die ich verstehe, wenn sie auch nichts bedeuten.“ Pellegrina erlitt bei dem Theaterbrand in Mailand schwere Verletzungen. Durch die Verwundungen und den Schreck verlor sie die Stimme. Sie hat in ihrem ganzen Leben keinen Ton mehr gesungen.‹

Ich begriff bei seinen Worten, daß er diese Geschichte zum allererstenmal erzählte. Ein großes Maß des Leidens sprach aus seinen Worten, ja, sie schienen ihn selbst so aus der Fassung zu bringen, daß ich nichts darauf zu sagen wußte, obwohl ich seinen Ausspruch nicht als eine Erklärung empfand und gerne noch mehr gehört hätte. Pilot war es, der die Frage stellte: ›Sie ist also nicht gestorben?‹

›Gestorben, am Leben geblieben. Am Leben geblieben, gestorben‹, sagte der Jude. ›Sie hat gelebt wie ihr, und vielleicht mehr!‹
›Aber‹, sagte Pilot, ›Alle Welt hielt sie doch für tot.‹
›Das wollte sie selber so. Wir – sie und ich – ließen es uns viel Mühe kosten, daß die Leute es glaubten. Ich war dabei, wie ihr Grab geschaufelt wurde, und ich ließ ein Denkmal darauf errichten.‹
›Waren Sie ihr Liebhaber?‹ fragte der Baron.
›Nein‹, sagte der Alte voller Stolz und Verachtung. ›Die Liebhaber hab ich um sie herumschwänzeln und -japsen sehen, sie haben ihr schön getan und sich um ihretwillen gestritten. Ich aber war ihr Freund. Wenn an der Pforte des Paradieses der Wächter mich fragen wird: Wer bist du?, werd' ich dem großmächtigen Engel keinen Namen, keinen Stand und kein gutes Werk nennen, sondern ich werde zur Antwort geben: Ich bin Pellegrina Leonis Freund. Sie aber, der Sie sie getötet haben, wie Sie selber mir sagen, durch die Frage, wer sie sei – wenn man Sie einmal fragen wird auf der anderen Seite des Grabes: Wer bist du? –, was wollen Sie antworten? Sie werden vor Gottes Angesicht Ihren Namen anzugeben haben wie drunten in der Herberge in Andermatt.‹
Dem Pilot schienen diese Worte übel einzugehen. Er setzte zum Sprechen an, besann sich aber und schwieg.
›Und nun, junge Herren‹, sagte der Alte, ›lassen Sie mich meine Geschichte in Ruhe erzählen. Und hören Sie gut zu, denn ein zweites Mal hören Sie diese Geschichte nicht.
Ich bin mein Leben lang ein sehr reicher Mann gewesen. Ich habe ein großes Vermögen geerbt, von meinen Eltern und von deren Leuten, die alle große Handelsherren waren. Die ersten vierzig Jahre meines Lebens war ich zugleich ein sehr unglücklicher Mann, so wie Sie, junge Herren. Ich reiste viel. Ich hörte gerne Musik. Ich komponierte auch selbst, ich schrieb Ballettmusik, die mir besonders lag, und ließ sie aufführen. Zwanzig Jahre hielt ich mir ein eigenes corps du ballet und ließ meine Werke vor mir und meinen Freunden tanzen, manchmal auch nur vor mir allein. Ich hatte dreißig junge Mädchen beisammen, keine älter als siebzehn; ein eigener Ballettmeister schulte sie, und sie tanzten nackt vor mir.‹
Der Baron ermannte sich zu einiger Aufmerksamkeit und feixte dem Alten freundlich zu. ›Da haben Sie sich nicht gelangweilt‹, sagte er.
›Warum nicht?‹ fragte der Alte. ›Ich habe mich im Gegenteil schrecklich gelangweilt, ich habe mich fast zu Tode gelangweilt. Ich wäre vielleicht vor Langeweile umgekommen, wenn ich nicht zufällig in einem kleinen Theaterchen in Venedig Pellegrina Leoni hätte singen hören, die damals

sechzehn Jahre alt war. Da begriff ich mit einemmal, was das ist: Himmel und Erde, Sterne, Leben und Tod und Ewigkeit. Mit ihr zusammensein war, als schritte man durch einen Rosengarten voller Nachtigallen, und wenn es ihr beliebte, schwang sie sich empor und zog einen mit sich, höher als der Mond. Man hatte oft Angst, man war ja ein erbärmliches Geschöpf – sie aber machte, daß man sich überm Abgrund so sicher fühlte wie daheim im Lehnstuhl. Wie ein junger Hai die mächtige grüne Meeresflut mit einem Schlag seiner Flossen bändigt, so schwamm sie sicher über den Tiefen und Rätseln der großen Welt. Das Herz schmolz einem vom Klang ihrer Stimme, daß man denken mußte: nun ist es zu viel, nun tötet dich das Glück – es ist nicht mehr auszuhalten. Und man fand sich auf einmal auf den Knien liegen und sah sich weinen über die unbegreifliche Liebe und Großmut des Herrn, daß er uns eine solche Welt geschenkt hat. Es war ein einziges großes Wunder.‹

Ich empfand großes Mitgefühl mit dem Alten, daß er uns so sein Herz ausschütten mußte. Er hatte noch nie von diesen Dingen gesprochen, und da er einmal begonnen hatte, konnte er nicht mehr innehalten. Seine lange, scharfgeschnittene Nase warf einen kummervollen Schatten auf die weißgetünchte Wand.

›Wie gesagt‹, fuhr er fort, ›ich hatte die Ehre, ihr Freund zu werden. Ich kaufte ihr ein Landhaus in der Nähe von Mailand, und wenn sie nicht auf Reisen war, wohnte sie dort. Es kamen viele Bekannte zu Besuch, aber manchmal waren wir auch unter uns, und dann lachten wir über die Welt und gingen Arm in Arm durch den Garten, nachmittags und an den Abenden.

Sie kam zu mir wie ein Kind zu seiner Mutter. Sie gab mir allerlei Kosenamen, und oft nahm sie meine Finger und spielte mit ihnen und sagte, ich hätte die schönsten Hände von der Welt, sie seien nur dazu geschaffen, Diamanten anzufassen. Da wir uns in Venedig kennengelernt hatten und da ich mit Vornamen Markus heiße, sagte sie von sich, sie sei meine Löwin. Das war das richtige Wort für sie: eine geflügelte Löwin. Und ich war der einzige Mensch, der sie kannte.

In ihrem Leben hat es zwei große verzehrende Leidenschaften gegeben, von denen ihr stolzes Herz sich genährt hat.

Die eine war ihre Leidenschaft für den großen Sopran, Pellegrina Leoni geheißen. Es war eine eifrige, eine schrecklich eifersüchtige Liebe wie die eures Priesters zum wundertätigen Bilde der Jungfrau oder die einer Frau zu ihrem Gatten, der zugleich ein Held ist, oder die Liebe des Diamantenschleifers zum allerreinsten Stein. In dieser Leidenschaft kannte sie keine Nachsicht, keinen Unterlaß. Sie gab keinen Pardon und verlangte auch keinen. Im Dienst der Pellegrina schuftete sie wie ein Sklave unter der Peitsche, bis zu bitteren Tränen, bis zum Erliegen, wenn es von ihr verlangt wurde.

Zu den anderen weiblichen Kräften an der Oper war sie wie ein Satan, denn natürlich gierte sie um Pellegrinas willen nach allen Rollen. Es konnte sie empören, daß sie nicht in derselben Oper zwei Rollen singen konnte. Man nannte sie allgemein die Luzifera; mehr als einmal ohrfeigte sie eine Konkurrentin auf offener Szene, und ihre Partnerinnen, ob alt oder jung, waren immer dem Weinen nah. Übrigens wachte sie nicht nur, was die Stimme betraf, so eifersüchtig über Pellegrina Leonis Ansprüche, sondern Pellegrina sollte auch gleichermaßen die schönste, die eleganteste, die modischste von allen Frauen sein, und in dieser Hinsicht war sie schon geradezu lächerlich in ihrer Eitelkeit. Auf der Bühne trug sie grundsätzlich nur echten Schmuck und die allerkostbarsten Kostüme. In der Rolle der Agatha, eines Bauernmädchens, trat sie diamantenbesät und mit drei Schritt langer Schleppe auf. Sie trank nur Wasser, aus Furcht, Pellegrinas Teint zu verderben, und vor Mittag hätten Fürstlichkeiten und Kardinäle oder gar der Papst in eigener Person sie besuchen kommen können, sie hätte sie unweigerlich mit Lockenwikkeln im Haar und das Gesicht mit Zinksalbe eingeschmiert empfangen, damit es ihr am Abend nicht mißlinge, alle anderen Frauen auszustechen, nicht nur die Kolleginnen auf der Bühne, sondern auch die Weiblichkeiten im Parkett und in den Logen – und sie hatte doch das glänzendste Auditorium von der Welt. Es war Mode, Pellegrina Leoni nachzulaufen; die mächtigsten Leute aus Italien und Österreich, aus Rußland und Deutschland drängten sich in ihren Räumen zum Empfang, und ihr gefiel der Anblick, wie sie alle zu Pellegrinas Füßen lagen. Sie hätte aber ohne Zögern auch den russischen Zaren schlecht behandelt und einen Aufenthalt in Sibirien riskiert, bevor sie ihre Kunst und die Stunden ihres regelmäßigen Übens aufgegeben hätte.

Die andere große Leidenschaft in diesem großen Herzen, junge Herren, war ihre Liebe zu ihrem Publikum. Darunter verstand sie aber nicht die Mächtigen, die hochmütigen Fürsten und Magnaten und die vornehmen Damen im Juwelenschmuck; auch nicht die berühmten Komponisten, Musiker, Kritiker und Schriftsteller; sondern die Leute auf der Galerie. Die armen Leute aus den Hinterhöfen und Marktständen, die sich eine Mahlzeit oder ein Paar Stiefel absparten, um sich in dem Schwitzkasten unterm Dach der Oper aufzustellen und Pellegrina singen zu hören, und die in ihrer Begeisterung trampelten, juchzten und weinten – diese Leute liebte sie über alles. Es war eine Leidenschaft, nicht minder mächtig als die andere, aber sanftmütig wie die Liebe Gottes oder eurer heiligen Jungfrau zur Welt der Menschen. Ihr Leute aus dem Norden kennt die Frauen aus dem Süden und aus dem Osten nicht, wenn sie lieben. Wenn sie ihre Kinderchen abküssen und ihre Toten beweinen, sind sie wie heilige Flammen. Als nach der ersten Aufführung von „Médée“ die Leute in der Stadt die Pferde von meinem Wagen spannten, in dem Pellegrina fuhr, und sich selber einschirrten, wandte sie keinen Blick auf die Herren Herzöge, die ihre hochgeborenen Schultern anstrengten. Nein, sie sprühte den warmen Regen ihrer Tränen, kostbarer als Edelsteine, und wölbte den Regenbogen ihres holden Lächelns über die Straßenkehrer, Lastträger, Obsthändler und Wasserverkäufer unserer Stadt Mailand. Ich saß mit ihr im Wagen, und sie hielt meine Hand. Es war nicht so, daß sie selber aus sehr armen Verhältnissen gekommen wäre: sie war eine Bäckerstochter, und ihre Mutter kam aus einem spanischen Bauernhof. Ich weiß also nicht, woher diese Leidenschaft für die Ärmsten und Elendesten bei ihr stammte, und man kann auch nicht sagen, daß sie ausschließlich für sie gesungen hätte, denn es kam ihr auch sehr auf den Beifall der großen Kunstkenner an, allerdings nur um des Publikums auf der Galerie willen. Sie litt mit, wenn die Zeiten schlecht waren und es den armen Leuten hart erging; sie gab weg, was sie hatte, und verkaufte buchstäblich ihre Kleider. Merkwürdigerweise ist sie nie viel angebettelt worden: als hätten die Menschen gemerkt, daß sie ihnen ja mit ihrem Singen schon ihr Bestes gab. Wer doch bei ihr gebettelt hätte, dem hätte sie alles gegeben. Ihr Park und ihr Haus standen dem Volke offen, und es konnte vorkommen, daß sie mit Bettelkindern unter den Oleanderbäumen auf ihrer Terrasse saß, während sie mächtige englische Lords abweisen ließ, die ihretwegen übers Meer gefahren waren.

In dem Wechselspiel zwischen ihren beiden großen Leidenschaften lag das Glück ihres Lebens, und in den Jahren ihres Triumphes fehlte nichts an seiner Vollkommenheit. Ihre Stimme und ihre Kunst entfalteten sich immer reicher, und ich möchte meinen, daß sie zur Zeit ihres Sturzes noch nicht einmal die Grenze ihrer Möglichkeiten erreicht hatte. Die Welt hallte wider von ihrer Stimme; in ihrer kleinen Hand lag ein musikalischer Stein der Weisen und verwandelte, was sie anrührte, in Gold. Sie, mein Herr‹, und damit wandte sich Cocoza an mich, ›haben mir erzählt, daß in fernen Ländern die Menschen in Tränen ausbrachen, wenn sie an den tiefen Goldstrom dieser Stimme dachten, an die mächtigen Kaskaden von Diamanten, Saphiren und taubenblutfarbenen Rubinen.

Ja, die Menschen beteten sie an: Sie fühlten, solange Pellegrina für sie sang, war die Erde von Engeln noch nicht ganz gemieden.
Darin nun – daß Pellegrina, die Sängerin, wie ein Engel vor den Leuten auf der Galerie stand, daß sie ihre Herzen weichwerden und sie Tränen himmlischer Freude vergießen ließ, daß sie durch sie alle Lebenspein vergaßen und des verlorenen Paradieses wieder gewahr wurden; daß sie, die Sängerin, ihre Seele wie einen Sternenschwarm über ihnen versprühen durfte und dafür eine Verehrung genoß wie eine neue Madonna – darin lag ihre Glückseligkeit.
Auch wenn sie, wie ich es Ihnen beschrieben habe, die Bauernmädchen in der Oper in Brokat und Samt und Seide spielte, tat sie es nicht aus persönlicher Eitelkeit. Sie tat es aus einem Pflichtgefühl gegen die Galerie, so wie die Priester in euren Kirchen das Bildnis der Jungfrau so prächtig wie nur irgend möglich bekleiden. Sogar bei Darstellungen von der Geburt des Herrn, wo es die Herzen bewegt, die Mutter mit dem Gotteskind im Stalle zu sehen, auf Heu und auf Stroh, mit der Krippe als Wiege – selbst da leidet es der Priester nicht, daß die Jungfrau ärmlich gekleidet ist, sondern er hüllt sie in Seide und behängt sie mit goldenen Ketten.
Ich selber dachte gering von ihrer Leidenschaft für die Armen, denn ich habe immer nur gefunden, daß die gewöhnlichen Leute schlecht riechen, und bin von ihrer Tugend wenig überzeugt. Pellegrina aber fragte nur: „Müssen wir denn alle nach einem Muster geschaffen sein: lauter arme Sünder, die vor der Gottheit im Staube liegen? Laß mich bleiben, die ich bin, Markus; ich bin es ja so gerne. Laß mich eine Gottheit sein, die vor den armen Sündern im Staube liegt."
Ihre Liebhaber – nun, von denen habe ich die meisten gekannt, und sie haben weder ihr noch mir viel bedeutet. Sie haben ihr sogar, solange sie sich nicht an sie gewöhnt hatte, mehr Kummer als Freude bereitet, denn bei all ihrer großen praktischen Vernunft war sie doch ihr Leben lang eine richtige Doña Quijota. Was im Leben geschah, war ihr nie groß genug – es stand in keinem Verhältnis zu den Maßstäben ihres Herzens. Sie war wie ein Mann, dem man ein Jagdgewehr vom schwersten Kaliber in die Hand drückt und sagt, er solle kleine Vögelchen damit schießen. Oder wie ein mächtiger Vogel, ein Albatros, der zu kleinen Piepmätzen in einen Käfig gesperrt wird. Es konnte auch in ihren Liebeshändeln vorkommen, daß sie beleidigt war, aber dann war es bestimmt keine gekränkte Eitelkeit. Außerhalb des Theaters war sie der uneitelste Mensch von der Welt, und es war ihr klar genug, daß die jungen Leute nicht mit dem großen Sopran galant taten, sondern mit der reizenden, mondänen

Frau, der Sternenäugigen, deren Anmut an jene frommen klugen Gazellen erinnerte, über die ein Landsmann von mir Gedichte geschrieben hat. Wenn sich die Männer also als seicht und ungetreu erwiesen, grämte sie sich nicht sehr; das aber konnte sie im Tiefsten verletzen und enttäuschen, daß die Welt nicht eine viel großartigere Stätte war, daß nicht wuchtigere Dinge, mehr in der Art der Bühnendramen, sich auf ihr abspielten, selbst dann nicht, wenn sie selber, Pellegrina Leoni, mit aller Kraft ihres Wesens auf den Plan trat.

Aus ihren ersten Liebesabenteuern ist sie, die ja damals noch sehr jung war, wohl gar mit einem Gefühl der Beschämung hervorgegangen. Da wäre sie gewiß oft lieber ein Mann gewesen und ersah sich keinen Sinn in ihrer Weiblichkeit. Der ganze Glanz ihrer Schönheit, all die Weibespracht von Busen und Hüfte, der strahlende Blick, das blühende Fleisch – das alles war für sie, als hätte sie den herrlichsten Staat angelegt, einem Fürsten, einem großen Ball zu Ehren, und nun fände sie sich unversehens in einem gemütlichen Familienkränzchen bei Beamtensleuten, wo jedermann im Straßenanzug erscheint. Wer so am falschen Orte ist, der muß sich ein bißchen beschämt fühlen und seine lange Schleppe, sein Diamantengehänge mit verdrießlichem Unbehagen an sich tragen, im Gedanken, daß er an dieser Stelle wahrscheinlich ein wenig lächerlich wirkt. Ich könnte mir denken, daß es vielen Frauen in ihren Liebesgeschichten ähnlich ergeht.

In solchen Stunden der Trübsal kam sie zu mir, denn auf mein Verständnis konnte sie sich verlassen. Die Welt hätte ihrer gespottet, wenn die pöbelhafte und phantasielose Menschheit überhaupt den Blick dafür gehabt hätte, in einem so schönen, reichen Antlitz die Züge des Ritters von der traurigen Gestalt zu erkennen. Was mich betrifft, ich konnte mich freilich in solchen Fällen des Lachens nicht enthalten. Ich sagte zu ihr: „Du mußt wissen, für die Welt und insonderheit für deine Liebhaber stellt sich die ganze Liebesweisheit und überhaupt jede Beziehung von Mensch zu Mensch als eine Anwendung der Toxikologie dar, der Wissenschaft von den Giften und Gegengiften. Sie sind allesamt darauf vorbereitet und eingerichtet, daß ihnen Gift versetzt wird. Du mußt sie dir vorstellen wie kleine Vipern und Skorpione, die auf ihren Biß stolz sind und denen Gift, ihrer eigenen Giftigkeit entsprechend, nichts anhaben kann. Für die meisten ist die Liebe ein gegenseitiges Verspritzen von Gift und Gegengift, und im Verfolg einer langjährigen Erfahrung rühmen sie sich dann, daß sie gegen alle Gifte unempfindlich sind, so wie sich in Indien die Eingeborenen angeblich darauf trainieren, gegen den Biß sämtlicher Schlangen immun zu werden. Du aber, Pellegrina, bist gar keine Giftschlange, sondern eine Python. Oft, wenn ich dich gehen sehe, erinnerst du mich an die Tanzschlangen, die ich einmal bei einem indischen Schlangenbeschwörer gesehen habe. Gift aber hast du nicht die kleinste Menge in dir, und wenn du tötest, so tust du's ausschließlich durch die Kraft deiner Umarmung. Das muß deine Liebhaber verblüffen, denn sie sind nur an kleine Vipern gewöhnt und haben weder die Kraft, dir zu widerstehen, noch die Weisheit, den besonderen Tod zu würdigen, den du ihnen bereiten könntest. Ich muß ja auch zugeben: Wenn man dich so deine gewaltigen Schlangenringe lockern sieht, wenn du dich heranwälzest, dich über das Opfer wirfst und schließlich mit all dem Aufwand eine arme Feldmaus zerquetschst – da möchte man sich vor Lachen den Bauch halten!" Auf solche Art brachte ich sie zum Lachen, obwohl ihr Gesicht vielleicht noch in Tränen schwamm.

Dank ihrer Klugheit, und vielleicht auch unter dem Einfluß der meinigen, lernte sie aber bald ihren Liebhabern alle Schliche ab, und von nun an bedeuteten auch ihr die Liebeleien nicht mehr viel. Dafür wußte ich den jungen Herrschaften Dank: Sie hatten Pellegrina zu einer gewissen Leichtigkeit verholfen, die in diesen Dingen bei ihr nicht angeboren war. Seit sie das gelernt hatte, erreichte sie auf der Bühne die letzte Vollkommenheit, und zwar in der Darstellung des unschuldigen Mädchens, das liebt.‹

Du weißt, Mira«, unterbrach sich Lincoln in seiner Erzählung, »daß das richtig ist. Erinnere dich an das unsterbliche alte Lied von der Maid, die alle Geschenke des Sultans zurückweist, um ihrem Liebsten treu zu bleiben – es fängt an: ›Ah Rupia, kama na Majasee.‹ Ein herrliches Lied von der treuen, reinen Liebe – eine Hure war die einzige, die es bisher hat singen können!«

Damit kehrte er zu seiner Geschichte zurück und ließ den alten Juden fortfahren: »›So lebten wir also in der weißen Villa bei Mailand, bis das Unglück geschah. Sie haben es ja selbst gesagt, junge Herren: Ihre Väter haben geweint, wenn sie an jenen Dienstag dachten. Es geschah während einer Aufführung des Don Giovanni, im zweiten Akte, wo Donna Anna mit Ottavios Brief auftritt und ihr Rezitativ beginnt: „Crudele? Ah nò, mio bene! Troppo mi spiace allontanarti un ben che lungamente la nostr'alma desia." Pellegrina war kaum aufgetreten, als plötzlich dicht vor ihr brennende Holzteile vom Plafond niederhagelten. Tapfer, wie sie war, sang sie ruhig weiter; nur einen Blick nach oben konnte sie nicht unterdrücken und traf doch mit spielender Leichtigkeit die hohen Töne. Da kam aber ein brennender Balken herab, das ganze Theater wurde von einer Panik erfaßt, und das Orchester hörte mitten im Takt zu spielen auf; alles drängte zu den Ausgängen, Frauen wurden ohnmächtig. Pellegrina trat nur einen Schritt zurück und blickte um sich, bis sie meiner in der ersten Parkettreihe ansichtig wurde. Denken Sie: in diesem Augenblick der Not hat sie nach mir ausgeschaut! Sie hatte keine Angst; sie stand ganz ruhig da, als wollte sie sagen: „Hier sollen wir also nun zusammen sterben, Markus, du und ich!" Ich aber, ich habe Angst gehabt; ich wagte mich nicht hinauf auf die in Flammen stehende Bühne, wo Bäume und Häuser nur aus Pappe bestanden. Einen Augenblick darauf qualmte eine mächtige Rauchwolke quer über die Bühne, es blakte heiß wie aus einem Schmelzofen, und Pellegrina war meinen Augen entschwunden. Ich ließ mich mit der Menge treiben und gelangte irgendwie auf die Straße hinaus, wo es wie im Tollhaus zuging, bis die kalte Luft uns ernüchterte. Mein Diener, der im Vorraum auf mich gewartet hatte, hielt mich an. Es hieß, Pellegrina sei gerettet worden, und zwar von dem Mann, der den Leporello gesungen hatte, sie hatte ihm früher bei seinem künstlerischen Fortkommen geholfen. Er habe sie mitten durch das brennende Gebäude zur Treppe getragen – ihr Haar, ihre Kleider hätten in hellen Flammen gestanden. Bei der Nachricht von ihrer Rettung fiel das Volk auf die Knie.

Ich brachte sie nach Hause und rief alle Mailänder Ärzte zusammen, und sie blieb am Leben. Ein herabstürzender Balken hatte sie getroffen, und wo das glimmende Holz sie verletzt hatte, war sie schwer verbrannt: vom Ohr bis zum Schlüsselbein. Sonst waren ihre Brandwunden nicht schlimm. Sie erholte sich auch rasch, aber es stellte sich heraus, daß sie durch den Schrecken die Stimme verloren hatte. Sie würde nie wieder einen Ton singen können.

Wenn ich sie mir vorstelle in jener ersten Woche nach der schrecklichen Entdeckung, kommt es mir immer vor, als wäre sie wirklich ganz und gar verbrannt, denn so lag sie in ihrem Bett, auf der Seite liegend, regungslos, schwarz und verkohlt wie die Leiber, die man in der eingeäscherten Stadt Pompeji ausgegraben hat. Sechs Tage lang saß ich bei ihr: Sie sprach kein Wort, und ich mußte denken, von all den grausamen Geschehnissen das grausamste sei doch, daß Pellegrina Leonis Herzeleid stumm bleiben mußte.

Auch ich redete kein Wort. Draußen auf dem gepflasterten Vorplatz vor dem Haus war eine ununterbrochene Auffahrt von Kaleschen: Die vornehme Welt erkundigte sich nach Pellegrina. Ich saß in dem verdunkelten Zimmer und überdachte, was geschehen war. Es mußte für sie etwa so sein, wie wenn ein Priester sein wundertätiges hochverehrtes Marienbild plötzlich als weltlich-unzüchtiges, heidnisches Idol entlarvt sähe: hohl und von Ratten angenagt. Oder als wenn die liebende Gattin entdeckte, daß ihr Heldengatte in Wirklichkeit kein Held ist, sondern ein Irrsinniger, ein Hampelmann.

Nein, besann ich mich dann, es ist doch anders. Ich wußte einen besseren Vergleich für ihren Jammer. Es war der Jammer der Königsbraut, die auszieht mit einem Königreich als Brautschatz, geziert mit den Reichtümern aus dem Hause ihres Vaters, und der junge Bräutigam, eines Königs Sohn, wartet auf sie, und die Stadt ist zu ihrem Willkomm geschmückt und hallt wider vom Schall der Zimbeln und den Liedern der Knaben und Mädchen – unterwegs aber fällt die Braut den Räubern in die Hände, und sie vergewaltigen sie. So war es Pellegrina ergangen.

Keiner von den Großen und Vornehmen, die aus allen Teilen der Welt angereist kamen und Nachricht haben wollten, wurde ins Haus gelassen. Das nährte das Gerücht, sie liege im Sterben. Was sie wohl gesagt hätten, wenn sie hätten hereinkommen dürfen? Daß sie immer noch jung und schön sei, immer noch der Abgott der Menschen?

Und wiederum fragte ich mich: Was hätten diese Menschen der geplünderten Königsbraut zum Troste gesagt? Auch ihr: Sie sei immer noch jung und schön, und der Bräutigam werde sie hegen und pflegen? Nein, sie hätten ihr höchstens gesagt, daß sie keine Schuld habe, daß bei ihr kein Unrecht sei: „Sie hat keine Sünde des Todes wert getan, denn er fand sie auf dem Felde, und die verlobte Dirne schrie, und war niemand, der ihr half." Aber die Trostworte des Pöbels klingen bitter in einem königlichen Ohr. Mag es billig sein, einen Medikus und einen Handwerksmeister oder einen Herrschaftsdiener nach dem zu beurteilen, was er getan, oder selbst nach dem, was er gewollt hat – die Großen gelten nach dem, was sie sind. Ich habe mir sagen lassen, daß sich Löwen, die in Fallen gegangen und in Käfige eingeschlossen sind, mehr aus Scham verzehren als aus Hunger.

Nur weil ich kein Wort des Trostes zu Pellegrina sprach und weil auch mich kein Wort auf der Welt hätte trösten können – nur deshalb war in jenen Wochen unserer Einsamkeit meine Gegenwart für sie erträglich. Sie grämte sich um ihren Ruhm, sie grämte sich auch um den Beifall der Könige und die Huldigungen der Fürsten – so wie die entehrte Königsbraut über ihren verlorenen Glanz geweint hätte, über die Bälle und Festlichkeiten ihrer Hochzeitsfeier. Wenn sie aber an ihre lieben Galeriebesucher dachte, dann weinte sie bittere Tränen wie die Braut um ihren prinzlichen Gemahl. Wie sollten diese Armen Pellegrina Leonis Verlust ertragen? Sollte es von nun an dabei bleiben, daß sie tagaus, tagein an ihr hartes Tagewerk gingen, unterdrückt und getreten von Herrschaften und Obrigkeiten, schlecht entlohnt und ohne die Hoffnung, daß sich ihnen das himmlische Reich je wieder auftun würde? Ohne eine Madonna, die hoch über ihnen lächelte? Ihr einziger Stern war vom Himmel gestürzt; nun standen sie im Dunkel der Nacht – die lieben Galeriebesucher, die mit ihr gelacht und geweint hatten.

In dieser Woche habe ich gelernt, wie verschieden lang die vierundzwanzig Stunden des Tages sein können, von einem Monat zum anderen. In unserem Häuschen war die Zeit immer leicht dahingeeilt wie ein Mailüftchen, wie ein Falterschwarm, wie ein Sommerregen mit seinem Regenbogen. Jetzt war der Tag so lang wie ein Jahr, die Nacht wie zehn Jahre.

Nach der ersten Woche bat mich Pellegrina um ein starkes Gift, um ihre Zeit abzukürzen. In meiner Jugend hatte ich solches Zeug bei mir getragen für den Fall, daß das Leben mir unerträglich würde. Ich war aus dem Landhaus in die Stadt gezogen und fuhr nur täglich zu Pellegrina hinaus. An einem Mittwoch um die Mittagsstunde gab ich ihr das Gift, und sie hieß mich am anderen Nachmittag wiederkommen.

Als ich hinauskam, war sie immer noch sehr krank. Sie erzählte mir, sie habe die volle Dosis Opium genommen, die ich ihr gegeben hatte, es habe aber keine Wirkung getan. Sie könne nicht sterben. Obwohl sie fest daran glaubte, wollte mir die Wahrheit ihrer Worte nicht einleuchten. Das Gift, das ich ihr gegeben hatte, mußte unter allen Umständen tödlich sein. Vielleicht hatte sie nur so viel genommen, daß ihr schlecht wurde und sie vielleicht das Bewußtsein verlor, und da mag sie sich eingebildet haben, sie hätte alles genommen. Es macht aber im Grunde keinen Unterschied; in Wirklichkeit war es so, wie sie selber es ausdrückte: Sie konnte nicht sterben. So oder so: Sie hatte zu viel Leben in sich.

Später ist mir eingefallen, daß sie vielleicht, wenn ich damals in den Tod gegangen wäre, die Kraft gehabt hätte, mir zu folgen. Aus Bemerkungen, die sie dann und wann machte, habe ich den Schluß gezogen, daß sie dem Tod mit einer ängstlichen Scheu entgegensah als einer ihrer Natur allzu fremden Angelegenheit und daß der Gedanke sie tröstete, in mir einen sehr viel älteren Freund zu besitzen, der aller Voraussicht nach vor ihr sterben und ihr den Weg bereiten oder sie in der anderen Welt willkommen heißen würde, gesetzt, es gab eine solche Welt. Das war einer der Gründe, weshalb sie mich jüngeren und kräftigeren Männern vorzog. Damals aber war mir das alles noch nicht klar geworden.

Wie dem auch sei, meine Pulver hatten eine gewisse Wandlung in ihr bewirkt. Sie hatte den Tod überwunden: Todesmatt war sie, wenn ich so sagen darf, von den Toten erstanden. An jenem Nachmittag bat sie mich zum ersten Male wieder, daß ich ihr erzählte.

Ich erzählte ihr also, daß nach den endlosen Stunden der vergangenen Nacht kurz vor Tagesanbruch eine Nachtigall plötzlich zu schlagen begonnen habe, wild und überströmend, als wollte sie draußen vor meinem Fenster dem Tageslicht zuvorkommen, und daß mir dabei ein Ballett eingefallen sei, das von all den Dingen handeln sollte, die uns widerfahren waren. Pellegrina hörte mir andächtig zu, und am folgenden Tag kam sie auf die Idee zurück und fragte nach der Szenerie und Musik, die ich mir für das Ballett ausgedacht hätte. Ich antwortete, es solle „Philomele" heißen, und erklärte die Folge der Szenen und Tanznummern. Indem ich erzählte, nahm sie meine Hand und spielte mit meinen Fingern; zum erstenmal seit ihrem Unfall berührte sie wieder einen Menschen.

Ein paar Tage darauf ließ sie mich frühmorgens, vor Sonnenaufgang, zu sich rufen. Zu meinem Erstaunen fand ich sie in der Pergola im Freien, in ein leichtes Morgenkleid gehüllt. Es war ein herrlicher Tag. Die Akazien und das Gras sandten einen wunderbaren, zarten und frischen Duft in die klare dunkelblaue Luft. Pellegrina sah aus wie vor ihrem Unfall. Ihr blütenhaftes Gesicht schimmerte weiß im ungenauen Morgenlicht. Als sie sprach, fiel mir auf, daß ihre Stimme leise klang, als fürchte sie, jemanden aufzuwecken.

„Ich habe so früh nach dir geschickt, Markus", sagte sie, „damit wir den ganzen Tag für uns haben und verplaudern können, wenn es nötig ist."

Sie nahm meinen Arm und begann mit mir auf und ab zu gehen. Am Ende der Laube blieb sie stehen und schaute, ehe sie sich umwandte, ins Land hinaus. Die Luft war noch frisch. „Ich habe dir vieles zu sagen", sagte sie. Weiter kam nichts. Nur nachher, als wir wieder an dieselbe Stelle kamen, sprach sie die gleichen Worte: „Ich habe dir vieles zu sagen, Markus."

Später setzten wir uns auf eine Bank in der Pergola. Sie ließ meinen Arm nicht los, so daß wir nebeneinander saßen wie in einer Kutsche.

„Du meinst jetzt gewiß, Markus", sagte sie, „ich hätte all die Zeit an nichts gedacht. Aber das stimmt nicht. Du mußt wissen: es ist nicht so einfach, davon zu sprechen, denn all meine kleinen Gedanken habe ich von weit, weit herholen müssen. Sei, bitte, geduldig – wir haben ja den ganzen Tag."

„Siehst du, Markus", fuhr sie fort, und immer noch sprach sie sehr leise und vertraulich, „ich habe eingesehen, daß ich sehr selbstsüchtig war. Ich habe immer nur an Pellegrina und wieder an Pellegrina gedacht. Was ihr zustieß, das kam mir schrecklich wichtig vor, als ob es auf der Welt nichts Wichtigeres gäbe. Die Leute, die Pellegrina gern hatten, die allein, dachte ich, seien die guten und braven Menschen, und ich bildete mir ein, es gebe überhaupt nichts Vernünftiges zu tun, als hinzugehen und Pellegrina Leoni singen zu hören." Sie schwieg und drückte leise meinen Arm.

„Sogar mein Unfall da –", sagte sie unversehens, „wenn der jemand anderem widerfahren wäre – sagen wir einem Sopran in China von der Kaiserlich Chinesischen Oper vor hundert Jahren –, dann hätten wir vielleicht davon gehört und hätten uns nicht viel darum bekümmert. Und es wäre doch genau so schrecklich und traurig gewesen. Weil es aber der Pellegrina geschehen ist, deshalb dachten wir, es sei überhaupt nicht auszuhalten – und das, Markus, braucht doch gar nicht so zu sein, und es soll uns nicht noch einmal passieren."

„Nein, warte", fiel sie mir ins Wort, als ich antworten wollte, „ich will dir alles noch besser erklären. Pellegrina ist nun also tot: eine große Sängerin war sie – nicht? – ein richtiger Stern?

Weißt du noch das Lied:

> *Ein Ruhmesblatt ist ausgelöscht,*
> *Vom Himmel ist ein Stern gefallen . . .*

So war es auch mit ihr: ihr Tod war ein großer Schmerz für die Welt. Nun mußt du mir helfen und mußt der Welt von ihrem Tod erzählen; du mußt der Pellegrina ein Grab machen und ein Denkmal darauf errichten. Kein großmächtiges Denkmal, wie wir's ausgesucht hätten, wenn ich wirklich gestorben wäre, ohne die Stimme zu verlieren, sondern eine einfache Marmorplatte mit dem Namen und dem Datum von Geburt und Tod. Eine kurze Inschrift mußt du auch darauf setzen, Markus. Du mußt darauf setzen: Durch Gottes Gnade. Ja: Durch Gottes Gnade, Markus.

Pellegrina ist tot", wiederholte sie. „Es soll nie wieder eine Pellegrina geben. Soll man sie noch einmal auf die Lebensbühne lassen in dieser grausamen Welt? Sollen ihr noch einmal so schreckliche Dinge zustoßen, wie sie in dieser Welt geschehen? Nein, daran wollen wir lieber nicht denken! Das mußt du mir versprechen."

Ich antwortete, es solle nach ihrem Willen geschehen. Nun erhob sie sich von der Bank und schritt wieder bis ans Ende der Pergola. Es tagte schon stark; die letzten blassen Sterne waren verschwunden, die Welt glänzte rings von Tau, und das Gras, eben noch dunkel, schimmerte in silberner Feuchte. Eine große Helligkeit erfüllte die Luft, als schwinge sich der Himmel hoch über die Erde empor. Pellegrina stand an mich geschmiegt; ihre Kleider waren feucht von Tau. Sie spielte mit den dunklen Locken – eine Haarsträhne hatte sie zwischen die Lippen gezogen – und ab und zu lief ein Schaudern über sie hin. Unter der Pergola senkte sich das Gelände: eine mächtige Landschaft erstreckte sich weithin, und schon konnte man die Wege, die Felder und die Bäume in ihr unterscheiden. Zu unseren Füßen, auf dem Sträßchen, sahen wir die Feldarbeiter an die Arbeit gehen.

„Schau", sagte Pellegrina, „auf diese Leute habe ich gewartet, um dir alles zu erklären. Du wirst mich besser verstehen, wenn du sie vor dir siehst. Da ist eine Frau, die aufs Feld hinausgeht; ich denke, es ist eine Bäuerin, vielleicht heißt sie Maria. Sie ist fröhlich heute morgen, denn ihr Mann ist freundlich zu ihr, er hat ihr eine Korallenkette geschenkt. Vielleicht ist sie aber auch unglücklich, weil er sie mit seiner Eifersucht quält. Was denken wir beide uns dabei, Markus, du und ich? Eine Frau namens Maria ist unglücklich – denken wir. Solche Frauen wird es immer geben, da eine und dort eine, und wir kümmern uns nicht groß darum. Siehst du: Da ist eine andere, die in entgegengesetzter Richtung geht. Sie bringt Gemüse und Obst in die Stadt, und sie ärgert sich, weil ihr Eselchen schon alt ist und nur noch langsam gehen kann, und weil sie zu spät auf den Markt kommen wird. Aber auch das kümmert uns wenig, Markus. Und sieh: Das will ich jetzt werden – ich will eine Frau werden, eine Frau namens so und so, und wenn sie unglücklich ist, wollen wir uns nicht groß darum kümmern."

Wir schwiegen eine Weile, und ich bemühte mich, ihren Gedanken zu folgen.

„Wenn ich aber", fuhr sie fort, „wenn ich aber so weit komme, daß ich mir um die eine bestimmte Frau zu viel Gedanken mache – dann will ich auf der Stelle weggehen und will eine andere werden: eine Spitzenmacherin in der Stadt, oder eine Frau, die den Kindern das Lesen beibringt, oder eine Dame, die nach Jerusalem reist, um am Heiligen Grab zu beten. Es gibt viele, die ich nachleben kann. Ob sie aber glücklich oder unglücklich sind, diese Frauen, ob sie töricht sind oder klug, das soll mich nicht sehr bekümmern, und auch dir soll es gleichgültig sein, wenn du davon hörst. Ich will kein einzelner Mensch mehr sein, Markus, ich will von nun an eine Vielfache werden! Ich will mein Herz und mein Leben nicht mehr an eine einzige Frau binden, die dann so schrecklich leiden muß. Ich habe es lange genug getan. Man kann es nicht mehr von mir verlangen – es ist vorüber.

Und du, Markus", fuhr sie fort, „du hast mir viel geschenkt – nun will ich dir einen guten Rat dafür geben. Sei auch du ein Vielfacher – gib das Spiel auf, daß du immer nur einer sein willst, immer nur der eine Markus Cocoza! Um den hast du dich viel zuviel gegrämt; du bist in Wahrheit sein Sklave und Gefangener gewesen. Bei allem, was du getan hast, hast du dich zuerst gefragt, wie Markus Cocozas Glück und Ruhm dabei bestehen würden. Immer hattest du schreckliche Angst, dein Markus könne eine Dummheit machen oder sich langweilen. Was wäre denn daran gelegen? Überall auf der Welt machen die Menschen Dummheiten, und viele Leute langweilen sich – das ist nichts Neues. Drum mußt du aufhören, Markus Cocoza zu sein, und dann ist es für die Welt sofort gleichgültig, wenn ein Mensch mehr, ein beliebiger alter Jude, eine Dummheit begeht oder sich ein paar Tage langweilt. Ich möchte so gern, daß du sorglos wärest, daß dein Herz in dir wieder leicht würde. Dazu mußt du mehr als *ein* Mensch sein, du mußt ein Vielfacher werden, so vielfach es dir überhaupt nur gelingt. Ich spür' es, Markus, ja, ich bin ganz sicher, daß alle Menschen auf der Welt das tun müßten – vielfach sein –, und daß sie dann alle, jawohl alle, sorgloser wären in ihrem Herzen. Dann fänden sie bald ein bißchen Freude. Ist es nicht seltsam, daß nie ein Philosoph auf diesen Gedanken gekommen ist, daß ich ihn habe finden müssen?"

Ich dachte über ihre Worte nach und fragte mich, ob für mich eine Lehre in ihnen steckte. Soviel wußte ich: solange sie am Leben war, konnte ich ihrem Rat unmöglich folgen. Wenn sie stürbe, dann mochte es sein, daß ich in ihrem närrischen Einfall Frieden fand. Der Mond muß der Erde folgen, aber wenn die Erde einmal auseinanderbirst und verdunstet, wird er vielleicht aus seiner Abhängigkeit entrinnen, wird einen fessellosen Lauf durch den Äther beginnen und eine Zeitlang ein Jupitermond sein, eine Zeitlang ein Mond der Venus. Ich kann nichts Genaues darüber sagen, ich verstehe zu wenig von Astronomie. Denken Sie sich's selber aus, Sie haben mehr Kenntnis von dieser Wissenschaft.

„Was für ein herrlicher Morgen!" sagte Pellegrina. „Man meint, es ist noch dunkel, aber in Wirklichkeit ist die Luft von Licht erfüllt wie ein Glas Wein. Wie es überall taut! Bald wird alles wieder trocken sein, und auf den Straßen ist's heiß. Uns stört es nicht, wir wollen den ganzen Tag zusammenbleiben."

„Und was soll ich tun?" fragte ich.

Sie verfiel in ein langdauerndes tiefes Schweigen. „Es hilft nichts, Markus", sagte sie schließlich, „wir müssen uns trennen. Heute abend reise ich."

„Wollen wir uns nie wiedersehen?“ fragte ich.
Sie legte den Finger an die Lippen. „Du darfst nie zu mir sprechen, hörst du, wenn wir einander je begegnen sollten. Du hast Pellegrina in der alten Zeit gekannt, weißt du.“
„Ich möchte“, schlug ich vor, „daß du mich dir folgen und in deiner Nähe sein läßt, damit du mich herbeirufen kannst, wenn du einen Freund brauchst.“
„Ja“, sagte sie, „das sollst du tun. Bleib in meiner Nähe, Markus, und wenn einer kommt und die alte Pellegrina Leoni in mir sehen will, kann ich dich herbeirufen, und du wirst mir helfen, woanders hinzugehen. Aber sprechen mußt du nie mit mir, Markus! Wenn ich deine Stimme hörte, müßte ich an die göttliche Stimme der Pellegrina denken, an ihre Triumphe, an das Haus hier und an den Garten.“ Bei diesen Worten blickte sie sich nach dem Haus um, als betrachte sie einen Gegenstand, der nicht wirklich da ist.
„Kalt sind die Ströme des Lebens, Pellegrina“, sagte ich.
Sie lachte leise im Morgenlicht, dann verstummte sie wieder. „Die Schwalben schießen so wild hin und her“, sagte sie schließlich, und später: „Was hältst du von dem Paradies, Markus? Gibt's das wirklich, irgendwo? Da wollen wir zusammen in dieses Haus zurückkehren, und die Paradieseslüfte werden in den Vorhängen spielen. Da ist es Frühling, und die Schwalben sind zurück, und alles ist vergeben.“
Sie ging von mir‹, sagte der Alte, ›wie sie es angekündigt hatte, am Abend desselbigen Tages. Ich habe seitdem nie mit ihr gesprochen, aber von Zeit zu Zeit kam ein Brief von ihr und bat mich um Hilfe, wenn sie ihren Aufenthalt wechseln und von einer Gestalt in die andere hinübergleiten wollte. In Rom –‹, damit wandte er sich an mich, ›wenn Sie ihr nicht erzählt hätten, daß Ihr Vater ein solch begeisterter Freund der italienischen Oper sei, wäre sie sicher mit Ihnen nach England gegangen. Aber nur für ein, zwei Jahre – dann hätte sie Sie wieder verlassen. Sie duldete nicht, daß man sie in einer ihrer Rollen festlegte.‹
Mit diesen Worten beendete der Alte seine Geschichte. Er blickte uns der Reihe nach an, dann senkte er ruhig den Blick, ließ das Kinn auf dem Goldknauf seines Spazierstockes ruhen und versank in tiefes Nachdenken, das Auge aufmerksam auf die sterbende Frau auf der Bahre gerichtet. Wir drei Zuhörer saßen schweigend da und kamen uns, möchte ich sagen, alle drei recht betreten vor.«
An dieser Stelle seiner Geschichte verfiel auch Lincoln in Sinnen und schwieg eine längere Zeit.
»Das eine muß ich dir gleich erzählen, Mira«, sagte er schließlich, »daß

mein Freund Pilot späterhin Pellegrina Leonis Rat befolgt hat. Ich weiß nun nicht mehr richtig: war es ein älterer Geistlicher aus Deutschland, ein gewisser Pastor Rosenquist, der mir viele Jahre später am Kap der Guten Hoffnung während eines Gesprächs über die seltsamen Wege der menschlichen Natur die Geschichte meines Freundes erzählt hat – oder habe ich mir einfach einen Spaß daraus gemacht, mir viele Jahre später vorzustellen, ich hätte am Kap der Guten Hoffnung einen deutschen Pastor kennengelernt, der mir alles erzählte.

Kurz und gut: Pilot folgte ihrem Rat und entschloß sich, ein Vielfacher zu werden. Ab und zu entzog er sich der schweren und aussichtslosen Aufgabe, den Herrn Friedrich von Hohenems darzustellen, und spielte die Rolle eines kleinen Landwirts in einer abgelegenen Gegend, wobei er den Namen Fridolin Emser annahm. Sein zweites Leben umgab er mit dem größten Geheimnis: Niemand durfte wissen, was er eigentlich trieb. Wenn er in die Einsamkeit ging, hatte er jedesmal ein Gefühl, als ginge es um sein Leben; und in Fridolins Häuschen, am Rande eines Dorfes, angekommen, kuschelte er sich zusammen, wie ein Tier sich in seiner Höhle birgt. Wäre einmal jemand mißtrauisch geworden und seiner mit so viel Mühe verheimlichten Spur gefolgt, um herauszubekommen, was unser Pilot denn nun eigentlich in seiner Verborgenheit treibe, so würde er entdeckt haben, daß der Landwirt Emser absolut nichts tat. Er sah in seiner Klitsche nach dem Rechten, legte Tag für Tag ein bißchen Geld für Fridolin zurück, setzte sich des Abends in seinen Garten in die Laube unter einen Käfig mit einer Amsel und rauchte eine lange Pfeife. Manchmal ging er auch zum Bier in die Kneipe und sprach mit harmlosen Leuten über Politik. Hier fühlte er sich glücklich. Da ihm von allem Anfang an klar war, daß es den Fridolin in Wirklichkeit nicht gab, machte er auch nicht erst mühselige Anstrengungen, um ihn ins Leben zu rufen. Nur eins quälte ihn: Er hielt es nie lange in seinen Ferien vom Ich aus, weil er fürchtete, seine heimliche Lebensform könne zu viel Gewicht annehmen und ihn ganz hinüberziehen. So kehrte er immer wieder auf das Gut der Familie Hohenems zurück; aber auch dort, in seinem eigentlichen Leben, fühlte er sich glücklicher, seit er Pellegrinas Gedanken verwirklichte, und daß es in seinem Leben ein Geheimnis gab, bedeutete einen starken Gewinn für ihn.

Ich weiß nicht, ob er je, als Friedrich oder als Fridolin, geheiratet hat. Eine Ehe des Friedrich Hohenems mußte notwendig unglücklich werden, und die Frau hätte mir leid getan, die ihn auf dem Halse gehabt hätte. Als Fridolin dagegen war er durchaus zur Ehe tauglich und hätte einer Frau sehr wohl ein schönes friedliches Leben bereiten können. Er hätte es nämlich nicht nötig gehabt, ihr beständig den Beweis seiner Existenz zu erbringen – ein Fluch, unter dem viele Frauen leiden müssen –, sondern er hätte sich geruhig an dem Anblick ihres Daseins erfreuen können. Ich weiß nicht warum – aber immer, wenn ich an Pilot denke, stelle ich ihn mir unter einem Schirm vor, ihn, der einst so mannigfachem Wetter ausgesetzt war! Daß ihn des Tags die Sonne nicht steche, noch der Mond des Nachts.«

Als schüttle er gewaltsam seine Gedanken ab, nahm Lincoln die unterbrochene Geschichte wieder auf:

»Unversehens veränderte der Alte seinen Gesichtsausdruck aufs heftigste. Wir, denen er eben noch die Geschichte seines Lebens erzählt hatte, schienen für ihn überhaupt nicht mehr da zu sein. Er schob den Stock immer tiefer, beugte sich weiter vor und schien sich mit aller Macht in Pellegrinas Gesicht zu versenken.

Sie wurde unruhig auf ihrem Lager. Ihre Brust hob und senkte sich, und ihr Kopf verschob sich ein wenig auf dem Kissen. Ein Schauder lief über ihr Gesicht; dann hoben sich die Brauen unmerklich, und die Wimpern der dunklen Augenlider bebten wie die Flügel eines Schmetterlings auf einer Blume. Wir waren alle aufgesprungen, und wieder warf ich einen Blick auf den Alten. Man sah: Ihm bangte davor, daß sie ihn sehen könnte, wenn sie die Augen öffnete. Er wandte sich zögernd von ihr und suchte sich hinter mir zu verbergen. Gleich darauf erhob sie langsam den Blick. Ihre Augen schienen übernatürlich groß und verdunkelt.

Es hatte nichts geholfen, daß der Jude sich hatte verbergen wollen: Ihr Blick fiel alsbald auf ihn. Er stand ganz still unter diesem Blick, totenblaß, als befürchte er einen Ausbruch des Abscheus bei ihr. Aber nichts dergleichen geschah. Sie schaute ihn aufmerksam an, weder lächelnd noch stirnrunzelnd. Da hörte ich ihn zweimal tief aufatmen, wie unter der Last einer unerträglichen Spannung. Schüchtern kam er ein wenig näher.

Sie setzte ein paarmal zum Sprechen an, brachte aber keinen Ton hervor und ließ die Augen wieder zufallen. Dann öffnete sie sie abermals und schaute Cocoza wieder scharf an. Als sie sprach, hörten wir ihre gewöhnliche leise Stimme, sie sprach etwas langsam, aber ohne Anstrengung.

›Guten Abend, Markus‹, sagte sie.

Ich vernahm die Anstrengung, mit der er sich zu sprechen mühte, aber er sagte nichts.

›Du kommst spät‹, es klang ein wenig ärgerlich.

›Man hat mich aufgehalten‹, antwortete er, und ich war verwundert über seine Stimme, sie war so völlig beherrscht und freundlich und hatte einen schönen, tiefen Klang.

›Wie sehe ich aus?‹ fragte Pellegrina.

›Du siehst gut aus.‹

Mit Pellegrinas erstem Wort hatte sich das Gesicht des Alten aufs seltsamste und ergreifendste verwandelt. Ich habe erzählt, daß Cocoza ungewöhnlich blaß war, und beim Erzählen seiner Geschichte war seine Gesichtshaut derartig weiß geworden, als ob kein Tropfen Blut in ihm wäre. Nun aber, da Pellegrina ihn anredete und er ihr Antwort gab, überzog eine tiefe, zarte Röte sein Gesicht.

›Gut, daß du gekommen bist‹, sagte sie. ›Ich bin heute ein bißchen aufgeregt.‹

›Dazu hast du keinen Grund‹, beruhigte er sie, ›es ist bis jetzt ausgezeichnet gegangen.‹

›Im Ernst?‹ fragte sie und blickte ihn prüfend an. ›Du hast nichts auszusetzen? Nichts, was besser hätte sein können? Ich habe es wirklich gut gemacht, und du bist ganz zufrieden?‹

›Ja! Ich habe nichts auszusetzen, finde nichts, was besser hätte sein können. Du hast es gut gemacht, und ich bin durch und durch zufrieden.‹

Sie schwieg ein paar Augenblicke, dann ließ sie den dunklen Blick von ihm zu uns herüberschweifen. ›Wer sind diese Herren?‹ fragte sie.

›Es sind drei junge Herren aus dem Ausland, die weither gereist sind und um die Ehre bitten, dir vorgestellt zu werden.‹

›Nun, so stell sie vor! Ich fürchte aber, du mußt dich beeilen. Der Zwischenakt muß gleich vorüber sein.‹

Cocoza trat auf uns zu, nahm uns der Reihe nach bei der Hand und führte uns näher an die Bahre. ›Edle junge Herren aus schönen fernen Ländern‹, sprach er, ›ich freue mich, daß ich Ihnen einen unvergeßlichen Augenblick Ihres Lebens vermitteln darf. Ich stelle Sie hiermit Donna Pellegrina Leoni vor, der größten Sängerin der Welt.‹

Damit nannte er der Reihe nach unsere Namen, und zwar in jedem einzelnen Falle ganz korrekt.

Pellegrina blickte uns freundlich an. ›Ich freue mich sehr‹, sagte sie, ›daß ich Sie heute hier sehen darf. Ich werde nun für Sie singen: hoffentlich zu Ihrer Zufriedenheit.‹

Wir küßten alle drei unter tiefen Verbeugungen ihre Hand. Ich mußte an die Liebkosungen denken, die ich einst von dieser schönen Hand mir erträumt hatte. Schon war der Augenblick vorüber, und sie wandte sich wieder dem Alten zu: ›Ich weiß nicht, ich bin heute wirklich ein wenig aufgeregt. Welche Szene haben wir, Markus?‹

›Sternlein‹, antwortete er, ›du brauchst wirklich nicht aufgeregt zu sein. Es geht bestimmt ausgezeichnet. Wir haben Don Giovanni, zweiten Akt, die Briefarie. Du fängst mit deinem Rezitativ an: „Crudele? Ah nò, mio bene. Troppo mi spiace allontanarti un ben che lungamente la nostr'alma desia."‹
Sie seufzte tief auf und wiederholte seine Worte: ›Crudele? Ah nò, mio bene! Troppo mi spiace allontanarti un ben che lungamente la nostr'alma desia.‹
Als sie diese Worte aus der alten Oper aussprach, glitt ein tiefes, bräutliches Erröten über ihr bleiches, wundes Antlitz. Wir drei, die wir zuschauten, hatten, glaube ich, blasse Gesichter; die beiden aber, die einander anblickten, glühten von stummer, schwellender Ekstase.
Plötzlich brach Pellegrinas Gesicht, wie das junge Eis der ersten Nacht zu brechen pflegte auf den Teichen, wenn ich als Junge einen Stein hineinwarf. Es wurde wie ein Sternbild, das in der Tiefe des Himmels undeutlich verschwebt. Ein Tränenregen sprang aus ihren Augen und badete das Gesicht. Ihr ganzer Körper bebte unter dem Sturm ihrer Erregung wie die Saite auf einem Instrument.
›Schau!‹ rief sie, ›schau, o schau! Pellegrina Leoni! – sie ist wieder da, sie ist zurückgekommen! Pellegrina, die größte Sängerin, die arme Pellegrina, sie ist wieder auf der Bühne! Zur Ehre Gottes, wie dereinst. Sie ist wieder da, sie ist es wirklich: Pellegrina, Pellegrina!‹
Es war kaum zu glauben, daß in diesem sterbenden Leib ein solches Gewitter von Leid und Entzückung hausen konnte.
›Kommt alle zu ihr, kommt, o kommt‹, rief sie. ›Kommt zurück, meine Kinder, meine Freunde! Ich bin es – ich bin es in alle Ewigkeit.‹ Sie weinte in einem wahren Taumel der Erleichterung, als hätte sie einen lange gestauten Strom von Tränen in sich fließen.
Der alte Cocoza schien vor Schmerz und Anspannung außer sich. Zuweilen schwankte er, und seine Lider wurden schwer: Tränen entrangen sich ihnen und liefen ihm übers Gesicht. Trotzdem hielt er sich aufrecht und hatte immer noch die Kraft, seine Erregung nicht ganz offenbar werden zu lassen, obwohl sie ihn bis zum äußersten anspannte.
Plötzlich faßte er nach seinem Stöckchen und klopfte dreimal kurz und bestimmt gegen den Rahmen der Bahre.
›Donna Pellegrina Leoni!‹ rief er mit klingender Stimme, ›en scène pour le deux.‹
Wie ein Soldat beim Appell, wie ein Schlachtroß beim Klang der Fanfare riß sie sich bei seinen Worten zusammen. Von einem Augenblick zum andern wurde sie still, verfiel sie in ein mutiges, tödliches Schweigen.

Aus ihren riesengroßen dunklen Augen blickte sie den Alten noch einmal an; dann bäumte sie in einer gewaltsamen Bewegung, wie eine Woge steigt und sinkt, den Leib einmal in die Höhe. Ein seltsamer Ton, dem fernen Brüllen eines großen Tiers vergleichbar, kam aus ihrer Brust. Langsam verebbte die Glut in ihrem Antlitz und wich einem aschigen Grau. Ihr Leib sank zurück, streckte sich aus und lag still. Sie war tot.
Wir standen eine Zeitlang stumm beisammen. Später setzten wir uns ins Refektorium, und gegen Morgen zeigte man uns an, unsere Kutschen seien endlich angelangt. Ich ging hinaus, um den Fuhrleuten Anweisungen zu geben. Sowie es ganz hell war, wollten wir weiterreisen. So ist es am besten, dachte ich – ich wußte freilich nicht, wohin ich fahren sollte.
Als ich an dem Zimmer vorüberkam, brannten die Kerzen noch, aber das Tageslicht drang schon zum Fenster herein. Die beiden waren noch beisammen: Pellegrina auf ihrer Bahre und der alte Jude neben ihr, das Kinn auf den Stock gestützt. Ich hatte ein Gefühl, daß ich nicht so einfach fortfahren dürfte.
Ich trat auf ihn zu. ›Herr Cocoza‹, sagte ich, ›diesmal begraben Sie nicht die große Künstlerin, für die Sie vor vielen Jahren ein Grab gebaut haben, sondern die Frau, deren Freund Sie gewesen sind.‹
Der alte Mann blickte zu mir auf. ›Vous êtes trop bon, Monsieur‹, sagte er, was heißen will: ›Sie sind zu gütig, mein Herr.‹
Dies«, sagte Lincoln, »dies ist meine Geschichte, Mira.«
Mira holte tief Luft, atmete langsam wieder aus und pfiff vor sich hin.
»Ich habe mir überlegt«, sagte Lincoln, »was wäre aus der Frau geworden, wenn sie damals nicht gestorben wäre? Sie säße vielleicht heute hier bei uns. Es war gut mit ihr umgehen, und sie hätte zu uns gepaßt. Vielleicht wäre sie in Mombasa Tänzerin geworden wie die Thusmu, die rotäugige alte Fledermaus, die schon Vater und Großvater geliebt haben, und nach deren Armen noch unser Said hier schmachtet. Oder sie wäre mit uns ins Gebirge gezogen, auf Elfenbeinsuche und Sklavenfang, wäre bei einem kriegerischen Eingeborenenstamm in den Bergen geblieben und hätte sich dort als große Hexe verehren lassen.
Ganz zuletzt, hab ich mir gedacht, hätte es ihr vielleicht beliebt, ein zierlicher kleiner Schakal zu werden und sich ein Nest zu bauen auf der Steppe oder am Hügelabhang. Ich habe es mir so lebhaft vorgestellt, daß ich mir manchmal in einer mondhellen Nacht schon eingebildet habe, ich hörte ihre Stimme unter den Hügeln. Da habe ich sie dann auch gesehen: Sie lief hin und her und spielte mit ihrem zierlichen kleinen Schatten, ganz leicht und vergnügt.«

»O la la«, sagte Mira, der in seiner Eigenschaft als Geschichtenerzähler ein vortrefflicher, mitdenkender Zuhörer war, »den kleinen Schakal hab ich auch schon gehört. Wenn er bellt, heißt es: ›Ich bin nicht nur so ein kleiner Schakal, nicht nur ein einziger: ich bin ein Vielfacher!‹ Und wirklich: einen Augenblick später ist er ein anderer geworden und bellt dicht hinter dir: ›Ich bin nicht nur ein Einzelner! Hier bin ich schon wieder!‹ Warte du nur, Lincoln, bis ich den Schakal wieder einmal gehört habe; dann will ich dir eine Geschichte erfinden, die sich vor deiner nicht zu schämen braucht.«
»Kann sein«, sagte Lincoln, »aber dies war nun eben meine Geschichte. Und eine gute Lehre für Said.«
»Ich kenne deine Geschichte«, sagte Mira, »ich habe sie schon einmal gehört. Ich glaube fast, ich habe sie selbst erfunden. Der Sultan Sabur von Khorassan war ein großer Held, und nicht nur das, sondern ein Gottesmann, der Gesichte hatte und Stimmen hörte und von ihnen unterwiesen ward im Willen des Herrn. Also gedachte er, seine Wissenschaft weiterzugeben an alle Welt, mit Feuer und Schwert. Aber ach, ihn verriet ein Weib, eine Tänzerin, da er eben den Zenit seiner Laufbahn erklommen hatte – es ist eine lange Geschichte. Sein ganzes großes Heer wurde vernichtet. Der Wüstensand trank das Blut der Krieger, die Geier mästeten sich, und das Wehklagen der Witwen und Waisen erscholl zum Himmel. Der Harem des Sultans wurde unter seine Feinde verstreut, und ihn selbst, der verwundet war, rettete ein Sklave mit vieler Not vom Schlachtfeld. Um seiner Krieger willen wird er sich von Stund an unsichtbar halten, und niemand soll ihn kennen im Bettlergewand. Wie deine Frau ist er ein Vielfacher geworden und hat, wie sie, abgelassen, ein Einzelner zu sein. Manchmal ist er ein Wasserträger, manchmal ein Bedienter bei einem Kadi, dann wieder ein Fischer am Meeresstrand oder ein heiliger Einsiedler. Viel Weisheit wohnt in ihm; er weiß viele Dinge und hinterläßt tiefe Spuren, wo er geht. Wer ihm begegnet, dem tut er viel Gutes, auch Schlechtes zuweilen, und ist noch immer ein König. Aber ein und derselbe bleibt er nie lang. Wenn er Freunde findet und Frauen, die ihn lieben, flieht er vor ihnen aus diesem Lande, so groß ist seine Angst, er könnte wieder der Sultan Sabur sein oder sonst ein einzelner Mensch. Nur sein Sklave weiß das. Diesem Sklaven, das fällt mir eben ein, diesem Sklaven haben sie um Saburs willen die Nase abgeschnitten.«
»Ich sag's dir ja, Mira«, sprach Lincoln, »dieses Leben ist der unangenehmsten eines.«
»Oh«, versetzte Mira, »was mich betrifft, ich bin sicher, wo ich auch

hingehe. In eurem heiligen Buch steht es ja geschrieben, daß denen, die Gott lieben, alle Dinge zum Besten dienen.«

»Und kommt diese Liebeserklärung«, fragte Lincoln, »kommt diese Liebeserklärung aus dem Herzen? Oder kommt sie von den Lippen eines alten Hofpoeten?«

»Aus dem Herzen, aus dem Herzen!« erwiderte Mira. »Ich habe mich lange darum bemüht, Gott zu verstehen. Nun habe ich Freundschaft mit ihm geschlossen. Um ihn richtig zu lieben, mußt du den Wechsel lieben und auch einen guten Spaß, denn das sind seine zwei wahren Herzensneigungen. Es wird nicht mehr lange dauern, bis auch ich einen Spaß so sehr zu lieben weiß, daß ich, statt den Menschen das Blut zu Eis gerinnen zu machen, ein lustiger Geschichtenerzähler sein werde, der die Leute zum Lachen bringt.«

»Dann wirst du«, versetzte Lincoln, »nach dem Gesetze des Propheten, zusammen mit den Barbieren und den Schamlosen, die ihr Weib öffentlich küssen, davon ausgeschlossen sein, vor Gericht als Zeuge zu erscheinen.«

»So ist es«, bestätigte Mira. »Ich werde nicht als Zeuge erscheinen dürfen.«

»Und was meint Said?« fragte Lincoln.

Said, der die ganze Zeit über schweigend und regungslos dagesessen hatte, lachte leise. Er blickte landwärts. Im Mondlicht sah man einen verschwommenen weißen Streifen auftauchen, und man vernahm ein Murmeln in der Luft wie von einer vibrierenden Saite.

»Dies«, sprach Said, »sind die großen Brecher vom Takaungufluß. Wir werden mit dem frühen Morgen in Mombasa sein.«

»Mit dem frühen Morgen?« wiederholte Mira. »Dann will ich mich noch ein Stündchen schlafen legen.«

Er räkelte sich ein wenig beiseite, zog seinen Mantel über sich, daß auch sein Kopf eingehüllt war, und legte sich schlafen, regungslos wie ein Leichnam.

Lincoln blieb noch eine Weile sitzen und rauchte eine Zigarette oder zwei. Dann legte auch er sich nieder, drehte sich ein paarmal von einer Seite auf die andere und schlief ein.

Der Dichter

Um den Namen der kleinen Stadt Hirschholm in Dänemark schlingt sich manche romantische Geschichte. In den Anfängen des achtzehnten Jahrhunderts begab es sich, daß die Königin Sophia Magdalena – die Gemahlin König Christians VI., jenes gottesfürchtigen Herrschers, der mit seinem Hof täglich dreimal zur Kirche ging und alle Theater in Kopenhagen schließen ließ – an einem Sommerabend nach langem Jagen am Ufer eines stillen Sees mitten im Walde einen Hirsch erlegte. Der Ort sagte ihr so zu, daß sie sich entschloß, einen Palast dortselbst bauen zu lassen, und sie nannte ihn nach ihrer Jagdbeute: Hirschholm. Das Gebäude geriet, als es fertig wurde, wie die meiste in jener Zeit in germanischen Ländern gebaute Architektur, reichlich pomphaft und überladen: Es stand mitten im See, und über das Wasser waren lange, gerade Dämme gezogen, auf welchen die königlichen Kaleschen in vollem Glanze einherfahren konnten, im klaren Wasser umgekehrt gespiegelt, so wie damals der Hirsch, als die Jagdhunde der Königin ihn stellten. Rings um den See wuchs die kleine Stadt empor mit den Häusern der Hofangestellten, ein paar Schenken und bescheidenen Läden, alles mit roten Ziegeln gedeckt, und die weitläufigen königlichen Stallungen und Reitbahnen an zentraler Stelle. Den größten Teil des Jahres war es still dort, aber es herrschte immer großer Betrieb, wenn der prachtliebende Hof zur Jagd seinen Einzug hielt.

Fünfzig Jahre später, als Sophia Magdalenas Enkel, König Christian VII., über Dänemark herrschte, war es wieder Hirschholm, wo sich die Tragödie der jungen, aus England gekommenen Königin Carolina Mathilda abspielte oder doch wenigstens vorbereitete. Die rührende kleine Prinzessin, frisch wie Milch und Blut, vollbusig und jung, zog mit fünfzehn Jahren über die Nordsee, um ein lasterhaftes, herzloses königliches Männlein zu heiraten, nicht viel älter als sie selbst, aber schon weit fortgeschritten auf dem Wege zu jener königlichen Geisteskrankheit, die ihn ein paar Jahre später verschlang, eine Art Miniatur-Caligula, dessen Porträt ganz seltsam den Eindruck eines völlig vereinsamten und ernüchterten Geistes vermittelt. Nach einigen unglücklichen Jahren – Jahren der Langeweile und Verworrenheit für die junge Frau aus England – war es mit dem König so weit, daß er am liebsten mit seinem Leibmohren Pferdchen spielte. Die Königin aber erlebte die Stunde ihres Schicksals: Sie verliebte sich leidenschaftlich und hoffnungslos in den Arzt, den man aus Deutschland berufen hatte, um durch seine neuen Kaltwasserkuren den kränkelnden kleinen Kronprinzen zu heilen. Dieser Arzt war ein hochbegabter Mensch und seiner Zeit in vielem voraus. Die Liebe der Königin erhob ihn zu den höchsten Stellen im Land, und dort leuchtete er überraschend auf, ein Stern erster Größe, ein Revolutionstyrann von tollkühner Art, bis er sich und sie ins Verderben stürzte. Die kurze Zeit ihres Glücks feierten die beiden in Hirschholm, und dort war es auch, wo Carolina Mathilda ihren dänischen Untertanen zu tuscheln gab, indem sie in Männerkleidung hinter der Meute ritt – einer Tracht, die ihr, nach ihren Porträts zu urteilen, unmöglich gestanden haben kann. Bald kreiste die in ihrer Würde gekränkte alte Königinmutter die beiden Liebenden mit ihrem Übelwollen ein und brachte sie zu Fall. Dem Arzt ward der Kopf abgeschlagen, weil er die Königsrechte der Krone von Dänemark mutwillig angetastet hatte, und die junge Königin wurde in eine kleine Stadt im Hannöverschen verbannt und starb dortselbst. Die Tugend triumphierte in ihrer schnödesten Form, und den Palast, der solch gotteslästerliches Treiben geborgen hatte, gab man schleunigst auf und riß ihn schließlich nieder, teils weil die königliche Familie seinen Anblick scheute, teils weil das Gerücht ging, er senke sich ohnedies in den See. Verschwunden war aller Glanz, und eine Kirche im klassizistischen Stil des beginnenden neunzehnten Jahrhunderts erhob sich da, wo der Palast gestanden hatte, wie ein Kreuz auf seinem Grabe. Noch viele Jahre später konnte man bei reichen Bauern in der Nähe von Hirschholm allerlei Statuetten finden sowie geschnitzte und vergoldete Möbelstücke mit Rosengirlanden und Liebesgöttern.

Die kleine Stadt, zu deren Häupten der Sturm solcherart vorübergebraust war, bot jahrelang den Eindruck eines Menschen, den eine schwere Erschütterung betäubt und bis in die Tiefen seines Wesens eingeschüchtert hat. Niemand hätte geglaubt, daß solche Dinge vorkommen konnten, am wenigsten im Schoße eines Städtchens wie Hirschholm. Insgeheim hatte der Ort vielleicht doch noch Überreste einer loyalen Teilnahme für die lebenslustige junge Königin, die ihm ihr Lächeln geschenkt hatte. Aber beim Kopfabschlagen hört der Spaß entschieden auf, und Hirschholm brauchte sich nur nach der Stelle umzusehen, wo der Palast gestanden hatte, um von der Vergeltung der Sünden einen überzeugenden Begriff zu bekommen. Überdies kamen schwere Zeiten über das Land: Kriege, der Verlust der Flotte, Staatsbankrott, ein Vordringen der Tugendhaftigkeit und sturen Knausrigkeit. Die leichtgeschürzten Tage des achtzehnten Jahrhunderts waren endgültig dahin.

Erst fünfzig oder sechzig Jahre nach der Tragödie der jungen Königin und ihres Ministers erlebte die Stadt eine freundliche kleine Wiedergeburt. Es konnte kein dauernder Zustand sein, daß die Einwohner eine Sünde bereuten, an der sie in Wirklichkeit keinen Teil genommen, und sowenig wie anderswo im Lande konnte man in Hirschholm in alle Ewigkeit bei dem Satze sein Genügen finden, die Vorsicht sei der Weisheit besserer Teil. Ist man erst eng genug an eine vorsichtig-ängstliche Lebensweise gebunden, so denkt man um so lieber an sorglose Zeiten und Menschen zurück. Es gilt ja auch gewöhnlich der Satz, daß die Leute zwar die Ehrbarkeit ihrer Mütter nicht gern in Zweifel ziehen lassen, daß ihnen aber schon die Seitensprünge ihrer Großmütter häufig ein charmiertes und beifälliges Lächeln entlocken. Zu der Zeit, als bei den Männern der Backenbart, bei den Damen die Korkzieherlocke aufkam, erschienen die Sünden der Vorfahren im Puderhaar allmählich in einem romantischen Licht, etwa wie Leidenschaften und Verbrechen auf dem Theater. Es war nun an dem, daß die Dichter in einem Kütschchen aus Kopenhagen aufs Land kariolten und sich in Hirschholm einmieteten, um Gedichte über Carolina Mathilda, die unglückliche Königin, zu machen und ihren Schatten, flüchtig auf flüchtigem Roß, in den Wäldern an sich vorübersprengen zu sehen. Die Lindenalleen, die das achtzehnte Jahrhundert in seiner selbstlosen Art auf den Uferdämmen gepflanzt hatte – denn damals muß man zwischen sechs Fuß hohen Stöcken gewandelt sein, damit künftige Geschlechter Laub und reichen Schatten genössen –, diese Alleen waren gewachsen und alt geworden, und in ihren grünen Laubnischen saßen alte Damen und Herren, die als Kinder noch die Königin mit ihrer Jagdmeute über die Steinbrücken hatten sprengen und den König, ein schmuckes, geschnürtes und gepudertes Püppchen mit leerem Gesicht, in seiner Kutsche hatten vorüberfahren sehen, und verbreiteten sich über die Sensationen des Hoflebens, vor einem Auditorium von hübschen Jungfräulein, älteren Damen und mannbaren Jünglingen der Stadt, die ihrerseits nichts sorgfältiger verschwiegen als die Stimme ihres Herzens.

Um dieselbe Zeit lebten in Hirschholm zwei Männer, die sich, auf ganz verschiedene Weise, vom durchschnittlichen Typ des dortigen Bürgers unterschieden.

Der eine war dabei, recht besehen, die führende Person am Ort, ein Mitbürger von weitreichendem Einfluß, ein Mann nicht nur von Vermögen und Ansehen, sondern von Welt und von vielem Charme. Er hieß Mathiesen und hatte den Titel eines »Kammerraads«. In späteren Jahren errichtete man ihm einen Denkstein mit seiner Büste, und zwar am Eingang zu einer jener langen Lindenalleen, in welchen er so gerne lustwandelt war.

Er war zur Zeit, in der unsere Geschichte spielt – das heißt zu Anfang der 1830er Jahre – zwischen fünfundfünfzig und sechzig Jahre alt und lebte still und zufrieden in Hirschholm. Aber er war auch einmal jung gewesen und weiter in der Welt herumgekommen. Seine Reisen hatten sich sogar ziemlich weit erstreckt: Deutschland und Frankreich hatte er noch in den schicksalsträchtigen und ruhelosen Zeiten besucht, die dem Idyll vorangegangen waren – zur Zeit der Französischen Revolution und der Napoleonischen Kriege. Damals hatte er allerlei Dinge mitangesehen und wohl auch selbst mit betrieben, von denen man sich in der kleinen Stadt nichts träumen ließ, und seine Bekannten aus jungen Tagen sagten ihm nach, er sei mit anderen Augen heimgekommen – früher seien sie blau gewesen, jetzt aber waren sie hellgrau oder grün. Mochte er in der Fremde allerlei Illusionen verloren haben, so hatte er inzwischen gewiß gelernt, den Verlust nicht allzu hoch zu achten, und so viel stand fest, daß er dafür ein Talent erworben hatte, sich das Leben angenehm und behaglich zu machen. Für einen klugen Epikureer gibt es wohl keinen besseren Ort als eine kleine Stadt in der Provinz. Unser Kammerrat, der seit fünfzehn Jahren verwitwet war, hatte eine vorzügliche Haushälterin und einen Keller, der einem Kardinal Ehre gemacht hätte. Die Hirschholmer sagten ihm nach, wenn er abends allein sei, fertige er Kreuzstichhandarbeiten an; aber nichts zwang ihn schließlich in seiner Stellung dazu, um der Konvention willen einen ihm angenehmen Zeitvertreib aufzugeben.

Unter den Schätzen, die der Rat in der weiten Welt gesammelt und mit sich nach Hirschholm gebracht hatte, war ihm keiner so wert wie seine Erinnerungen an Weimar, wo er zwei Jahre gelebt, und an die Zeit, da auch er also im Dunstkreis des großen Geheimrats Goethe geweilt hatte. Es ist etwas Großes, einem höchsten Wesen Aug in Auge gegenübergestanden zu haben, und ein Gesetz des Lebens will es, daß sich von den zahllosen Begegnungen, die wir haben, eine ganz bestimmte tiefer in uns einprägt als alle anderen. So war unserem Kammerrat das Bild jener erlauchten Stadt und des großen Dichters auf ewig in die Seele gedrungen. Dies war der Idealmensch – der Übermensch, wie er vielleicht gedacht haben würde, wenn man das Wort damals schon gekannt hätte –, der Mann, der in sich alle Eigenschaften vereinigte, nach welchen die Menschheit giert und strebt: der Dichter, Philosoph und Staatsmann, der Freund und Ratgeber von Fürsten, der Fraueneroberer. Der Rat war Goethen oftmals auf seinen Morgenspaziergängen begegnet und hatte ihn mit den ihn begleitenden Freunden plaudern hören. Einmal war er dem großen Mann sogar vorgestellt worden, der Blick des olympischen und doch so menschlichen Auges hatte auf ihm geruht, und er hatte ein paar Worte mit dem Giganten gewechselt. Der Dichter hatte mit seinem Begleiter eine Frage aus der nordländischen Archäologie erörtert, und jener Begleiter hatte den jungen Fremden herbeigerufen und um eine fachmännische Auskunft gebeten. Dann richtete auch Goethe einige sachdienliche Fragen an ihn und erkundigte sich artig, ob er wohl diese und jene Unterlage beschaffen könne. Mathiesen hatte eine tiefe Verbeugung gemacht und geantwortet: »Ich bin Euer Exzellenz ehrerbietigster Diener.«

Der Rat war kein gewöhnlicher Mensch, sein Ehrgeiz unterschied sich von dem des gemeinen Haufens. Von seiner Stellung in Hirschholm hatte er eine hohe Meinung – wozu er ja allen Grund hatte –, und in allen Dingen des täglichen Lebens gab es nichts, was ihm nicht nach Wunsch und Zufriedenheit ausgeschlagen wäre. Wenn er trotzdem bis an sein Lebensende, zusammen mit dem Bilde des Geheimrats aus Weimar, den Ehrgeiz in sich nährte, sich in seiner kleineren Umgebung als eine Art Miniaturübermensch fühlen zu können, so war das jedenfalls ein Wunsch, der nur ihm allein bekannt war und sich nach außen hin als eine Art allgemeiner Idealismus äußerte, als eine unsichtbare Richtkraft, die auf eine immer größere Harmonie seines ganzen Wesens zustrebte. Im übrigen war Mathiesen ein Mann von vielem Weitblick, der sich nie mit dem nächsten besten Anschein der Dinge zufrieden gab. Die Vorstellung des Paradieses hatte für ihn noch Gewicht: Seine Generation war noch mit der Idee eines ewigen Leben aufgewachsen, und der Unsterblichkeitsgedanke bot sich ihm ohne Zwang dar. Sein Paradies nun hatte das Ansehen eines anderen Weimar: Es war ein Elysium voller Würde, Anmut und Glanz. Doch bedeuteten diese Vorstellungen einer anderen Welt für ihn nichts Lebensnotwendiges, und er hätte sie gewiß ohne allzu großen Schmerz preisgegeben. Woran er dagegen ganz fest glaubte, das war die Geschichte und die von ihr verliehene Unsterblichkeit. Er hatte ja in seiner nächsten Nähe Geschichte machen sehen, er hatte ihren Atem an seiner Wange gespürt und wußte, daß der große Kaiser und die Helden der Revolution lebendigere Gestalten waren als die Beamten und Kaufleute in Hirschholm, die in den roh gepflasterten Straßen den Hut vor ihm zogen und mit denen er Tag für Tag kleine, liebenswürdige Bemerkungen tauschte. In der Arena der Geschichte, in ihrer hochfliegenden Gesellschaft begehrte er im Grunde zu leben.

Ob es nun der tiefe Eindruck war, den die Dichtung, indem sie ihm damals in so majestätischer Gestalt entgegentrat, auf ihn gemacht hatte, oder ob in seinem Herzen eine angeborene Neigung schlummerte, deren sich wohl keiner versehen hätte (aber wer möchte das entscheiden, sintemalen wir vom Menschenherzen so wenig wissen) – jedenfalls spielte die Kunst der Poesie in seinem Weltbild eine vordringliche Rolle. Was nicht im Bereiche der Dichtung lag, das gehörte für ihn nicht zum Idealischen im Leben und barg keinen ausreichenden Anspruch auf Unsterblichkeit. Nichts lag näher, als daß er auch selbst sich dichterisch versuchte. Nach seiner Rückkehr aus Weimar hatte er ein Trauerspiel verfaßt, das seinen Vorwurf der alten dänischen Geschichte entnahm, und später schrieb er eine Anzahl Gedichte, die von den romantischen Erinnerungen der Stadt Hirschholm angeregt waren. Als der Kunstrichter, der er war, kam er indessen – rascher als irgendein anderer – zu der Einsicht, daß er kein Dichter sei. Ihm wurde bald genug klar, daß in seinem Leben das Dichterische von außen her kommen müsse: Seine Rolle dabei wäre diejenige des Mäzens – eine Rolle, für welche er sich durchaus geeignet fühlte und die ihm wohl anstehen würde in jener Welt ewigen Ruhmes, an der er so gern teilhaben wollte.

Nun wollte es der Zufall, daß der Gegenstand seines Suchens ihm auf halbem Wege entgegengekommen war, und zwar in Gestalt eines jungen Mannes, der ebenfalls in Hirschholm lebte und zu der Zeit ein kleiner Distriktsbeamter war, außerdem aber – was freilich nur der Kammerrat und er selber wußten – ein großer Dichter.

Er hieß Anders Kube und war vierundzwanzig Jahre alt. Bei seinen Bekannten galt er eher als häßlich: trotzdem hätte ein Künstler in ihm sehr wohl das Modell für den Kopf eines jungen Engels auf einem kirchlichen Gemälde finden können. Sein Gesicht war breit, und seine dunkelblauen Augen standen weit auseinander. Zum Arbeiten trug er eine Brille, und wenn er sie abnahm und mit unbewaffnetem Blick vor sich hinschaute, hatten seine Augen einen klaren und tiefen Ausdruck, so wie vielleicht Adams Augen, als er das erstemal im Garten Eden wandelte und die Tiere ansah. Mit seinen langsamen und eckigen, dabei aber unerwartet graziösen Bewegungen, seinem dichten dunkelroten Haar und seinen gewaltigen Händen verkörperte er geradezu vorbildlich einen bestimmten Schlag des dänischen Bauern, den man damals unter Küstern und Dorfmusikanten häufig antraf, der aber inzwischen, seit die Bauern im Parlament sitzen, verschwunden ist.

Von den zwei Welten, in denen er lebte, war die eine, die ihn ernährte, sehr eng begrenzt. Sie bestand aus dem weißgetünchten Amtsraum des Distriktgerichts; aus seinem Stübchen (von der Wirtin, die ihn ins Herz geschlossen hatte, blitzsauber gehalten), zu denen man eine Stiege erklimmen mußte und die auf eine mächtige Linde schauten; schließlich aus den Wäldern und Feldern rings um Hirschholm, wo er in seiner Freizeit herumstreifte. Außerdem hatte er Zugang zu den Häusern von ein paar netten, ehrbaren Hirschholmer Bürgersleuten, wo er Karten spielen und politischen Kannegießereien zuhören durfte, und pflegte eine besondere Freundschaft mit den Fuhrleuten von der großen Heerstraße, die in einer Schenke ausspannten und ihr Abendbrot verzehrten, und mit ein paar Mitgliedern jenes seltsamen Stammes der Kohlenbrenner, die ihre Holzkohle aus den großen Wäldern bei Helsingör nach Kopenhagen karrten. Das Haus des Kammerrats behauptete in seinem Leben eine ganz besondere Stellung. Als er vor drei Jahren in die Stadt gekommen war, hatte er Briefe von einem Freund des Kammerrats, dem alten Apotheker Lerche, mitgebracht, in welchen er als begabter und fleißiger junger Mensch empfohlen ward, und auf Grund dieser Empfehlung hatte er eine feste Einladung empfangen, am Samstagabend bei dem Rat zu Abend zu essen. Diese Abende machten ihm Freude und vermittelten ihm viele Eindrücke. Noch nie hatte er einer solch reichen Weltweisheit lauschen, von einer solch umfänglichen Erfahrung zehren dürfen, wie sie ihm hier dargereicht wurden. Möglicherweise sprach der Herr Rat mit ihm offener als mit irgendeinem anderen Menschen; dem Jüngling aber war nichts davon bewußt, daß er im Leben seines Beschützers eine solch bedeutende Rolle spielte.

Ebensowenig ließ er sich natürlich träumen, daß der Kammerrat im Hinblick auf ihn eine eigene Theorie ausgeheckt hatte, deren Ergebnis folgendermaßen lautete: Man müsse den jungen Menschen in einer Art Käfig oder Hühnerstall halten, damit er als Dichter sein Bestes gebe. Es ist möglich, daß diese Theorie sich auf eigene Lebenserfahrungen des Herrn Rats gründete: Ein Gefühl sagte ihm vielleicht, daß er selber durch gewisse Ereignisse in seinem Leben Kräfte und Ideale eingebüßt hatte, die für eine dichterische Existenz notwendig gewesen wären. Jedenfalls war die Überzeugung tief in ihm eingewurzelt, es sei seines

Amtes, seinen Schützling in jeder Weise zu behüten und zu bewahren. Solange er ihn ruhig in Hirschholm festhielt, solange er dort den Weg von seiner Wohnung ins Amt trabte und in den Lindenalleen spazierenging, so lange würden sich die Schöpferkräfte in ihm notwendig in dichterischer Weise entladen. Bekäme aber die Welt mit ihren wüsten, unberechenbaren Einflüssen Macht über ihn, dann wäre er der Literatur und seinem Mäzen nur zu leicht verloren. Er würde vielleicht in wüste Streiche hineingezogen, in Aufrührereien gegen die Mächte des Rechts und der Ordnung, die in der Person des Herrn Rats eine so kräftige Stütze hatten, und seine Tage endeten womöglich auf der Barrikade. Kein Mensch wäre auf den Gedanken gekommen, sich den jungen Kube auf einer Barrikade vorzustellen; schon darin verriet die Theorie des Herrn Rats – angenommen, sie bestand zu Recht – die tiefe Menschenkenntnis ihres Urhebers – es sei denn, man wendete ein, daß die Leute auf den Barrikaden gewöhnlich gerade die seien, die man dort am wenigsten erwartet. Wie dem auch sei, der alte Mann hielt beständig ein wachsames Auge auf den Jüngling wie ein selbstloser Liebender, oder wie ein mächtiger, erhabener Kislar Aga eine knospende Serailschönheit im Auge behält, mit der er große Dinge vorhat.

Umgekehrt konnte auch der Herr Kammerrat nichts davon ahnen, daß ihn in den Augen seines Schützlings ein poetischer Schimmer umgab. Der hatte sich schon gleich nach der Ankunft des jungen Menschen in Hirschholm gebildet, und er hatte seine Ursache in einer Erzählung von Anders' Wirtin, deren Wahrheit nicht nachzuprüfen ist und die etwa folgendermaßen lautete:

Der Kammerrat war, wie gesagt, Witwer; vordem aber hatte er viel durchgemacht. Die verstorbene Madame Mathiesen hatte ihm einiges Vermögen in die Ehe gebracht. Sie stammte aus Christiansfeld, dem dänischen Sitz der Herrnhuter, einer strengen puritanischen Gemeinschaft, und war eine Frau von sehr stark ausgebildetem Gewissen. Eines Sommerabends indessen, zwei Jahre vor ihrem Tod, hatte sie in einem Anfall von Teufelsangst plötzlich den Verstand verloren und versucht, ihren Gatten und sich mit einer Schere umzubringen. Man ließ den alten Arzt kommen, der aber seine Kunst ganz erfolglos an ihr versuchte, und mußte sie schließlich, da es für solche Krankheitsfälle in der Gegend kein Spital gab, in Fredensborg, einem anderen königlichen Schloß nicht weit von Hirschholm, bei dem alten Schloßgärtner und seiner Frau in Pflege geben, freundlichen Leuten, die ihre Stellung dem Einfluß des Kammerrats verdankten. Dort lebte die Kranke, ohne den Verstand wiederzugewinnen, aber doch in einer glücklicheren Geistesverfassung:

Sie glaubte nämlich, sie sei gestorben, sitze im Himmel und warte dort auf ihren Mann. Manchmal drückte sie allerdings die Befürchtung aus, er werde wohl nie dahin gelangen, denn er sei ein großer Sünder; sie vertraue aber auf Gottes Gnade und Barmherzigkeit.

Die Erzählerin, die damals Dienstmädchen bei Madame Mathiesen gewesen war, konnte als einzige Person außerhalb des engsten Familienkreises berichten, wie der kritische Ausbruch vor sich gegangen war. An dem bewußten Juliabend – ein Gewitter war niedergegangen, und ein doppelter Regenbogen wölbte sich flammend über der Landschaft – wollte der Herr Rat mit seiner Frau und einem jungen Mädchen, der Tochter eines mit dem Herrn Rat befreundeten Hofbeamten, die nach einer unglücklichen Liebesgeschichte zur Erholung nach Hirschholm geschickt worden war, einen Spaziergang machen. Madame Mathiesen war in ihrem Zimmer und setzte gerade den Hut auf, als sie durchs offene Fenster mit ansah, wie das junge Mädchen ein gelbes Stiefmütterchen pflückte und dem Herrn Rat an den Rock steckte. Vielleicht war für sie als Herrnhuterin ein böser Zauber in dem gelben Stiefmütterchen oder in der Luft unter dem doppelten Regenbogen enthalten. Jedenfalls: Der Anblick löste bei ihr eine Wirkung aus, deren sich kein Mensch versehen hätte.

Zwei Jahre darauf erhielt der Herr Rat ungefähr zur selben Jahreszeit die Nachricht aus Fredensburg, seiner Frau gehe es besser, sie habe die Wahnidee aufgegeben, daß sie im Himmel sei, und es werde ihr gewiß guttun, wenn er sie besuchen käme. Er ließ also eines schönen Nachmittags seinen zweirädrigen Wagen anspannen, stieg in das schmucke zierliche Gefährt und nahm selbst die Zügel. Im letzten Augenblick schien ihm ein Einfall zu kommen, er stieg noch einmal aus und begab sich in den Garten, wo er ein gelbes Stiefmütterchen brach und am Rockaufschlag befestigte. Die Begegnung zwischen den Ehegatten ging anders aus, als die Freunde gehofft hatten, obwohl die Frau den ganzen Tag im Fenster gelegen und auf ihn gewartet hatte. Sowie sie aber seiner ansichtig wurde, nahm die alte Verstörtheit wieder von ihr Besitz, und sie gebärdete sich so wild, daß man Hilfe holen mußte. Es kam zu einem endgültigen Rückfall in den Wahnsinn, und sie erholte sich nicht wieder, sondern starb noch im selben Jahr.

Der junge Kube war kein Sittenrichter und wäre von sich aus nie auf die Idee gekommen, eine Erscheinung des Lebens in einer moralisierenden Weise zu beurteilen. Die Rolle, die der Herr Rat in jenem Drama gespielt, schien ihm weder Bewunderung noch Tadel zu verdienen. Dagegen war es eine Besonderheit seines Geistes, daß er alle Erlebnisse merkwürdig vergrößerte und aufbauschte: In seinen Gedanken wurde alles alsbald riesenhaft, so wie jene gewaltigen Schattenbilder, die der Reisende im Gebirge auf die Nebelwände wirft und die ihn erschrecken, weil sie so riesenhaft und grotesk aussehen und ungebunden und unabhängig von der menschlichen Vernunft ihr Gaukelspiel zu treiben schienen. So erging es ihm auch mit dem Kammerrat: Seine Gestalt fing an, anzuschwellen, sich zu verflüchtigen, in mystischen Schlangenlinien zu verschweben, nicht anders als der Geist, der aus Salomos Flasche aufstieg und sich dem armen Fischer aus Bagdad offenbarte, und bald war es so weit, daß sich der junge Poet an jedem Samstagabend sozusagen mit Loki in eigener Person zu Tische setzte.

An den meisten anderen Abenden saß er brav zu Hause, und da er als ein dürftig bezahlter kleiner Beamter von Natur sehr sorgsam mit dem Gelde umging und in dieser Gewohnheit von seiner Wirtin noch bestärkt wurde, so begnügte er sich in der Regel mit einer Portion Haferbrei und ließ nachher seine große Hauskatze ihre Milch von seinem Teller trinken. Hierauf setzte er sich in aller Ruhe hin, schaute ins Feuer oder, an Sommerabenden, zum Fenster hinaus nach der Stelle, wo ein in einiger Höhe schwebender leichter milchiger Nebel die Umrisse des Sees bezeichnete, und wartete, daß die Welt ihm ihr Herz erschlösse und sich ihm in den wilden Gestalten offenbare, die ihm als ihr natürlicher Ausdruck galten. Dieser junge Sohn der heimischen Erde, der tagsüber den Federfuchser spielen mußte, trug in sich eine Seele, wie man sie aus den alten Heldenliedern kennt; er erschuf sich eine Umwelt, die für Götter und Dämonen gut war, voll von Zacken und Schlüften, wie sie dies Land nie gesehen, und seine Seele hatte die ganze spielerische Einbildungskraft der alten Mystiker, die ihre Welt mit Zentauren, Faunen und Wassergottheiten bevölkerten, von denen nicht unbedingt behauptet werden kann, daß sie sich immer ganz schicklich betrugen. Das dänische Bauernvolk, als die Nachkommenschaft jener Altvordern, birgt unter einer tiefen, kindlichen Ernsthaftigkeit einen unverhofften Reichtum von Ausgelassenheit und selbst Schamlosigkeit. Mit Anders Kube stand es so, daß er vorderhand noch, einem Gebote der Schicklichkeit gehorchend, kleine Gedichte über Spinnen auf den Zweigen einer Rose schrieb; später aber, als er sich selber fand, nahmen seine Schöpfungen ganz andere Dimensionen an.

Es begab sich übrigens an manchen Abenden, daß er ausging und nicht vor Tagesanbruch wiederkehrte, und seine Wirtin brachte nicht aus ihm heraus, wo er gewesen war.

Ein paar Meilen vor Hirschholm liegt eine kleine Besitzung mit einem hübschen weißen Herrenhaus, einem Park und schönen Grundstücken – La Liberté geheißen. Jahrelang hatte niemand dort gehaust. Der Eigentümer war ein alter Apotheker, derselbe, der Anders Kube die Empfehlungsbriefe gegeben hatte: Inhaber eines Geschäftes in Kopenhagen, in welchem er sein Leben lang viel Geld verdient hatte. Mit siebzig Jahren entschloß er sich plötzlich, nachdem er in seinem Klub etliche romantische Reiseromane entlehnt hatte, er wolle die Welt sehen, und trat eine Reise nach Italien an. Ein Schimmer des Abenteuerlichen umgab sein Unternehmen von allem Anfang an, und dieser Eindruck steigerte sich noch, als man erfuhr, er habe in Neapel ein Erdbeben mitgemacht und einen Landsmann kennengelernt, eine etwas mysteriöse Gestalt, die bald als Kapitän auf einem Handelsschiff, bald als Theaterdirektor beschrieben wurde. Dieser Mann war in den Armen des Apothekers gestorben und hatte eine zahlreiche Familie im tiefsten Elend hinterlassen. Noch aus Neapel hatte der alte Herr seinen Freunden mitgeteilt, er habe sich der ältesten Tochter des Verstorbenen angenommen und gedenke sie zu adoptieren; aus Genua aber schrieb er vierzehn Tage später, daß er mit ihr verheiratet sei. »Wie hat er so etwas tun können?« fragten sich seine weiblichen Bekannten zu Hause. Eine Antwort erhielten sie nie: Der Apotheker starb auf der Heimreise in Hamburg und hinterließ sein Vermögen seinen Verwandten, La Liberté aber samt einer kleinen Rente vermachte er seiner jungen Witwe. Als der Winter von 1836 zu Ende ging, kam sie angereist und setzte sich auf ihrem Besitz zur Ruhe.

Der Herr Rat fuhr zu ihr hinaus, um ihr behilflich zu sein und um sich diese Abenteurerin aus Neapel anzusehen, die seinen alten Freund in ihre Schlingen gelockt und – wie er stark argwöhnte – um die Ecke gebracht hatte. Er fand eine äußerst zurückhaltende junge Frau, die seine Ratschläge mit der größten Bereitwilligkeit befolgte. Von Wuchs war sie klein und schmächtig, ein wenig anzusehen wie eine Puppe, aber nicht wie die Puppen von heutzutage, die in Gesicht und Gestalt möglichst getreue Nachbildungen von kleinen Kindern sein sollen, sondern wie die Puppen aus früherer Zeit, die, unabhängig von dem menschlichen Vorbild, einem abstrakten weiblichen Schönheitsideal entgegenstrebten. Ihre großen Augen waren hell wie Glas, und die langen Wimpern und die zartgeschwungenen Brauen wirkten in ihrer tiefen Schwärze, als wären sie dem Antlitz aufgemalt. Am auffallendsten war an ihr die ungewöhnliche Leichtigkeit all ihrer Bewegungen, die geradezu etwas von einem Vogel hatten. Sie besaß das, was man in der dem Herrn Rat wohlvertrauten Fachsprache des Balletts als »Ballon« bezeichnet: eine Leichtigkeit, die nicht ein bloßes Fehlen von lastendem

Gewicht ist, sondern ein wirklicher Auftrieb, eine Art Fliegenwollen – eine Gabe übrigens, die gerade bei schlank gebauten Tänzerinnen selten vorkommt, als wäre es die Materie, die hier leichter geworden ist als die Luft, so daß also ein Mehr an Körperlichkeit der geschilderten Leichtigkeit nur zugute kommt. Die Trauerkleider und Hüte der jungen Frau waren um ein weniges eleganter, als man es sonst in Hirschholm gewohnt war; es war indessen auch denkbar, daß sie, weil sie in Hamburg gekauft waren, hier draußen ein wenig fremdländisch anmuteten. Im übrigen mußte die junge Dame aber entweder von Natur sparsam oder sehr einfachen Geschmackes sein; sie ließ jedenfalls in dem alten Hause alles, wie es war, und änderte nicht einmal etwas an dem verschimmelten alten Hausrat, der so lange in den bunt gestrichenen Räumen unbenützt herumgestanden hatte. Im Gartensaal stand eine wertvolle, große Spieldose, die aus Rußland ihren Weg hierher gefunden hatte. Im Garten schien sich die neue Besitzerin zwar gerne zu ergehen, doch ließ sie ihn weiter in der seit Jahren herrschenden Verwilderung. Nach außen hin war sie offenbar entschlossen, sich der größten Korrektheit zu befleißigen, denn sie machte bei allen Damen in der Nachbarschaft Besuch, bekam viel gute Ratschläge und Rezepte für hausgemachte Würste und Ingwerbrot zu hören, sprach aber selbst nur wenig und schien ein wenig gehemmt durch einen leichten Akzent beim Gebrauch der dänischen Sprache. Noch etwas fiel dem Herrn Rat an ihr auf: Sie war aufs äußerste empfindlich, um nicht zu sagen abweisend gegen körperliche Berührung. Nie küßte oder liebkoste sie eine von den Damen, was doch in Hirschholm gang und gäbe war, und von ihnen zärtlich behandelt zu werden, war ihr offensichtlich unangenehm. So hatte diese Puppe also etwas von einer Psyche. Die Hirschholmer Damen hielten sie übrigens für harmlos; weder als Bäckerin von Ingwerbrot noch als Mitstreiterin in der Lästerschule der kleinen Stadt schien sie ernstlich in Betracht zu kommen. Man fragte sich sogar allen Ernstes, ob sie nicht ein bißchen schwach im Kopfe sei. Der Herr Rat teilte die Ansicht der Hirschholmer Damenwelt und teilte sie auch wieder nicht. Es gab da sicher noch verborgene Punkte, wenn ihn nicht alles trog.

Am Ostersonntag besuchten der Kammerrat und Anders zusammen den Gottesdienst. Die Sonne schien, und der See erstrahlte vor der Kirche in einem leuchtenden Blau, es war aber noch immer kalt, ein rauher Ostwind blies, und von Zeit zu Zeit ging ein Regenschauer nieder. Die Narzissen, Kaiserkronen und Diclytrastauden – die man in Dänemark »Leutnantsherzen« nennt, weil man beim Öffnen der Blüte eine kleine Champagnerflasche und eine Tänzerin findet – wurden von dem Wind

und den Regengüssen übel mitgenommen und tief zur Erde gebeugt. Die Bauernweiber, die in ihren goldgestickten Hauben zum Abendmahl kamen, hatten an der Kirchentüre alle Hände voll zu tun mit ihren schweren Röcken und ihren langen seidenen Bändern.
Als der Herr Rat und sein junger Protégé eben die Kirche betreten wollten, fuhr die junge Herrin von La Liberté in einem Landauer vor, gezogen von zwei schweren Braunen, die sich gerade vor der Kirchentür in aller Ruhe und Gemächlichkeit ausgiebig verewigten. Die junge Frau hatte zum erstenmal ihren Trauerstaat abgelegt, da seit dem Tode ihres Gatten ein Jahr verstrichen war, und erschien in einem hellgrauen Mantel und blauem Hütchen. Ihr schien es gut zu gehen wie einer Waldtaube im grünen Gezweig; sic strahlte eine Lebenslust aus, daß man an einen mit Sordino gespielten Walzer denken mußte.
Der Kammerrat tauschte gerade mit dem Pfarrer einige Bemerkungen; so fiel es dem jungen Kube zu, an den Wagen zu treten und der Dame herauszuhelfen. Aus Respekt vor der Witwe seines alten Fürsprechers hatte er den Hut gezogen und hielt ihn die ganze Zeit in der Hand, während sie sich miteinander unterhielten. Der Herr Rat beobachtete die Szene von der Kirchenpforte aus und fühlte sich von dem Anblick lebhaft angesprochen. Er wandte kein Auge: Die beiden jungen Leute waren unbeschreiblich schüchtern miteinander, und zusammen mit der langsamen, schweren Anmut des jungen Kube und der ungewöhnlichen körperlichen Leichtigkeit der jungen Frau verlieh diese zwiefache Schüchternheit der kurzen Begegnung eine ganz eigentümliche Ausdruckskraft, etwas Bedeutungsträchtiges, als liege ein Geheimnis in ihr verborgen, das eines Tages reif werden müßte. Ganz klar wurde sich der Herr Rat übrigens nicht, weshalb ihn die Szene so stark ansprach und bewegte. Sie wirkte auf ihn, er konnte es nicht besser ausdrücken, wie die Einleitungstakte in einem Musikstück oder wie das erste Kapitel aus einer romantischen Geschichte mit dem Titel »Anders und Fransine«. Der Geheimrat Goethe würde möglicherweise, nein, sogar ganz bestimmt, etwas Bedeutendes aus dieser Sache gemacht haben. Dies bedenkend, begab sich der Kammerrat versonnenen Gemütes ins Innere der Kirche.
Während der Dauer des Gottesdienstes ließ er nicht ab, seinem Eindruck nachzusinnen. Er hätte ihm in keinem geeigneteren Augenblick kommen können, denn gerade in letzter Zeit hatte sich der Herr Rat um seinen dichtenden Schützling einige Sorge gemacht. Der junge Sklave war an den Samstagabenden letzthin merkwürdig geistesabwesend gewesen, und das eine oder andere Mal war er sogar einfach ausgeblieben.

Sein ganzes Wesen verriet eine ihm selber unbewußte Ruhelosigkeit, darunter aber eine Schwermut, die den Herrn Rat ängstlich stimmte, da er, wie er wohl wußte, für sie kein Heilmittel in Händen hatte. Aus einem Gespräch mit Kubes Wirtin hatte er den Eindruck gewonnen, daß der junge Mensch ein wenig zu stark dem Trunk zugetan sein könne. Viele große Dichter waren Trinker gewesen, das wußte er wohl, aber gerade in diesem Fall, wo er die Rolle des Mäzens zu spielen gedachte, paßte es ihm nicht so recht ins Bild. Wenn der junge Mensch erst einmal ins Trinken geriete, welches Laster in seiner Familie schon öfters aufgetreten war, würde er sich nur zu rasch seinem Einfluß entziehen, seiner Wege gehen und als ein Dorfgeiger bei Bauernhochzeiten enden. Erst kürzlich hatte der Herr Rat eine Gehaltserhöhung für den jungen Mann bei der Distriktsverwaltung vereitelt, weil er sich keine guten Folgen davon versprach, aber er hätte den Jungen doch gerne noch sicherer vor Anker gelegt.
Jetzt fiel es ihm wie Schuppen von den Augen, daß vielleicht eine Ehe die erwünschte Aushilfe bedeuten möchte. Die kleine Witwe mit ihrem bescheidenen Einkommen, mit ihrem weißen Häuschen – die Vorsehung selber hätte keine geeignetere Frau für seinen genialen Schützling senden können. Am Ende wuchs sie sich noch zu einer Christiane Vulpius aus, jener Frau, von der er gehört hatte, daß sie als einzige ganze Nächte lang in den Armen des großen Geheimrats gelegen habe, ohne ihn mit Fragen nach dem Sinn des Lebens zu plagen. Von solch schweifender Art waren die Vorstellungen, denen sich der Kammerrat mit vielem Genuß hingab.
Von seiner Männerabteilung in der rechten Hälfte des Kirchenschiffs ließ er seinen Blick zuweilen nach den Bänken der Frauen hinüberschweifen. Die junge Witwe saß sehr ruhig da. Sie war ganz versunken in die Worte des Predigers; ihr Gesicht zeigte dabei den Ausdruck einer beständigen tiefen, heimlichen Freude. Als sie zum Schluß des Gottesdienstes, offenbar tief bewegt, niederkniete, hielt sie ein Taschentüchlein ans Gesicht gepreßt. Der Alte hätte gerne gewußt, ob sie dahinter wohl weinte oder lachte.
Nach dem Gottesdienst wanderten die beiden Männer zusammen nach dem Hause des Herrn Rats. Als sie über die Brücke gingen, fegte gerade wieder ein eisiger Guß wie mit Peitschenhieben über die Gegend. Sie mußten die Schirme aufspannen und blieben auf der kleinen gewölbten Steinbrücke stehen, um zu beobachten, wie der hagelartige Regen aufs Wasser niederprasselte und die beiden Schwäne vom See zornig durch die graue Flut unter die Brückenbogen flüchteten. Anders und der Herr

Rat verharrten länger, als ihnen bewußt war, beide tief in Gedanken versunken.
In Anders' Geist gingen, unterm Eindruck der Osterpredigt, eine Reihe von Schattenbildern um und nahmen, wie aufeinandergetürmte Wolkenbänke, langsam Gestalt an. Maria Magdalena kam in der Frühe jenes Freitags eilenden Fußes zu Kaiphas gelaufen. Sie hatte ein Gesicht gehabt, und es war ihr gesagt worden, am Nachmittage des kommenden Tages werde der Vorhang im Tempel zerreißen. Sie hatte gesehen, wie die Gräber sich auftaten und die heiligen Männer aus ihnen hervorstiegen. Auch den Engel des Herrn hatte sie erblickt: Er wälzte den Stein des Grabes beiseite und ließ sich auf ihm nieder. Dies alles hatte sie geschaut, und nun überhäufte sie die Priester mit Vorwürfen, daß sie eine solche Grauenhaftigkeit begehen und Gott ans Kreuz schlagen wollten. Ihre Worte überzeugten die Alten, und sie sahen ein, daß Christus in Wahrheit Gottes eingeborener Sohn war, der Erlöser der Welt, und daß, was sie planten, in der Geschichte des Menschengeschlechtes das einzige wirklich große Verbrechen sein würde.
So hielten sie denn alsbald eine Beratung, im düsteren Palastgemach. Eine Lampe warf Licht auf ihre vielfarbenen Kaftane und ihre bärtigen, leidenschaftlich gedankenvollen Angesichter. Einige von den Priestern waren vom Schrecken erfaßt und forderten, man müsse den Gefangenen auf der Stelle freigeben; andere verfielen in Ekstase und hoben mit schriller Stimme zu weissagen an. Kaiphas aber und einige von den Ältesten beredeten die Sache mit Gründlichkeit und einigten sich, daß sie ihren Plan ausführen müßten. Selbst wenn es wahr war, daß die Welt nur diese einzige Hoffnung auf Erlösung hatte, so mußten sie doch Gottes Absicht getreu bleiben, mochte die Tat auch noch so grausig sein.
Verzweifelt sprach Maria auf sie ein und erzählte ihnen von den Sünden und Nöten dieser Erde, in denen sie so wohl Bescheid wußte, und von Christi Heiligkeit. Aber je länger sie ihr lauschten, desto starrer wurde auch ihr Kopfschütteln.
Nun rief Kaiphas den Satan auf, daß er mit ihm die Sache berede. Als seine erste Verkörperung trat Judas, der Rothaarige, ins Gemach und erbot sich, die dreißig Silberlinge zurückzugeben. Als die Ratschlagenden es ihm verweigerten, lachte er auf und entwarf ihnen eine Schilderung von dem künftigen unendlichen Elend des auserwählten Volkes: Wie es von nun an in alle Ewigkeit gehetzt und bespien werden würde, die Silberlinge unverwandt in Händen. Und er beschrieb dem Hohenpriester das Amsterdamer Ghetto, wie es der Herr Rat an einem Sams-

tagabend seinem Schützling dargestellt hatte. Da sank das Haupt des Alten nieder auf das schwere Buch mit den heiligen Schriften.
Das Antlitz des Herrn Rats war irgendwo mit enthalten in der Versammlung der Priester, nur hatte es noch nicht seinen endgültigen Platz. Maria Magdalena aber kniete und hatte ihr Gesicht verhüllt.
Dem jungen Mann schwamm ein wenig der Kopf; er war am Abend vorher lange aufgeblieben beim Kartenspiel mit den landfahrenden Leuten in der Kneipe.
Der Regen hatte aufgehört. Sie machten die Regenschirme zu und wanderten fürbaß. Auch dem Herrn Rat, sosehr ihn seine kupplerischen Pläne beschäftigten, hatte die Osterpredigt Stoff zum Nachdenken gegeben. Er sinnierte darüber, wie seltsam es sei, daß Sankt Petrus, der doch als einziger von der Geschichte wußte und sie leicht hätte vertuschen können, die Sache mit dem Hahn hatte unter die Leute kommen lassen.
In den nächsten drei Wochen war das Wetter beständig mild, aber regnerisch. Die Erde sott von Fruchtbarkeit, und die Luft war schwer von einem Duft, der nur auf einen klaren Tag und etwas Sonnenschein wartete, um hervorzubrechen. Blühende Zwetschgenbäume schwammen wie Kreidewolken um die Bauernhäuser. Später bedeckte sich der Waldboden unter den Buchenstämmen mit Buschwindröschen, sie waren rosig wie Muscheln, hatten gefingerte Blätter und hauchten einen sowohl süßen als bitteren Duft aus. Die Nachtigallen kamen und verwandelten die Welt in eine einzige Geige, indes Regen und Nebel immer noch süß herniedertauten.
An einem Donnerstagabend gegen Ende Mai war der Herr Rat bei einem Freund in Helsingör, einem Beamten bei der Verwaltung der Sundzölle, zum Essen und Kartenspielen eingeladen. Es handelte sich da um eine alljährlich wiederkehrende Festlichkeit, bei der ein paar Freunde zusammenkamen; gewöhnlich zog sich das Zusammensein lang hin, und von Helsingör nach Hirschholm sind es dreizehn Meilen, aber dem Herrn Rat machte das nichts aus, denn die Nächte sind in Dänemark um diese Jahreszeit hell. So fuhr er denn in seinem hübschen zweirädrigen Wagen nach Hause, von Kresten, seinem alten Kutscher, gefahren, dämmerte ein wenig vor sich hin in seinem mächtigen grauen Reisemantel und ließ die Schönheit der Maiennacht und den Geruch der Felder und knospentragenden Wäldchen am Wege verschlafen in sich eindringen. Ein Stück vor Hirschholm brach etwas am Geschirr, sie mußten halten, und Kresten entschied, man müsse auf dem nächsten Hof ein Ende Seil entlehnen, um den Schaden zu beheben. Der Rat

blickte sich um und fand, daß sie gerade vor den Toren von La Liberté hielten. In der Besorgnis, daß Kresten zuviel Lärm machen und die Dame des Hauses in ihrem Schlaf stören könne, entschloß er sich, selber zu gehen. Er kannte den Gutsverwalter, er hatte ihm persönlich diese Stellung verschafft und durfte getrost an sein Fenster klopfen, ohne sonst jemanden zu wecken. Leicht fröstelnd stieg er aus dem Wagen und wanderte die Gutseinfahrt hinauf. Es war kurz vor dem ersten Morgengrauen.

In der dunstigen Luft hing der süß-säuerliche Geruch von jungem, feuchtem Laub. Im Kies der Auffahrt standen noch kleine Wasserlachen, doch hatte die Nacht aufgeklart. Der Herr Rat schritt langsam aus, denn hier unter den Bäumen und Büschen war es dunkel. Eine Allee von Balsampappeln führte auf das Gutshaus zu und trug den bitter-scharfen Nektarhauch ihrer zottigen Blüten in die Stille ringsum.

Plötzlich vernahm der Schreitende ferne Musik. Er blieb stehen, er wollte seinen Ohren nicht trauen – aber ja: kein Zweifel, es war Musik. Man spielte eine Tanzweise, und zwar kamen die Töne aus dem Herrenhause. Der Herr Rat ging ein paar Schritte weiter und blieb dann abermals stehen: Wer mochte hier vor Sonnenaufgang spielen und tanzen? Er bog von der Auffahrt ab und ging durchs nasse Gras quer über den Rasen auf die Vorderseite des Hauses zu. Als er sich der Terrasse näherte, blinkte die Fassade in erloschenem Weiß vor ihm auf, und zwischen den Leisten der geschlossenen Läden sah er deutlich einen Lichtschimmer. Ob die junge Witwe wohl in ihrem Gartensaal einen Ball gab?

Die regenfeuchten Fliederbüsche auf der Terrasse waren übersät mit noch geschlossenen Blüten. Diese dunklen Blütenkegel bargen eine Überraschung: wenn sie aufgingen, würden sie soviel heller aussehen. Tulpen standen in einer Reihe nebeneinander; sie hatten ihre weißen und rötlichen Blütenbecher weislich vor der Nachtluft geschlossen. Es war ganz still. Dem Herrn Rat kamen zwei Zeilen aus einem alten Gedicht in den Sinn.

Selbst Zephyr schweigt und läßt die Welt
In ihrer Wiege selig schlummern.

Es war die Stunde kurz vor Sonnenaufgang, wo die Welt völlig der Farbe beraubt scheint, ja, wo sie das genaue Widerspiel des Farbigen darstellt. Die reichen Tönungen der Nacht sind dahin, sind weggesickert wie die Wellen vom Meeresstrand, und die Farben des Tages liegen noch alle in der Landschaft verborgen wie die Farben des Keramikers, die ein einziges Ton-Einerlei sind, bis sie im Brennofen herauskommen. In dieser stillen Stunde aber birgt die Welt eine ungeheuerliche Verheißung.

Der Alte, eine graue Gestalt im grauen Mantel, war so gut wie unsichtbar, selbst wenn jemand mit Fleiß nach ihm ausgeschaut hätte. Ihn durchzog ein Gefühl äußerster Verlassenheit, als sei es ihm bewußt, daß man ihn nicht sehen konnte. Er wagte nicht, die Hand an den Fensterladen zu legen, aus Furcht, der könne ein Geräusch machen. Die Hände auf dem Rücken, beugte er sich vor und spähte hinein.

Er hatte selten eine größere Überraschung erlebt. Der langgestreckte Gartensaal mit seinen drei auf die Terrasse gehenden Fenstertüren war lichtblau gestrichen, aber die Farbe war stark verblaßt. Der Raum war nur sparsam möbliert, und die Möbel standen überdies an die Wand gerückt. Von der Mitte der Decke aber hing ein schöner alter Kronleuchter, und zwar hell erleuchtet: alle Kerzen brannten. Die große Spieldose aus Rußland war offen, sie stand auf dem alten, stummen Spinett und ließ sehr sauber und hochgestochen eine Mazurka-Melodie ertönen.

Die junge Hausherrin stand auf Zehenspitzen inmitten des Raums. Sie trug ein kurzes, durchsichtiges Röckchen, wie es die Ballettänzerinnen tragen, und ihre absatzlosen Schuhchen waren mit schwarzen Bändern um die zarten Knöchel und Beine gebunden. Die Arme in einer anmutigen Rundung über den Kopf erhoben, stand sie regungslos da und horchte auf die Musik, mit dem friedevollen, seligen Gesichtsausdruck einer Puppe.

Mit einem bestimmten Takt erwachte sie plötzlich zum Leben. Ihr rechtes Bein hob sich unendlich langsam, die Zehen zeigten gerade auf den Herrn Rat und hoben sich immer noch höher und höher, als wolle sie sich wirklich vom Erdboden lösen und zu fliegen beginnen. Dann setzte sie das Bein langsam wieder zur Erde, unendlich zögernd und mit einem letzten sanften Aufstoßen der Zehenspitze, nicht lauter, als wenn einer mit dem Finger auf die Tischplatte klopft.

Draußen der Zuschauer hielt den Atem an. Wie schon früher einmal, als er das Wiener Opernballett tanzen sah, hatte er das Gefühl: Dies ist zuviel, dies kann nicht geschehen! Und dann geschah es doch, leicht, wie zum Scherz. Man zweifelt am Sturz der Menschheit, man grämt sich nicht länger über ihn, wenn eine junge Tänzerin sich solcherart vom Fluch des Irdischen lösen kann.

Auf der rechten Zehenspitze stehend, hob die junge Frau nun das linke Bein, ebenso langsam, ebenso hoch, öffnete die Arme weit in einer raschen, kühnen Bewegung, wirbelte einmal um sich selbst und begann einen Tanz. Es war weit mehr als eine Mazurka, etwas Feuriges und

Schwereloses, vielleicht zwei Minuten lang: ein Brummkreisel, eine Blume, eine tanzende Flamme, ein Spielen mit dem Gesetz der Schwerkraft, eine himmlische Zirkusnummer. Auch Schauspielerei war dabei: Liebe, holde Unschuld, Weinen – ein Sursum Corda in Musik und Gebärde. In der Mitte kam eine kleine Pause, wie um die Zuschauer zu erschrecken, aber dann ging es ungemindert weiter, nur noch um einen Grad wunderbarer, wie in eine höhere Tonart transponiert. Als die Spieldose langsamer lief, sandte die Tanzende einen Blick gerade nach dem Herrn Rat und sank zu einem anmutigen Häuflein auf dem Parkett in sich zusammen, wie eine vom Stengel fallende Blume, nicht anders, als hätte man ihr die Beine mit einer Schere vom Leibe getrennt.
Der Herr Rat verstand genug vom Ballett, um die künstlerische Vollendung des Geschauten würdigen zu können. Und auch ganz im allgemeinen wußte er über die hübschen Dinge im Leben hinlänglich Bescheid, um die frühmorgendliche Erscheinung als ein Schauspiel zu werten, mit dem auch der Zar Alexander, wenn man denn schon einen Namen nennen wollte, hätte zufrieden sein müssen.
Bei dem gerade auf ihn gerichteten Blick der Tanzenden erschrak er und trat ein wenig zurück. Als er von neuem ins Zimmer spähte, war sie aufgestanden, schien aber unentschlossen, was sie tun sollte, und zog die Spieldose nicht mehr neu auf. An einer Wand des Zimmers hing ein hoher, schmaler Spiegel. Auf den trat sie zu, preßte die Innenseite ihrer Hand sachte gegen das Glas, beugte sich vor und küßte ihr silbernes Spiegelbild. Dann nahm sie einen langgestielten Kerzentöter und löschte, eine nach der anderen, die Kerzen an dem Kronleuchter, öffnete dann die Tür und entschwand.
Sosehr er es verabscheut haben würde, wenn ihn jemand dort gesehen hätte, blieb der Herr Rat noch einige Augenblicke auf der Terrasse stehen. Sein Erstaunen hätte nicht größer sein können, wenn er an besagtem Maimorgen der Nymphe Echo selber auf die Spur gekommen wäre, wie sie in den Tiefen des Waldes heimlich ihre Künste übte.
Als er sich zum Gehen wandte, überraschte es ihn, zu sehen, welch weiten Blick man von La Liberté aus genoß. Er hatte das früher nicht bemerkt. Man überblickte von der Terrasse aus weithin das Land, wie es in grünenden Wellen dahinzog, und auch die Wälder hemmten den Ausblick nicht. Weit in der Ferne schimmerte der Sund wie ein Silberstreif, und über dem Sund ging die Sonne auf.
Tief in Gedanken wanderte der Herr Rat zu seinem Wagen zurück. Sinnloserweise kam ihm ein Kinderverschen in den Kopf, samt der dazugehörigen kleinen Melodie:

Nein, die Henne kann nichts dafür,
Daß er tot ist, der Hahn.
Schuld daran ist die Nachtigall,
Im grün-grünen Garten.

Das Seil, das er hatte besorgen wollen, hatte er ganz vergessen. Auf Krestens Bemerkung, er habe inzwischen den Schaden auch so schon behoben, wußte er keine Antwort zu geben.

Den Rest der Fahrt war er hellwach. Ihm war, als habe er vieles zu tun, als müsse er die sämtlichen Schachfiguren auf dem Brett neu ordnen. Ein solcher Gedanke gab den anderen, und sie hatten alle etwas wunderbar Erfrischendes für ihn, der sonst beständig mit Büchern und Gesetzestexten umgehen mußte und noch diese selbe Nacht mit drei alten Junggesellen L'hombre gespielt hatte.

Die Apothekerswitwe war keine Christiane Vulpius, so viel war klar. Sie war kein Anker, an dem einer zur Ruhe gehen konnte. Eher war es ihr zuzutrauen, daß sie den ihr zugedachten jungen Mann vom Erdboden fortzog und mit ihm zusammen entschwebte, weiß Gott wohin, weit aus dem Bereich seiner Autorität. Sie hatte ihn also getäuscht, aber daraus machte er ihr keinen Vorwurf. Er rechnete es ihr sogar hoch an: Er erlebte ja so selten eine Überraschung. Ein Glück nur, daß er ihr auf diese Schliche gekommen war, denn seinen Dichter wollte er nicht verlieren. Ja, wenn er es recht überlegte, so wünschte er sie beide für sich zu erhalten. Er lüftete einen Augenblick den Hut, und der junge Morgenwind spielte um seine Schläfen. Er war noch kein alter Mann; er war jung, verglichen mit dem, woran sie gewöhnt war. Er war reich, er war ein Mann, der die seltenen Dinge im Leben zu schätzen wußte und dem sie mithin zukamen. Ob sie wohl eines Abends für ihn tanzen würde? Das wäre ein anderes Eheleben, als er's früher gekannt. Und der Dichter würde sein Schützling bleiben: der Freund seines Hauses.

Seine Gedanken schweiften noch weiter, indes die Sonne sich erhob. Unglückliche Liebe schenkt Inspiration. Die größten Werke der Geschichte sind ihr entsprungen. Hoffnungslose Leidenschaft für die Gattin des Wohltäters konnte einen jungen Dichter sicher unsterblich machen: Es wäre ein Schauspiel ohnegleichen im eigenen Hause! Die beiden jungen Menschen würden ihm ergeben bleiben, wenn sie auch leiden müßten, obwohl Jugend und Liebe starke Gewalten sind. Und wenn sie ihm nicht ergeben blieben?

Der Herr Rat nahm eine Prise, und seine Nase, empfindlich wie sie war, blieb im Genuß eine Zeitlang kraus hochgezogen. Die Fahrt war beinahe zu Ende. Im stillen, durchsichtigen Morgenlicht wirkte die kleine Stadt, als stünde sie auf dem Grunde des Meeres. Die Ziegeldächer glühten auf wie Büschel blaßroter, steilabfallender Korallen. Der blaue Rauch stieg auf, wie dünnes Algengespinst an die Oberfläche treibt. Die Bäcker nahmen das frische Brot aus dem Ofen. Den Herrn Rat machte die Morgenluft ein klein wenig schläfrig, aber er fühlte sich vortrefflich. Der alte Spruch fiel ihm ein, den die Bauern das Junggesellengebet nennen:

»Bitte, lieber Gott, laß mich nicht heiraten. Wenn ich aber heiraten soll, so gib, daß ich nicht zum Hahnrei werde. Wenn ich aber zum Hahnrei werden soll, so gib, daß ich nichts davon weiß. Wenn ich es aber wissen soll, so gib, daß ich mir nichts daraus mache.«

Das sind Gedanken, wie sie sich nur ein Mann gestatten darf, der im Gefüge seines Geistes sozusagen einen bis aufs letzte sauber gefegten Raum sein eigen nennt, zu welchem außer ihm kein Mensch auf der Welt den Schlüssel besitzt.

Am Abend darauf kam, da es Samstag war, Anders zum Essen zu dem Herrn Rat. Nach Tisch las er seinem Gastgeber ein Gedicht vor: Von einem Bauernjungen, der des Nachts drei wilde Schwäne dabei belauscht, wie sie sich in drei Jungfrauen verwandeln und ihr Bad im See nehmen. Er stiehlt der einen ihre Flügel, die sie während des Badens beiseitegelegt hat, und nimmt sie zum Weib und bekommt Kinder von ihr. Eines Tages aber gerät sie an die Flügel, die er vor ihr versteckt hat, und legt sie an. Eine Zeitlang flattert sie in immer größeren Kreisen ums Haus, und schließlich verschwindet sie.

Wie kommt es, daß er das schreibt, daß er gerade das schreibt? fragte sich der Herr Rat. Seltsam! – Er hat sie doch nicht tanzen sehen!

In diesen Tagen wurden die Wälder in der Gegend grün. Der graue Regen war ein paar Tage lang überall niedergerieselt wie der Schleier einer Braut, und dann kam ein Morgen, da alles grün war. So begibt es sich in Dänemark alljährlich im Mai, aber es macht jedes Jahr denselben großen Eindruck und wirkt, wie es damals vor hundert Jahren auf die Menschen wirkte, als etwas gänzlich Überraschendes und Unerklärliches. Die ganzen langen Wintermonate war man, auch wenn man mitten im Walde ging, dem Wind und dem fahlen Himmelslicht ausgesetzt. Und nun errichtet der Mai unversehens einen Dom über dir und baut dir eine Zuflucht, ein geheimnisvolles Sanktuarium fürs Menschenherz. Das junge, lichte Blattwerk, weich wie Seide, bricht da und dort hervor wie sprießender Flaum, wie neugeborene Flügelchen, die der Wald aushängt und ausprobiert. Am nächsten Tag aber oder am übernächsten gehst du wie durch Laubgrotten. Jede senkrechte Linie ist so, daß du an ein Hinauf und Hinab denken mußt. Die zinngrauen Buchenstämme steigen nicht nur auf wie Säulen, sie weisen nicht nur hinaus ins Unendliche, in den Äther, in die Sonne, um die wir uns drehen – nein, sie stützen und tragen geradezu das hochgewölbte, das gewaltige Himmelsdach. Das Licht im Wald ist nicht mehr so hell wie zuvor, aber es wirkt mächtiger, es scheint voller Bedeutung, es trägt allerlei Geheimnis: klar und deutlich, wenn man es enträtselte, was freilich kein Sterblicher vermag. Da und dort steht eine knorrige Eiche, die mit ihren Blättern noch zurückhält, und öffnet einen Durchblick in den Himmel. Duft und Frische umgeben dich eng wie eine Umarmung. Die Äste, abwärts flutend, scheinen dich zu liebkosen und zu segnen, und so gehst du dahin wie unter einem unablässigen Segensspruch.

In dieser Zeit zieht alle Welt in den Wald, in den Wald! Um die Herrlichkeit in sich aufzunehmen, die ja nicht dauern kann, denn bald werden die Blätter dunkel und starr, und Schatten trüben das Licht. Zu Wagen und zu Fuß wandert's aus der Stadt zum Wald, singt und spielt unter den hohen Bäumen, schleppt Butterbrote an und kocht Kaffee auf dem Rasenpolster.

Auch der Herr Rat pilgerte in den Wald, und ein »Domine, non sum dignus« zog ihm durch den Sinn. Was den jungen Anders Kube anging, so brachte er alle Register in seinem Amt durcheinander und ließ des Nachts sein Bett unberührt, und aus La Liberté machte sich Frau Fransine auf den Weg, das neue Strohhütchen auf dem Arm.

Als die Frühlingspracht am höchsten war, bekam der Herr Rat Besuch von seinem Freund, dem Grafen Augustus Schimmelmann. Obwohl sie im Alter fünfzehn Jahre auseinander waren, verband sie eine echte, durch manche Neigung, manchen gemeinsamen Geschmack erhärtete Freundschaft. Als der Graf ein fünfzehnjähriger Knabe war, hatte der Herr Rat ihm, einen verstorbenen Freund vertretend, ein Jahr lang als Vormund beigestanden, und in späteren Jahren hatten sie sich in Italien getroffen, und es fehlte ihnen nicht an Gesprächsstoff: Bücher und religiöse Fragen, fremde Menschen und Städte. Nun hatten sie einander ein paar Jahre nicht gesehen, aber nicht infolge einer Entfremdung, sondern weil der Graf eine Entwicklung durchlaufen hatte, die ihm dazu verhelfen sollte, zu einer eigenen Lebensform zu gelangen, und weil während dieser Zeit sein alter Freund ihm nicht hätte nützlich sein können.

Graf Augustus war von Hause aus ein schwer beweglicher, melancholischer Mensch. Er sehnte sich wohl nach dem großen Glück, aber er hatte kein Talent dafür. In seiner Jugend war es ihm sehr schlecht gegangen;

irgendwo, irgendwo auf der Welt, hatte er gedacht, müsse es das große, das herrliche Glück geben, die fons et origo jener Kraft, welche in den Wundern der Musik, der Blumen, der Freundschaft zutage kommt. Er hatte Blumen gesucht, hatte Musik getrieben und viele Freunde gehabt – er hatte es mit einem Leben der Freude versucht und war auch sonst oft glücklich dabei gewesen, aber den Weg, der von da ins Herz der Dinge führen sollte, hatte er nicht gefunden. Mit fortschreitendem Alter war ihm etwas Schreckliches widerfahren: Ein Ding war ihm nun so lieb wie das andere. So hatte er denn, in späteren Jahren, eine andere Auffassung vom Lebensglück angenommen: nicht so, wie er es wirklich zu erkennen glaubte, sondern als ein Spiegelbild, nämlich wie die anderen es sahen.

Diese innere Entwicklung hatte begonnen, als er unerwartet in den Genuß eines sehr bedeutenden Vermögens gekommen war. Sich selbst überlassen, wäre er gewiß auf keine besonderen Gedanken gekommen, denn er wußte nicht, was er mit dem Geld beginnen sollte. Ihm war aber aufgefallen, wie sich bei dieser Gelegenheit die Welt ringsum verhalten hatte: Ihr bedeutete das Ereignis viel, und sie schien der Meinung zu sein, daß ihm hier etwas Großes und Herrliches zugestoßen sei. Graf Augustus kannte durchaus die Regungen des Neides; sie hatten ihn schon oft gequält, meistens übrigens in bezug auf Gestalten, die in Büchern vorkamen, und er wußte also, was es mit diesem Gefühl auf sich hatte. Nächst dem Vergnügen, ein Bild zu malen, das einem gut gefällt, ist vielleicht nichts so schön wie eins zu malen, dem alle anderen Menschen ihren Beifall schenken. So war es auch mit dem Glück des Grafen Augustus. Ganz allmählich entschloß er sich dazu, sozusagen vom Neide der Mitwelt zu leben und sein Glück so einzurichten, wie es ihm die Tagesparolen vorschrieben. Freilich ließ er sich nie so weit verblenden, daß er etwa geglaubt hätte, die Welt habe wirklich recht mit ihrem Urteil, er bediente sich vielmehr einer Art von doppelter Buchführung. Wenn man nach den Einträgen auf seiten der Welt ging, so hatte er vieles, worauf er stolz und wofür er dankbar sein durfte: Es schien eigentlich nur Aktiven in seiner Rechnung zu geben. Er besaß einen alten Namen, eins der größten Güter, eins der schönsten Häuser in Dänemark, eine schöne Frau, vier wohlgeratene, fleißige Söhne, der Älteste zwölf Jahre alt, ein großes Vermögen und hohes Ansehen. Er war ein ungewöhnlich schöner Mann und wurde immer noch schöner, weil das Altwerden sich mit seinem Typ gut vertrug; zu der Zeit, von der wir sprechen, war er eine wahrhaft majestätische Erscheinung. In der Konsultationskammer hatte man ihn den Alkibiades des Nordens genannt. Er sah kräftiger aus, als er wirklich war: Ein Mann, dachte man von ihm, der gerne ißt und trinkt und einen gesunden Schlaf hat. Dabei machte er sich nicht viel aus Essen und Trinken, und mit seinem Schlaf war er äußerst unzufrieden, aber daß ihn seine Mitmenschen um alle diese Lebensgüter beneideten, wurde für ihn ein ganz annehmbarer Ersatz für die Güter selbst.

Sogar die Eifersucht seiner Frau war für ihn unter diesem Gesichtspunkt nützlich. An sich hatte die Gräfin zur Eifersucht nicht den geringsten Anlaß; aber fünfzehn Jahre Ehe und vier kräftige Söhne hatten sie nicht von ihrem aufpasserischen, mißtrauischen Wesen geheilt, von Weinkrämpfen und endlosen Szenen, die bisweilen mit einem Ohnmachtsanfall endeten, so daß Graf Augustus als junger Mann wahrlich unter einem schweren Kreuz geseufzt hatte. Jetzt aber hatte ihre Eifersucht ihren festen Platz in seinem Lebensplan, denn sie deutete ihm die Möglichkeit an oder bewies sie ihm gar, nicht daß die Damen von den benachbarten Gütern und in der Hofgesellschaft sich in ihn verlieben könnten – denn das taten sie ja in der Tat – sondern daß er sich in sie, oder doch in eine von ihnen verlieben könnte. Allmählich rechnete er fest auf die Angewohnheit seiner Frau, und wenn sie sich gebessert und ihr eifersüchtiges Wesen aufgegeben hätte, wäre ihm etwas abgegangen. Wie der Kaiser in den neuen Kleidern wandelte er aufs würdevollste in beständigem Festaufzug, ein in jeder Hinsicht durch und durch erfolgreicher Mensch, außer vielleicht vor seinem eigenen Urteil. Sein neuer Lebensplan kam ihm ziemlich minderwertig vor, bis jetzt hatte er sich aber nicht schlecht bewährt, und Graf Augustus war in den letzten fünf Jahren glücklicher gewesen als je vorher.

Solange er damit beschäftigt war, sich, wie ein Korallenweichtier, in eine moralische Welt einzubauen, hatte ihm der Herr Rat in keiner Weise von Nutzen sein können. Der nämlich war ganz unfähig, jemanden zu beneiden, und hätte womöglich das ganze Gebäude zum Einsturz gebracht. Jetzt aber, da alles feststand und Graf Augustus sich sicher eingegraben hatte, keine Weichteile mehr ungeschützt wußte und sogar schon wieder die Überlegenheit besaß, alles ein wenig scherzhaft zu nehmen, jetzt genoß er die Begegnung mit seinem alten Freunde sehr. Der Herr Rat seinerseits hätte sich ohnedies immer und überall gefreut, dem Grafen zu begegnen, so wie ja auch Diogenes ein Zusammentreffen mit Alexander vermutlich unter allen Umständen begrüßt haben würde. Alexander wiederum war zwar sicherlich ganz einverstanden mit dem Augenblick, wo er den Ausspruch getan hatte, wenn er nicht Alexander wäre, wolle er am liebsten Diogenes sein. Aber wer weiß, ob der große

Eroberer, der sicher bis zu einem gewissen Grad von der Weltmeinung abhing, damals von dem Philosophen im Faß besonders gern die Antwort gehört hätte, er wäre, wenn er nicht Diogenes wäre, gern Alexander geworden. Wohl möglich, daß er sich später, älter und berühmter geworden, den Luxus einer zweiten Begegnung und einer richtigen Unterhaltung über die Natur der Dinge mit dem Zyniker gestattet hätte. Graf Augustus jedenfalls verhielt sich derart.

Die beiden Freunde hätten übrigens durchaus als Alexander und Diogenes von 1836 gelten können, wie sie da zusammen durch die Wälder wanderten, auf Wegen, die übersät waren mit den abgefallenen seidigen Blatthüllen des jungen Laubes. Dunkel gekleidet, wie sie waren, glichen sie zwei gemessen ausschreitenden Vögeln, Krähen oder Elstern, die sich im Kreise ihrer muntereren Kollegen einen schönen Maientag gönnen wollten.

Sie setzten sich auf eine rohgezimmerte Bank im Walde und unterhielten sich.

»Je länger wir leben«, begann Graf Augustus, »desto klarer wird uns die beschämende Tatsache, daß wir nicht nur von unseren Untergebenen abhängen – ich zum Beispiel wäre ohne meinen Barbier binnen einer Woche gesellschaftlich, politisch und auch in meinen häuslichen Angelegenheiten ein ruinierter Mann – sondern daß wir auch im Geistigen auf Leute angewiesen sind, die an Intelligenz unter uns stehen. Ich habe, wie Sie vielleicht wissen, schon vor längerer Zeit allen künstlerischen Ehrgeiz aufgegeben und mich, in der Sphäre der Kunst, ganz dem Kennertum zugewandt.« (Das stimmte: er war ein höchst scharfsinniger Kunstkritiker auf allen möglichen Gebieten.) »Dabei habe ich gelernt, daß es ganz unmöglich ist, irgendeinen Gegenstand, sagen wir eine Rose, so zu malen, daß ich oder ein anderer verständiger Kritiker nicht imstande wären, auf zwanzig Jahre genau anzugeben, zu welcher Zeit und – wenigstens ungefähr – wo auf der Welt diese Rose gemalt worden ist. Der Künstler aber hat nichts anderes schaffen wollen als entweder ein Bildnis des abstrakten Begriffes Rose oder das Abbild einer bestimmten Rose. Ihm hat es ferngelegen, uns eine chinesische, eine persische, eine holländische Rose zu schenken, oder, der Zeit entsprechend, eine Rokoko- oder eine reine Empirerose. Wenn ich ihm vorhielte, daß er das getan hat, würde er mich gar nicht verstehen. Er würde ärgerlich werden und sagen: ›Ich habe eine Rose gemalt.‹ Und doch würde das gar nichts aussagen. Folglich bin ich dem Künstler dergestalt überlegen, daß ich ihn mit einem Maß messen kann, von dem er selber nichts weiß. Und dabei wäre ich doch außerstande, eine Rose zu malen; sie zu sehen und mir vorzustellen, macht mir schon Schwierigkeiten. Bestenfalls könnte ich eine künstlerische Schöpfung nachahmen. Ich könnte sagen: ›Ich will eine Rose im chinesischen oder im holländischen oder im Rokokogeschmack malen.‹ Aber ich hätte nie den Mut, eine Rose zu malen, so wie sie aussieht. Wie sieht eine Rose aus?«

Er sann eine Zeitlang schweigend vor sich hin, seinen Spazierstock auf den Knien.

»Und ganz ebenso« fuhr er fort, »ganz ebenso ist es mit der gewöhnlichen menschlichen Vorstellung von der Tugend, der Gerechtigkeit oder, wenn Sie wollen, auch von Gott. Wenn mich jemand fragte, wie es in Wahrheit um all diese Dinge bestellt sei, würde ich ihm antworten: ›Mein lieber Freund, deine Frage hat keinen Sinn. Die alten Juden faßten ihren Gott so auf, die Azteken in Amerika, über die ich eben ein Buch gelesen habe, faßten ihn wieder anders, und die Jansenisten faßten ihn in einer dritten Weise auf. Wenn du über die verschiedensten Auffassungen etwas Näheres hören willst, stehe ich gerne zur Verfügung, denn ich habe dem Studium dieser Dinge ziemlich viel Zeit gewidmet. Wenn ich dir aber einen Rat geben darf, so wiederhole deine Frage nicht unter intelligenten Menschen.‹ Und doch muß ich eigentlich, indem ich diese überlegene Stellung einnehme, den einfachen Leuten dankbar sein, die ganz naiv daran geglaubt haben, daß es möglich sei, von Gott eine direkte und absolut wahre Vorstellung zu gewinnen, womit sie sich natürlich im Irrtum befanden. Hätten diese Menschen sich darauf verlegt, nur eine spezielle jüdische oder aztekische oder christliche Gottesidee zu schaffen, wo hätte der Beobachter dann die Voraussetzungen seines Urteils hernehmen sollen? Er wäre in derselben Lage gewesen wie die Kinder Israels, als sie Ziegel ohne Stroh machen sollten. Glauben Sie mir, lieber Freund, die Narren hätten sehr wohl auch ohne uns bestehen können, wir aber sind für jeden Fortschritt unseres Wissens auf diese Narren angewiesen.«

Er pausierte wieder eine Zeitlang und fuhr dann fort: »Nehmen wir an, wir kommen auf einem gemeinsamen Morgenspaziergang an dem Laden eines Pfandleihers vorüber und Sie deuten auf ein gemaltes Schild im Schaufenster, auf dem geschrieben steht: Hier wird Wäsche gemangt, und sagen zu mir: ›Schauen Sie, hier wird Wäsche gemangt – ich will heimgehen und meine Wäsche holen‹ – dann werde ich Sie auslachen und Sie belehren, daß es in dem Laden weder Mange noch Wäscherin gibt, sondern daß das Schild zu verkaufen ist. Die meisten Religionen sind wie dieses Schild, und wir lachen nur darüber. Aber ich hätte keine Gelegenheit zu lachen, mich überlegen zu fühlen und es womöglich zu

zeigen, ja, das gemalte Schild stünde überhaupt gar nicht erst in dem Schaufenster, wenn nicht zu irgendeiner Zeit einmal Menschen gelebt hätten, die steif und fest an die Möglichkeit, die Notwendigkeit und Weisheit des Wäschemangens geglaubt haben und davon überzeugt gewesen sind, daß sie eine ausgezeichnete Mange besäßen und vortrefflich damit mangen könnten.«
Der Kammerrat lauschte geduldig. Da sie so zusammen im grünen Walde saßen, fiel ihm ein, daß er gern von seinen Heiratsplänen gesprochen hätte, von denen noch kein Mensch etwas wußte, nicht einmal Madame Fransine.
»Lieber Freund«, begann er, »in all die menschliche Torheit, von der Sie sprechen, passe ich ganz ausgezeichnet hinein. Alter schützt vor Torheit nicht, wie das deutsche Sprichwort sagt. Unter diesem meinem ehrwürdigen Biberhut habe ich, indessen ich Ihnen zuhörte, ein paar schrullige Einfälle genährt: sie sind mir ausgeschlüpft und herumgeflattert wie die beiden gelben Schmetterlinge dort« – er deutete mit seinem Stock auf die Falter – »kleine Glaubensbekenntnisse, wenn Sie mir das harte Wort erlauben wollen, an den Gedanken der Tugend, an die Schönheit, vielleicht sogar an Gott. Ich erwäge allen Ernstes, mich in Hymens Fesseln zu begeben, und wenn Sie ein Vierteljahr später nach Hirschholm gekommen wären, hätte Ihnen möglicherweise eine Madame Mathiesen die Honneurs gemacht.«
Graf Augustus war nicht wenig überrascht, er hatte aber zu der Weltklugheit seines Freundes so viel Zutrauen, daß vor seinem geistigen Auge sogleich das Bild einer reifen und angenehmen Schönheit aufstieg, witzig und häuslich, mit einer behaglichen Mitgift ausgestattet. Er lächelte und beeilte sich, dem Herrn Rat seine Glückwünsche darzubringen.
»Sehr freundlich«, sagte er, »aber ich weiß noch nicht, ob sie mich haben will, das ist das Schlimme an der Sache. Sie ist nämlich nur ein Drittel so alt wie ich, und wenn ich mich nicht bös verschätze, hat sie einen romantischen kleinen Teufel im Leibe. Sie kann weder Pfannkuchen machen noch Strümpfe stopfen, und Hegels Philosophie liest sie bestimmt nicht. Wenn ich sie kriege, muß ich französische Modejournale kaufen, muß meiner Frau bei den Bällen in Hirschholm den Schal halten, muß die Blumensprache lernen und an Winterabenden von nun an Gespenstergeschichten erzählen.«
Dem Grafen gab es bei diesen Worten einen richtigen kleinen Schlag, denn sie erinnerten ihn nur allzu deutlich an vergangene Tage. Es war plötzlich wieder, als sähe er den jungen Augustus Schimmelmann mit

seinem Vormund am offenen Fenster der Bibliothek in Lindenberg stehen und sich über die großen Lebensfragen unterhalten. Schon damals hatte der Herr Rat immer denselben bestimmten kleinen Trick angewandt, wenn man ihm eine Ansicht vortrug. Wenn man sich mit seinen Assen und Königen am besten gerüstet glaubte, spielte er einen ganz unscheinbaren kleinen Trumpf aus und stach damit, und zwar immer in einem Augenblick, wenn man gar nicht mehr damit rechnete, daß noch Trümpfe im Spiel seien. Schon als kleiner Junge war er so gewesen. Wenn die anderen Kinder im Herbst unter den Bäumen spielten und ausgemacht war, daß die Kastanien Pferde sein sollten, kam er mit einem kleinen Käfig voller weißer Mäuse daher, die wirklich lebten und also mit echten Pferden viel mehr Ähnlichkeit hatten. Oder wenn die anderen ihre mannigfachen Schätze, ihre Messer, Holzsoldaten und Angelhaken, gegeneinander abschätzten, zog er ein Päckchen Schießpulver aus der Tasche, womit man die ganze Herrlichkeit schön sauber hätte in die Luft gehen lassen können. Er machte die Habseligkeiten seiner Freunde nicht herunter, er sprach kein abschätziges Wort; aber er besaß einen kleinen Hausteufel, der im entscheidenden Augenblick den Kopf hervorstreckte und aus den Schätzen der anderen alles Gewicht weghexte, so daß man sich mit seiner Habe ein wenig flau vorkam. Wer nicht gerade für Teufeleien einen besonderen Sinn hatte, verabscheute diese Eigenschaft an ihm. So war es auch jetzt wieder gegangen: Der Graf hatte in aller Behendigkeit seine Lebensmeisterschaft, seine sichere und unangreifbare Haltung den Dingen gegenüber ins rechte Licht gerückt, und pardauz! nahm der Kammerrat ein kleines, funkelndes Stückchen Lebensrisiko, ein Eckchen gefährliches Leben aus der Tasche und ließ es zwischen den Fingern gleißen wie einen Edelstein. Der Jüngere hatte Worte der Lebensklugheit geäußert, und schon zog der Ältere eine kleine Flöte hervor und blies drei Töne auf ihr, damit der andere daran erinnert sei, daß es beispielsweise die Musik auf der Welt gibt und beispielsweise die Torheit – und um die Herzensruhe des Jüngeren war es geschehen.

Der Herr Rat folgte mit den Blicken dem Spiel der Schmetterlinge, die zwischen den Bäumen verschwanden. »Lieblich«, sagte er, »schrecklich wie Heerscharen.«

Graf Augustus nahm den Hut ab und legte ihn sich auf die Knie. Die stille, sanfte Mailuft spielte wie mit liebkosenden Fingern durch seine Locken. Es war alles so ganz wie in der alten Zeit, auch dieser sanfte kleine Anprall von Neid, als ob die Flügel der gelben Schmetterlinge sein Herz berührt hätten. Wie einst wanderte der junge Herr Augustus durchs Land und sinnierte über Heldentum und Lebensgenuß, in der kühlen, süßduftenden Luft, unter lichtem, seidigem Laubwerk. Er ließ den Spazierstock mit dem silbernen Griff Kreise auf der Erde beschreiben. Was sollte ihm sein Ruf, daß er mit Freuden zeche und daß sein Schlaf ein gesunder sei – was sollte es, selbst wenn er in Wahrheit diese guten Gaben besessen hätte? So fragte er sich, und es fielen ihm Worte ein, die er vor langer Zeit gehört hatte: »Wer nie sein Brot mit Tränen aß / Wer nie die kummervollen Nächte / Auf seinem Bette weinend saß / Der kennt euch nicht, ihr himmlischen Mächte.« Die himmlischen Mächte – er hatte ihrer lange nicht gedacht. Sein Herz wurde ihm schwer bei der Erinnerung daran, wie Herzen schwer werden können.

Auf einem von den Waldwegen kam eine Gestalt auf sie zu, näherte sich ihnen und wurde vom Rat alsbald als sein junger Schützling erkannt. Er stellte den Jüngling seinem bedeutenden Freund vor und bat ihn, nachdem man sich ein weniges unterhalten hatte, ihnen ein Gedicht zum besten zu geben.

Anders hatte Mühe, seine Gedanken zu sammeln. Wie noch in keinem Frühling schwang sein Herz in Kreisen, so groß wie die Planetenbahnen um die Sonne. Doch wollte er dem feierlichen, kühlen fremden Herrn gerne gefällig sein. Ihn täuschten des Kaisers neue Kleider nicht: Er sah ihn sogleich als den Mittelpunkt des Festzugs, wie er fröstelnd im Hemde ging. Schließlich besann er sich auf eine kleine Ballade, ein lustiges bißchen Überfluß von all der Seligkeit und Qual, die ihn in letzter Zeit erfüllt hatte. Sie handelte von einem jungen Menschen, der sich im Walde schlafen legt und ins Feenreich entrückt wird. Die Feen lieben ihn sehr und sorgen mit der größten Sorgfalt für ihn, und um ihn glücklich zu machen, zerbrechen sie sich mächtig ihre Köpfchen. Die Freuden des Waldlebens waren mit viel Eingebung geschildert, und am Ende eines jeden Verses verlor sich eine Langzeile gewissermaßen wie ein murmelnder Waldquell. Nun kennen aber die Feen den Schlaf nicht und wissen nicht, was schlafen ist. Sooft der junge Gespiele, ermattet von Lust und Herrlichkeit, einnickt, lamentieren sie: »Er stirbt, er stirbt!« und nehmen alle Kraft zusammen, ihn wachzuhalten. Worauf er denn schließlich, zu ihrem großen Kummer, aus Mangel an Schlaf wirklich stirbt.

Graf Augustus lobte die Schönheit des Poems und fand vor allem, daß der Liebreiz der kleinen Feenkönigin bezaubernd in Worten wiedergegeben sei. Dieser Junge, dachte er bei sich, hat eine starke Ader primitiver Sinnlichkeit, die man sorgsam überwachen muß, wenn der gute Geschmack in seinen Arbeiten nicht Schaden leiden soll.

»Man hüte sich«, sagte er lächelnd zu dem Herrn Rat, »man hüte sich vor den Freuden des Feenreiches! Für uns arme Sterbliche beruht der Wert der Freude ganz bestimmt in ihrer Seltenheit. Wie die alten Weisen so richtig sagten: Der ist ein Narr, der nicht weiß, daß die Hälfte mehr ist als das Ganze. Wo die Freude ewig dauert, da sind wir in Gefahr, daß wir blasiert werden oder, wie bei Ihrem jungen Freund, daß wir sterben.«

Dem Herrn Rat kam eine Idee. Hier der grüne Wald, dachte er, wäre gerade der richtige Hintergrund für einen dramatischen Augenblick. »Der Herr Graf«, sagte er und schaute den Jüngling lächelnd an, »der Herr Graf schmunzelt über ein kleines Geheimnis, das ich ihm mitgeteilt habe. Sie sollen auch ins Vertrauen gezogen sein, Anders, aber Sie dürfen Ihren alten Freund nicht auch noch auslachen. Ich hoffe, ich kann Ihnen in absehbarer Zeit eine freundliche junge Zuhörerin für Ihre Gedichte in Aussicht stellen, die in dem Liebreiz Ihrer Elfenkönigin, Dryaden und Undinen ihre eigene Schönheit wie in einem Spiegel wiedererkennen wird.« Wie in einem dämmerigen Silberspiegel, kurz ehe die Sonne aufgeht, fügte er in Gedanken hinzu.

Der Jüngling verharrte ein paar Augenblicke in Schweigen, als sei er tief in Gedanken versunken. Dann lüftete er den Hut um ein weniges vor dem Kammerrat und sagte, indem er ihn ernsthaft ansah: »Ich wünsche Ihnen von Herzen alles Gute und danke Ihnen für Ihr Vertrauen. Wann soll es sein?«

»Oh, das weiß ich noch nicht. Zur Zeit der Rosen, Anders«, sagte der Herr Rat, ein wenig unangenehm berührt von der direkten Art des jungen Menschen. Anders verabschiedete sich bald darauf und ging seiner Wege. Graf Schimmelmann, der ein geübter Beobachter war, folgte ihm mit den Blicken. Teufel, Teufel! dachte er, da hat unser alter Hexenmeister in Hirschholm neben seinem bewährten spiritus familiaris und der Dryade, mit der er offenbar schön tut, auch noch einen jungen Sklaven von dem Stamme jener Asra, welche sterben, wenn sie lieben!

Es fröstelte ihn ein wenig von innen her, als wäre er ausgeschlossen, nicht allein vom Leben an sich, sondern vom Reichtum und der Fülle des ihn umgebenden Mainachmittags. Er erhob sich von der knorrigen Waldbank, und sie machten sich auf den Heimweg. Wenn er seinen Gastfreund im Gespräch anblickte, bemerkte er in seinem Gesicht den Ausdruck einer aus der Tiefe dringenden sanften Erleuchtung und Entschlossenheit. Das, dachte der Graf, der aus einem Soldatengeschlecht stammte, lächelnd, das ist nur die Freude eines Helden, den schönen

Tod eines Helden zu sehen. Später sollten Zeiten kommen, in denen er sich dieser Augenblicke entsann.

Nachdem Graf Augustus noch bei dem Kammerrat zu Abend gegessen hatte, bestellte er sich seinen prächtigen Landauer mit den zwei englischen Pferden, um die man ihn überall beneidete, und fuhr nach Hause.

Als der Herr Kammerrat Mathiesen sich am andern Tage anschickte, auf Freiersfüßen nach La Liberté zu gehen, hinterbrachte man ihm eine Nachricht, die sich als eine recht hart zu knackende Nuß herausstellte. Die Hinterbringerin war seine Haushälterin, und sie reichte ihm die Neuigkeit zugleich mit seinem Sonntagshut, den er sie hatte aus dem Kasten holen lassen.

Besagte Frauensperson, eine gewisse Abelone, lebte schon seit über fünfzehn Jahren in seinem Hause, war aber immer noch eine junge Frau, groß, rothaarig und von ungewöhnlicher Körperkraft. Sie hatte ihr ganzes Leben in Hirschholm zugebracht, und es gab in der kleinen Stadt kein Eckchen und Winkelchen, das sie nicht kannte. Dazu schien es schlecht zu passen, daß es gerade in ihrem Leben ein Geheimnis gegeben haben sollte. Es gab nämlich Leute, die erzählten, sie habe als fünfzehnjähriges Mädchen heimlich eine Geburt gehabt, man habe sie des Kindsmords verdächtigt, und sie sei mit knapper Not davongekommen. Der Kammerrat behandelte sie als Respektsperson. Er kannte nicht ihresgleichen, was sparsame Wirtschaft betraf, und zwar nicht nur in der Haushaltung, sondern grundsätzlich in allen Lebensdingen. Für sie war Verschwendung, wie es schien, die einzige Todsünde und Verruchtheit. Was in den Kreis ihrer Aufmerksamkeit trat, mußte auf irgendeine Weise nutzbar gemacht werden, und niemals kam es vor, daß der Herr Rat sie irgend etwas hätte wegwerfen sehen. Hätte sie auch nur eine Ratte gehabt, um ein Ragout daraus zu machen, es wäre unter ihren Händen ein gutes Ragout geworden. Bei seinem eigenen Umgang mit ihr merkte der Herr Rat, daß sie jedes seiner Worte, jede seiner Launen gewissermaßen in die Vorratskammer legte, um früher oder später darauf zurückzukommen.

An dem besagten schönen Maimorgen trat sie denn also vor ihn hin und meldete ihm, wie sich sein junger Freund, der Herr Amtsschreiber, in der vergangenen Nacht betragen habe. Bisher hatte sie den jungen Mann als eine Art Haushaltungsgegenstand, der zum häuslichen Inventar gehörte, hingenommen und mit Freundlichkeit behandelt.

Der saubere junge Herr habe mit mehreren Freunden im Wirtshaus gehockt. Als das Bier ausgegangen sei, habe er seinen Kumpanen verspro-

chen, er wolle ihnen etwas Besseres holen, und sei mit den Kirchenschlüsseln, die er, wie der Herr Rat ja wohl wisse, von seiner Arbeit an den Kirchenbüchern her in Händen habe, in die Sakristei eingedrungen, habe vier Flaschen Abendmahlswein an sich genommen und seine Kameraden damit bewirtet. Betrunken sei er übrigens durchaus nicht gewesen, vielmehr so ruhig und gelassen wie auch sonst. Und er habe, fügte Abelone hinzu, ausgerechnet mit dem Sakramentswein die Gesundheit des Herrn Rats ausgebracht.
Indes Abelone erzählte, schaute der Herr Rat in den Spiegel, denn er hatte sich mit der leichten Nervosität, die bei einem, der sich erklären will, nur zu erklärlich ist, dazu entschlossen, eine andere Halsbinde anzulegen, und band eben mit vieler Sorgfalt seinen Knoten. Es ist nicht zuviel behauptet, wenn man sagt, daß Abelonens Erzählung ihn erschreckte. Das war ja, in Hirschholmer Größenverhältnisse übersetzt, Luzifers Sturm auf den Himmel! Mit was für Worten die Burschen wohl auf ihn angestoßen haben mochten?
Im Spiegel hinter sich erblickte er Abelonens Gestalt. Etwas in ihrer Art – mehr als in dem breiten, regungslosen Gesicht, das wie eine zugesperrte Tür die reichen, dereinst zu verwendenden Vorräte zu verbergen schien – vermittelte ihm den Eindruck, als wäre auch sie erschrocken oder doch tief bewegt. Hinter dieser Geschichte steckte also doch mehr, als man auf den ersten Blick glaubte. Abelone war alles andere als eine Schwätzerin. Sie mochte noch so viel von einem Menschen wissen, nie würde sie davon gesprochen haben – denn wahrscheinlich kannte sie bessere Methoden, davon Gebrauch zu machen – und vier Flaschen Abendmahlswein bedeuteten für sie an und für sich nicht mehr als eben vier Flaschen Wein. Wenn sie den jungen Menschen also nicht ruhig dem Satan überließ, bedeutete das wohl, daß sie ihn selber haben wollte? War er vielleicht die Ratte, aus der sie ein Ragout zu bereiten gedachte?
Der Alte wandte sich seinem eigenen Antlitz zu und sah einem braven, guten Herrn Kammerrat in die Augen. Bei Luzifers Sturm auf den Himmel zuzuschauen, war eigentlich ein höchst interessantes Erlebnis, um so mehr, wenn es einem gelang, ihm dabei einen Prügel zwischen die Beine zu werfen.
»Meine gute Abelone«, sagte er lächelnd, »in Hirschholm machen die Leute doch aus jeder Kleinigkeit einen Skandal. Ich selber habe Herrn Anders angewiesen, daß er den Wein aus der Sakristei nehme. Ich habe nämlich den Verdacht, daß er versehentlich mit Rum gemischt worden ist, und da Rum nicht vom Weinstock kommt, wäre der Wein kaum sehr

geeignet für die Transsubstantiation. Herr Anders sorgt dafür, daß er ausgetauscht wird.«

Damit machte er sich auf den Weg nach La Liberté. Er hatte viel nachzudenken während dieser Fahrt, und meistens – seltsam genug – beschäftigten sich seine Gedanken mit seiner Haushälterin. Erst als er in die Pappelallee einbog, wandte sich sein Geist wieder zukünftigen Dingen zu.

Die junge Dame war bei seinem Eintreffen nicht zu Hause, und er mußte einige Zeit im Gartensaal warten. Auf einem Konsoltischchen hatte Fransine in einer Vase einen großen Jasminstrauß aufgestellt. Stark, fast beengend hing der bittersüße Geruch in dem kalten Raum. Der Herr Rat war ein bißchen beunruhigt über die Freiersrolle, in der er auftreten sollte, während ihm um Fransinens Antwort nicht bang war. Natürlich würde sie ja sagen; es lag auf der Hand, daß sie ihr Leben lang immer tun würde, was man ihr sagte. Ihm war es keineswegs sicher, ob sie, wenn er nun als ihr Verlobter und künftiger Gatte von La Liberté nach Hause führe, über ihr späteres Eheleben mit ihm überhaupt einen Gedanken verlieren würde.

Er hatte das Gefühl, daß er während des Wartens mit den Möbeln in dem himmelblauen Gartensaal allmählich in ein besseres Einvernehmen kam. Spinett, Spieldose und Stühle hatten sich, die Rücken zur Wand gekehrt, ein wenig vor ihm zurückgezogen, als wäre er ihnen unbehaglich, so wie Möbel in einem Puppenhaus, die vor dem Eindringen eines Erwachsenen erschrecken. Sollte die Zeit der Spiele zu Ende gehen? Er ließ es sich angelegen sein, sie zu beruhigen. »Ich bin nicht gekommen«, sagte er verbindlich nach allen Seiten, »um zu zerstören, sondern um zu erfüllen. Die schönsten Spiele sollen erst noch kommen.«

In diesem Augenblick, als wäre sie durch solch beruhigende Worte erst wieder ins Leben gerufen, betrat Madame Lerche den Saal, in einem rosa Kleid mit Volants, und begleitet von einer Zofe, die den Samowar und das Tischlinnen trug. Nach einigem liebenswürdigen Hin und Her der Konversation hatte sich der Herr Rat gefaßt und konnte seinen Antrag vorbringen.

Es war ihm immer aufgefallen, daß Fransine von einer Neigung, einer Sucht beseelt schien, alles einmal Begonnene möglichst rasch hinter sich zu bringen. Aus welchem Grunde, wußte er nicht, denn es gab ja keine anderen Unternehmungen, die anzupacken sie sich erpicht gezeigt hätte. Jedenfalls: Sie wiederholte ganz gewiß nicht Fausts gefährliche Bitte an den Augenblick, er möge doch verweilen, denn er sei so schön. Sie stieß im Gegenteil die Augenblicke von sich, so rasch, wie ein italienisches Nönnchen beim Rosenkranzbeten die Perlen weiterschieben mag. Als er nun von seiner Liebe, von seinen kühnen Hoffnungen sprach, wurde sie nur ein klein wenig bleicher und bewegte sich schmal und unruhig in dem mächtigen Sessel. Ihre dunklen Augen begegneten den seinen und wandten sich wieder ab. Als alles vorüber war, schien sie aber erfreut, und das erwartete Jawort gab sie ihm sogar mit einer gewissen Rührung, indem sie von ihm als von einer Lebenszuflucht sprach. Er küßte ihr die Hand, und wieder schien sie froh, daß alles vorüber war.

Nachher, als die beiden Neuverlobten zusammen Tee tranken, Fransine als Hausfrau auf dem Sofa hinter dem mächtigen Samowar, wollte der Herr Rat ein wenig den Mann von Bedeutung hervorkehren und erzählte die Geschichte von Anders und dem Abendmahlswein. Die Wirkung ging weit über seine Erwartungen hinaus: die Geschichte schien auf Fransine einen wahrhaft schrecklichen Eindruck zu machen. Es sah aus, als wolle sie in den Erdboden versinken, um sich einer solchen Welt der Ruchlosigkeit zu entziehen. Als sie endlich Worte fand, fragte sie den Herrn Rat, bleich wie der Tod, ob denn der Herr Pastor von der Sache wisse. Der Kammerrat hätte eine solch tiefe Scheu vor heiligen Dingen nicht bei ihr vermutet. Gewiß, es war eine erfreuliche Eigenschaft, aber es verbarg sich mehr dahinter: eine Geisterfurcht oder vielleicht wirklich ein Gespenst. Er beruhigte sie und erzählte ihr, welche Maßnahmen er getroffen hatte, um den jungen Mann vor den Folgen seines Dummejungenstreiches zu schützen. Sie antwortete mit einem großen, strahlenden Blick, der so schmelzend war, so lebensvoll in seiner tiefen, dunklen Holdseligkeit, daß er – wie der Jasminduft – gleichsam den ganzen Raum erfüllte und dem Kammerrat ein Gefühl der Kraft und edlen Güte mitteilte.

»Eigentlich«, sagte er, »müßte ich dem Jungen ja zu seinem eigenen Besten einen Denkzettel geben. Wenn ich ihm nicht zu dieser Stelle verholfen hätte, wäre er heute am Verhungern.« Bei diesem letzten Wort erbleichte Fransine aufs neue. »Dabei müssen Sie wissen, Liebste«, fuhr der Kammerrat fort, »daß er eine große Karriere vor sich hat. Es ist richtig traurig: ansehen zu müssen, wie ein gedankenloser halbwüchsiger Junge, ein Landstreicher, einem großen Menschen die Zukunft verdirbt. Auch für mich ist er ein Stück Zukunft; er ist mir wie ein leiblicher Sohn. Aber ich habe Angst, daß ich einen Eigensinn in ihm wecken könnte, dessen ich nicht mehr Herr werde. Eine Frau mit Ihrer sanfteren Art könnte vielleicht besser auf seine guten Regungen einwirken. Er ist bestimmt die Art Mensch, die einen Schutzengel braucht, und es wäre edel von Ihnen gehandelt, wenn Sie mir ihn retten hülfen und ihm zu diesem Zweck eine kleine Gardinenpredigt hielten.«

So beschloß man denn: Fransine solle mit dem Herrn Rat nach Hirschholm zurückfahren und Anders Kube Vorhaltungen machen. Sie setzte in aller Eile ein rosa Hütchen auf, unter dem ihr Gesicht im Sonnenschein wie eine Rose erglühte. Es war nicht ganz üblich, daß eine junge Frau allein mit einem Herrn ausfuhr, und obgleich Kresten auf dem Rücksitz saß, gab sich der Herr Rat der Vermutung hin, die Vorübergehenden würden rasch genug auf eine Verlobung schließen, und die Fahrt bereitete ihm eitel Vergnügen. Fransine neben ihm hielt den Blick auf das trabende Pferd gerichtet und schien glücklich, daß die Dinge wieder einmal so rasch in Ordnung kamen.

Arm in Arm stiegen der Herr Rat und seine junge Braut, die den Schutzengel spielen sollte, die enge Stiege zu Anders' Stübchen hinter dem mächtigen, eben neu belaubten Lindenbaum empor. Sie fanden Anders mit seiner Schwester, die mit einem Kapitän in Helsingör verheiratet war, und deren kleinem Jungen. Fransinens Auftrag wurde dadurch etwas kompliziert, aber sie fühlte, wie ihr eine Last vom Herzen fiel, denn nun würde sie eine friedliche, vergnügte Stunde in dieser Umgebung verbringen können. Die beiden Geschwister waren einander sehr ähnlich, und wenn das Kind Fransinen anblickte, setzte ihr das Herz aus, denn solche Bambini hatte sie in den Kirchen in Neapel gesehen: Es war ein Cherub mit Anders' Augen.

Fransine war, in ihrem eleganten Schal, hierher gekommen wie eine Schutzpatronin der Armen und Irrenden. Nun aber stand sie da, dunkeläugig und stocksteif, mit Rahels Antlitz, da sie zu Jakob spricht: »Schaff mir Kinder, wo nicht, so sterbe ich.« Es verlangte sie danach, niederzuknien und das Kind an sich zu drücken, aber es war ihr unklar, ob eine solche Regung ganz korrekt wäre. Schließlich fiel ihr ein, daß vielleicht der gleiche Zweck zu erreichen sei, wenn sie den Kleinen zu sich emporhöbe. Sie stellte ihn auf einen Stuhl und ließ ihn erst einmal aus dem Fenster gucken, und später durfte er mit ihren Fingern im schwarzen Halbhandschuh spielen. Er starrte sie mit großen Augen an; er hatte noch nie solche Locken gesehen und griff mit seiner Patschhand in ihr Haar. Um ihm eine Freude zu machen, legte sie den Hut ab und schüttelte ihre ganze dunkle Lockenpracht nach vorn. Die Haare fielen ihr wie Schleier übers Gesicht, und der Kleine lachte und zerrte mit beiden Händen an den Locken. Sie hielt ihn an die Brust gedrückt, ganz leicht, und schaute ihm lachend ins Gesicht, und da spürte sie einen Augenblick sein Herz wie eine kleine Uhr gegen das ihre schlagen. Die anderen schauten herüber, und sie errötete. In dunklen Wellen schoß ihr die Röte ins Gesicht, aber immer noch konnte sie nicht anders als lächeln.

Der Herr Rat vertiefte sich in ein Gespräch mit der jungen Mutter, die in ihrem hübschen weißen, plissierten Hütchen auf dem Sofa Platz genommen hatte, den Kleinen auf dem Schoß, und so blieben die beiden jungen Leute in einem tête-à-tête am Fenster. Fransine merkte, daß der Augenblick für ihre Mission gekommen war.

»Herr Anders«, sagte sie, »der Herr Kammerrat – mein Verlobter«, verbesserte sie sich, »hat mir mit großem Bedauern erzählt, daß er Anlaß hat, mit Ihnen unzufrieden, ja böse zu sein. Das ist nicht recht – Sie müssen es nicht dahin kommen lassen. Sie wissen vielleicht nicht, hier in Hirschholm, wieviel Sünde und Elend es auf der Welt gibt. Ich möchte Sie bitten, Herr Anders, tun Sie nichts von dem, womit die Menschen sich ins Verderben stürzen.«

Der Feierlichkeit ihrer Ansprache zum Trotz trug ihr Antlitz immer noch den Widerschein des vorherigen Lächelns. Auch als sie weitersprach, verließ dieses Lächeln ihr Antlitz nicht.

Anders faßte kein Wort von dem auf, was sie sagte. Mit seiner starken Gabe fürs Vergessen, die dem Herrn Rat an ihm nicht immer ganz angenehm war, hatte er die Dinge längst vergessen, auf welche sich die Worte der jungen Frau bezogen. In seinem Lächeln wiederholte sich der Ausdruck des ihrigen. Wenn ihr Gesicht sich veränderte, wurde auch seines anders. Sie empfingen Licht und Schatten voneinander, wie zwei Spiegel, die einander in einem Zimmer gegenüberhängen.

Fransine fühlte, daß die Situation sich nicht ganz nach Wunsch entwikkelte, aber sie wußte nicht, was tun.

»Der Herr Kammerrat«, sagte sie, »liebt Sie wie seinen eigenen Sohn, und wenn er Ihnen nicht geholfen hätte, hätten Sie verhungern können. Er ist ein so kluger Mann. Er weiß besser als wir, wie man sich in der Welt verhalten muß. Schauen Sie her« – damit nestelte sie an einem kleinen Gegenstand, der an der goldenen Uhrkette um ihren Hals befestigt war. Es war ein kleines, geweihförmiges Korallenstückchen, wie es die einfachen Leute in Italien als Talisman verwenden. »Das hat mir meine Großmutter geschenkt. Man sagt, es schützt gegen den bösen Blick. Meine Großmutter meinte aber, es hülfe auch gegen Blattern und gegen die schlechten Gedanken in einem selbst. Deshalb hat sie es mir geschenkt. Jetzt sollen Sie es nehmen und sich immer daran erinnern lassen, daß Sie vorsichtig sein und dem Rat von Herrn Mathiesen folgen sollen.«

Anders nahm das kleine Amulett entgegen. Als ihre Hände sich berührten, erbleichten sie beide.

Von seinem Platz auf dem Sofa aus konnte der Herr Rat mit halbem Auge erkennen, daß da drüben starke Mächte entfesselt waren. Was er mit nüchternen Augen sah, war, daß seine Verlobte dem jungen Amtsschreiber in einer bedeutungsvollen Weise etwas überreichte, was wie ein kleines Geweih oder Gehörn aussah. Damit – ob es nun seine Erwartungen überstieg oder enttäuschte – mußte er sich zufrieden geben, und kurz darauf wanderte er mit Fransine Arm in Arm die Treppe wieder hinunter und stieg in seinen Wagen, mit dem Kresten auf der Straße wartete.

Da es in der Hirschholmer Gesellschaft als nicht ganz schicklich galt, wenn Brautpaare viel miteinander allein blieben, auch dann, wenn der Bräutigam ein Mann von reiferen Jahren und die Verlobte eine Witwe war, wurde es während der Sommermonate Anders' Aufgabe, den Herrn Rat bei seinen Besuchen in La Liberté als Chaperon zu begleiten. Wenn das Wetter schön war, nahmen die drei ihren Tee abends auf der Terrasse, und Fransine bereitete ihnen entzückende kleine italienische Gerichte, die den Herrn Rat an frühere Zeiten und Begebenheiten erinnerten. Wenn er dann im milden, funkelnden Abendschein über den Tisch weg die beiden jungen Leute anschaute, die beide seinem Herzen so teuer waren – obwohl die dabei geltende Rangfolge ihnen vielleicht überraschend vorgekommen wäre –, dann fühlte er sich glücklich und mit der Schöpfung in Einklang wie noch selten zuvor. Nur schwer hätte er sich ein vollkommeneres Idyll vorstellen können. »Auch ich«, sprach er zu sich selbst, »auch ich bin in Arkadien gewesen.«

Manchmal freilich berührte ihn die Haltung des jungen Schäferpaares beinahe verwunderlich, und er wurde ein wenig irre und besann sich auf eine Geschichte, die er in einem Reisebuch gelesen hatte.

Da waren ein paar englische Forschungsreisende in einem Negerdorf auf ein Trüppchen Gefangene gestoßen, die man hinter einem Palisadenzaun für die Tafel ihrer Zwingherren mästete. Die Engländer erboten sich in der Empörung ihres Herzens, die Gefangenen freizukaufen, indessen die Opfer weigerten sich, denn nach ihrer Auffassung hatten sie es noch nie so gut gehabt. War es möglich, überlegte der Herr Rat, daß die jungen Leute einen Fluchtplan geschickt vor ihm verbargen, oder waren sie ebenso zukunftsblind wie die Gefangenen jener Menschenfresser? Beide Möglichkeiten kamen ihm gleich unwahrscheinlich vor.

Dabei war er mit seiner Parabel von der Wahrheit gar nicht weit entfernt, oder anders gesagt: Hätte er die Wahrheit gekannt, sie wäre ihm keineswegs glaubwürdiger erschienen.

Für Anders war die Situation dadurch vereinfacht, daß er den Entschluß gefaßt hatte, sich an Fransinens Hochzeitstag umzubringen. Schon bei der Nachricht von ihrer Verlobung war er sich darüber klar geworden, und der Entschluß galt ihm so unerbittlich wie der Tod. Der dänische Bauer von Anders' Schlag kommt ziemlich leicht auf den Gedanken, sein Leben fortzuwerfen. Das Leben erscheint diesen Menschen als kein besonderes Gut, ist es vielleicht auch wirklich nicht, und so kann man sagen, daß der Selbstmord ihnen mehr oder weniger immer als ein natürlicher Ausgang gilt.

Den jungen Anders hatte nicht das Leben verdorben. Wenn er verdorben war, so hatten andere Mächte die Schuld daran. Er hatte das gemeinsame Los der Menschen seiner Art empfunden: gleichsam aus einem Stoff zu bestehen, der von der Beschaffenheit aller anderen Menschen tief verschieden ist. Als er aber Fransine begegnete, siehe, da hatte sie ihn erkannt. Ohne Mühe hatten ihre hellen Augen ihn aufgenommen, so wie er war.

Das Los, als ein Mensch zu leben und doch gewissermaßen gar nicht zu existieren, dieses Los, das ihn zuweilen gequält hatte, war von ihm genommen worden. Wenn sie nun den Kammerrat heiratete und ihre Augen von ihm wandte, war es nur vernünftig, daß er sich in andere Gefilde zurückzog.

Er war von jeher zurückhaltend mit allem, was seine Pläne anging, und in diesem Fall zumal fühlte er, daß sein Entschluß nur ihn betraf und keinen Menschen sonst. Der Herr Rat, ins Vertrauen gezogen, würde ihn an der Ausführung verhindert haben, und er würde darüber hinaus sehr unzufrieden mit ihm gewesen sein. Und Fransine wäre wohl am Ende gar unglücklich. Anders hatte zwar nicht gerade eine ritterliche Veranlagung, aber er war ausgesprochen freundlich von Natur, und es hätte ihm widerstrebt, einen ihm so befreundeten Menschen zu betrüben. Um das zu vermeiden, hatte er sich bereits ausgedacht, daß er bei einem seiner Fischerfreunde in Rungsted ein Segelboot ausborgen und damit, wie durch Zufall, kentern wollte. Er war ein guter Segler und konnte leicht einen solchen Unfall vortäuschen. Von Zeit zu Zeit war ihm seltsam zumute, wenn er an Anders Kube dachte: Er kam ihm vor wie die Hauptgestalt aus einem seiner Gedichte. Zuweilen fühlte er sich ein wenig schuldbewußt ihm gegenüber, dann aber wieder wie ein großer Wohltäter, denn er half dem Jungen ja über eine Menge unangenehmer Dinge hinweg. Alles in allem hatte er hinter seinem Palisadenzaun denselben ruhigen Ausdruck im Auge wie die Negergefangenen in jener Reisegeschichte.

Neben seinem großen Entschluß trug er sich in Gedanken mit einem bedeutenden Gedicht, einem Schwanengesang, den er noch vor seinem Ende zu Ende singen wollte. Da er bisher so viel von Wald und Feld geschrieben, sich nun aber für seinen letzten Gang ganz dem Meere verschworen hatte, richteten sich alle seine Gedanken diesem seinem Ziel entgegen. Najaden und Tritone tanzten auf den Wellen, Walfische zogen ihnen zu Häupten wie Wolken vorüber, Delphine, Schwäne, vielerlei Fische tummelten sich im gewaltigen Perlengischt langer Sturzwellen, und die Winde spielten auf Flöte und Fagott und bildeten ein mächtiges Orchester. Der Freisinn, der dem innewohnt, der zu sterben weiß, war in das Gedicht eingedrungen, und wenn es auch als bloßes Geschehen nicht sehr umfangreich war, so war es doch seiner Bedeutung nach fast unerschöpflich. An den Nachmittagen in La Liberté las er es Fransine vor, Stück für Stück, wie es entstand.

Was die junge Frau angeht, so war es ihr selbstverständlich, so zu leben, so von der Hand in den Mund. Sie hatte keinen Begriff von der Zeit oder, um es genauer zu sagen, es war ihr nicht gegeben, zwischen Zeit und Ewigkeit zu unterscheiden. Das war einer der Züge, um derentwillen sie die Hirschholmer Damen für ein wenig schwachsinnig hielten. In ihrem ganzen Leben war sie noch nicht so glücklich gewesen, und daß sie nicht gewiß wußte, wie lange es dauern und was die Zukunft bringen würde, trug zu ihrem Glück womöglich noch einen letzten Hauch bei. In allem übrigen richteten sich ihre Gedanken nach Anders' Stimmungen. Sie las sein neues großes Gedicht, und da es vom Meer handelte, ließ sie sich die Kleider für ihre Ausstattung in lichtem Blau machen – blau wie der Himmel und das Meer. Den beiden Männern kam sie vor wie ein Geschöpf des Himmels.

Indem der Rat in diesen Wochen seine Verlobte allmählich näher kennenlernte, nahm es ihn oft wunder, daß sie es mit der Wahrheit so wenig genau nahm. Er war ja freilich selbst ein Pläneschmied des Lebens, ein Umkrempler der Ordnung, und konnte in mancher Hinsicht mit seiner jungen Braut fühlen; aber es geschah doch mehr als einmal, daß ihr keckes Umspringen mit der Wahrheit ihm Eindruck machte. Es war, so sagte er sich, ein typisch weiblicher Kunstgriff, ein in zahllosen Generationen erprobter code de femme der praktischen Lebensgebarung. Wenn Weiber glücklich sein wollen, sehen sie sich einer force majeure gegenüber. Daher beziehen sie vielleicht das Recht, sich einen Abkürzungsweg zum Glück herauszunehmen, indem sie die Dinge einfach so hinstellen, wie sie sie gerne haben möchten. Auf diese Weise wurde zum Beispiel er, weil er der zukünftige Gatte war, von seiner jungen Frau ipso facto für gut, gescheit und großzügig erklärt. Er sah kein persönliches Kompliment darin: Vermutlich hatte sie sich in Verbindung mit dem alten Apotheker Lerche genau derselben Formel bedient. Ähnlich war es mit seinen Geschenken: Sie waren von vornherein schön; die Predigten des alten Pastors Abel in Hirschholm waren von vornherein tief ergreifend, und wenn er mit ihr spazierenfuhr, war das Wetter von vornherein gut. Eine Ausnahme bildeten nur die Kleider und Hüte, um die sie sich ernsthafte Sorgen machte; aber da sie sich ausgezeichnet anzuziehen wußte, war in diesem Punkt das Streben nach einem Ideal der Vollkommenheit ja auch durchaus erfolgversprechend. Ob sie sich in diese Art Weiberreligion aus persönlicher Not geflüchtet hatte oder ob sie von irgendeinem klugen weiblichen Nestor darin eingeführt worden war, wußte er nicht. Jedenfalls, dachte er: Nur wenig Frauen werden überhaupt Liebes- und Eheglück und erfolgreiches Leben kennenlernen, wenn sie sich nicht in eine solche Behelfswelt flüchten. Die Ausflucht hatte in ihrer Art eine gewisse Ähnlichkeit mit des Grafen Schimmelmann neuen Kleidern, aber als einer Erfindung des simplen Weibergeistes fehlte ihr ganz der männliche Ehrgeiz, sich zu rechtfertigen; sie war ein einfaches Dogma, woran es nichts zu deuteln gab.

Da der Herr Rat seinen Schützling in seine neue Arbeit neuerdings so vertieft sah, bat er ihn, ihm daraus vorzulesen. Anders sah keinen Grund, weshalb sein alter Freund das Werk nicht kennenlernen sollte, und trug ihm ab und zu Stücke daraus voraus. Der alte Mann empfing einen starken Eindruck, ja, er empfand eine Bewunderung, die manchmal beinahe etwas Abgöttisches hatte. Auch ihm war zumute, als wäre er in eine neue Art von Raum und Zeit vorgestoßen, in eine ätherische Welt, und es war ihm, als schwämme und flöge er durch Blau und koste ein ganz neues Gefühl von Glück und Eintracht. Das Gedicht schien ihm der Anfang großer Dinge; er sprach es ausführlich mit Anders durch und gab ihm sogar den einen oder anderen guten Rat, so daß schließlich nicht wenige seiner Ideen und Maximen da und dort aus dem Werk hervorklangen und man von ihm sagen konnte, er habe in diesen Sommermonaten seiner Braut sozusagen durch einen Stellvertreter seine Liebe bezeigt und Gedichte geschrieben – eine pikante Situation, die bis zum Hochzeitstage dauern sollte. Wochenlang war es so, daß die drei – auch wenn sie ganz harmlos zusammen auf der Terrasse Tee tranken – gewissermaßen in den Fluten eines gewaltigen überirdischen Ozeans schwebten.

Zwei Tage vor der Hochzeit erhielt der Herr Rat von einem Freunde in Deutschland den neuen Roman des jungen Gutzkow, »Wally, die Zweiflerin«, geschenkt, über welchen damals die Wellen der Empörung und des Meinungsaustausches hoch gingen.
Wie man sich vielleicht erinnert, handelt es sich darum, daß Wally und Cäsar einander lieben, sich aber nicht heiraten können, weil Wally sich dem sardinischen Gesandten zur Gattin versprochen hat. Cäsar fordert darauf von ihr, sie solle sich ihm, zum Zeichen der zwischen ihnen bestehenden Seelenehe, am Morgen ihres Hochzeitstages nackt in ihrer ganzen Schönheit zeigen. Es gibt ein altes deutsches Heldenlied, in dem sich Sigune auf solche Weise dem Tschionatulander entschleiert.
Den Herrn Rat fesselte der Roman dermaßen, daß er ihn am Nachmittag mit nach La Liberté nahm und unter einem Baum auf der Terrasse zu Ende las, während die jungen Leute einen zahmen jungen Fuchs ansehen gingen, den Fransine im Hundezwinger hielt. Der Herr Rat las:
»Zur Linken aber schwillt aus den Sonnennebeln heraus ein Bild von bezaubernder Schönheit: Sigune, die schamhafter ihren nackten Leib enthüllt, als ihn die Venus der Medicis zu bedecken sucht. Sie steht da, hilflos, geblendet von der Thorheit der Liebe, die sie um dies Geschenk bat, nicht mehr Willen, sondern zerflossen in Scham, Unschuld und Hingebung. Und zum Zeichen, daß eine fromme Weihe die ganze Üppigkeit dieser Situation heilige, blühen nirgends Rosen, sondern eine hohe Lilie sproßt dicht an dem Leibe Sigunens hervor und deckt symbolisch, als Blume der Keuschheit an ihr die noch verschlossene Knospe ihrer Weiblichkeit. Alles ist ein Hauch an dem Auge, ein stummer Moment. Das Ganze ist ein Frevel, aber ein Frevel der Unschuld.«
Der Herr Rat schloß das Buch, und indem er sich weit in den Stuhl zurücklegte, als wolle er in den Himmel blicken, schloß er auch die Augen. Unterm Wipfel der Linde war die Luft erfüllt von grüngoldenem Licht, vom süßen Duft der Lindenblüte und dem Summen unzähliger Bienen.
Sehr hübsch, dachte er, sehr hübsch ist das geschrieben, mag sich der Professor Menzel noch so sehr dagegen ereifern. Ein Traum von der goldenen Zeit, vom Zeitalter ewiger Unschuld und Sanftmut kehrte bei ihm ein. Mochten die Krittler sagen, daß es solche Zeiten nicht gebe, was verschlug es ihm? – da doch im Garten seiner Phantasie eine ganz neue Blüte aufgegangen war! Er konnte Fransine und Anders in einiger Entfernung plaudern hören, aber er verstand nicht, wovon sie sprachen.
Vom Hundezwinger waren die beiden nach der Südseite des Hauses zu

den Gemüsebeeten gegangen, um Salat, Erbsen und junge Karotten fürs Abendessen zu holen. Der Garten lag in seinen tiefgelegenen Teilen schon im Schatten der alten krummen Birken, die seinen natürlichen Zaun und Abschluß bildeten. Durch eine Öffnung zwischen den Bäumen sah man hinaus ins offene Land, wo im milden, goldenen Abendlicht zwei Mägde, ihre großen Milcheimer auf dem Kopf, zum Melken gingen und gespenstisch lange blaue Schatten über den Kleeacker warfen.

Fransine fragte Anders wegen des jungen Fuchses um Rat. »Wenn ich ihn im Herbst laufen lasse«, sagte sie, »glauben Sie, daß er seine Nahrung wird finden können?«

»Ich würde ihn ruhig laufen lassen«, erwiderte Anders. »Nur wird er vielleicht zu gut mit Ihrem Hühnerstall Bescheid wissen und nachts zurückkommen.« Er sah den spitzzähnigen, einsamen Fuchs deutlich vor sich, einen geisterhaften Wiedergänger des pelzigen kleinen Spielzeugs, mit dem sie jetzt im Sommer so viel Spaß gehabt hatten; er sah ihn durch die frostklare Winternacht auf La Liberté zutraben. »Dann müssen Sie kommen und ihn wieder einfangen«, sagte Fransine.

»Da werde ich nicht mehr hier sein«, versetzte er ohne Besinnen.

»Oh!« sagte sie. »Was für hohe Ämter, was für Staatsdienste werden Sie uns denn entfremden, Herr Anders?« Er gab keine Antwort. Was für hohe Ämter? Im Dienste welches Staates? »Ich muß fort«, sagte er schließlich. Fransine machte keine Widerrede. Wahrscheinlich wußte sie genug von der Notwendigkeit, jener Herrin der Menschen und Götter. Nach einem Augenblick aber schaute sie ihn an, so angespannt, als schicke sie ihm in dem einen Blick ihr ganzes Wesen entgegen. »Aber wenn Sie nicht hier sind«, sagte sie, »wird es –«, sie besann sich einen Augenblick, »– wird es zu kalt werden bei uns!«

Anders verstand sie nur zu gut. Wie eine mächtige Woge warf sich das Mitleid über ihn und ließ ihn zu ihren Füßen niederstürzen. Ja, es würde zu kalt werden für sie. Eine zweifache Verzweiflung zerriß seine Seele: daß sie es so kalt haben sollte und daß er, zur selben Frist, auch zu kalt sein würde, um sie zu trösten. »Was soll ich dann tun?« fragte sie. Sie stand vor ihm aufgerichtet; außer daß sie in Kleidern war und ihre Hände deshalb leicht auf den Volants ihres Rockes ruhten, nahm sie genau die Stellung jener mediceischen Venus ein, von der der Herr Rat im selben Augenblick las. Als er sie so sah, erinnerte sich Anders, daß er bisher in ihr das Kind gesehen hatte, das sich davor fürchtete, in ihm seine Lieblingspuppe zu verlieren. Jetzt sah er: Es war umgekehrt; sie war die Puppe, die ihr Kind nicht verlieren wollte, das Kind, das mit

ihr spielte, das sie an- und auszog und abgöttisch lieb hatte: eine herrenlose, eine verirrte Puppe, wenn er nicht die Hand über sie hielt.
»Herr Anders«, sagte sie, »in den Wochen nach Ostern, als wir so viel beim Herrn Kammerrat zusammen waren, damals bei dem Picknick in Rungsted – erinnern Sie sich – damals haben Sie mir gesagt, es würde Sie glücklich machen, Ihr Leben lang als mein Freund bei mir zu bleiben.« Er antwortete nicht. Diese Wochen nach Ostern schmerzten, wenn man nur an sie dachte, und von ihnen zu sprechen, konnte tödlich wirken. »Sind Sie ein so treuloser Freund?« fragte sie weiter.
»Hören Sie, Madame Fransine«, sagte er. »Ich habe in der vorletzten Nacht von Ihnen geträumt.« Sie lächelte bei seinen Worten, und man sah, wie begierig sie auf den Traum war. »Ich habe geträumt«, sagte er, »daß wir beide am weiten Meeresstrand spazierengingen, wo der Wind mit Macht wehte. Sie sagten: ›So soll es immer sein‹, aber ich antwortete: ›Nein, wir träumten bloß.‹ ›O nein, das müssen Sie nicht glauben‹, sagten Sie. ›Wenn ich jetzt meinen neuen Hut hier nehme und ins Meer werfe, werden Sie mir dann glauben, daß es kein Traum ist?‹ Und schon lösten Sie die Bänder Ihres Hutes und warfen ihn von sich, und die Wellen spülten ihn fort. Ich aber glaubte noch immer, es sei ein Traum. Da sagten Sie: ›Oh, wie dumm Sie sind! Wenn ich jetzt meinen seidenen Schal nehme und wegwerfe, müssen Sie doch sehen, daß alles Wirklichkeit ist.‹ Sie warfen Ihren Seidenschal hinter sich, und der Wind wirbelte ihn vom Sande auf und trug ihn fort. Aber ich wurde immer noch nicht den Verdacht los, daß alles nur ein Traum sei. ›Wenn ich meine linke Hand abschneide‹ sagten Sie, ›sind Sie dann überzeugt?‹ Sie hatten eine Schere in der Tasche, und Sie hielten Ihre linke Hand in die Höhe, als ob es eine Rose wäre, und schnitten sie ab. Und damit –«, er unterbrach sich, ganz blaß im Gesicht, »– damit wachte ich auf.«
Sie stand regungslos vor ihm. Träumen schenkte sie großen Glauben, und auch ihr war ja schon zumute gewesen, als wandle sie mit ihm an dem Meergestade, von dem er ihr erzählt hatte. Jetzt aber galt es, alle Waffen zusammenzunehmen, um ihn zu halten, denn wenn sie ihn verlöre, müßte sie sterben, das schien ihr gewiß. Sie wollte sich auch die linke Hand abschneiden, wenn er es verlangte, aber besser wäre es, diese Linke läge unter seinem Haupte. In der hellen, milden Abendluft fühlte sie sich stark und leicht wie ein Birkenbäumchen, ihre schmalen Hüften waren biegsam wie Zweige, ihre jungen Brüste ruhten leicht, wie ein Paar glatte, runde Eier, in ihrem Nest aus warmem, frischem Batist. Ihr leuchtender Blick war so tief in dem seinen versunken, daß ein starker Kran kommen mußte, um sie auseinanderzuzwängen.

Sie senkte die linke Hand der mediceischen Göttin um eine unmerkliche Kleinigkeit und schob sie ihm langsam entgegen, als wäre sie von schwerem Gewicht. Auch er streckte die Hand aus und berührte ihre Fingerspitze. Es war genau die Gebärde von Michelangelos Gottvater, wie er dem jungen Adam göttliches Leben eingibt. Solch verschiedenartige Nachbildungen klassischer Kunstwerke wandelten also zur Abendstunde im Gemüsegarten von La Liberté.

Sie hörten den Kammerrat sich in seinem Stuhl zurechtsetzen, das Buch weglegen und den Oberkörper so weit zurückbeugen, daß er in den Wipfel des Baumes blicken konnte. Langsam und wortlos wandte sich Fransine und schritt auf die Terrasse zu, und Anders folgte ihr mit dem Korb voll Salat und Erbsen.

Der Herr Rat hatte den Finger noch in dem Buche, auf der Seite, wo er zuletzt gelesen hatte. »Hallo, Fransine«, rief er, »hier hab' ich in unsere Akademie der schönen Künste in La Liberté einen kleinen Literatur-Sansculotten eingeschmuggelt. Den jungen Autor hat man in Deutschland wegen seines Buches eingesperrt. Recht so: Man soll das Fleisch züchtigen und den Geist frei schweifen lassen. Die Herren Universitätsprofessoren haben den Dichter konfisziert, so können wir uns seiner Dichtung erfreuen. Ich spreche leichtfertig, Liebste, aber an einem Abend wie heute macht der Moralist eine schlechte Figur. Was mich aber wirklich gefesselt hat, war ein kurioser Zufall, eine ganz kleine Nebensache. Mir kommt es nämlich vor, als ob Gutzkow, wenn er den Treffpunkt seines vorschnellen jungen Liebespaares beschreibt, genau den kleinen Freundschaftstempel von La Liberté beschriebe, drunten im Buchenwäldchen.«

Mit diesen Worten erhob er sich und geleitete seine Verlobte an den Teetisch. Das Buch blieb auf dem Stuhl unter dem Lindenbaum liegen.

Am letzten Tag vor seiner Hochzeit machte der Herr Rat keinen Besuch in La Liberté. So entspricht es der korrekten Sitte in Dänemark. Die Braut soll an diesem letzten Tag in Frieden über Vergangenheit und Zukunft nachdenken, und erst in der Kirche trifft sich das Brautpaar wieder. Überdies hatte der Herr Rat viel zu tun; er verbrachte den ganzen Tag mit Papieren, die durchzusehen, und Aufträgen, die an seine Untergebenen weiterzuleiten waren, auf daß er nicht gleich in den ersten Tagen der jungen Ehe durch prosaische Angelegenheiten gestört würde. Er schickte indessen den jungen Anders mit einem großen Strauß Rosen zu seiner Verlobten. Es war ein schöner Sommertag.

Am Abend, nach Sonnenuntergang, nahm Anders seine Flinte und ging zum Entenschießen. Auch der Herr Rat fand keine Ruhe in seiner Wohnung und rüstete sich zu einem langen Spaziergang, wie es einem Bräutigam von Gefühl wohl ansteht. Er schlug den Weg ein, der über die Felder nach La Liberté führte, um ungesehen von der Welt und auch von ihr, in der Nähe der Verlobten zu schweifen.

Der Himmel war an diesem Abend von einem hellen, offenen Blau wie die Blüte des Immergrüns. Große silberne Wolken häuften sich rings am Horizont, und die mächtigen Bäume ließen ihre strengen dunklen Wipfel gegen den Himmel ragen. Das lange feuchte Gras war von einem leuchtenden Grün. Alle Farben des Tages waren noch in der Natur, nicht weniger kräftig als am Tage, aber verwandelt, als verrieten sie eine neue Seite ihres Wesens, als sei die ganze Welt des Farbigen von Dur in Moll transponiert. Das Schweigen und Warten der Nacht war voll von einem tiefen Leben, als werde jeden Augenblick die Schöpfung ihr Geheimnis preisgeben. Als der Herr Rat in die Höhe blickte, sah er zu seinem Erstaunen den sommerlichen Vollmond mitten am Himmel stehen. Seine leuchtende Scheibe warf eine schmale Goldbrücke über den eisengrauen Meeresstreif, als spielte dort ein Schwarm von vielen hundert kleinen Fischen an der Oberfläche des Wassers. Sonst aber verbreitete der Mond noch wenig Licht, als bedürfe es seiner noch nicht.

Erst jetzt, da er wußte, daß sie da sein mußten, unterschied der Herr Rat auch allmählich die durchsichtigen Schattenpfützen unter den Bäumen, die der Mond dort hinwarf, und die schmalen dunklen Gruben zu seiten des Wegs, da wo das lange, nasse, duftende Gras begann.

Mit Überraschung bemerkte der Herr Rat, daß er bereits seit längerer Zeit dastand und den Mond anstarrte. Er war weit weg, das wußte er wohl, aber was dazwischen lag, war ja nichts als durchsichtige Luft, immer dünner, so hatte er sagen hören, je höher man kam. Merkwürdig, daß ihm nie ein Gedicht an den Mond gelungen war! Er hätte ihm so viel zu sagen: Er war so weiß und rund, und die weißen runden Dinge hatte er immer geliebt.

Mit einemmal war ihm, als ob der Mond ihm ebenso vieles zur Antwort zu sagen hätte. Oder sogar mehr – oder kam der Eindruck bloß daher, daß der Mond sich kraftvoller auszudrücken verstand? Er war ein alter Mann, gewiß, aber auch der Mond war alt, älter als er. Es ist nicht übel, das Altsein, dachte er; man sieht und genießt die Dinge besser als in der Jugend. Und die Blume liegt nicht einfach nur im alten Wein; es braucht auch einen alten Gaumen.

Wollte der Mond ihm vielleicht, indem er ihm so kräftig zustrahlte, eine Warnung zukommen lassen? Ihm fiel das alte Kinderlied ein von dem

Dieb, der ein fettes Schaf gestohlen hat und es beim Mondschein verzehrt. Spottend hält er dem Mond ein Stück von der fetten Keule hin und ruft:

»Liebling, hier,
Dies sei dir
Gerne zugestanden.«

Und der Mond gibt zur Antwort:

»Dieb, paß auf!
Schlüssel, lauf,
Brenn den Kerl zuschanden!«

Worauf ein rotglühender Schlüssel durch die Luft geflogen kommt und das Gesicht des Diebes brandmarkt. Die Geschichte mußte der Kammerrat vor fünfzig Jahren von seiner alten Kinderfrau gehört haben. Wirklich, es war alles in der Nacht enthalten: Leben und Tod, ein unbestimmtes Memento Mori. »Hüte dich, der Tod ist nah!« sagte der Mond. Ob auch ihm die Warnung galt?

Oder war es vielmehr eine Verheißung? Sollte sein altes Ich auffahren wie Endymion einst und belohnt werden für die Mühen des Lebens durch ewigen Schlaf, süß wie die Nacht? Ob ihm die Welt dann auch einen Stein setzte, hier auf den Wiesen von La Liberté, zum Gedächtnis seiner Apotheose?

Waren es nicht wunderliche Einfälle, die ihm da kamen? Der tauschwere, hangende, honigsüße Klee wischte gegen seine Beine. Er hatte ein seltsames Gefühl, als schritte er ein wenig über der Erde. Kühe mußten irgendwo gelagert sein oder auf der Wiese weiden; er sah sie zwar nicht im Mondlicht, aber ihr schwerer süßer Geruch hing in der Luft.

Mit einemmal kam ihm eine Geschichte in den Sinn, die sich vor mehr als vierzig Jahren zugetragen hatte. Der kleine Peter Mathiesen, ein verschlossener, träumerischer Knabe damals, wohnte bei seinem Onkel, dem Pfarrer in Mols, und im gleichen Hause wurde ein kleines Mädchen, das Kind eines Bauern, auf die Konfirmation vorbereitet. Der Onkel Pfarrer war ein belesener Mann, der über alles mitzureden wußte – über Gott, Liebe und ewiges Leben –, und ein begeisterter Anhänger der neuen romantischen Literatur. Abends las man im Pfarrhaus Gedichte, und eines Abends hatte sich der Onkel, weil das kleine Mädchen Nanna hieß, den Spaß gemacht, die Kinder an der Vorlesung der Tragödie »Baldurs Tod« teilnehmen zu lassen: Sie mußten die glühenden, leidenschaftstrunkenen Verse vortragen, mit denen Baldur und Nanna einander antworten. Die Brille auf die Stirn geschoben, hatte der alte Pfarrer hingerissen gelauscht, mit jener Schamlosigkeit, die alte Jungfern Hyazinthen in großen Gläsern ziehen heißt, so daß sie den Wurzeln zuschauen können – und hatte nicht gewußt, daß die beiden Kleinen vorm Klang der eigenen Stimmen abwechselnd erglühten und erbleichten. Als die Zeit zum Insbettgehen kam, war der Knabe nicht dazu imstande gewesen. Heiß und verwirrt war er durch den Gutshof geirrt, hatte irgendwo seine Unruhe von sich schütteln wollen und war schließlich zu den Ställen gelangt. Es war eine mondhelle, neblige Nacht im Vorfrühling. Eng an die Mauer gepreßt, stand er da und fühlte sich entsetzlich einsam, und nicht nur einsam, sondern verkauft und verraten, als ob etwas drohend vor ihm stünde. Dann fielen ihm die Kühe im Stall ein, wie sie da so unerschütterlich im Dunkeln standen. Eine von den Kühen, eine große weiße namens Rosa, war der Liebling der Kinder. Die würde ihn vielleicht trösten können, dachte er. In ihrer Bucht, den Oberkörper an die Flanke des ruhig lagernden, mählich kauenden Tiers gepreßt, hatte er sich von köstlichem Frieden und Gleichmut durchdringen lassen und den Entschluß gefaßt, die ganze Nacht hier zu bleiben. Aber kaum hatte er sich ins Stroh niedergekuschelt, als die Stalltür leise aufging und ein leichter Schritt sich näherte. Über Rosas Schulter spähend, sah er das kleine Mädchen auf sich zukommen, eine undeutliche, lichte Gestalt im undeutlichen Mondlicht. Auch sie war also unglücklich gewesen wie er und hatte gespürt, daß nur ein wiederkäuendes Tier so viel Kraft haben würde, ihr ihren Herzensfrieden zurückzugeben. Der Mond schien zum Stallfensterchen herein – derselbe Mond wie heute – und ließ die gekalkte Stallmauer milchweiß aufschimmern, wo er sie traf. Das blonde Haar der Kleinen glänzte auch im Mondschein, er aber saß im Dunkeln und hielt sich ganz still wie ein Flüchtling, dem Entdeckung droht. Er sah, wie sie im Stroh niederkniete, in seiner nächsten Nähe, und hörte ihr angestrengtes Atmen. Ihm war, als höre er sie sogar leise und verstohlen weinen. So lagen sie etliche Stunden lang, bald schlafend, bald wach, und die ruhevolle, süßduftende Rosa lag zwischen ihnen wie das zweischneidige Schwert in dem Lied von der Rittertreue. Viele Gedanken, viele schöne und kühne Bilder gingen dem Knaben durch den Kopf. Als er einschlief, träumte er von Nanna, und als er erwachte und sich aufrichtete, um nach ihr zu sehen, war sie immer noch da und ahnte nichts von seiner Nähe. In aller Morgenfrühe erhob sie sich, bürstete die Strohhalme von ihrem Kleidchen und huschte hinaus, und er hatte ihr nie erzählt, daß er dort mit ihr gewesen war.

Der Herr Rat setzte seine Wanderung fort, frohgestimmt. Graf Schimmelmanns Ausspruch fiel ihm ein: »Der ist ein Narr, der nicht weiß, daß die Hälfte mehr ist als das Ganze.« Das langvergessene kleine Erlebnis war auch ein Blümchen in seinem Leben gewesen, im Kranz seines Lebens, ein Feldblümchen, ein wildes Vergißmeinnicht. Nicht wenig Blumen waren es überhaupt gewesen: Veilchen, Stiefmütterchen – ob diese Nacht ihm noch eine Rose in den Kranz flocht?

Nicht weit vom Gartenzaun, in die Wiesen von La Liberté eingesprengt, lag ein kleines Buchenwäldchen. An dessen Rande, auf einem aufgeschütteten Hügel, hatte vor hundert Jahren eine Gutsherrin, der die Ruhe und sanfte Feierlichkeit des Ortes zusagte, ein Sommerhäuschen, eine Art Freundschaftstempel errichten lassen. Fünf hölzerne Säulen trugen ein gewölbtes Dach, zwei Stufen führten zu dem Bau empor, und im Innern des Säulenrunds lief im Halbkreis eine Bank. Von hier aus hatte man einen Blick aufs Meer. Da aber das Klima in Dänemark griechischen Bauwerken nicht immer angemessen ist, hatte man in späteren Jahren eine Seite des Tempelchens mit Stroh gedeckt, um dem sinnenden Besucher besseres Obdach zu gewähren. Die ganze Anlage war stark verfallen und wirkte bei Tageslicht ein wenig trist, jetzt aber unterm Vollmond sah sie höchst romantisch aus.

Er lenkte seine Schritte auf den kleinen Tempel zu als auf einen höchst geeigneten Ort für eines Hochzeiters Träumereien, befleißigte sich aber großer Stille und Vorsicht, denn möglicherweise war seine junge Verlobte auf denselben Einfall gekommen, und in diesem Fall wollte er sie nicht erschrecken und stören. Beim Näherkommen vernahm er indessen Stimmenklang vom Hügel herab, und nachdem er einen Augenblick regungslos stehengeblieben war, ging er leise weiter dem Geräusch nach. Zum zweiten Male ein Späher auf dem Grundstück von La Liberté, ließ er es sich angelegen sein, recht leise näherzutreten, da, wo die Wand des Tempels verschalt war.

Anders und Fransine waren miteinander in dem kleinen Bau und unterhielten sich leise. Der Jüngling saß regungslos auf der Bank; das Mädchen stand ihm gerade gegenüber, mit dem Rücken an eine Säule gelehnt. Der Mond beschien sie beide; rings herrschte eine Helligkeit wie an Tagen, wenn das Land verschneit liegt. Nur der Kammerrat stand im tiefen Schatten seines Verstecks. Er glich beinahe jenem Denkmal, das er sich selber vorhin zugeträumt hatte.

Die junge Frau trug ein fremdländisches Gewand, eine Art schwarzen Domino oder Theatermantel, den er noch nie an ihr gesehen hatte und den sie eng um sich gehüllt trug. Die dunklen Haare waren gelöst, ein lebendiger, duftender Schleier, und das Gesicht, das sie umrahmten, glich einer weißen Rose, taukühl in der nächtlichen Luft. Der Kammerrat hatte sie nie so schön gesehen; er hatte noch keinen Menschen je so voller Lieblichkeit gesehen. Es war, als habe die reiche Sommernacht eine einzige Blüte hervorgebracht, einen Auszug dessen, was Schönheit heißt. Sie schien ein wenig zu schwanken wie ein biegsamer Zweig, der zu schwer trägt an seiner Last von weißen Rosen.

Lange schwiegen sie alle. Dann lachte Fransine ein leises glückliches Lachen, leise und weich wie das Gurren einer Taube.

»Alle haben sie sich schlafen gelegt«, sagte sie, »wie Tote auf dem Kirchhof. Nur wir zwei sind auf. Ist es nicht dumm, sich schlafen zu legen?« Sie zupfte an ihrem Mantel. »Oh, ich hab' die Menschen so satt!« rief sie mit plötzlicher Heftigkeit, »reden, reden, in einem fort reden! Ich wollte am liebsten, sie würden in alle Ewigkeit liegenbleiben, und wir hätten die Welt eine Weile für uns allein.« Der Gedanke schien ihr so köstlich, daß er sie beinahe überwältigte. Sie atmete tief auf und wartete schweigend auf eine Antwort, eine Regung von dem jungen Menschen. Schließlich richtete sie das Wort von neuem an ihn und fragte, die Stimme immer noch verklärt von Lächeln und Zärtlichkeit: »Anders – was *ist* denn?«

Es dauerte ziemlich lang, bis er Antwort gab, und dann kamen seine Worte stockend hervor: »Mit der Frage – mit der Frage hast du recht, Fransine. Was *ist* denn? Ich bin, du bist, er ist – was heißt das: er *ist*? Es hat komische Bedeutungen, das ›er ist‹; es bedeutet, daß ein Phlogiston in unserem Leib steckt, ein Ding von negativem Gewicht, wie man sagen könnte. Zu verstehen ist das ganz leicht, aber es schafft große Qual, wenn es dir am eigenen Leib vordemonstriert wird. Da wird man zuerst mit Feuer traktiert – verbrannt oder am langsamen Feuer geröstet, es kommt ja aufs selbe heraus – und fliegen kann man trotzdem noch nicht.«

Jetzt wurde dem Lauscher klar, weshalb sich der junge Liebende so völlig reglos verhielt. Der junge Mensch war schwer betrunken. Sitzend konnte er sich eben mit knapper Not im Gleichgewicht halten, aber jede Bewegung hätte ihn zu Fall gebracht. Er war leichenblaß, der Schweiß lief ihm übers Gesicht, und er hielt die Augen starr auf das Mädchen gerichtet, als könne er den Blick nur unter unendlichen Schmerzen von ihrem Antlitz wenden.

Fransine schaute ihn strahlend an. Wie viele Frauen, wußte sie die Zeichen der Betrunkenheit bei einem Manne nicht zu erkennen. »Ach, Anders«, sagte sie, »du weißt es nicht, also will ich dir's sagen: ich kann fliegen! Wenigstens beinahe. Der alte Ballettmeister Basso sagte zu mir: ›Die anderen Mädchen muß ich immer erst aufmöbeln, aber dir werd' ich nächstens zwei Steine an die Füße binden müssen, sonst fliegst du mir davon.‹ So alte Männer sind immer verrückt, die wollen komische Dinge von einem, aber heut mach' ich mir nichts mehr draus. Bald werd' ich dir zeigen, daß ich fliegen kann wie die fliegenden Fische, mit denen die Nixenkinder Steinhüpfen spielen.«

»Schau her, Mädchen«, versetzte Anders, »du bist wie eine Köchin, die eine ganze schöne gesunde Ente schlachtet, weil sie aus dem Entenklein eine Suppe machen möchte. Meinetwegen: mach eine Entensuppe aus mir, aber du mußt schon gefälligst selber kommen und die Stücke herausschneiden, die du haben willst. So ein Vogel weiß nämlich nicht von selber, wo er seine Leber und sein Herz hat. Das ist Frauenarbeit, Fransine.«

Fransine dachte seinen Worten eine Zeitlang nach. Für sie gab es keinen Zweifel, daß jedes seiner Worte klug und freundlich gemeint sein müsse. »Die Welt ist schlecht zu dir gewesen, Anders«, sagte sie, »aber um so köstlicher wird es sein, wenn wir glücklich sind.« Sie wartete einen Augenblick. »Wenn wir glücklich sind«, wiederholte sie. »Nicht wahr?«

»Es ist zu spät«, sagte Anders. »Es geschieht immer etwas, auch wenn man nicht dabei ist. Das ist das Schlimme, und das weißt du noch nicht. Die Hähne krähen, obwohl wir das hier nicht hören können.«

»Nein, sie krähen nicht«, sagte sie. »Es ist ja nicht Tag, Anders, es ist noch nicht einmal Mitternacht.« Sie stand ruhig vor ihm.

»Zweie gibt's freilich«, sagte Anders, »die nehmen mich mit Haut und Haar, so wie ich hier sitze. Abelone nimmt mich mit Haut und Haar. Sie will ein Wirtshaus in Helsingör pachten, und ich soll sie heiraten und Matrosenwirt werden. Und das Meer, das nimmt mich auch mit Haut und Haar. Wenn du einem von den zweien in die Hände gefallen bist, die sortieren dir die Knochen hübsch auseinander.«

Den Herrn Rat, der mit gespannter Aufmerksamkeit der Unterhaltung lauschte, durchzuckten diese Worte wie ein kleiner Schmerz. Solche Pläne hatte seine Haushälterin gehegt und ihm kein Wort davon gesagt? Ob sie wohl gar in Fransine eine Nebenbuhlerin ihrer Würden erblickt und damit womöglich mehr Scharfblick gezeigt hatte als er selber?

Fransine starrte Anders mit einem Ausdruck der Verwunderung an. »Anders«, sagte sie, »sprich doch nicht so. Schau, auf den Jahrmärkten, wenn ich tanzte, riefen die Leute: ›Noch einmal, noch einmal!‹ Und: ›Es ist, wie wenn die Sterne tanzten, wie wenn die Herzen brennten.‹ Glaubst du nicht, ich kann dich glücklich machen?«

»Ach, Kleines«, sagte er, »wir wollen brav sein, wir wollen uns wie brave Leute benehmen. Ich will dir geben, was die Matrosen in Helsingör ihren Mädchen geben. Viel hab' ich nicht, das ist schade. Neulich hab' ich im Wirtshaus einen Haufen von meinem Geld für Freibier ausgegeben, das war schlecht von mir. Aber fünfzig Speziestaler habe ich noch beiseite gelegt. Die mußt du nehmen, ich bitte dich drum. Nicht um meinetwillen, das schwör' ich dir, denn ich muß ja doch früher oder später sterben, sondern deinetwegen, weil du so ein armes hübsches Mädchen bist. Für ein Mädchen ist es immer gut, wenn sie fünfzig Speziestaler hat. Geh und kauf dir ein Hemd und lauf nicht nackt herum in der kalten Nacht.«

In Fransine wohnte große Kraft. Sie antwortete, indem sie einen Schritt auf ihn zutrat. Der enge Mantel und das lang niederfallende Haar nahmen die Bewegung auf. In ihrem Antlitz, das wie von eigenem Lichte strahlte, standen die großen dunklen Augen ruhig auf ihn gerichtet. Sie sah unter dem Mond wie eine junge Hexe aus. »Anders, Anders!« sagte sie, »liebst du mich denn nicht?«

»Du lieber Gott«, rief er, »das mußte natürlich kommen! Freilich kann ich dir antworten, ich bin ja geübt darin. Ich liebe dich, mein holdes Luderchen. Dein Haar sieht aus wie ein rotes Flämmchen in der Nacht, ein gespaltenes Feuerzüngchen, ein Irrlicht, um die Leute auf den falschen Weg zu führen, auf den Weg zur Hölle.«

Die junge Frau zitterte am ganze Leib. »Hast du denn nicht«, sagte sie und rang die Hände, »hast du denn nicht haben wollen, daß ich zu dir hierher käme heut nacht?«

Er verharrte einen Augenblick in Schweigen. »Nun«, sagte er dann, »wenn du eine ehrliche Antwort haben willst, Madame Fransine – nein! Ich möchte lieber allein sein.«

Fransine wandte sich um und lief davon. Ihr langer neapolitanischer Mantel schleifte hinter ihr und hinderte sie am Laufen, aber immer noch hielt sie ihn eng um sich gehüllt. So mochte Arethusa fliehen, voreinstens, als sie in einen Fluß verwandelt wurde und laut wehklagend in den Myrtenhain entschwand.

Anders saß lange Zeit da wie ein Toter. Dann langte er mit den stockenden, unsicheren Bewegungen der Betrunkenen nach seiner Flinte und raffte sich mühsam auf. Er wandte sich zum Gehen und stand unversehens dem Herrn Rat gegenüber.

Der Anblick schien ihn keineswegs zu überraschen. Vielleicht hatte er an den Alten gedacht oder auf eine geheimnisvolle Weise seine Anwesenheit im Dunstkreis seines Stelldicheins erspürt. Als er seiner gewahr wurde, lachte er nur pfiffig vor sich hin, als hätte man ihm die Auflösung eines verzwickten Rätsels gezeigt. Für den Herrn Rat war die Begegnung entschieden peinlicher. Ein paar Augenblicke lang starrten die beiden einander an. Dann richtete Anders mit einem Lächeln, wie wenn ein kleiner Junge jemandem einen schlechten Streich spielt, die Flinte ein wenig höher und drückte, ohne zu zielen, gerade auf den Alten ab. Der Schuß dröhnte und hallte weithin durch die Sommernacht.

Dieses Dröhnen zusammen mit dem plötzlichen überstarken Schmerz wirkte auf den Alten wie *ein* Geschehnis, wie das Ende oder der Beginn der Welt. Er fiel, und noch im Fallen sah er seinen Mörder, wie er mit einer bei einem so schwer betrunkenen Menschen erstaunlichen Behendigkeit die niedere Mauer überstieg und verschwand.

Sich selber fand der Herr Rat, nachdem er lange in eine fremde Welt entrückt gewesen, auf dem Rücken im Klee liegen, in einer merkwürdig warmen und klebrigen Pfütze: seinem Blut, das sich mit der Feuchtigkeit der Wiese mischte.

Ihm war nur erinnerlich, daß er entsetzlich zornig gewesen war. Vielleicht war sogar das Gedröhne vorhin und die Dunkelheit eine Folge seines Zornes, ein Fluch, den er seinem undankbaren Schützling entgegengeschleudert hatte. Jetzt, da das Bewußtsein ihm allmählich wiederkehrte, empfand er immer noch Schmerz und Erschöpfung, wie man sie nach schweren Zornausbrüchen in der Brust verspürt, aber Haß und Übelwollen waren aus seinem Herzen gewichen. Über das alles war er nun hinaus.

Er hatte viel Blut verloren. Offenbar hatte er die volle Ladung in die rechte Seite bekommen, und auch das rechte Bein konnte er nicht bewegen. Seltsam, daß sich alles so völlig veränderte, nur weil man auf der Erde lag, wo man eben noch aufrechtgestanden hatte. Nie hätte er gedacht, daß der Geruch von blühendem Klee so stark wäre, aber er hatte ja auch nie so wie jetzt mitten im Klee gelegen, in ihm begraben und versunken.

Nun sollte er also sterben. Der junge Mensch, den er geliebt hatte, wollte haben, daß er stürbe. Die Welt hatte ihn von sich abgeworfen. Sei letzter Wille war in Ordnung, fiel ihm ein. Das Geld hinterließ er seiner Verlobten, für die alten Dienstboten war gesorgt, und sein Weinkeller ging an den Grafen Schimmelmann, der ein großer Weinliebhaber war. Als er das Testament niederschrieb, hatte er sich gefragt, ob der Gedanke an ein ordentliches Testament einem Sterbenden wohl Trost zu geben vermöchte. Jetzt wußte er, daß es so war.

Nach einer Weile versuchte er sich klarzumachen, wohin ihn die Welt nun eigentlich geworfen habe, da sie ihn von sich abwarf. Als er den Ort erkannte, kam es ihm bei, daß er sich am Ende doch noch retten könne. Vielleicht würde er doch noch einmal Herr seines Schicksals bleiben.

Er mußte etwa eine Meile von La Liberté entfernt sein. Wenn es ihm gelang, sich herumzuwälzen und das Gewicht seines Körpers auf den gesunden Arm zu verlagern, konnte er sich vielleicht von der Stelle bewegen. Und wenn er erst einmal bis zu der Auffahrtsallee gelangte, konnte er an der Steinmauer entlangkriechen und sich an ihr festhalten.

Schon bei der ersten Bewegung verspürte er aber einen heftigen Schmerz und fragte sich, ob es denn überhaupt der Mühe wert sei. Komm, mein Lieber, redete er sich zu, denn er merkte, daß jetzt die Zeit für ein gutes Wort gekommen war, versuch's einmal. Es wird schon gehen. Wirklich, er konnte sich langsam vom Fleck schleppen wie eine alte Schlange, die auf der Straße überfahren worden ist, aber sich immer noch mühselig weiterbewegt.

Sein Arm gab nach; er fiel mitten aufs Gesicht, und sein Mund, zum mühsamen Atemholen geöffnet, füllte sich mit Staub.

Als er sich wieder aufrichtete, sah er, daß er sich vorhin geirrt hatte: Er war nicht in Dänemark, sondern in Weimar.

Die Köstlichkeit dieser Entdeckung übermannte ihn fast. So leicht war es also, nach Weimar zu gelangen. Von der Wiese in La Liberté führte ein Weg gerade dorthin! Er lag hier – das sah er jetzt deutlich – auf der großen Terrasse: Der Blick über die Stadt war so schön wie je, der geheiligte Garten lag ihm zu Füßen, und die feierlichen Lindenbäume verbargen das Allerheiligste, er spürte ihren vollen, balsamischen Geruch. Der Mond schien milde auf die Welt nieder, und von einem erleuchteten Fenster aus beobachtete der Dichterfürst vielleicht in diesem Augenblick das Gestirn und weihte seiner Herrlichkeit herrliche Verse.

Erst jetzt fiel ihm ein: Auch er schrieb, er arbeitete an einem Trauerspiel. Dies Unterfangen hatte ihm eine Zeitlang als das größte in seinem Leben gegolten, und er wußte nicht, wie es zuging, daß er nun eine ganze Weile nicht mehr daran gedacht hatte. Sogar einen Plan hatte er schon ausgeheckt, wie er das Manuskript in die Hände des Geheimrats gelangen lassen wollte, um seine Meinung darüber zu vernehmen. Vielleicht wäre heute nacht der richtige Augenblick. Das Stück hieß: »Der Ewige Jude«. Es taugte vielleicht nicht allzuviel, Reminiszenzen an Goethes »Faust« waren gewiß enthalten, aber es sprach doch eine gewisse eigene Vorstellungskraft daraus. Das unsichtbare Kreuz zum Beispiel, das Ahasver auf

seiner langen beschwerlichen Wanderschaft schleppen mußte, war doch eine Erfindung von einer gewissen Kraft.
Fragte sich nur: würde der große Dichter seine Gestalten – Wilhelm Meister, Werther, Dorothea – Umgang halten lassen mit den Figuren, die er, der Herr Rat aus Dänemark, sich ersonnen hatte? Zweifellos gab es auch in der Welt des Erdichteten eine soziale Stufung wie sonst überall, sogar in Hirschholm. Es war vielleicht sogar ein Kriterium einem Kunstwerk gegenüber, daß man sich seine Gestalten gleichberechtigt im Verkehr mit den Figuren und auf Besuch an den Schauplätzen der großen Meisterwerke vorstellen konnte. Sicher dürften Elmire und Tartuffe in Cypern an Land gehen, und der junge Cassio, von seinem Meister entsandt, würde sie willkommen heißen.
Wieder brach er zusammen und fiel, diesmal auf den Rücken. Aus dieser Lage sich aufzurichten, war besonders schwierig, und während er noch lag und nach Atem rang, bellte irgendwo ein Hund.
Die Hündchen – ja, sie hatten allen Grund zu bellen. Er schaute an seinen Kleidern nieder: sie waren steif von Blut und Schmutz. Kein Bettler konnte schlimmer aussehen.
Auch König Lear war es zu seiner Zeit übel ergangen. Auch ihn hatten Mörder gehetzt, und allein war er über die Heide gewandert, in einer Nacht, die noch viel schlimmer war als die heutige. Und trotzdem war immer so etwas Sicheres um den alten König, etwas unerschütterlich Selbstgewisses. Platt auf der Erde liegend, nach Atem ringend, mühte sich der Herr Rat, herauszubekommen, was es war, das dem König Lear seine Sicherheit gab, so daß auch der Sturm auf der Heide und alle Verruchtheit der Welt ihn nicht anfechten konnten. Er war zwei undankbaren Töchtern ausgeliefert, und sie hatten ihn mit entsetzlicher Grausamkeit behandelt – in ihrem Besitz konnte also seine Sicherheit nicht begründet sein. Es war etwas anderes: Dieser alte König ruhte, was auch mit ihm geschehen mochte, immerzu in den Händen des großen englischen Dichters William Shakespeare. Das war es.
Der Herr Rat hatte die Steinmauer des Gartens erreicht. Mit unendlicher Anstrengung setzte er sich auf und lehnte sich an. So konnte er rasten. Und mit einemmal, indes der Mond ihm hell ins blutbefleckte, besudelte Gesicht blickte, begab es sich, daß der alte Mann alle Dinge auf der Welt begriff.
Er war nicht bloß in Weimar. Es war mehr als das: Er war ins Innere jenes Zauberkreises gelangt, der Dichtung hieß. Er war in der Geisteswelt des großen Geheimrats. Die friedliche Landschaft ringsum, aber auch der wütende Schmerz, der ihn von Zeit zu Zeit durchzuckte, beides

hatte der Dichter in Weimar so geschaffen. Er war selber mit aufgenommen in dieses Werk voll Harmonie, voll Tiefsinn und unzerstörbarer Vernunft. Wenn es ihm beliebte, konnte er Mephistopheles sein oder der dumme Schüler, der zu Faust kommt und sich das Leben erklären lassen will. Gleich, welche Rolle er übernahm; es war keine Gefahr dabei, denn was er auch tat, der Autor würde dafür sorgen, daß es zu einem guten Ende kam und daß Gesetz und Ordnung, diese göttlichen Mächte, bewahrt blieben. Wie hatte er nur je in seinem Leben Angst haben können. Hatte er wirklich geglaubt, Goethe könne einen Fehler machen?

Aus Eins mach Zehn,
Und Zwei laß gehn,
Und Drei mach gleich.
Und Neun ist Eins,
Und Zehn ist keins . . .

Die Worte bedeuteten ihm einen mächtigen Trost. Was war er für ein Narr, für ein großer Narr gewesen! Was sollte ihm denn noch zustoßen? Er war in Goethes Händen.

Als wäre es zum erstenmal in seinem Leben, blickte er zum Himmel auf. Seine Lippen bewegten sich. Er sprach:

»Ich bin Euer Exzellenz ehrerbietigster Diener.«

In diesem Augenblick seiner Verklärung glaubte er zu hören, daß jemand nicht weit von ihm weinte. Der Laut kam näher; dann entfernte er sich wieder und entschwand. Ob dies Gretchen war, weinend in ihrer Schmach?

Meine Mutter, die Hur',
Die mich umgebracht hat!
Mein Vater, der Schelm,
Der mich gessen hat!

Nein, es mußte die junge Herrin von La Liberté sein, sie, die heut seine Gattin werden sollte, die arme Fransine. Dem Geräusch nach zu schließen, schritt sie auf und ab, gar nicht weit von ihm. Sie hatte sich ans entfernteste Ende der Terrasse zurückgezogen, damit man sie vom Hause aus nicht hörte. Wenn er sich nur noch ein paar Schritte weiterschleppte, würde sie ihn hören können, und er wäre gerettet.

Zugleich mit dieser Gewißheit überkam den Herrn Rat ein Gefühl großen Mitleids. Fransine mußte den Schuß gehört haben und war sicher außer sich vor Angst. Ihr Weinen klang wild und hoffnungslos, und

hilflos und allein trieb sie sich in der Nacht herum. Das hatte der alte Geheimrat recht grausam erfunden, aber er hatte auch schon Schlimmeres getan, als er Gretchen ihr Kind töten ließ – und doch war selbst das richtig und in guter Ordnung gewesen.
Der Herr Rat saß weiter an das Mäuerchen gelehnt, die gelähmten Beine schlaff ins schmutzige Erdreich gebettet, und versuchte in seine mannigfachen Gedanken ein wenig Ordnung zu bringen. Aus seinem so unendlich reich gewordenen Wissen heraus mußte er der unglücklichen jungen Frau Trost spenden und ihr alles ins reine bringen. Sie war ein junger einfältiger Mensch; es war also zwecklos, wenn er ihr klarzumachen versuchte, welche hohe Ordnung in allen Dingen waltete. Aber das schadete nichts, es war sogar besser so. Kinder, die noch nicht alle Gaben der Natur verdauen können, sind ganz glücklich mit einer Stange Gerstenzucker. Ihm würde es schon gelingen, Fransine das zu verschaffen, was man gemeinhin »das Glück« nennt. Das lag auch – er fühlte es deutlich – im Plan des Autors, des großen Geheimrats.
Am Himmel der Mond hatte seinen Ort und seine Farbe geändert. Der Morgen nahte. Der Sommerhimmel beschlug sich allmählich; die Sterne hingen in ihm wie helle Tropfen, zum Niederfallen bereit. Balsamische Lüftchen begannen zu wehen, dicht an der Erde.
Ich muß aussehen wie ein Gespenst, dachte der Herr Rat, und mit vieler Mühe holte er sein Taschentuch hervor und wischte sich das Gesicht ab. Die Anstrengung machte ihn sterbensschwach, und er erreichte nichts weiter, als daß er sich Blut und Schmutz übers ganze Gesicht schmierte. Nach Fransine zu rufen, hatte keinen Sinn; seine Stimme war zu schwach. Er mußte versuchen, noch mehr in ihre Nähe zu gelangen. Von der Straße führten zwei Steinstufen durch das Mäuerchen zum Rande der Terrasse empor; wenn er die erreichte, würde sie ihn sehen. Mit letzter Kraft schleppte er sich auf Ellbogen und Knien noch zehn Schritt weiter, und er merkte dabei: Dies war das Ende, weiter kam er nun nicht mehr. Er stemmte sich auf die untere Stufe und lehnte sich gegen die obere. Von hier aus hatte er nach ihr rufen wollen, aber er brachte keinen Ton hervor. In diesem Augenblick wandte sie sich um und gewahrte ihn.
Wenn er wie ein Gespenst aussah – und das tat er so sehr, daß sie ihn für eines hielt – so sah sie nicht nur wie ein Gespenst aus, sondern sie war eines: das Gespenst jener jungen Schönen von La Liberté, das Gespenst der reizenden Fransine Lerche. Sie trug nichts als einen hastig umgeworfenen Schlafrock. Als sie den neapolitanischen Domino abwarf, hatte sie mit ihm den zarten, duftenden Blütenkranz ihrer Schön-

heit von sich getan. Ihre runde Brust, ihre Hüften waren eingefallen; nichts als ein Stock schien in ihrem weißen Gewand zu stecken. Selbst das lange Haar hing leblos herab, so leblos wie die Arme. Das frische, zarte Puppengesicht war aufgelöst und verdorben von Tränen. Todmüde war sie und konnte doch nicht sitzen und nicht liegen. Ihre Verzweiflung hielt sie aufrecht, wie das Blei die Stehaufmännchen; wie das Gewicht, das man den toten Seeleuten an die Füße bindet, sie aufrecht stehen läßt, leise schwankend, unten am Meeresgrund.
Die beiden starrten einander an. Endlich brachte der Alte die Kraft zu einem Flüstern auf: »Hilf mir, ich kann nicht weiter.«
Sie stand stocksteif. Der Gedanke bedrängte ihn, er müsse ihr erst Ruhe mitteilen, sie war ja wahnsinnig vor Schrecken. Er sprach: »Man hat mich angeschossen, wie du siehst. Aber es macht mir nichts.« Er wußte nicht, ob sie ihn gehört hatte. Er wußte kaum, ob er wirklich gesprochen hatte.
Endlich begriff sie. Ihr Liebster hatte auf den Alten geschossen. Einen kurzen Augenblick lang erschien vor ihr in einem großen weißen Flammenschein ein Bild: Anders mit der Schlinge um den Hals. Und alsbald kehrte ein Schatten ihrer alten Kraft in sie zurück. Mochte Anders getan haben, was er wollte, er und sie gehörten zueinander, sie waren eins. Daß er sie tödlich verletzt, daß er sie fortgetrieben hatte, daß es ihre einzige Angst war, ihn wiedersehen zu müssen – das alles hatte nichts zu bedeuten.
Sie stand da und sah zu, wie das Blut aus dem Leib des Alten rieselte und ihre Steintreppe rötete. Als ruhte ein Zauber darin, so erhob und stärkte der Anblick ihr Herz. In dem roten Strömen war ihr gesagt, daß alles Unheil zwischen Anders und ihr nur durch ihre Schuld gekommen war. Dies einzusehen, machte ihr ganzes Wesen wieder frei; nur daß er unrecht haben sollte, das zu ertragen, hatte sie nicht vermocht. Das rote Blut, die Erleichterung ihres Herzens, das aufsteigende Tageslicht, das schon die Luft erfüllte – alles wurde eins für sie. Die Finsternis war zu Ende: da sie von ihm gegangen war, hatte Anders ihr seine Liebe gezeigt. Nur sie wußte davon und der Alte dort unten.
Wie eine Mänade, das Haar wirr im Gesicht, begann sie an einem der mächtigen flachen Steinquader zu zerren, im Bemühen, ihn aus dem Mauergefüge herauszulösen. Als es ihr gelungen war, hielt sie einen Augenblick inne, den Steinblock mit dem Aufgebot aller Kraft mit beiden Armen an die Brust gepreßt.
Der Herr Rat fühlte sein Blut rasch verströmen. Wenn er ihr noch etwas bestellen wollte, mußte es jetzt sein. In der Angst, daß seine Lippen viel-

leicht keinen Laut von sich gegeben hätten, als er vorhin zu ihr hatte sprechen wollen, tastete er mit der Rechten schwerfällig über den Steinboden, bis sie Fransinens nackten Fuß berührte. Sie, die einst so empfindlich war gegen jede Berührung, rührte sich nicht; ihr Körper bedeutete ihr nichts mehr.

»Mein armes Mädchen, meine Taube«, sagte er, »höre mir zu. Es ist alles gut. Alles, alles!«

»Geheiligt, Fransine –«, fuhr er fort, »– geheiligte Marionetten –«

Er mußte einen Augenblick innehalten; er hatte ihr noch mehr zu sagen.

Ganz langsam brachte er es hervor: »Sieh den Mond dort oben! Du und ich – wir werden nie sterben.« Er kam nicht weiter; sein Kopf sank tief auf die steinernen Stufen.

Vielleicht hatte Fransine ihn nicht gehört, aber sie verstand ihn durch seine Berührung. Er wollte ihr sagen, daß die Welt gut und herrlich sei, aber sie, sie wußte es besser. Nur weil es ihm so in den Kram paßte, daß die Welt schön sei, wollte er sie ins Schöne verhexen. Womöglich würde er jetzt anfangen und sich über die Schönheit der Gegend auslassen. Das hatte er schon öfters getan. Oder er würde ihr erzählen, heute sei ihr Hochzeitstag, und Himmel und Erde lachten ihr zu. Und das war dieselbe Welt, in der sie Anders hängen wollten.

»Du!« schrie sie ihn an, »du Dichter!«

Damit hob sie den Steinblock mit beiden Armen über den Kopf und warf ihn nach dem Liegenden.

Das Blut spritzte nach allen Seiten. Der Körper, der einen Augenblick vorher noch Gleichgewicht, Inhalt, Vorstellung, Eindrucksfähigkeit besessen hatte, fiel in sich zusammen und lag da wie ein Bündel alter Kleider, dem Gesetz der Schwere preisgegeben, nach unten sackend.

Für den Herrn Rat war es, als würde er in einem schauderhaften Sturz kopfüber in einen unergründlichen Schlund geschleudert. Es vergingen winzige Zeitteilchen darüber: Es warf ihn in drei oder vier großen Absätzen von einem Katarakt zum anderen. Und während er stürzte, kam von allen Seiten, wie ein Echo aus der fressenden Finsternis, durch Höhlen und Schlüfte hallend, immer wieder ihr letztes Wort.

C 1085/3